LE ROYAUME DES DEVINS

DE CLIVE BARKER
AUX ÉDITIONS ALBIN MICHEL

LIVRES DE SANG
I. Livre de sang
II. Une course d'enfer

LE JEU DE LA DAMNATION

CLIVE BARKER

LE ROYAUME DES DEVINS

ROMAN

traduit de l'anglais par
Jean-Daniel Brèque

Albin Michel

Édition originale anglaise:
WEAVE WORLD
© Clive Barker, 1987
William Collins Sons & Co Ltd Londres/Glasgow

Traduction française:
© Éditions Albin Michel S.A., 1989
22, rue Huyghens, 75014 Paris

ISBN: 2-226-03660-1

Pour D.J.D.

« ... l'esprit a sa patrie, qui est le royaume du sens des choses. »

SAINT-EXUPÉRY, *Citadelle*

LIVRE PREMIER

DANS LE ROYAUME DES COUCOUS

PREMIÈRE PARTIE

Horizons lointains

« Quant à moi, je ne connais pas de spectacle plus doux aux yeux d'un homme que celui de son propre pays... »

Homère
l'Odyssée

CHAPITRE 1

Convergence

1

Rien ne commence jamais.

Il n'existe aucun instant initial; aucun mot ni aucun endroit d'où cette histoire ni aucune autre puisse jaillir.

Les fils qui tissent un conte peuvent toujours être retracés jusqu'à un conte plus ancien et jusqu'à ceux qui l'ont précédé; même si les relations semblent de plus en plus ténues à mesure que s'estompe la voix du conteur, car chaque époque exige que le conte soit dit comme s'il était son œuvre.

Ainsi le païen sera-t-il sanctifié et le tragique deviendra-t-il burlesque; les grands amants s'abaisseront jusqu'à devenir sentimentaux et les démons ne seront plus que des jouets mécaniques.

Rien n'est fixe. La navette va et vient, tissant des réseaux faits de réalité et de fiction, d'esprit et de matière, des réseaux qui n'ont peut-être que ceci en commun: dissimulé en eux se trouve un filigrane qui, avec le temps, deviendra un monde.

Il doit donc être arbitraire, l'endroit où nous choisirons de nous embarquer.

Quelque part entre un passé à moitié oublié et un avenir encore à peine aperçu.

Cet endroit, par exemple.

Ce jardin, négligé depuis le décès de sa protectrice, il y a trois mois de cela, et métamorphosé en jungle sous le soleil aveuglant du mois d'août; ses fruits qui pendent bien après le moment de la récolte et ses bordures herbeuses entraînées à la mutinerie par un été de pluies torrentielles et la survenue de journées étouffantes.

Cette maison, identique à la centaine de maisons que l'on trouve dans cette rue, bâtie si près des lignes de chemin de fer que le passage de l'omnibus Liverpool-Crewe fait vibrer les chiens de porcelaine sur le rebord de la fenêtre de sa salle à manger.

Et avec ce jeune homme, qui sort à présent par la porte de derrière et emprunte le chemin envahi par les herbes pour se diriger vers le pigeonnier branlant, duquel s'élève un chœur accueillant de roucoulements et de bruissements d'ailes.

Il s'appelle Calhoun Mooney, mais il est universellement connu sous le nom de Cal. Il est âgé de vingt-six ans et cela fait cinq ans qu'il travaille dans un cabinet d'assurances du centre ville. C'est un emploi qui ne lui procure aucun plaisir, mais une évasion de la ville où il a passé toute sa vie semble plus improbable que jamais depuis le décès de sa mère, ce qui explique sans doute l'expression de lassitude sur son visage bien fait.

Il s'approche de la porte du pigeonnier, l'ouvre, et à cet instant — faute de mieux —, notre histoire prend son envol.

2

Cal avait dit plusieurs fois à son père que la porte du pigeonnier était en train de se détériorer. Ce n'était qu'une question de temps avant que ses planches ne pourrissent complètement, offrant aux rats qui vivaient et prospéraient le long de la ligne de chemin de fer un accès aux volatiles. Mais Brendan Mooney ne montrait que peu d'intérêt, sinon aucun, pour ses oiseaux de compétition depuis la mort d'Eileen. Et ceci en dépit, ou peut-être à cause, de la passion qu'il avait éprouvée pour eux lorsque son épouse avait été en vie. Combien de fois Cal avait-il entendu sa mère se plaindre que Brendan passait plus de temps avec ses précieux pigeons qu'il n'en passait à l'intérieur de la maison ?

Elle n'aurait plus de raison de se plaindre à présent ; désormais, le père de Cal passait la plupart de ses journées assis à la fenêtre de derrière, plongé dans la contemplation du jardin et observant la jungle prendre possession de l'œuvre de sa femme, comme s'il avait pu trouver dans ce spectacle de dissolution un indice susceptible de lui révéler la façon d'effacer sa propre peine. Il n'y avait cependant aucun signe permettant de croire que cette veille était riche d'enseignements. Chaque jour, lorsque Cal revenait dans la maison de Chariot Street — une maison qu'il croyait avoir quittée pour de bon cinq ans plus tôt, mais que l'isolation de son père l'avait obligé à réintégrer —, il lui semblait découvrir un Brendan légèrement plus petit. Pas voûté, mais rétréci, comme s'il avait décidé d'offrir la plus petite cible possible à un monde devenu soudainement hostile.

Murmurant quelques mots de bienvenue à l'adresse de la quarantaine de pigeons qui se trouvaient dans l'édifice, Cal fit un pas à l'intérieur et se trouva confronté à une scène d'intense agitation. Presque tous les pigeons voletaient à l'intérieur de leurs cages, dans un état proche de l'hystérie. Les rats étaient-ils entrés ? se demanda Cal. Il regarda autour de lui à la recherche de dommages éventuels, mais il n'y avait aucun signe visible de la cause de cette fureur.

Il ne les avait jamais vus aussi excités. Durant trente bonnes secondes, il demeura immobile, désemparé, observant leur manège, pris de vertige devant le vacarme de leurs ailes, avant de décider d'entrer dans la plus grande cage et d'arracher les oiseaux primés à la mêlée avant qu'ils ne soient blessés.

Il ouvrit la porte de la cage, et il ne l'avait pas entrebâillée de dix centimètres lorsqu'un des champions de l'année précédente, un mâle habituellement placide, connu comme l'étaient tous les pigeons par son numéro — 33 —, s'envola vers l'ouverture. Surpris par la vitesse de l'oiseau, Cal lâcha la porte, et durant les quelques secondes qui s'écoulèrent avant qu'il ne ressaisisse le verrou qu'il avait laissé échapper, 33 s'enfuit.

« Damnation ! » cria Cal, se maudissant autant que l'oiseau, car il avait laissé la porte du pigeonnier ouverte, et — ne se souciant apparemment pas des risques que comportait sa tentative — 33 prenait son essor vers le ciel.

Durant les quelques instants qui furent nécessaires à Cal pour refermer la cage, l'oiseau avait franchi la porte et s'était enfui. Cal bondit en trébuchant à sa poursuite, mais quand il eut regagné l'air libre, 33 voletait déjà au-dessus du jardin. Il décrivit trois cercles de plus en plus larges au niveau des toits, comme pour s'orienter. Puis il sembla repérer son objectif et s'envola dans la direction du nord-nord-est.

Un bruit attira l'attention de Cal, et il baissa les yeux pour découvrir son père debout près de la fenêtre, en train de lui adresser des paroles inaudibles. Il y avait plus d'animation sur le visage harassé de Brendan que Cal n'en avait vu depuis des mois ; l'évasion de l'oiseau semblait l'avoir momentanément arraché à son abattement. Quelques instants plus tard, il était à la porte, demandant ce qui s'était passé. Cal n'avait pas le temps de le lui expliquer.

« *Il s'est échappé...* », cria-t-il.

Puis, gardant les yeux fixés sur le ciel, il se mit à courir le long de l'allée qui contournait la maison.

Quand il atteignit le devant, l'oiseau était toujours en vue. Cal sauta par-dessus la barrière et traversa Chariot Street en courant, résolu à poursuivre l'oiseau. C'était, il le savait bien, une tentative presque sans espoir. Avec un vent favorable, un oiseau de compétition pouvait atteindre une vitesse maxima de plus de cent kilomètres à l'heure, et bien que 33 n'ait participé à aucune épreuve depuis plusieurs mois, il était néanmoins capable de distancer un coureur humain. Mais Cal savait aussi qu'il ne pourrait pas retourner près de son père sans avoir fait un effort pour capturer l'évadé, si futile soit-il.

Arrivé en bas de la rue, il perdit sa proie de vue entre les toits, et il se dirigea vers le pont réservé aux piétons qui enjambait Woolton Road, grimpant les marches quatre à quatre pour y parvenir. Une fois sur le pont, il fut récompensé par une vue superbe de la ville. Woolton's Hill au nord, Hunt's Cross derrière Allerton au sud-est. D'innombrables rangées de maisons bâties par la municipalité se présentaient à lui, frémissant sous la chaleur oppressante de l'après-midi, le dessin en arête des rues où les maisons se serraient comme des sardines laissant rapidement la place à la désolation industrielle de Speke.

Cal apercevait aussi le pigeon, bien que celui-ci ne fût plus qu'un point diminuant rapidement d'épaisseur.

Cela n'avait que peu d'importance, car de l'endroit où il se trouvait, la destination de 33 était parfaitement évidente. A moins de trois kilomètres du pont, l'air était empli d'oiseaux tournoyants, attirés sans aucun doute par une concentration de nourriture dans le coin. Chaque année connaissait au moins une journée comme celle-ci, au cours de laquelle la population de fourmis ou de punaises croissait de façon foudroyante, et où l'on voyait la gent ailée de la ville unie par sa gloutonnerie. Les mouettes venues des berges boueuses de la Mersey voletaient aux côtés des grives, des choucas et des étourneaux, tous se joignant avec enthousiasme à ce jamboree, profitant de l'été qui leur chauffait encore le dos.

C'était sans aucun doute leur appel que 33 avait entendu. Lassé par son régime équilibré de maïs et de graines d'érable, lassé par la hiérarchie du pigeonnier et par la répétition de ses journées identiques, l'oiseau avait voulu sortir; avait voulu s'envoler. Un jour de grande vie; une nourriture qu'il fallait chasser un peu avant de la goûter et qui n'en avait que meilleur goût; la compagnie des créatures sauvages. Tout ceci traversa la tête de Cal, dans une succession de vagues images, tandis qu'il observait les cercles décrits par les volées d'oiseaux.

Il serait parfaitement impossible, il le savait bien, de localiser un oiseau parmi ces milliers de volatiles en fête. Il lui fallait espérer que 33, une fois rassasié d'insectes et d'aventures, obéisse à son entraînement et rentre à la maison. Néanmoins, le spectacle de cette marée d'oiseaux exerçait sur lui une étrange fascination et, traversant le pont, Cal se dirigea vers l'épicentre de ce cyclone à plumes.

CHAPITRE 2

Les poursuivants

La femme qui se tenait à la fenêtre de l'Hôtel Hanover tira le rideau gris et regarda la rue en bas de l'immeuble.

« Est-ce possible... ? », murmura-t-elle aux ombres qui tenaient leur cour dans le coin de la chambre.

Il n'y eut aucune réponse à cette question, et une réponse n'était même pas nécessaire. Aussi improbable que cela puisse paraître, la piste les avait incontestablement conduits ici, dans cette ville épuisée qui gisait, meurtrie et négligée, au bord d'un fleuve qui avait jadis porté des navires pleins d'esclaves et de coton, et qui aujourd'hui parvenait à peine à porter son propre poids pour se jeter dans la mer. Liverpool.

« Quel endroit », dit-elle.

Un minable tourbillon de poussière s'était dressé au milieu de la rue, soulevant dans l'air des détritus antédiluviens.

« Pourquoi êtes-vous si surprise ? » dit l'homme à moitié étendu sur le lit, son impressionnante carcasse supportée par les oreillers, les mains croisées derrière sa lourde tête.

Son visage était large, ses traits presque trop expressifs, comme ceux d'un acteur qui aurait bâti sa carrière en plaisant aux foules et qui serait devenu un expert en effets faciles. Sa bouche, qui connaissait un millier de variétés de sourires, en trouva une qui seyait à son humeur décontractée et dit :

« Ils nous ont bien fait danser. Mais nous y sommes presque. Ne le sentez-vous pas ? Moi si. »

La femme jeta un regard vers cet homme. Il avait ôté la veste qu'elle lui avait offerte en gage d'amour et l'avait jetée sur le dossier de la chaise. La chemise qu'il portait était tachée de sueur aux aisselles et la chair de son visage paraissait cireuse dans la lumière de l'après-midi. En dépit de tout ce qu'elle ressentait pour lui — et c'était assez pour lui faire redouter tout calcul —, il n'était qu'humain, et aujourd'hui, après tant de chaleur et tant de pérégrinations, il portait clairement la trace de chacun de ses cinquante-deux ans. Durant tout le temps qu'ils avaient passé ensemble à la poursuite de la Fugue, elle lui avait fait don de toute la force qu'elle pouvait rassembler, et en retour, il lui avait fait don de sa ruse, et de son habileté à survivre dans ce domaine. Le Royaume des Coucous, c'était ainsi que les Familles l'avaient toujours appelé, ce sinistre monde humain qu'elle avait enduré au nom de sa vengeance.

Mais leur poursuite prendrait fin très bientôt. Shadwell — l'homme étendu sur le lit — retirerait profit de ce qu'ils étaient sur le point de trouver, et elle, voyant leur proie souillée et réduite en esclavage, serait vengée. Alors, elle abandonnerait le Royaume à sa crasse, et avec joie.

Elle tourna de nouveau son attention vers la rue. Shadwell avait raison. On les avait bien fait danser. Mais la musique cesserait assez tôt.

De l'endroit où se trouvait Shadwell, la silhouette d'Immacolata se découpait avec netteté sur la fenêtre. Pour la quantième fois, son esprit s'interrogea sur la façon dont il pourrait vendre cette femme. C'était un exercice purement théorique, bien sûr, mais un problème qui mobilisait toutes ses capacités mentales.

Il était vendeur de profession; cela avait été sa vocation depuis l'adolescence. Plus que sa vocation, son génie. Il était fier de proclamer qu'il n'existait aucun article, vivant ou mort, pour lequel il ne puisse pas trouver un acheteur. En son temps, il avait été marchand de sucre, marchand d'armes, marchand de poupées, de chiens, d'assurances sur la vie, de fripes et de luminaires. Il avait trafiqué de l'eau de Lourdes et du haschich, des paravents chinois et des remèdes garantis pour la constipation. Parmi cette parade de biens, il y avait eu bien entendu des faux en quantité, mais rien, rien qu'il ait été incapable de refiler tôt ou tard à un client, par la séduction ou par l'intimidation.

Mais elle — Immacolata, cette presque-femme avec laquelle il avait partagé tous ses moments d'éveil durant tant d'années — elle, il le savait, serait un défi à ses talents de vendeur.

Tout d'abord, elle était paradoxale, et les clients n'avaient que peu de goût pour cette qualité. Ils exigeaient des marchandises dénuées de toute ambiguïté: rendues simples et sans danger. Elle n'était pas sans danger; oh, certainement pas; pas avec ses rages terribles et ses alléluias encore plus terribles; et encore moins simple. Sous la beauté incandescente de son visage, derrière ses yeux qui cachaient plusieurs siècles mais qui pouvaient devenir intenses au point de faire couler le sang, sous sa peau olivâtre, sa peau de Juive, se tapissaient des sentiments qui pourraient embraser l'air si on leur lâchait la bride.

Elle était trop elle-même pour être vendue, décida-t-il — pour la quantième fois —, et il s'ordonna d'oublier ce problème. C'était un problème qu'il ne pourrait jamais espérer résoudre; pourquoi devrait-il se tourmenter à essayer de l'affronter?

Immacolata s'écarta de la fenêtre.

« Êtes-vous reposé à présent? lui demanda-t-elle.

— C'est vous qui avez voulu vous mettre à l'abri du soleil, lui rappela-t-il. Je suis prêt à commencer quand vous voudrez. Même si je n'ai aucune idée de la façon dont nous allons commencer...

— Ce n'est pas si difficile, dit Immacolata. Vous rappelez-vous ce que ma sœur a prophétisé? Les événements approchent d'un point de crise. »

Alors qu'elle parlait, les ombres qui se tenaient dans le coin de la chambre s'étirèrent, et les deux sœurs mortes d'Immacolata exhibèrent leurs linceuls éthérés. Shadwell ne s'était jamais senti à l'aise en leur présence, et quant à elles, elles l'avaient toujours méprisé. Mais la plus vieille, la Harpie, la Maquerelle, avait des talents d'oracle, cela ne faisait aucun doute. Ce qu'elle voyait dans les souillures de sa sœur, dans le placenta de la Madeleine, était d'ordinaire exact.

« La Fugue ne peut pas rester cachée plus longtemps, dit Immacolata. Dès qu'elle bouge, elle crée des vibrations. Elle ne peut pas s'en empêcher. Tant de vie concentrée dans une telle cachette.

— Et est-ce que vous percevez ces... vibrations? » dit Shadwell, jetant ses jambes en bas du lit et se levant.

Immacolata secoua la tête.

« Non. Pas encore. Mais il faut nous tenir prêts. »

Shadwell ramassa sa veste et l'enfila. La doublure se mit à chatoyer, jetant des filaments de séduction dans la chambre. A leur lueur fugace, il aperçut la Madeleine et la Harpie. La vieille femme se protégea les yeux des émanations de la veste, redoutant son pouvoir. La Madeleine ne se faisait pas de souci; cela faisait longtemps que l'on avait cousu ses paupières pour dissimuler des orbites aveugles de naissance.

« Quand les mouvements se déclencheront, il nous faudra peut-être une heure ou deux pour localiser leur source, dit Immacolata.

— Une heure? » dit Shadwell.

La poursuite qui les avait finalement conduits ici semblait aujourd'hui avoir duré toute une vie...

« Je peux attendre une heure. »

CHAPITRE 3

Qui a fait bouger le sol ?

Les oiseaux n'avaient pas cessé de tourner en spirale au-dessus de la ville lorsque Cal s'approcha du lieu qu'ils survolaient. Pour chaque volatile qui s'éloignait, il y en avait trois ou quatre qui se joignaient à la cohue.

Le phénomène n'était pas passé inaperçu. Des badauds se tenaient immobiles sur le trottoir et sur les pas de portes, une main levée pour protéger leurs yeux du ciel lumineux, et regardaient vers les nues. On émettait de toutes parts des opinions sur la cause de ce rassemblement. Cal ne s'arrêta pas pour offrir la sienne, mais se fraya un chemin à travers le labyrinthe des rues, obligé de temps à autre de faire demi-tour pour trouver une nouvelle route, mais se rapprochant peu à peu du centre de la nuée.

Et à présent, alors qu'il en était tout proche, il devint évident que sa première théorie avait été erronée. Les oiseaux ne mangeaient pas. On ne les voyait pas fondre vers le sol et se quereller pour des miettes à six pattes, et l'air était exempt de tout essaim d'insectes susceptible d'avoir attiré cette foule de volatiles. Les oiseaux se contentaient de tourner en rond. Les membres des espèces les plus petites, moineaux et bouvreuils, s'étaient fatigués de voler et s'étaient posés sur les toits et sur les barrières, laissant leurs cousins plus gros — corbeaux, pies et mouettes — occuper les hauteurs. Les pigeons n'étaient pas rares là non plus ; les oiseaux sauvages tournoyaient à l'unisson en groupes de cinquante individus ou plus, faisant ondoyer leurs ombres sur les toits. Il y avait également des oiseaux domestiques, sans aucun doute des évadés comme 33. Des canaris et des perruches : des oiseaux détournés de leur millet et de leurs clochettes par la même force qui avait appelé les autres en ce lieu. Pour ces oiseaux, être ici signifiait le suicide. Bien que leurs congénères fussent à présent trop excités par leur rituel pour remarquer la présence de ces domestiques en leur sein, ils ne seraient plus aussi indifférents lorsque le charme aurait cessé de les tenir sous son emprise. Ils se montreraient alors vifs et cruels. Ils fondraient sur les canaris et sur les perruches et leur crèveraient les yeux, les exécutant pour avoir commis le crime de s'être laissé domestiquer.

Mais pour l'instant, le parlement des oiseaux était en paix. Il montait dans les airs, de plus en plus haut, envahissant le ciel de sa rumeur.

La poursuite de ce spectacle avait conduit Cal dans une partie de la ville qu'il avait rarement explorée. Ici, les maisons simples et carrées des lotissements municipaux laissaient la place à un no man's land désolé et sinistre, à des rues où se dressaient encore des maisons à terrasses de trois étages, jadis glorieuses et inexplicablement épargnées par les bulldozers, entourées par des zones rasées dans l'attente d'une reprise immobilière qui n'était jamais venue; des îlots dans une mer de poussière.

C'était une de ces rues — *Rue Street,* indiquait la plaque — qui semblait être le point focal vers lequel convergeaient les oiseaux. On y trouvait plus d'assemblées de volatiles épuisés que dans toutes les rues adjacentes; ils piaillaient et lissaient leurs plumes sur les gouttières, sur les cheminées et sur les antennes de télévision.

Cal fouilla le ciel et les toits du regard tout en avançant le long de Rue Street. Et là — il ne se serait pas donné une chance sur mille —, il aperçut son oiseau. Un pigeon solitaire sillonnant un nuage de moineaux. Des années passées à observer le ciel, à guetter des pigeons qui rentraient de leurs courses, lui avaient donné un œil d'aigle; il parvenait à reconnaître n'importe quel oiseau grâce à une douzaine de signes caractéristiques dans son vol. Il avait retrouvé 33; cela ne faisait aucun doute. Mais alors même qu'il l'observait, l'oiseau disparut derrière les toits de Rue Street.

Il se remit en chasse, trouvant une allée étroite qui coupait à travers l'alignement des maisons à terrasses pour conduire vers une allée plus large située derrière l'enfilade d'immeubles. Elle n'avait guère été entretenue. Des piles de détritus s'entassaient le long de ses trottoirs; des poubelles orphelines gisaient renversées, leur contenu éparpillé.

Mais à vingt mètres de l'endroit où il se trouvait, on était au travail. Deux déménageurs transportaient un fauteuil dans la cour située derrière l'une des maisons, tandis qu'un troisième regardait les oiseaux. Plusieurs centaines de volatiles étaient assemblés sur les murs de la cour, ainsi que sur les rebords des fenêtres qui donnaient sur elle. Cal s'avança le long de l'allée, scrutant l'assemblée d'oiseaux à la recherche d'un pigeon. Il en trouva une bonne douzaine au sein de la multitude, mais pas celui qu'il cherchait.

« Qu'est-ce que vous en dites ? »

Il était arrivé à moins de dix mètres des déménageurs, et l'un d'eux, le tire-au-flanc, venait de lui poser cette question.

« Je ne sais pas, répondit-il avec honnêteté.

— Peut-être qu'ils vont migrer », dit le plus jeune des deux manutentionnaires, laissant retomber sa moitié de fardeau pour lever les yeux vers le ciel.

« Ne sois pas stupide, Shane », dit le troisième homme, un Jamaïcain. Son nom — Gideon — était brodé sur le dos de son bleu de travail. « Pourquoi iraient-ils migrer en plein milieu de l'été ?

— Trop chaud, fut la réponse du tire-au-flanc. Voilà ce qu'y a. Fait foutrement trop chaud. Ça leur fait cuire la cervelle, là-haut. »

Gideon avait lui aussi laissé choir le fauteuil et s'était adossé contre le mur de la cour, portant la flamme d'une allumette à la cigarette à moitié fumée qu'il venait de sortir de sa poche.

« Ça serait chouette, hein ? dit-il d'un air songeur. Etre un oiseau. Passer le printemps ici, et puis foutre le camp sur la Côte d'Azur dès qu'on commence à se les geler.

— Ils ne vivent pas longtemps, dit Cal.

— Ah bon ? » dit Gideon en tirant sur sa cigarette. Il haussa les épaules. « Une vie courte et douce, dit-il. Ça me dirait. »

Shane tirailla sur la demi-douzaine de poils qui composaient sa moustache aléatoire.

« Vous vous y connaissez en oiseaux, hein ? dit-il à Cal.

— Seulement en pigeons.

— Vous faites des courses, hein ?

— De temps en temps...

— Mon beau-frère élève des sloughis », dit le tire-au-flanc.

Il regarda Cal comme si cette coïncidence relevait du miracle et était de nature à alimenter des heures de discussion. Mais tout ce que Cal parvint à répondre fut :

« Des chiens.

— C'est ça », dit l'autre, enchanté de voir qu'ils étaient d'accord sur ce point. « Il en a cinq. Mais l'un d'eux est mort.

— Dommage, dit Cal.

— Pas vraiment. Il était aveugle d'un œil et ne pouvait pas voir de l'autre. »

L'homme s'esclaffa à cette remarque, ce qui fit rapidement cesser leur dialogue. Cal retourna son attention vers les oiseaux, et il sourit en découvrant — là, sur le rebord de la fenêtre supérieure de la maison — son oiseau.

« Je le vois », dit-il.

Gideon suivit son regard.

« Qu'est-ce que c'est ?

— Mon pigeon. Il s'est échappé, dit Cal en tendant le bras. Là. Au milieu du rebord. Vous le voyez ? »

Tous trois se mirent à regarder.

« Il vaut quelque chose, hein ? dit le tire-au-flanc.

— C'est bien de toi, Bazo, commenta Shane.

— Je demandais, c'est tout, répondit Bazo.

— Il a remporté des prix », dit Cal, non sans fierté.

Il gardait les yeux braqués sur 33, mais le pigeon ne donnait aucun signe de vouloir s'envoler ; il se contentait de lisser les plumes de ses ailes et de tourner de temps en temps son œil rond vers le ciel.

« Reste là..., souffla Cal à l'oiseau, ne bouge pas... (Puis, s'adressant à Gideon :) Est-ce que je peux entrer ? Pour essayer de l'attraper ?

— Allez-y. La vieille folle qui habitait dans la maison est à l'hôpital. On enlève les meubles pour payer ses factures. »

Cal pénétra dans la cour, avançant avec précaution au milieu du bric-à-brac que le trio y avait entassé, puis entra dans la maison.

L'intérieur était en ruine. Si l'occupante avait jamais possédé quelque objet de valeur, cela faisait longtemps qu'on l'avait fait disparaître. Les rares tableaux encore accrochés aux murs n'avaient aucun intérêt ; les meubles étaient vieux, mais pas assez vieux pour être revenus à la mode ; les tapis, les coussins et les rideaux étaient si vétustes qu'ils n'attendaient que l'incinérateur. Les murs et les plafonds étaient souillés par des lustres de fumée, dont l'origine était les chandelles posées sur toutes les surfaces planes et recouvertes de stalactites de cire jaunie.

Il se fraya un chemin à travers ce terrier de pièces sombres et exiguës et parvint dans un couloir. La scène qu'il y trouva était tout aussi déprimante. Le linoléum brun froissé et déchiré, et l'odeur omniprésente de poussière, de moisi et de pourriture. Où qu'elle soit, pensa Cal, elle avait de la chance d'être sortie de cet endroit sordide ; elle était mieux à l'hôpital, où les draps étaient au moins secs.

Il commença à monter l'escalier. Il éprouvait une sensation curieuse en pénétrant dans la pénombre de l'étage supérieur, un peu plus aveugle à chaque marche, à l'écoute du bruit que faisaient les oiseaux en arpentant les tuiles d'ardoise au-dessus de sa tête, et des exclamations, ténues et lointaines, des mouettes et des corbeaux. Bien que cette impression fût sans nul doute erronée, il crut entendre leurs voix *tourner,* comme si cet endroit avait été le centre de leur attention. Une image surgit dans sa tête, une photographie qu'il avait vue dans la revue *National Geographic.* Une image des étoiles, prise avec un appareil à déclenchement ralenti, les têtes d'épingles stellaires décrivant des cercles dans leur mouvement apparent autour du ciel, avec l'Etoile Polaire, le Point Fixe des Cieux, immobile en leur centre.

Ce bruit tournoyant et l'image qu'il évoquait commencèrent à lui donner le vertige. Il se sentit soudain affaibli, terrifié même.

Le moment était mal choisi pour de telles faiblesses, se morigéna-t-il. Il fallait qu'il récupère l'oiseau avant qu'il ne s'envole de nouveau. Il accéléra l'allure. Arrivé en haut de l'escalier, il contourna plusieurs meubles entreposés là et ouvrit l'une des nombreuses portes qui se présentaient à lui. La pièce qu'il avait choisie était adjacente à celle dont 33 occupait la fenêtre. Un flot de soleil coulait à travers la vitre sans rideaux ; la chaleur moite fit naître de nouvelles gouttes de sueur sur son front. La pièce avait été vidée de tous ses meubles, et le seul témoignage d'occupation qu'on y trouvait était un calendrier de l'année 1961. Sur ce calendrier, la photographie d'un lion au pied d'un arbre, sa tête velue et monolithique posée sur ses grosses pattes, son regard contemplatif.

Cal retourna sur le palier, sélectionna une autre porte, et aboutit cette fois-ci dans la bonne pièce. Là, derrière la vitre crasseuse, se trouvait le pigeon.

Tout était à présent une question de tactique. Il devait prendre garde à ne pas effrayer l'oiseau. Il s'approcha avec précaution de la fenêtre. Sur le rebord inondé de soleil, 33 inclina la tête et cligna de l'œil, mais ne fit pas mine de s'envoler. Cal retint son souffle et posa ses mains sur le châssis pour lever la fenêtre, mais il était impossible de la faire bouger. Un examen rapide lui apprit pourquoi. Le châssis avait été scellé plusieurs années auparavant par une douzaine de clous profondément enfoncés dans le bois. Une forme de prévention contre le vol avec effraction plutôt primitive, mais sans aucun doute fort rassurante pour une vieille femme qui vivait seule.

Il entendit la voix de Gideon qui montait de la cour. Baissant les yeux, il aperçut le trio traînant un grand tapis enroulé hors de la maison, Gideon donnant des ordres en un flot ininterrompu.

« ... à ma gauche, Bazo. *Gauche !* Tu ne sais pas où est ta gauche ?

— Je vais à gauche.

— Pas *ta* gauche, crétin. *Ma* gauche. »

L'oiseau sur le rebord de la fenêtre n'était guère perturbé par ce vacarme. Il semblait tout à fait heureux sur son perchoir.

Cal se dirigea vers le rez-de-chaussée, décidant en chemin que le seul choix qui s'offrait à lui était de grimper le long du mur de la cour et de tenter d'attirer l'oiseau jusqu'à lui en le cajolant. Il se maudit de ne pas avoir pensé à amener une poignée de graines. Il lui faudrait se contenter de paroles douces et de roucoulements.

Lorsqu'il pénétra de nouveau dans l'étuve de la cour, les déménageurs avaient réussi à extraire le tapis de la maison et se reposaient après leurs efforts.

« Ça n'a rien donné ? dit Shane en voyant Cal émerger.

— La fenêtre ne veut pas bouger. Il va falloir que j'essaye d'ici. »

Il aperçut le regard désapprobateur de Bazo.

« Vous ne réussirez jamais à attraper le piaf d'ici », déclara l'homme, grattant la portion de brioche qui luisait entre son tee-shirt et sa ceinture.

« Je vais essayer par le mur, dit Cal.

— Faites gaffe..., dit Gideon.

— Merci.

— ... vous pourriez vous briser le dos... »

Utilisant en guise de prises des trous dans le béton qui s'effritait, Cal se hissa jusqu'au sommet du mur de deux mètres cinquante qui séparait la cour de sa voisine.

Le soleil était chaud sur sa nuque et sur son crâne, et une sensation qui ressemblait au vertige qu'il avait éprouvé en montant l'escalier revint le tourmenter. Il monta à califourchon sur le mur comme si celui-ci avait été un cheval, jusqu'à ce qu'il se soit habitué à la hauteur. Bien que son perchoir fût large d'une brique et lui ait offert assez d'espace pour marcher, les hauteurs et lui n'avaient jamais été les meilleurs amis du monde.

« On dirait bien que c'est une belle pièce », dit Gideon dans la cour au-dessous de lui.

Cal baissa les yeux pour découvrir le Jamaïcain accroupi à côté du tapis, qu'il avait déroulé suffisamment pour exposer une bordure délicatement ouvragée.

Bazo s'approcha de l'endroit où Gideon se tenait et examina la pièce. Il se déplumait, observa Cal, et ses cheveux étaient scrupuleusement plaqués avec de la brillantine pour dissimuler sa tonsure naissante.

« Dommage qu'il ne soit pas en meilleur état, dit Shane.

— Attends un peu, dit Bazo. Regardons ça de plus près. »

Cal concentra de nouveau son attention sur le problème qui lui faisait face, à savoir comment tenir debout. Au moins le tapis distrairait-il son public pendant quelques instants ; assez longtemps, pria-t-il, pour qu'il puisse se mettre sur pied. Il n'y avait aucun souffle de vent pour atténuer la fureur du soleil ; il sentait la sueur couler lentement le long de son dos et coller ses sous-vêtements à ses fesses. Avec un luxe de précautions, il entreprit de se mettre debout, réussissant à poser un genou sur le sommet du mur, tandis que ses mains s'accrochaient à la brique avec l'énergie du désespoir.

Il entendit monter des murmures d'approbation lorsqu'une nouvelle portion du tapis fut exposée à la lumière.

« Regarde-moi ce travail, dit Gideon.

— Est-ce que tu penses ce que je pense ? dit Bazo en baissant la voix.

— Je ne le saurai pas tant que tu ne me l'auras pas dit, fut la réponse de Gideon.

— Et si on amenait ça chez Gilchrist ? On en tirerait peut-être un bon prix.

— Le Chef saura que ça a disparu, protesta Shane.

— Parle pas si fort », dit Bazo, rappelant à ses compagnons la présence de Cal.

En fait, Cal était trop occupé par son médiocre numéro de funambule pour s'intéresser à leurs mesquines malversations. Il venait finalement de poser ses deux pieds en haut du mur et se préparait à essayer de tenir debout.

Dans la cour, la conversation continuait.

« Attrape l'autre bout, Shane, on va regarder l'ensemble...

— Tu crois que c'est persan ?

— J'en sais foutre rien. »

Tout doucement, Cal se leva, les bras tendus à quatre-vingt-dix degrés de son corps. Se sentant aussi stable qu'il pouvait l'être, il jeta un regard rapide vers le rebord de la fenêtre. L'oiseau s'y trouvait toujours.

Venu d'en bas, il entendit le bruit du tapis que l'on déroulait, les grognements des hommes ponctués par des cris d'admiration.

Faisant de son mieux pour ignorer leur présence, il fit un premier pas hésitant le long du mur.

« Hé, par ici..., murmura-t-il à l'évadé, tu te souviens de moi ? »

33 ne le remarqua même pas. Cal fit un deuxième pas en tremblant, puis un troisième, se sentant plus assuré. Il avait pigé le truc pour se tenir en équilibre, à présent.

« Descends », cajola-t-il, Roméo prosaïque.

L'oiseau parut enfin reconnaître la voix de son maître et inclina la tête en direction de Cal.

« Ici, mon gars... », dit Cal, levant doucement les mains vers la fenêtre tout en risquant un nouveau pas.

A ce moment-là, ou bien son pied glissa, ou alors la brique s'effrita sous son talon. Il s'entendit pousser un cri d'alarme qui sema la panique parmi les oiseaux perchés sur le rebord. Ils prirent aussitôt leur envol, le battement de leurs ailes lui adressant des applaudissements ironiques tandis qu'il vacillait sur le mur. Son regard paniqué alla d'abord vers ses pieds, puis vers la cour en dessous de lui.

Non, pas vers la cour ; celle-ci avait disparu. Ce fut le tapis qu'il découvrit. Il avait été entièrement déroulé et remplissait la cour d'un mur à l'autre.

Ce qui se passa ensuite ne prit que quelques secondes, mais ou bien son esprit fonctionnait à la vitesse de l'éclair, ou alors les instants firent l'école buissonnière, car il lui sembla qu'il avait tout le temps qu'il fallait...

Le temps nécessaire pour apprécier l'étonnante complexité du dessin étalé sous lui; une stupéfiante prolifération de détails exécutés avec un soin exquis. L'âge avait chassé l'éclat des couleurs de la trame, transformant le vermillon en rose, le cobalt en bleu ciel, et çà et là, le tapis était devenu élimé, mais de l'endroit où Cal chancelait, l'effet était toujours bouleversant.

Chaque centimètre carré du tapis était couvert de motifs. Même ses bordures fourmillaient de dessins, dont chacun était subtilement différent de ses voisins. L'effet qui en résultait n'était pas surchargé; chaque détail était clair aux yeux avides de Cal. Ici, une douzaine de motifs convergeaient comme s'ils s'étaient alliés; là, ils étaient séparés les uns des autres comme des frères rivaux. Certains montaient la garde le long des bordures; d'autres se déversaient vers l'intérieur, comme impatients de rejoindre la foule qui grouillait là.

A l'intérieur, des rubans de couleurs brillantes décrivaient des arabesques sur un fond sensuel de bruns et de verts, des formes qui n'étaient qu'abstraction pure — gribouillis fulgurants extraits du journal d'un fou — voisinaient avec une flore et une faune stylisées. Mais cette complexité était bien pâle à côté du motif qui se trouvait au centre du tapis: un énorme médaillon, aux couleurs aussi variées que celles d'un jardin en été, dans lequel une centaine de géométries subtiles avaient été tissées avec astuce, si bien que l'œil pouvait interpréter chaque motif comme une fleur ou un théorème, comme l'ordre ou le chaos, et trouver l'écho de chacun de ses choix dans le dessin global.

Il vit tout ceci en un seul et prodigieux regard. A son deuxième regard, la vision étalée devant lui se mit à changer.

Il vit du coin de l'œil que le reste du monde — la cour et les hommes qui l'avaient occupée, les maisons, le mur dont il était tombé — il vit que tout cela s'évanouissait. Soudain, il était suspendu dans l'air, et le tapis devenait plus vaste à chaque instant, lui emplissant la tête de ses glorieuses configurations.

Le dessin était mouvant, découvrit-il. Les nœuds devenaient impatients, tremblaient du désir de se dénouer, et les couleurs semblaient se fondre les unes dans les autres, et de nouvelles formes jaillissaient de ce mariage de nuances.

Pour peu plausible que cela parût, le tapis prenait vie.

Un paysage — ou plutôt, une confusion de paysages rassemblés dans un fabuleux désordre — émergeait de la fibre et de la trame. N'était-ce pas une montagne qu'il apercevait en dessous de lui, pointant son sommet à travers un nuage de couleur? et n'était-ce pas là une rivière? et n'entendait-il pas son rugissement alors qu'elle déversait ses torrents d'écume dans une gorge obscure?

Il y avait un *monde* en dessous de lui.

Et il était soudain un oiseau, un oiseau sans ailes planant, l'espace d'un instant, entre deux souffles, sur une brise chaude et parfumée, seul témoin du miracle endormi en bas.

Il y avait de nouveaux spectacles pour se disputer ses yeux à chaque battement de son cœur.

Un lac, avec des myriades d'îlots éparpillés comme des baleines endormies sur ses eaux placides. Un patchwork de champs, dont les herbes et les épis étaient balayés par la même marée éolienne qui le maintenait en vol. Une forêt de velours vert qui rampait sur le flanc abrupt d'une colline, au sommet de laquelle était perchée une tour de guet, le soleil et l'ombre des nuages parcourant ses murs blanchis.

Il y avait également d'autres signes d'habitation, même si on ne voyait rien des habitants eux-mêmes. Un amas de bâtisses étreignant le coude d'une rivière; plusieurs maisons rampant le long d'une falaise, défiant la pesanteur. Et une ville aussi, un cauchemar d'urbaniste, dont la moitié des rues sinuaient comme des serpents désespérés et dont l'autre moitié étaient des culs-de-sac.

La même indifférence nonchalante pour toute organisation se manifestait partout, découvrit-il. Des zones tempérées et tropicales, luxuriantes et stériles, se mêlaient inextricablement au mépris de toutes les lois de la géologie ou du climat, comme si ce monde était l'œuvre d'un Dieu qui aurait eu le goût de la contradiction.

Comme il serait agréable de parcourir ces lieux, pensa-t-il, avec tant de variété accumulée dans si peu d'espace, sans savoir si le prochain tournant lui révélerait la glace ou le feu. Une telle complexité était au-delà du talent d'un cartographe. Être là, en ce monde, serait une perpétuelle aventure.

Et au centre de cette province bourgeonnante, peut-être le spectacle le plus étonnant de tous. Une masse de nuages couleur d'ardoise, dont les entrailles étaient animées d'un perpétuel mouvement en spirale. Cette vision lui rappela les oiseaux tournoyant au-dessus de la maison de Rue Street — un écho de cette roue démesurée.

En pensant aux oiseaux, et à l'endroit qu'il avait laissé derrière lui, il entendit leurs voix — et à cet instant, le vent qui l'avait soulevé du monde en dessous de lui et qui l'avait maintenu dans les airs, ce vent tomba.

Il sentit tout d'abord l'horreur au creux de son estomac, puis dans ses entrailles: il allait tomber lui aussi.

Le tumulte des oiseaux se fit plus fort, exprimant leur plaisir devant sa chute. Lui, qui avait usurpé leur élément; lui, qui avait entr'aperçu un miracle, il allait à présent se fracasser dessus.

Il se mit à crier, mais la vitesse de sa chute déroba son cri à sa langue. L'air rugit à ses oreilles et lui tira les cheveux. Il essaya de tendre les bras pour ralentir sa descente, mais cette tentative le fit tournebouler sur lui-même, encore et encore, jusqu'à ce qu'il ne puisse plus distinguer la terre du ciel. Il n'y avait aucune pitié là-dedans, pensa-t-il. Au moins serait-il aveugle à l'approche de la mort. Il tournerait et tournerait jusqu'à ce que...

... le monde s'éteignît.

Il tomba à travers une ténèbre que n'illuminait aucune étoile, les cris des oiseaux résonnant toujours à ses oreilles, et heurta le sol, durement.

Ça faisait mal, et ça continuait de faire mal, ce qui lui parut bizarre. L'oubli, avait-il toujours pensé, serait un état dénué de toute douleur. Et aussi de tout son. Mais il y avait des voix.

« Dites quelque chose..., demanda l'une d'entre elles, même si ce n'est qu'un au revoir. »

Il y avait des rires à présent.

Il ouvrit les yeux d'un cheveu. La lumière du soleil était aveuglante, jusqu'à ce que Gideon l'éclipse de sa masse.

« Vous vous êtes cassé quelque chose ? » voulut savoir l'homme.

Cal ouvrit les yeux d'une fraction supplémentaire.

« Dites quelque chose, mec. »

Il leva la tête de quelques centimètres et regarda autour de lui. Il était étendu dans la cour, sur le tapis.

« Que s'est-il passé ?

— Vous êtes tombé du mur, dit Shane.

— Vous avez dû faire un faux pas, suggéra Gideon.

— Tombé », dit Cal, se redressant un peu afin de s'asseoir. Il se sentait nauséeux.

« Je ne pense pas que vous vous soyez fait beaucoup de mal, dit Gideon. Quelques égratignures, c'est tout. »

Cal s'examina, confirmant la remarque de l'homme. Il s'était écorché le long du bras droit, du poignet au coude, et il y avait une légère douleur dans son corps, à l'endroit où il avait heurté le sol, mais rien de tout ceci ne semblait grave. Seule sa dignité avait vraiment souffert, et cela n'était que rarement fatal.

Il se leva en grimaçant, les yeux fixés sur le sol. Le tapis se tenait tranquille. Il n'y avait aucun frisson révélateur dans les rangées de ses nœuds, aucun signe lui montrant que des hauteurs et des profondeurs insoupçonnées étaient sur le point de se révéler à ses yeux. Et il n'y avait aucun signe non plus que les autres aient vu quoi que ce soit de miraculeux. Apparemment, le tapis qui se trouvait sous ses pieds était tout simplement ça : un tapis.

Il se dirigea en chancelant vers le portail de la cour, murmurant quelques mots de remerciement à Gideon. Alors qu'il pénétrait dans l'allée, Bazo dit :

« Votre oiseau s'est envolé. »

Cal haussa légèrement les épaules et continua son chemin.

Quelle sorte d'expérience avait-il eue ? Une hallucination, causée par une abondance de soleil ou par la frugalité de son petit déjeuner ? En ce cas, elle avait été étonnamment réelle. Il leva les yeux vers les oiseaux, qui tournaient toujours en cercle au-dessus de lui. *Eux aussi* avaient senti quelque chose d'anormal ici ; c'était pour ça qu'ils s'étaient rassemblés. Ou alors, eux et lui partageaient le même délire.

En fin de compte, la seule chose dont il pouvait être sûr était ses blessures. Ça, plus le fait que, bien qu'il ne se trouvât pas à plus de trois kilomètres de la maison de son père, dans la ville où il avait passé toute sa vie, il avait le mal du pays autant qu'un enfant perdu.

CHAPITRE 4

Contact

Alors qu'Immacolata traversait l'étendue de trottoir brûlant qui séparait le perron de l'hôtel de l'intérieur ombragé de la Mercedes de Shadwell, elle poussa soudain un cri. Sa main bondit vers son front et les lunettes de soleil qu'elle portait toujours dans les lieux publics du Royaume churent de son visage.

Shadwell sortit en hâte de la voiture et lui ouvrit la portière, mais sa passagère secoua la tête.

« Trop de lumière », murmura-t-elle, et elle franchit la porte battante de l'hôtel pour regagner le vestibule.

Celui-ci était désert. Shadwell se précipita derrière Immacolata et la retrouva immobile, aussi loin de la porte que ses jambes avaient pu la conduire. Ses sœurs spectrales montaient la garde à ses côtés — leur présence troublait l'atmosphère renfermée — mais il ne put s'empêcher de saisir cette occasion, feignant un souci légitime, pour tendre la main vers la femme et la toucher. Un tel contact était pour elle un anathème, et pour lui une joie d'autant plus intense qu'elle lui était interdite. Il était par conséquent contraint d'exploiter toutes les occasions où il pouvait faire passer ce contact pour accidentel.

Les spectres lui glacèrent la peau en signe de désapprobation, mais Immacolata était parfaitement capable de protéger son inviolabilité. Elle se tourna vers lui, les yeux enragés devant son audace. Il écarta immédiatement sa main du bras de la femme, sentant un picotement dans ses doigts. Il compterait les minutes qui s'écouleraient jusqu'à ce qu'il se retrouve seul et puisse les porter à ses lèvres.

« Excusez-moi, dit-il. J'étais inquiet. »

Une voix intervint. Le réceptionniste avait émergé de son bureau, un magazine sportif à la main.

« Puis-je vous aider ? proposa-t-il.

— Non, non... », dit Shadwell.

Les yeux du réceptionniste n'étaient cependant pas posés sur lui, mais sur Immacolata.

« Un coup de chaleur, n'est-ce pas ? dit-il.

— Peut-être », dit Shadwell.

Immacolata s'était déplacée jusqu'au pied de l'escalier, hors de vue du réceptionniste curieux.

« Merci de votre amabilité... », ajouta Shadwell.

Le réceptionniste fit la moue et retourna à son fauteuil. Shadwell se dirigea vers Immacolata. Elle avait retrouvé les ombres ; ou les ombres l'avaient retrouvée.

« Que s'est-il passé ? dit-il. Etait-ce le soleil ? »

Elle refusa de regarder dans sa direction, mais daigna lui répondre.

« J'ai senti la Fugue... », dit-elle, si doucement qu'il dut retenir son souffle pour saisir ses paroles, « ... et autre chose. »

Il attendit de nouveaux éclaircissements de sa part, mais aucun ne vint. Puis, alors qu'il allait rompre le silence, elle dit :

« Au fond de ma gorge... » Elle déglutit, comme pour déloger quelque souvenir amer. « ... Le Fléau. »

Le Fléau ? L'avait-il bien entendue ?

Ou bien Immacolata avait perçu son doute, ou alors elle le partageait, car elle déclara :

« Il était *là,* Shadwell. »

Et quand elle prononça ces mots, même son extraordinaire maîtrise de soi ne put dompter le frémissement de sa voix.

« Vous vous trompez sûrement. »

Elle eut un léger mouvement de tête.

« Il est mort et oublié », dit-il.

Le visage de la femme aurait pu être ciselé dans la pierre. Seules ses lèvres bougeaient, et comme il les désirait, en dépit des pensées qu'elles exprimaient.

« Un pouvoir comme le sien ne meurt pas, dit-elle. Il ne peut jamais mourir. Il dort. Il attend.

— Quoi ? *Pourquoi ?*

— Que la Fugue se réveille, peut-être », dit-elle.

Ses yeux avaient perdu leur éclat doré ; étaient devenus d'argent. Des bribes de menstruum, tourbillonnant comme des grains de poussière dans un rayon de soleil, tombaient de ses cils et s'évaporaient à quelques centimètres de son visage. Il ne l'avait jamais vue dans un tel état auparavant, si près d'exprimer ses sentiments. Le spectacle de sa vulnérabilité l'excitait au-delà des mots. Son pénis était si dur qu'il en avait mal. Elle semblait cependant inconsciente de son excitation ; ou bien choisissait de l'ignorer. La Madeleine, la sœur aveugle, était bien moins indifférente. Elle avait, Shadwell le savait, de l'appétit pour ce qu'un homme éjaculait, et en faisait un usage horrible. Il apercevait sa forme en train de se coaguler dans un repli du mur, dévorée par la faim du crâne aux semelles.

« J'ai vu une désolation », dit Immacolata, distrayant l'attention de Shadwell des avances de la Madeleine. « Un soleil brillant. Un soleil *terrible.* L'endroit le plus vide de la terre.

— Et c'est là que se trouve le Fléau à présent ? »

Elle acquiesça.

« Il dort. Je crois... qu'il a oublié ce qu'il est.

— Il va demeurer ainsi, n'est-ce pas ? répondit Shadwell. Qui diable irait le réveiller ? »

Ses paroles échouèrent à le convaincre lui-même.

« Ecoutez..., dit-il, nous allons retrouver la Fugue et la vendre avant que le Fléau ait eu le temps de se retourner dans son sommeil. Nous ne sommes pas venus aussi loin pour nous arrêter maintenant. »

Immacolata resta muette. Ses yeux étaient toujours fixés sur ce néant qu'elle avait aperçu, ou goûté — ou les deux — quelques minutes plus tôt.

Shadwell ne comprenait que de façon confuse la nature des forces qui étaient à l'œuvre ici. En fin de compte, il n'était qu'un Coucou — un être humain — et sa vision s'en trouvait limitée ; un fait dont il était, comme en ce moment, parfois reconnaissant.

Il y avait une chose qu'il comprenait : la Fugue engendrait les légendes. Pendant les années qu'avait duré leur quête, il l'avait entendu mentionner tant de fois, dans des berceuses tout comme dans des ultimes confessions, et cela faisait longtemps qu'il avait renoncé à trier la réalité de la fiction. Tout ce qui importait, c'était de savoir que lui et les grands de ce monde désiraient cet endroit, qu'ils en parlaient dans leurs prières, sans savoir — pour la plupart — qu'il était réel ; ou qu'il l'avait été. Et quel profit il retirerait quand il mettrait ce rêve aux enchères ; on n'aurait jamais vu une vente pareille, et on n'en reverrait jamais plus. Ils ne pouvaient plus renoncer à présent. Pas par crainte d'une créature perdue dans le flot du temps et dans celui de ses rêves.

« Il *sait,* Shadwell, dit Immacolata. Même dans son sommeil, il sait. »

S'il avait su quelles paroles prononcer pour lui faire oublier sa peur, elle n'aurait eu que du mépris pour elles. Au lieu de cela, il se montra pragmatique.

« Plus tôt nous aurons trouvé le tapis et l'aurons vendu, et plus tôt nous serons tous satisfaits », dit-il.

Cette remarque sembla l'arracher à la désolation.

« Peut-être dans quelque temps », répondit-elle, dirigeant ses yeux vers lui pour la première fois depuis qu'ils avaient fui la rue. « Peut-être partirons-nous alors. »

Toute trace du menstruum avait brusquement disparu. L'instant de doute était passé, et la vieille certitude était de retour. Elle poursuivrait la Fugue jusqu'au bout, il le savait, comme ils l'avaient toujours envisagé. Aucune rumeur — même une rumeur de Fléau — ne lui ferait oublier sa malice.

« Nous allons perdre la trace si nous ne nous dépêchons pas.

— J'en doute, dit-elle. Nous attendrons. Jusqu'à ce que cette chaleur se dissipe. »

Ah, tel serait donc son châtiment pour avoir osé ce contact malvenu. C'était sa chaleur qu'elle évoquait ainsi de façon moqueuse, pas celle de la ville au-dehors. Il serait obligé d'attendre le bon plaisir de cette femme, comme il l'avait attendu si souvent, et porterait sa croix en silence. Pas seulement parce qu'elle seule pouvait traquer la Fugue grâce au rythme de sa vie tissée, mais parce qu'attendre une heure supplémentaire en sa présence, baignant dans le parfum de son souffle, était un supplice qu'il endurerait avec joie.

Pour lui, c'était un rituel de crime et de châtiment qui le ferait bander durant tout le reste de la journée.

Pour elle, le pouvoir que lui conférait le désir de cet homme restait une curiosité distrayante. Les chaudières, après tout, refroidissaient si on négligeait de les alimenter. Même les étoiles s'éteignaient après quelques millénaires. Mais le désir des Coucous, comme tant d'autres caractéristiques de cette espèce, défiait toutes les règles. Moins on le nourrissait, plus il devenait chaud.

CHAPITRE 5

Avant les ténèbres

1

En tout et pour tout, Suzanna avait probablement rencontré sa grand-mère maternelle moins d'une douzaine de fois. Même lorsqu'elle avait été enfant, avant qu'elle ait entièrement compris ce qu'on lui disait, on lui avait enseigné qu'il ne fallait pas faire confiance à cette vieille femme, bien qu'elle ne se rappelât jamais avoir entendu dire pourquoi. La leçon avait cependant porté. Même si à la sortie de l'adolescence — elle avait à présent vingt-quatre ans —, elle avait appris à regarder les préjugés de ses parents d'un œil critique et en était venue à soupçonner que, quelle que soit la nature de la méfiance entretenue à l'égard de sa grand-mère, elle était probablement tout à fait irrationnelle, elle ne parvenait cependant pas à oublier la mythologie qui avait peu à peu entouré Mimi Laschenski.

Ce nom même était un obstacle. Aux oreilles d'un enfant, il ressemblait davantage à une malédiction de conte de fées qu'à un nom. Et en fait, il y avait eu bien des choses chez cette vieille femme pour corroborer une telle fiction. Suzanna se souvenait de Mimi comme d'une petite femme, à la peau toujours légèrement jaunâtre, aux cheveux noirs (probablement teints, pensait-elle avec le recul) tirés en arrière pour révéler un visage qu'elle doutait avoir été capable de sourire. Peut-être Mimi avait-elle des raisons d'avoir l'air si chagrin. Son premier mari, qui travaillait dans un cirque ou quelque chose de ce genre, avait disparu avant la Grande Guerre ; il s'était enfui, murmurait-on dans la famille, tant Mimi se conduisait en mégère. Son second mari, le grand-père de Suzanna, était mort d'un cancer aux poumons à l'âge de quarante ans et quelques ; il s'était tué par la fumée. Depuis lors, la vieille femme avait vécu dans un état sans cesse croissant d'isolation excentrique, à l'écart de ses enfants et de ses petits-enfants, dans une maison de Liverpool ; une maison que Suzanna — à la suite d'une énigmatique requête de Mimi — allait visiter de nouveau après un long délai.

Alors qu'elle roulait vers le nord, le souvenir de Mimi et de sa maison lui revenait à l'esprit. Elle se rappelait que cette maison avait été bien plus grande que le domicile de ses parents, à Bristol ; et bien plus sombre. Une maison qu'on n'avait pas repeinte depuis le Déluge, une maison qui sentait le renfermé ; une maison en deuil. Et plus elle s'en souvenait, plus elle se sentait d'humeur funèbre.

Dans le roman privé qui s'écrivait dans sa tête, ce retour vers Mimi était un retour vers le bourbier de son enfance ; le souvenir, non pas d'années de bonheur et d'insouciance, mais d'un état permanent d'aveuglement et d'anxiété dont l'âge adulte l'avait délivrée. Et Liverpool avait été la métropole de cet état ; une ville perpétuellement crépusculaire, où l'air était empli de l'odeur de la fumée froide et de l'odeur encore plus froide du fleuve. Quand elle y pensait, elle était de nouveau une enfant et redoutait ses rêves.

Bien sûr, cela faisait plusieurs années qu'elle s'était débarrassée de ces craintes. La voilà à présent, au volant de sa voiture, parfaite maîtresse d'elle-même, roulant à vive allure avec le soleil en plein visage. Quelle emprise ces vieilles anxiétés pouvaient-elles avoir sur elle aujourd'hui ? Et pourtant, elle se surprenait à se raccrocher aux détails de sa vie présente, comme s'il s'était agi de talismans destinés à tenir cette ville en respect.

Elle pensa à l'atelier qu'elle avait quitté à Londres, et aux poteries qu'elle avait laissées de côté en attendant de les vernisser et de les cuire lorsque — dans peu de temps — elle serait de retour. Elle se rappela Finnegan et la façon dont il avait flirté avec elle lors de leur dîner, deux soirs auparavant. Elle pensa à ses amis, des gens robustes et sensés, une douzaine de personnes auxquelles elle confierait sans hésiter sa vie et sa raison. Armée de tant de *clarté,* elle parviendrait sûrement à arpenter les sentiers de son enfance sans en être souillée. Elle voyageait sur une route bien plus large à présent.

Et pourtant, les souvenirs étaient toujours puissants.

Certains, comme celui de Mimi et de sa maison, étaient des images qu'elle avait déjà revues en esprit. L'un d'eux en particulier, cependant, émergea d'un recoin caché au fond de sa tête, un recoin qu'elle n'avait jamais visité depuis le jour où elle y avait scellé ce souvenir.

L'épisode, contrairement à tant d'autres, ne lui revint pas en mémoire morceau par morceau. Il surgit en elle d'un seul coup, avec une étonnante clarté...

Elle avait six ans. Elle se trouvait dans la maison de Mimi, avec sa mère, et on était en novembre — n'était-ce pas toujours le cas? —, un mois glacé et sinistre. Elles étaient venues rendre une de leurs rares visites à Mamie, une corvée qui était toujours épargnée à son père.

Elle revoyait Mimi à présent, assise dans un fauteuil près d'un feu qui réchauffait à peine la suie dans la cheminée. Son visage — plein d'amertume et de tristesse au point d'en être presque tragique — était pâli par le fard, ses sourcils méticuleusement épilés, ses yeux luisants dans la lumière chiche qui perçait à travers les rideaux de dentelle.

Elle parla; et ses douces syllabes couvrirent le vacarme de l'autoroute.

« *Suzanna...* »

Interpellée par le passé, elle écouta.

« *... j'ai quelque chose pour toi.* »

Le cœur de l'enfant avait quitté sa place pour tomber au creux de son ventre.

« *Dis merci, Suzie* », la gronda sa mère.

L'enfant fit ce qu'on lui avait dit.

« *C'est en haut,* dit Mimi, *dans ma chambre. Tu peux monter et aller le chercher toute seule, n'est-ce pas? Il est bien enveloppé, en bas de l'armoire.*

— *Vas-y, Suzie.* »

Elle sentit la main de sa mère sur son bras, la poussant vers la porte.

« *Dépêche-toi.* »

Elle jeta un regard en direction de sa mère, puis vers Mimi. Il n'y avait aucune pitié à attendre, ni de l'une, ni de l'autre: elles la forceraient à monter cet escalier, et aucune protestation ne les ferait fléchir. Elle quitta la pièce et se dirigea vers le pied de l'escalier. Les marches devant elle ressemblaient à une falaise; et les ténèbres qui régnaient à leur sommet étaient une terreur qu'elle essaya d'ignorer. Dans n'importe quelle autre maison, elle n'aurait jamais été aussi craintive. Mais c'était la maison de Mimi; les ténèbres de Mimi.

Elle se mit à monter, les mains agrippées à la rampe, persuadée qu'une menace terrible la guettait sur chaque marche. Mais elle atteignit le palier sans avoir été dévorée et le traversa jusqu'à la chambre de sa grand-mère.

Les rideaux étaient à peine entrouverts: le peu de lumière qui les traversait avait la couleur des vieilles pierres. Une horloge égrenait les secondes sur le rebord de la cheminée, à un rythme quatre fois moins rapide que celui des battements de son cœur. Sur le mur au-dessus de l'horloge, contemplant toute la longueur du lit aussi haut qu'elle, se trouvait une photographie ovale, le portrait d'un homme vêtu d'un costume boutonné jusqu'au cou. Et à gauche de la cheminée, à l'autre bout d'un tapis qui étouffait le bruit de ses pas, il y avait l'armoire, au moins deux fois plus grande qu'elle.

Elle se précipita vers le meuble, résolue — à présent qu'elle se trouvait dans la chambre — à faire ce qu'on lui avait dit et à sortir d'ici avant que le tic-tac n'ait eu raison d'elle et n'ait fait ralentir son cœur jusqu'à l'arrêt total.

Levant un bras, elle fit tourner la poignée glaciale. La porte s'ouvrit un peu. A l'intérieur de l'armoire régnait une odeur de naphtaline, de vieux cuir et de lavande. Ignorant les robes pendues dans la pénombre, elle plongea une main parmi les cartons et les boîtes empilés en bas du meuble, espérant tomber sur son cadeau.

Dans sa hâte, elle ouvrit la porte en grand — et une créature aux yeux sauvages jaillit des ténèbres pour se jeter sur elle. Elle hurla. La chose lui hurla au visage pour se moquer d'elle. Puis elle se précipita vers la porte, trébuchant sur le tapis dans sa course, avant de se ruer vers le rez-de-chaussée. Sa mère se trouvait dans l'entrée...

« *Qu'y a-t-il, Suzie ?* »

Elle ne trouva aucun mot à lui dire. Au lieu de parler, elle se jeta dans les bras de sa mère — bien que, comme d'habitude, il y eût un instant durant lequel ceux-ci semblèrent hésiter avant de se décider à l'étreindre — et lui dit en pleurant qu'elle voulait rentrer chez elle. Et elle refusa d'en démordre, même après que Mimi fut montée à l'étage et eut murmuré à son retour quelque chose au sujet du miroir dans la porte de l'armoire.

Elles avaient quitté la maison peu après, et, pour autant qu'elle s'en souvienne, Suzanna n'avait plus jamais pénétré dans la chambre de Mimi. Quant au cadeau, il n'en avait plus été fait mention.

Tel était le squelette de ce souvenir, mais il y avait bien d'autres choses — des senteurs ; des sons ; des nuances de lumière — pour mettre de la chair sur ses os. Cet incident, une fois exhumé, avait bien plus de pouvoir sur elle que d'autres événements à la fois plus récents et apparemment plus significatifs. Elle était à présent impuissante — et le serait toujours désormais, pensait-elle — à évoquer le visage du garçon auquel elle avait fait don de sa virginité, mais elle se rappelait l'odeur de l'armoire de Mimi comme si elle était encore présente dans ses poumons.

La mémoire était si étrange.

Et encore plus étrange, cette lettre qui était à l'origine de son voyage.

C'était la première missive qu'elle ait reçue de sa grand-mère depuis plus d'une décennie. Ce fait en lui-même aurait suffi à lui faire quitter son atelier pour aller la voir. Mais le message qu'elle contenait, un gribouillis presque illisible sur du papier avion, lui avait semblé encore plus pressant. Elle avait quitté Londres dès l'arrivée de la lettre, comme si elle avait connu et aimé la femme qui l'avait écrite depuis un demi-siècle.

Suzanna, avait-elle commencé. Pas *Chère Suzanna,* ni *Ma Chérie.* Simplement:

Suzanna,

Excuse mon écriture. Je suis malade en ce moment. Je me sens faible à certains instants, et moins faible à d'autres. Qui sait comment je me sentirai demain?

C'est pour ça que je t'écris maintenant, Suzanna, parce que j'ai peur de ce qui pourrait arriver.

Veux-tu venir me voir, à la maison? Nous avons beaucoup de choses à nous dire, je crois. Des choses que je ne voulais pas dire, mais que je suis obligée de dire aujourd'hui.

Rien de tout cela ne te paraîtra sensé, je le sais, mais je ne peux pas être explicite, pas dans une lettre. J'ai de bonnes raisons.

Je t'en prie, viens. Les choses ne sont pas comme j'ai cru qu'elles seraient. Nous pouvons parler, comme nous aurions dû parler il y a des années de cela.

Je t'envoie tout mon amour, Suzanna,

Mimi.

Cette lettre ressemblait à un lac au cœur de l'été. Une surface placide, mais en dessous? quelles ténèbres? *Les choses ne sont pas comme j'ai cru qu'elles seraient,* avait écrit Mimi. Que voulait-elle dire? Que la vie finissait trop tôt, et que sa jeunesse radieuse n'avait contenu aucun indice sur l'amertume que prendrait sa condition de mortelle?

La lettre avait été retardée de plus d'une semaine grâce aux bons offices des postes. Lorsque, le jour où elle l'avait reçue, elle avait appelé la maison de Mimi, elle n'avait entendu que la tonalité qui signifiait que le numéro avait été supprimé. Abandonnant ses poteries en cours de finition, elle avait fait sa valise et s'était mise en route vers le nord.

2

Elle se dirigea droit vers Rue Street, mais le numéro dix-huit était vide. Le numéro seize était également désert, mais dans la maison voisine, une femme rubiconde du nom de Violet Pumphrey put lui offrir quelques explications. Mimi était tombée malade quelques jours plus tôt et se trouvait à présent au Sefton General Hospital, à l'article de la mort. Ses créanciers, parmi lesquels figuraient le Gaz, l'Electricité, la Mairie et une douzaine d'épiciers, s'étaient immédiatement empressés de saisir ses meubles en guise de remboursement.

« Ils étaient comme des vautours, dit Mrs Pumphrey, et elle qui n'est même pas encore morte. C'est honteux. Ils étaient là comme chez eux, et ils prenaient tout ce qui leur tombait sous la main. D'accord, elle était difficile à vivre. J'espère que vous ne m'en voudrez pas si je suis franche, ma chérie ? Mais c'est vrai. Elle restait barricadée dans sa maison la plupart du temps. C'était une vraie forteresse. C'est pour ça qu'ils ont attendu, vous voyez ? Jusqu'à ce qu'elle sorte. S'ils avaient essayé d'y entrer tant qu'elle s'y trouvait, ils seraient encore en train de frapper à la porte. »

Avait-on emporté l'armoire ? se demanda Suzanna, distraite. Remerciant Mrs Pumphrey pour son aide, elle alla refaire un tour au numéro dix-huit — son toit était couvert d'une couche si épaisse de crottes d'oiseaux qu'on l'aurait cru victime d'un ouragan privé —, puis se dirigea vers l'hôpital.

3

L'infirmière arborait un visage compatissant qui n'était guère convaincant.

« Mrs Laschenski est très malade, j'en ai peur. Êtes-vous un parent proche ?

— Je suis sa petite-fille. Est-ce que quelqu'un d'autre est venu la voir ?

— Pas à ma connaissance. Cela ne sert pas à grand-chose, en fait. Elle a eu une attaque très aiguë, Miss...

— Parrish. Suzanna Parrish.

— Votre grand-mère est inconsciente la plupart du temps, j'en ai peur.

— Je vois.

— Aussi, n'ayez pas trop d'espoir. »

L'infirmière la conduisit au bout d'un petit couloir, dans une chambre si tranquille que Suzanna aurait pu entendre un pétale tomber, excepté qu'il ne s'y trouvait aucune fleur. Les mouroirs ne lui étaient pas inconnus ; sa mère et son père étaient morts trois ans auparavant, à moins de six mois d'intervalle. Elle reconnut cette odeur, et ce silence, dès qu'elle eut fait un pas à l'intérieur de la chambre.

« Elle ne s'est pas réveillée aujourd'hui », dit l'infirmière en se reculant pour laisser la jeune femme s'approcher du lit de Mimi.

Suzanna crut tout d'abord que quelqu'un avait commis une monumentale erreur. Il ne s'agissait sûrement pas de Mimi. Cette pauvre femme était trop frêle ; trop blanche. Elle avait une objection sur le bout de la langue lorsqu'elle se rendit compte que c'était elle qui était dans l'erreur. Bien que les cheveux de la femme allongée sur le lit fussent si épars que son crâne luisant était visible entre eux, et bien que la peau de son visage fût drapée mollement sur son crâne comme une mousseline humide, c'était néanmoins Mimi. Privée de toute puissance ; réduite par un mauvais fonctionnement de ses nerfs et de ses muscles à cet état de passivité déplorable ; mais toujours Mimi.

Les larmes montèrent aux yeux de Suzanna lorsqu'elle vit sa grand-mère bordée comme l'aurait été un enfant, n'eût été le fait que son sommeil n'était pas une préparation à un nouveau jour mais à la nuit éternelle. Elle avait été si farouche, cette femme, et si déterminée. A présent, toute cette force avait disparu, disparu à jamais.

« Voulez-vous que je vous laisse seules quelques instants ? » dit l'infirmière, et sans attendre une réponse, elle se retira.

Suzanna porta une main à son front pour chasser ses larmes.

Quand elle regarda de nouveau la vieille femme, ses paupières veinées de bleu s'ouvraient en frémissant.

L'espace d'un instant, il sembla à Suzanna que les yeux de Mimi se fixaient quelque part derrière elle. Puis son regard se fit plus aigu, et les yeux qui se posèrent sur Suzanna étaient aussi lucides que dans ses souvenirs.

Mimi ouvrit la bouche. Ses lèvres étaient asséchées par la fièvre. Elle passa la langue sur elles, sans grand effet. Complètement sur les nerfs, Suzanna s'approcha du bord du lit.

« Bonjour, dit-elle doucement. C'est moi. C'est Suzanna. »

Les yeux de la vieille femme se rivèrent à ceux de Suzanna. Je *sais* qui tu es, disait son regard.

« Veux-tu un peu d'eau ? »

Un léger plissement vint creuser le front de Mimi.

« De l'eau ? » répéta Suzanna, et de nouveau, le plus ténu des plissements en guise de réponse. Elles se comprenaient.

Suzanna prit la carafe de plastique sur la table de chevet et versa un peu d'eau dans un verre de plastique, le portant aux lèvres de Mimi. A ce moment-là, la vieille femme leva son bras de quelques centimètres au-dessus du drap rêche et frôla le bras de Suzanna. Ce contact fut aussi léger qu'une plume, mais il causa un tel choc à Suzanna qu'elle faillit lâcher le verre.

Le souffle de Mimi était soudain devenu plus inégal, et des tics naquirent autour de ses yeux et autour de sa bouche alors qu'elle luttait pour prononcer un mot. Ses yeux étaient luisants de frustration, mais le seul son qu'elle réussit à émettre fut un raclement de gorge.

« Tout va bien », dit Suzanna.

L'expression sur le visage parcheminé apportait un démenti flagrant à de telles platitudes. *Non,* disaient ces yeux, tout ne va pas *bien,* tout est loin d'aller bien. La Mort attend à la porte et je ne peux même pas exprimer mes sentiments.

« Qu'y a-t-il ? » murmura Suzanna en se penchant au-dessus de l'oreiller.

Les doigts de la vieille femme tremblaient toujours contre son bras. Sa peau frémissait à ce contact, son estomac se révoltait.

« Comment puis-je t'aider ? » dit-elle.

Ce n'était que la plus vague des questions, mais elle était totalement dans le noir.

Les yeux de Mimi se fermèrent l'espace d'un instant, et le plissement de son front s'accentua. Elle avait renoncé à tenter de parler, apparemment. Peut-être avait-elle entièrement renoncé.

Et puis, avec une soudaineté qui fit pousser un cri à Suzanna, les doigts qui étaient posés sur son bras encerclèrent son poignet. Leur étreinte s'accentua jusqu'à lui faire mal. Elle aurait pu se dégager, mais elle n'en eut pas le temps. Un subtil mélange de senteurs lui emplissait la tête : poussière, papier d'emballage et lavande. L'armoire, bien sûr ; c'était le parfum de l'armoire. Et avec cette constatation, une autre certitude : d'une façon indéfinie, Mimi avait pénétré dans la tête de Suzanna pour y placer ce parfum.

Elle connut un instant de panique — l'animal en elle réagissait à cette défaite de l'autonomie de son esprit. Puis sa panique disparut devant une vision.

Une vision de quoi, elle n'en était pas sûre. Une sorte de dessin, un motif qui se déformait et se reformait sans cesse. Peut-être y avait-il de la couleur dans ce motif, mais une couleur si subtile qu'elle ne pouvait pas en être certaine ; subtiles également, les formes qui évoluaient dans ce kaléidoscope.

Ceci, tout comme le parfum, était l'œuvre de Mimi. Malgré les protestations de sa raison, Suzanna ne pouvait pas mettre en doute la vérité de cette assertion. Cette image était d'une signification vitale pour la vieille dame. C'était pour cela qu'elle utilisait jusqu'à la dernière goutte les ressources de sa volonté afin que Suzanna puisse partager les scènes de son œil intérieur.

Mais elle n'eut pas la chance d'enquêter plus en détail sur cette vision.

Derrière elle, l'infirmière s'exclama :

« *Oh mon Dieu !* »

Cette voix rompit le charme de Mimi, et le motif explosa dans une tempête de pétales avant de disparaître. Suzanna se retrouva en train de contempler fixement le visage de Mimi, leurs regards se croisant momentanément avant que la vieille femme ne perde tout contrôle de son corps meurtri. Sa main lâcha le poignet de Suzanna, ses yeux se mirent à tourner de façon grotesque ; une salive noirâtre coula au coin de sa bouche.

« Vous feriez mieux d'attendre dehors », dit l'infirmière, traversant la chambre pour appuyer sur le bouton d'appel placé à côté du lit.

Suzanna se dirigea à reculons vers la porte, affligée par les bruits d'étouffement qu'émettait sa grand-mère. Une deuxième infirmière avait fait son apparition.

« Appelle le Docteur Chai, dit la première. (Puis, s'adressant à Suzanna :) Je vous en *prie,* voulez-vous attendre dehors ? »

Elle s'exécuta : elle ne pouvait rien faire à l'intérieur de la chambre, sinon gêner les experts. Le couloir était animé ; elle dut s'éloigner d'une vingtaine de mètres de la porte de la chambre de Mimi avant de trouver un endroit où se ressaisir.

Ses pensées ressemblaient à des coureurs aveugles ; elles se précipitaient dans tous les sens sans jamais parvenir nulle part. De temps en temps, ses souvenirs la ramenaient dans la chambre de Mimi, dans Rue Street, l'armoire dressée devant elle comme un fantôme plein de reproches. Qu'est-ce que Mamie avait voulu lui dire avec ce parfum de lavande ? et comment avait-elle réussi cet extraordinaire exploit, comment avait-elle réussi à lui transmettre ses pensées ? Était-ce quelque chose dont elle avait toujours été capable ? Et en ce cas, quels autres pouvoirs recelait-elle ?

« Êtes-vous Suzanna Parrish ? »

Enfin une question à laquelle elle pouvait répondre.

« Oui.

— Je suis le Docteur Chai. »

Le visage qui se trouvait devant elle était aussi rond qu'un biscuit, et aussi mielleux.

« Votre grand-mère, Mrs Laschenski...

— Oui ?

— ... Son état s'est sérieusement détérioré. Êtes-vous sa seule parente ?

— La seule dans ce pays. Ma mère et mon père sont décédés. Elle a un fils. Au Canada.

— Vous serait-il possible de le contacter ?

— Je n'ai pas son numéro de téléphone sur moi... mais je peux l'obtenir.

— Je pense qu'il devrait être informé, dit Chai.

— Oui, bien sûr, dit Suzanna. Que devrai-je... ? Je veux dire, pouvez-vous me dire combien de temps elle va survivre ? »

Le médecin poussa un soupir.

« C'est impossible à dire, déclara-t-il. Quand on l'a admise ici, je ne pensais pas qu'elle passerait la nuit. Mais elle l'a fait. Et la suivante. Et la suivante encore. Elle continue de tenir bon. Sa ténacité est vraiment remarquable. » Il s'interrompit, regardant Suzanna droit dans les yeux. « En fait, je crois qu'elle vous attendait.

— Moi ?

— Je le pense. Votre nom est la seule parole cohérente qu'elle ait prononcée depuis son arrivée ici. Je pense qu'elle était décidée à ne pas renoncer avant votre visite.

— Je vois, dit Suzanna.

— Vous devez être quelqu'un de très important pour elle, répondit-il. C'est une bonne chose que vous l'ayez vue. Il y a tant de vieilles gens, vous savez, qui viennent mourir ici sans que personne se soucie de leur sort. Où logez-vous ?

— Je n'y avais pas pensé. Dans un hôtel, je suppose.

— Peut-être pourriez-vous nous donner un numéro où vous joindre, en cas de nécessité.

— Bien sûr. »

Ceci dit, il hocha la tête et la laissa à ses coureurs. Cette conversation n'avait pas réussi à les guérir de leur cécité.

Mimi Laschenski ne l'aimait pas, contrairement à ce que le docteur avait prétendu ; comment l'aurait-elle pu ? Elle ne savait rien de la façon dont sa petite-fille avait grandi ; elles étaient pareilles à des livres fermés l'une pour l'autre. Et pourtant, ce que Chai lui avait dit semblait en partie vrai. Peut-être qu'elle avait bien attendu, luttant de toutes ses forces pour survivre jusqu'à ce que la fille de sa fille vienne à son chevet.

Et pourquoi ? Pour lui tenir la main et dépenser sa dernière once d'énergie afin d'offrir à Suzanna un fragment de tapisserie ? C'était un fort beau cadeau, mais il signifiait trop de choses ou pas assez. Et dans chacun des cas, Suzanna ne comprenait pas de quoi il retournait.

Elle revint dans la chambre numéro cinq. L'infirmière montait la garde, la vieille femme était immobile comme la pierre, couchée sur son oreiller. Les yeux fermés, les mains posées sur les côtés. Suzanna examina son visage de nouveau flasque. Il ne pouvait rien lui apprendre.

Elle prit la main de Mimi et la serra dans la sienne durant quelques instants, très fort, puis s'en fut. Elle allait retourner dans Rue Street, décida-t-elle, et voir si entrer dans la maison n'allait pas susciter un souvenir ou deux.

Elle avait passé tant de temps à oublier son enfance, à l'écarter dans un coin où elle ne pourrait pas remettre en question une maturité durement gagnée. Et à présent que toutes les boîtes étaient soigneusement fermées, que trouvait-elle ? Un mystère qui défiait l'entendement de son moi adulte et qui la ramenait au passé à la recherche d'une solution.

Elle se rappela le visage dans l'armoire, ce visage qui lui avait fait descendre l'escalier en courant, les larmes aux yeux.

L'attendait-il toujours ? Et était-ce toujours le sien ?

CHAPITRE 6

Mooney le Dingue

1

Cal était terrifié comme il n'avait jamais été terrifié de sa vie. Il était assis dans sa chambre, porte fermée à clé, et tremblait.

Les tremblements avaient commencé quelques minutes après les événements de Rue Street, presque vingt-quatre heures auparavant, et ils n'avaient pas fait mine de cesser depuis lors. Parfois, ces tremblements le secouaient si fort que sa main parvenait à peine à tenir le verre de whisky qui ne l'avait pas quitté durant une nuit pratiquement sans sommeil ; à d'autres moments, ils lui faisaient claquer les dents. Mais la plupart de ces tremblements n'étaient pas extérieurs, ils étaient *intérieurs.* On aurait dit que les pigeons avaient réussi à pénétrer dans son ventre et frôlaient ses entrailles à coups de battements d'ailes.

Et tout ça parce qu'il avait vu quelque chose de merveilleux et savait dans la moelle de ses os que sa vie ne serait désormais plus jamais la même. Comment aurait-il pu en être autrement ? Il était monté en haut du ciel et avait contemplé l'endroit qu'il avait attendu de trouver depuis son enfance.

Il avait toujours été un enfant solitaire, aussi bien par choix que par le jeu des circonstances, et n'était jamais aussi heureux que lorsqu'il pouvait lâcher la bride à son imagination et la laisser errer à sa guise. Il fallait peu de chose pour amorcer de tels voyages. Avec le recul, il lui semblait qu'il avait passé la moitié de ses jours d'école à regarder par la fenêtre, transporté par un vers dont il ne parvenait pas tout à fait à appréhender le sens, ou par le bruit émis par quelqu'un qui chantait dans une classe lointaine, dans un monde plus beau et plus lointain que celui qu'il connaissait. Un monde dont les parfums étaient amenés à ses narines par des vents mystérieusement chauds en plein cœur d'un mois de décembre glacé ; dont les créatures lui rendaient hommage au pied de son lit durant certaines nuits, et avec les habitants duquel il conspirait pendant son sommeil.

Mais en dépit de la familiarité de cet endroit, du confort qu'il ressentait en son sein, sa nature et sa localisation précises demeuraient évasives, et bien qu'il ait lu tous les livres susceptibles de contenir la promesse d'un tel territoire, il en était toujours sorti déçu. Ils étaient trop parfaits, ces royaumes de l'enfance ; tous faits de miel et d'été.

Le véritable Pays des Merveilles n'était pas comme cela, il le savait. Il était fait d'ombre autant que de lumière, et ses mystères ne pouvaient être dévoilés que lorsque la ruse devenait impuissante et l'esprit près de se rompre.

C'était pour cette raison qu'il tremblait ainsi à présent, car c'était l'impression qu'il avait. D'être un homme dont la tête était sur le point de se briser.

2

Il s'était réveillé très tôt, était descendu se préparer un œuf au plat et un sandwich au bacon, puis était resté assis au milieu des ruines de sa gloutonnerie jusqu'à ce qu'il entende son père s'étirer au-dessus de lui. Il avait appelé en hâte son bureau, et avait dit à Wilcox qu'il était malade et qu'il n'irait pas travailler aujourd'hui. Il avait dit la même chose à Brendan — qui était occupé à sa toilette matinale et qui, grâce à la porte fermée, ne pouvait pas voir le visage livide et anxieux que son fils arborait ce matin. Puis, son devoir accompli, il était remonté dans sa chambre et s'était assis sur son lit pour se livrer à un nouvel examen des événements de Rue Street, espérant que la nature des mystères de la veille parviendrait éventuellement à devenir claire à ses yeux.

Cela ne servit pas à grand-chose. Quel que soit l'angle sous lequel il examinait les événements, ceux-ci semblaient imperméables à toute explication rationnelle, et il se retrouva avec le même souvenir aigu de son expérience et le regret douloureux qui l'accompagnait.

Tout ce qu'il avait jamais désiré se trouvait dans cette contrée ; il le savait. Tout ce que son éducation lui avait appris à rejeter — tous les miracles, tous les mystères, toutes les ombres bleues et tous les esprits au souffle embaumant. Tout ce que les pigeons savaient, tout ce que le vent savait, tout ce que le monde des humains avait jadis appréhendé avant de l'oublier, tout cela l'attendait en ce lieu. Il l'avait vu de ses propres yeux.

Ce qui faisait probablement de lui un dément.

Comment aurait-il pu expliquer autrement une hallucination d'une telle précision et d'une telle complexité ? Non, il était fou. Et pourquoi pas ? Il y avait de la folie dans son sang. Le père de son père, Mooney le Dingue, avait fini sa vie fou à lier. Cet homme avait été un poète, à en croire Brendan, bien que le récit de sa vie et de ses aventures ait été proscrit dans la maison de Chariot Street. *Fais taire tes souvenirs,* disait toujours Eileen chaque fois que Brendan mentionnait cet homme, bien que Cal n'ait jamais su si ce tabou s'appliquait à la Poésie, au Délire ou aux Irlandais. Quoi qu'il en soit, c'était un édit que son père avait souvent transgressé lorsque sa femme avait eu le dos tourné, car Brendan était entiché de Mooney le Dingue et de ses vers. Cal en avait même appris quelques-uns, sur les genoux de son père. Et le voilà à présent, respectant la tradition familiale : tourmenté par des visions et pleurant dans son whisky.

La question était la suivante : dire ou ne pas dire. Raconter ce qu'il avait vu, et supporter les rires et les regards en coin, ou le garder dissimulé. Une partie de lui-même souhaitait ardemment parler, tout dire à quelqu'un (même à Brendan) et voir ce qui en résulterait. Mais une autre partie lui disait : silence, prudence. Le Pays des Merveilles ne vient pas à ceux qui en parlent sur les toits, mais à ceux qui gardent le silence et qui *attendent.*

Ce fut donc ce qu'il fit. Il s'assit, trembla, et attendit.

3

Le Pays des Merveilles ne se montra pas, mais Geraldine si, et elle n'était pas d'humeur à parler à un dément. Cal entendit sa voix dans l'entrée ; entendit Brendan lui dire que Cal était malade et ne voulait pas être dérangé, l'entendit, elle, dire à Brendan qu'elle avait l'intention de voir Cal, qu'il soit malade ou non ; puis elle fut à sa porte.

« Cal ? »

Elle essaya la poignée, vit que la porte était verrouillée, et frappa.

« Cal ? C'est moi. Réveille-toi. »

Il feignit la lassitude, aidé par une langue à présent imbibée de whisky.

« Qui est là ? dit-il.

— Pourquoi cette porte est-elle fermée ? C'est moi. Geraldine.

— Je ne me sens pas très bien.

— Laisse-moi entrer, Cal. »

Il était trop avisé pour discuter avec elle quand elle était de cette humeur. Il alla jusqu'à la porte en vacillant et tourna la clé.

« Tu as l'air lamentable, dit-elle, adoucissant la voix dès qu'elle eut posé les yeux sur lui. « Qu'est-ce qui t'est arrivé ?

— Tout va bien, protesta-t-il. Vraiment. Je suis tombé, c'est tout.

— Pourquoi ne m'as-tu pas appelée ? Je t'ai attendu durant toute la répétition du mariage, hier soir. Tu avais oublié ? »

Le samedi suivant, Teresa, la sœur aînée de Geraldine, devait épouser le grand amour de sa vie, un garçon catholique de bonne famille dont la fertilité ne pouvait guère être mise en doute : sa bien-aimée était enceinte de quatre mois. On n'avait cependant pas permis à son ventre rond de ternir la cérémonie : le mariage devait être somptueux. Cal, qui faisait la cour à Geraldine depuis deux ans, était un invité de valeur, vu le consensus qui faisait de lui le prochain candidat en lice pour échanger un serment matrimonial avec une des quatre filles de Norman Kellaway. Sans aucun doute, son absence lors de la répétition avait été considérée comme une hérésie mineure.

« Je te l'avais rappelé, Cal, dit Geraldine. Tu sais à quel point c'est important pour moi.

— J'ai eu des ennuis, lui dit-il. Je suis tombé d'un mur. »

Elle prit un air incrédule.

« Qu'est-ce que tu faisais en haut d'un mur ? » dit-elle, comme si, à son âge, il avait dépassé le stade de telles plaisanteries.

Il lui raconta brièvement l'évasion de 33 et la poursuite qui l'avait mené dans Rue Street. Ce fut un compte rendu expurgé, bien sûr. Il ne s'y trouvait aucune mention du tapis ni de ce qu'il y avait vu.

« Tu as retrouvé cet oiseau ? demanda-t-elle quand il eut fini de lui raconter la poursuite.

— C'est une façon de parler », lui dit-il.

En fait, il était revenu dans la maison de Chariot Street pour s'entendre dire par son père que 33 avait regagné le pigeonnier en fin d'après-midi et qu'il était de nouveau perché à côté de sa pigeonne mouchetée. Ce fut ce qu'il dit à Geraldine.

« Ainsi, tu as manqué la répétition pour aller chercher un pigeon qui a fini par rentrer tout seul ? » dit-elle.

Il acquiesça.

« Mais tu sais à quel point Papa aime ses oiseaux », dit-il.

Le nom de Brendan contribua encore à adoucir Geraldine ; le père de Cal et elle s'étaient liés d'amitié dès l'instant où Cal les avait présentés l'un à l'autre. Elle étincelle, avait dit Brendan à son fils, accroche-toi à elle, car sinon, quelqu'un d'autre le fera. Eileen n'avait jamais été aussi enthousiaste. Elle s'était toujours montrée froide envers Geraldine, ce qui avait rendu Brendan encore plus prodigue de compliments.

Le sourire qu'elle lui offrait à présent était plein de gentillesse et d'indulgence. Bien que Cal ne l'ait laissée qu'à regret pénétrer dans sa chambre et interrompre sa rêverie, il lui fut soudain reconnaissant de sa présence. Il sentit même ses tremblements diminuer quelque peu.

« Ça sent le renfermé ici, dit-elle. Tu as besoin d'un peu d'air frais. Pourquoi n'ouvres-tu pas la fenêtre ? »

Il obéit à cette suggestion. Lorsqu'il se retourna, elle s'était assise en tailleur sur le lit, adossée au collage d'images qu'il avait disposé sur le mur dans sa jeunesse et que ses parents n'avaient jamais enlevé. Le Mur des Lamentations, l'avait baptisé Geraldine ; elle l'avait toujours mise mal à l'aise, cette parade de vedettes de cinéma et de champignons nucléaires, de politiciens et de porcs.

« La robe est superbe », dit-elle.

Il passa quelques instants à chercher le sens de cette phrase, l'esprit engourdi.

« La robe de *Teresa*, précisa-t-elle.

— Oh.

— Viens t'asseoir près de moi, Cal. »

Il s'attarda près de la fenêtre. L'air était doux et propre. Il lui rappelait...

« Qu'est-ce qui ne va pas ? » dit-elle.

Il avait les mots sur le bout de la langue. *J'ai vu le Pays des Merveilles,* voulait-il dire. C'était ça, en somme. Le reste — les circonstances, la description — ce n'étaient que des détails. Ces mots essentiels étaient assez faciles à dire, n'est-ce pas ? *J'ai vu le Pays des Merveilles.* Et s'il y avait dans sa vie un être auquel il aurait dû les dire, c'était bien cette femme.

« Dis-moi, Cal, demanda-t-elle. Es-tu malade ? »

Il secoua la tête.

« J'ai vu... », commença-t-il.

Elle le regarda avec un étonnement non dissimulé.

« Quoi ? dit-elle. Qu'est-ce que tu as vu ?

— J'ai vu... », commença-t-il de nouveau, et de nouveau il hésita.

Sa langue refusait d'obéir aux instructions qu'il lui donnait ; les mots ne sortaient pas. Il détourna les yeux de son visage pour les poser sur le Mur des Lamentations.

« Ces images..., dit-il finalement, elles sont atroces. »

Une étrange euphorie s'empara de lui lorsqu'il s'éloigna de l'aveu après s'en être approché de si près. La partie de lui-même qui voulait garder secret ce qu'il avait vu avait en cet instant gagné la bataille, et peut-être même la guerre. Il ne pouvait pas le lui dire. Ni maintenant ni jamais. Il se sentait immensément soulagé d'avoir pris cette décision.

Je suis Mooney le Dingue, pensa-t-il dans son for intérieur. Ce n'était pas une si mauvaise idée, après tout.

« Tu as déjà l'air un peu mieux, dit-elle. Ce doit être l'air frais. »

4

Et quelles leçons apprendrait-il du poète dément, à présent qu'ils étaient camarades en esprit? Que ferait Mooney le Dingue s'il se retrouvait dans la peau de Cal?

Il jouerait le jeu que les circonstances rendraient nécessaire, fut la réponse, et ensuite, lorsque le monde lui aurait tourné le dos, il *chercherait,* chercherait jusqu'à ce qu'il ait retrouvé l'endroit qu'il avait vu, sans se soucier d'inviter le délire en agissant ainsi. Il trouverait son rêve, s'accrocherait à lui et ne le lâcherait plus.

Ils parlèrent encore quelques instants, jusqu'à ce que Geraldine annonce son départ. Elle avait encore des choses à faire cet après-midi en prévision du mariage.

« Fini de chasser les pigeons, dit-elle à Cal. Je veux que tu sois là samedi. »

Elle passa les bras autour de lui.

« Tu es trop maigre, dit-elle. Il va falloir que je t'engraisse. »

Elle s'attend à être embrassée à présent, lui murmura le poète dément. *Obéis aux vœux de la dame. Nous ne voudrions pas qu'elle croie que tu as perdu tout intérêt pour la copulation, simplement parce que tu es arrivé à mi-chemin du Ciel avant de faire demi-tour. Embrasse-la, et dis quelque chose d'approprié.*

Le baiser, Cal pouvait le donner, bien qu'il redoutât que le caractère forcé de sa passion fût apparent. Il n'avait pas de crainte à avoir. Elle lui retourna sa ferveur contrefaite avec une sincérité authentique, pressant étroitement son corps chaud contre le sien.

Voilà, dit le poète, *maintenant, trouve quelque chose de séduisant à dire, afin qu'elle s'en aille heureuse.*

Là, l'assurance de Cal lui fit défaut. Il n'avait aucun talent pour les mots doux, et n'en avait jamais eu.

« A samedi », fut tout ce qu'il put bafouiller.

Elle sembla s'en contenter. Elle l'embrassa une nouvelle fois, puis prit congé.

Il la regarda depuis la fenêtre, comptant ses pas jusqu'à ce qu'elle ait tourné au coin de la rue. Puis, une fois son amante hors de vue, il partit en quête du désir de son cœur.

DEUXIÈME PARTIE

Naissances, décès et mariages

« La langue de fer de minuit a parlé douze fois;
Amants, au lit; c'est presque l'heure des fées. »

Shakespeare
Le Songe d'une nuit d'été

CHAPITRE 1

L'habit de lumière

1

Le jour dans lequel pénétra Cal était humide et terne. Il ne s'écoulerait guère de temps avant que l'été ne laisse la place à l'automne. Même la brise paraissait lasse, et son humeur s'avéra contagieuse. Lorsque Cal finit par atteindre les environs de Rue Street, ses pieds semblaient avoir gonflé dans ses chaussures, ainsi que son cerveau à l'intérieur de son crâne.

Et, comble de misère, il n'arrivait pas à trouver cette fichue rue. La veille, il était parvenu à la maison en gardant les yeux fixés sur l'oiseau plutôt que sur le chemin qu'il avait suivi, aussi n'avait-il que de vagues notions sur l'endroit où elle se situait. Sachant qu'il pourrait errer durant plusieurs heures sans jamais la retrouver, il s'arrêta au coin d'une rue pour demander son chemin à une bande d'enfants absorbés par leurs jeux guerriers. On le remit sur la bonne voie avec assurance. Soit par ignorance, soit par malice, les indications qu'il reçut se révélèrent cependant désespérément erronées, et il se trouva de nouveau en train de tourner en rond, sentant la frustration monter en lui

Tout sixième sens en lequel il aurait pu espérer — un instinct qui l'aurait conduit sans hésiter à la contrée de ses rêves — ne se faisait remarquer que par son absence.

Ce fut donc la chance, et rien que la chance, qui le conduisit finalement au coin de Rue Street et dans la maison qui avait naguère appartenu à Mimi Laschenski.

2

Suzanna avait passé presque toute la matinée à tenter de tenir la promesse qu'elle avait faite au Docteur Chai : prévenir Oncle Charlie à Toronto. Ce fut une entreprise fort frustrante. Tout d'abord, le petit hôtel qu'elle avait trouvé la veille au soir ne disposait que d'une cabine publique, et d'autres clients désiraient aussi y avoir accès. Ensuite, il lui fallut contacter plusieurs amis de la famille avant de trouver celui qui avait le numéro d'Oncle Charlie, ce qui lui prit la majeure partie de la matinée. Lorsqu'elle parvint enfin à le joindre, vers une heure de l'après-midi, le fils unique de Mimi accueillit la nouvelle sans la moindre surprise. Il n'avait aucune intention de laisser tomber son travail pour se précipiter au chevet de sa mère ; il se contenta de demander à Suzanna de le rappeler quand il y aurait « d'autres nouvelles ». Ce qui signifiait, sans doute, qu'il ne s'attendait à recevoir son appel que lorsque le moment serait venu pour lui d'envoyer une couronne funéraire. Autant pour la piété filiale.

Lorsque la communication fut achevée, elle appela l'hôpital. Il n'y avait aucun changement dans l'état de la patiente. « Elle tient bon », lui dit l'infirmière de garde. Cette phrase suscita dans son esprit l'image bizarre de Mimi en tenue d'alpiniste, accrochée à une falaise. Elle saisit cette occasion pour s'enquérir des effets personnels de sa grand-mère, et on lui dit que cette dernière avait été admise à l'hôpital sans même une chemise de nuit. Les vautours dont Mrs Pumphrey lui avait parlé s'étaient probablement emparés de tout ce qui avait de la valeur dans la maison — y compris l'armoire —, mais elle décida néanmoins de s'y rendre, au cas où elle aurait pu sauver quelque chose susceptible de rendre moins pénibles les dernières heures de Mimi.

Elle trouva un petit restaurant italien non loin de son hôtel, puis se dirigea vers Rue Street après avoir déjeuné.

3

Le portail de derrière avait été soigneusement refermé par les déménageurs, mais ils avaient négligé de le verrouiller. Cal l'ouvrit et pénétra dans la cour.

S'il s'était attendu à une quelconque révélation, il fut fort déçu. Il n'y avait rien de remarquable en ce lieu. Juste des brins d'herbe folle poussant entre les pavés et un amas de détritus que le trio avait abandonnés, les considérant comme sans valeur. Même les ombres, qui auraient pu dissimuler quelque gloire, étaient ternes et banales.

Debout au milieu de la cour — là où tous les mystères qui avaient bouleversé sa raison lui avaient été révélés —, il douta pour la première fois, douta vraiment, que quelque chose lui fût arrivé la veille.

Peut-être ferait-il une quelconque découverte à l'intérieur de la maison, se dit-il; un débris auquel s'accrocher pour surnager dans cet océan de doute.

Il traversa l'étendue de pierre sur laquelle le tapis avait été déroulé pour se diriger vers la porte. Les déménageurs l'avaient laissée ouverte; à moins que des vandales ne soient entrés par effraction. Quoi qu'il en soit, elle était entrebâillée. Il entra.

Au moins les ombres étaient-elles plus épaisses à l'intérieur; il y avait de la place pour le fabuleux. Il attendit que ses yeux se soient accoutumés à la pénombre. Ne s'était-il écoulé que vingt-quatre heures depuis qu'il était venu ici? pensa-t-il tandis que son œil fouillait avec acuité le sinistre décor. Était-ce seulement hier qu'il était entré dans cette maison sans autre idée à l'esprit que celle d'attraper un oiseau perdu? Cette fois-ci, il avait bien plus de choses à trouver.

Il erra dans l'entrée, cherchant dans tous les coins un écho de son expérience de la veille. A chaque pas qu'il faisait, son espoir devenait un peu plus mince. Il y avait bien des ombres, mais elles étaient désertes. Cet endroit était vide de miracles. Ils s'en étaient enfuis lorsqu'on avait emporté le tapis.

Arrivé à mi-hauteur de l'escalier, il fit halte. A quoi lui servirait-il de continuer davantage? Il était évident qu'il avait manqué sa chance. S'il voulait redécouvrir la vision qu'il avait entr'aperçue, il lui faudrait chercher ailleurs. Ce fut donc par pur entêtement — une qualité héritée d'Eileen — qu'il continua son ascension.

En haut de l'escalier, l'air était si épais que le simple fait de respirer devenait une corvée. Ceci, ajouté au fait qu'il se sentait un intrus en ce lieu — un visiteur malvenu dans cette tombe —, le rendit impatient de confirmer son impression, de vérifier que cet endroit n'avait plus aucune magie à lui montrer, avant de s'en aller ensuite.

Alors qu'il se dirigeait vers la porte de la chambre, quelque chose bougea derrière lui. Il se retourna. Les ouvriers avaient entassé plusieurs meubles en haut des marches, avant de décider apparemment qu'ils ne valaient pas qu'on se donne la peine de transpirer pour les porter ailleurs. Un meuble à tiroirs, plusieurs chaises et quelques tables. Le bruit était venu de derrière ces meubles. Et il résonnait de nouveau.

En l'entendant, il imagina des rats. Ce bruit lui suggérait plusieurs paires de pattes en train de gratter le plancher. Vivre et laisser vivre, pensa-t-il: pas plus qu'eux, il n'avait le droit de se trouver ici. Et peut-être moins. Ils occupaient sûrement cette maison depuis plusieurs générations de rats.

Il retourna à sa tâche, poussa la porte et pénétra dans la pièce du devant. Ses fenêtres étaient fort sales et les rideaux de dentelle tachés occultaient encore un peu plus la lumière du jour. Il y avait une chaise renversée sur le plancher nu, et trois souliers dépareillés avaient été disposés sur le rebord de la cheminée par un petit malin. Sinon, le vide.

Il resta immobile durant quelques instants, puis, entendant un rire venant de la rue et éprouvant le besoin d'être rassuré, il alla jusqu'à la fenêtre et tira les rideaux. Mais il renonça à sa quête avant d'avoir trouvé l'origine de ce rire. Ses tripes savaient avant même que ses sens n'aient pu le lui confirmer que quelqu'un était entré dans la pièce et se trouvait derrière lui. Il laissa retomber les rideaux et regarda autour de lui. Un homme aux larges épaules, âgé d'une cinquantaine d'années, trop bien vêtu pour ce lieu désaffecté, l'avait rejoint dans la pénombre. Les fils de sa veste grise étaient presque iridescents. Mais son sourire attirait encore plus le regard. Un sourire bien entraîné, celui d'un acteur ou d'un prêcheur. Dans tous les cas, l'expression d'un homme à la recherche de convertis.

« Puis-je vous aider ? » dit-il.

Sa voix était chaude et vibrante, mais cette apparition soudaine avait donné des frissons à Cal.

« M'aider ? dit-il en bredouillant.

— Seriez-vous par hasard désireux d'acquérir cet immeuble ? dit l'autre.

— Acquérir ? Non... je voulais... seulement... vous savez... jeter un coup d'œil.

— C'est une belle maison », dit l'inconnu, dont le sourire était aussi posé que la poignée de main d'un chirurgien, et aussi aseptisé. « Vous y connaissez-vous beaucoup en maisons ? »

Cette phrase fut prononcée, tout comme celles qui l'avaient précédée, sans la moindre trace d'ironie ni de malice. Voyant que Cal restait muet, l'homme déclara :

« Je suis un Vendeur. Je m'appelle Shadwell. » Il ôta un gant en vélin de sa main aux larges doigts. « Et vous ?

— Cal Mooney. Enfin, Calhoun. »

La main nue était tendue. Cal fit deux pas en direction de l'homme — il faisait dix bons centimètres de plus que Cal, qui mesurait un mètre quatre-vingts — et la serra. La paume froide de l'inconnu fit prendre conscience à Cal qu'il transpirait comme un porc.

La poignée de main achevée, l'ami Shadwell déboutonna sa veste et l'ouvrit pour sortir un stylo de sa poche intérieure. Ce geste banal révéla brièvement la doublure du vêtement du Vendeur, et un effet de lumière la fit paraître resplendissante, comme si elle avait été tissée de fils spéculaires.

Shadwell saisit l'expression du visage de Cal. Sa voix était douce comme une caresse lorsqu'il demanda :

« Voyez-vous quelque chose à votre goût ? »

Cal n'avait aucune confiance en cet homme. Était-ce son sourire ou ses gants de vélin qui le rendaient ainsi soupçonneux ? Quoi qu'il en soit, il souhaitait passer le moins de temps possible en sa compagnie.

Mais il y avait quelque chose dans sa veste. Quelque chose qui accrochait la lumière et faisait battre le cœur de Cal un peu plus vite.

« Je vous en prie..., cajola Shadwell. Jetez un coup d'œil. »

Sa main alla de nouveau à la veste et l'ouvrit.

« Dites-moi..., ronronna-t-il, s'il y a là-dedans quelque chose qui vous attire. »

Cette fois-ci, il ouvrit sa veste en grand, exposant la doublure. Et, oui, la première impression de Cal avait été la bonne. *Elle brillait.*

« Je suis, comme je vous l'ai dit, un Vendeur, expliquait Shadwell. Je me suis fait une Règle d'Or d'avoir toujours avec moi des échantillons de ma marchandise. »

Marchandise. Cal façonna ce mot dans sa tête, les yeux toujours rivés à l'intérieur de la veste. Quel mot c'était là : *marchandise.* Et là, dans la doublure de cette veste, il pouvait presque voir ce mot rendu solide. C'étaient des bijoux, n'est-ce pas, qui luisaient là ? Des joyaux artificiels à l'éclat aveuglant comme seul l'éclat du faux pouvait l'être. Il plissa les yeux pour mieux percevoir ce charme, s'efforçant de donner un sens à ce qu'il découvrait, tandis que la voix du Vendeur continuait son boniment plein de séduction :

« Dites-moi ce que vous désirez et c'est à vous. Je ne peux pas être plus généreux que ça, n'est-ce pas ? Un beau jeune homme comme vous devrait être capable de faire son choix. Le monde vous appartient. Je le vois. Ouvert devant vous. Prenez ce que vous voulez. Libre, gratuit et sans supplément. Dites-moi ce que vous voyez là-dedans, et l'instant d'après, ce sera à vous... »

Ne regarde pas, dit quelque chose à l'intérieur de Cal. *Rien n'est gratuit. Il y a toujours un prix à payer.*

Mais son regard était si amouraché des mystères enfouis dans les plis de la veste qu'il n'aurait pas pu en détourner les yeux si sa vie en avait dépendu.

« ... dites-moi..., dit le Vendeur, ... ce que vous voyez... »

Ah, *telle* était la question...

« ... et c'est à vous. »

Il voyait des trésors oubliés, des objets qu'il avait jadis portés en son cœur, pensant que, s'il venait à les posséder, il ne désirerait plus jamais rien d'autre. Des babioles sans valeur, pour la plupart; mais des choses qui réveillaient d'anciens regrets. Une paire de lunettes à rayons X dont il avait vu la publicité au dos d'une revue de bandes dessinées (voyez à travers les murs! impressionnez vos amis!) mais qu'il n'avait jamais pu acheter. Elles étaient là à présent, et en les voyant, il se rappela les nuits d'octobre sans sommeil durant lesquelles il s'était demandé comment elles fonctionnaient.

Et qu'est-ce qui se trouvait à côté d'elles? Un autre fétiche de son enfance. La photographie d'une femme seulement vêtue de hauts souliers à talons aiguilles et d'une culotte de paillettes, présentant au spectateur ses seins démesurés. Le garçon qui habitait à deux portes de chez Cal avait été le fier détenteur de cette image, qu'il prétendait avoir volée dans le portefeuille de son oncle, et Cal l'avait désirée si fort qu'il avait cru en mourir d'envie. Elle était à présent suspendue, flasque souvenir, dans le flux scintillant de la veste de Shadwell, n'attendant que son désir.

Mais elle n'était pas plus tôt apparue qu'elle s'évanouit à son tour, et de nouveaux lots se matérialisèrent à sa place pour le tenter.

« Que voyez-vous, mon ami? »

Les clés d'une voiture qu'il avait tant voulu posséder. Un pigeon de race, vainqueur de courses innombrables, qu'il avait tant désiré qu'il l'aurait volontiers dérobé...

« ... dites-moi seulement ce que vous voyez. Demandez, et c'est à vous... »

Il y avait tant de choses. Les objets qui lui avaient semblé être — pendant une *heure,* une *journée* — l'axe sur lequel pivotait son univers étaient à présent tous suspendus dans l'entrepôt miraculeux de la veste du Vendeur.

Mais ils étaient fugitifs, tous fugitifs. Ils n'apparaissaient que pour s'évaporer ensuite. Il y avait là autre chose, quelque chose qui empêchait ces banalités de retenir son attention pendant plus d'un instant. Ce que c'était, il ne le voyait pas encore.

Il avait vaguement conscience que Shadwell s'adressait de nouveau à lui, et que le ton de la voix du Vendeur avait changé. Il y avait à présent en elle une certaine perplexité, mêlée à de l'exaspération.

« Parlez, mon ami... pourquoi ne me dites-vous pas ce que vous voulez?

— Je n'arrive pas... tout à fait... à le *voir.*

— Alors, essayez encore. Concentrez-vous. »

Cal essaya. Les images allaient et venaient, toutes insignifiantes. Le cœur de son désir était encore évasif.

« Vous ne faites aucun effort, gronda le Vendeur. Si un homme désire vraiment quelque chose, il doit se braquer sur lui. Être sûr que son désir est clair dans son esprit. »

Cal perçut la sagesse de cette remarque et redoubla d'effort. C'était devenu un défi de voir à travers la pacotille pour découvrir le vrai trésor qui se dissimulait au-delà. Une sensation curieuse accompagna sa concentration; une impatience dans sa gorge et dans sa poitrine, comme si une partie de lui-même se préparait à le quitter; à surgir hors de lui et à suivre la direction de son regard. A disparaître dans la veste.

Au fond de sa tête, à l'endroit de son crâne où naissait son échine, les voix murmuraient toujours leurs mises en garde. Mais il était trop engagé pour résister. Quoi que la doublure ait contenu, cela continuait de l'aguicher, de refuser de se montrer à lui. Son regard restait braqué devant lui, défiant le décorum de la doublure jusqu'à ce que la sueur se mette à couler sur ses tempes.

Le monologue tentateur de Shadwell avait acquis une nouvelle assurance. Son enveloppe de sucre s'était brisée et était tombée. Le fruit qu'elle avait révélé était sombre et amer.

« Allez-y..., dit-il. Ne soyez donc pas si faible. Il y a quelque chose que vous voulez là-dedans, n'est-ce pas ? Que vous voulez très fort. Allez-y. Dites-moi. *Accouchez.* Ça ne sert à rien d'attendre. Si vous attendez, la chance vous passera sous le nez. »

Finalement, l'image devenait claire...

« *Dites-le-moi et c'est à vous.* »

Cal sentit le vent sur son visage, et soudain il volait de nouveau, et le Pays des Merveilles se déroulait au-dessous de lui. Ses hauteurs et ses profondeurs, ses rivières, ses tours — tout cela était exposé à son regard dans la doublure de la veste du Vendeur.

Il poussa un petit cri devant ce spectacle. Shadwell réagit avec la vitesse de l'éclair.

« Qu'est-ce que c'est ? »

Cal continuait de fixer devant lui, muet.

« *Que voyez-vous ?* »

Une confusion de sentiments assaillit Cal. Il se sentait plein d'exaltation en voyant cette contrée, mais redoutait ce qu'on allait lui demander de donner (ce qu'il donnait *déjà* peut-être, sans tout à fait le savoir) en échange de cet aperçu fugitif. Shadwell portait en lui une menace confuse, en dépit de tous ses sourires et de toutes ses promesses.

« *Dites-moi...* », demanda le Vendeur.

Cal s'efforça d'empêcher une réponse de jaillir de ses lèvres. Il ne voulait pas dévoiler son secret.

« *... que voyez-vous ?* »

Cette voix était trop dure pour qu'on lui résiste. Il voulait garder le silence, mais la réponse monta en lui, sans qu'il puisse la retenir.

« Je... (*Ne dis rien,* l'avertit le poète.) Je vois... (*Lutte. Il y a une menace ici.*) Je... vois...

— Il voit la Fugue. »

La voix qui avait fini sa phrase pour lui était celle d'une femme.

« En êtes-vous sûre ? dit Shadwell.

— Sûre et certaine. Regardez ses yeux. »

Cal se sentait ridicule et vulnérable, si fasciné par les scènes qui se déroulaient toujours dans la doublure qu'il était incapable de diriger ses yeux vers ceux qui étaient en train de le jauger.

« Il *sait* », dit la femme.

Sa voix ne contenait aucune trace de chaleur. Ni même, peut-être, d'humanité.

« Vous aviez donc raison, dit Shadwell. Elle s'est trouvée ici.

— Bien sûr.

— Bien », dit Shadwell, et il referma sa veste sans autre forme de procès.

L'effet de ce geste sur Cal fut cataclysmique. Lorsque le monde — *la Fugue,* l'avait-elle appelé — lui fut ravi de façon si abrupte, il se sentit aussi faible qu'un nouveau-né. Ce fut à peine s'il réussit à rester debout. Au bord de la nausée, il tourna son regard en direction de la femme.

Elle était superbe : telle fut sa première pensée. Elle était vêtue de rouges et de pourpres si sombres qu'ils étaient presque noirs, et le tissu de ses vêtements était si étroitement drapé autour de sa poitrine qu'elle paraissait à la fois chaste, toute maturité scellée et confinée, et, de par cet acte de confinement, érotisée. Le même paradoxe donnait forme à ses traits. Ses cheveux avaient été rasés sur une largeur de cinq centimètres pour dégager son front, et ses sourcils complètement épilés, ce qui laissait son visage étrangement innocent de toute expression. Et pourtant, sa chair était luisante comme si elle avait été huilée, et bien que son épilation et l'absence de toute trace de maquillage destiné à flatter ses traits semblassent des actes de défi à l'égard de sa beauté, il était impossible de nier la sensualité de son visage. Sa bouche était trop ciselée ; et ses yeux — tantôt ombre, tantôt or — trop éloquents pour dissimuler les sentiments qu'on y lisait. Quelle était la nature de ces sentiments, Cal pouvait à peine le deviner. De l'impatience, certainement, comme si le fait de se trouver en ce lieu l'avait rendue malade et avait éveillé en elle une fureur que Cal n'avait aucun désir de voir se déchaîner. Du mépris — pour lui, fort probablement —, et cependant une grande concentration, sur lui également, comme si elle voyait en lui jusqu'à la moelle de ses os et se préparait à le paralyser par la seule force de sa pensée.

Aucune de ces contradictions n'était cependant présente dans sa voix. Celle-ci était d'acier trempé.

« Combien de temps ? lui demanda-t-elle. Combien de temps depuis que vous avez vu la Fugue ? »

Il ne parvenait pas à croiser son regard durant plus d'un instant.

Ses yeux s'enfuirent vers le rebord de la cheminée, vers les souliers du tripode.

« Je ne sais pas de quoi vous parlez, dit-il.

— Vous l'avez vue. Vous l'avez revue dans la veste. Il ne sert à rien de le nier.

— Il vaudrait mieux répondre », lui conseilla Shadwell.

Le regard de Cal alla de la cheminée à la porte. Ils l'avaient laissée ouverte.

« Allez au diable, tous les deux », dit-il calmement.

Shadwell avait-il ri ? Cal n'en était pas sûr.

« Nous voulons le tapis, dit la femme.

— Il nous appartient, comprenez-vous, dit Shadwell. Nous avons des droits légitimes sur lui.

— Aussi, veuillez être assez aimable (les lèvres de la femme se retroussèrent dans un rictus de courtoisie)... pour nous dire où est le tapis, et nous en aurons fini avec vous.

— Ce sont des conditions généreuses, dit le Vendeur. Dites-le-nous, et nous partons. »

Prétendre l'ignorance ne serait pas une défense efficace, pensa Cal ; *ils* savaient que *lui* savait, et ils ne se laisseraient pas persuader du contraire. Il était pris au piège. Et pourtant, en dépit de la tournure dangereuse qu'avaient prise les événements, il se sentait rempli d'allégresse dans son for intérieur. Ses tortionnaires avaient confirmé l'existence du monde qu'il avait aperçu : la Fugue. Le désir de se retrouver aussi vite que possible loin de leur présence était tempéré par celui de jouer leur jeu, dans l'espoir qu'ils lui en apprendraient davantage sur la vision dont il avait été témoin.

« Peut-être que je l'ai vue, dit-il.

— Pas de *peut-être,* dit la femme.

— C'est vague..., dit-il. Je me souviens de *quelque chose,* mais je ne suis pas tout à fait sûr de quoi.

— Vous ne savez pas ce qu'est la Fugue ? dit Shadwell.

— Pourquoi le saurait-il ? répondit la femme. Il est tombé dessus par chance.

— Mais il a vu, dit Shadwell.

— Beaucoup de Coucous ont le don de vue, mais cela ne signifie pas qu'ils *comprennent.* Il est perdu, comme tous les autres. »

Cal était offusqué de cette condescendance, mais la femme avait essentiellement raison. Il était bien perdu.

« Ce que vous avez vu ne vous regarde pas, lui dit-elle. Dites-nous seulement où vous avez mis le tapis, et ensuite, oubliez que vous avez posé les yeux sur lui.

— Je n'ai *pas* le tapis », dit-il.

Tout le visage de la femme sembla s'assombrir, les pupilles de ses yeux ressemblaient à des lunes parvenant à peine à éclipser une lumière d'apocalypse.

Venant du palier, Cal entendit les bruits de griffes qu'il avait cru produits par des rats. À présent, il n'en était pas aussi sûr.

« Je ne serai plus polie avec vous très longtemps, dit-elle. Vous êtes un voleur.

— Non..., protesta-t-il.

— *Si.* Vous êtes venu ici pour piller la maison d'une vieille femme et vous avez eu un aperçu de quelque chose que vous n'auriez pas dû voir.

— Nous ne devrions pas perdre de temps », dit Shadwell.

Cal commençait à regretter sa décision de jouer le jeu du couple. Il aurait dû s'enfuir tant qu'il en avait eu la chance. Le bruit venu de l'autre côté de la porte se faisait plus fort.

« Vous entendez ça ? dit la femme. Ce sont certains des bâtards de ma sœur. Ses résidus.

— Ils sont vils », dit Shadwell.

Il le croyait sans peine.

« Une fois de plus, dit-elle. Le tapis. »

Et une fois de plus, il lui dit :

« Je ne l'ai pas. »

Cette fois-ci, ses paroles étaient plus suppliantes que défensives.

« En ce cas, nous devons vous faire parler, dit la femme.

— Soyez prudente, Immacolata », dit Shadwell.

Si la femme l'entendit, elle ne prit pas garde à son avertissement. Lentement, elle frotta le médius et l'auriculaire de sa main droite contre la paume de sa main gauche, et en entendant cet appel presque silencieux, les enfants de sa sœur accoururent.

CHAPITRE 2

L'échappée belle

1

Suzanna arriva dans Rue Street un peu avant trois heures, et elle alla tout d'abord informer Mrs Pumphrey de l'état de sa grand-mère. On l'invita à entrer avec une telle insistance qu'elle ne parvint pas à refuser. Elles burent du thé et parlèrent pendant une dizaine de minutes : surtout de Mimi. Violet Pumphrey parlait de la vieille femme sans la moindre malice, mais le portrait qu'elle en brossa était loin d'être flatteur.

« Ça fait plusieurs années qu'on a coupé le gaz et l'électricité chez elle, dit Violet. Elle ne payait pas ses factures. Elle vivait dans des conditions sordides, oh oui, et ce n'était pas parce que je ne faisais pas attention à elle. Mais elle était grossière, vous savez, chaque fois qu'on se souciait de sa santé. (Elle baissa légèrement la voix.) Je sais que je ne devrais pas dire ça, mais... votre grand-mère n'avait pas toute sa tête à elle. »

Suzanna murmura une vague réponse tout en sachant que l'autre ne l'entendrait pas.

« Tout ce qu'elle avait pour s'éclairer, c'étaient des bougies. Pas de télévision, pas de réfrigérateur. Dieu seul sait ce qu'elle mangeait.

— Savez-vous si quelqu'un a la clé de la maison ?

— Oh non, elle n'aurait jamais fait une chose pareille. Elle avait plus de serrures à sa porte que vous n'avez eu de repas chauds dans votre vie. Elle ne faisait confiance à personne, vous voyez. A personne.

— Je voulais juste jeter un coup d'œil.

— Eh bien, les gens n'ont pas cessé d'entrer et de sortir depuis son départ; vous trouverez sûrement la porte grande ouverte. J'ai même eu envie d'aller y faire un tour moi-même, mais j'y ai renoncé. Certaines maisons... elles ne sont pas tout à fait *normales.* Vous voyez ce que je veux dire?»

Oui, elle le voyait. Lorsqu'elle se retrouva finalement sur le seuil du numéro dix-huit, Suzanna s'avoua à elle-même qu'elle avait accueilli avec joie les diverses obligations qui avaient retardé cette visite. L'épisode de l'hôpital avait en grande partie confirmé les soupçons de la famille à l'égard de Mimi. Elle *était* différente. Elle pouvait transmettre ses rêves par simple contact. Et, quels que soient les pouvoirs que possédait la vieille femme, ou qui la possédaient, n'allaient-ils pas également hanter la maison dans laquelle elle avait vécu durant tant d'années?

Suzanna sentit l'étreinte du passé se resserrer autour d'elle: mais les choses n'étaient plus si simples désormais. Si elle hésitait à franchir ce seuil, ce n'était pas seulement parce qu'elle redoutait une confrontation avec les fantômes de son enfance. C'était parce qu'en ce lieu — sur cette scène qu'elle croyait avoir quittée de façon permanente — elle sentait vaguement que des drames attendaient d'être joués, des drames dans lesquels Mimi lui avait attribué un rôle essentiel.

Elle posa une main sur la porte. En dépit de ce que lui avait dit Violet, elle était fermée à clé. Elle regarda par la fenêtre de devant, découvrant une pièce envahie par la poussière et par les détritus. Cette scène de désolation fut étrangement réconfortante. Peut-être que son anxiété se révélerait sans fondement. Elle fit le tour de la maison. Là, elle eut plus de chance. Le portail de la cour était ouvert, ainsi que la porte de derrière.

Elle pénétra à l'intérieur. Ce qu'elle découvrit était dans le même état que la pièce de devant: pratiquement toute trace de la présence de Mimi Laschenski — à l'exception de quelques bougies et d'objets sans valeur — avait été évacuée. Elle ressentit un mélange malvenu de réactions diverses. D'un côté, la certitude que rien de précieux n'aurait pu survivre à ce nettoyage en règle et qu'elle serait obligée de revenir les mains vides auprès de Mimi; et de l'autre, un indéniable soulagement devant cet état de fait: la scène était désertée. Bien que son imagination lui montrât les tableaux que l'on avait décrochés des murs et remît les meubles à leur place, tout cela ne se passait que dans son esprit. Il n'y avait rien ici pour troubler la vie calme et ordonnée qui était la sienne.

Elle traversa le petit salon pour se diriger vers l'entrée, jetant un coup d'œil dans la minuscule salle à manger avant de tourner au coin de l'escalier. Celui-ci n'était pas si immense; ni si sombre.

Mais avant qu'elle ait pu commencer à le gravir, elle entendit un bruit de mouvement à l'étage.

« Qui est là ? » appela-t-elle...

2

... et ces mots suffirent pour briser la concentration d'Immacolata. Les créatures qu'elle avait invoquées, les résidus, cessèrent d'avancer vers Cal, attendant ses instructions.

Il saisit l'occasion et se précipita vers l'autre côté de la pièce, donnant au passage un coup de pied à la bête la plus proche de lui.

Cette créature était dépourvue de corps, et ses quatre bras jaillissaient d'un cou bulbeux, sous lequel pendouillait une grappe de sacs, aussi humides que du foie ou du mou de bœuf. Le coup lancé par Cal porta et l'un de ces sacs éclata, émettant une atroce puanteur. Alors que le reste des petits frères menaçaient de l'encercler, Cal se rua vers la porte, mais la créature blessée fut plus rapide, se déplaçant comme un crabe sur ses quatre mains et crachotant dans sa direction. Un jet de salive atteignit le mur, tout près de la tête de Cal, et la tapisserie se couvrit de cloques. La répugnance lui donna des ailes. Il fut à la porte en un instant.

Shadwell fit mine de l'intercepter, mais une des bêtes lui passa entre les jambes comme un chien errant, et avant qu'il n'ait pu recouvrer l'équilibre, Cal était sorti de la pièce et se trouvait sur le palier.

La femme qui avait appelé se trouvait en bas des marches, le visage tourné vers lui. Elle était pareille à une aube après la nuit à laquelle il avait presque succombé dans la pièce derrière lui. De grands yeux gris-bleu, un visage pâle encadré par des boucles de cheveux auburn, une bouche sur laquelle naissait une question que son apparition soudaine avait rendue silencieuse.

« Fichez le camp d'ici ! » hurla-t-il en dévalant les marches.

Elle demeura immobile, bouche bée.

« La *porte !* dit-il. Pour l'amour de Dieu, ouvrez la porte. »

Il ne regarda pas derrière lui pour voir si les monstres étaient à sa poursuite, mais il entendit Shadwell crier depuis le haut de l'escalier :

« *Arrêtez, voleur !* »

Les yeux de la femme se posèrent sur le Vendeur, puis sur Cal, puis sur la porte de devant.

« Ouvrez-la ! » hurla Cal, et cette fois-ci, elle s'exécuta.

Ou bien elle s'était méfiée de Shadwell dès qu'elle l'avait aperçu, ou alors elle avait une passion pour les voleurs. Quoi qu'il en soit, elle ouvrit la porte en grand. La lumière du soleil s'engouffra dans l'entrée, faisant danser des grains de poussière dans ses rayons.

Cal entendit un hurlement de protestation derrière lui, mais la fille ne fit rien pour arrêter sa fuite.

« Fichez le camp d'ici ! » lui dit-il, puis il franchit le seuil et se retrouva dans la rue.

Il s'éloigna de la porte d'une demi-douzaine de pas, puis se retourna pour voir si la femme aux yeux gris l'avait suivi, mais elle était toujours debout dans l'entrée.

« *Vous allez venir, oui ou non ?* » cria-t-il dans sa direction.

Elle ouvrit la bouche pour lui dire quelque chose, mais Shadwell était arrivé en bas des marches et la poussait hors de son chemin. Il ne pouvait pas s'attarder ; il n'y avait que quelques pas pour le séparer du Vendeur. Il courut.

L'homme aux cheveux plaqués de brillantine ne fit aucune tentative pour poursuivre sa proie une fois que celle-ci eut atteint l'extérieur. Le jeune homme était mince comme un lévrier et deux fois plus rapide ; l'autre n'était qu'un ours vêtu d'un complet sortant de Savile Row. Suzanna l'avait détesté dès l'instant où elle avait posé les yeux sur lui. Il se tourna vers elle et dit :

« Pourquoi avez-vous fait ça ? »

Elle ne daigna pas répondre à cette question. Tout d'abord, elle essayait encore de donner un sens à ce qu'elle venait de voir ; et ensuite, son attention ne se portait plus sur l'ours mais sur sa partenaire — ou gardienne —, la femme qui avait descendu l'escalier à sa suite.

Ses traits étaient aussi vides que ceux d'un enfant mort, mais Suzanna n'avait jamais vu un visage qui exerçât une telle fascination.

« Hors de mon chemin », dit la femme dès qu'elle eut atteint la dernière marche de l'escalier.

Les pieds de Suzanna avaient déjà commencé à reculer lorsqu'elle renonça à toute obéissance pour se placer directement devant la femme, lui bloquant tout accès à la porte. Un flot d'adrénaline traversa son corps à ce moment-là, comme si elle venait de faire un pas devant un char en pleine course.

Mais la femme s'arrêta net, et la force de son regard accrocha les yeux de Suzanna, qui leva la tête pour s'offrir à son examen. En découvrant les yeux de l'autre, Suzanna sut que cette giclée d'adrénaline était arrivée au bon moment : elle venait juste d'échapper à la mort. Ce regard avait déjà tué, elle l'aurait parié ; et il tuerait encore. Mais pas pour l'instant ; pour l'instant, la femme étudiait Suzanna avec une certaine curiosité.

« Un de vos amis, n'est-ce pas ? » dit-elle finalement.

Suzanna entendit ces paroles, mais elle n'aurait pas pu jurer que les lèvres de la femme avaient bougé pour les prononcer.

Près de la porte, derrière elle, l'ours dit :

« Foutu voleur. »

Puis il tapa du doigt sur l'épaule de Suzanna, sans tendresse.

« Vous n'avez pas entendu ce que je vous ai dit ? » fit-il.

Suzanna voulait se tourner vers cet homme et lui dire d'ôter ses mains de sa personne, mais la femme n'en avait pas fini avec son examen et la maintenait toujours en place avec son regard.

« Elle a entendu », dit la femme.

Cette fois-ci, ses lèvres bougèrent, et Suzanna sentit son étreinte sur elle se relâcher. Mais la simple proximité de l'autre femme faisait trembler son corps. Elle eut l'impression que ses seins et son ventre étaient picotés par des épines.

« Qui êtes-vous ? demanda la femme.

— Laissez tomber, dit l'ours.

— Je veux savoir qui elle est. Pourquoi elle est ici. »

Le regard, qui s'était brièvement tourné vers l'homme, se reposa sur Suzanna, et la curiosité qu'il exprimait recelait le meurtre dans son ombre.

« Nous n'avons plus besoin de rien ici... », disait l'homme.

La femme l'ignora.

« Venez à présent... laissons tomber... »

Il y avait dans le ton de sa voix quelque chose de celui d'une personne en train de calmer un hystérique au bord de l'attaque, et Suzanna lui fut reconnaissante de son intervention.

« ... un endroit trop public..., dit-il, ... surtout ici... »

Après un long, très long moment, la femme fit le plus imperceptible des hochements de tête, reconnaissant la sagesse de ce conseil. Elle sembla soudain perdre tout intérêt pour Suzanna et se retourna vers l'escalier. En haut des marches, là où Suzanna avait jadis imaginé que des terreurs l'attendaient, la pénombre n'était pas tout à fait en repos. Il y avait des silhouettes en lambeaux qui s'agitaient là-haut, si insubstantielles qu'elle n'était pas certaine de les voir ou de simplement sentir leur présence. Elles glissaient le long des marches comme une fumée empoisonnée, perdant le peu de solidité dont elles avaient pu jouir à mesure qu'elles approchaient de la porte, jusqu'à ce que, lorsqu'elles atteignirent la femme qui les attendait en bas de l'escalier, leurs vapeurs deviennent invisibles.

Elle s'écarta des marches et passa devant Suzanna en se dirigeant vers la porte, emportant avec elle un nuage d'air froid et souillé, comme si les spectres qui étaient venus à elle étaient à présent enveloppés autour de son cou et accrochés aux plis de sa robe. Invisibles fardeaux pénétrant dans le soleil du monde humain en attendant le moment de se coaguler à nouveau.

L'homme se trouvait déjà sur le trottoir, mais avant que sa compagne ne l'ait rejoint, elle se retourna vers Suzanna. Elle ne prononça aucune parole, ni avec ses lèvres ni sans elles. Ses yeux étaient suffisamment expressifs : leurs promesses étaient dénuées de toute joie.

Suzanna détourna son regard. Elle entendit les talons de la femme sur les marches. Lorsqu'elle leva de nouveau la tête, le couple avait disparu. Inspirant profondément, elle alla jusqu'à la porte. Bien que l'après-midi ait touché à sa fin, le soleil était toujours chaud et brillant.

Elle ne fut guère surprise de constater que la femme et l'ours avaient traversé de l'autre côté de la rue, de façon à marcher sur le trottoir qui se trouvait à l'ombre.

3

Vingt-quatre années représentaient le tiers d'une bonne vie ; suffisamment de temps pour se forger quelques opinions sur la façon dont tourne le monde. Jusqu'à aujourd'hui, Suzanna aurait pu prétendre que c'était précisément ce qu'elle avait fait.

Très certainement, il y avait des lacunes dans sa compréhension : des mystères, à l'intérieur comme à l'extérieur de sa tête, qui restaient impénétrables. Mais cela ne la rendait que plus résolue à ne pas succomber aux sentiments illusoires qui donneraient à ces mystères un pouvoir sur elle — un zèle qui touchait à la fois sa vie professionnelle et sa vie privée. Dans ses amours, elle avait toujours tempéré la passion par le sens pratique, évitant cette extravagance émotionnelle qu'elle avait vue si souvent se transformer en cruauté et en amertume. Dans ses amitiés, elle avait cherché à atteindre le même équilibre : ni trop sentimentale, ni trop distante. Et dans son travail également. L'attrait même de la fabrication de pots et de bols résidait dans le pragmatisme de cette tâche ; les errances de l'art disciplinées par le besoin de créer un objet fonctionnel.

La question qu'elle se posait en examinant la plus exquise des cruches était : *peut-elle verser ?* Et c'était, en un sens, une qualité qu'elle recherchait dans toutes les facettes de sa vie.

Mais voilà un problème qui défiait des critères aussi simples ; qui la déséquilibrait ; qui la laissait malade et désorientée.

D'abord, ses souvenirs. Puis Mimi, plus morte que vivante, mais transmettant ses rêves à travers l'air.

Et à présent, cette rencontre, avec une femme dont le regard abritait la mort, mais qui l'avait pourtant laissée avec la sensation de n'avoir jamais été aussi vivante.

Ce fut ce dernier paradoxe qui lui fit quitter la maison sans avoir fini ses recherches, et claquer la porte sur les drames qui l'attendaient là-dedans. Poussée par son instinct, elle se dirigea vers le fleuve. Là, assise quelque temps au soleil, peut-être parviendrait-elle à trouver un sens à son problème.

Il n'y avait aucun navire sur la Mersey, mais l'air était si clair qu'elle voyait les ombres des nuages courir sur les collines du Clwyd. Il n'y avait cependant en elle aucune clarté semblable. Rien qu'un chaos de sentiments, tous à la fois familiers et troublants, comme s'ils s'étaient trouvés en elle depuis des années, attendant leur heure derrière l'écran de pragmatisme qu'elle avait dressé pour les maintenir hors de vue. Comme des échos, attendant au flanc d'une montagne le cri qu'ils étaient nés pour répéter.

Elle avait entendu ce cri aujourd'hui. Ou plutôt, elle l'avait rencontré face à face, dans cette même entrée étroite où, alors qu'elle avait six ans, elle était restée immobile et tremblante, terrifiée par le noir. Ces deux confrontations étaient inextricablement liées, bien qu'elle n'ait pas su comment. Tout ce qu'elle savait, c'était qu'elle venait de s'éveiller à un espace à l'intérieur d'elle-même, un espace où la hâte et les habitudes de sa vie d'adulte n'avaient aucune autorité.

Elle ne sentait que vaguement les passions qui dérivaient dans cet espace, comme ses doigts auraient pu sentir de la brume. Mais elle en viendrait à bien mieux les connaître, avec le temps, ces passions et les actes qu'elles engendreraient : elle en était sûre comme elle n'avait jamais été sûre de rien d'autre. Elle les connaîtrait, et — que Dieu lui vienne en aide — elle les aimerait comme si elles avaient été siennes.

CHAPITRE 3

Le Vendeur de Paradis

« Mr Mooney ? Mr Brendan Mooney ?

— Oui, c'est moi.

— Avez-vous un fils du nom de Calhoun ?

— En quoi est-ce que ça vous regarde ? » voulut savoir Brendan. Puis, avant que l'autre n'ait pu répondre, il demanda : « Il ne lui est rien arrivé ? »

L'inconnu secoua la tête, saisissant la main de Brendan et la serrant vigoureusement.

« Vous avez beaucoup de chance, Mr Mooney, si je puis me permettre de vous le dire. »

Ceci, Brendan le savait bien, était un mensonge.

« Que voulez-vous ? dit-il. Est-ce que vous avez quelque chose à vendre ? » Il dégagea sa main de l'étreinte de l'autre. « Quoi que ce soit, je n'en veux pas.

— Vendre ? dit Shadwell. Pas le moins du monde. J'ai quelque chose à vous *offrir,* Mr Mooney. Votre fils est un jeune homme avisé. Il nous a donné votre nom... et, merveille des merveilles, vous avez été sélectionné par notre ordinateur pour recevoir...

— Je vous ai déjà dit que je n'en voulais pas », l'interrompit Brendan, et il essaya de refermer la porte, mais l'homme avait déjà posé un pied sur le seuil.

« S'il vous plaît..., soupira Brendan, voulez-vous me laisser tranquille ? Je ne veux pas de vos lots. Je ne veux rien.

— Eh bien, cela fait de vous un homme fort remarquable, dit le Vendeur en ouvrant de nouveau la porte en grand. Peut-être même unique. Il n'y a vraiment rien au monde que vous ne désiriez ? C'est remarquable. »

De la musique dérivait jusqu'à eux depuis le fond de la maison, un disque des Grands Succès de Puccini que l'on avait offert à Eileen plusieurs années auparavant. Elle ne l'avait écouté que rarement, mais depuis sa mort, Brendan — qui n'avait jamais mis les pieds à l'intérieur d'un Opéra et qui en était fier — était devenu un maniaque du *Duo d'Amour* de *Madame Butterfly.* Il l'avait fait jouer plus de cent fois et les larmes lui venaient toujours aux yeux en l'écoutant. Tout ce qu'il désirait à présent, c'était retourner près de la musique avant qu'elle ne s'achève. Mais le Vendeur continuait toujours son boniment.

« Brendan, dit-il. Puis-je vous appeler Brendan... ?

— Ne m'appelez rien du tout. »

Le Vendeur déboutonna sa veste.

« Vraiment, Brendan, nous devons discuter de beaucoup de choses, vous et moi. Votre lot, tout d'abord. »

La doublure de la veste scintilla, attirant l'œil de Brendan. Il n'avait jamais vu un tel tissu durant toute sa vie.

« Êtes-vous sûr qu'il n'y a rien que vous ne désiriez ? dit le Vendeur. Absolument sûr ? »

Le *Duo d'Amour* avait atteint de nouveaux sommets, et les voix de Butterfly et de Pinkerton s'encourageaient mutuellement à de nouvelles confessions douloureuses. Brendan les entendait, mais son attention était de plus en plus focalisée sur la veste. Et, *oui,* il y avait là quelque chose qu'il désirait.

Shadwell observait les yeux de l'homme et il vit la flamme de désir qui s'y était allumée. Ça ne manquait jamais.

« Vous *voyez* quelque chose, Mr Mooney.

— Oui », admit Brendan à voix basse.

Il voyait, et la joie qu'il ressentait devant cette vision rendit plus léger son cœur lourd.

Eileen lui avait dit une fois (alors qu'ils étaient jeunes et que la mortalité n'était qu'une façon parmi d'autres d'exprimer leur dévotion mutuelle) : « ... Si je meurs la première, Brendan, je trouverai un moyen de te faire savoir à quoi ressemble le Paradis. Je le jure. » Il l'avait étouffée de baisers pour la faire taire et lui avait dit que, si elle venait à mourir, il mourrait lui aussi, d'un cœur brisé.

Mais il n'était pas mort, n'est-ce pas ? Il avait vécu trois longs mois vides, et plus d'une fois durant cette période, il s'était rappelé sa promesse frivole. Et à présent, au moment où il sentait que le désespoir allait avoir raison de lui, là, sur le seuil de sa maison, se trouvait un messager céleste. C'était peut-être un choix étrange que d'apparaître sous la forme d'un vendeur, mais sans aucun doute, les Séraphins avaient de bonnes raisons pour agir de la sorte.

« *Désirez*-vous ce que vous voyez, Brendan ? demanda le visiteur.

— Qui êtes-vous ? murmura Brendan, paralysé par l'émerveillement.

— Mon nom est Shadwell.

— Et vous avez apporté ceci pour moi ?

— Bien sûr. Mais si vous l'acceptez, Brendan, il faut que vous compreniez que j'exigerai une petite commission pour ce service. »

Brendan ne quittait pas des yeux le cadeau contenu dans la veste.

« Tout ce que vous voulez, répondit-il.

— Peut-être que nous vous demanderons votre aide, et vous serez obligé de nous la donner.

— Les anges ont besoin d'aide ?

— De temps en temps.

— Alors, bien sûr que oui, dit Brendan. J'en serais honoré.

— Bien, dit le Vendeur en souriant. Alors, je vous en prie (il ouvrit un peu plus sa veste), servez-vous. »

Longtemps avant de tenir la lettre d'Eileen dans ses mains, Brendan savait qu'elle sentirait bon et qu'elle serait douce au toucher. La missive ne le déçut pas. Elle était chaude, comme il l'avait escompté, et un parfum de fleurs émanait d'elle. Elle l'avait écrite dans un jardin, sans aucun doute ; dans les jardins du Paradis.

« Voilà, Mr Mooney. Nous sommes bien d'accord, n'est-ce pas ? »

Le *Duo d'Amour* s'était achevé ; la maison était silencieuse derrière Brendan. Il pressa la lettre contre sa poitrine, craignant toujours qu'il ne s'agisse que d'un rêve, redoutant de se retrouver les mains vides en se réveillant.

« Tout ce que vous voulez », dit-il, prêt à tout pour que ce salut ne lui soit pas arraché des mains.

« Douceur et lumière, lui répondit-on avec un sourire. C'est tout ce que l'homme sage désire, n'est-ce pas ? Douceur et lumière. »

Brendan n'écoutait qu'à moitié. Il fit courir ses doigts le long de la lettre. Son nom était sur l'enveloppe, rédigé de la main appliquée d'Eileen.

« Alors, parlez-moi, Mr Mooney..., dit le Séraphin, parlez-moi de Cal.

— Cal ?

— Pouvez-vous me dire où je puis le trouver ?

— Il est à un mariage.

— Un mariage. Ah. Pourriez-vous me donner l'adresse où se tient ce mariage ?

— Oui. Bien sûr.

— Nous avons aussi un petit quelque chose pour Cal. Il a vraiment de la chance. »

CHAPITRE 4

Cérémonies nuptiales

1

Geraldine avait passé plusieurs heures à apprendre son arbre généalogique à Cal, de façon que, lorsque viendrait le jour du mariage de Teresa, il sache qui était qui. C'était une entreprise difficile. La famille Kellaway était d'une fécondité héroïque, et Cal n'avait qu'une pauvre mémoire des noms, aussi n'était-il guère surprenant que la plupart des cent trente invités qui se pressaient dans le grand salon par cette chaude soirée de samedi lui fussent inconnus. Cela lui était égal. Il se sentait en sécurité au milieu d'une telle foule, même s'il ignorait qui étaient ses membres; et l'alcool, qui coulait à flots depuis quatre heures de l'après-midi, soulageait encore plus son anxiété. Il n'émit pas la moindre objection lorsque Geraldine le présenta à un défilé de tantes et d'oncles admiratifs, dont chacun et chacune lui demanda quand il allait faire d'elle une honnête femme. Il joua le jeu; fut souriant; charmant; fit de son mieux pour paraître sain d'esprit.

Une pincée de démence n'aurait certes rien eu de remarquable dans une atmosphère aussi grisante. Les ambitions que Norman Kellaway avait entretenues pour le mariage de sa fille semblaient être devenues plus démesurées à chaque centimètre que prenait le tour de taille de celle-ci. La cérémonie avait été grandiose, mais son décorum était nécessaire; la réception, cependant, était un triomphe de l'excès sur le bon goût. On avait décoré le salon du sol au plafond avec des guirlandes et des lampes en papier; des rubans de lumière colorée ornaient les murs, ainsi que les arbres au bout du couloir. Le bar était approvisionné en bière et en alcools divers en quantité suffisante pour enivrer une armée de taille modeste; la nourriture était inépuisable, et une douzaine de serveuses harassées la portaient sans cesse aux tables où s'étaient assis les convives désireux de s'empiffrer.

Même avec toutes les portes et toutes les fenêtres ouvertes, le salon eut vite fait de devenir aussi étouffant que l'enfer, sous l'effet d'une chaleur en grande partie engendrée par les invités qui avaient renoncé à toute inhibition pour danser au rythme assourdissant d'un mélange de *country music* et de *rock and roll,* qui suscitait des convives les plus âgés des exhibitions du plus haut comique, férocement applaudies de toutes parts.

A la lisière de la foule, près de la porte qui donnait sur l'entrée, le frère cadet du marié flanqué de deux jeunes godelureaux qui avaient jadis fait la cour à Teresa ainsi que d'un quatrième jeune homme dont la présence n'était admise que parce qu'il avait des cigarettes se tenaient au milieu d'un monceau de boîtes de bière et évaluaient le gibier disponible. Celui-ci n'était guère engageant; les quelques filles qui étaient d'âge baisable étaient soit accompagnées, soit jugées si peu attirantes que toute tentative d'approche aurait été considérée comme une manifestation de désespoir.

Seul Elroy, l'avant-dernier petit ami en date de Teresa, pouvait prétendre avoir rencontré quelque succès ce soir-là. Depuis la cérémonie, il avait repéré une des demoiselles d'honneur, dont il avait encore à déterminer le nom mais qui s'était trouvée par deux fois au bar en même temps que lui: une donnée statistique significative. Il s'adossait à présent contre la porte et observait l'objet de son désir de l'autre côté de la pièce enfumée.

On avait diminué l'intensité des lumières dans le salon, et le style de la musique avait changé et encourageait à présent les lentes étreintes et les baisers.

C'était le moment idéal, jugea-t-il, pour tenter des travaux d'approche. Il allait inviter cette fille sur la piste de danse, puis, après un ou deux slows, lui proposer de sortir pour prendre un peu l'air. Plusieurs couples s'étaient déjà retirés à l'abri des buissons, afin de se livrer à cet acte que le mariage était conçu pour célébrer. Sous les serments solennels et les bouquets de fleurs, ils se trouvaient là au nom de la baise, et Elroy n'avait foutrement pas l'intention de rester sur la touche.

Il avait aperçu Cal en train de bavarder avec la fille un peu plus tôt dans la soirée; le plus simple, pensa-t-il, serait de demander à Cal de les présenter. Il se fraya un chemin à travers la foule de danseurs pour se diriger vers l'endroit où se trouvait Cal.

« Comment ça va, mon vieux? »

Cal regarda Elroy avec des yeux vitreux. Le visage qui se trouvait devant lui était empourpré par l'alcool.

« Ça va.

— Je n'ai pas beaucoup aimé la cérémonie, dit Elroy. Je crois que je suis allergique aux églises. Rends-moi un service, veux-tu?

— Quoi donc?

— Je bande.

— Pour qui?

— Pour une des demoiselles d'honneur. Elle était près du bar. Des longs cheveux blonds.

— Tu veux dire Loretta? dit Cal. C'est une des cousines de Geraldine.»

C'était bizarre, mais plus il était ivre, plus il se rappelait ses leçons sur la famille Kellaway.

«Elle est sacrément bien foutue. Et elle m'a fait de l'œil durant toute la soirée.

— Vraiment?

— Je me demandais... tu peux nous présenter?»

Cal regarda les yeux avides d'Elroy.

«Je crois que tu arrives trop tard, dit-il.

— Pourquoi?

— Elle est allée dehors...»

Avant qu'Elroy n'ait pu donner libre cours à son irritation, Cal sentit une main se poser sur son épaule. Il se retourna. C'était Norman, le père de la mariée.

«Je peux vous parler, Cal, mon garçon? dit-il en lançant un regard à Elroy.

— Je te reverrai plus tard», dit Elroy, battant en retraite au cas où Norman l'aurait alpagué lui aussi.

«Vous vous amusez bien?

— Oui, Mr Kellaway.

— Laissez tomber le Mr Kellaway, Cal. Appelez-moi Norm.»

Il versa dans la chope de Cal une dose généreuse de la bouteille de whisky dont il était armé, puis tira sur son cigare.

«Alors, dites-moi, demanda-t-il. Dans combien de temps vais-je renoncer à mon autre petite fille? N'allez pas croire que je veux vous forcer la main, mon garçon. Surtout pas. Mais une mariée en couches me suffit.»

Cal fit tourner le whisky au fond de son verre, espérant que le poète allait lui souffler une réponse. Aucune ne vint.

«J'ai un emploi pour vous dans mon usine, continua Norman sans se laisser arrêter par le silence de Cal. Je veux que mon bébé vive avec un peu de style. Vous êtes un brave garçon, Cal. Sa mère vous aime beaucoup, et je fais toujours confiance à son jugement. Alors, réfléchissez-y...»

Il transféra la bouteille vers sa main droite, qui tenait déjà son cigare, et plongea la main gauche dans sa veste.

Ce geste, pour innocent qu'il fût, suscita en Cal un souvenir glaçant. L'espace d'un instant, il fut de retour dans Rue Street, les yeux engloutis dans la caverne enchantée de la veste de Shadwell. Mais Kellaway avait un cadeau bien plus banal à lui offrir.

« Prenez un cigare », dit-il, et il retourna à ses devoirs d'hôte.

2

Elroy prit une autre canette de bière au bar, puis se dirigea vers le jardin en quête de Loretta. L'air était considérablement plus frais qu'à l'intérieur, et dès que sa fraîcheur l'agressa, il se sentit aussi malade qu'une puce dans le slip d'un lépreux. Il jeta sa bière au loin et se dirigea vers l'autre bout du jardin, là où il pourrait vomir sans être vu.

Les lumières colorées disparaissaient à quelques mètres du salon, là où le câble achevait sa course. Au-delà se trouvaient des ténèbres accueillantes dans lesquelles il s'engouffra. Il avait l'habitude de vomir ; une semaine durant laquelle son estomac ne se rebellait pas contre un excès ou un autre était une semaine gâchée. Il dégorgea promptement le contenu de son ventre sur un buisson de rhododendrons, puis tourna de nouveau ses pensées vers l'adorable Loretta.

Non loin de l'endroit où il se trouvait, l'ombre du feuillage, ou ce qu'elle dissimulait, bougea. Il scruta l'obscurité avec attention, essayant d'interpréter ce qu'il voyait, mais l'éclairage était insuffisant pour qu'il y parvienne. Il entendit cependant un soupir : un soupir de femme.

Il y avait un couple à l'abri de l'arbre, décida-t-il, faisant ce que les ténèbres avaient été créées pour dissimuler. Peut-être était-ce Loretta, la robe relevée et la culotte baissée. Cela lui briserait le cœur, mais il fallait qu'il voie.

Très doucement, il avança de deux pas.

Au deuxième pas, quelque chose lui frôla le visage. Il étouffa un cri de surprise et leva la main pour découvrir des filets de matière dans l'air autour de sa tête. Pour une raison indéterminée, il pensa à de la morve — des filets de morve, glacés et humides —, mais ces filets *bougeaient* contre sa chair comme s'ils avaient fait partie de quelque chose de plus vaste.

Un battement de cœur plus tard, cette hypothèse se trouva confirmée lorsque cette matière, qui adhérait à présent à ses jambes et à tout le reste de son corps, le tira vers le haut pour lui faire quitter le sol. Il aurait bien poussé un cri, mais cette saleté lui avait déjà scellé les lèvres. Et ensuite, comme si sa situation n'était pas déjà assez grotesque, il sentit un frisson glacé envahir son bas-ventre. On lui arrachait son pantalon. Il commença à se débattre avec colère, mais toute résistance était vouée à l'échec. Il y avait une masse qui pesait sur son abdomen et sur ses hanches, et il sentit sa virilité engloutie dans une gangue qui aurait pu être de chair, n'eût été sa froideur cadavérique.

Des larmes de panique vinrent brouiller sa vision, mais il vit que la créature qui le chevauchait avait une forme humaine. Il ne pouvait distinguer aucun visage, mais ces seins-là étaient lourds, comme il les aimait, et bien que cette scène n'eût que peu de ressemblance avec celle qu'il s'était attendu à jouer avec Loretta, son désir s'enflamma, réagissant sur sa faible longueur aux caresses glacées que lui procurait le corps qui l'avait avalé.

Il leva légèrement la tête, afin d'avoir une meilleure vue de ces seins somptueux, mais il aperçut ce faisant une autre silhouette derrière la première. Elle était l'antithèse de la femme luisante et plantureuse qui le chevauchait: une chose souillée et misérable, avec des trous béants aux endroits de son corps où auraient dû se trouver son vagin, sa bouche et son nombril, des trous si larges qu'on distinguait les étoiles à travers eux.

Il commença de nouveau à se débattre, mais ses gesticulations furent impuissantes à ralentir le rythme de sa maîtresse. En dépit de sa panique, il sentit un tremblement familier dans ses testicules.

Une douzaine d'images entraient en collision dans sa tête, se fondant en une seule monstrueuse beauté: la femme en haillons, un collier de lumières colorées pendouillant entre les seins de sa sœur, soulevant sa jupe, et la bouche qui béait entre ses jambes était la bouche de Loretta, lui tirant la langue. Il ne pouvait pas résister à une telle pornographie: sa bite cracha sa purée. Il hurla contre le bandeau qui scellait sa bouche. Son plaisir fut bref, la douleur qui le suivit insoutenable.

« Quel est votre problème, bordel ? » dit quelqu'un dans les ténèbres.

Il lui fallut quelques instants pour comprendre que son appel à l'aide avait été entendu. Il ouvrit les yeux. Les silhouettes des arbres se dressaient au-dessus de lui, mais c'était tout.

Il se mit de nouveau à crier, ne se souciant pas de savoir qu'il gisait dans la boue, le pantalon autour des chevilles. Souhaitant seulement savoir qu'il appartenait encore au monde des vivants...

3

Le premier signe de danger que Cal aperçut, il le vit à travers le fond de son verre alors qu'il le levait pour boire jusqu'à la dernière goutte le whisky de Norman. Près de la porte, deux ouvriers de l'usine Kellaway, qui faisaient office de videurs pour la soirée, étaient en pleine conversation amicale avec un homme vêtu d'un costume de bonne coupe. Tout en riant, l'homme faisait des yeux le tour du salon. C'était Shadwell.

Sa veste était fermée et boutonnée. Il n'avait nul besoin, semblait-il, d'employer quelque séduction surnaturelle ; le Vendeur payait son droit d'entrée avec son seul charme. Alors même que Cal l'observait, il tapa un des deux hommes sur l'épaule comme s'ils avaient été potes depuis l'enfance, puis il pénétra dans le salon.

Cal ne savait pas s'il devait demeurer immobile dans l'espoir d'être dissimulé par la foule, ou bien tenter de s'échapper et courir ainsi le risque d'attirer l'attention de l'ennemi. Quoi qu'il en soit, il n'eut pas le temps de choisir. Une main se posa sur la sienne, et à ses côtés apparut une des tantes que Geraldine lui avait présentées.

« Alors, dites-moi, lui demanda-t-elle sans raison apparente, êtes-vous déjà allé en Amérique ?

— Non », dit-il, écartant les yeux de son visage fardé pour les diriger vers le Vendeur.

Celui-ci pénétrait dans le salon avec une assurance sans faille, distribuant les sourires çà et là. Son apparition suscita de toutes parts des regards admiratifs. Quelqu'un lui tendit une main pour serrer la sienne ; un autre lui demanda ce qu'il buvait. Il se jouait de la foule avec aisance, offrant à chaque oreille un mot souriant, tandis que ses yeux fouillaient chaque recoin à la recherche de sa proie.

Alors que la distance qui les séparait allait diminuant, Cal sut qu'il ne pourrait plus très longtemps éviter d'être vu. Arrachant sa main à l'étreinte de la tante, il plongea dans la foule là où elle était la plus épaisse. Un bruit venu de l'autre bout du salon attira son attention, et il vit quelqu'un — on aurait dit Elroy — que l'on transportait depuis le jardin, les vêtements salis et en désordre, la mâchoire pendante. Personne ne sembla s'inquiéter de son état — chaque réception avait sa part d'ivrognes professionnels. Il y eut des rires, et quelques regards désapprobateurs, puis un rapide retour aux réjouissances en cours.

Cal jeta un regard par-dessus son épaule. Où était Shadwell ? Toujours près de la porte, se pressant contre les chairs comme un aspirant politicien ? Non ; il s'était déplacé. Cal parcourut la pièce des yeux avec nervosité. On continuait toujours à danser bruyamment, mais les visages en sueur autour de lui semblaient à présent un peu trop avides pour être vraiment heureux ; les danseurs ne se livraient à la danse que parce qu'elle tenait le monde à l'écart pendant quelque temps. Il y avait du désespoir dans ce jamboree, et Shadwell savait comment l'exploiter, avec sa bonhomie fade et l'air qu'il se donnait d'avoir vécu dans la compagnie des grands de ce monde.

Cal brûlait du désir de se jeter sur une table et de hurler aux convives de cesser leur comédie ; de voir par eux-mêmes à quel point leurs réjouissances avaient l'air ridicules, et à quel point le requin qu'ils avaient invité en leur sein était dangereux.

Mais que feraient-ils une fois qu'il aurait crié à en perdre la voix ? Allaient-ils rire sous cape et se rappeler doucement les uns aux autres qu'il avait du sang de dément dans les veines ?

Il ne trouverait aucun allié ici. C'était le territoire de Shadwell. La solution la plus sûre était de baisser la tête et de se frayer un chemin jusqu'à la porte. Puis de s'en aller, aussi *loin* que possible, aussi *vite* que possible.

Il mit aussitôt ce plan à exécution. Remerciant Dieu du manque de lumière, il commença à s'insinuer entre les danseurs, gardant les yeux à l'affût de l'homme à la veste multicolore.

Il y eut un cri derrière lui. Il regarda par-dessus son épaule et, à travers les silhouettes en mouvement, aperçut Elroy, qui gesticulait comme un épileptique et qui criait au meurtre. Quelqu'un appelait un docteur.

Cal se tourna de nouveau vers la porte, et le requin était à ses côtés.

« *Calhoun,* murmura doucement Shadwell. Votre père m'a dit que je vous trouverais ici. »

Cal ne répondit pas aux paroles de Shadwell, se contenta de faire semblant de ne pas l'avoir entendu. Le Vendeur n'oserait sûrement pas tenter quoi que ce soit de violent dans une telle foule, et il n'avait rien à craindre de la veste de cet homme tant qu'il éviterait de regarder sa doublure.

« Où allez-vous ? dit Shadwell alors que Cal s'éloignait. J'ai à vous parler. »

Cal continua de marcher.

« Nous pouvons nous aider mutuellement... »

Quelqu'un appela Cal par son nom, lui demandant s'il savait ce qui était arrivé à Elroy. Il secoua la tête et continua d'avancer à travers la cohue en direction de la porte. Son plan était simple. Dire aux videurs d'aller chercher le père de Geraldine et faire jeter Shadwell dehors.

« ... dites-moi où se trouve le tapis, demandait le Vendeur, et je m'assurerai que ses sœurs ne poseront jamais la main sur vous. (Son ton était fort conciliant.) Je n'ai aucune querelle avec vous, dit-il. Je veux seulement une information.

— Je vous l'ai déjà dit », répondit Cal, sachant au moment même où il prononçait ces mots que toute prière était une cause perdue. « Je ne sais pas où est le tapis. »

Ils étaient à moins d'une douzaine de mètres de l'entrée à présent, et à chacun de leurs pas, la courtoisie de Shadwell s'effritait un peu plus.

« Elles vont vous assécher, prévint-il. Ses sœurs. Et je ne pourrai rien faire pour les arrêter, pas une fois qu'elles auront posé leurs mains sur vous. Elles sont mortes, et les morts n'ont aucun respect pour la discipline.

— Mortes ?

— Oh oui. Elle les a tuées elle-même, alors qu'elles se trouvaient encore toutes les trois dans le ventre de leur mère. Elles les a étranglées avec leur propre cordon ombilical. »

Qu'il ait dit vrai ou non, cette image était écœurante. Et plus écœurante encore, l'idée d'être touché par les sœurs. Cal essaya de chasser ces images de son esprit tandis qu'il avançait, toujours flanqué de Shadwell. Tout semblant de négociation s'était évanoui ; il n'y avait plus à présent que des menaces.

« Vous êtes un homme mort si vous ne vous confessez pas, Mooney. Je ne lèverai pas le petit doigt pour vous aider... »

Cal était à portée de voix des deux hommes.

Il lança un cri dans leur direction. Ils s'arrêtèrent de boire pour se tourner vers lui.

« Quel est le problème ?

— Cet homme... », commença Cal, regardant en direction de Shadwell.

Mais le Vendeur avait disparu. En quelques secondes, il s'était éloigné de Cal pour plonger dans la foule, une sortie aussi talentueuse que son entrée.

« Vous avez des ennuis ? », voulut savoir le plus grand des deux hommes.

Cal tourna la tête vers lui en bredouillant. Il ne servirait à rien d'essayer de leur expliquer, décida-t-il.

« Non..., dit-il, ça va. J'ai besoin d'un peu d'air, c'est tout.

— Vous avez bu un coup de trop ? » dit l'autre, et il s'écarta pour laisser Cal sortir dans la rue.

L'air était glacé après l'atmosphère étouffante du salon, mais Cal n'en avait cure. Il inspira profondément, essayant de s'éclaircir la tête. Puis, une voix familière :

« Tu veux rentrer chez toi ? »

C'était Geraldine. Elle se tenait non loin de la porte, un manteau passé par-dessus ses épaules.

« Ça va, lui dit-il. Où est ton père ?

— Je ne sais pas. Qu'est-ce que tu lui veux ?

— Il y a là-dedans quelqu'un qui ne devrait pas s'y trouver », dit Cal en se dirigeant vers l'endroit où elle se tenait.

À ses yeux embrumés par l'alcool, elle paraissait plus ensorcelante qu'il ne l'avait jamais vue ; ses yeux brillaient comme des joyaux noirs.

« Pourquoi ne faisons-nous pas quelques pas ensemble ? dit-elle.

— Il faut que je parle à ton père », insista-t-il, mais elle s'écartait déjà de lui avec un léger rire.

Avant qu'il n'ait pu protester, elle avait disparu au coin de l'immeuble. Il la suivit. Il y avait de nombreux réverbères en panne le long de la rue, et la silhouette qu'il pourchassait était élusive.

Mais elle traînait toujours son rire dans son sillage, et il alla à sa poursuite.

« Où vas-tu ? » voulut-il savoir.

Elle se contenta de rire à nouveau.

Au-dessus de leurs têtes, les nuages se déplaçaient à vive allure, les étoiles clignotaient entre eux, leurs feux bien trop faibles pour illuminer le sol. Elles accrochèrent l'œil de Cal l'espace d'un instant, et quand il regarda de nouveau en direction de Geraldine, elle se tournait vers lui, émettant un bruit à mi-chemin du mot et du soupir.

Les ombres qui étreignaient la jeune fille étaient denses, mais elles se déployèrent sous ses yeux, et ce qu'elles lui révélèrent fit tressauter ses entrailles. Le visage de Geraldine avait été délogé, et ses traits coulaient en fondant comme de la cire chaude. Et à présent, alors que le masque tombait, il vit la femme sous lui. Vit, et sut : ce visage sans sourcils, cette bouche sans joie. Qui d'autre, sinon Immacolata ?

Il se serait enfui à ce moment-là, s'il n'avait pas senti la gueule glacée d'un revolver sur sa tempe, et la voix du Vendeur déclara :

« Faites un seul bruit et ça va faire très mal. »

Il garda le silence.

Shadwell fit un geste en direction de la Mercedes noire qui était garée au carrefour voisin.

« Avancez », dit-il.

Cal n'avait pas le choix, et il croyait à peine, tout en avançant, que cette scène se déroulait dans une rue dont il avait compté toutes les fissures depuis qu'il avait été assez vieux pour compter jusqu'à deux.

On le poussa à l'arrière de la voiture, où il se retrouva séparé de ses ravisseurs par une vitre de verre épais. La portière était fermée à clé. Il ne put que regarder, impuissant, le Vendeur s'asseoir au volant et la femme prendre place à ses côtés.

Il y avait peu de chances pour qu'on remarque son absence à la réception, il le savait, et encore moins de chances pour que quelqu'un se lance à sa recherche. On penserait tout simplement qu'il s'était lassé des festivités et qu'il était rentré chez lui. Il se retrouvait aux mains de l'ennemi et ne pouvait strictement rien y faire.

Que ferait donc Mooney le Dingue à sa place ? se demanda-t-il.

Cette question ne le troubla que quelques instants, avant que la réponse ne lui vienne. Prenant le cigare que Norman lui avait offert en l'honneur de la fête, il s'enfonça dans le siège de cuir et l'alluma.

Bien, dit le poète. *Prends tout le plaisir que tu peux prendre, tant qu'il y a du plaisir à prendre. Et tant que tu as assez de souffle pour le prendre.*

CHAPITRE 5

Dans les bras de Maman Pus

Dans le nuage de peur et de fumée de cigare qui l'entourait, il eut vite fait de perdre de vue la route qu'ils suivaient. Le seul indice qu'il eut sur leur destination, lorsque la voiture finit par faire halte, fut la forte odeur de fleuve qui imprégnait l'air. Le fleuve, ou plutôt l'étendue de boue noirâtre qui était exposée à marée basse ; un paysage de fange qui l'avait terrorisé étant enfant. Ce n'avait été qu'à l'âge de dix ans qu'il avait pu marcher le long d'Otterspool Promenade sans qu'un adulte se soit interposé entre lui et la rambarde.

Le Vendeur lui ordonna de descendre de voiture. Il s'empressa de lui obéir — il était difficile de ne pas être obéissant lorsqu'on vous braquait un revolver sur la figure. Shadwell arracha immédiatement le cigare de la bouche de Cal, l'écrasant sous son talon, puis il l'escorta jusqu'à un portail qui donnait sur une enclave murée. Ce fut seulement à ce moment-là, lorsque ses yeux se posèrent sur les canyons d'ordures devant lui, que Cal reconnut l'endroit où ils l'avaient conduit : la Décharge Municipale. Il y avait plusieurs années de cela, on avait bâti des hectares de parcs au-dessus des détritus de la ville, mais il n'y avait plus d'argent dans les coffres pour transformer les champs d'ordures en pelouses. Cela restait de l'ordure. La puanteur — l'odeur douce-amère des végétaux en décomposition — s'avérait même plus puissante que l'odeur du fleuve.

« Halte », dit Shadwell lorsqu'ils eurent atteint un endroit qui n'avait apparemment rien de particulier.

Cal regarda dans la direction d'où venait la voix. Il ne distinguait pas grand-chose, mais il lui sembla que Shadwell avait empoché son arme. Saisissant sa chance, il se mit à courir, sans choisir une direction en particulier, ne cherchant qu'à s'enfuir. Il avait peut-être fait quatre pas lorsque quelque chose surgit entre ses jambes, et il tomba lourdement, le souffle coupé. Avant qu'il n'ait eu le temps de se remettre sur pied, des formes convergeaient sur lui de toutes parts, une masse incohérente de membres et de grognements qui ne pouvaient être que les enfants de la sœur spectrale. Il fut heureux de se trouver dans les ténèbres; au moins, il ne pouvait pas voir leurs difformités. Mais il sentait leurs membres sur lui; entendait leurs dents qui claquaient sur sa nuque.

Ils n'avaient cependant pas l'intention de le dévorer. A un signe qu'il ne vit ni n'entendit, leur violence s'apaisa et ils se contentèrent de l'immobiliser. On le maintenait fermement, et son corps était si noué que ses articulations craquèrent, tandis qu'un terrible spectacle prenait place quelques mètres devant lui.

C'était une des sœurs d'Immacolata, cela ne faisait aucun doute pour lui: une femme nue dont la substance scintillait et fumait comme si sa moelle avait été en feu, excepté qu'elle ne pouvait pas avoir de moelle, car elle n'avait certainement pas d'os. Son corps était une colonne de gaz grisâtre, bardée de lambeaux de tissu sanglant, et de ce flux émergeaient des fragments d'anatomie achevée: un sein suintant, un ventre gonflé comme par une grossesse ayant depuis longtemps dépassé son terme, un visage souillé dont les paupières étaient cousues. Ceci expliquait, sans aucun doute, sa démarche hésitante et la façon dont ses membres évanescents se tendaient devant son corps pour tester le sol sous ses pieds: ce fantôme était aveugle.

À la lumière émise par cette mère impie, Cal put voir ses enfants plus distinctement. Aucune perversion anatomique n'avait été négligée dans leur conception: des corps retournés sens dessus dessous pour exhiber entrailles et estomacs; des organes dont la seule fonction semblait être de suinter et de siffler, alignés sur le ventre de celui-ci comme des tétons, et disposés sur la tête de celui-là comme une crête. Et pourtant, en dépit de leurs corruptions, leurs visages étaient tous tournés avec adoration vers Maman Pus, leurs yeux écarquillés pour ne pas manquer un seul instant de sa présence. Elle était leur mère; eux, ses enfants pleins d'amour.

Soudain, elle se mit à crier. Cal se tourna de nouveau vers elle. Elle avait changé de posture pour s'accroupir, les jambes écartées, la tête rejetée en arrière pour hurler son supplice.

Derrière elle se tenait à présent un second fantôme, aussi nu que le premier. Plus, peut-être, car elle pouvait à peine prétendre à la chair. Elle était flétrie de façon obscène, ses nichons ressemblaient à des bourses vides, son visage était effondré sur lui-même dans une masse de poils et d'éclats de dents. Elle avait saisi sa sœur accroupie, dont les cris avaient à présent atteint une intensité à vous déchirer les nerfs. Alors que son ventre distendu menaçait d'éclater, il y eut un jaillissement de matière fumante entre les jambes de la mère. Ce spectacle fut accueilli par un chœur de bienvenue émis par les enfants. Ils étaient en transe. Et Cal également, tout horrifié qu'il fût.

Maman Pus accouchait.

Son cri se transforma en une série d'exclamations plus faibles et plus rythmées à mesure que l'enfant commençait son voyage dans le monde des vivants. Il fut moins mis bas que déféqué, tombant entre les jambes de la parturiente comme une énorme bouse miaulante. Il n'avait pas plus tôt atteint le sol que la sage-femme flétrie s'affairait à sa tâche, s'interposant entre la mère et les spectateurs pour dépouiller le corps de l'enfant de ses voiles de matière superflue. La mère, son accouchement terminé, se releva, la flamme de sa chair s'étiolant, et laissa son enfant aux bons soins de sa sœur.

À présent, Shadwell se montra de nouveau. Il baissa les yeux vers Cal.

« Vous avez vu ? dit-il, d'une voix qui était presque un murmure. Quel genre d'horreur est-ce là ? Je vous avais prévenu. Dites-moi où se trouve le tapis et je veillerai à ce que l'enfant ne vous touche pas.

— Je ne sais pas. Je vous le jure. »

La sage-femme s'était retirée. Shadwell, une expression de pitié plaquée sur son visage, fit de même.

Dans la poussière, à quelques mètres de Cal, l'enfant se dressait déjà. Il avait la taille d'un chimpanzé et partageait avec ses frères l'apparence de quelque chose de mortellement blessé. Des portions de ses organes intérieurs perçaient à travers sa peau, laissant son torse s'effondrer sur lui-même en certains endroits, et à d'autres exhiber des appendices grotesques de tripes en tous genres. Deux rangées de membres atrophiés pendaient à son ventre, et entre ses jambes pendouillait un énorme scrotum, fumant comme un encensoir, qui n'était accompagné d'aucun organe susceptible de décharger ce qui bouillait dedans.

L'enfant connaissait sa tâche dès son premier souffle : terroriser.

Bien que son visage fût toujours enveloppé de placenta, ses yeux gluants trouvèrent Cal et il commença à patauger dans sa direction.

« Oh, Seigneur... »

Cal chercha le Vendeur des yeux, mais l'homme avait disparu.

« Je vous l'ai déjà dit, hurla-t-il dans les ténèbres, je ne sais pas où est ce foutu tapis. »

Shadwell ne répondit pas. Cal hurla de nouveau. Le bâtard de Maman Pus était presque sur lui.

« Seigneur, Shadwell, écoutez-moi, voulez-vous ? »

Puis le résidu parla.

« *Cal...* », dit-il.

Cal cessa un moment de lutter contre ceux qui le maintenaient et le regarda avec incrédulité.

Il parla de nouveau. La même syllabe.

« *Cal...* »

Alors même que la créature prononçait son nom, ses doigts tirèrent sur la fange qui enveloppait sa tête. Le visage qui apparut alors n'avait pas de crâne entièrement formé, mais on reconnaissait en lui celui de son père : *Elroy*. Découvrir des traits familiers au milieu de telles difformités était le sommet de l'horreur. Alors que l'enfant d'Elroy tendait la main pour le toucher, Cal se mit de nouveau à hurler, à peine conscient de ce qu'il disait, suppliant Shadwell d'empêcher cette chose de le toucher.

La seule réponse qu'il reçut fut celle de sa propre voix, qui fit résonner ses échos autour de lui avant de mourir. Les bras de l'enfant se tendirent dans un sursaut et ses doigts longilignes s'accrochèrent au visage de Cal. Il essaya de l'écarter, mais l'enfant s'approcha encore un peu plus de lui, l'étreignant de son corps poisseux. Plus il se débattait, plus il était enserré.

Les autres résidus relâchèrent leur étreinte sur lui, le laissant au nouveau-né. Celui-ci n'était âgé que de quelques minutes, mais sa force était phénoménale, les mains vestigielles sur son ventre raclaient la peau de Cal, son étreinte était si forte que les poumons du jeune homme luttaient à chaque souffle.

Alors que son visage n'était qu'à quelques centimètres de celui de Cal, la créature parla de nouveau, mais la voix qui sortit de sa bouche ruinée n'était pas celle de son père cette fois-ci, mais celle d'Immacolata.

« *Confessez*, demanda-t-elle. *Confessez ce que vous savez.*

— J'ai juste vu un endroit... », dit-il, essayant d'éviter la traînée de salive qui allait tomber du menton de la bête. Il échoua. La salive coula sur sa joue et brûla comme de la graisse chaude.

« Savez-vous de *quel* endroit il s'agit ? demanda l'Incantatrice.

— Non..., dit-il. Non, non...

— Mais vous en avez rêvé, n'est-ce pas ? Vous avez pleuré pour lui... »

Oui, fut sa réponse ; bien sûr qu'il en avait rêvé. Qui n'avait pas rêvé du Paradis ?

Ses pensées quittèrent momentanément sa terreur présente pour embrasser sa joie passée. Son vol au-dessus de la Fugue. La vision de ce Pays des Merveilles engendra en lui une soudaine volonté de résistance. Les gloires qu'il voyait en esprit devaient être préservées de la souillure qui l'embrassait, de ses maîtres et de ses créateurs, et dans une pareille lutte, sa vie n'était pas cher payée. Bien qu'il n'ait rien su de l'endroit où se trouvait à présent le tapis, il était prêt à périr plutôt que de laisser échapper quelque chose qui puisse profiter à Shadwell. Et tant qu'il serait encore en vie, il ferait tout ce qui était en son pouvoir pour les confondre.

L'enfant d'Elroy sembla percevoir cette nouvelle détermination. Il le serra un peu plus fort entre ses bras.

« Je confesse ! lui hurla-t-il au visage. Je vais vous dire tout ce que vous voulez savoir. »

Immédiatement, il se mit à parler.

La substance de sa confession ne fut cependant pas ce qu'ils souhaitaient entendre. Au lieu de cela, il se mit à leur réciter les horaires des trains au départ de la gare de Lime Street, qu'il connaissait par cœur. Il avait commencé à les apprendre à l'âge de onze ans, après avoir vu à la télévision un « Monsieur Mémoire » qui avait fait la démonstration de son talent en se rappelant des détails sur des matches de football choisis au hasard — équipes, scores, marqueurs — depuis les années trente. C'était une entreprise parfaitement inutile, mais son envergure héroïque avait profondément impressionné Cal et il avait passé les semaines suivantes à conserver en mémoire toutes les parcelles d'information qu'il avait pu trouver, jusqu'à ce qu'il se rende compte que son chef-d'œuvre passait tous les jours au fond de son jardin : les trains. Il avait commencé ce jour-là, avec les liaisons locales, et son ambition avait crû chaque fois qu'il se rappelait avec succès les horaires d'une journée. Il avait constamment réactualisé ses informations durant plusieurs années, lorsque des liaisons étaient supprimées ou des gares fermées. Et son esprit, qui avait des difficultés à mettre un nom sur un visage, était toujours capable de lui livrer à la demande ces informations parfaitement redondantes.

Ce fut ce qu'il leur livra à présent. Les trains pour Manchester, Crewe, Stafford, Wolverhampton, Birmingham, Coventry, Cheltenham Spa, Reading, Bristol, Exeter, Salisbury, Londres, Colchester ; tous les horaires d'arrivée et de départ, et tous les renseignements complémentaires sur les liaisons qui n'avaient lieu que le samedi, et sur celles qui ne fonctionnaient pas les jours fériés.

« Je suis Mooney le Dingue », pensa-t-il en récitant son morceau de bravoure, donnant la liste des liaisons à haute et intelligible voix, comme s'il s'était adressé à un imbécile. Cette ruse déconcerta complètement le monstre. Il regardait Cal tandis que celui-ci récitait, incapable de comprendre pourquoi son prisonnier avait renoncé à la peur.

Immacolata maudit Cal par la bouche de son neveu et lui offrit de nouvelles menaces, mais il les entendit à peine. Les horaires avaient leur propre rythme, et il fut bientôt emporté par lui. L'étreinte de la bête se fit plus pressante ; il ne s'écoulerait guère de temps avant que les os de Cal ne se brisent. Mais il continua de réciter, reprenant son souffle avant de commencer une nouvelle journée, et laissant sa langue faire le reste.

C'est de la poésie, mon garçon, dit Mooney le Dingue. *Je n'ai jamais rien entendu de pareil. De la poésie pure.*

Et peut-être en était-ce. Des vers faits de journées et d'alignements d'heures, transfigurés en œuvre de poète parce qu'ils étaient tous crachés au visage de la mort.

Il venait juste de commencer les liaisons vers l'Ecosse — Edimbourg, Glasgow, Perth, Inverness, Aberdeen et Dundee — lorsqu'il aperçut Shadwell du coin de l'œil. Le Vendeur secouait la tête et échangeait à présent quelques mots avec Immacolata — une question qu'il fallait désormais poser à une vieille femme. Puis il s'écarta pour s'enfoncer dans les ténèbres. Ils avaient renoncé à interroger leur prisonnier. Le coup de grâce ne pouvait tomber que dans quelques secondes.

Il sentit l'étreinte se relâcher. Le rythme de sa récitation faiblit l'espace d'un instant, dans l'anticipation du coup fatal. Mais celui-ci ne vint pas. Au lieu de cela, la créature retira les bras qui l'entouraient et s'éloigna derrière Shadwell, laissant Cal gisant sur le sol. Bien que libéré, il pouvait à peine bouger; ses membres meurtris étaient roidis par des crampes après avoir été si longtemps maintenus immobiles.

Et il se rendit alors compte que ses ennuis étaient loin d'être terminés. Il sentit la sueur qui baignait son visage devenir glacée lorsque la mère du terrible enfant d'Elroy s'avança vers lui. Il ne pouvait pas lui échapper. Elle enfourcha son corps, puis tendit les mains pour hisser le visage de Cal vers ses seins. Ses muscles gémirent sous ces contorsions, mais toute douleur fut oubliée l'instant d'après, lorsqu'elle présenta un téton à ses lèvres. Un instinct depuis longtemps négligé le poussa à l'accepter. Le sein exsuda un fluide amer qui coula le long de sa gorge. Il voulut le recracher, mais son corps manquait de la force nécessaire pour le rejeter. Au lieu de cela, il sentit sa conscience s'évanouir pour fuir cette ultime perversité. Un rêve vint éclipser l'horreur.

Il était étendu dans les ténèbres sur un lit parfumé, tandis qu'une voix féminine chantait à ses oreilles une berceuse muette dont le rythme était repris par des doigts qui couraient avec légèreté sur son corps. Ces doigts jouaient avec son ventre et avec son aine. Ils étaient glacés, mais ils connaissaient plus de secrets qu'une putain. Il fut rigide en un battement de cœur; hoquetant en deux. Jamais il n'avait senti de telles caresses, qui le cajolaient avec une lenteur agonisante pour le conduire jusqu'au point de non-retour. Ses hoquets devinrent des cris, mais la berceuse les engloutit, tournant sa virilité en dérision par son rythme infantile. Il n'était plus qu'un enfant impuissant, en dépit de son érection; ou peut-être à cause d'elle. Le contact des doigts se fit plus exigeant, ses cris plus pressants.

L'espace d'un instant, ses gesticulations l'arrachèrent à son rêve, et ses yeux s'ouvrirent assez longtemps pour qu'il se rende compte qu'il se trouvait toujours dans l'étreinte sépulcrale de la sœur. Puis le sommeil moelleux s'empara à nouveau de lui, et il déchargea dans un néant si profond qu'il dévora non seulement sa semence, mais aussi la berceuse et celle qui la chantait ; et finalement, le rêve lui-même.

Il s'éveilla seul, et en sanglots. Sentant la douleur dans chacun de ses ligaments, il défit le nœud qu'il avait fait de son corps, puis se releva.

Sa montre indiquait deux heures neuf minutes. Le dernier train de nuit avait quitté Lime Street depuis longtemps ; et le premier train du dimanche matin ne partirait pas avant plusieurs heures.

CHAPITRE 6

Âmes malades

1

Parfois, Mimi se réveillait; parfois, elle dormait. Mais chacun de ces états était à présent semblable à l'autre: le sommeil troublé par la détresse et l'inconfort — l'éveil plein de pensées inachevées qui s'estompaient pour devenir des bribes d'absurdité semblables à des rêves. A certains moments, elle était persuadée qu'il y avait un petit enfant en pleurs dans un coin de sa chambre, jusqu'à ce que l'infirmière de nuit vienne essuyer les larmes qui coulaient des yeux de sa patiente. A d'autres, elle apercevait, comme à travers une fenêtre sale, un endroit qu'elle connaissait mais qu'elle avait perdu, et ses os anciens étaient tourmentés par le désir de s'y trouver.

Mais une autre vision lui vint, et elle espéra contre tout espoir que celle-ci était un rêve. Ce n'en était pas un.

« Mimi ? » dit la femme sombre.

L'attaque qui avait paralysé Mimi lui avait brouillé les yeux, mais elle y voyait encore suffisamment pour reconnaître la silhouette qui se tenait au pied de son lit. Après toutes ces années passées en solitude auprès de son secret, quelqu'un venu de la Fugue avait fini par la trouver. Mais il n'y aurait pas de retrouvailles ni de larmes d'émotion cette nuit, pas avec cette visiteuse, ni avec ses sœurs mortes.

L'Incantatrice Immacolata était venue ici pour tenir la promesse qu'elle avait faite avant que la Fugue ne soit cachée: si elle ne pouvait pas régner sur les Devins, elle les détruirait. Elle était la descendante de Lilith, avait-elle toujours prétendu: la dernière lignée pure remontant aux premiers temps de la magie. Son autorité sur eux était donc incontestable. Ils avaient ri de sa présomption. Il n'était pas dans leur nature d'être dominés, ni de se soucier de généalogie. Immacolata en avait été profondément humiliée ; ce qu'une femme comme elle — possédée, il fallait bien l'admettre, par des pouvoirs bien plus purs que la plupart des autres — n'oublierait pas facilement. A présent, elle avait trouvée la dernière Gardienne du tapis et elle était prête à faire couler le sang pour s'en emparer.

Il y avait une éternité de cela, le Conseil avait fait don à Mimi de certaines des tactiques de la Vieille Science, afin de l'armer au cas où une telle situation viendrait à se présenter. Ce n'étaient que des extases mineures, rien de plus ; des trucs pour distraire l'ennemi. Rien de fatal. Il lui avait fallu plus de temps pour les apprendre qu'ils n'en avaient eu à lui consacrer. Elle leur en avait cependant été reconnaissante à l'époque : c'étaient des bribes de réconfort compensant l'existence qui l'attendait dans le Royaume, loin de son bien-aimé Romo. Mais les années avaient passé et personne n'était venu, que ce soit pour lui dire que son attente était achevée et que la Trame allait révéler ses secrets, ou pour essayer de s'emparer de la Fugue par la force. L'excitation qu'elle avait ressentie durant les premières années, quand elle avait su qu'elle était le seul obstacle entre la magie et sa destruction, s'était étiolée pour devenir une prudence teintée de lassitude. Elle était devenue négligente et oublieuse ; tous agissaient de la sorte.

Ce fut seulement vers la fin, quand elle se retrouva seule et comprit à quel point elle devenait fragile, qu'elle secoua le manteau de stupeur que la vie au milieu des Coucous lui avait fait revêtir et décida d'employer ses pouvoirs mentaux incertains à la résolution de l'énigme qu'elle avait protégée si longtemps. Mais son esprit vagabondait déjà à ce moment-là — le premier symptôme de l'attaque qui devait la paralyser. Il lui fallut une journée et demie pour composer la brève missive qu'elle avait envoyée à Suzanna, une lettre dans laquelle elle avait couru le risque d'en dire plus que ce qu'elle voulait dire, car le temps pressait et elle sentait l'imminence du danger.

Elle avait eu raison ; le danger était là. Immacolata avait probablement perçu le signal que Mimi avait lancé en dernier recours : un appel à tout Devin établi dans le Royaume qui aurait pu venir à son aide. Avec le recul, ce signal avait sans doute été sa plus grave erreur. Une Incantatrice de la force d'Immacolata n'aurait jamais manqué de percevoir un tel signal d'alarme.

Et la voilà, rendant visite à Mimi comme une enfant affligée, impatiente de la séduire sur son lit de mort et de réclamer son héritage. Cette analogie n'avait pas échappé à la créature.

« J'ai dit à l'infirmière que j'étais ta fille, fit-elle, et que j'avais besoin de te voir quelques minutes. Seule. »

Mimi aurait craché de dégoût, si elle en avait eu la force ou la salive.

« ... Je sais que tu vas mourir, aussi suis-je venue te dire adieu, après toutes ces années. Tu as perdu la parole, m'a-t-on dit, je ne m'attends donc pas à t'entendre bredouiller une confession. Il y a d'autres méthodes. Nous savons bien que l'esprit peut être mis à nu sans l'usage des mots, n'est-ce pas ? »

Elle s'approcha un peu plus du lit.

Mimi savait que l'Incantatrice disait vrai ; il existait des méthodes pour forcer un corps — même un corps aussi ravagé et aussi proche de la mort que le sien — à révéler tous ses secrets, à condition que l'interrogateur connaisse son travail. Et Immacolata le connaissait. Elle, meurtrière de ses propres sœurs ; elle, la vierge éternelle, à qui le célibat donnait accès à des pouvoirs déniés aux amants, elle avait ses méthodes. Mimi devrait avoir recours à une ultime ruse, ou alors tout était perdu.

Du coin de l'œil, Mimi aperçut la Harpie, la sœur flétrie, appuyée contre le mur, sa mâchoire édentée et béante. La Madeleine, la seconde sœur d'Immacolata, occupait le siège réservé aux visiteurs, les jambes écartées. Elles attendaient le début des réjouissances.

Mimi ouvrit la bouche, comme pour prendre la parole.

« Tu as quelque chose à dire ? » demanda Immacolata.

Alors que l'Incantatrice parlait, Mimi utilisa le peu de forces qui lui restait pour tourner la paume de sa main gauche vers le ciel. Là, parmi le réseau serré de ses lignes de vie et de cœur, se trouvait un symbole, dessiné au henné et si souvent retravaillé que sa peau était à présent irrémédiablement tachée ; un symbole qu'un des Babus du Conseil lui avait enseigné quelques heures avant le grand tissage.

Cela faisait longtemps qu'elle avait oublié son sens et son pouvoir — si on les lui avait jamais enseignés —, mais c'était une des rares défenses dont elle disposait et qu'elle était en état d'utiliser.

Les extases des Los étaient physiques, et son corps était trop paralysé pour les accomplir ; celles des Aias étaient musicales, et, comme elle n'avait pas d'oreille, c'étaient les premières qu'elle avait oubliées. Les Ye-mes, les Devins dont le génie était celui du tissage, ne lui avaient offert aucune extase. Ils avaient été bien trop affairés, durant ces dernières et frénétiques journées, à l'accomplissement de leur chef-d'œuvre : le tapis qui allait durant toute une époque dissimuler la Fugue aux regards.

En fait, elle était à présent impuissante à utiliser la plupart de ce que le Babu lui avait enseigné — les extases verbales étaient sans valeur si vos lèvres ne pouvaient pas les façonner. Tout ce qui lui restait pour garder l'Incantatrice à distance, c'était ce signe obscur — guère plus qu'une tache sur sa main tremblotante.

Mais rien ne se passa. Il n'y eut aucune décharge d'énergie ; même pas un souffle. Elle essaya de se rappeler si le Babu lui avait donné des instructions spécifiques pour activer l'extase, mais tout ce que son esprit parvint à invoquer, ce fut son visage ; et le sourire qu'il lui avait adressé ; et les arbres derrière sa tête, filtrant le soleil à travers leurs branches. Quelles journées elle avait vécues là ; et elle avait été si jeune ; et tout n'avait été qu'aventures.

Plus d'aventures aujourd'hui. Rien que la mort sur un grabat.

Soudain, un rugissement. Et, jaillissant de sa paume — libérée par son souvenir, peut-être —, l'extase surgit.

Une boule d'énergie bondit de sa main. Immacolata fit un pas en arrière lorsqu'un filet de lumière rayonnante tomba autour du lit, gardant sa malice à distance.

L'Incantatrice fut prompte à réagir. Le menstruum, ce courant de ténèbre étincelante qui était le sang de son corps subtil, coula de ses narines. C'était un pouvoir que Mimi n'avait pas vu en action plus d'une douzaine de fois, et toujours émanant d'une femme : une solution éthérée dont on disait que celle qui la portait pouvait dissoudre toute expérience et la remodeler à l'image de son désir. Alors que la Vieille Science était une démocratie de la magie, disponible pour tous — indépendamment des considérations d'âge, de sexe ou de moralité —, le menstruum semblait choisir celles auxquelles il dispensait ses dons. Il avait conduit bon nombre de ces élues au suicide par ses visions et ses exigences ; mais il s'agissait incontestablement d'un pouvoir — peut-être même d'une condition de la chair — qui ne connaissait pas de bornes.

Il suffit de quelques gouttelettes, qui se transformèrent en sphères barbelées en s'élevant dans l'air, pour lacérer le filet créé par l'extase du Babu, laissant Mimi totalement vulnérable.

Immacolata baissa les yeux vers la vieille femme, redoutant ce qui allait suivre. Sans aucun doute, le Conseil avait enseigné à la Gardienne une extase suprême qu'elle allait déchaîner *in extremis.* C'était pour cette raison qu'elle avait conseillé à Shadwell d'essayer tout d'abord d'autres routes pour parvenir au but : afin d'éviter cette confrontation potentiellement mortelle. Mais toutes ces routes s'étaient révélées être des culs-de-sac. La maison de Rue Street avait été vidée de son trésor. Le seul témoin, Mooney, avait perdu l'esprit. Elle avait été forcée de venir ici afin d'affronter la Gardienne, ne craignant pas Mimi elle-même, mais plutôt l'étendue des défenses dont le Conseil l'avait sans nul doute investie.

« Vas-y..., dit-elle, je suis prête à tout. »

La vieille femme se contenta de rester étendue, les yeux luisants par anticipation.

« Nous n'avons pas l'éternité devant nous, dit Immacolata. Si tu as des extases, montre-les. »

Elle restait toujours étendue, avec l'arrogance de celle qui a d'abondantes réserves de pouvoir à sa disposition.

Immacolata ne pouvait pas supporter d'attendre plus longtemps. Elle fit un pas vers le lit, dans l'espoir de forcer cette salope à montrer ses pouvoirs ; quels qu'ils fussent. Il n'y avait toujours aucune réaction.

Se pouvait-il qu'elle ait mal interprété les signes ? Etait-il possible que ce ne soit pas l'arrogance qui immobilisât cette femme, mais le désespoir ? Pouvait-elle oser espérer que la Gardienne fût, miraculeusement, *sans défense* ?

Elle toucha la paume ouverte de Mimi, effleurant le calligramme dont elle avait usé. Tout son pouvoir était défunt ; et rien ne surgit de la femme étendue sur le lit pour monter à sa rencontre.

Si Immacolata avait jamais connu le plaisir, elle le connut à cet instant-là. Aussi improbable que cela parût, la Gardienne était désarmée. Elle ne possédait aucune ultime et ravageuse extase. Si elle avait jamais disposé d'une telle autorité, celle-ci s'était étiolée sous l'effet de l'âge.

« L'heure est venue de te soulager de ton fardeau », dit-elle, et elle laissa une goutte de tourment monter dans l'air au-dessus de la tête tremblante de Mimi.

2

L'infirmière de nuit consulta la pendule accrochée au mur. Une demi-heure s'était écoulée depuis qu'elle avait laissé la fille éplorée de Mrs Laschenski en compagnie de sa mère. Selon le règlement, elle aurait dû dire à la visiteuse de revenir le lendemain matin, mais cette femme avait voyagé durant toute la nuit, et de plus, il y avait de grandes chances pour que la patiente ne voie pas le soleil se lever. Il fallait bien tempérer le règlement par quelque compassion ; mais une demi-heure, c'était bien suffisant.

Alors qu'elle s'engageait dans le couloir, elle entendit un cri en provenance de la chambre de la vieille dame, ainsi qu'un bruit de meubles renversés. Elle fut devant la porte en quelques secondes. Le loquet était poisseux et refusait de tourner. Elle frappa sur la porte alors que les bruits se faisaient plus forts.

« Que se passe-t-il ? » demanda-t-elle.

A l'intérieur, l'Incantatrice baissa les yeux sur le sac d'os asséchés et de chair flétrie qui gisait sur le lit. Où donc cette femme trouvait-elle la volonté de la défier ? de résister aux sondes interrogatrices que le menstruum avait fait pénétrer jusque dans son palais, jusque dans ses pensées ?

Le Conseil avait fait un choix avisé en l'élisant pour être une des trois Gardiennes de la Trame du Monde. Même à présent, alors que le menstruum sondait les cellules de son cerveau, elle préparait son ultime et absolue défense. Elle allait mourir. Immacolata la voyait appeler la mort de toute sa volonté, la presser de survenir avant que les sondes ne lui aient arraché son secret.

De l'autre côté de la porte, les questions de l'infirmière augmentèrent de volume et d'intensité.

« Ouvrez la porte ! S'il vous plaît, ouvrez la porte ! »

Le temps pressait. Ignorant les cris de l'infirmière, Immacolata ferma les yeux et fouilla le passé à la recherche d'un mariage de formes susceptible de faire vaciller la raison de la vieille femme assez longtemps pour que les sondes puissent accomplir leur œuvre. Une partie de cette union fut facile à évoquer : une image de mort pêchée dans son seul véritable refuge en ce Royaume, l'Autel des Mortalités. L'autre était bien plus problématique, car elle n'avait vu qu'une ou deux fois l'homme que Mimi avait laissé derrière elle en quittant la Fugue. Mais le menstruum savait extirper les souvenirs, et quelle meilleure preuve de sa puissance illusoire que l'expression qui envahit le visage de la vieille femme lorsque son amour perdu lui apparut au pied du lit, levant vers elle ses bras pourrissants ? Saisissant sa chance, Immacolata fit pénétrer ses sondes dans le cortex de la Gardienne, mais avant qu'elle n'ait pu y trouver une trace du tapis, Mimi — dans un dernier et surhumain effort — saisit le drap de son lit de sa main valide et le jeta en direction du fantôme, relevant avec malice le défi de l'Incantatrice.

Puis elle tomba à côté du lit, morte avant même d'avoir touché le sol.

Immacolata hurla de rage ; et à ce moment précis, l'infirmière ouvrit la porte en grand.

Ce que cette femme vit dans la chambre numéro cinq, elle ne le dit jamais à personne durant le reste de sa longue vie. En partie parce qu'elle redoutait la dérision de ses pairs ; en partie parce que, si ses yeux ne la trompaient pas et s'il y avait vraiment en ce monde des terreurs comme celles qu'elle aperçut dans la chambre de Mimi Laschenski, en parler aurait invité leur présence, et elle, une femme de son époque, n'avait pas assez de prières ni assez de ruse pour garder à distance une telle ténèbre.

De plus, ces terreurs avaient disparu aussitôt qu'elle eut posé les yeux sur elles — la femme nue et l'homme mort au pied du lit —, disparu comme si elles n'avaient jamais existé. Et il ne restait plus que la fille, murmurant : « Non... non... » et sa mère gisant sur le sol, morte.

« Je vais chercher le Docteur, dit l'infirmière. Restez ici, s'il vous plaît. »

Mais lorsqu'elle revint dans la chambre, la femme éplorée avait fait ses derniers adieux et était partie.

3

« Que s'est-il passé? dit Shadwell alors qu'ils s'éloignaient de l'hôpital en voiture.

— Elle est morte », dit Immacolata, et elle ne dit plus rien jusqu'à ce qu'ils aient parcouru trois kilomètres.

Shadwell était trop avisé pour insister. Elle lui dirait ce qu'elle avait à lui dire quand l'heure serait venue.

Ce qu'elle fit, déclarant :

« Elle n'avait aucune défense, Shadwell, excepté un truc minable que j'avais appris au berceau.

— Comment est-ce possible?

— Peut-être qu'elle a vieilli, tout simplement, fut la réponse d'Immacolata. Son esprit a pourri.

— Et les autres Gardiens?

— Qui sait? Morts, peut-être. Perdus dans le Royaume. Elle s'est retrouvée toute seule, en fin de compte. » L'Incantatrice sourit; une expression qui n'était guère familière à son visage. « Et j'étais là, pleine de prudence et de supputations, redoutant qu'elle ait des extases capables de m'anéantir, et elle n'avait rien. *Rien*. Ce n'était qu'une vieille femme en train de mourir dans son lit.

— Si elle était la dernière, il n'y a plus personne pour nous arrêter, n'est-ce pas? Personne pour nous empêcher de nous emparer de la Fugue.

— Il le semblerait bien », répondit Immacolata, puis elle retomba dans le silence, satisfaite de voir le Royaume endormi défiler devant la vitre.

Il l'étonnait toujours, ce sinistre endroit. Pas en raison de ses caractéristiques physiques, mais par son caractère imprévisible.

Ils étaient devenus séniles en ce lieu, les Gardiens de la Trame. Eux qui avaient tant aimé la Fugue qu'ils avaient donné leur vie pour la protéger du mal, ils s'étaient finalement lassés de leur veille et s'étaient étiolés pour tomber dans l'oubli.

Mais la haine se souvenait; la haine se souvenait longtemps après que l'amour eut oublié. Elle en était une preuve vivante. Sa résolution — retrouver la Fugue et briser son cœur étincelant — était toujours intacte après une quête qui avait occupé la durée d'une vie humaine.

Et cette quête serait bientôt achevée. La Fugue serait retrouvée et vendue aux enchères, ses territoires deviendraient le terrain de jeu des Coucous, son peuple — les quatre grandes familles — serait vendu en esclavage ou irait se perdre dans cet endroit désespéré. Elle contempla la ville. Une lumière crue aspergeait la brique et le béton, effarouchant le peu d'enchantement que la nuit aurait pu conférer au paysage.

La magie des Devins ne survivrait pas longtemps dans un tel monde. Et, privés de leurs extases, qu'étaient-ils donc ? Un peuple perdu, dont les membres avaient des visions plein les yeux mais aucun pouvoir pour les concrétiser.

Ils auraient beaucoup de choses à se dire, eux et cette ville ternie et délaissée.

CHAPITRE 7

L'armoire

Huit heures avant le décès de Mimi à l'hôpital, Suzanna était revenue dans la maison de Rue Street. Le soir tombait, et l'édifice, transpercé sur toute sa longueur par des rais de lumière ambrée, semblait avoir renoncé au sordide. Mais cette gloire fut de courte durée, et lorsque le soleil partit pour un autre hémisphère, elle fut obligée d'allumer les chandelles, qui restaient en grand nombre sur les étagères et sur les rebords des fenêtres, plantées dans les tombes de cire de celles qui les avaient précédées. L'éclairage qu'elles lui offrirent était plus intense qu'elle ne l'aurait cru, et bien plus magique. Elle alla de pièce en pièce, accompagnée en chemin par l'odeur de la cire fondante, parvenant presque à imaginer que Mimi avait été heureuse dans ce cocon.

Quant au dessin que sa grand-mère lui avait brièvement montré, elle ne put en trouver aucune trace. Il ne se trouvait ni dans le grain des lattes du plancher, ni dans les motifs de la tapisserie. Quelle qu'ait été sa nature, il avait à présent disparu. Elle n'était guère impatiente d'apporter cette mélancolique nouvelle à la vieille dame.

Ce qu'elle trouva, cependant, presque dissimulée derrière les meubles entassés en haut de l'escalier, ce fut l'armoire. Il lui fallut un certain temps pour dégager les tables et les chaises entassées devant elle, mais une révélation l'attendait lorsqu'elle posa finalement sa chandelle sur le plancher devant elle et ouvrit ses portes.

Les vautours qui avaient vidé la maison avaient oublié d'examiner le contenu de l'armoire. Les vêtements de Mimi étaient toujours pendus à ses cintres, manteaux, fourrures et robes de bal, probablement jamais portés depuis que Suzanna avait aperçu ce trésor pour la dernière fois. Cette pensée lui rappela ce qu'elle avait cherché là à cette occasion. Elle s'accroupit, se disant qu'il était ridicule de penser que son cadeau se trouvait encore ici, et *sachant* pourtant de façon irréfutable qu'il était là.

Elle ne fut pas déçue. Là, au milieu des souliers et des bouts de tissu, elle trouva un paquet enveloppé de papier marron tout à fait ordinaire sur lequel était inscrit son nom. La remise du cadeau avait été retardée, mais il n'était pas perdu.

Ses mains s'étaient mises à trembler. Le nœud du ruban fané la défia durant trente secondes, puis se défit. Elle ôta le papier d'emballage.

A l'intérieur : un livre. Plus très neuf, à en juger par sa couverture écornée, mais relié d'un beau cuir. Elle l'ouvrit. A sa grande surprise, elle découvrit qu'il était écrit en allemand. *Geschichten der Geheimen Orte*, disait son titre, ce qu'elle traduisit en hésitant par *Histoires des Lieux Secrets.* Mais même si elle n'avait eu aucune connaissance de cette langue, les illustrations du livre auraient eu vite fait de lui en donner le sujet : c'était un recueil de contes de fées.

Elle s'assit en haut des marches, la chandelle à ses côtés, et se mit à étudier le volume avec plus d'attention. Ses histoires lui étaient familières, bien sûr : elle les avait déjà rencontrées, sous une forme ou sous une autre, une bonne centaine de fois. Elle les avait vues réinterprétées sous la forme de dessins animés, de fables érotiques, les avait vues servir de sujet à des thèses de doctorat et à des essais féministes. Mais leur enchantement restait intact en dépit de ces atteintes commerciales ou universitaires. L'enfant qui sommeillait en elle voulait entendre raconter ces histoires une nouvelle fois, bien qu'elle en ait connu tous les détails et se soit souvenue de leur fin avant que la première ligne ait été prononcée. Cela n'avait aucune importance, bien sûr. En fait, ce caractère inévitable faisait partie de leur puissance. Certaines histoires ne seraient jamais racontées assez souvent.

L'expérience lui avait appris beaucoup de choses : et il s'agissait pour la plupart de mauvaises nouvelles. Mais ces histoires enseignaient une leçon bien différente. Que le sommeil ait ressemblé à la mort, par exemple, n'était guère une révélation ; mais que la mort ait pu être guérie par des baisers pour devenir simple sommeil... c'était une connaissance d'un tout autre niveau. Ce n'étaient là que des souhaits enfantins, se morigéna-t-elle. La vie réelle n'avait aucun miracle à offrir. La bête dévorante, si on venait à l'éventrer, ne dégorgeait *pas* ses victimes indemnes. Les paysans ne devenaient pas princes en une nuit, et le mal n'était jamais défait par l'union des cœurs purs. C'était ce genre d'illusion que la femme pragmatique qu'elle s'était tant efforcée de devenir avait gardé à distance.

Et pourtant, ces histoires l'émouvaient. Elle ne pouvait pas le nier. Et elles l'émouvaient comme seules les choses *vraies* en étaient capables. Ce n'était pas le sentiment qui lui donnait les larmes aux yeux. Ces histoires n'avaient rien de sentimental. Elles étaient dures, cruelles même. Non, ce qui la faisait pleurer, c'était le souvenir d'une vie intérieure qui lui avait été si familière durant son enfance ; une vie où elle s'évadait et se vengeait à la fois des douleurs et des frustrations de l'enfance ; une vie qui n'était ni insipide ni ignare ; une vie de l'esprit — une hantise, un essor — qu'elle avait choisi d'oublier en embrassant la cause de l'âge adulte.

Plus que ça ; en retrouvant les contes qui lui avaient fait don de leur mythologie, elle trouva des images capables de l'aider à sortir de sa confusion présente.

L'étrangeté de l'histoire dans laquelle elle avait pénétré en revenant à Liverpool avait plongé ses capacités de jugement dans le chaos. Mais ici, dans les pages de ce livre, elle trouvait un état de choses dans lequel rien n'était fixe : où régnait la magie, qui apportait avec elle miracles et métamorphoses. Elle s'y était jadis promenée, et loin de s'y sentir perdue, elle aurait pu passer pour un des habitants du lieu. Si elle parvenait à retrouver cette insolente indifférence à l'égard de la raison, et laisser celle-ci la conduire dans le labyrinthe qui se trouvait devant elle, elle réussirait peut-être à appréhender les forces qu'elle savait sur le point de se déchaîner autour d'elle.

Il lui serait cependant douloureux de renoncer à son pragmatisme : il l'avait tant de fois empêchée de sombrer. Face au chagrin et à la désolation, elle avait tenu bon en gardant la tête froide ; en restant rationnelle. Même lorsque ses parents étaient morts, séparés par une trahison jamais formulée qui les avait empêchés, même à la fin, de se réconforter mutuellement, elle avait tenu le coup ; tout simplement en s'immergeant dans des détails pratiques jusqu'à ce que le pire soit passé.

A présent, le livre lui faisait signe, avec ses chimères et ses sorcelleries ; tout en ambiguïtés ; tout en flux ; et son pragmatisme serait là sans valeur. Aucune importance. En dépit de tout ce que les années lui avaient enseigné en matière de chagrin, de compromission et de défaite, on l'invitait à pénétrer de nouveau dans une forêt où les damoiselles domptaient les dragons, et une de ces damoiselles avait encore son visage.

Ayant parcouru trois ou quatre des contes, elle revint au début du livre, à la recherche d'une dédicace. Celle-ci était fort brève.

Pour Suzanna, disait-elle. *Avec tout l'amour de M.L.*

Elle partageait la page avec une étrange épigramme :

Das, was man sich vorstellt, braucht man nie zu verlieren.

Elle lutta avec cette phrase, soupçonnant que son allemand fort rouillé lui faisait perdre certaines nuances. La traduction la plus approximative à laquelle elle parvint fut :

Ce qui est imaginé n'est jamais nécessairement perdu.

Gardant cette sagesse ambiguë présente à l'esprit, elle retourna aux histoires, s'attardant sur les illustrations, qui avaient la sévérité des gravures sur bois mais qui, à y regarder de plus près, dissimulaient toutes sortes de subtilités. Des poissons aux visages humains l'observaient sous la surface polie d'une mare ; deux inconnus attablés à un banquet échangeaient des murmures qui s'étaient solidifiés dans l'air au-dessus de leurs têtes ; au cœur d'une forêt sauvage, des silhouettes presque complètement dissimulées parmi les arbres laissaient voir leurs visages pâles et emplis d'espoir.

Les heures passèrent et, lorsque après avoir dévoré le livre de la première à la dernière page elle ferma brièvement les yeux pour se reposer, le sommeil s'empara d'elle.

Quand elle se réveilla, elle s'aperçut que sa montre s'était arrêtée vers deux heures du matin. A côté d'elle, la mèche clignotait dans une mare de cire, près de la noyade. Elle se releva, fit les cent pas sur le palier jusqu'à ce que les picotements aient déserté son pied, puis alla jusqu'à la chambre du fond à la recherche d'une autre chandelle.

Il y en avait une sur le rebord de la fenêtre. Alors qu'elle la saisissait, son œil perçut un mouvement dans la cour. Son cœur eut un sursaut ; mais elle demeura parfaitement immobile afin de ne pas attirer l'attention sur elle, et observa. La silhouette se trouvait dans l'ombre, et ce fut seulement quand elle s'éloigna du coin de la cour que la lumière des étoiles lui révéla le jeune homme qu'elle avait vu ici même la veille.

Elle se dirigea vers le rez-de-chaussée, trouvant une flamme en chemin. Elle voulait parler à cet homme ; voulait l'interroger sur les raisons de sa fuite, et sur l'identité de ses poursuivants.

Alors qu'elle pénétrait dans la cour, il quitta sa cachette d'un bond et se précipita vers le portail.

« *Attendez !* appela-t-elle. C'est Suzanna. »

Ce nom ne pouvait guère signifier grand-chose pour lui, mais il fit néanmoins halte.

« Qui ça ? dit-il.

— Je vous ai vu hier. Vous couriez... »

La fille dans l'entrée, comprit Cal. Celle qui s'était interposée entre lui et le Vendeur.

« Que vous est-il arrivé ? » dit-elle.

Il avait l'air épouvantable. Ses vêtements étaient déchirés, son visage souillé ; et, bien qu'elle ne pût en être sûre, couvert de sang.

« Je ne sais pas, dit-il d'une voix rocailleuse. Je ne sais plus rien, désormais.

— Pourquoi n'entrez-vous pas ? »

Il resta immobile.

« Depuis combien de temps êtes-vous ici ? dit-il.

— Plusieurs heures.

— Et la maison est vide ?

— A part moi, oui. »

Ceci vérifié, il franchit la porte de derrière à sa suite. Elle alluma plusieurs chandelles. Leur lumière confirma ses soupçons. Il y *avait* du sang sur lui ; et une odeur d'égout.

« Est-ce qu'il y a de l'eau courante ? dit-il.

— Je ne sais pas ; nous pouvons essayer. »

Ils étaient en veine ; la Compagnie des Eaux n'avait pas interrompu l'approvisionnement de la maison. Le robinet de la cuisine vibrait et les tuyaux grondaient, mais finalement, un filet d'eau glaciale se mit à couler. Cal ôta sa veste et s'en aspergea le visage et les bras.

« Je vais voir si je peux vous trouver une serviette, dit Suzanna. Comment vous appelez-vous, au fait ?

— Cal. »

Elle le laissa à ses ablutions. Lorsqu'elle fut partie, il ôta sa chemise et fit couler l'eau glacée sur sa poitrine, sur son cou et sur son dos. Elle revint avant qu'il ait fini, avec une taie d'oreiller.

« C'est tout ce que j'ai pu trouver en guise de serviette », dit-elle.

Elle avait placé deux chaises dans le salon, et allumé plusieurs chandelles dans cette pièce. Ils s'assirent ensemble et se mirent à parler.

« Pourquoi êtes-vous revenu ? voulut-elle savoir. Après ce qui s'est passé hier.

— J'ai vu quelque chose ici, dit-il avec prudence. Et vous ? Pourquoi êtes-vous ici ?

— C'est la maison de ma grand-mère. Elle est à l'hôpital. Elle se meurt. Je suis revenue jeter un coup d'œil.

— Les deux personnes que j'ai vues hier, dit Cal. Etaient-ce des amis de votre grand-mère ?

— J'en doute. Que vous voulaient-ils ? »

Là, Cal savait qu'il se trouvait sur un terrain mouvant. Comment pourrait-il commencer à lui raconter les joies et les larmes que ces derniers jours lui avaient apportées ?

« C'est difficile..., dit-il. Je veux dire, je ne suis pas sûr que tout ce qui m'est arrivé récemment ait un sens.

— Eh bien, comme ça, nous sommes deux », répondit-elle.

Il contemplait ses mains, pareil à un chiromancien en quête

d'avenir. Elle l'étudia ; son torse était couvert d'estafilades, comme s'il avait lutté avec des loups.

Lorsqu'il leva la tête, ses pâles yeux bleus frangés de cils noirs perçurent l'examen auquel elle se livrait. Il rougit légèrement.

« Vous dites avoir vu quelque chose ici, dit-elle. Pouvez-vous me dire de quoi il s'agit ? »

C'était une question toute simple, et il ne voyait aucune raison de ne pas y répondre. Si elle ne le croyait pas, c'était son problème à elle, pas le sien. Mais il n'en fut rien. En fait, dès qu'il eut commencé à lui décrire le tapis, ses yeux s'écarquillèrent.

« Bien sûr, dit-elle. Un tapis. *Bien sûr.*

— Vous étiez au courant ? » dit-il.

Elle lui raconta ce qui s'était passé à l'hôpital ; le dessin que Mimi avait tenté de lui montrer.

A présent, toute la réticence qu'il aurait pu avoir à lui raconter son histoire était oubliée. Il lui fit le récit de ses aventures, depuis le jour où le pigeon s'était échappé. Sa vision de la Fugue ; Shadwell et sa veste ; Immacolata ; les résidus ; leur mère et la sage-femme ; les événements du mariage, et d'après. Elle ponctua son récit par ses propres aperçus, sur la vie de Mimi dans sa maison, portes verrouillées, fenêtres clouées, comme si elle avait vécu dans une forteresse en attendant un siège.

« Elle devait savoir que quelqu'un viendrait tôt ou tard chercher le tapis.

— Pas le tapis, dit Cal. La Fugue. »

Elle vit ses yeux devenir rêveurs à ce mot, et l'envia d'avoir aperçu cet endroit : ses collines, ses lacs, ses forêts sauvages. Et y avait-il des damoiselles parmi ces arbres, voulait-elle lui demander, qui domptaient les dragons de leur chant ? C'était une chose qu'il lui faudrait découvrir par elle-même.

« Ce tapis est donc une porte, n'est-ce pas ? dit-elle.

— Je ne sais pas, répondit-il.

— J'aimerais bien le demander à Mimi. Peut-être qu'elle... »

Avant qu'elle ait eu le temps de finir sa phrase, Cal avait bondi.

« *Oh mon Dieu.* »

Ce n'était que maintenant qu'il se rappelait les paroles prononcées par Shadwell à la décharge, la nécessité de demander quelque chose à une vieille femme.

De qui parlait-il, sinon de Mimi ? Tout en enfilant sa chemise, il rapporta ce qu'il avait entendu à Suzanna.

« Il faut que nous allions la voir, dit-il. Seigneur ! Pourquoi n'y ai-je pas pensé ? »

Son agitation était contagieuse. Suzanna souffla les chandelles et fut à la porte avant lui.

« Mimi sera sûrement en sécurité dans un hôpital, dit-elle.

— Personne n'est en sécurité », répondit-il, et elle sut que c'était vrai.

Sur le perron, elle fit demi-tour et disparut dans la maison, revenant quelques secondes plus tard avec un livre en piètre état dans les mains.

« Un journal ? dit-il.

— Une carte », répondit-elle.

CHAPITRE 8

En suivant le fil

1

Mimi était morte.

Ses assassins étaient arrivés et repartis dans la nuit, laissant derrière eux un écran de fumée sophistiqué pour dissimuler leur crime.

« Il n'y a rien de mystérieux dans le décès de votre grand-mère, insista le Docteur Chai. Elle déclinait vite.

— Quelqu'un est venu la nuit dernière.

— C'est exact. Sa fille.

— Elle n'avait qu'une fille : ma mère. Et ça fait deux ans et demi qu'elle est morte.

— Qui qu'ait été cette femme, elle n'a fait aucun mal à Mrs Laschenski. Votre grand-mère est morte d'une mort naturelle. »

Il ne servirait pas à grand-chose de discuter, comprit Suzanna. Toute nouvelle tentative pour expliquer ses soupçons ne ferait qu'engendrer la confusion. De plus, la mort de Mimi avait créé une nouvelle spirale d'énigmes. La plus importante d'entre elles étant : qu'est-ce que la vieille femme avait su, ou été, pour être ainsi éliminée ? et quelle partie de son rôle dans cette énigme Suzanna allait-elle être obligée d'endosser ? Chacune de ces questions entraînait l'autre, et toutes deux, à présent que Mimi était réduite au silence, étaient condamnées à rester sans réponse. Leur seule autre source d'information était la créature qui s'était abaissée à tuer Mimi sur son lit de mort : Immacolata. Et c'était une confrontation à laquelle Suzanna était loin de se sentir prête.

Ils quittèrent l'hôpital et marchèrent un peu. Elle était profondément choquée.

« Est-ce qu'on va manger ? » suggéra Cal.

Il n'était que sept heures du matin, mais ils trouvèrent un café qui servait le petit déjeuner et ils commandèrent des portions de gloutons. Les œufs et le bacon, les toasts et le café les réconfortèrent quelque peu tous les deux, même s'il leur restait encore à payer le prix d'une nuit sans sommeil.

« Il faut que je téléphone à mon oncle au Canada, dit Suzanna. Pour lui dire ce qui est arrivé.

— Tout ? dit Cal.

— Bien sûr que non, dit-elle. Ça reste entre nous. »

Il fut heureux de l'apprendre. Pas seulement parce qu'il n'aimait pas l'idée que cette histoire puisse se répandre, mais parce qu'il souhaitait l'intimité de ce secret partagé. Cette Suzanna ne ressemblait à aucune des femmes qu'il avait rencontrées jusqu'ici. Il n'y avait chez elle aucune façade, aucune mascarade. Ils étaient, après cette nuit de confessions — et ce triste matin —, soudain compagnons, liés par un mystère qu'il était prêt, bien qu'il l'ait conduit plus près de la mort qu'il ne l'avait jamais été, à endurer si cela signifiait rester en sa compagnie.

« Il n'y aura pas beaucoup de larmes versées pour Mimi, disait Suzanna. Personne ne l'a jamais aimée.

— Même pas vous ?

— Je ne l'ai jamais connue », dit-elle, et elle donna à Cal un bref résumé de la vie de Mimi. « C'était une étrangère, conclut Suzanna. Et maintenant, nous savons pourquoi.

— Ce qui nous ramène au tapis. Nous devons retrouver la trace des déménageurs.

— Vous avez d'abord besoin de sommeil.

— Non. J'ai trouvé mon second souffle. Mais je veux rentrer chez moi. Rien que pour nourrir les pigeons.

— Ils ne peuvent pas survivre quelques heures sans vous ? »

Cal plissa le front.

« Sans eux, dit-il, je ne serais pas où j'en suis.

— Pardon. Cela vous dérange si je vous accompagne ?

— J'aimerais bien que vous veniez. Peut-être que vous parviendrez à faire sourire mon père. »

2

En fait, Brendan était tout sourires aujourd'hui ; Cal n'avait jamais vu son père aussi heureux depuis les mois qui avaient précédé la maladie d'Eileen. Ce changement était stupéfiant. Il les accueillit sur le seuil avec un flot de paroles.

« Café, quelqu'un ? proposa-t-il, et il partit dans la cuisine. Au fait, Cal, Geraldine est venue ici.

— Qu'est-ce qu'elle voulait ?

— Elle a rapporté des bouquins que tu lui avais donnés ; elle a dit qu'elle n'en voulait plus. » Il détourna les yeux du café qui chauffait et regarda fixement Cal. « Elle dit que tu t'es conduit de façon bizarre.

— Ça doit être dans le sang , dit Cal, et son père eut un large sourire. Je vais aller voir les oiseaux.

— Je les ai déjà nourris aujourd'hui. Et j'ai nettoyé le pigeonnier.

— Tu te sens vraiment mieux.

— Pourquoi pas ? dit Brendan. Il y a des gens qui veillent sur moi. »

Cal acquiesça sans tout à fait comprendre. Puis il se tourna vers Suzanna.

« Vous voulez voir les champions ? » dit-il, et ils sortirent.

La journée était déjà fort chaude.

« Il y a quelque chose qui cloche chez mon père, dit Cal en la guidant vers le pigeonnier le long de la piste envahie par les herbes. Il y a deux jours, il était pratiquement au bord du suicide.

— Peut-être que la mauvaise période est finie pour lui, dit-elle.

— Peut-être », répondit-il en ouvrant la porte du pigeonnier.

A ce moment-là, un train passa en rugissant, faisant trembler le sol.

« Le train de neuf heures vingt-cinq pour Penzance, dit Cal en la faisant entrer.

— Ça ne dérange pas les oiseaux ? dit-elle. D'être si près des lignes de chemin de fer ?

— Ils s'y sont habitués quand ils étaient encore dans l'œuf », répondit-il, et il alla dire bonjour aux pigeons.

Elle le regarda en train de parler aux oiseaux, pressant les doigts contre la grille de leurs cages. C'était un type bizarre, sans aucun doute ; mais pas plus bizarre qu'elle, probablement. Ce qui la surprenait, c'était la décontraction avec laquelle ils réagissaient aux impondérables qui venaient soudain d'entrer dans leurs vies. Ils se trouvaient, sentait-elle, sur un seuil ; dans le royaume qui s'étendait au-delà, un peu de bizarrerie était peut-être nécessaire.

Cal s'écarta soudain de la cage.

« *Gilchrist,* dit-il soudain avec un large sourire. Je viens juste de me rappeler. Ils ont parlé d'un type nommé Gilchrist.

— Qui ça ?

— Quand j'étais sur le mur. Les déménageurs. Bon Dieu, oui ! Je viens de regarder les oiseaux et ça m'est revenu. J'étais sur le mur, et ils parlaient de revendre le tapis à quelqu'un du nom de *Gilchrist.*

— C'est donc lui, notre homme. »

Cal fut dans la maison en quelques instants.

« Je n'ai plus de gâteaux..., dit Brendan alors que son fils se précipitait vers le téléphone dans l'entrée. Quelle est la raison de cette panique ?

— Rien de grave », fit Suzanna.

Brendan lui servit une tasse de café tandis que Cal feuilletait l'annuaire avec frénésie.

« Vous n'êtes pas une fille du coin, n'est-ce pas ? dit Brendan.

— J'habite Londres.

— Je n'ai jamais aimé Londres, commenta-t-il. Cette ville n'a pas d'âme.

— J'ai un atelier dans Muswell Hill. Il vous plairait. »

Comme Brendan lui lançait un regard intrigué, elle ajouta :

« Je fais de la poterie.

— J'ai trouvé », dit Cal, l'annuaire à la main. « *K.W. Gilchrist,* lut-il, *Détaillant de Seconde Main.*

— Qu'est-ce que c'est que ça ? dit Brendan.

— Je vais les appeler, dit Cal.

— Nous sommes dimanche, dit Suzanna.

— La plupart de ces endroits sont ouverts le dimanche matin », répondit-il, et il retourna dans l'entrée.

« Vous voulez acheter quelque chose ? dit Brendan.

— En quelque sorte », répondit Suzanna.

Cal composa le numéro. A l'autre bout du fil, on décrocha sans tarder. Une femme dit :

« Gilchrist.

— Bonjour, dit Cal, j'aimerais parler à Mr Gilchrist, s'il vous plaît. »

Il y eut un instant de silence, puis la femme dit :

« Mr Gilchrist est mort. »

« Seigneur, Shadwell a été rapide », pensa Cal.

Mais la téléphoniste n'en avait pas fini :

« Ça fait huit ans qu'il est mort, dit-elle. Sa voix avait moins de couleur que l'horloge parlante. « Quel est l'objet de votre appel ?

— Un tapis, dit Cal.

— Vous voulez acheter un tapis ?

— Non. Pas exactement. Je crois qu'un tapis a été apporté dans vos entrepôts par erreur...

— Par *erreur*?

— C'est exact. Et je dois le récupérer. C'est urgent.

— Il faudra que vous en parliez avec Mr Wilde, j'en ai peur.

— Pouvez-vous me passer Mr Wilde alors, s'il vous plaît ?

— Il est dans l'île de Wight.

— Quand sera-t-il de retour ?

— Jeudi matin. Il faudra que vous rappeliez à ce moment-là.

— Mais c'est certainement... »

Il s'interrompit, se rendant compte qu'on avait raccroché.

« Merde », dit-il.

Il se retourna pour découvrir Suzanna debout sur le seuil de la cuisine.

« Personne à qui parler, soupira-t-il. Qu'est-ce qui nous reste à faire ?

— A nous faire voleurs », répondit-elle doucement.

3

Quand Cal et la jeune femme furent partis, Brendan resta quelque temps assis à contempler le jardin. Il fallait qu'il se remette au travail très bientôt : la lettre d'Eileen l'avait tancé pour sa négligence.

Penser à la lettre le ramena inévitablement à son porteur, le céleste Mr Shadwell.

Sans analyser son geste, il se leva et se dirigea vers le téléphone, consulta la carte que l'ange lui avait laissée, puis composa le numéro. Le souvenir qu'il avait de sa rencontre avec Shadwell avait presque été consumé par l'éclat du don que l'ange lui avait porté, mais il y avait eu un marché de passé, cela il se le rappelait, et ça concernait Cal.

« Mr Shadwell ?

— De la part de qui, s'il vous plaît ?

— Brendan Mooney.

— Oh, Brendan. Comme c'est agréable d'entendre votre voix. Avez-vous quelque chose à me dire ? Au sujet de Cal ?

— Il est allé dans un entrepôt, pour voir des meubles et des trucs comme ça...

— Vraiment. Alors, nous allons le retrouver, et faire de lui un homme heureux. Était-il seul ?

— Non. Il y avait une jeune femme avec lui. Une très belle femme.

— Son nom ?

— Suzanna Parrish.

— Et l'entrepôt ? »

L'ombre d'un doute toucha l'esprit de Brendan.

« Pourquoi donc avez-vous besoin de Cal ?

— Je vous l'ai dit. Un lot.

— Ah oui. Un lot.

— Quelque chose qui va lui couper le souffle. L'entrepôt, Brendan. Nous avons passé un marché, après tout. Donnant, donnant. »

Brendan enfonça une main dans sa poche. La lettre était encore chaude. Il n'y avait aucun mal à passer un marché avec les anges, n'est-ce pas ? Qu'est-ce qui pouvait être plus sûr ?

Il donna le nom de l'entrepôt.

« Ils sont seulement allés chercher un tapis... », dit Brendan.

L'écouteur émit un « clic ».

« Vous êtes toujours là ? » dit-il.

Mais le messager divin s'était probablement déjà envolé à tire-d'aile.

CHAPITRE 9

Qui cherche trouve

1

L'entrepôt des Etablissements Gilchrist (Mobilier de Seconde Main) avait jadis été un cinéma, à une époque où les cinémas étaient des palaces et des folies. L'édifice restait encore une folie, avec sa façade pseudo-rococo et le dôme improbable perché sur son toit; mais il n'avait désormais plus rien d'un palace. Il se trouvait à un jet de pierre de Dock Road, et c'était la seule propriété encore en usage dans le bloc. Le reste des immeubles étaient soit désaffectés, soit brûlés.

Debout au coin de Jamaica Street, les yeux fixés sur cette scène de désolation, Cal se demanda si le regretté Mr Gilchrist aurait été fier de voir son nom figurer sur un établissement aussi détérioré. Les affaires n'étaient sûrement pas florissantes dans le coin, à moins qu'il ne s'agisse du genre d'affaires que l'on avait intérêt à traiter loin des yeux du public.

Les heures d'ouverture de l'entrepôt étaient indiquées sur une pancarte délabrée, là où le cinéma avait jadis annoncé ses programmes. Le dimanche, l'établissement était ouvert de neuf heures et demie à midi. Il était à présent une heure et quart. Les doubles portes étaient fermées et verrouillées, et une paire d'énormes grilles en fer, qui juraient de façon grotesque avec la façade, étaient cadenassées, leur barrant l'accès à la porte.

« De quelle nature sont vos talents de cambrioleur ? demanda Cal à Suzanna.

— Sous-développés, répondit-elle. Mais j'apprends vite. »

Ils traversèrent Jamaica Street pour aller inspecter les lieux de plus près. Il n'aurait pas servi à grand-chose de feindre l'innocence ; ils n'avaient vu aucun piéton dans la rue depuis leur arrivée et la circulation était négligeable.

« Il doit bien y avoir une entrée quelconque, dit Suzanna. Faites le tour par ce côté. Je vais voir par là.

— D'accord. Rendez-vous derrière. »

Ils se séparèrent. Alors que la route suivie par Cal l'avait conduit dans l'ombre, celle de Suzanna la laissa en plein soleil. Etrangement, elle regretta l'absence de nuages. La chaleur faisait chanter son sang, comme si elle avait été branchée sur une radio extraterrestre, dont les mélodies gémissaient à l'intérieur de son crâne.

Alors qu'elle les écoutait, Cal surgit derrière un coin de mur, la faisant sursauter.

« J'ai trouvé une entrée », dit-il, et il la conduisit vers ce qui avait jadis été la sortie de secours du cinéma.

Celle-ci était également cadenassée, mais aussi bien la chaîne que le cadenas étaient dévorés par la rouille. Il avait déjà trouvé un morceau de brique, avec lequel il entreprit d'attaquer le cadenas. Des morceaux de brique se mirent à voler dans toutes les directions, mais après une douzaine de coups, le cadenas rendit les armes. Cal appuya son épaule contre la porte et poussa. Il y eut un bruit à l'intérieur, lorsqu'un miroir et une douzaine d'autres articles entassés contre la porte se renversèrent ; mais il réussit à dégager un passage suffisamment large pour qu'ils puissent s'y faufiler.

2

L'intérieur de l'entrepôt ressemblait à une sorte de purgatoire, dans lequel des milliers d'articles ménagers — fauteuils, garde-robes, lampes de toutes les tailles, rideaux, carpettes — attendaient le Jugement dernier, empilés en tas désolés. Cet endroit était empli par la puanteur de ses occupants ; des objets investis par les vers, par la pourriture et par l'usure ; des articles jadis de qualité et à présent si décatis que même leurs créateurs ne les auraient pas laissés entrer chez eux.

Et sous cette odeur de décrépitude, quelque chose de plus amer et de plus humain. L'odeur de la sueur, peut-être, absorbée par les montants d'un lit de malade, ou par l'abat-jour d'une lampe qui aurait brûlé durant toute une nuit pour quelqu'un qui n'aurait jamais connu le matin. Ce n'était pas un endroit où il était agréable de s'attarder.

Ils se séparèrent de nouveau, afin d'aller plus vite.

« Dès que vous voyez quelque chose qui a l'air prometteur, dit Cal, hurlez. »

Le gémissement qui avait envahi le crâne de Suzanna ne disparut pas une fois qu'elle fut à l'abri du soleil ; il empira. Peut-être était-ce l'énormité de leur tâche qui lui faisait tourner la tête, comme une quête impossible sortie d'un conte de fées, la recherche d'une aiguille magique dans une botte de pourriture.

La même pensée, formulée de façon différente, traversait l'esprit de Cal. Plus il fouillait, plus il doutait de sa mémoire. Peut-être que ce n'était pas le nom de Gilchrist que les déménageurs avaient prononcé ; ou peut-être qu'ils avaient fini par décider que le profit qu'ils retireraient du tapis ne valait pas la peine de faire l'effort de l'amener ici.

Alors qu'il tournait au coin d'un tas de meubles, il entendit un grattement venu de derrière lui.

« Suzanna ? » dit-il.

Ce mot s'éloigna de lui pour lui revenir sans réponse. Le bruit s'était déjà estompé derrière lui, mais il avait déclenché une giclée d'adrénaline dans son corps, et ce fut d'un pas plus pressé qu'il se dirigea vers la montagne suivante d'objets et de détritus. Avant même qu'il ne soit arrivé à cinq mètres d'elle, ses yeux s'étaient posés sur le tapis à moitié enroulé et presque dissimulé derrière une demi-douzaine de chaises et une commode. Tous ces meubles étaient exempts d'étiquettes, ce qui suggérait qu'il s'agissait d'acquisitions récentes et non encore triées.

Il se mit à genoux et tira sur le bord du tapis dans l'intention d'apercevoir son motif. La bordure était endommagée et la trame assez faible. Quand il tira, il sentit quelques fils se rompre. Mais il en voyait assez pour lui confirmer ce que ses tripes savaient déjà : c'était bien le tapis venu de Rue Street, le tapis que Mimi Laschenski avait protégé durant toute sa vie et jusqu'à l'instant de sa mort ; le tapis de la Fugue.

Il se releva et entreprit de démanteler la pile de chaises, sourd au bruit de pas qui s'approchait derrière lui.

3

La première chose que vit Suzanna fut une ombre sur le sol. Elle leva les yeux.

Un visage apparut entre deux garde-robes, pour disparaître avant qu'elle ait pu l'appeler par son nom.

Mimi ! C'était Mimi.

Elle alla jusqu'aux garde-robes. Il n'y avait aucun signe de qui que ce fût. Perdait-elle la raison ? D'abord ce vacarme dans sa tête, et maintenant des hallucinations ?

Et pourtant, pourquoi se trouvaient-ils ici, sinon parce qu'ils croyaient aux miracles ? Ses doutes furent engloutis par un soudain flot d'espoir — l'espoir que les morts puissent réussir à briser le sceau du monde invisible et à pénétrer parmi les vivants.

Elle prononça le nom de sa grand-mère, tout doucement. Et elle reçut une réponse. Non pas des mots, mais l'odeur de la lavande. A sa gauche, au bout d'un couloir de caisses à thé empilées, une boule de poussière roula avant de s'immobiliser. Elle se dirigea vers elle, ou plutôt vers la source de la brise qui l'avait portée, et la senteur se faisait plus forte à chacun de ses pas.

4

« Ceci m'appartient, je crois », dit la voix derrière Cal.

Il se retourna. Shadwell se tenait à quelques pas de lui. Sa veste était déboutonnée.

« Voulez-vous avoir l'obligeance de vous écarter, Mooney, et de me laisser récupérer ce qui est à moi. »

Cal regretta de ne pas avoir eu la présence d'esprit d'emporter une arme. A cet instant-là, il n'aurait absolument pas hésité à poignarder Shadwell dans son œil luisant et à se considérer comme un héros pour avoir agi ainsi. Tel quel, il ne disposait que de ses mains nues. Il faudrait bien qu'elles suffisent.

Il fit un pas vers Shadwell, mais à ce moment-là, celui-ci s'écarta. Il y avait quelqu'un à côté de lui. Une des sœurs, sans aucun doute ; ou un de leurs bâtards.

Cal n'attendit pas d'avoir mieux vu, mais se retourna pour saisir une des chaises empilées sur le tapis. Cette action déclencha une petite avalanche ; des chaises s'interposèrent entre lui et son ennemi. Il jeta celle qu'il tenait vers la forme obscure qui avait pris la place de Shadwell. Il en ramassa une seconde, et la jeta à la suite de la première, mais sa cible avait à présent disparu dans le labyrinthe de meubles. Le Vendeur aussi.

Cal se retourna, les muscles en feu, et appuya son dos contre la commode pour la faire bouger. Il y réussit ; le meuble tomba en arrière, renversant plusieurs autres objets dans sa chute. Il fut heureux de ce vacarme ; peut-être attirerait-il l'attention de Suzanna. Il tendit une main pour prendre possession du tapis, mais à ce moment-là, quelque chose le saisit par-derrière. On l'écarta violemment de l'objet de sa quête, dont un petit morceau lui resta dans la main, puis on le jeta sur le sol.

Il s'immobilisa contre une pile de peintures et de photographies aux cadres ouvragés, dont plusieurs tombèrent et se brisèrent. Il resta quelques instants au milieu des bouts de verre pour reprendre son souffle, mais ce qu'il vit ensuite le lui fit perdre de nouveau.

Le résidu se dirigeait vers lui à travers la pénombre.

« Lève-toi ! » lui dit-il.

Cal n'entendit pas cet ordre, tant son attention était mobilisée par le visage qui se trouvait devant lui. Ce n'était pas le rejeton d'Elroy, bien que cette monstruosité eût aussi les traits de son père. Non ; cet enfant était *le sien.*

L'horreur qu'il avait aperçue lorsqu'il avait été arraché à la berceuse, gisant au milieu des ordures de la Décharge Municipale, n'avait été que trop réelle. Les sœurs lui avaient soutiré sa semence, et cette bête qui avait son visage était la conséquence de cet acte.

La ressemblance n'était pas parfaite. Le corps nu de la créature était entièrement glabre et orné de plusieurs distorsions horribles — les doigts de l'une de ses mains étaient deux fois plus longs que la normale, tandis que ceux de l'autre n'étaient que des moignons d'un centimètre, et de ses omoplates jaillissaient des éruptions de matière ressemblant à des ailes atrophiées — des parodies, peut-être, des êtres qui faisaient l'envie de ses rêves.

Elle était cependant plus à l'image de son père que les autres bêtes ne l'avaient été et, face à face avec lui-même, il hésita.

Elle fut suffisante, cette hésitation, pour donner un avantage à la créature. Elle bondit sur lui, lui saisissant la gorge de sa main aux longs doigts dans un contact dénué de toute trace de chaleur, l'embrassant à pleine bouche comme pour lui aspirer le souffle des lèvres.

Elle avait l'intention de commettre un parricide, sans aucun doute ; son étreinte était sans pitié. Il sentit ses jambes s'affaiblir, et son enfant l'autorisa à tomber à genoux, le suivant dans sa chute. Les phalanges de ses doigts frôlèrent les bouts de verre, et il tenta sans y croire d'en ramasser un, mais entre son esprit et sa main, l'ordre perdit son caractère d'urgence. L'arme tomba de ses doigts.

Quelque part, dans ce lieu de souffle et de lumière d'où il était à présent banni, il entendit Shadwell éclater de rire. Puis ce bruit cessa, et il se retrouva fixant son propre visage, qui lui retournait son regard comme l'aurait fait un miroir corrompu. Ses yeux, qu'il avait toujours aimés pour leur couleur pâle ; sa bouche, qui lui avait été une source d'embarras durant son enfance parce qu'il l'avait trouvée trop féminine, mais qu'il avait entraînée à adopter une expression relativement sévère quand les circonstances l'exigeaient, et qui était, lui disait-on, capable de produire un sourire ravageur. Ses oreilles, larges et protubérantes: des oreilles de clown sur un visage qui aurait mérité quelque chose de plus soigné...

Il est probable que la plupart des gens quittent ce monde avec de telles banalités à l'esprit. Ce fut certainement le cas de Cal.

Alors qu'il pensait à ses oreilles, le reflux s'empara de lui et l'engloutit dans les profondeurs.

CHAPITRE 10

Le menstruum

Un instant avant de pénétrer dans ce qui avait été le hall du cinéma, Suzanna sut qu'elle avait commis une erreur. Même à ce moment-là, elle aurait pu battre en retraite, si elle n'avait pas entendu la voix de Mimi prononcer son nom, et avant qu'un quelconque argument ait pu l'arrêter, ses pieds l'avaient conduite jusqu'à la porte.

Le hall était plus sombre que le reste de l'entrepôt, mais elle apercevait la vague silhouette de sa grand-mère, debout à côté du guichet condamné.

« Mimi ? dit-elle, l'esprit brouillé par des impressions contradictoires.

— Je suis là », dit la vieille dame, et elle ouvrit les bras à Suzanna.

Cette esquisse d'étreinte était aussi une erreur de jugement, mais de la part de l'ennemi. Les gestes d'affection physique n'avaient jamais été l'apanage de Mimi de son vivant, et Suzanna ne voyait aucune raison pour supposer que sa grand-mère ait pu changer ses habitudes en expirant.

« Vous n'êtes pas Mimi, dit-elle.

— Je sais que c'est une surprise, de me voir ainsi, dit le pseudo-fantôme. (Sa voix était aussi douce qu'une ondée de plumes.) Mais il n'y a rien à craindre.

— Qui êtes-vous ?

— Je sais qui je suis », fut la réponse.

Suzanna ne s'attarda pas à écouter ces paroles pleines de séduction, mais fit demi-tour pour rebrousser chemin. Il y avait peut-être trois mètres entre elle et la porte, mais ils paraissaient à présent s'être transformés en autant de kilomètres. Elle essaya de faire un pas sur cette longue route, mais le vacarme dans sa tête prit soudain des proportions assourdissantes.

La présence derrière elle n'avait aucune intention de la laisser s'échapper. Elle cherchait la confrontation, et c'était un gaspillage d'efforts que de la défier. Aussi se retourna-t-elle pour la regarder en face.

Le masque fondait, bien qu'il y eût de la glace et non du feu dans les yeux qui émergeaient derrière lui. Elle reconnut ce visage, et bien qu'elle ne se soit pas encore crue prête à braver sa furie, elle fut étrangement exaltée en le découvrant. Les derniers lambeaux de Mimi s'évaporèrent, et Immacolata lui fut révélée.

« Ma sœur... », dit-elle, tandis que l'air dansait autour d'elle au son de ces mots, « ... ma sœur la Harpie m'a demandé de jouer ce rôle. Elle a cru voir Mimi dans votre visage. Elle avait raison, n'est-ce pas ? Vous êtes son enfant.

— Sa petite-fille, murmura Suzanna.

— *Son enfant* », lui répondit-on avec assurance.

Suzanna fixa la femme devant elle, fascinée par le chef-d'œuvre de chagrin à moitié dissimulé sous ses traits. Immacolata tiqua devant cet examen.

« Comment *osez*-vous avoir pitié de moi ? », dit-elle, comme si elle avait lu les pensées de Suzanna, et à ces mots, quelque chose jaillit de son visage.

Cela vint trop vite pour que Suzanna puisse voir ce que c'était ; elle n'eut que le temps de s'écarter de sa trajectoire sifflante. Le mur derrière elle trembla sous le choc. L'instant d'après, le visage lançait d'autres éclats de brillance vers elle.

Suzanna n'avait pas peur. Cette démonstration ne faisait que l'exalter davantage. Cette fois-ci, lorsque les éclats s'approchèrent d'elle, son instinct l'emporta sur toute autre considération sensée, et elle tendit la main comme pour attraper la lumière.

On aurait dit qu'elle avait plongé la main dans un torrent d'eau glacée. Un torrent dans lequel nageaient d'innombrables poissons, rapides, si rapides, contre le flot ; ils nageaient pour aller pondre. Elle ferma le poing, attrapant quelque chose dans cette marée étincelante, et tira.

Cet acte eut trois conséquences. La première : un cri poussé par Immacolata. La deuxième : l'arrêt soudain du vacarme dans la tête de Suzanna. La troisième : tout ce que sa main avait senti — la froidure, le torrent et le banc de poissons qu'il avait contenu —, tout ceci fut soudain *en* elle. *Son corps était le flot.* Pas son corps de chair et d'os, mais une autre anatomie, faite plus de pensée que de substance, et plus ancienne que toutes deux. D'une façon indéterminée, ce corps s'était reconnu dans l'assaut d'Immacolata et il était sorti du sommeil.

Jamais elle ne s'était sentie aussi complète de toute sa vie. Devant ce sentiment, toutes ses autres ambitions — bonheur, plaisir, pouvoir —, toutes s'estompaient.

Elle regarda de nouveau Immacolata, et ses yeux neufs ne virent pas une ennemie, mais une femme possédée par le même torrent qui coulait dans ses propres veines. Une femme pervertie et pleine d'angoisse, mais qui lui était néanmoins plus semblable que différente.

« C'était stupide, dit l'Incantatrice.

— Vraiment ? » dit Suzanna. Elle n'en croyait rien.

« Il aurait mieux valu que tu ne sois jamais trouvée. Que tu n'aies jamais goûté au menstruum.

— Le menstruum ?

— Maintenant, tu vas savoir plus de choses que tu ne l'aurais souhaité, ressentir plus de choses que tu ne l'aurais souhaité. »

Il semblait y avoir quelque chose qui ressemblait à de la pitié dans la voix d'Immacolata.

« Ainsi commence ta peine, reprit-elle. Et elle ne prendra jamais fin. Crois-moi. Tu aurais dû vivre et mourir comme un Coucou.

— Est-ce ainsi que Mimi est morte ? » dit Suzanna.

Les yeux de glace clignèrent.

« Elle savait quels risques elle prenait. Elle avait du sang de Devin, et il a toujours coulé librement. Tu es aussi de leur sang, grâce à ta salope de grand-mère.

— *Devin ?* » Tant de mots nouveaux. « S'agit-il du peuple de la Fugue ?

— C'est un peuple de *morts,* fut la réponse. Ne va pas les voir en quête de réponses. Ils ne seront bientôt plus que poussière. Emportés dans l'oubli comme toutes choses en ce Royaume puant. Dans la poussière et la médiocrité. Nous y veillerons. Tu es seule. Comme elle l'était. »

Ce *nous* lui rappela le Vendeur, et la puissance de la veste qu'il portait.

« Shadwell est-il un Devin ? demanda-t-elle.

— *Lui ?* » Cette idée était apparemment grotesque. « Non. Tous les pouvoirs qu'il a, c'est moi qui lui en ai fait don.

— *Pourquoi ?* » dit Suzanna.

Elle ne comprenait pas grand-chose à Immacolata, mais assez pour savoir qu'elle et Shadwell ne formaient pas un couple idéal.

« Il m'a appris... », commença l'Incantatrice, sa main montant vers son visage, « ... il m'a appris à *simuler.* » La main passa devant ses traits, et lorsque ceux-ci réapparurent, elle souriait, presque avec chaleur. « Tu vas en avoir besoin, désormais.

— Et c'est pour ça que vous êtes devenue sa maîtresse ? »

Le bruit qui émana de l'autre femme aurait pu être un rire ; aurait pu seulement.

« Je laisse l'amour à la Madeleine, ma sœur. Elle a de l'appétit pour ça. Demande à Mooney... »

Cal. Elle avait oublié Cal.

« ... s'il a encore assez de souffle pour te répondre. »

Suzanna jeta un regard vers la porte.

« Vas-y..., dit Immacolata, ... va le chercher. Je ne t'arrêterai pas. »

La brillance en elle, le menstruum, savait que l'Incantatrice disait la vérité. Ce flot faisait partie d'elles deux à présent. Il les liait d'une façon que Suzanna ne pouvait pas encore appréhender.

« La bataille est déjà perdue, ma sœur, murmura Immacolata lorsque Suzanna atteignit le seuil. Pendant que tu satisfaisais ta curiosité, la Fugue est tombée entre nos mains. »

Suzanna pénétra à reculons dans l'entrepôt, sentant la peur monter en elle pour la première fois. Pas pour elle-même, mais pour Cal. Elle hurla son nom dans la pénombre.

« Trop tard..., dit la femme derrière elle.

— *Cal!* »

Il n'y eut aucune réponse. Elle partit à sa recherche, criant son nom de temps en temps, son anxiété croissant à chaque appel restant sans réponse. Cet endroit était un labyrinthe ; elle se retrouva à deux reprises dans un coin qu'elle avait déjà fouillé.

Ce fut l'éclat du verre brisé qui attira son attention ; et puis, gisant face contre terre non loin de là, Cal. Avant qu'elle ne se soit approchée assez près pour le toucher, elle sentit à quel point il était immobile.

Il était trop fragile, dit le menstruum en elle. *Tu sais comment sont ces Coucous.*

Elle rejeta cette idée. Elle ne venait pas d'elle.

« Ne sois pas mort. »

Ceci venait d'elle. Ces mots glissèrent hors de sa bouche lorsqu'elle s'agenouilla à côté de lui, une supplique adressée à son silence.

« Je vous en prie, Seigneur, ne sois pas mort. »

Elle redoutait de le toucher, de peur de découvrir le pire, tout en sachant qu'elle représentait le seul secours possible pour lui. Sa tête était tournée vers elle, ses yeux étaient clos, sa bouche ouverte, souillée par une salive teintée de sang. Instinctivement, sa main alla à ses cheveux, comme si elle avait pu le réveiller en le caressant, mais son pragmatisme ne l'avait pas entièrement désertée, et ses doigts choisirent de se diriger vers le pouls qui battait au cou du jeune homme. Il était faible.

Ainsi commence ta peine, avait dit Immacolata, à peine quelques minutes auparavant. Avait-elle su, alors même qu'elle émettait cette prophétie, que Cal était déjà à mi-chemin de la mort ?

Bien sûr, qu'elle l'avait su. Elle l'avait su et avait accueilli avec joie la peine que cela lui donnerait, parce qu'elle voulait que le plaisir que Suzanna avait retiré du menstruum soit gâché par cette découverte ; avait voulu qu'elles soient sœurs en chagrin.

Distraite par cette constatation, elle se concentra de nouveau sur Cal, pour découvrir que sa main avait quitté le cou du jeune homme pour se remettre à lui caresser les cheveux. Pourquoi faisait-elle ça ? Ce n'était pas un enfant endormi. Il était blessé ; il avait besoin d'une aide plus concrète. Mais alors même qu'elle se morigénait, elle sentit le menstruum commencer à monter de son ventre, couler dans ses entrailles, dans ses poumons et dans son cœur, et parcourir — sans la moindre instruction consciente de sa part — son bras en direction de Cal. Avant, il avait été indifférent à ses blessures ; *tu sais comment sont ces Coucous,* lui avait-il dit. Mais sa rage, ou peut-être sa tristesse, l'avait corrigé. A présent, elle sentait son énergie transporter le désir qu'elle éprouvait de réveiller Cal, de le guérir, à travers la paume de sa main et à l'intérieur de la tête scellée du jeune homme.

C'était une sensation à la fois extraordinaire et parfaitement familière. Lorsque, au dernier moment, il lui sembla que le flot refusait de couler, elle le poussa en avant et il lui obéit, coulant dans le jeune homme. Elle pouvait le contrôler, comprit-elle dans un soudain accès d'enthousiasme, qui fut aussitôt suivi par une sensation de douleur et de perte lorsque le corps étendu au-dessous d'elle absorba le torrent.

Il était avide de guérison. Les articulations de Suzanna se mirent à frémir lorsque le menstruum coula hors d'elle, et à l'intérieur de son crâne, cette chanson inconnue s'éleva comme une douzaine de sirènes. Elle essaya d'écarter sa main de Cal, mais ses muscles refusèrent d'obéir à ses ordres. Le menstruum s'était emparé de son corps, semblait-il. Elle avait été trop hâtive en pensant qu'il serait facile de le contrôler. Il se vidait délibérément afin de lui apprendre à ne pas le forcer.

Un instant avant qu'elle s'évanouisse, il décida qu'il en avait assez fait et ôta sa main. Le flot fut brutalement interrompu. Elle porta ses mains tremblantes à son visage, sentant l'odeur de Cal au bout de ses doigts. Peu à peu, le gémissement qui emplissait son crâne s'estompa. L'étourdissement s'éloignait.

« Est-ce que ça va ? » lui demanda Cal.

Elle baissa les mains et regarda dans sa direction. Il s'était redressé sur le sol et explorait avec prudence les contours de sa bouche ensanglantée.

« Je crois, dit-elle. Et toi ?

— Ça ira, répondit-il. Je ne sais pas ce qui s'est passé... »

Ses mots s'estompèrent lorsque la mémoire lui revint, et une expression d'alarme traversa son visage.

« *Le tapis...* »

Il se releva en hâte, regardant tout autour de lui.

« ... Je le tenais dans ma main, dit-il. Seigneur, je le tenais dans ma main !

— Ils l'ont pris ! » dit-elle.

Elle crut qu'il allait se mettre à pleurer lorsque ses traits s'affaissèrent, mais ce fut la rage qui en surgit.

« Salaud de Shadwell ! cria-t-il en balayant un taillis de lampes de chevet posées sur une commode. Je le tuerai ! Je jure... »

Elle se releva, toujours en proie au vertige, et ses yeux baissés aperçurent quelque chose au milieu des monceaux de verre brisé à ses pieds. Elle se baissa de nouveau, dégagea les éclats de verre, et c'était un bout de tapis. Elle le ramassa.

« Ils n'ont pas tout emporté », dit-elle, offrant sa trouvaille à Cal.

La colère déserta son visage. Il prit l'objet qu'elle lui tendait presque avec révérence et l'étudia. Il y avait une demi-douzaine de motifs inclus dans le morceau, bien qu'il ne pût leur donner un sens.

Suzanna l'observa. Il tenait le fragment de tapis avec tant de délicatesse, comme s'il avait pu le blesser. Puis il eut un reniflement, assez fort, et s'essuya le nez avec le dos de la main.

« Salaud de Shadwell », répéta-t-il, mais plus doucement ; comme s'il était engourdi.

« Que faisons-nous à présent ? » s'interrogea-t-elle à voix haute.

Il leva la tête vers elle. Cette fois-ci, il y avait des larmes dans ses yeux.

« On sort d'ici, dit-il. Pour voir ce que le ciel a à nous dire.

— Hein ? »

Il lui offrit un pauvre sourire.

« Pardon, dit-il. Ça doit être Mooney le Dingue qui parle. »

TROISIÈME PARTIE

Les Exilés

« Errant entre deux mondes, l'un mort,
L'autre impuissant à naître. »

Matthew Arnold
La Grande Chartreuse

CHAPITRE 1

Le fleuve

La défaite qu'ils venaient de subir était complète. Le Vendeur avait arraché la Trame des mains de Cal. Mais, bien qu'ils n'aient eu aucune raison de se sentir joyeux, ils avaient au moins survécu à la confrontation. Était-ce pour cette simple raison que le jeune homme sentit son moral remonter dès qu'ils quittèrent l'entrepôt pour pénétrer dans la chaleur du jour ?

L'air était empli de l'odeur de la Mersey ; sel et vase. Et ce fut là — sur une suggestion de Suzanna — qu'ils se rendirent. Ils marchèrent sans un mot, le long de Jamaica Street, jusqu'à Dock Road, puis en suivant le haut mur noir qui ceignait les docks. Jusqu'à ce qu'ils aient trouvé un portail leur donnant accès aux quais. Les lieux étaient déserts. Cela faisait plusieurs années que le dernier des grands cargos avait accosté ici pour décharger ses marchandises. Ils traversèrent une ville fantôme peuplée d'entrepôts vides jusqu'au fleuve lui-même, tandis que le regard de Cal ne cessait de se poser sur le visage de la femme qui marchait à ses côtés. Il y avait quelque chose de changé en elle, percevait-il ; un fardeau de sentiments cachés qu'il ne parvenait pas à percer à jour.

Le poète avait quelque chose à dire à ce sujet.

Les mots te manquent, mon garçon ? siffla-t-il dans le crâne de Cal. *C'est une étrange fille, n'est-ce pas ?*

C'était la pure vérité. Dès l'instant où il l'avait aperçue pour la première fois, au pied de l'escalier, elle lui avait semblé hantée. C'était un point commun entre eux. Ils partageaient également la même détermination, sans doute alimentée par la crainte inexprimée de perdre de vue le mystère dont il avait si longtemps rêvé. Ou bien se méprenait-il en lisant sur son visage les lignes de sa propre histoire ? Était-ce seulement son désir de trouver en elle une alliée qui lui faisait percevoir des ressemblances entre eux ?

Elle contemplait le fleuve, et des serpents de lumière jaillissaient des eaux pour venir jouer sur son visage. Il ne la connaissait que depuis une nuit et un jour, mais elle éveillait en lui la même confusion de sentiments — malaise et profond contentement ; l'impression qu'elle était à la fois familière et inconnue — que son premier aperçu de la Fugue avait fait naître en lui.

Il voulait lui dire cela, et bien d'autres choses encore, si seulement il avait pu trouver ses mots.

Mais ce fut Suzanna qui parla la première.

« J'ai vu Immacolata, dit-elle, pendant que tu affrontais Shadwell...

— Oui ?

— ... Je ne sais pas comment expliquer ce qui s'est passé... »

Elle commença avec hésitation, les yeux toujours fixés sur le fleuve, comme si elle avait été hypnotisée par ses mouvements. Il comprit une partie de ce qu'elle lui disait. Que Mimi avait fait partie des Devins, les occupants de la Fugue ; et que Suzanna, sa petite-fille, avait dans ses veines le sang de ce peuple. Mais lorsqu'elle commença à lui parler du menstruum, ce pouvoir qu'elle avait hérité, ou absorbé, ou les deux, il perdit toute prise sur ce qu'elle lui racontait. En partie parce que son récit devenait plus vague, plus onirique ; en partie parce qu'en la regardant lutter pour trouver les mots susceptibles de traduire ses sentiments, il trouva les mots dont il avait besoin pour exprimer les siens.

« Je t'aime », dit-il.

Elle avait cessé d'essayer de décrire le torrent du menstruum, s'était abandonnée au rythme de l'eau qui venait clapoter contre le quai.

Il n'était pas sûr qu'elle l'ait entendu. Elle ne bougeait pas ; ne parlait pas.

Finalement, elle se contenta de prononcer son nom.

Il se sentit soudain ridicule. Elle ne voulait pas entendre de déclarations d'amour de sa bouche ; ses pensées étaient ailleurs, autre part. Dans la Fugue, peut-être, là où — après les révélations de cet après-midi — elle avait plus que lui le droit de se trouver.

« Excuse-moi », murmura-t-il, tentant de rattraper son faux pas par de nouveaux bafouillages. « Je ne sais pas pourquoi j'ai dit ça. Oublie ce que j'ai dit. »

Cette dénégation la fit sortir de sa transe. Son regard quitta le fleuve et trouva le visage du jeune homme, une expression de douleur dans les yeux, comme si le fait de les écarter de l'éclat des eaux leur avait été pénible.

« Ne dis pas ça, dit-elle. Ne dis jamais ça. »

Elle fit un pas vers lui et lui passa les bras autour du corps, le serrant très fort. Il obéit à ses exigences et l'étreignit en retour. Le visage de la jeune fille était chaud contre son cou, le mouillant non pas de baisers, mais de larmes. Ils ne dirent rien, mais restèrent ainsi durant plusieurs minutes, tandis que le fleuve continuait de couler tout près d'eux.

Finalement, il dit :

« Est-ce qu'on retourne à la maison ? »

Elle s'écarta un peu de lui et le regarda, paraissant étudier son visage.

« Est-ce que tout est fini, ou bien est-ce que tout commence ? » demanda-t-elle.

Il secoua la tête.

Elle lança l'esquisse d'un coup d'œil en direction du fleuve. Mais avant que sa vie liquide n'ait pu de nouveau la revendiquer, il la prit par la main et la conduisit vers le monde de béton et de brique.

CHAPITRE 2

Réveil dans les ténèbres

Ils retournèrent — à travers un crépuscule recelant l'automne dans ses creux — vers Chariot Street. Là, ils pillèrent la cuisine à la recherche de quelque chose susceptible de calmer leurs grognements d'estomac, mangèrent, puis se retirèrent dans la chambre de Cal avec une bouteille de whisky achetée en chemin. La discussion qu'ils avaient eu l'intention d'entamer sur leurs actions futures tourna court. La fatigue, ajoutée au malaise qu'avait créé la scène au bord du fleuve, rendit leur conversation hésitante. Ils faisaient sans arrêt le tour de la question, mais aucune inspiration ne leur venait quant à la façon dont ils devraient agir.

Le seul témoignage concret de leurs aventures dont ils disposaient était le morceau de tapis, et il ne leur offrait aucun indice.

Leur dialogue s'estompa, devint une suite de phrases inachevées, ponctuées par des plages de silence de plus en plus longues.

Vers onze heures, Brendan rentra à la maison, hélant Cal depuis le rez-de-chaussée, puis se retira dans son lit. Son arrivée fit réagir Suzanna.

« Il faudrait que je parte, dit-elle. Il est tard. »

L'idée de la chambre vidée de sa présence serra le cœur de Cal.

« Pourquoi ne pas rester ? dit-il.

— Le lit est petit, répondit-elle.

— Mais il est confortable. »

Elle leva une main pour la poser sur le visage du jeune homme et caressa sa bouche meurtrie.

« Nous ne sommes pas destinés à être amants, dit-elle doucement. Nous nous ressemblons trop. »

C'était dit avec franchise, et ça faisait mal à entendre, mais à l'instant même où ses ambitions sexuelles étaient ainsi refroidies, il sentit confirmé en lui un espoir tout différent, et finalement plus profond. Ils étaient solidaires dans cette entreprise: elle, l'enfant de la Fugue, lui, l'intrus innocent. Au bref plaisir de lui faire l'amour, il opposa la grandiose aventure qui les attendait, et il sut — en dépit des démentis de sa verge — qu'il faisait une bonne affaire.

« Alors, nous allons dormir, dit-il. Si tu veux rester. »

Elle sourit.

« Je veux rester », dit-elle.

Ils ôtèrent leurs vêtements salis et se glissèrent sous les couvertures. Le sommeil s'était emparé d'eux avant que l'ampoule ne se soit refroidie.

Ce ne fut pas un sommeil vide; loin de là. Il y eut des rêves. Ou plutôt, un certain rêve qui leur emplit la tête à tous deux.

Ils rêvèrent d'un bruit. Une planète d'abeilles, toutes bourdonnant à faire exploser leurs cœurs de miel; une musique montait, qui était celle de l'été.

Ils rêvèrent d'odeurs. Une confusion de senteurs; les rues après la pluie, l'eau de Cologne affadie, et la brise sur la campagne tiède.

Mais ils rêvèrent surtout de *visions.*

Cela commença avec un motif: un tissu serré de fils innombrables, teints d'une centaine de couleurs, porteurs d'une charge d'énergie qui éblouit tant les dormeurs qu'ils durent protéger leur œil intérieur.

Et ensuite, comme si le motif était devenu trop ambitieux pour contenir son ordre présent, ses nœuds se mirent à glisser et à se défaire. A chacune des intersections, les couleurs commencèrent à se dissoudre dans l'atmosphère, jusqu'à ce que la vision soit obscurcie dans une soupe de pigments, à travers laquelle les fils dénoués décrivirent leur liberté en lignes, en virgules et en points, comme les coups de pinceau d'un maître calligraphe. D'abord, ces signes parurent arbitraires — mais lorsque chaque coup de pinceau attira la couleur à lui, et lorsqu'un nouveau coup de pinceau fut appliqué sur le précédent, puis un autre encore, il devint évident que des formes émergeaient lentement du chaos.

Là où, quelques instants de rêve plus tôt, il n'y avait eu que la tissure et la trame, se trouvaient à présent cinq silhouettes distinctement humaines en train d'apparaître dans le flux, aux portraits desquelles l'artiste invisible ajoutait de nouveaux détails avec une aisance insolente.

Et les voix des abeilles s'élevaient à présent, et leur chant dans la tête des dormeurs donna des noms à ces inconnus.

Le premier membre du quintette à être appelé fut une jeune femme vêtue d'une longue robe noire, au visage pâle et étroit, aux yeux clos bordés de cils roux. « Voici, dirent les abeilles, *Lilia Pellicia.* »

Comme s'éveillant à l'appel de son nom, Lilia ouvrit les yeux.

Au même moment, un individu barbu et ventripotent, âgé d'une cinquantaine d'années, aux épaules enveloppées d'un manteau et à la tête coiffée d'un chapeau aux larges bords, s'avança d'un pas. « *Frederick Cammell* », dirent les abeilles, et ses yeux s'ouvrirent brusquement derrière les verres circulaires de ses lunettes. Sa main se porta immédiatement à son chapeau et l'ôta, pour révéler une chevelure impeccablement coiffée, plaquée à son crâne par la brillantine.

« Ah... », dit-il, et il sourit.

Deux autres, à présent. La première, impatiente d'être libérée de ce monde de teintures, était également habillée pour une veillée funèbre. (Qu'est-il arrivé, se demandaient les rêveurs, à l'éclat qui avait initialement coulé des fils ? Ces couleurs étaient-elles dissimulées quelque part derrière cette sinistre vêture : sur un jupon bariolé, peut-être ?) Le visage lugubre de ce troisième visiteur ne suggérait guère le goût pour de tels caprices.

« *Apolline Dubois* », annoncèrent les abeilles, et la femme ouvrit les yeux, le rictus qui envahit aussitôt son visage révélant des dents couleur vieil ivoire.

Les derniers membres de cette assemblée arrivèrent ensemble. L'un était un Noir dont le visage fin était, même au repos, fait pour la mélancolie. L'autre, le bébé tout nu qu'il tenait dans ses bras, bavait sur la chemise de son protecteur.

« *Jerichau Saint Louis* », dirent les abeilles, et le Noir ouvrit les yeux. Il les baissa immédiatement vers l'enfant qu'il portait, et qui s'était mis à brailler avant même que son nom ait été entendu.

« *Nemrod* », appelèrent les abeilles, et bien que le bébé n'ait sûrement pas été âgé de plus d'un an, il connaissait déjà les deux syllabes de son nom. Il ouvrit les paupières, révélant des yeux qui avaient une teinte distinctement dorée.

Son réveil signala la fin du processus. Les couleurs, les abeilles et les fils battirent tous en retraite, leur reflux laissant les cinq inconnus naufragés dans la chambre de Cal.

Ce fut Apolline Dubois qui parla la première.

« Ce n'est pas possible, dit-elle en se dirigeant vers la fenêtre et en tirant les rideaux. Où diable sommes-nous ?

— Et où sont les autres ? » dit Frederick Cammell.

Ses yeux avaient trouvé le miroir accroché au mur et il s'examinait dedans. Claquant des lèvres, il sortit des ciseaux de sa poche et se mit à couper quelques poils trop longs sur sa joue.

« Excellente remarque, dit Jerichau. (Puis, s'adressant à Apolline :) A quoi ressemble l'extérieur ?

— C'est désert, dit la femme. Nous sommes en pleine nuit. Et...

— Quoi donc ?

— Regarde par toi-même », dit-elle, suçotant sa salive à travers ses dents cassées, « il y a quelque chose d'anormal ici. » Elle s'écarta de la fenêtre. « Les choses ne sont plus comme elles étaient. »

Ce fut Lilia Pellicia qui prit la place d'Apolline à la fenêtre.

« Elle a raison, dit la jeune fille. Les choses *sont* différentes.

— Et pourquoi est-ce seulement *nous* qui sommes là ? demanda Frederick pour la seconde fois. C'est le plus important.

— Il s'est passé quelque chose, dit doucement Lilia. Quelque chose de terrible.

— Sans aucun doute, tu le sens au creux de tes reins, fit remarquer Apolline. Comme d'habitude.

— Restons polis, Mademoiselle Dubois, dit Frederick avec l'air peiné d'un instituteur.

— Ne m'appelle pas Mademoiselle, dit Apolline. Je suis une femme mariée. »

Plongés dans le sommeil, Cal et Suzanna écoutaient ce dialogue, amusés par les absurdités invoquées par leur imagination. Pourtant, en dépit de la bizarrerie de ces gens — leurs vêtements antiques, leurs noms, leurs conversations stupides —, ils étaient étrangement réels ; le moindre détail était parfaitement pensé. Et comme pour semer un peu plus la confusion dans l'esprit des rêveurs, l'homme que les abeilles avaient appelé Jerichau baissa les yeux vers le lit et dit :

« *Ils* pourraient peut-être nous apprendre quelque chose. »

Lilia tourna ses yeux pâles vers le couple endormi.

« Nous devrions les réveiller », dit-elle, et elle tendit le bras pour secouer les dormeurs.

Ceci n'est pas un rêve, comprit Suzanna en imaginant la main de Lilia qui s'approchait de son épaule. Elle se sentit émerger du sommeil ; et lorsque les doigts de la fille la touchèrent, elle ouvrit les yeux.

Les rideaux avaient été tirés comme elle avait imaginé qu'on les avait tirés. Les réverbères éclairaient la petite chambre de leur lumière crue. Et là, debout, en train d'observer le lit, se trouvaient les cinq personnages : son rêve incarné. Elle s'assit. Le drap glissa et les yeux de Jerichau et du bébé Nemrod se posèrent sur ses seins. Elle tira le drap sur elle et, ce faisant, découvrit Cal. Le froid le réveilla. Il la regarda à travers des paupières à peine ouvertes.

« Que se passe-t-il ? demanda-t-il d'une voix engourdie par le sommeil.

— *Réveille-toi,* dit-elle. Nous avons des visiteurs.

— J'ai fait un rêve..., marmonna-t-il. *Des visiteurs ?* »

Il leva les yeux vers elle, suivit son regard et découvrit la chambre.

« Oh, Seigneur... »

L'enfant riait dans les bras de Jerichau, tendant un doigt grassouillet vers l'érection de Cal. Celui-ci saisit un oreiller pour dissimuler son enthousiasme.

« Est-ce que c'est un des trucs de Shadwell ? murmura-t-il.

— Je ne crois pas, dit Suzanna.

— Qui est Shadwell ? voulut savoir Apolline.

— Un autre Coucou, sans aucun doute », dit Frederick, qui avait sorti ses ciseaux au cas où ces deux-là se seraient montrés belliqueux.

A ce mot de *Coucou,* Suzanna commença à comprendre. C'était Immacolata qui avait la première employé ce terme en parlant de l'Humanité.

« ... la Fugue... », dit-elle.

Quand elle eut prononcé ce mot, tous les yeux se braquèrent sur elle, et Jerichau demanda :

« Que savez-vous de la Fugue ?

— Pas grand-chose, répondit-elle.

— Savez-vous où sont les autres ? demanda Frederick.

— Quels autres ?

— Et le pays ? dit Lilia. Où est tout le reste ? »

Cal avait quitté le quintette des yeux et regardait sa table de chevet, là où il avait laissé le morceau de Trame. Il avait disparu.

« Ils sont venus du morceau de tapis, dit-il, sans tout à fait croire ce qu'il disait. C'est ce que j'ai rêvé.

— Je l'ai rêvé aussi, dit Suzanna.

— Le *morceau* de tapis ? dit Frederick, consterné. Vous voulez dire que nous avons été séparés ?

— Oui, répondit Cal.

— Où se trouve le reste ? dit Apolline. Conduisez-nous à lui.

— Nous ne savons pas où il est, dit Cal. C'est Shadwell qui l'a.

— Au diable les Coucous ! explosa la femme. On ne peut se fier à aucun d'eux. Tous des voleurs et des tricheurs !

— Il n'est pas seul, répondit Suzanna. Sa partenaire est l'une des vôtres.

— J'en doute, dit Frederick.

— C'est vrai. Immacolata. »

Ce nom provoqua une exclamation d'horreur à la fois de Frederick et de Jerichau. Apolline, toujours féminine, se contenta de cracher par terre.

« Est-ce qu'on n'a pas encore pendu cette salope ? dit-elle.

— Deux fois, à ma connaissance, répondit Jerichau.

— Elle considère ça comme une marque de flatterie », fit remarquer Lilia.

Cal frissonna. Il était fatigué et il avait froid ; il voulait rêver de collines inondées par le soleil et de rivières éclatantes, pas de ces êtres funèbres aux visages envahis par le mépris et le soupçon. Ignorant leurs regards, il jeta son oreiller au loin, alla jusqu'à l'endroit où il avait jeté ses vêtements par terre et enfila sa chemise et ses jeans.

« Et où sont les Gardiens ? dit Frederick à la cantonade. Est-ce que quelqu'un le sait ?

— Ma grand-mère..., dit Suzanna, ... Mimi...

— Oui ? dit Frederick en braquant ses yeux sur elle. Où est-elle ?

— Elle est morte, j'en ai peur.

— Il y avait d'autres gardiens », dit Lilia, contaminée par l'impatience de Frederick. « Où sont-ils ?

— Je ne sais pas.

— Tu avais raison, dit Jerichau avec une expression presque tragique. Il *s'est* passé quelque chose de terrible. »

Lilia retourna près de la fenêtre et l'ouvrit en grand.

« Peux-tu la sentir ? lui demanda Frederick. Est-elle tout près ? »

Lilia secoua la tête.

« Cet air empeste, dit-elle. Ce n'est pas le vieux Royaume. Il est *froid*. Froid et répugnant. »

Cal, qui avait fini de s'habiller, se fraya un passage entre Frederick et Apolline, et saisit la bouteille de whisky.

« Tu veux un verre ? » dit-il à Suzanna.

Elle secoua la tête. Il se servit une rasade généreuse et but.

« Nous devons retrouver votre Shadwell, dit Jerichau à Suzanna, et récupérer la Trame.

— Pourquoi se presser ? » dit Apolline avec une perverse nonchalance. Elle se dirigea vers Cal. « Puis-je me servir ? » dit-elle.

A contrecœur, il lui tendit la bouteille.

« Que veux-tu dire : *Pourquoi se presser ?* dit Frederick. Nous nous réveillons en plein milieu de nulle part, tout seuls...

— Nous ne sommes pas seuls, dit Apolline en avalant une gorgée de whisky. Nous avons nos amis, ici. » Elle adressa à Cal un sourire de travers. « Quel est ton nom, mon chou ?

— Calhoun.

— Et elle ?

— Suzanna.

— Je suis Apolline. Voici Freddy. »

Cammell inclina le torse avec formalisme.

« Là-bas, c'est Lilia Pellicia, et ce mouflet est son frère, Nemrod...

— Et je suis Jerichau.

— Voilà, dit Apolline. A présent, nous sommes tous amis, d'accord ? Nous n'avons pas besoin de tous les autres. Qu'ils pourrissent.

— C'est notre peuple, lui rappela Jerichau. Et ils ont besoin de notre aide.

— C'est pour ça qu'ils nous ont laissés dans la Bordure ? rétorqua-t-elle avec amertume, portant de nouveau à ses lèvres la bouteille de whisky. Non. Ils nous ont mis là pour se débarrasser de nous, et n'essaie pas de me raconter des bobards pour les excuser. Nous sommes la *lie.* Bandits, catins, et Dieu sait quoi d'autre. » Elle regarda Cal. « Oh oui, dit-elle. Vous êtes tombés sur des voleurs. Nous leur faisons honte. Tous autant que nous sommes. »

Puis, s'adressant aux autres :

« Tant mieux si nous sommes séparés d'eux. Nous allons nous amuser comme des fous. »

Tandis qu'elle parlait, Cal sembla voir des éclairs iridescents naître dans les plis de ses atours de veuve.

« Il y a un monde entier là-dehors, dit-elle. C'est à nous d'en jouir.

— Perdu est toujours perdu », dit Jerichau.

La seule réponse d'Apolline fut un reniflement de taureau.

« Il a raison, dit Freddy. Sans la Trame, nous ne sommes que des réfugiés. Tu sais à quel point les Coucous nous détestent. Ils nous ont toujours détestés. Ils nous détesteront toujours.

— Vous êtes des imbéciles », dit Apolline, et elle retourna près de la fenêtre, emportant le whisky avec elle.

« Nous avons un peu perdu les choses de vue, dit Freddy à Cal. Peut-être pourriez-vous nous dire en quelle année nous sommes ? 1910 ? 1911 ? »

Cal éclata de rire.

« Rajoutez environ quatre-vingts ans », dit-il.

L'autre pâlit de façon visible et tourna son visage vers le mur. Lilia laissa échapper un petit gémissement, comme si on venait de la poignarder. Tremblante, elle s'assit au bord du lit.

« Quatre-vingts ans..., murmura Jerichau.

— Pourquoi ont-ils attendu si longtemps ? demanda Freddy à la chambre silencieuse. Que s'est-il passé pour qu'ils aient attendu si longtemps ?

— Je vous en prie, arrêtez de parler par énigmes..., dit Suzanna, ... et expliquez-nous.

— Impossible, dit Freddy. Vous n'êtes pas Devins.

— Oh, ne raconte pas de bêtises, aboya Apolline. Où est le mal ?

— Raconte-leur, Lilia, dit Jerichau.

— Je *proteste,* dit Freddy.

— Raconte-leur seulement ce qu'ils ont besoin de savoir, dit Apolline. Si tu leur racontes tout, on sera ici jusqu'au Jugement dernier. »

Lilia soupira.

« Pourquoi moi ? dit-elle, toujours tremblante. Pourquoi est-ce moi qui dois leur raconter ?

— Parce que tu es la meilleure menteuse d'entre nous, répondit Jerichau avec un sourire pincé. Tu pourras le rendre vrai. »

Elle lui lança un regard furibond.

« Très bien », dit-elle, et elle se mit à raconter.

CHAPITRE 3

Ce qu'elle raconta

« Nous n'avons pas toujours été perdus, commença-t-elle. Jadis, nous vivions dans un jardin. »

Au bout de deux phrases, Apolline l'interrompait déjà.

« Ce n'est qu'une histoire, informa-t-elle Cal et Suzanna.

— Alors, laisse-la la *raconter,* bon sang ! lui dit Jerichau.

— Ne croyez rien, conseilla Apolline. Cette femme ne reconnaîtrait pas la vérité si elle se mettait à la baiser. »

En guise de réponse, Lilia se passa la langue sur les lèvres, puis reprit son récit là où elle s'était arrêtée.

« C'était un jardin, dit-elle. C'est là que les Familles sont nées.

— Quelles Familles ? dit Cal.

— Les Quatre Racines de la Devinité. Les *Los*; les *Ye-mes*; les *Aias* et les *Babus.* Les Familles dont nous descendons tous. Certains d'entre nous ont des lignées moins pures que les autres, bien sûr..., dit-elle en lançant un regard venimeux en direction d'Apolline, mais nous pouvons tous faire remonter nos origines à l'une des quatre Familles. Nemrod et moi, nous sommes des Ye-mes. C'est notre Racine qui a tissé le tapis.

— Et regardez où ça nous a conduits, grogna Cammell. Ça nous apprendra à faire confiance aux tisserands. Des doigts agiles et des esprits balourds. Maintenant, les Aias — c'est ma Racine — : nous avons l'intelligence et l'habileté.

— Et vous ? » dit Cal à Apolline, tout en tendant la main pour récupérer la bouteille de whisky. Il ne restait pas plus de deux gorgées d'alcool dedans.

« Aia du côté de ma mère, répondit la femme. C'est à cela que je dois ma voix d'or. Et du côté de mon père, personne n'en est vraiment sûr. Il pouvait danser une extase, mon père...

— Quand il était sobre, dit Freddy.

— Qu'est-ce que tu en sais? grimaça Apolline. Tu n'as jamais rencontré mon père.

— Une fois a suffi à ta mère», répondit Freddy du tac-au-tac.

Le bébé éclata de rire à cette repartie, dont le sens était pourtant au-delà de la compréhension d'un enfant de son âge.

«Peu importe, dit Apolline. Il savait danser; ce qui signifie qu'il devait avoir du sang de Lo dans ses veines.

— Et de Babu aussi, à t'entendre parler», dit Lilia.

Là, Jerichau intervint.

«*Je* suis Babu, dit-il. Croyez-moi sur parole, le souffle est trop précieux pour qu'on le gaspille.»

Le souffle. La danse. La musique. Les tapis. Cal essayait de garder en mémoire ces talents et les Familles qui les possédaient, mais c'était aussi difficile que de se rappeler la configuration du clan des Kellaway.

«Le fait est, dit Lilia, que toutes les Familles avaient des talents que l'Humanité ne possède pas. Des pouvoirs que vous qualifieriez de miraculeux. Pour nous, ils ne sont pas plus remarquables que le fait que le pain lève. Ce ne sont que des façons de chercher et d'invoquer.

— Des extases? dit Cal. Est-ce ainsi que vous les appeliez?

— C'est exact, dit Lilia. Nous les avions dès le commencement. Nous ne leur trouvions rien d'extraordinaire. Du moins, pas avant de pénétrer dans le Royaume. Ce fut alors que nous avons compris que votre espèce aimait édicter des lois. Aimait décréter quoi est quoi, et si c'est bon ou non. Et le monde, étant une chose aimante et ne souhaitant ni vous décevoir ni vous troubler, ne vous contrarie pas. Se comporte comme si vos doctrines étaient d'une certaine façon absolues.

— C'est là une métaphysique discutable, murmura Freddy.

— Les lois du Royaume sont les lois des Coucous, dit Lilia. Tel est l'un des Principes de Capra.

— Alors, Capra s'est trompé, fut la réponse de Freddy.

— Rarement, dit Lilia. Et pas à ce sujet. Le monde se comporte en fonction de la façon dont les Coucous souhaitent le décrire. Par pure courtoisie. Ceci a été prouvé. Tant que quelqu'un n'aura pas une meilleure idée...

— Attendez une minute, dit Suzanna. Êtes-vous en train de dire que la terre nous écoute?

— Telle était l'opinion de Capra.

— Et qui est Capra?

— Un grand homme...

— Ou une femme, dit Apolline.

— Qui a vécu ou qui n'a pas vécu, poursuivit Freddy.

— Mais qui, même dans ce dernier cas..., dit Apolline, ... avait beaucoup de choses à dire.

— Ce qui ne nous apprend rien, dit Suzanna.

— Tel était Capra, dit Cammell.

— Continuez, Lilia, dit Cal. Racontez-nous le reste de l'histoire. »

Elle commença de nouveau :

« Il y a donc vous, l'Humanité, avec toutes vos lois, vos limites et votre envie sans fond ; et il y a nous, les Familles de la Devinité. Aussi différents de vous que le jour de la nuit.

— Pas *si* différents que ça, dit Jerichau. Nous avons jadis vécu parmi eux, souviens-toi.

— Et nous avons été traités comme la *lie,* dit Lilia avec quelque ressentiment.

— Exact, dit Jerichau.

— Les talents que nous avions, reprit-elle, étaient qualifiés de *magiques* par vous autres, les Coucous. Certains d'entre vous les voulaient pour eux-mêmes. D'autres en avaient peur. Mais peu nous aimaient à cause d'eux. Les villes étaient petites en ce temps-là, comprenez-vous. Il était difficile de s'y cacher. Aussi nous sommes-nous retirés. Dans les forêts et dans les collines, là où nous croyions être en sécurité.

— Nombre d'entre nous ne s'étaient jamais aventurés parmi les Coucous, dit Freddy. Surtout les Aias. Rien à vendre, voyez-vous ; il ne servait à rien de souffrir les Coucous si l'on n'avait rien à vendre. Mieux valait rester au cœur de la verdure.

— Quelle prétention, dit Jerichau. Tu aimes les villes autant que nous.

— Exact, dit Freddy. J'aime les briques et le mortier. Mais j'envie le berger...

— Pour sa solitude ou pour ses moutons ?

— Pour ses plaisirs pastoraux, crétin ! dit Freddy. (Puis, s'adressant à Suzanna :) Maîtresse, il faut que vous compreniez que je ne suis pas à ma place au milieu de ces gens. Vraiment. *Lui...* (il tendit un doigt vengeur vers Jerichau), c'est un voleur convaincu. *Elle...* (Apolline, à présent), elle a dirigé un bordel. Et *celle-ci...* (Lilia, maintenant), elle et son petit frère ont causé tant de peine...

— Cet enfant ? dit Lilia en regardant le bébé. Comment peux-tu accuser un innocent...

— Je t'en prie, épargne-nous cette comédie, dit Freddy. Ton frère ressemble peut-être à un bébé sorti de son berceau, mais nous sommes plus avisés que ça. Mascarade que tout cela. Sinon, pourquoi auriez-vous été sur la Bordure ?

— Je pourrais te poser la même question, rétorqua Lilia.

— J'ai été victime d'une conspiration, protesta-t-il. Mes mains sont propres.

— Je n'ai jamais fait confiance à un homme qui avait les mains propres, marmonna Apolline.

— *Putain!* dit Freddy.

— *Barbier!*» dit l'autre, ce qui mit fin à cet accès de colère.

Cal échangea un regard incrédule avec Suzanna. Il n'y avait aucune affection entre les membres du quintette, ceci au moins était évident.

« Bien..., dit Suzanna. Vous nous racontiez que vous vous étiez cachés dans les collines.

— Nous ne nous cachions pas, dit Jerichau. Nous n'étions pas visibles, c'est tout.

— Il y a une différence ? dit Cal.

— Oh, certainement. Il existe des endroits sacrés pour nous, que la plupart des Coucous ne verraient pas même s'ils en étaient à moins d'un mètre...

— Et nous avions des extases, dit Lilia, pour couvrir nos traces, si jamais les Humains s'approchaient de trop près.

— Ce qu'ils faisaient de temps en temps, dit Jerichau. Certains devenaient curieux. Commençaient à fouiller les forêts, à la recherche d'un signe de notre présence.

— Ils savaient donc ce que vous étiez ? dit Suzanna.

— Non », dit Apolline. Elle avait débarrassé une chaise de la pile de vêtements qui s'y trouvait et s'y était assise dessus à califourchon. « Non, tout ce qu'ils savaient, ce n'étaient que des rumeurs et des on-dit. Ils nous appelaient de toutes sortes de noms. Des esprits et des fées. Toutes sortes de merdes. Seuls quelques-uns ont réussi à nous approcher. Et ce fut seulement parce que nous les y avions autorisés.

— De plus, nous n'étions pas si nombreux que ça, dit Lilia. Nous n'avons jamais été très fertiles. Nous n'avons jamais eu beaucoup de goût pour la copulation.

— Parle pour toi, dit Apolline en lançant un clin d'œil à Cal.

— Le fait est que nous étions le plus souvent ignorés, et — comme l'a dit Apolline — quand nous entrions en contact avec quelqu'un, c'était pour nos propres raisons. Peut-être qu'un des membres de votre espèce avait un talent susceptible de nous profiter. Un éleveur de chevaux, un marchand de vin... mais au fil des siècles, vous êtes devenus une race dangereuse.

— Exact, dit Jerichau.

— Le peu de contacts que nous avions avec vous a fini par se réduire à presque rien. Nous vous avons laissés à vos bains de sang et à votre *envie*...

— Pourquoi ne cessez-vous pas de parler d'envie ? dit Cal.

— C'est ce qui a rendu votre espèce célèbre, dit Freddy. Toujours désireux d'avoir ce qui n'est pas à vous, pour le simple plaisir de le posséder.

— Et vous, votre espèce est foutrement parfaite, n'est-ce pas ? » dit Cal. Il commençait à se lasser de leurs incessantes remarques au sujet des Coucous.

« Si nous étions parfaits, dit Jerichau, nous serions invisibles, n'est-ce pas ? »

Cette réponse coupa le sifflet à Cal.

« Non. Nous sommes des êtres de chair et de sang, tout comme vous, continua le Noir, aussi sommes-nous imparfaits, bien sûr. Mais nous n'allons pas pour autant le crier sur les toits. Vous autres... il faut que vous soyez persuadés du caractère plus ou moins tragique de votre condition, sinon vous ne vous croyez qu'à moitié vivants.

— Alors, pourquoi confier à ma grand-mère le soin de veiller sur le tapis ? dit Suzanna. C'était une Coucou, n'est-ce pas ?

— N'utilise pas ce mot, dit Cal. Elle était *humaine*.

— Elle était de sang mêlé, le corrigea Apolline. Devineresse du côté de sa mère et Coucou de celui de son père. Je lui ai parlé deux ou trois fois. Nous avions quelque chose en commun, voyez-vous. Nous avons eu toutes deux des mariages mixtes. Son premier mari était Devin, et tous mes maris ont été des Coucous.

« Mais ce n'était qu'une Gardienne parmi tant d'autres. La seule femme ; la seule aussi à avoir du sang humain, si ma mémoire est bonne.

« Il nous fallait au moins un Gardien qui connaissait bien le Royaume, qui n'aurait absolument rien de remarquable. Nous espérions ainsi être ignorés, et en fin de compte oubliés.

— Tout ceci... rien que pour se cacher de l'Humanité ? dit Suzanna.

— Oh non, dit Freddy. Nous aurions pu continuer à vivre comme nous avions vécu, sur les marges du Royaume... mais les choses ont changé.

— Je ne me rappelle pas l'année où ça a commencé..., dit Apolline.

— 1896, dit Lilia. C'était en 1896, l'année des premières pertes.

— Que s'est-il passé ? dit Cal.

— À ce jour, personne n'en est sûr. Mais quelque chose est sorti du néant, une créature animée par une seule ambition. Nous éliminer.

— Quel genre de créature ? »

Lilia haussa les épaules.

« Personne n'a survécu après avoir vu son visage.

— Humaine ? dit Cal.

— Non. Elle n'était pas aveugle comme les Coucous sont aveugles. Elle pouvait nous renifler. Même nos extases les plus accomplies ne parvenaient pas à la tromper très longtemps. Et après son passage, c'était comme si ceux sur lesquels elle avait posé les yeux n'avaient jamais existé.

— Nous étions pris au piège, dit Jerichau. D'un côté, l'Humanité, plus ambitieuse et plus envahissante chaque jour, si bien qu'il ne nous restait presque plus aucun endroit où nous cacher ; et de l'autre côté, le *Fléau,* comme nous l'appelions, dont la seule intention semblait être le génocide. Nous savions que ce n'était qu'une question de temps avant que vienne notre extinction.

— Ce qui aurait été un grand dommage, dit sèchement Freddy.

— Tout n'était pas si noir, dit Apolline. Ça semble étrange de le dire, mais je me suis bien amusée durant ces dernières années. Le désespoir, vous savez, c'est le meilleur des aphrodisiaques, dit-elle en souriant. Et nous avions trouvé un ou deux endroits où vivre quelque temps en sécurité, des endroits où le Fléau n'est jamais venu nous renifler.

— Je ne me rappelle pas avoir été heureuse, dit Lilia. Je ne me souviens que des cauchemars.

— Et cette colline ? dit Apolline. Comment s'appelait-elle ? La colline où nous sommes restés, le dernier été. Je m'en souviens comme si c'était hier...

— La Colline de Rayment.

— C'est ça. La Colline de Rayment. J'ai été heureuse là-bas.

— Mais combien de temps est-ce que ça aurait duré ? dit Jerichau. Tôt ou tard, le Fléau nous aurait retrouvés.

— Peut-être, dit Apolline.

— Nous n'avions pas le choix, dit Lilia. Il nous fallait une cachette. Un endroit où le Fléau ne viendrait jamais nous chercher. Où nous pourrions dormir quelque temps, jusqu'à ce qu'on nous ait oubliés.

— Le tapis, dit Cal.

— Oui, dit Lilia. C'est ce refuge que le Conseil a choisi.

— Après des palabres *éternelles,* dit Freddy. Durant lesquelles des centaines d'entre nous ont péri. Cette dernière année, quand le Métier était à l'œuvre, il y a eu de nouveaux massacres chaque semaine. Des histoires terribles. Terribles.

— Nous étions vulnérables, bien sûr, dit Lilia. Parce qu'il y avait des réfugiés qui venaient de partout... certains d'entre eux avec des fragments de leurs territoires... des choses qui avaient survécu à la catastrophe... tous convergeaient vers ce pays dans l'espoir de trouver une place dans le tapis pour leurs possessions.

— Par exemple ?

— Des maisons. Des parcelles de terre. En général, on demandait à un Babu doué d'incorporer le champ, la maison, ou quoi que ce soit, dans un bout de tissu. Ainsi, on pouvait l'emporter, vous voyez...

— Non, je ne vois pas, dit Cal. Expliquez.

— C'est *ta* famille, dit Lilia à Jerichau. Explique, *toi*.

— Nous autres, Babus, pouvons créer des hiéroglyphes, dit Jerichau, et les porter dans notre tête. Un grand technicien, comme mon maître, Quekett... il pouvait créer un bout de tissu capable de porter une petite ville. Je jure qu'il y parvenait, et il réussissait à la restituer en paroles jusqu'à la dernière de ses tuiles. » Lorsqu'il décrivit cette prouesse, son long visage s'éclaira. Puis un souvenir vint terrasser sa joie. « Mon maître se trouvait dans les Pays-Bas quand le Fléau l'a trouvé, dit-il. Disparu. (Il claqua des doigts.) Comme ça.

— Pourquoi vous êtes-vous tous rassemblés en Angleterre ? voulut savoir Suzanna.

— C'était le pays le plus sûr du monde. Et les Coucous, bien sûr, étaient occupés par leur Empire. Nous pouvions nous perdre dans la foule, tandis que la Fugue était tissée dans le tapis.

— Qu'est-ce que la Fugue ? dit Cal.

— C'est tout ce que nous avons pu sauver de la destruction. Des morceaux du Royaume que les Coucous n'avaient jamais vraiment vus et qui ne leur manqueraient pas une fois disparus. Une forêt, un lac ou deux, le coude d'une rivière, le delta d'une autre. Quelques maisons, que nous avions occupées ; quelques places de villages, même une rue ou deux. Nous les avons assemblés, dans une sorte de ville.

— Sans-Pareil, ils l'ont appelée, dit Apolline. Quel nom ridicule.

— D'abord, il y a eu quelques tentatives pour mettre un semblant d'ordre dans toutes ces terres et tous ces immeubles, dit Freddy. Mais on y a bien vite renoncé, car les réfugiés ne cessaient d'affluer, chacun apportant un nouvel élément à tisser dans le tapis. Un peu plus chaque jour. Il y avait des gens qui attendaient devant la maison de Capra pendant plusieurs nuits, chacun avec sa petite niche qu'il souhaitait préserver du Fléau.

— C'est pour ça que ça a pris si longtemps, dit Lilia.

— Mais personne n'a été écarté, dit Jerichau. Ce principe a été établi dès le début. Quiconque souhaitant une place dans la Trame se la voyait accorder.

— Même nous, dit Apolline, qui n'étions pas exactement des enfants de chœur. On nous a accordé une place.

— Mais pourquoi un *tapis* ? dit Suzanna.

— Qu'est-ce qui passe plus inaperçu que la chose sur laquelle vous marchez ? dit Lilia. De plus, c'était un art que nous connaissions.

— Toute chose a sa structure, intervint Freddy. Si vous la trouvez, le grand peut être contenu à l'intérieur du petit.

— Tout le monde ne souhaitait pas entrer dans la Trame, bien sûr, dit Lilia. Certains décidèrent de rester parmi les Coucous et de courir leur chance. Mais la plupart sont venus.

— Et à quoi ça ressemblait ?

— Au sommeil. À un sommeil sans rêves. Nous ne vieillissions pas. Nous n'avions pas faim. Nous attendions tout simplement que les Gardiens jugent que le moment était venu de nous réveiller.

— Et les oiseaux ? dit Cal.

— Oh, il y a toutes sortes de flore et de faune tissées dans...

— Je ne parle pas de la Fugue elle-même. Je veux dire, mes pigeons.

— Qu'est-ce que vos pigeons ont à voir là-dedans ?» dit Apolline.

Cal leur fit un bref récit de la façon dont il avait découvert le tapis.

« C'est l'influence du Gyrus, dit Jerichau.

— Le Gyrus ?

— Quand vous avez aperçu la Fugue, dit Apolline. Vous vous rappelez les nuages en son cœur ? C'est le Gyrus. C'est là que se trouve le Métier.

— Comment un tapis peut-il contenir le Métier sur lequel il a été tissé ?

— Le Métier n'est pas une machine, dit Jerichau. C'est un état de création. Il a rassemblé les éléments de la Fugue dans une extase qui ressemble à un tapis des plus ordinaires. Mais il y a beaucoup de choses en lui qui défieraient votre entendement humain, et plus on approche du Gyrus, plus les choses deviennent étranges. Il y a là des endroits où les fantômes du passé et de l'avenir se livrent à leurs jeux...

— Nous ne devrions pas parler de cela, dit Lilia. Ça apporte la malchance.

— Comment pourrions-nous avoir encore moins de chance ? fit observer Freddy. Nous sommes si peu nombreux...

— Nous réveillerons les Familles dès que nous aurons récupéré le tapis, dit Jerichau. Le Gyrus doit s'agiter, sinon comment cet homme aurait-il pu le voir ? La Trame ne peut pas tenir éternellement...

— Il a raison, dit Apolline. Je suppose que nous sommes bien obligés de faire quelque chose.

— Mais ce n'est pas *sûr,* dit Suzanna.

— Sûr pour quoi ?

— Je veux dire, ici. Le monde. L'Angleterre.

— Le Fléau doit avoir renoncé..., dit Freddy, ... après toutes ces années.

— Alors, pourquoi Mimi ne vous a-t-elle pas réveillés ? »

Freddy fit la grimace.

« Peut-être qu'elle nous avait oubliés.

— *Oubliés ?* dit Cal. Impossible.

— Facile à dire, répondit Apolline. Mais il faut être très fort pour résister au Royaume. Enfoncez-vous dedans trop profondément, et avant que vous n'ayez eu le temps de comprendre ce qui vous arrive, vous avez oublié jusqu'à votre nom.

— Je ne crois pas qu'elle ait oublié, dit Cal.

— Notre première priorité, dit Jerichau en ignorant les protestations de Cal, est de récupérer le tapis. Ensuite, nous quitterons cette ville et trouverons un endroit où Immacolata ne viendra jamais nous chercher.

— Et nous ? dit Cal.

— Et *vous,* quoi ?

— Ne pouvons-nous pas la voir ?

— Voir quoi ?

— La Fugue, bon sang ! dit Cal, furieux devant l'absence de quoi que soit qui ressemblât à de la courtoisie ou à de la gratitude chez ces êtres.

— Cela ne vous regarde plus désormais, dit Freddy.

— Oh que si, damnation ! dit-il. Je l'ai *vue.* J'ai failli me faire tuer à cause d'elle.

— Mieux vaut donc en rester à l'écart, dit Jerichau. Si vous vous souciez autant de votre vie.

— Ce n'est pas ce que j'ai voulu dire.

— Cal », dit Suzanna en lui posant une main sur le bras.

Cette tentative pour le calmer ne fit que l'enflammer davantage.

« Ne te mets pas dans leur camp, dit-il.

— Ce n'est pas une question de camp... », commença-t-elle, mais il n'était pas décidé à se laisser apaiser.

« C'est facile pour toi, dit-il. Tu as des relations...

— Ce n'est pas juste...

— ... et le menstruum...

— *Quoi ?* dit Apolline, réduisant Cal au silence. Vous ?

— Apparemment.

— Et ça n'a pas fait dissoudre votre chair ?

— Pourquoi serait-ce arrivé ?

— Pas devant *lui* », dit Lilia en regardant Cal.

Ce fut la goutte d'eau.

« D'accord, dit-il. Si vous ne voulez pas parler devant moi, tant mieux. Vous pouvez tous aller vous faire foutre. »

Il se dirigea vers la porte, ignorant les tentatives de Suzanna pour le rappeler. Derrière lui, Nemrod gloussait.

« Et toi, tu as intérêt à la fermer », dit-il au bébé, et il abandonna sa chambre aux usurpateurs.

CHAPITRE 4

Terreurs nocturnes

1

Shadwell se réveilla, arraché à son rêve d'Empire ; un fantasme familier, dans lequel il possédait un immense magasin, si immense en fait qu'il était impossible d'apercevoir le mur du fond. Et il vendait ; il faisait tant d'affaires qu'un comptable en aurait pleuré de joie. Des marchandises de toute sorte étaient entassées de tous côtés — poteries Ming, singes en peluche, quartiers de bœuf — et les clients se pressaient à la porte, impatients de se joindre à la foule qui hurlait déjà son désir d'acheter.

Ce n'était pas, étrangement, un rêve de profits. L'argent était devenu pour lui un détail insignifiant depuis qu'il avait rencontré Immacolata, laquelle pouvait faire apparaître instantanément tout ce dont ils avaient besoin. Non, ce rêve était un rêve de *pouvoir* ; lui, possesseur de tous ces biens que les gens brûlaient du désir d'acheter, debout à l'écart de la cohue et souriant de son sourire charismatique.

Mais soudain, il était réveillé, les clameurs des clients s'estompaient, et il entendait le bruit d'un souffle court dans la chambre obscure.

Il s'assit, la sueur de son enthousiasme poissant son front.

« Immacolata ? »

Elle était là, adossée contre le mur du fond, ses paumes cherchant une prise dans le plâtre. Ses yeux étaient grands ouverts, mais elle ne voyait rien. Du moins, rien dont Shadwell n'ait pu partager la vision. Il l'avait déjà découverte ainsi auparavant — la dernière fois, cela s'était passé deux ou trois jours auparavant, dans le hall de ce même hôtel.

Il sortit du lit et enfila sa robe de chambre. Sentant sa présence, elle murmura son nom.

« Je suis là, dit-il.

— Encore, dit-elle. Je l'ai encore senti.

— Le Fléau ? dit-il d'une voix éteinte.

— Bien sûr. Nous devons vendre le tapis et nous en débarrasser une bonne fois pour toutes.

— Mais oui. Mais oui, dit-il en s'approchant lentement d'elle. Les préparatifs sont en bonne voie, vous le savez bien. »

Il parlait d'un ton égal afin de la calmer. Dans ses meilleurs moments, elle était quand même dangereuse ; mais ses sautes d'humeur le terrifiaient plus que tout.

« Les contacts ont été pris, dit-il. Les acheteurs vont venir. Ils n'attendaient que ça. Ils vont venir, nous allons procéder à la vente, et tout sera fini.

— J'ai vu l'endroit où il demeure, continua-t-elle. Il y avait des murs ; d'énormes murs. Et du sable, au-dedans comme au-dehors. Comme à la fin du monde. »

Ses yeux l'avaient trouvé à présent, et l'emprise que sa vision avait sur elle sembla se détériorer.

« *Quand*, Shadwell ? dit-elle.

— Quand quoi ?

— La Vente aux Enchères.

— Après-demain. Comme prévu. »

Elle hocha la tête.

« C'est étrange », dit-elle, sur un ton qui était soudain devenu celui de la conversation. La vitesse avec laquelle elle changeait d'humeur le prenait toujours au dépourvu. « C'est étrange que je fasse ces cauchemars après si longtemps.

— C'est le fait d'avoir vu le tapis, dit Shadwell. Ça réveillé vos souvenirs.

— Il y a autre chose », dit-elle.

Elle se dirigea vers la porte qui donnait sur le reste de la suite louée par Shadwell, et l'ouvrit. Les meubles avaient été poussés contre les murs de la grande pièce de façon que leur trésor, la Trame du Monde, puisse être étalé sur le sol. Elle resta immobile sur le seuil, observant le tapis.

Elle ne posa pas ses pieds nus sur lui — quelque superstition l'empêchait de commettre cette offense — mais en fit le tour, scrutant chaque centimètre carré de sa surface.

Arrivée à la moitié de la bordure opposée, elle fit halte.

« Là », dit-elle en désignant la Trame du doigt.

Shadwell rejoignit l'endroit où elle se trouvait.

« Qu'y a-t-il ?

— Il manque un morceau.»

Il suivit son regard. La femme avait raison. Un minuscule fragment du tapis avait été déchiré; lors de la lutte dans l'entrepôt, probablement.

«Tout à fait insignifiant, commenta-t-il. Cela ne dérangera pas nos acheteurs, croyez-moi.

— Les questions de valeur ne m'intéressent pas, dit-elle.

— Quoi, alors?

— Servez-vous de vos yeux, Shadwell. Chacun de ces motifs est un membre de la Devinité.»

Il s'accroupit et examina les dessins sur la bordure. Ils n'avaient rien d'humainement reconnaissable; on aurait plutôt dit des virgules dotées d'yeux.

«Ce sont *des gens*? dit-il.

— Oh oui. La plèbe; la lie d'entre la lie. C'est pour ça qu'ils se trouvent sur la bordure. Ils sont vulnérables à cet endroit. Mais aussi fort utiles.

— A quoi?

— A monter la garde», répondit Immacolata, les yeux fixés sur la déchirure dans le tapis. «Les premiers à être menacés, les premiers à...

—*Se réveiller,* dit Shadwell.

— ... se réveiller.

— Vous croyez qu'ils sont sortis à présent?» dit-il.

Son regard alla jusqu'à la fenêtre. Ils avaient tiré les rideaux, afin d'empêcher quiconque d'espionner leur trésor, mais il imaginait la ville au-dehors, plongée dans la nuit. L'idée qu'elle puisse être envahie par la magie lui donna l'impression de ployer sous un fardeau inattendu.

«Oui, dit l'Incantatrice. Je pense qu'ils sont réveillés. Et le Fléau les sent dans son sommeil. Il sait, Shadwell.

— Que faisons-nous, alors?

— Nous les trouvons, avant qu'ils n'attirent l'attention. Le Fléau est peut-être vieux. Il est peut-être lent et oublieux. Mais son pouvoir...»

Sa voix s'estompa, comme si les mots n'avaient aucune valeur en face de telles terreurs. Elle inspira profondément avant de reprendre la parole.

«Il s'est à peine écoulé une journée, dit-elle, sans que j'aie scruté le menstruum à la recherche d'un signe de sa venue. Et il viendra, Shadwell. Pas cette nuit, peut-être. Mais il viendra. Et ce jour-là verra la fin de toute magie.

— Même pour vous?

— Même pour moi.

— Il faut donc que nous les trouvions, dit Shadwell.

— Pas *nous,* dit Immacolata. Nous n'avons pas besoin de nous salir les mains. »

Elle commença à rebrousser chemin vers la chambre de Shadwell.

« Ils n'ont pas pu aller très loin, dit-elle en s'éloignant. Ce sont des étrangers ici. »

Arrivée près de la porte, elle s'arrêta et se tourna vers lui.

« Quoi qu'il arrive, ne sortez pas de cette pièce avant que nous vous ayons appelé, dit-elle. Je vais invoquer quelqu'un qui sera notre assassin.

— Qui ? dit Shadwell.

— Personne que vous ayez connu, répondit l'Incantatrice. Il est mort plus de cent ans avant votre naissance. Mais lui et vous avez beaucoup de choses en commun.

— Et où se trouve-t-il à présent ?

— Dans l'Ossuaire, à l'Autel des Mortalités, là où il a perdu la vie. Il voulait me prouver qu'il était mon égal, voyez-vous, afin de me séduire. Il a donc essayé de devenir nécromancien. Il aurait même pu y réussir ; il était capable de tout oser. Mais ça a mal tourné. Il a invoqué des Chirurgiens venus d'un cercle ou l'autre de l'Enfer, et ça ne les a pas amusés. Ils l'ont poursuivi d'un bout à l'autre de Londres.

« Finalement, il est entré dans l'Autel par effraction. M'a suppliée de les rappeler. (Sa voix n'était plus à présent qu'un murmure.) Mais comment l'aurais-je pu ? dit-elle. C'était lui qui avait façonné les invocations. Je n'ai pu que laisser les Chirurgiens accomplir leurs tours de Chirurgiens. Et à la fin, quand il n'a plus été que sang, il m'a dit : "Prenez mon âme."

Elle s'interrompit. Puis déclara :

« C'est ce que j'ai fait. »

Elle regarda longuement Shadwell.

« Restez ici », dit-elle, et elle ferma la porte.

Shadwell n'avait guère besoin d'encouragements pour rester à l'écart des sœurs tandis qu'elles complotaient. S'il ne devait plus jamais poser les yeux sur la Madeleine et sur la Harpie, il se considérerait comme un homme verni. Mais les spectres étaient inséparables de leur sœur vivante ; d'une façon qui lui était incompréhensible, chacune faisait partie de l'autre. Leur union perverse n'était qu'un des mystères qui les entouraient ; il y en avait bien d'autres.

L'Autel des Mortalités, par exemple. Cet endroit avait été le lieu de rassemblement de son Culte quand elle était au sommet de ses pouvoirs et de son ambition. Mais elle était depuis lors tombée en disgrâce. Son désir de régner sur la Fugue, laquelle n'était à l'époque qu'une collection disparate de vastes colonies, avait été frustré. Ses ennemis avaient rassemblé des preuves contre elle, avaient dressé la liste de ses crimes, dont le premier avait été perpétré dans les entrailles de sa mère, et elle avait riposté, aidée de ses fidèles. S'était ensuivi un bain de sang, dont Shadwell n'avait jamais pu se faire une idée de l'amplitude. Il était cependant au fait de ses conséquences. Défaite et humiliée, Immacolata s'était vu interdire à jamais de fouler la terre magique de la Fugue.

Elle n'avait guère supporté cet exil. Incapable de dominer sa nature et de passer inaperçue au milieu des Coucous, elle avait connu une histoire sanglante faite de retraites et de combats. Bien qu'elle fût toujours connue et vénérée par des initiés qui l'avaient baptisée d'une douzaine de noms différents — la Madone noire, Notre Dame des Chagrins, Mater Maleficorium —, elle était néanmoins devenue la victime de son étrange pureté. La folie l'avait appelée à elle; c'était son seul refuge contre la banalité du Royaume dans lequel elle avait été exilée.

C'était dans cet état que Shadwell l'avait trouvée lors de leur première rencontre. Une démente, dont la conversation ne ressemblait à rien de ce qu'il eût jamais entendu, et qui parlait dans ses délires de choses qui, s'il venait à mettre la main sur elles, feraient de lui un homme puissant.

Et à présent, elles étaient là, ces merveilles. Toutes contenues dans le rectangle d'un tapis.

Il s'approcha de son centre, baissant les yeux vers la spirale de nuages et d'éclairs stylisés que l'on appelait le Gyrus. Combien de nuits sans sommeil avait-il passées à se demander quel effet ça ferait de se trouver au milieu de ce flux d'énergies? L'impression de se trouver auprès de Dieu, peut-être? Ou du diable.

Il fut arraché à ses pensées par un hurlement venu de la chambre voisine, et la lampe au-dessus de sa tête menaça soudain de s'éteindre, comme si sa lumière avait été absorbée sous la porte de séparation, signe de la profondeur des ténèbres qui régnaient de l'autre côté.

Il se dirigea vers l'autre bout de la pièce et s'assit.

« Combien de temps avant l'aube? » se demanda-t-il.

2

Il n'y avait toujours aucun signe du matin lorsque — plusieurs heures plus tard, sembla-t-il — la porte s'ouvrit.

Il n'y avait que les ténèbres au-delà. En leur sein, Immacolata dit:

« Venez voir. »

Il se leva, les jambes raidies, et alla en trébuchant jusqu'à la porte.

Une vague de chaleur vint à sa rencontre sur le seuil. Il aurait cru plonger dans un four où cuisaient des gâteaux de sang et de fèces humains.

Il apercevait vaguement Immacolata debout — flottant, peut-être — non loin de lui. L'air se pressait contre sa gorge : il souhaitait vivement battre en retraite. Mais elle lui fit signe d'avancer.

« Regardez », lui ordonna-t-elle, les yeux fixés sur les ténèbres. « Notre assassin est venu. Voici le Roué. »

Shadwell ne put rien distinguer tout d'abord. Puis un lambeau d'énergie fugace rampa le long du mur et, en atteignant le plafond, projeta une ondée de lumière chancreuse.

Grâce à cet éclairage, il vit la chose qu'elle appelait le Roué.

Ceci avait-il vraiment été un homme ? C'était difficile à croire. Les Chirurgiens mentionnés par Immacolata avaient réinventé son anatomie. Il était suspendu dans l'air comme un manteau déchiqueté accroché à un cintre, et son corps était étiré sur une hauteur surhumaine. Puis, comme si une brise l'avait soulevé de terre, ce corps bougea, se gonflant et s'élevant. Ses membres supérieurs — des morceaux de ce qui avait pu être du tissu humain maintenus ensemble de façon précaire par des filaments de cartilage mouvants — se levèrent, comme si on allait le crucifier. Ce geste déploya la matière qui enveloppait sa tête. Des lambeaux de cette matière churent, et Shadwell ne put empêcher ses lèvres de pousser un cri lorsqu'il comprit quel type de chirurgie on avait pratiqué sur le Roué.

On l'avait désossé. On avait ôté tous les os de son corps pour le transformer en une créature conçue davantage pour les profondeurs océanes que pour l'air libre, un écho d'humanité en lambeaux, alimenté par les extases que les sœurs avaient façonnées pour l'arracher aux limbes. Il ondoyait et fluctuait, sa tête dénuée de crâne prenant successivement une douzaine de formes sous les yeux de Shadwell. Tantôt elle était toute en yeux bourgeonnants, tantôt elle n'était que gueule ouverte, une gueule qui hurlait son déplaisir à s'éveiller dans un tel état.

« *Chut...* », lui dit Immacolata.

Le Roué frissonna et ses bras s'allongèrent, comme s'il avait voulu tuer la femme qui lui avait fait cela. Mais il redevint néanmoins silencieux.

« Domville, dit Immacolata, vous avez jadis prétendu m'aimer. »

Il rejeta alors la tête en arrière, comme pris de désespoir à l'idée de ce que son désir avait fait de lui.

« Avez-vous peur, mon Roué ? »

Il la regarda, de ses yeux pareils à des cloques sanglantes prêtes à éclater.

« Nous vous avons offert un peu de vie, dit-elle. Et assez de pouvoir pour retourner ces rues sens dessus dessous. Je veux que vous en fassiez usage. »

La vision de cette chose rendait Shadwell nerveux.

« Est-ce qu'il peut se contrôler ? murmura-t-il. Et s'il devenait fou furieux ?

— Tant mieux, dit-elle. Je déteste cette ville. Qu'il la brûle. Tant qu'il tue les Devins, je ne me soucie pas de ce qu'il fera d'autre. Il sait qu'il ne lui sera pas permis de retrouver le repos tant qu'il n'aura pas accompli ma volonté. Et la Mort est la meilleure promesse qu'on lui ait jamais faite. »

Les cloques étaient toujours fixées sur Immacolata, et le regard qu'on lisait en elles confirmait ses paroles.

« Très bien », dit Shadwell, et il se détourna pour se diriger vers la pièce voisine. Il existait un point au-delà duquel un homme ne pouvait plus supporter ce genre de magie.

Les sœurs avaient de l'appétit pour ça. Elles aimaient à se plonger dans ces rites. Quant à lui, il était satisfait de n'être qu'un humain.

Enfin, *presque* satisfait.

CHAPITRE 5

De la bouche des enfants

1

L'aube rampait avec prudence au-dessus de Liverpool, comme si elle avait redouté ce qu'elle allait y trouver. Cal regardait la lumière découvrir la ville, et il lui semblait que celle-ci était grise de ses caniveaux à ses cheminées.

Il y avait vécu durant toute son existence ; ceci avait été son monde. La télévision et les magazines lui avaient parfois montré d'autres paysages, mais il n'avait jamais vraiment cru en eux. Ils étaient aussi éloignés de son expérience, aussi éloignés de ce qu'il espérait pouvoir connaître durant ses soixante-dix ans de vie, que les étoiles qui s'éteignaient en clignotant au-dessus de sa tête.

Mais la Fugue s'était avérée différente. Elle lui avait semblé être, l'espace d'un instant infiniment doux, un endroit où il aurait sa place. Il avait péché par excès d'optimisme. Cette contrée voulait peut-être de lui, mais pas ses habitants. A leurs yeux, il n'était qu'un méprisable humain.

Il erra le long des rues pendant une heure environ, observant les débuts d'un nouveau lundi matin à Liverpool.

Étaient-ils si pitoyables, ces Coucous qui formaient sa tribu ? Ils souriaient en accueillant leurs chats de retour à la maison après une nuit passée à courir le guilledou ; ils embrassaient leurs enfants qui s'en allaient pour la journée ; leurs radios diffusaient des chansons d'amour à la table du petit déjeuner. Alors qu'il les observait, il devint farouchement défensif. Bon sang, il allait retourner chez lui pour dire à ces Devins à quel point ils étaient racistes.

Lorsqu'il s'approcha de sa maison, il vit que la porte de devant était grande ouverte et qu'une jeune femme, qu'il reconnut comme une de ses voisines sans pouvoir se rappeler son nom, se tenait au bout de l'allée et regardait vers la maison. Ce fut seulement quand il arriva à deux pas du portail qu'il posa les yeux sur Nemrod. Celui-ci était debout sur le paillasson, portant une paire de lunettes de soleil qu'il avait piquée sur la table de chevet de Cal et enroulé dans une toge qui était en fait une chemise de Cal.

« C'est votre fils ? demanda la femme à Cal quand il ouvrit le portail.

— En quelque sorte.

— Il s'est mis à taper sur la fenêtre quand je suis passée devant chez vous. Il n'y a personne pour le surveiller ?

— Maintenant, si », dit Cal.

Il baissa les yeux vers l'enfant, se rappelant ce que Freddy avait déclaré, à savoir que Nemrod *paraissait* seulement être un bébé. Ayant levé les lunettes de soleil sur son front, Nemrod gratifiait ses visiteurs d'un regard qui confirmait pleinement les allégations de Freddy. Cal n'avait cependant pas le choix et se mit à jouer un rôle de père. Il ramassa Nemrod.

« Qu'est-ce que vous faites ? murmura-t-il à l'enfant.

— Fawauds ! » répondit Nemrod. Il éprouvait quelque difficulté à maîtriser son palais enfantin. « Wes chuerai chous.

— Qui ça ? »

Mais alors que Nemrod allait répondre, la femme, qui avait descendu l'allée et se trouvait à un mètre de la porte, déclara :

« Il est adorable. »

Avant que Cal n'ait pu s'excuser et refermer la porte, l'enfant leva les bras pour les tendre vers elle, émettant un bruit de gorge parfaitement théâtral.

« Oh..., dit la femme, ... qu'il est mignon... »

Et elle arracha Nemrod des bras de Cal avant que celui-ci n'ait pu l'en empêcher.

Cal aperçut une lueur dans l'œil de Nemrod lorsque la femme le pressa contre son ample poitrine.

« Où est sa mère ? demanda-t-elle.

— Elle ne va pas tarder à rentrer », dit Cal en tentant d'extraire Nemrod de son nid de volupté.

Le bébé refusait de bouger. Il souriait et se laissait bercer, tandis que ses doigts grassouillets tentaient d'agripper les seins de la femme. Dès que Cal posa les mains sur lui, il se mit à brailler.

La femme lui fit « chut », le pressant encore plus contre elle, et Nemrod se mit à jouer avec ses mamelons à travers le tissu léger de sa blouse.

« Voulez-vous nous excuser ? dit Cal, bravant les poings de Nemrod et arrachant le bébé à son oreiller avant qu'il ne se mette à téter.

— On ne devrait pas le laisser ainsi tout seul», dit la femme, touchant distraitement ses seins là où Nemrod l'avait caressée.

Cal la remercia de sa sollicitude.

«Adieu, mon mignon», dit-elle à l'enfant.

Nemrod lui lança un baiser. Un éclair de confusion traversa son visage, puis elle se dirigea à reculons vers le portail, tandis que le sourire qu'elle avait offert à l'enfant disparaissait de ses lèvres.

2

«Quelle idée stupide.»

Nemrod n'éprouvait aucun repentir. Il se dressait dans l'entrée, là où Cal l'avait posé par terre, et levait les yeux vers lui avec un air de défi.

«Où sont les autres? voulut savoir Cal.

— Dehors, dit Nemrod. On y va aussi.»

Il contrôlait sa langue un peu mieux à chaque syllabe. Et ses membres aussi. Il trottina vers la porte d'entrée et tendit le bras vers la poignée.

«En ai marre ici, dit-il. Trop de mauvaises nouvelles.»

Ses doigts ne parvinrent cependant pas à atteindre la poignée, et après plusieurs tentatives infructueuses, il se mit à taper des poings contre le bois de la porte.

«Je veux voir, dit-il.

— D'accord, acquiesça Cal. Mais parlez à voix basse.

— Faites-moi *sortir.*»

La détresse de cette prière était authentique. Il n'y aurait pas grand mal à faire faire le tour du quartier à cet enfant, décida Cal. L'idée de porter cette créature miraculeuse à l'air libre et aux yeux de tous était perversement satisfaisante; et plus satisfaisante encore l'idée de savoir que cet enfant, qui lui avait ri au nez lorsqu'il l'avait quitté, serait désormais dépendant de lui.

Toute la colère qu'il aurait pu encore ressentir à l'égard de Nemrod s'évapora cependant très vite, au fur et à mesure que les pouvoirs d'élocution de celui-ci devenaient plus sophistiqués. Ils furent bientôt plongés dans une conversation animée, inconscients des regards qu'on leur jetait.

«Ils m'ont laissé ici! protesta-t-il. M'ont dit de me débrouiller tout seul. (Il leva sa main minuscule.) Comment, je vous le demande? *Comment?*

— Pourquoi avez-vous pris cette forme, d'abord? demanda Cal.

— Ça m'a paru une bonne idée sur le moment, répondit Nemrod.

J'avais un mari en colère aux trousses; alors, j'ai pris la forme la plus invraisemblable que j'aie pu imaginer. Je croyais que j'allais me planquer pendant quelques heures avant de rompre le charme. C'était vraiment stupide. Une extase pareille nécessite de l'*énergie*. Et bien sûr, une fois que le tissage final avait commencé, il n'y en avait plus de disponible. J'ai été obligé d'entrer comme ça dans le tapis.

— Alors, comment allez-vous retrouver votre état normal?

— Je ne peux pas. Pas avant que je n'aie foulé le sol de la Fugue. Je suis impuissant jusque-là.»

Il leva ses lunettes de soleil pour reluquer une beauté qui passait.

«Vous avez vu ses hanches? dit-il.

— Arrêtez de baver.

— Les bébés sont censés baver.

— Pas comme vous le faites.»

Nemrod grinça des gencives.

«Il est fort bruyant, votre monde, dit-il. Et sale.

— Plus sale qu'en 1896?

— Oh oui. Mais je l'aime bien. Il faut que vous m'en parliez.

— Oh, Seigneur, dit Cal. Où est-ce que je commence?

— Où vous voudrez, répondit Nemrod. Vous allez voir, j'apprends vite.»

Il disait la vérité. Pendant la demi-heure que dura leur promenade dans les environs de Chariot Street, il posa à Cal des questions sur un large éventail de sujets, certaines inspirées par ce qu'ils voyaient dans la rue, d'autres de nature plus abstraite. Ils parlèrent d'abord de Liverpool, puis des villes en général, ensuite de New York et de Hollywood. Leur conversation sur l'Amérique les conduisit à aborder les rapports Est-Ouest, et Cal lui récita la liste de toutes les guerres et de tous les assassinats survenus depuis 1900 dont il put se souvenir. Ils abordèrent brièvement la question irlandaise, puis la vie politique anglaise, puis Mexico, qu'ils brûlaient tous deux du désir de visiter, parlèrent ensuite de Mickey Mouse, des principes de base de l'aérodynamique, ainsi que de la guerre nucléaire et de l'Immaculée Conception, pour revenir au sujet préféré de Nemrod: les femmes. Ou plutôt, pour discuter de deux femmes qui lui avaient attiré l'œil.

En échange de cette brève présentation de la fin du vingtième siècle, Nemrod offrit à Cal un guide de la Fugue pour débutants, lui parlant tout d'abord de la Maison de Capra, qui était l'édifice dans lequel le Conseil des Familles se réunissait pour débattre; puis du Manteau, le nuage qui dissimulait le Gyrus, et de l'Etroite Brillance, le passage qui conduisait à ses replis; et de là au Firmament et aux Marches du Requiem. Ces seuls noms suffirent à emplir Cal de désir.

On apprit beaucoup de choses des deux côtés, et la moindre d'entre elles ne fut pas le fait qu'avec le temps, ils pourraient devenir deux amis.

« Fini de parler, dit Cal lorsqu'ils se retrouvèrent devant le portail de la maison des Mooney. Vous êtes un bébé, vous vous en souvenez ?

— Comment pourrais-je l'oublier ? » dit Nemrod avec une expression douloureuse.

Cal entra et appela son père. La maison resta cependant silencieuse du grenier aux fondations.

« Ils n'est pas là, dit Nemrod. Pour l'amour de Dieu, laissez-moi descendre. »

Cal posa le bébé sur le sol de l'entrée. Il se dirigea immédiatement vers la cuisine.

« Il me faut un verre, dit-il. Et je n'ai aucune envie de boire du lait. »

Cal éclata de rire.

« Je vais voir ce que je peux trouver », dit-il, et il se dirigea vers le salon de derrière.

La première impression de Cal, lorsqu'il vit son père assis dans le fauteuil, le dos tourné au jardin, fut que Brendan était mort. Son estomac se retourna ; il faillit crier. Puis les yeux de Brendan clignèrent et il les leva vers son fils.

« Papa ? dit Cal. Qu'est-ce qui ne va pas ? »

Des larmes coulaient sur les joues de Brendan. Il ne fit aucune tentative pour les essuyer, ni pour étouffer les sanglots qui le secouaient.

« Oh, Papa... »

Cal se dirigea vers son père et s'accroupit à côté du fauteuil.

« Ce n'est rien..., dit-il en posant sa main sur le bras de son père. Tu penses à Maman ? »

Brendan secoua la tête. Les larmes coulèrent à flots. Les mots refusaient de venir. Cal ne lui posa pas d'autres questions, mais serra plus fort le bras de son père. Il avait cru que sa mélancolie s'était envolée ; que son chagrin s'était estompé. Apparemment non.

Finalement, Brendan dit :

« J'ai... j'ai reçu une lettre.

— Une lettre ?

— De ta mère. » Les yeux humides de Brendan se posèrent sur son fils. « Est-ce que je suis fou, Cal ? dit-il.

— Bien sûr que non, Papa. Bien sûr que non.

— Eh bien, je jure... » Il laissa retomber sa main le long du fauteuil et ramassa un mouchoir trempé. Il essuya son nez. « Elle est là, dit-il en désignant la table d'un hochement de tête. Regarde toi-même. »

Cal alla jusqu'à la table.

« C'était son écriture », dit Brendan.

Il y avait bien un morceau de papier posé sur la table. On l'avait bien souvent plié et replié. Et, plus récemment, on avait pleuré dessus.

« C'était une si belle lettre, dit-il, elle me racontait qu'elle était heureuse et que je ne devais plus avoir de chagrin. Elle disait... »

Il s'interrompit lorsque de nouveaux sanglots s'emparèrent de lui. Cal ramassa la feuille de papier. Elle était bien plus fine que toutes les feuilles de papier qu'il eût jamais vues, et elle était vierge des deux côtés.

« Elle disait qu'elle m'attendait, mais que je ne devais pas me faire du souci pour ça, parce que l'attente était une joie là-haut, et... et que je devrais encore profiter de la vie quelque temps, jusqu'à ce que je sois appelé. »

Cette feuille de papier n'était pas seulement fine, comprit Cal; elle semblait devenir de plus en plus insubstantielle sous ses yeux. Il la reposa sur la table, sentant le duvet sur sa nuque se hérisser.

« J'étais si heureux, Cal, disait Brendan. C'était tout ce que je voulais, savoir qu'elle était heureuse et que je serais de nouveau auprès d'elle un jour.

— Il n'y a rien sur cette feuille, Papa, dit doucement Cal. Elle est vierge.

— Il y avait *quelque chose,* Cal. Je le jure. Il y avait quelque chose. C'était son écriture. Je la reconnaîtrais n'importe où. Et puis — Dieu du Ciel! — elle s'est effacée. »

Cal se détourna de la table pour découvrir son père pratiquement recroquevillé sur lui-même dans le fauteuil, pleurant comme si son chagrin était insupportable. Il posa sa main sur celle de son père, qui agrippait désespérément le bras usé du fauteuil.

« Tiens bon, Papa, murmura-t-il.

— C'est un cauchemar, mon fils, dit Brendan. C'est comme si je l'avais perdue deux fois.

— Tu ne l'as pas perdue, Papa.

— Pourquoi son écriture a-t-elle disparu comme ça?

— Je ne sais pas, Papa. »

Il jeta un nouveau regard sur la lettre. La feuille de papier avait pratiquement disparu.

« D'où est venue cette lettre? »

Le vieil homme plissa le front.

« Tu t'en souviens?

— Non... non, pas vraiment. C'est vague. Je me rappelle... quelqu'un est venu à la porte. Oui. C'est ça. Quelqu'un est venu à la porte. Il m'a dit qu'il avait quelque chose pour moi... c'était dans sa veste. »

Dites-moi ce que vous désirez et c'est à vous.

L'écho des paroles de Shadwell résonna dans le crâne de Cal.

Prenez ce que vous voulez. Libre, gratuit et sans supplément.

C'était un mensonge, bien sûr. Un parmi tant d'autres. Il y avait toujours un prix à payer.

« Que voulait-il, Papa ? En échange ? T'en souviens-tu ? »

Brendan secoua la tête, puis, le front plissé comme s'il essayait de se rappeler :

« Quelque chose... qui avait rapport avec toi. Il a dit... je *crois* qu'il a dit... qu'il te connaissait. »

Il leva les yeux vers Cal.

« Oui, c'est ce qu'il a dit. Je m'en souviens à présent. Il a dit qu'il te connaissait.

— C'était une ruse, Papa. Une ruse répugnante. »

Brendan plissa les yeux, comme pour tenter de comprendre cette affirmation. Puis, soudain, la solution sembla lui apparaître avec clarté.

« Je veux mourir, Cal.

— Non, Papa.

— Si. Vraiment. Je ne veux plus être un fardeau pour toi.

— Tu es triste, c'est tout, dit Cal. Ça te passera.

— Je ne veux pas que ça me passe, répondit Brendan. Plus maintenant. Je veux simplement m'endormir et oublier que j'ai vécu. »

Cal s'approcha de son père et lui passa les bras autour du cou. Tout d'abord, Brendan résista à cette étreinte ; il n'avait jamais été très démonstratif. Mais les sanglots montèrent de nouveau et Cal sentit les bras si frêles de son père entourer sa taille, et ils se serrèrent très fort.

« Pardonne-moi, Cal, dit Brendan au milieu de ses larmes. Peux-tu me pardonner ?

— Chut, Papa. Ne sois pas ridicule.

— Je t'ai laissé tomber. Je ne t'ai jamais dit les choses... toutes les choses que je ressentais. A elle non plus. Je ne lui ai jamais dit... à quel point... je n'ai jamais pu lui dire à quel point je l'aimais.

— Elle le savait, Papa », dit Cal, que ses propres larmes aveuglaient à présent. « Crois-moi, elle le savait. »

Ils restèrent ainsi, serrés l'un contre l'autre, un long moment encore. Ce n'était qu'un piètre réconfort, mais il y avait dans le cœur de Cal une colère brûlante qui, il le savait bien, sécherait bientôt ses larmes. Shadwell était venu ici ; Shadwell et sa veste de duplicité. Dans ses plis, Brendan avait imaginé une lettre venue du Paradis, et cette illusion avait duré tant que le Vendeur avait eu besoin de lui. A présent, Brendan était devenu inutile ; ils avaient trouvé le tapis. La magie avait donc cessé d'agir. Les mots s'étaient effacés, et la feuille de papier après eux ; ils étaient retournés dans le no man's land qui s'étend entre le désir et sa réalisation.

« Je vais préparer un peu de thé, Papa », dit Cal.

C'était ce que sa mère aurait fait dans de telles circonstances. Faire bouillir de l'eau, réchauffer la théière, et compter les cuillerées de thé. Opposer l'ordre domestique au chaos en espérant gagner quelque répit aux épreuves de cette vallée de larmes.

CHAPITRE 6

Vent de panique

Lorsqu'il retourna dans l'entrée, Cal se rappela Nemrod.

La porte de derrière était ouverte, et l'enfant s'était aventuré dans la jungle du jardin, au milieu des buissons gigantesques. Cal alla jusqu'à la porte pour l'appeler, mais Nemrod était occupé à pisser sur un massif d'œillets en pleine prolifération. Cal le laissa à ses occupations. Vu l'état dans lequel il se trouvait à présent, Nemrod ne pouvait guère espérer soulager ses désirs autrement qu'en pissant un bon coup.

Lorsqu'il posa une casserole sur le gaz, le train de Bournemouth (arrêts à Runcorn, Oxford, Reading et Southampton) passa dans un bruit de tonnerre. Quelques instants plus tard, Nemrod était sur le pas de la porte.

« Bon Dieu, dit-il. Comment réussissez-vous à dormir ici ?

— On s'y habitue, dit Cal. Et baissez la voix. Mon père pourrait vous entendre.

— Qu'est-il arrivé à mon verre ?

— Il faudra attendre un peu.

— Je vais brailler, prévint Nemrod.

— Eh bien, braillez. »

Défié de mettre sa menace à exécution, Nemrod haussa les épaules et se retourna afin d'examiner le jardin.

« Peut-être que je finirai par aimer ce monde », annonça-t-il, et il pénétra de nouveau dans l'air ensoleillé.

Cal ramassa une tasse sale dans l'évier et la rinça avant de l'amener à son père. Puis il se dirigea vers le réfrigérateur en quête de lait. A ce moment-là, il entendit Nemrod émettre un petit bruit. Il se retourna et se dirigea vers la fenêtre. Nemrod levait les yeux vers le ciel, le visage émerveillé. Il regardait passer un avion, sans aucun doute. Cal revint sur ses pas. Alors qu'il attrapait la boîte de lait qui était pratiquement la seule occupante du réfrigérateur, on frappa à la porte d'entrée. Il leva de nouveau les yeux, et trois impressions le frappèrent en même temps.

La première : une brise venait soudain de se lever, surgie de nulle part. La deuxième : Nemrod s'enfouissait dans un buisson de framboisiers, à la recherche d'une cachette. Et la troisième : ce n'était pas l'émerveillement qui se lisait sur son visage, mais la *peur...*

Puis les coups sur la porte se firent plus violents. On tapait du poing.

Alors qu'il se dirigeait vers l'entrée, il entendit son père dire :

« Cal ? Il y a un enfant dans le jardin. »

Et, venu du jardin, un cri.

« Cal ? Un enfant... »

Du coin de l'œil, il vit Brendan traverser la cuisine en direction du jardin.

« Attends, Papa... », dit-il en ouvrant la porte d'entrée.

Freddy se trouvait sur le pas de la porte. Mais ce fut Lilia — debout quelques pas derrière lui — qui demanda :

« *Où est mon frère ?*

— Dans le... »

Jardin, allait-il dire, mais la scène qu'il découvrit dans la rue le laissa muet.

Le vent s'était emparé de tout ce qui n'était pas cloué au sol — détritus, couvercles de poubelles, meubles de jardin — et avait jeté ces objets disparates dans une tarentelle aérienne. Il avait déraciné des massifs de fleurs et soulevait la terre de leur bordures, occultant le soleil d'un voile de glèbe.

Quelques passants, capturés par cet ouragan, s'accrochaient aux réverbères et aux barrières ; d'autres s'étaient aplatis au sol, les mains sur la tête.

Lilia et Freddy pénétrèrent dans la maison ; le vent les suivit, impatient de faire de nouvelles conquêtes, traversant les pièces en rugissant avant de se précipiter vers le jardin, avec une force et une soudaineté telles que Cal faillit tomber à la renverse.

« *Fermez la porte !* » hurla Freddy.

Cal s'exécuta, et tira sur le verrou. La porte tremblait sous les assauts du vent.

« Seigneur, dit Cal. Que se passe-t-il ?

— Quelque chose nous poursuit, dit Freddy.

— *Quoi ?*

— Je ne sais pas. »

Lilia était déjà à mi-chemin de la cuisine. Au-delà de la porte de derrière, on se serait cru en pleine nuit, tant l'air était saturé de poussière, et Cal vit son père franchir le seuil, hurlant des mots rendus incompréhensibles par le vacarme du vent déchaîné. Derrière lui, visible par la seule couleur de sa toge, Nemrod s'accrochait à un buisson auquel le vent tentait de l'arracher.

Cal suivit Lilia au pas de course et la dépassa près de la porte de la cuisine. Un bruit retentit sur le toit lorsque plusieurs tuiles s'envolèrent.

Brendan se trouvait à présent dans le jardin, presque éclipsé par le vent.

« *Attends, Papa!* » hurla Cal.

Alors qu'il traversait la cuisine, ses yeux se posèrent brièvement sur la théière et sur la tasse posée à côté d'elle, et la totale absurdité de ce qui était en train de lui arriver le frappa avec autant de force qu'un marteau.

« Je rêve, pensa-t-il. Je suis tombé du mur et je n'ai pas cessé de rêver depuis lors. Le monde n'est pas comme ça. Le monde, c'est la théière et la tasse, ce n'est pas la tornade et les extases. »

Durant cet instant d'hésitation, le rêve devint un cauchemar. A travers le rideau de poussière mouvante, il vit le Roué.

Il resta suspendu au vent l'espace d'un instant, sa forme capturée par un éclat de soleil.

« *Nous sommes fichus* », dit Freddy.

Ces mots plongèrent Cal dans l'action. Il avait franchi le seuil et se trouvait dans le jardin avant que le Roué n'ait pu fondre sur les pitoyables silhouettes au-dessous de lui.

La bête captiva les yeux étonnés de Cal. Il découvrit la configuration morbide de sa peau, qui se gonflait comme une voile, et entendit de nouveau ce hurlement qu'il avait cru produit par le vent. Ce n'était rien d'aussi naturel ; ce bruit était issu du fantasme en une douzaine d'endroits au moins, que ce soit le vacarme de ses cris ou celui de son souffle, quand il arrachait le contenu du jardin pour le jeter dans les airs.

Une pluie de plantes et de pierres s'abattit sur les occupants du jardin. Cal se protégea la tête des mains et courut à l'aveuglette vers l'endroit où il avait aperçu son père pour la dernière fois. Brendan s'était jeté à plat ventre sur le sol pour se mettre à l'abri. Nemrod n'était pas avec lui.

Cal connaissait le tracé du sentier qui traversait le jardin comme la paume de sa main. Recrachant la boue tout en courant, il s'éloigna de la maison.

Quelque part au-dessus de lui, heureusement caché à ses yeux, le Roué hurla de nouveau, et Cal entendit Lilia pousser un cri. Il ne regarda pas derrière lui, car il apercevait à présent Nemrod, qui avait atteint la barrière du fond et tentait d'arracher ses poteaux pourris. Il rencontrait un certain succès, en dépit de sa taille. Cal baissa la tête sous une nouvelle averse de terre et dépassa le pigeonnier pour se diriger vers la barrière.

Les hurlements avaient cessé, mais le vent était loin d'en avoir fini. A en juger par le vacarme en provenance de l'autre côté de la maison, il était en train de réduire Chariot Street en pièces. Lorsqu'il atteignit la barrière, Cal se retourna. Le soleil transperça le rideau de poussière, et il aperçut un bout de ciel bleu l'espace d'un instant — puis une silhouette lui boucha la vue, et Cal se jeta sur la barrière et entreprit de l'enjamber lorsque la créature se dirigea vers lui. Quand il fut à califourchon sur elle, sa ceinture s'accrocha à un clou. Il tendit la main pour la dégager, certain que le Roué était penché sur sa nuque, mais Mooney le Dingue devait le pousser par-derrière, car lorsqu'il libéra sa ceinture, il tomba de l'autre côté de la barrière, sain et sauf.

Il se releva et comprit pourquoi. La bête désossée planait à côté du pigeonnier, dodelinant de la tête tout en écoutant les oiseaux prisonniers à l'intérieur de l'édifice. Bénissant les pigeons en silence, Cal se baissa et arracha un des poteaux de la barrière, laissant assez d'espace à Nemrod pour passer au travers.

Étant enfant, on lui avait fait entrer dans la tête à coups de fessées répétées les dangers de ce no man's land situé entre la barrière et les voies de chemin de fer. Ces dangers lui paraissaient à présent négligeables à côté de celui que représentait la créature qui s'attardait près du pigeonnier. Prenant Nemrod dans ses bras, Cal grimpa le talus de gravier qui le séparait des rails.

« Courez, dit Nemrod. Il est juste derrière nous. *Courez !*»

Cal regarda vers le nord, puis vers le sud. Le vent avait réduit la visibilité à une quinzaine de mètres dans toutes les directions. Le cœur au bord des lèvres, il enjamba le premier rail pour pénétrer dans l'espace huileux qui séparait les traverses. Il y avait quatre voies en tout, deux dans chaque direction. Il se dirigeait vers la deuxième lorsqu'il entendit Nemrod dire :

« *Merde.* »

Cal pivota sur lui-même, ses talons faisant grincer le gravier, pour découvrir que leur poursuivant avait renoncé à l'ornithologie appliquée et se dressait au-dessus de la barrière.

Derrière la bête, il aperçut Lilia Pellicia. Elle se tenait au milieu des ruines du jardin des Mooney, la bouche ouverte comme pour pousser un cri. Mais aucun bruit n'en émergeait. Du moins, aucun qui fût audible pour Cal. La bête était cependant moins dure d'oreille. Elle arrêta son avance, se retournant vers le jardin et vers la femme qui s'y trouvait.

Ce qui arriva ensuite fut rendu confus à la fois par le vent et par Nemrod, qui, prévoyant le massacre de sa sœur, se mit à se débattre dans les bras de Cal. Tout ce que ce dernier aperçut, ce fut la forme de leur poursuivant qui clignotait, et l'instant d'après, il entendit la voix de Lilia regagner un registre audible. Ce fut un cri d'angoisse qu'elle poussa, un cri auquel celui de Nemrod fit écho.

Puis le vent se leva de nouveau, occultant le jardin, alors que Cal apercevait la silhouette de Lilia baignée d'une aura incandescente. Son cri cessa net.

Et à ce moment-là, une vibration dans les semelles de ses souliers annonça à Cal l'approche d'un train. De quelle direction venait-il, et sur quelle voie? Le meurtre de Lilia avait encore plus excité le vent. Il n'y voyait pas à plus de dix mètres dans chaque direction.

Sachant qu'ils ne trouveraient aucun salut en faisant demi-tour, il s'éloigna du jardin alors que la bête émettait de nouveaux bruits à vous faire dresser les cheveux sur la tête.

Réfléchis, se dit-il. Dans quelques instants, elle serait de nouveau à leur poursuite.

Il passa son bras gauche autour de Nemrod et regarda sa montre. Il était douze heures trente-huit.

Dans quelle direction irait un train passant ici à douze heures trente-huit? Viendrait-il de la Gare *de* Lime Street ou se dirigerait-il *vers* elle?

Réfléchis.

Nemrod s'était mis à pleurer. Ce n'étaient pas des braillements infantiles, mais de profonds sanglots.

Cal regarda par-dessus son épaule lorsque les tremblements du gravier se firent plus insistants. Une nouvelle fois, une brèche dans le voile de poussière lui permit d'apercevoir le jardin. Le corps de Lilia avait disparu, mais Cal vit son père debout au milieu des décombres, le tueur de Lilia s'élevant dans l'air au-dessus de lui. Le visage de Brendan était flasque. Ou bien il ne parvenait pas à comprendre le danger dans lequel il se trouvait, ou alors cela lui était égal. Il ne bougeait pas d'un muscle.

« Le cri! dit Cal à Nemrod, soulevant l'enfant pour amener en face de lui son visage morveux. Le cri qu'elle a poussé... »

Nemrod se contenta de pleurer.

« Est-ce que tu peux pousser le même cri? »

La bête était presque sur Brendan.

« *Vas-y!* hurla Cal, secouant Nemrod jusqu'à lui faire claquer des gencives. Pousse ce cri ou je te tue, bordel! »

Nemrod le crut.

« *Vas-y!* » dit Cal, et Nemrod ouvrit la bouche.

La bête entendit le bruit. Elle tourna vers eux sa tête gonflée et se mit à planer dans leur direction.

Tout ceci n'avait pris que quelques secondes, mais durant ces secondes, les réverbérations s'étaient accentuées. A quelle distance se trouvait le train à présent? Un kilomètre et demi? Cinq cents mètres?

Nemrod avait cessé de crier et luttait pour échapper à Cal.

« Seigneur ! criait-il, les yeux fixés sur la terreur qui approchait à travers la fumée. Il va nous tuer ! »

Cal essaya d'ignorer les cris de Nemrod et creusa son cerveau pour accéder à cette région de souvenirs objectifs où se trouvaient les horaires des trains.

Sur quelle ligne se trouvait-il ? et de quelle direction venait-il ? Son esprit faisait défiler les colonnes de chiffres, comme un panneau d'annonce dans une gare, à la recherche d'un train qui partirait de la Gare de Lime Street ou qui y arriverait dans six ou sept minutes.

La bête grimpait au-dessus du talus de gravier. Le vent l'habillait d'une robe de poussière et dansait à travers sa chair lacérée en gémissant comme une âme en peine.

Les vibrations produites par l'approche du train suffisaient à faire frémir le ventre de Cal. Et les chiffres continuaient de défiler.

Vers où ? Venant d'où ? Rapide ou omnibus ?

Réfléchis, bon sang.

La bête était presque sur eux.

Réfléchis.

Il recula d'un pas. Derrière lui, la voie la plus éloignée se mit à gémir.

Et avec ce gémissement vint la réponse. C'était le train en provenance de Stafford, via Runcorn. Son rythme lui monta le long des jambes à mesure qu'il approchait de sa destination.

« Train de douze heures quarante-six en provenance de Stafford, dit-il en posant le pied sur le rail frémissant.

— Qu'est-ce que vous *faites* ? demanda Nemrod.

— Douze heures quarante-six », murmura-t-il ; ces chiffres étaient une prière.

Le massacreur traversait la première des voies en direction du nord. Il n'avait rien d'autre que la mort à leur offrir. Aucune malédiction, aucune condamnation ; rien que la mort.

« Viens nous chercher ! hurla Cal dans sa direction.

— Etes-vous devenu fou ? » dit Nemrod.

En guise de réponse, Cal souleva son appât un peu plus haut. Nemrod se mit à brailler. La tête du poursuivant se déploya pour exprimer sa faim.

« *Allez, viens !* »

Il avait traversé les deux voies en direction du nord ; à présent, il passait au-dessus de la première des voies en direction du sud.

Cal fit un nouveau pas en arrière, chancelant, et son talon vint heurter l'autre rail, tandis que la voix de la bête et le rugissement qui montait du sol faisaient trembler les plombages de ses dents.

La dernière chose qu'il entendit avant que la créature se précipite sur lui fut la voix de Nemrod, qui dressait un catalogue céleste en quête de rédempteur.

Et soudain, comme en réponse à sa supplique, le rideau d'air sale s'ouvrit et le train fonça sur eux. Cal sentit son pied heurter le rail, et il le souleva de quelques centimètres pour reculer, puis s'écarta vivement de la voie.

Ce qui suivit ne prit que quelques secondes. Il y eut un instant durant lequel la créature plana au-dessus de la voie, sa gueule immense, son appétit de mort plus immense encore. L'instant suivant, le train l'emboutit.

Il n'y eut aucun cri. Aucun moment de triomphe à la vue du monstre défait. Rien qu'une atroce puanteur, comme si tous les morts du voisinage s'étaient redressés pour exhaler un souffle, puis le train passa à toute vitesse, des visages souillés apparaissant à ses vitres.

Et aussi soudainement qu'il était apparu, il s'évanouit dans le rideau de poussière en direction du sud. Le gémissement qui parcourait les rails s'estompa jusqu'à devenir un murmure sifflant. Puis cela aussi disparut.

Cal secoua Nemrod qui récitait toujours des noms divins.

« C'est fini... », dit-il.

Il fallut quelques instants à Nemrod pour accepter ce fait. Il scruta la fumée, s'attendant à voir le Roué fondre à nouveau sur eux.

« Il est parti, dit Cal. Je l'ai tué.

— Le train l'a tué, dit Nemrod. Posez-moi par terre. »

Cal s'exécuta, et sans regarder ni à droite ni à gauche, Nemrod traversa les voies en direction du jardin où sa sœur avait péri. Cal le suivit.

Le vent qui était venu avec la créature sans os, ou qui l'avait portée, était complètement tombé. Comme il n'y avait même pas une trace de brise pour maintenir dans les airs toute la poussière qu'il avait soulevée, celle-ci tombait à présent en déluge. Des petits cailloux, des morceaux de meubles de jardin et de poteaux, même les restes de plusieurs animaux domestiques qui avaient été emportés par la bourrasque. Une averse de sang et de terre que les braves gens de Chariot Street ne s'étaient pas attendus à découvrir avant le jour du Jugement dernier.

CHAPITRE 7

Décombres

1

Une fois que la poussière eut fini de tomber, il devint possible d'apprécier l'étendue du désastre. Le jardin avait été retourné sens dessus dessous, bien sûr, ainsi que tous les autres jardins le long de la rue ; plusieurs douzaines de tuiles avaient disparu du toit, et la cheminée paraissait dans un équilibre plus que précaire. Le vent s'était montré également dévastateur sur le devant de la maison. Tout le long de la rue, il avait fait des ravages : réverbères renversés, murs démolis, pare-brise fracassés par les débris volants. Fort heureusement, il ne semblait pas y avoir de blessés graves ; rien que quelques égratignures, des contusions et le choc. Lilia — dont il ne restait plus aucun signe — était la seule perte à déplorer.

« C'était une créature d'Immacolata, dit Nemrod. Je la tuerai pour ça. Je le jure. »

Cette menace paraissait doublement futile venant de ce corps minuscule.

« À quoi ça servirait ? » dit Cal d'un air découragé.

Il se tenait près de la fenêtre de devant et observait les habitants de Chariot Street errer dans leur rue en état de choc, contemplant le désastre ou scrutant les cieux comme s'ils s'attendaient à y découvrir une explication quelconque.

« Nous avons remporté une victoire décisive cet après-midi, Mr Mooney..., dit Frederick. Ne le comprenez-vous pas ? Et ce fut grâce à vous.

— Tu parles d'une victoire, dit Cal avec amertume. Mon père

reste assis sur sa chaise sans dire un mot ; Lilia est morte, la moitié de la rue est démolie...

— Nous lutterons encore, dit Freddy, jusqu'à ce que la Fugue soit sauvée.

— Lutter, hein ? dit Nemrod. Et où étais-tu quand il pleuvait de la merde ? »

Cammell était sur le point de protester, puis il se ravisa, laissant au silence le soin de confesser sa lâcheté.

Deux ambulances et plusieurs voitures de police étaient arrivées à l'autre bout de Chariot Street. En entendant leurs sirènes, Nemrod rejoignit Cal près de la fenêtre.

« Des uniformes, dit-il. Ça annonce toujours les ennuis. »

Alors qu'il prononçait ces mots, la portière de la première des voitures de police s'ouvrit et un homme sobrement vêtu en émergea, lissant son crâne légèrement dégarni avec la paume de sa main. Cal connaissait le visage de ce type — ses yeux si cernés qu'il semblait ne pas avoir dormi depuis plusieurs années —, mais, comme d'habitude, il ne parvint pas à mettre un nom dessus.

« On devrait s'en aller, dit Nemrod. Il vont sûrement vouloir nous interroger... »

Une douzaine de policiers en uniforme se dispersaient déjà parmi les maisons pour commencer leur enquête. Qu'est-ce que ses voisins pourraient bien leur rapporter ? se demanda Cal. Avaient-ils aperçu, même fugitivement, la créature qui avait tué Lilia ? et, en ce cas, voudraient-ils l'admettre ?

« Je ne peux pas m'en aller, dit Cal. Je ne peux pas laisser mon père.

— Vous croyez qu'ils ne vont pas se douter de quelque chose en vous voyant ? dit Nemrod. Ne faites pas l'imbécile. Laissez votre père leur raconter tout ce qu'il voudra leur dire. Ils ne le croiront pas. »

Cal vit ce que cette remarque avait de sensé, mais il hésitait toujours à laisser Brendan tout seul.

« Qu'est-il arrivé à Suzanna et aux autres ? demanda Nemrod tandis que Cal retournait le problème dans son esprit.

— Ils sont retournés à l'entrepôt afin de voir s'ils ne pourraient pas trouver la trace de Shadwell à partir de là, dit Freddy.

— C'est peu probable, n'est-ce pas ? dit Cal.

— Ça a marché pour Lilia, dit Freddy.

— Vous voulez dire que vous savez où se trouve le tapis ?

— Presque. Elle et moi sommes retournés dans la maison de Laschenski, voyez-vous, pour faire nos mesures depuis ce lieu. Elle a dit que les échos étaient très forts.

— Les échos ?

— Entre l'endroit où le tapis *est* et celui où il *a été*. »

Freddy plongea une main dans sa poche et en sortit trois livres de poche flambant neufs, dont l'un était un plan-guide de Liverpool et de ses environs. Les deux autres étaient des romans policiers.

« J'ai emprunté ceci chez un boutiquier, dit-il, pour nous aider à retrouver la trace du tapis.

— Mais vous n'avez pas réussi, dit Cal.

— Comme je l'ai dit, *presque*. Nous avons été interrompus lorsqu'elle a perçu la présence de la chose qui l'a tuée.

— Elle a toujours été très sensible, dit Nemrod.

— En effet, répondit Freddy. Dès qu'elle a reniflé la bête dans le vent, elle a oublié le tapis. Exigé qu'on revienne te prévenir. Ce fut une erreur. Nous aurions dû nous planquer.

— Alors, ils nous auraient tous eus un par un, dit Nemrod.

— J'espère qu'il n'a pas commencé par attaquer les autres, dit Cal.

— Non. Ils sont vivants, dit Freddy. Nous le sentirions dans le cas contraire.

— Il a raison, dit Nemrod. Il nous est facile de retrouver leur trace. Mais il faut partir *tout de suite*. Dès que les uniformes seront ici, nous serons pris au piège.

— D'accord, j'avais bien entendu la première fois, dit Cal. Laissez-moi seulement dire adieu à mon père. »

Il alla dans la pièce voisine. Brendan n'avait pas bougé depuis que Cal l'avait installé dans son fauteuil.

« Papa... tu m'entends ? »

Brendan leva la tête, délaissant un instant son chagrin.

« Je n'ai pas vu un vent comme ça depuis la guerre, dit-il. En Malaisie. J'ai vu des maisons entières s'effondrer. Je ne croyais pas voir ça ici. »

Il parlait d'un air distrait, les yeux fixés sur le mur nu.

« La police est dans la rue, dit Cal.

— Au moins, le pigeonnier est toujours debout, hein, dit Brendan. Un vent comme ça... » Sa voix s'estompa. Puis il demanda : « Est-ce qu'ils vont venir ici ? La police ?

— Je crois que oui, Papa. Est-ce que tu es en état de leur parler ? Il faut que je m'en aille.

— Bien entendu, murmura Brendan. Va-t'en.

— Ça t'embête si je prends la voiture ?

— Prends-là. Je leur dirai... » Il s'interrompit une nouvelle fois, afin de rassembler ses pensées. « Je n'ai pas vu un vent comme ça depuis... oh, depuis la guerre. »

2

Le trio sortit par la porte de derrière, enjambant la barrière et longeant le talus pour se diriger vers le pont situé au bout de Chariot

Street. De là, ils découvrirent l'importance de la foule qui s'était déjà rassemblée, venant des rues voisines, impatiente de contempler le spectacle.

Une partie de Cal désirait ardemment descendre vers les badauds et leur dire ce qu'il avait vu. Leur dire: « Le monde n'est pas seulement la théière et la tasse de thé. Je le *sais,* parce que je l'ai *vu.* » Mais il garda ces paroles pour lui, car il savait comment on le regarderait.

Peut-être viendrait-il un jour où il pourrait être fier, où il pourrait parler à sa tribu des terreurs et des miracles avec lesquels elle partageait le monde. Mais ce n'était pas aujourd'hui.

CHAPITRE 8

Un mal nécessaire

L'homme au costume sombre que Cal avait vu descendre de la voiture de police était l'Inspecteur Hobart. Il avait passé dix-huit de ses quarante-six années d'existence dans la police, mais ce n'était que récemment — après les émeutes qui avaient éclaté dans la ville à la fin du printemps et durant l'été de l'année précédente — que son étoile s'était mise à monter au firmament.

L'origine de ces émeutes était toujours le sujet d'une enquête publique et de nombreuses discussions privées, mais Hobart n'avait le temps ni pour l'une ni pour les autres. C'était la Loi et la façon de la faire respecter qui l'obsédaient, et durant cette année de désordres civils, cette obsession avait fait de lui un homme providentiel.

Il n'y avait aucune place dans son esprit pour la délicatesse des sociologues et des planificateurs soucieux de civisme. Sa tâche sacrée était de maintenir la paix, et ses méthodes — que ses défenseurs décrivaient comme sans compromission — avaient trouvé la sympathie de ses maîtres. Il monta en grade en l'espace de quelques semaines, et, lors d'une réunion à huis clos, on lui donna carte blanche pour s'occuper de la vague d'anarchie qui avait déjà coûté plusieurs millions à la cité.

Il n'était pas aveugle au caractère politique de cette manœuvre. Les échelons supérieurs, pour lesquels il ne ressentait que du mépris, craignaient sans aucun doute un choc en retour s'ils venaient à faire preuve de trop de fermeté. Et sans aucun doute non plus, il serait le premier à être sacrifié à la vindicte populaire si les techniques qu'il employait venaient à échouer.

Mais elles n'échouèrent pas. Le corps d'élite qu'il forma — des hommes choisis dans diverses unités pour la sympathie qu'ils avaient exprimée à l'égard des méthodes de Hobart — connut une réussite rapide. Tandis que les forces conventionnelles tentaient de maintenir l'ordre dans la rue, les Forces Spéciales de Hobart, baptisées — par ceux qui avaient vent de leur existence — la Brigade des Soldats du Feu, agissaient hors des regards pour terroriser toute personne soupçonnée d'entretenir l'agitation, par des paroles ou par des actes. En quelques semaines, les émeutes cessèrent, et James Hobart devint soudain une force avec laquelle il fallait compter.

Plusieurs mois d'inactivité s'étaient ensuivis, et la Brigade se languissait. Hobart savait fort bien que le statut d'homme providentiel perdait de sa valeur une fois la période de crise passée ; et durant le printemps et le début de l'été de cette année-ci, telle semblait être sa situation.

Jusqu'à maintenant. Aujourd'hui, il pouvait oser espérer qu'un nouveau combat l'attendait. Il y avait eu du chaos, et là, devant ses yeux, les signes bienvenus de ce chaos.

« Quelle est la situation ? »

Son bras droit, Richardson, secoua la tête.

« On parle d'une sorte de tornade, dit-il.

— Une tornade ? »

Hobart se permit un sourire indulgent devant l'absurdité de cette remarque. Lorsqu'il souriait, ses lèvres disparaissaient et ses yeux devenaient des fentes.

« Pas de criminels ?

— Pas d'après les témoignages recueillis. Apparemment, il s'agissait seulement d'un coup de vent... »

Hobart examina le spectacle de désolation qui s'offrait à ses yeux.

« Nous sommes en Angleterre, dit-il. On n'a pas de tornades ici.

— Eh bien, quelque chose a causé ceci...

— Quelqu'*un,* Bryn. Des anarchistes. Ils sont comme les rats, ces types. Quand on trouve un poison pour les éliminer, ils apprennent à s'en nourrir. (Il fit une pause.) Vous savez, je crois que ça va recommencer. »

Alors qu'il prononçait ces mots, un autre de ses officiers — un des héros marqués par les affrontements de l'année précédente, un nommé Fryer — s'approcha.

« Monsieur. On nous a signalé des suspects aperçus en train de traverser le pont.

— Allez à leurs trousses, dit Hobart. Faites-moi quelques arrestations. Et, Bryn, parlez à tous ces gens. Je veux des témoignages de tous les habitants de la rue. »

Les deux officiers allèrent accomplir leurs tâches respectives, laissant Hobart réfléchir au problème qui se posait à lui. Il ne faisait aucun doute pour lui que les événements survenus dans cette rue étaient dus à une intervention humaine. Ce n'étaient peut-être pas les mêmes individus que ceux auxquels il avait cassé la tête l'année précédente, mais il s'agissait pour l'essentiel de la même espèce d'animaux. Durant ses années de service, il avait affronté la même bête sous ses nombreux déguisements, et il lui semblait qu'elle devenait plus rusée et plus méprisable chaque fois qu'il contemplait sa gueule.

Mais l'ennemi était une constante, qu'il se dissimule sous le feu, sous le déluge ou sous la tornade. Cette constatation l'emplissait de force. Le champ de bataille était peut-être nouveau, mais la guerre était vieille. C'était la lutte entre la Loi, dont il était le représentant, et le chancre du désordre qui se cachait au fond du cœur humain. Il ne laisserait aucune tornade le rendre aveugle à ce fait.

Parfois, bien sûr, la guerre voulait qu'il fût cruel, mais quelle cause digne de ce nom n'exigeait pas de ses champions qu'ils se montrent cruels de temps en temps ? Il n'avait jamais esquivé cette responsabilité, et il ne l'esquiverait pas aujourd'hui.

Que la bête revienne, dans le déguisement de son choix. Il serait prêt.

CHAPITRE 9

De la puissance des princes

L'Incantatrice ne regarda pas dans la direction de Shadwell lorsqu'il entra ; en fait, elle ne semblait pas avoir bougé d'un muscle depuis la nuit précédente. La chambre d'hôtel était pleine de l'odeur rance de son souffle et de sa sueur. Shadwell inspira profondément.

« Mon pauvre libertin, murmura-t-elle. Il est anéanti.

— Comment est-ce possible ? » répondit Shadwell.

L'image de la créature était toujours logée dans son esprit, dans toute son horrible magnificence. Comment une chose aussi puissante pouvait-elle être tuée, surtout si elle était déjà morte ?

« C'étaient les Coucous, dit-elle.

— Mooney ou la fille ?

— Mooney.

— Et les crétins du tapis ?

— Ils ont tous survécu, sauf une, dit Immacolata. N'est-ce pas, ma sœur ? »

La Harpie était tapie dans un coin, le corps pareil à une tache de morve sur le mur. Sa réponse fut prononcée d'une voix si douce que Shadwell ne l'entendit pas.

« Oui, dit l'Incantatrice. Ma sœur a vu l'une d'entre eux se faire éliminer. Le reste s'est échappé.

— Et le Fléau ?

— Je n'entends que le silence.

— Bien, dit Shadwell. Je ferai évacuer le tapis dès ce soir.

— Où cela ?

— Dans une maison de l'autre côté du fleuve, qui appartient à un homme avec qui j'ai jadis eu affaire : Shearman. La Vente aux

Enchères aura lieu là-bas. Cet endroit est trop public pour nos clients.

— Est-ce qu'ils vont venir ? »

Shadwell eut un large sourire.

« Bien sûr qu'ils vont venir. Cela fait des années qu'ils attendent, tous autant qu'ils sont. Rien que la chance de faire une offre. Et je m'en vais la leur donner. »

Cela lui plaisait fort, de penser avec quelle alacrité ils allaient lui obéir au doigt et à l'œil, les sept puissants enchérisseurs qu'il avait invités pour cette vente entre toutes les ventes.

Parmi eux se trouvaient certains des individus les plus riches du monde ; leurs fortunes conjuguées auraient suffi à acheter et à vendre des nations. Aucun des sept n'avait un nom susceptible d'être connu de la plèbe — comme tous les vrais puissants de ce monde, leur grandeur était anonyme. Mais Shadwell s'était livré à des recherches approfondies. Il savait que les sept avaient quelque chose en commun, outre leur richesse incalculable. Tous, il le savait, avaient soif de miracles. C'était pour ça qu'ils quittaient en ce moment même leurs châteaux et leurs appartements luxueux pour se précipiter vers cette ville sinistre, le palais asséché, les mains moites.

Il avait en sa possession quelque chose que chacun d'entre eux désirait presque autant que la vie elle-même, et peut-être plus que la richesse. Certes, ils étaient puissants. Mais aujourd'hui, n'était-il pas encore plus puissant ?

CHAPITRE 10

Le lait de la tendresse humaine

« Tant de *désir* », déclara Apolline à Suzanna tandis qu'ils parcouraient les rues de Liverpool.

Ils n'avaient rien trouvé dans l'entrepôt de Gilchrist, sinon des regards soupçonneux, et s'étaient éclipsés avant qu'on ne commence à leur poser des questions. Une fois dehors, Apolline avait exigé de faire un tour en ville, et son nez l'avait conduite vers les artères les plus encombrées qu'elle ait pu trouver, vers des trottoirs où se pressaient chalands, enfants et glandeurs.

« Du désir ? » dit Suzanna. Ce n'était pas une émotion qui venait instantanément à l'esprit dans cette rue sale.

« Partout, dit Apolline. Vous ne voyez pas ? »

Elle désigna un panneau publicitaire pour du linge de maison qui montrait deux amants alanguis par la fatigue post-coïtale ; à côté, une publicité pour une voiture vantait son Corps Parfait et soulignait son argument par la chair autant que par l'acier.

« Et là-bas », dit Apolline, désignant à Suzanna une vitrine de déodorants, au milieu de laquelle le serpent tentait un Adam et une Eve dénudés et charmants, leur promettant l'assurance au milieu de la foule.

« Cet endroit est un vrai bordel », dit Apolline avec une approbation évidente.

Ce fut seulement à ce moment-là que Suzanna se rendit compte qu'elles avaient perdu Jerichau. Il les avait suivies de quelques pas, scrutant le défilé d'êtres humains avec des yeux inquiets. A présent, il avait disparu.

Elles rebroussèrent chemin à travers la foule de badauds et le retrouvèrent debout devant une boutique vidéo, hypnotisé par les alignements d'écrans.

« Est-ce que ce sont des prisonniers ? dit-il en regardant les têtes parlantes.

— Non, dit Suzanna. C'est un spectacle. Comme le théâtre. » Elle tira sur la manche de sa veste trop grande. « Venez », dit-elle.

Il tourna son visage vers la jeune femme. Ses yeux étaient humides. L'idée que la vision d'une douzaine d'écrans de télévision lui ait donné les larmes aux yeux lui fit craindre le pire pour son cœur tendre.

« Tout va bien, dit-elle en l'éloignant de la vitrine. Ils sont tout à fait heureux. »

Elle le prit par le bras. Une expression de plaisir traversa son visage, et ensemble, ils avancèrent à travers la foule. Lorsqu'elle sentit son corps trembler contre le sien, il ne fut guère difficile à Suzanna de partager le traumatisme dont il faisait l'expérience. Elle avait jusque-là considéré le siècle putassier dans lequel elle était née comme allant de soi, n'en ayant connu aucun autre, mais à présent — en le voyant avec *ses* yeux, en l'écoutant avec *ses* oreilles — elle le découvrait avec un regard neuf ; elle voyait à quel point il était désireux de plaire, et à quel point il était exempt de tout plaisir ; à quel point il était grossier, alors même qu'il se prétendait sophistiqué ; et, en dépit de l'énergie qu'il dépensait pour charmer, à quel point il était dénué de tout charme.

Pour Apolline, cependant, cette expérience se révélait pleine de joie. Elle fendait la foule devant elle, traînant sa longue robe noire comme une veuve lâchée après les funérailles de son époux.

« Je crois que nous devrions quitter la grande rue, dit Suzanna quand ils l'eurent rattrapée. Jerichau n'aime pas la foule.

— Eh bien, il aurait intérêt à s'y habituer, dit Apolline en lançant un regard noir à Jerichau. Ceci sera très bientôt *notre* monde. »

Ce disant, elle se retourna et s'éloigna à nouveau de Suzanna.

« Attendez une minute ! »

Suzanna se lança à sa poursuite avant de l'avoir perdue de vue dans la cohue.

« Attendez ! dit-elle en saisissant Apolline par le bras. Nous ne pouvons pas errer éternellement. Il faut aller retrouver les autres.

— Laissez-moi m'amuser un peu, dit Apolline. Je suis restée endormie trop longtemps. J'ai besoin de distractions.

— Plus tard, peut-être, dit Suzanna. Quand nous aurons retrouvé le tapis.

— Que le tapis aille se faire foutre », répondit vivement Apolline.

Elles bloquaient le flot des piétons, absorbées par leur discussion, recevant des regards mauvais et des flots de jurons. Un adolescent cracha sur Apolline, qui lui retourna son crachat avec une précision impressionnante. Le jeune garçon battit en retraite, une expression choquée sur son visage maculé de salive.

« J'aime ces gens, commenta-t-elle. Ils ne font pas semblant d'être courtois.

— Nous avons encore perdu Jerichau, dit Suzanna. Bon sang, on dirait un gosse.

— Je le vois. »

Apolline désigna l'endroit de la rue où se tenait Jerichau, qui luttait pour garder la tête au-dessus de la foule, comme s'il avait redouté de se noyer dans cet océan d'humanité.

Suzanna se dirigea vers lui, mais elle avançait à contre-courant et ne progressait qu'à grand-peine. Jerichau ne bougeait cependant pas. Son regard agité était fixé sur l'air au-dessus des têtes des piétons. Ceux-ci le bousculaient et lui donnaient des coups de coude, mais il n'en avait cure.

« Nous avons failli vous perdre », dit Suzanna quand elle arriva enfin près de lui.

En guise de réponse, il se contenta de lui dire :

« Regardez. »

Bien qu'elle fût plus petite que lui de plusieurs centimètres, elle fit de son mieux pour suivre la direction de son regard.

« Je ne vois rien.

— Qu'est-ce qui lui prend encore ? voulut savoir Apolline, qui les avait à présent rejoints.

— Ils sont tous si tristes », dit Jerichau.

Suzanna regarda les visages qui défilaient devant elle. Ils étaient certes irascibles ; et maussades parfois, voire amers ; mais peu d'entre eux lui paraissaient tristes.

« Vous les voyez ? dit Jerichau avant qu'elle ait eu une chance de le contredire. Les lumières.

— Non, elle ne les voit pas, dit Apolline d'un ton ferme. C'est toujours une Coucou, tu te rappelles ? Même si elle a le menstruum. Allez, viens. »

Les yeux de Jerichau se posèrent sur Suzanna, et ils étaient plus proches des larmes que jamais.

« Vous *devez* les voir, dit-il. Je veux que vous les voyiez.

— Ne fais pas ça, dit Apolline. Ce n'est pas sage.

— Ils ont des couleurs, fit Jerichau.

— Souviens-toi des Principes, protesta Apolline.

— Des couleurs ? dit Suzanna.

— Comme de la fumée, tout autour de leurs têtes. »

Jerichau agrippa son bras.

« Est-ce que tu vas m'écouter ? dit Apolline. Le Troisième Principe de Capra stipule... »

Suzanna ne l'écoutait plus. Elle regardait la foule, sa main serrant à présent celle de Jerichau.

Ce n'étaient plus seulement ses sens qu'elle partageait, mais la panique croissante qu'il ressentait, pris au piège dans cette horde au souffle chaud. Un flot de claustrophobie monta en elle ; elle ferma ses paupières et s'ordonna d'être calme.

Dans les ténèbres, elle entendit de nouveau Apolline, qui parlait d'un Principe inconnu. Puis elle ouvrit les yeux.

Ce qu'elle vit faillit lui faire pousser un cri. Le ciel semblait avoir changé de couleur, comme si les gouttières avaient pris feu et comme si la fumée qui s'en dégageait menaçait d'étouffer la rue. Personne ne semblait cependant avoir remarqué quoi que ce soit.

Elle se tourna vers Jerichau, à la recherche d'une explication, et cette fois-ci, elle laissa échapper un cri. Il était entouré d'un halo crépitant, duquel s'élevait une colonne de lumière et de fumée vermillon.

« Oh, Seigneur, dit-elle. Que se passe-t-il ? »

Apolline avait agrippé son épaule et la tirait vers l'arrière.

« Venez vite ! cria-t-elle. Ça va se répandre. *Après trois, la multitude.*

— Hein ?

— Le Principe ! »

Mais son avertissement resta incompris. Suzanna — dont le choc initial se transformait en exaltation — examinait la foule. Partout où son regard se posait, elle découvrait ce que Jerichau lui avait décrit. Des vagues de couleurs, des éclats de couleurs, s'élevant de la chair de l'Humanité. Presque toutes ces couleurs étaient ternes ; certaines étaient grisâtres, d'autres ressemblaient à des rubans de pastel fané ; mais çà et là dans la cohue, elle voyait une nuance plus pure ; un orange éclatant autour de la tête d'un enfant sur les épaules de son père ; un arc-en-ciel émanant d'une jeune fille qui riait aux côtés de son amant.

Apolline la tira de nouveau par l'épaule, et cette fois-ci, Suzanna obéit, mais avant qu'ils ne se soient éloignés de plus d'un mètre, un cri s'éleva de la foule derrière eux — puis un autre, et un autre encore — et soudain, à droite comme à gauche, les gens portèrent leurs mains à leurs visages pour dissimuler leurs yeux. Un homme tomba à genoux non loin de Suzanna, bafouillant le Notre Père — quelqu'un s'était mis à vomir, d'autres avaient agrippé la personne la plus proche pour se maintenir en équilibre, pour découvrir que leur horreur qu'ils croyaient privée était en fait universelle.

« Damnation, dit Apolline. Regarde ce que tu as fait. »

Suzanna voyait les couleurs des halos changer à mesure que la panique s'emparait de ceux qui les exhibaient. Les gris furent vaincus par des traits de vert et de pourpre tracés avec violence. Un mélange de cris et de prières monta à l'assaut de leurs oreilles.

« *Pourquoi ?* dit Suzanna.

— Le Principe de Capra ! lui hurla Apolline en réponse. *Après trois, la multitude.* »

Suzanna comprenait à présent. Ce que deux personnes pouvaient garder pour elles-mêmes tombait dans le domaine public dès qu'une troisième en avait connaissance. Dès qu'elle avait embrassé la vision d'Apolline et de Jerichau — une vision qu'ils avaient acquise à la naissance —, le feu s'était propagé, une contagion mystique qui avait en quelques secondes transformé la rue en congrès de déments.

La terreur engendra presque instantanément la violence lorsque la foule se mit à la recherche de boucs émissaires susceptibles d'être blâmés pour ses visions. Les acheteurs oublièrent leurs achats et se jetèrent à la gorge les uns des autres ; les secrétaires se cassèrent les ongles sur les joues des comptables ; les adultes se mirent à pleurer en secouant leurs femmes et leurs enfants pour les ramener à la raison.

Ce qui aurait pu devenir une race de mystiques devint soudain une meute de chiens enragés, et les couleurs dans lesquelles ils nageaient dégénérèrent pour acquérir la nuance gris et ombre de la merde d'un malade.

Mais il y eut pire. Le combat avait à peine commencé qu'une femme bien vêtue, au maquillage ruiné par la lutte, pointa un doigt accusateur en direction de Jerichau.

« *Lui !* hurla-t-elle. *C'est lui !* »

Puis elle se jeta sur le coupable, prête à lui arracher les yeux. Jerichau recula en trébuchant sur la chaussée quand elle fonça sur lui.

« *Arrêtez ça !* cria-t-elle. *Arrêtez ça !* »

En entendant cette cacophonie, plusieurs membres de la foule oublièrent leurs guerres privées pour diriger leurs regards vers cette nouvelle cible.

« Tuez-le », dit quelqu'un à gauche de Suzanna.

Un instant plus tard, le premier missile s'envola. Il atteignit Jerichau à l'épaule. Un deuxième le suivit. La circulation s'était interrompue lorsque les conducteurs, ralentis par leur curiosité, étaient entrés dans le champ d'influence de la vision. Jerichau était coincé par les voitures et la foule se rua sur lui. Soudain, Suzanna se rendit compte qu'il s'agissait là d'une question de vie ou de mort. Désorientés et terrifiés, les membres de cette horde étaient prêts, *impatients* même de réduire en pièces Jerichau et quiconque viendrait à son aide.

Une autre pierre frappa Jerichau, lui entaillant la joue. Suzanna s'avança vers lui, lui ordonnant de *bouger,* mais il regardait la foule qui fonçait sur lui comme s'il avait été hypnotisé par cette démonstration de rage humaine. Elle continua d'avancer, grimpant sur un capot et se faufilant entre les pare-chocs pour se diriger vers l'endroit où il se trouvait. Mais les meneurs de la horde — la femme maculée de rimmel et deux ou trois autres — étaient presque sur lui.

« *Laissez-le !*» hurla-t-elle.

Personne ne lui accorda la moindre attention. Il y avait quelque chose de presque rituel dans le jeu auquel se livraient la victime et ses bourreaux, comme si leurs cellules avaient de tout temps connu cette histoire et étaient impuissantes à la réécrire.

Ce furent les sirènes de la police qui rompirent le charme. C'était bien la première fois que Suzanna était heureuse d'entendre ce hurlement à vous retourner les tripes.

Ses effets furent à la fois immédiats et universels. Tous les membres de la foule se mirent à gémir comme s'ils avaient été en sympathie avec les sirènes, ceux qui luttaient toujours lâchant la gorge de leurs adversaires, les autres regardant avec incrédulité leurs biens piétinés et leurs poings ensanglantés. Un ou deux s'évanouirent sur place. Plusieurs autres se remirent à sangloter, cette fois-ci plus de confusion que de peur. Plusieurs, décidant qu'il valait mieux fuir que courir le risque d'être arrêtés, prirent leurs jambes à leur cou. Ayant retrouvé leur cécité de Coucous grâce au choc, ils s'enfuirent dans toutes les directions, secouant la tête pour déloger les derniers vestiges de leur vision.

Apolline était apparue aux côtés de Jerichau, ayant réussi à éviter les assauts de la foule durant les minutes précédentes.

Elle le secoua pour lui faire quitter sa transe de sacrifié en puissance, lui criant en plein visage. Puis elle entreprit de l'éloigner de la scène. Cette tentative était bien minutée, car bien que la majorité des lyncheurs potentiels se fût dispersée, il en restait une douzaine qui n'étaient guère désireux de renoncer à leur distraction. Ils voulaient du sang, et ils l'auraient avant l'arrivée des forces de l'ordre.

Suzanna regarda autour d'elle, en quête d'une issue de secours. Une ruelle qui donnait sur la grande rue lui offrit quelque espoir. Elle poussa un cri pour appeler Apolline. Les voitures de police survinrent à point pour distraire ce qui restait de la foule : il y eut de nouvelles désertions.

Mais le noyau dur des lyncheurs fanatiques se lança à leur poursuite. Alors qu'Apolline et Jerichau atteignaient le coin de la ruelle, la meneuse de la horde, la femme au visage maculé de rimmel, saisit la traîne de la robe d'Apolline. Celle-ci lâcha Jerichau pour se tourner vers sa poursuivante, lui donnant un coup de poing en pleine mâchoire qui l'envoya au tapis.

Deux des policiers avaient aperçu la scène de poursuite et avaient décidé de s'y joindre, mais avant qu'ils n'aient pu intervenir pour prévenir toute violence, Jerichau trébucha. En un instant, la horde fut sur lui.

Suzanna fit demi-tour pour aller lui prêter main-forte. A ce moment-là, une voiture se précipita vers elle, raclant la bordure du trottoir. L'instant d'après, le véhicule était à côté d'elle. Sa portière s'ouvrit, et Cal hurla :

« *Montez ! Montez !*

— Attends ! » lui dit-elle, et elle se retourna pour découvrir Jerichau projeté sur un mur de pierre, encerclé par la meute.

Apolline, qui avait envoyé un autre membre de la horde dans les pommes, se précipitait à présent vers la portière ouverte. Mais Suzanna ne pouvait pas abandonner Jerichau.

Elle se dirigea en courant vers la masse de corps qui l'éclipsaient, occultant le bruit de la voix de Cal qui lui hurlait de s'enfuir tant qu'il en était encore temps. Lorsqu'elle atteignit Jerichau, celui-ci avait renoncé à toute velléité de résistance. Il se laissait glisser le long du mur, protégeant sa tête ensanglantée d'une grêle de coups et de crachats. Elle cria à ses agresseurs de cesser, mais des mains anonymes l'éloignèrent de lui.

Elle entendit de nouveau Cal crier, mais elle n'aurait pas pu aller jusqu'à lui si elle l'avait voulu.

« *Va-t'en !* » hurla-t-elle, priant Dieu pour qu'il l'entende et pour qu'il démarre.

Puis elle se jeta sur le plus vicieux des tortionnaires de Jerichau. Mais il y avait bien trop de mains pour la retenir, et certaines d'entre elles la pelotaient ouvertement, profitant de la confusion. Elle cria et se débattit, mais c'était sans espoir. Finalement, elle réussit à toucher Jerichau et s'accrocha à lui comme si sa vie en avait dépendu, lui protégeant la tête d'un bras lorsque la grêle de coups s'intensifia.

Soudain, les coups de pied et de poing, la grêle de jurons s'interrompirent lorsque les deux policiers dispersèrent la meute de lyncheurs. Deux ou trois d'entre eux avaient déjà saisi l'occasion pour s'éclipser avant d'être appréhendés, mais la plupart ne paraissaient absolument pas se sentir coupables. Tout au contraire ; ils essuyèrent la salive sur leurs lèvres et se mirent à justifier leur brutalité avec des cris suraigus.

« C'est eux qui ont déclenché tout ça, monsieur l'agent », dit l'un d'eux, un individu au crâne dégarni qui, avant que le sang ait taché ses phalanges et sa chemise, aurait sans doute pu passer pour un caissier dans une banque.

« Est-ce exact ? dit le policier en jetant un œil sur le clochard noir et sur sa maîtresse maussade. Levez-vous tous les deux, dit-il. On va vous poser quelques questions. »

CHAPITRE 11

Trois vignettes

1

« On n'aurait jamais dû les abandonner », dit Cal lorsqu'ils eurent fait le tour du pâté de maisons et eurent regagné Lord Street pour découvrir la rue grouillante de policiers, et aucun signe de Jerichau ni de Suzanna. « On les a arrêtés, dit-il. Bon sang, on n'aurait jamais dû...

— Soyez raisonnable, dit Nemrod. Nous n'avions pas le choix.

— Ils ont failli nous assassiner », dit Apolline. Elle haletait toujours comme un cheval.

« Pour le moment, notre première priorité doit être la Trame, dit Nemrod. Je pense que nous sommes tous d'accord sur ce point.

— Lilia a vu le tapis, expliqua Freddy à l'intention d'Apolline. Depuis la maison de Laschenski.

— C'est là qu'elle se trouve maintenant ? » s'enquit Apolline.

Durant plusieurs secondes, personne ne répondit à cette question. Puis Nemrod prit la parole.

« Elle est morte, dit-il d'une voix atone.

— Morte ? répondit Apolline. Comment ? Ce n'est pas l'un des Coucous ?

— Non, dit Freddy. C'était une créature invoquée par Immacolata. Notre ami Mooney l'a détruite avant qu'elle ne nous ait tous tués.

— Elle sait donc que nous sommes réveillés », dit Apolline.

Cal aperçut son reflet dans le rétroviseur. Ses yeux étaient semblables à deux cailloux noirs dans le bloc de farine de son visage.

« Rien n'a changé, n'est-ce pas ? dit-elle. L'Humanité d'un côté, et les extases maléfiques de l'autre.

— Le Fléau était pire que n'importe quelle extase, dit Freddy.

— C'est quand même encore trop risqué de réveiller tous les autres, insista Apolline. Les Coucous sont plus dangereux que jamais.

— Si nous ne les réveillons pas, qu'est-ce qui va nous arriver ? demanda Nemrod.

— Nous deviendrons des Gardiens, dit Apolline. Nous veillerons sur le tapis en attendant des jours meilleurs.

— S'ils arrivent jamais », dit Freddy.

Cette remarque mit fin à toute conversation pendant un long moment.

2

Hobart contempla les flaques de sang qui luisaient toujours sur les pavés de Lord Street et acquit la certitude que les débris laissés par les anarchistes dans Chariot Street n'avaient été qu'un lever de rideau. Voilà quelque chose de plus concret à présent : une éruption spontanée de démence parmi un échantillon représentatif de citoyens, dont la violence avait été suscitée par les deux rebelles qui se trouvaient en garde à vue en attendant qu'il les interroge.

Les armes employées l'année dernière avaient été des pavés et des cocktails Molotov. Les terroristes de cette année avaient eu accès à un équipement plus sophistiqué, semblait-il. On avait parlé d'une hallucination collective, ici, dans cette rue banale entre toutes. Les témoignages de citoyens parfaitement sensés évoquaient le ciel en train de changer de couleur. Si les forces de la subversion s'étaient vraiment mises à employer de nouvelles armes sur le champ de batailles — des gaz hallucinogènes, peut-être —, alors il aurait des raisons pour demander l'autorisation d'employer des tactiques plus agressives : un armement plus lourd et la permission de s'en servir. Il y aurait de la résistance parmi les échelons supérieurs, il le savait par expérience ; mais plus on verrait de sang répandu, plus son argumentation serait persuasive.

« *Vous* », dit-il en faisant signe à l'un des photographes de presse. Il dirigea l'attention de l'homme sur les flaques de sang qui souillaient les pavés. « Montrez donc *ça* à vos lecteurs », dit-il.

L'homme s'exécuta et photographia les flaques, puis tourna l'objectif de son appareil vers Hobart. Il n'eut pas l'occasion de lui tirer le portrait car Fryer se jeta sur lui et lui arracha l'appareil des mains.

« Pas de photos, dit-il.

— Vous avez quelque chose à cacher ? rétorqua le photographe.

— Rendez-lui son bien, dit Hobart. Il a un travail à faire, comme nous tous. »

Le journaliste récupéra son appareil et se retira.

« Ordure », murmura Hobart quand l'homme eut tourné le dos. Puis : « Des nouvelles de Chariot Street ?

— Nous avons recueilli des témoignages foutrement étranges.

— Ah ?

— Personne n'a avoué avoir vu quoi que ce soit, mais apparemment, au moment où la tornade s'est déclenchée, les choses ont commencé à aller de travers. Les chiens sont devenus fous ; toutes les radios ont cessé de fonctionner. Il s'est passé quelque chose de bizarre, ça ne fait aucun doute.

— Et ici aussi, dit Hobart. Je crois qu'il est temps que nous parlions à nos suspects. »

3

Les halos s'étaient estompés lorsque les policiers ouvrirent les portes du panier à salade et ordonnèrent à Suzanna et à Jerichau de descendre dans la cour du quartier général de Hobart. Tout ce qui lui restait de la vision qu'elle avait partagée avec Jerichau et Apolline, c'était une vague nausée et un mal de crâne prononcé.

On les conduisit à l'intérieur du sinistre édifice de béton, puis on les sépara ; leurs objets personnels furent confisqués. Suzanna n'avait rien de précieux sur elle, excepté le livre de Mimi, qu'elle avait gardé dans sa main ou dans sa poche depuis qu'elle l'avait trouvé. Malgré toutes ses protestations, on le lui confisqua également.

Les deux policiers qui les avaient arrêtés eurent une brève discussion avant de décider de l'endroit où on la logerait, puis on l'escorta le long d'un escalier qui conduisait vers une cellule nue réservée aux interrogatoires, quelque part dans les entrailles de l'immeuble. Là, un policier remplit une fiche en lui posant des questions sur son état-civil et ses moyens d'existence. Elle fit de son mieux pour y répondre en détail, mais ses pensées ne cessaient de dériver : vers Cal, vers Jerichau, et vers le tapis. Si sa situation lui avait paru désespérée au lever du jour, elle lui semblait pire à présent. Elle s'ordonna de traverser chaque pont à son tour, à mesure qu'ils se présenteraient à elle, et de ne pas s'inquiéter des choses sur lesquelles elle n'avait aucune emprise. Sa première priorité était de sortir d'ici et d'en faire sortir Jerichau. Elle avait perçu sa terreur et son désespoir lorsqu'on les avait séparés. Il serait une proie facile si quelqu'un décidait de se montrer dur avec lui.

Le flot de ses pensées fut interrompu par la porte qui s'ouvrait.

Un homme pâle vêtu d'un complet gris anthracite la dévisageait. On aurait dit qu'il n'avait pas dormi depuis longtemps.

« Merci, Stillman », dit-il.

Le policier qui avait interrogé Suzanna quitta la chaise placée devant cette dernière.

« Attendez dehors, voulez-vous ? »

L'homme se retira. La porte se referma en claquant.

« Je m'appelle Hobart, annonça le nouveau venu. Inspecteur Hobart. Nous avons beaucoup de choses à nous dire. »

Elle ne pouvait plus percevoir ne fût-ce que l'ombre d'un halo, mais elle connaissait, avant même qu'il ne se soit assis en face d'elle, les couleurs de l'âme de cet homme. Ceci ne lui apporta aucun réconfort.

QUATRIÈME PARTIE

Le Pays des Merveilles, à quel prix ?

« Caveat Emptor »
(Que l'acheteur prenne garde)

Locution latine

CHAPITRE 1

Vendre, c'est posséder

1

C'était la leçon la plus importante que Shadwell ait jamais apprise durant son existence de Vendeur. Si un objet en votre possession était désiré avec suffisamment d'ardeur par une autre personne, alors vous possédiez pratiquement cette personne elle aussi.

Même les princes pouvaient être possédés. Et les voilà à présent, eux ou leurs équivalents modernes, rassemblés à son appel : les vieilles fortunes et les nouveaux riches, les aristocrates et les *arrivistes**, en train de s'observer mutuellement avec méfiance, aussi impatients que des enfants à l'idée d'entrevoir le trésor pour lequel ils allaient s'affronter.

Paul van Niekerk, que l'on disait possesseur de la plus belle collection de livres et d'objets érotiques du monde, mis à part celle que recelaient les caves du Vatican ; Marguerite Pierce, qui, à la mort de ses parents survenue lors de sa dix-neuvième année, avait hérité de l'une des plus grosses fortunes personnelles d'Europe ; Beauclerc Norris, le Roi du Hamburger, dont la compagnie possédait l'intégralité de certains petits pays ; le milliardaire du pétrole, Alexandre A., qui se trouvait à l'article de la mort dans un hôpital de Washington, mais qui avait dépêché sa compagne de plusieurs années, une femme qui répondait seulement au nom de Mrs A. ; Michael Rahimzadeh, dont la fortune avait une origine impossible à retracer, ses précédents propriétaires ayant tous récemment péri de mort violente ; Leon Devereaux, qui avait débarqué de Johan-

---

* En français dans le texte. (N.d.T.)

nesburg les poches pleines de poudre d'or ; et finalement, un individu anonyme dont les traits avaient été manipulés par une série de chirurgiens qui n'avaient pas pu ôter de ses yeux l'expression d'un homme au passé inavouable.

Tels étaient les sept.

2

Ce fut vers le milieu de l'après-midi qu'ils commencèrent à arriver dans la maison de Shearman, située au milieu de sa propriété à la lisière de Thurstaton Common. A six heures et demie, ils étaient tous là. Shadwell fit son numéro d'hôte parfait — les abreuvant d'alcool et de platitudes — mais ne leur donna que peu d'indices sur ce qui les attendait.

Il lui avait fallu plusieurs années, et d'innombrables ruses, pour accéder aux puissants, et encore plus de stratagèmes pour savoir lesquels d'entre eux rêvaient de magie. Quand les circonstances l'y avaient contraint, il s'était servi de sa veste, séduisant ceux qui faisaient la cour à ces potentats pour leur faire avouer tout ce qu'ils savaient. Nombre d'entre eux n'avaient rien à lui dire ; leurs maîtres ne semblaient pas porter le deuil d'un monde perdu. Mais pour chaque athée, il se trouvait toujours au moins une personne qui *croyait* ; une personne qui avait tendance à s'attendrir sur ses rêves d'enfant, ou à confesser que sa quête du Paradis s'était achevée dans les larmes et dans l'or.

A partir de cette liste de croyants, Shadwell avait restreint son champ d'investigation à ceux dont la richesse était pratiquement incalculable. Puis, utilisant à nouveau sa veste, il avait franchi les barrages dressés par les sous-fifres et rencontré face à face les membres de son cercle d'acheteurs potentiels.

Son boniment s'avéra bien plus facile qu'il ne l'avait imaginé. Il semblait bien que des rumeurs sur l'existence de la Fugue aient couru depuis longtemps, à la fois en haut lieu et dans les bas-fonds ; des milieux diamétralement opposés que plus d'un membre de son élite connaissait intimement ; et Immacolata lui avait fourni suffisamment de détails sur la Trame du Monde pour les convaincre que c'était bien cet endroit qu'il leur proposerait bientôt d'acheter. Un des noms figurant sur sa liste avait refusé de prendre part à la Vente aux Enchères, affirmant dans un murmure que de telles forces ne pouvaient être ni achetées ni vendues et que Shadwell regretterait bien vite d'avoir acquis cet article ; un second était mort l'année précédente. Tous les autres étaient là, leurs fortunes tremblant du désir d'être dépensées.

« Mesdames et Messieurs, annonça-t-il. Peut-être le moment est-il venu pour nous d'examiner l'article faisant l'objet de cette vente. »

Il les conduisit comme un troupeau de moutons à travers le labyrinthe de la maison de Shearman, jusqu'à la pièce du premier étage où l'on avait étalé le tapis. Les rideaux étaient tirés ; une lumière unique éclairait chaudement la Trame, qui couvrait presque toute l'étendue du plancher.

Le cœur de Shadwell se mit à battre un peu plus vite quand il les observa en train d'examiner le tapis. C'était l'instant essentiel, celui durant lequel les yeux du client se posent pour la première fois sur la marchandise ; l'instant durant lequel toute vente est vraiment conclue. Les palabres qui s'ensuivraient influeraient peut-être sur le montant du prix, mais aucune parole, pour rusée qu'elle fût, ne pouvait se comparer avec ce premier échange entre l'œil et le bien. Tout dépendait de lui. Et Shadwell savait que le tapis, pour mystérieux que fût son dessin, semblait n'être que cela : un tapis. Il était nécessaire que l'imagination du client, excitée par le désir, découvre la géographie qui se cachait dans le tissu.

À présent, alors qu'il scrutait les visages des sept, il savait que son gambit avait réussi. Bien que la plupart d'entre eux fussent assez bons tacticiens pour tenter de dissimuler leur enthousiasme, ils étaient fascinés, tous autant qu'ils étaient.

« C'est bien ça », dit Devereaux, dont la sévérité habituelle avait disparu sous son émerveillement. « ... Je ne croyais pas vraiment...

— Qu'il existait réellement ? souffla Rahimzadeh.

— Oh, il est bien réel », dit Norris. Il s'était déjà accroupi pour tâter la marchandise.

« Faites attention, dit Shadwell. Il est volatil.

— Que voulez-vous dire ?

— La Fugue désire se montrer, répondit Shadwell. Elle est prête et n'attend que le bon moment.

— Oui, dit Mrs A. Je peux la sentir. » De toute évidence, elle ne trouvait pas cette sensation agréable. « Alexander a dit que cela se présenterait sous l'aspect d'un tapis ordinaire, et je suppose que c'est le cas. Mais... je ne sais pas... il y a quelque chose d'étrange là-dedans.

— Ça bouge », dit l'homme au visage remodelé.

Norris se releva.

« Où ça ? dit-il.

— Au centre. »

Tous les regards se mirent à étudier les complexités du dessin du Gyrus, et, oui, il semblait bien qu'un courant des plus subtils fût en train d'agiter la Trame. Même Shadwell n'avait rien remarqué auparavant. Cela le rendait plus désireux que jamais d'en finir avec cette affaire une bonne fois pour toutes. L'heure était venue de vendre.

« Quelqu'un a-t-il des questions à poser ? demanda-t-il.

— Comment pouvons-nous être certains, demanda Marguerite Pierce, que c'est bien le tapis ?

— Vous ne le pouvez pas », dit Shadwell. Il s'était attendu à ce défi et avait une réponse toute prête. « Ou bien vous savez au fond de vos tripes que la Fugue vous attend dans la Trame, ou alors vous partez. La porte est ouverte. Je vous en prie. Vous connaissez le chemin. »

La femme ne dit rien pendant plusieurs secondes. Puis :

« Je reste, déclara-t-elle.

— Bien sûr, dit Shadwell. Et si nous commencions ? »

CHAPITRE 2

Ne me racontez pas de mensonges

La pièce dans laquelle on avait enfermé Suzanna était dénuée de tout charme et de toute chaleur, mais elle aurait pu prendre des leçons de l'homme qui était assis en face d'elle. Il la traitait avec une courtoisie ironique qui ne parvenait jamais à dissimuler la dureté foncière de son esprit. Pendant toute l'heure qu'avait duré son interrogatoire, la voix de cet homme ne s'était pas une seule fois élevée au-dessus du ton de la conversation, et pas une seule fois elle n'avait trahi une quelconque impatience alors qu'il lui répétait sempiternellement les mêmes questions.

« Comment s'appelle votre organisation ?

— Je n'en ai pas, lui dit-elle pour la centième fois.

— Vous avez de sérieux ennuis, dit-il. Le comprenez-vous bien ?

— J'exige de voir un avocat.

— Pas d'avocat.

— Je connais mes droits, protesta-t-elle.

— Vous avez renoncé à vos droits dans Lord Street, dit-il. Bon. Les noms de vos complices.

— Je n'ai *pas* de complices, bon sang. »

Elle s'ordonna de rester calme, mais l'adrénaline continuait d'affluer dans son corps. Et il le savait, lui aussi. Ses yeux de lézard ne la quittaient pas un seul instant. Il allait continuer à l'observer, et à lui reposer les mêmes questions, la travaillant jusqu'à ce qu'elle craque.

« Et le nègre..., dit-il, il fait partie de la même organisation ?

— Non. Non, il n'est au courant de rien.

— Vous admettez donc que cette organisation existe.

— Je n'ai pas dit ça.

— Vous venez pratiquement de l'admettre.

— Vous me faites dire ce que je n'ai pas dit. »

De nouveau, cette courtoisie aigre-douce :

« Alors, je vous en prie... parlez vous-même.

— Je n'ai rien à dire.

— Nous avons des témoins qui attesteront que le nègre et vous...

— Arrêtez de l'appeler comme ça.

— Que le nègre et vous étiez à l'origine de l'émeute. Qui vous fournit en armes chimiques ?

— Ne soyez pas ridicule, dit-elle. C'est tout ce que vous réussissez à faire. À être ridicule. »

Elle se sentait rougir, et les larmes montaient. Bon sang, elle n'allait pas lui offrir le plaisir de la voir pleurer.

Il avait dû percevoir sa résolution, car il renonça à lui poser des questions dans ce sens et aborda un autre registre.

« Parlez-moi du code », dit-il.

Cette question la laissa totalement perplexe.

« Quel code ? »

Il sortit le livre de Mimi de la poche de son veston et le posa sur la table qui se trouvait entre eux, plaquant sa large main pâle sur lui dans un geste possessif.

« Qu'est-ce que cela signifie ? dit-il.

— C'est un livre...

— Ne me prenez pas pour un imbécile. »

« Je n'en ai pas l'intention, pensa-t-elle. Vous êtes dangereux et vous me faites peur. »

Mais elle se contenta de répondre :

« Vraiment, ce n'est qu'un recueil de contes de fées. »

Il l'ouvrit et se mit à le feuilleter.

« Vous comprenez l'allemand ?

— Un peu. Ce livre est un cadeau. De ma grand-mère. »

Il s'arrêta çà et là pour regarder les illustrations. Il s'attarda sur l'une d'entre elles — un dragon, dont les écailles luisaient dans la forêt nocturne — avant de continuer :

« Vous comprenez, je l'espère, que plus vous me mentirez, plus ça ira mal pour vous. »

Elle ne daigna pas répondre à cette menace.

« Je vais réduire ce petit livre en morceaux..., dit-il.

— Je vous en supplie, non... »

Elle savait qu'il avait interprété cette manifestation d'inquiétude comme une preuve de sa culpabilité, mais elle n'avait pas pu s'empêcher de réagir.

« Page par page, dit-il. Mot par mot s'il le faut.

— Il n'y a rien là-dedans, insista-t-elle. Ce n'est qu'un livre. Et il est à moi.

— C'est une preuve, la corrigea-t-il. Il signifie quelque chose.

— ... des contes de fées...

— Je veux savoir *quoi.*»

Elle baissa la tête pour le frustrer du plaisir de jouir de sa douleur.

Il se releva.

« Attendez-moi ici, voulez-vous ? dit-il, comme si elle avait eu le choix. Je vais aller dire un mot à votre ami le nègre. Deux de mes meilleurs hommes lui ont tenu compagnie... (Il fit une pause pour lui faire comprendre ce que cela impliquait.) ... Je suis sûr qu'à présent, il est prêt à tout me dire sur les tenants et les aboutissants de cette affaire. Je reviendrai bientôt. »

Elle plaqua une main sur sa bouche pour s'empêcher de le supplier de la croire. Cela ne servirait à rien.

Il tapa sur la porte. Celle-ci n'était pas verrouillée ; il pénétra dans le couloir. On referma la porte à clé derrière lui.

Elle resta assise près de la table durant plusieurs minutes afin de tenter d'interpréter la sensation qui semblait lui serrer la gorge et lui brouiller la vue, la laissant le souffle coupé et aveugle à toutes choses excepté le souvenir des yeux de cet homme. Jamais de sa vie elle n'avait ressenti quelque chose de semblable.

Il lui fallut quelque temps avant de comprendre que c'était de la haine.

CHAPITRE 3

Si près, si loin

1

Les échos dont Cammell avait parlé résonnaient toujours haut et fort dans Rue Street lorsque, à l'approche du soir, Cal et ses passagers arrivèrent près de la maison. On laissa à Apolline, qui avait disposé sur le plancher nu de la chambre les pages arrachées au guide comme elle l'aurait fait d'un jeu de cartes, le soin de déterminer l'endroit où le tapis se trouvait à présent.

Pour l'œil profane de Cal, il semblait qu'elle procédait de la même façon que sa mère lorsque celle-ci choisissait les chevaux sur lesquels elle allait parier lors de son Derby annuel, en fermant les yeux et en jetant une épingle. Il fallait espérer que la méthode d'Apolline était plus fiable; Eileen Mooney n'avait jamais parié sur un cheval gagnant de sa vie.

Une controverse se développa au milieu du processus, quand Apolline — qui était apparemment entrée en transe — cracha une grêle de pépins sur le sol. Freddy émit quelques remarques sarcastiques à ce spectacle, et les yeux d'Apolline s'ouvrirent brusquement.

« Veux-tu garder le silence? dit-elle. C'est un travail foutrement délicat.

— Ce n'est pas sage d'utiliser les Vertiges, dit-il. Ils ne sont pas fiables.

— Tu veux prendre le relais? le défia-t-elle.

— Tu sais bien que je n'ai aucun talent dans ce domaine.

— Alors, ferme-la, aboya-t-elle. Et laisse-moi faire, veux-tu?

Allez ! » Elle se leva et le poussa vers la porte. « Allez. Allez-vous-en. Tous. »

Ils se retirèrent sur le palier, où Freddy continua de se lamenter.

« Cette femme est paresseuse, dit-il. Lilia n'a pas eu besoin du fruit.

— Lilia était spéciale », dit Nemrod, assis en haut des marches, toujours drapé dans sa chemise en lambeaux. « Laisse-la agir à sa façon, veux-tu ? Elle n'est pas stupide. »

Freddy chercha une consolation auprès de Cal.

« Ma place n'est pas aux côtés de ces gens, protesta-t-il. Tout ça est une terrible erreur. Je ne suis pas un voleur.

— Quelle est votre profession, alors ?

— Je suis barbier. Et vous ?

— Je travaille dans une compagnie d'assurances. »

Il lui semblait bizarre de penser à tout cela ; à son bureau, aux imprimés empilés sur son sous-main ; aux gribouillis qu'il avait laissés sur son buvard. C'était un autre monde.

La porte de la chambre s'ouvrit. Apolline était debout sur le seuil, une des pages du guide dans la main.

« Eh bien ? », dit Freddy.

Elle tendit la page à Cal.

« Je l'ai trouvé », dit-elle.

2

La piste des échos les conduisit de l'autre côté de la Mersey, à travers Birkenhead et au-delà d'Irby Hill, dans les environs de Thurstaton Common. Cal ne connaissait absolument pas ce coin, et il fut surpris de découvrir un territoire aussi rural à moins d'un saut de puce de la ville.

Ils firent le tour du lieu-dit, Apolline assise à côté du chauffeur, les yeux clos, jusqu'à ce qu'elle annonce :

« C'est ici. Arrêtez-vous. »

Cal freina. La grande maison devant laquelle ils étaient arrivés était plongée dans les ténèbres, mais il y avait plusieurs véhicules impressionnants garés dans son allée. Ils descendirent de voiture, escaladèrent le mur, et s'approchèrent.

« C'est bien ça, annonça Apolline. Je sens pratiquement l'odeur de la Trame. »

Cal et Freddy firent par deux fois le tour complet de l'édifice, à la recherche d'une porte d'entrée non verrouillée, et, lors de leur deuxième circuit, ils trouvèrent une fenêtre qui, bien que trop petite pour laisser passer un adulte, offrait un accès facile à Nemrod.

« Allez-y tout doucement, conseilla Cal en faisant passer Nemrod par la fenêtre. Nous vous attendrons devant la porte d'entrée.

— Quelle tactique adoptons-nous ? s'enquit Cammell.

— On entre. On prend le tapis. Et puis on fout le camp », dit Cal.

Il y eut un bruit étouffé lorsque Nemrod bondit ou tomba du rebord de la fenêtre pour atterrir de l'autre côté. Ils attendirent quelques instants. Aucun autre bruit ne se fit entendre, aussi retournèrent-ils devant la porte d'entrée pour attendre dans l'obscurité. Une minute s'écoula ; puis une autre, et une autre encore. Finalement, la porte s'ouvrit et Nemrod se trouvait sur le seuil, un large sourire aux lèvres.

« Je m'étais perdu », murmura-t-il.

Ils se glissèrent à l'intérieur. Le rez-de-chaussée ainsi que les étages étaient plongés dans les ténèbres, mais il n'y avait rien qui suggérât la quiétude dans cette obscurité. L'air était agité, comme si la poussière n'avait pas pu supporter de se poser sur les meubles.

« Je ne pense pas qu'il y ait quelqu'un ici, dit Freddy en se dirigeant vers le pied de l'escalier.

— Erreur », dit Cal. Il était impossible de mettre en doute l'origine de la température glaciale de l'air.

Freddy l'ignora. Il avait déjà gravi deux ou trois marches. Cal pensa fugitivement que cette démonstration stupide d'indifférence devant le danger, qui était plus que probablement une compensation à la lâcheté dont il avait fait preuve dans Chariot Street, n'apporterait rien de bon. Mais Apolline accompagnait déjà Freddy vers les étages, laissant à Cal et à Nemrod le soin de fouiller le rez-de-chaussée.

Leur trajet se révéla être une course d'obstacles, que Nemrod, vu sa taille, négocia avec plus d'aisance que Cal.

« Poll a raison, murmura Nemrod tandis qu'ils allaient de pièce en pièce. La Trame est ici. Je peux la sentir. »

Cal la sentait également ; et à l'idée de savoir la Fugue toute proche, il sentit son courage refaire surface. Cette fois-ci, il n'était pas seul contre Shadwell. Il avait des alliés, des alliés puissants, et l'élément de surprise était de leur côté. Avec un peu de chance, ils allaient voler le trésor du Vendeur à son nez et à sa barbe.

Puis il y eut un cri venu de l'étage supérieur. C'était Freddy qui l'avait poussé, cela ne faisait aucun doute ; sa voix était pleine d'angoisse. L'instant d'après, on entendit le bruit écœurant produit par son corps en train de dévaler les marches. Deux minutes s'étaient à peine écoulées que tout était perdu.

Nemrod avait déjà rebroussé chemin, sans se soucier des conséquences. Cal le suivit, mais trébucha sur une table dans les ténèbres, se blessant l'aine à son coin.

Alors qu'il se relevait en se massant les testicules, il entendit la voix d'Immacolata. Son murmure semblait provenir de toutes les directions à la fois, comme si elle s'était trouvée dans les murs mêmes de la maison.

« *Devinité...* », dit-elle.

L'instant suivant, il sentit un courant d'air glacé lui frôler le visage. Il connaissait la puanteur dont l'air était porteur, depuis cette nuit dans le dépôt d'ordures près du fleuve. C'était l'odeur de la corruption — de la corruption des sœurs —, et avec elle survint une lugubre lumière grâce à laquelle il put découvrir la géographie de la pièce dans laquelle il se trouvait. De Nemrod, aucun signe ; il était déjà dans l'entrée, où la lumière prenait sa source. Et à présent, Cal l'entendait crier à son tour. La lumière clignota. Le cri cessa net. Le vent devint encore plus glacé lorsque les sœurs arrivèrent en quête de nouvelles victimes. Il fallait qu'il se cache, et vite. Les yeux fixés sur le couloir devant lui, le long duquel coulait la lumière, il recula vers la seule issue de secours à sa portée.

La pièce dans laquelle il pénétra était la cuisine, et elle ne lui offrait aucune cachette visible. La vessie douloureuse, il se dirigea vers la porte de service. Elle était fermée à double tour. Il n'y avait aucune clé. Sentant la panique monter en lui, il regarda en direction de la porte de la cuisine. La Madeleine traversait en flottant la pièce qu'il venait de quitter, sa tête aveugle dodelinant tandis qu'elle fouillait l'atmosphère en quête d'une trace de chaleur humaine. Il lui sembla déjà sentir les doigts de la sœur se poser sur sa gorge ; ses lèvres sur sa bouche.

En proie au désespoir, il scruta la cuisine une nouvelle fois, et ses yeux s'arrêtèrent sur le réfrigérateur. Alors que la Madeleine s'approchait de la cuisine, il alla jusqu'au réfrigérateur et en ouvrit la porte. Des volutes d'air arctique montèrent à sa rencontre. Il ouvrit la porte aussi grande que possible et plongea dans la froidure.

La Madeleine était sur le seuil de la cuisine à présent, et des gouttes de lait empoisonné suintaient de ses seins. Elle s'immobilisa, comme si elle n'avait pas été tout à fait sûre de sentir des traces de vie.

Cal demeura figé dans une immobilité absolue, priant pour que l'air froid masque sa chaleur. Ses muscles s'étaient mis à tressauter, et l'envie de pisser était presque insupportable. Et elle ne bougeait toujours pas, sinon pour poser une main sur son ventre perpétuellement gonflé afin de caresser ce qui dormait là-dedans.

Et puis, venant de la pièce voisine, il entendit la voix rauque de la Harpie.

« Ma sœur... », murmura-t-elle.

Elle venait par ici. Il était perdu si elle entrait.

La Madeleine s'avança un peu dans la cuisine et tourna la tête dans sa direction avec une horrible malice. Elle plana un peu plus près. Cal retint son souffle.

La créature était à moins de deux mètres de lui à présent, la tête dodelinant toujours sur un cou de morve et d'éther. Des gouttes de son lait amer flottèrent vers lui et éclatèrent sur son visage. Elle sentait quelque chose, c'était évident, mais l'air froid la déconcertait. Il crispa les muscles de sa mâchoire pour empêcher ses dents de claquer, priant pour qu'une diversion vienne de l'étage.

L'ombre de la Harpie franchit la porte ouverte.

« Ma sœur, répéta-t-elle, sommes-nous seules ? »

La tête de la Madeleine se tendit vers l'avant, son cou devenant ridiculement long et mince, jusqu'à ce que son visage aveugle ne soit plus qu'à une trentaine de centimètres de celui de Cal. Ce ne fut qu'à grand-peine qu'il se retint de courir.

Puis elle sembla se décider. Elle se tourna vers la porte.

« Toutes seules », dit-elle, et elle dériva dans l'air pour rejoindre sa sœur.

A chaque mètre qu'elle franchissait, il était sûr qu'elle allait se raviser et reprendre ses recherches. Mais elle disparut à travers la porte de la cuisine, et les deux sœurs s'en allèrent vers d'autres occupations.

Il attendit une bonne minute que les derniers vestiges de leur phosphorescence se soient évanouis. Puis, hoquetant, il s'éloigna du réfrigérateur.

Il entendit des cris venant de l'étage. Il frissonna en pensant aux distractions que l'on avait là-haut. Également en pensant qu'il était à présent tout seul.

CHAPITRE 4

Évasion

1

C'était la voix de Jerichau qu'elle entendait, Suzanna en était sûre, et elle s'élevait dans un cri de protestation inarticulée. Ce hurlement l'arracha au gouffre boueux qui l'avait engloutie depuis le départ de Hobart. En quelques secondes, elle fut près de la porte et se mit à tambouriner dessus.

« Que se passe-t-il ? » demanda-t-elle.

Elle n'entendit aucune réponse du garde en faction de l'autre côté ; rien qu'un nouveau cri déchirant de Jerichau. *Qu'étaient-ils en train de lui faire ?*

Elle avait passé toute sa vie en Angleterre, et, n'ayant jamais eu affaire à la Loi sinon pour des broutilles, avait assumé qu'il s'agissait d'une bête foncièrement saine. Mais à présent, elle se trouvait dans son ventre, et la bête était malade ; immonde.

Elle tambourina de nouveau sur la porte, de nouveau sans réponse. Des larmes d'impuissance montèrent en elle, lui picotant les sinus et les yeux. Elle s'adossa contre la porte et tenta s'étouffer ses sanglots avec sa main, mais ils refusaient de se laisser subjuguer.

Sachant que le policier de garde dans le couloir entendrait son chagrin, elle se dirigea vers l'autre bout de la cellule, mais quelque chose l'arrêta sur ses pas. A travers ses yeux humides, elle vit que les larmes qui avaient coulé sur le dos de sa main ne ressemblaient plus du tout à des larmes. Elles étaient presque argentées ; et se métamorphosaient, sous ses yeux, en minuscules sphères lumineuses. Elle aurait cru se trouver dans une des histoires du livre de

Mimi : une femme qui pleurait des larmes vivantes. Mais il ne s'agissait pas d'un conte de fées. Cette vision était plus réelle que les murs de béton qui l'emprisonnaient; encore plus réelle que la douleur qui avait fait naître ces larmes dans ses yeux.

C'était le menstruum qu'elle pleurait ainsi. Elle ne l'avait pas senti s'agiter en elle depuis qu'elle s'était agenouillée près de Cal dans l'entrepôt, et les événements s'étaient précipités à une telle vitesse depuis lors qu'elle n'y avait plus guère pensé. A présent, elle sentait le torrent monter en elle avec une nouvelle fraîcheur, et un flot d'allégresse l'envahit.

Au bout du couloir, Jerichau poussa un nouveau cri, et le menstruum, comme pour lui répondre, bouillonna dans son corps subtil, prenant une clarté aveuglante.

Incapable de s'en empêcher, elle hurla, et le courant de clarté devint un déluge, coulant de ses yeux et de ses narines, coulant entre ses jambes. Son regard se posa sur la chaise que Hobart avait occupée, et celle-ci se jeta aussitôt contre le mur, tressautant contre le béton comme prise de panique devant sa présence. La table la suivit, bientôt réduite en pièces.

Venant de l'extérieur, elle entendit des voix qui s'élevaient, consternées. Cela lui était égal. Sa conscience était *dans* la marée et *hors* d'elle, son regard la portait jusqu'à la limite du champ du menstruum et elle se contemplait elle-même, ses yeux fous, le fleuve dans son sourire. Elle regardait également la cellule depuis son plafond, là où son moi liquide jaillissait en flots d'écume.

Derrière elle, on déverrouillait la porte. « Ils vont venir avec des matraques, pensa-t-elle. Ces hommes ont peur de moi. Et avec raison. Je suis leur ennemie, *et ce sont mes ennemis.* »

Elle se retourna. Le policier sur le seuil paraissait pitoyablement frêle, ses bottes et ses boutons n'étaient que le rêve de puissance d'un faible. Il resta bouche bée devant la scène qui se présentait à lui — les meubles réduits en pièces, la lumière qui dansait sur les murs. Puis le menstruum fondit sur lui.

Elle le suivit dans son sillage, alors qu'il jetait le policier de côté. Une partie de sa conscience s'attarda derrière le courant, arrachant la matraque des mains de l'homme et la brisant en mille morceaux; d'autres parties se précipitèrent au-devant de son corps physique, tournant au coin des couloirs, regardant sous les portes, appelant le nom de Jerichau...

2

L'interrogatoire du suspect s'était révélé décevant pour Hobart. Cet homme était un imbécile ou un excellent acteur — tantôt répondant à ses questions par d'autres questions, tantôt parlant par énigmes. Il avait renoncé à obtenir une réponse sensée du prisonnier, aussi l'avait-il laissé en compagnie de Laverick et de Boyce, deux de ses meilleurs hommes. Ils auraient vite fait de lui faire cracher la vérité, et ses dents avec elle.

De retour dans son bureau situé à l'étage supérieur, il venait de commencer à analyser en profondeur le livre rédigé en code lorsqu'il entendit des bruits de meubles qu'on brisait en bas. Puis Patterson, le policier qu'il avait laissé pour garder la femme, se mit à crier.

Il se dirigeait vers l'escalier afin d'aller voir de quoi il retournait lorsqu'il fut inexplicablement saisi par le besoin de soulager sa vessie ; un besoin qui se transforma en douleur insupportable quand il descendit les marches. Il refusa de s'arrêter pour le satisfaire, mais quand il atteignit le pied de l'escalier, il était presque plié en deux.

Patterson était assis dans un coin du couloir, la tête dans les mains. La porte de la cellule était ouverte.

« Relevez-vous, bon sang ! » ordonna Hobart, mais le policier continua de plus belle à sangloter comme un enfant.

Hobart le planta là.

3

Boyce avait vu l'expression sur le visage du suspect changer quelques secondes avant que la porte de la cellule explose, et ça lui avait presque brisé le cœur de voir apparaître un sourire si extatique sur des traits qu'il s'était efforcé de terroriser. Il allait effacer ce sourire de son visage quand il entendit Laverick, qui avait fait une pause pour aller fumer une cigarette dans un coin de la cellule, dire : « Seigneur », et l'instant d'après...

Que s'était-il passé l'instant d'après ?

D'abord, la porte avait tressauté comme si un tremblement de terre grondait de l'autre côté, puis Laverick avait laissé tomber sa cigarette et s'était relevé, et Boyce, se sentant soudain malade comme un chien, avait tendu le bras pour prendre le suspect en otage afin de s'abriter de ce qui tapait sur la porte. Trop tard. La porte fut arrachée de ses gonds — il y eut un flot de clarté — et Boyce sentit son corps s'affaiblir, à deux doigts de l'effondrement total. Un instant plus tard, quelque chose le saisit et le fit tourner dans tous les sens en agrippant ses talons. Il était impuissant dans cette étreinte. Il ne put que pousser un cri lorsqu'une force glacée pénétra en lui par tous les orifices de son corps. Puis, aussi soudainement qu'on l'avait saisi, on le laissa tomber. Il heurta le sol de la cellule au moment où une femme, qui lui semblait à la fois nue et habillée, franchit la porte. Laverick l'avait vue, lui aussi, et il criait quelque chose que le flot qui grondait dans les oreilles de Boyce —

comme si on lui rinçait le crâne dans un torrent — l'empêcha d'entendre. Cette femme le terrifia comme il n'avait jamais été terrifié, même dans ses rêves. Son esprit lutta pour se souvenir d'un rite de protection contre de telles terreurs, un rite qu'il aurait connu avant d'apprendre son nom. Il fallait qu'il soit rapide, il le savait. Son esprit était sur le point d'être emporté par les flots.

Le regard de Suzanna ne s'attarda qu'un instant sur les tortionnaires — c'était Jerichau qui lui importait. Son visage était ensanglanté et gonflé par les coups répétés qu'il avait reçus, mais il souriait en découvrant sa salvatrice.

« Vite », dit-elle en lui tendant la main.

Il se leva, mais il refusa d'approcher d'elle. « Il a peur lui aussi, pensa-t-elle. Ou s'il n'a pas peur, il me respecte. »

« Il faut partir... », dit-elle.

Il acquiesça. Elle pénétra de nouveau dans le couloir, espérant qu'il la suivrait. Durant les quelques minutes qui s'étaient écoulées depuis que le flot du menstruum avait coulé en elle, elle avait commencé à exercer un certain contrôle sur lui, comme une mariée apprenant à rassembler sa traîne derrière elle. Lorsqu'elle quitta la cellule, elle appela en esprit la marée d'énergie, et celle-ci vint à elle.

Elle fut heureuse de la voir ainsi obéissante, car lorsqu'elle s'engagea dans le couloir, Hobart apparut à l'autre bout. Son assurance vacilla l'espace d'un instant, mais la vision qui s'offrait aux yeux de l'homme — elle-même, ou ce qu'il voyait à sa place — suffit pour lui faire faire halte. Il semblait ne pas en croire ses yeux, car il secoua violemment la tête. Regagnant confiance, elle s'avança vers lui. Les lumières oscillaient dans tous les sens au-dessus de sa tête. Les murs de béton grinçaient lorsqu'elle posait les doigts sur eux, comme si, au prix d'un petit effort, elle eût pu les renverser. L'idée d'un tel exploit la fit éclater de rire. Le bruit de son rire fut insupportable à Hobart. Il battit en retraite et disparut dans l'escalier.

Personne ne se dressa sur leur route pour empêcher leur évasion. Ils gravirent l'escalier, puis traversèrent les bureaux soudainement désertés. Sa seule présence projetait des amas de paperasses dans les airs, qui retombaient autour d'elle en spirales comme l'auraient fait d'immenses confettis. (*Je suis mariée à moi-même,* proclamait son esprit.) Puis elle franchissait les portes pour pénétrer dans l'air doux du soir, Jerichau gardant une distance respectable derrière elle. Il ne lui adressa aucun remerciement. Se contenta de dire :

« Tu peux retrouver le tapis.

— Je ne sais pas comment.

— Laisse le menstruum te montrer le chemin », lui dit-il.

Cette réponse lui resta incompréhensible jusqu'à ce qu'il tende une main vers elle, la paume levée vers le ciel.

« Je n'ai jamais vu le menstruum se manifester dans une femme avec autant de force, dit-il. Tu peux retrouver la Fugue. Lui et moi... »

Il n'avait pas besoin d'achever sa phrase ; elle comprenait. Lui et le tapis étaient tissés dans la même étoffe ; la *Trame* était le *Monde,* et vice versa. Elle saisit sa main. Dans l'immeuble derrière eux, des signaux d'alarme s'étaient mis à retentir, mais elle savait qu'ils n'allaient pas se lancer à sa poursuite : pas encore.

Le visage de Jerichau était noué par l'angoisse. Ce contact n'était guère tendre pour lui. Mais dans la tête de Suzanna, des lignes de force convergeaient en spirale. Des images apparurent : une maison, une pièce. Et, oui, le tapis, sa splendeur étalée devant des yeux avides. Les lignes se tordirent ; d'autres images luttaient pour attirer son attention. Etait-ce du sang qui coulait en abondance sur le sol ? et le talon de Cal qui glissait dans une flaque ?

Elle lâcha la main de Jerichau. Il serra le poing.

« Eh bien ? » dit-il.

Avant qu'elle n'ait pu répondre, une voiture de police pénétra à vive allure dans la cour. L'équipier du chauffeur, alerté par le bruit des signaux, quittait déjà le véhicule, ordonnant aux évadés de faire halte. Il se dirigea vers eux, mais le menstruum lança vers lui une vague spectrale, qui le saisit et le jeta dans la rue. Le chauffeur descendit en hâte de la voiture et s'enfuit vers l'abri de l'édifice de briques et de mortier, abandonnant son véhicule aux fugitifs.

« Le livre, dit Suzanna en se glissant au volant. Hobart a toujours mon livre.

— Nous n'avons pas le temps de revenir là-bas », dit Jerichau.

Facile à dire. L'idée de laisser le cadeau de Mimi dans les mains de Hobart lui était douloureuse. Mais le temps qu'elle le retrouve et qu'elle s'en empare, le tapis pourrait être perdu. Elle n'avait pas le choix ; elle était bien obligée de laisser le livre en sa possession. Aussi étrange que cela parût, elle savait qu'il n'y avait que peu d'endroits aussi sûrs où elle aurait pu abriter le livre.

4

Hobart se retira dans les toilettes et soulagea sa vessie avant d'avoir souillé son pantalon, puis alla affronter le chaos qui avait transformé son quartier général si bien ordonné en champ de bataille.

Les suspects s'étaient enfuis au volant d'une voiture de police, l'informa-t-on. C'était relativement réconfortant. Le véhicule serait facile à retrouver. Le problème n'était pas de les capturer, mais de les subjuguer. La femme avait le don de susciter des hallucinations ; quels autres pouvoirs utiliserait-elle si elle venait à être prise au piège ? La tête pleine de cette question, et d'une douzaine d'autres, il descendit à la recherche de Laverick et de Boyce.

Quelques hommes s'attardaient devant la porte de la cellule, de toute évidence peu désireux de pénétrer à l'intérieur. « Elle les a massacrés », pensa-t-il, et il ne put réprimer un spasme de satisfaction en pensant que l'enjeu était à présent devenu de taille. Mais ce ne fut pas une odeur de sang qu'il sentit en arrivant près de la porte, ce fut une odeur d'excréments.

Laverick et Boyce s'étaient débarrassés de leurs uniformes et s'étaient souillés de la tête aux pieds avec le produit de leurs propres entrailles. À présent, ils rampaient dans tous les sens comme des animaux, un large sourire aux lèvres, apparemment fort satisfaits d'eux-mêmes.

« Seigneur », dit Hobart.

En entendant la voix de son maître, Laverick leva la tête et tenta de faire prononcer quelques mots d'explication à sa langue, mais son palais n'était pas à la hauteur de la tâche. Au lieu de cela, il rampa dans un coin de la cellule et se cacha la tête.

« Vous feriez mieux de les doucher, dit Hobart à l'un des policiers. Il ne faut pas que leurs femmes les voient dans cet état.

— Que s'est-il passé, monsieur ? demanda l'homme.

— Je ne le sais pas encore. »

Patterson était arrivé, venant de la cellule où la femme avait été détenue, des traces de larmes sur son visage. Lui avait quelques mots d'explication.

« Elle est possédée, monsieur, dit-il. J'ai ouvert la porte et les meubles étaient suspendus contre le mur.

— Gardez votre hystérie pour vous-même, lui dit Hobart.

— Je le jure, monsieur, protesta Patterson. Je le *jure*. Et il y avait cette lumière...

— *Non,* Patterson ! Vous n'avez rien vu ! » Hobart pivota sur ses talons pour faire face au reste des spectateurs. « Si l'un d'entre vous souffle mot de ceci, il y aura pis que de la merde à bouffer. *Vous m'avez compris ?* »

Il y eut une série de hochements de tête muets.

« Et *eux* ? dit l'un des hommes en jetant un regard dans la cellule.

— Je vous l'ai déjà dit. Nettoyez-les et renvoyez-les chez eux.

— Mais ils sont retombés en enfance, dit quelqu'un.

— Si ce sont des enfants, ce ne sont pas les miens », répondit Hobart, et il se dirigea vers son bureau, où il pourrait s'isoler afin de regarder les illustrations du livre.

CHAPITRE 5

Sur le seuil

1

« Qui sont ces intrus ? » voulut savoir van Niekerk.

Shadwell lui adressa son plus beau sourire. Bien qu'il fût irrité par cette interruption, elle avait servi à échauffer encore davantage l'impatience des participants à la Vente aux Enchères.

« Des personnes qui ont tenté de voler le tapis..., dit-il.

— Qui donc ? » demanda Mrs A.

Shadwell désigna la bordure du tapis.

« Il y a, comme vous pouvez l'observer, une partie de la Trame qui manque, admit-il. En dépit de sa petite taille, ses nœuds dissimulaient plusieurs habitants de la Fugue. »

Tout en parlant, il observait les visages des acheteurs. Ils étaient complètement fascinés par son récit, désespérés de connaître de nouveaux détails qui viendraient confirmer leurs rêves.

« Et ils sont venus ici ? dit Norris.

— En effet.

— Je veux les voir, exigea le Roi des Hamburgers, s'ils sont ici, je veux les voir. »

Shadwell observa une pause avant de répondre.

« Un d'entre eux, peut-être », dit-il.

Il s'était préparé à cette requête, et Immacolata et lui avaient déjà décidé lequel de leurs prisonniers ils allaient exhiber. Il ouvrit la porte et Nemrod, libéré de l'étreinte de la Harpie, entra en trottinant sur le tapis. Quel que fût le spectacle que les acheteurs s'étaient attendus à découvrir, ce n'était sûrement pas celui d'un enfançon nu.

« Qu'est-ce que c'est que ça ? dit Rahimzadeh avec un reniflement de mépris. Est-que vous nous prenez pour des imbéciles ? »

Nemrod quitta des yeux la Trame sous ses pieds pour examiner les visages intrigués qui l'entouraient. Il aurait eu vite fait de les remettre à leur place, si Immacolata n'avait pas posé un doigt sur sa langue, l'empêchant d'émettre autre chose qu'un grognement.

« Voici un membre de la Devinité, annonça Shadwell.

— Ce n'est qu'un enfant », dit Marguerite Pierce, dont la voix trahissait une certaine tendresse. « Un pauvre enfant. »

Nemrod examina la femme : une belle créature aux gros seins, pensa-t-il.

« Ce n'est pas un enfant », dit Immacolata.

Elle s'était glissée dans la pièce sans être vue ; à présent, tous les regards se tournaient vers elle. Tous, excepté celui de Marguerite, qui était toujours posé sur Nemrod.

« Certains des Devins sont des métamorphes, continua l'Incantatrice.

— *Ça* ? dit van Niekerk.

— Certainement.

— Qu'est-ce que vous essayez de nous faire avaler, Shadwell ? dit Norris. Je ne supporterai pas...

— *Taisez-vous* », dit Shadwell.

Le choc ferma la bouche de Norris ; beaucoup de bœuf avait été haché depuis qu'on lui avait parlé sur ce ton.

« Immacolata peut annuler cette *extase* », dit-il, laissant ce dernier mot flotter dans l'air comme un pétale de rose.

Nemrod vit l'Incantatrice joindre le pouce et l'annulaire pour former un cercle à travers lequel, en un souffle, elle aspira l'extase de métamorphose. Il accueillit avec joie le frisson qui s'empara de lui ; il était las de cette peau glabre. Il sentit ses genoux se mettre à trembler et il tomba la tête en avant sur le tapis. Autour de lui, il entendait des murmures émerveillés, qui se faisaient plus forts à chaque phase de l'annulation, plus forts et plus stupéfaits.

Immacolata ne se montra guère délicate pour lui faire déployer son anatomie. Il grimaça lorsque sa chair fut transformée. Il connut un instant délicieux durant ce processus accéléré, lorsqu'il sentit ses testicules tomber de nouveau. Puis, une fois sa virilité restituée, une nouvelle phase de croissance se déclencha, et il sentit des picotements sur sa peau lorsque les poils poussèrent sur son ventre et sur son dos. Finalement, son visage perdit tout semblant d'innocence, et il fut — avec ses testicules et le reste — de nouveau lui-même.

Le regard de Shadwell se posa sur la créature qui gisait sur le tapis, sur sa peau légèrement bleue, sur ses yeux dorés ; puis sur les acheteurs. Ce spectacle avait probablement doublé le prix qu'ils étaient prêts à offrir pour le tapis. Il y avait de la magie dans cette chair pantelante ; plus réelle et plus ensorcelante que même lui ne l'avait anticipé.

« Démonstration édifiante, dit Norris d'une voix atone. A présent, parlons *chiffres.* »

Shadwell acquiesça.

« Peut-être pourriez-vous raccompagner notre invité ? » dit-il à Immacolata, mais avant que celle-ci n'ait pu bouger, Nemrod s'était relevé pour s'agenouiller aux pieds de Marguerite Pierce, couvrant ses chevilles de baisers.

Cette supplique ardente mais muette ne fut pas faite en vain. La femme tendit la main pour caresser les cheveux drus de Nemrod.

« Laissez-le avec moi, dit-elle à Immacolata.

— Pourquoi pas ? dit Shadwell. Qu'il regarde... »

L'Incantatrice eut un mouvement de protestation.

« Il n'y a aucun mal à ça, dit Shadwell. Je peux m'occuper de lui. »

Immacolata se retira.

« Bien..., dit le Vendeur. Recommençons-nous les enchères ? »

2

À mi-chemin entre la cuisine et l'escalier, Cal se rappela qu'il n'était pas armé. Il revint en hâte sur ses pas et fouilla les tiroirs de la cuisine jusqu'à ce qu'il ait trouvé un couteau de taille respectable. Bien qu'il doutât que sa lame fût d'une quelconque efficacité contre les corps éthérés des sœurs, son poids lui offrait un certain réconfort.

Son talon glissa dans une flaque de sang lorsqu'il commença à gravir les marches ; ce fut par pure chance que sa main trouva la rampe et l'empêcha de tomber sur le sol. Il maudit sa maladresse en silence et continua son ascension à une allure plus raisonnable. Bien qu'il n'y eût aucun signe de la luminescence des sœurs à l'étage, il savait qu'elles étaient tout près. Mais tout terrifié qu'il fût, une profonde conviction l'animait à chaque pas : quelles que soient les horreurs qui l'attendaient, il trouverait le moyen de tuer Shadwell. Même s'il lui fallait déchirer la gorge de ce salaud de ses mains nues, il le ferait. Le Vendeur avait brisé le cœur de son père, et ce crime méritait la pendaison.

En haut de l'escalier, un bruit ; ou plutôt plusieurs : des voix humaines excitées par une dispute. Il écouta plus attentivement. Ce n'était pas du tout une dispute. C'était une Vente aux Enchères, et on distinguait parfaitement la voix de Shadwell, qui tenait le compte des offres concurrentes.

Profitant de ce vacarme, Cal se glissa le long du palier vers la première des portes qui se présentaient à lui. Il l'ouvrit avec prudence et pénétra dans la pièce. La chambrette qu'il découvrit était inoccupée, mais la porte qui la reliait à la pièce voisine était entrouverte, et il aperçut une lumière. Laissant ouverte la porte qui donnait sur le palier, au cas où il lui faudrait battre en retraite, il traversa la chambrette jusqu'à la porte de communication et regarda à l'intérieur de la pièce.

Freddy et Apolline gisaient sur le sol; il n'y avait aucun signe de Nemrod. Il examina les ombres, afin de s'assurer qu'elles ne dissimulaient aucun résidu; puis il poussa la porte.

À côté, on enchérissait et renchérissait toujours, et ce vacarme dissimula les bruits qu'il fit en se dirigeant vers l'endroit où se trouvaient les prisonniers. Ceux-ci étaient immobiles, bâillonnés par des caillots de matière éthérée, et les yeux clos. De toute évidence, c'était Freddy qui avait perdu tout le sang répandu sur les marches; son corps avait subi les sinistres caresses des sœurs, son visage avait été labouré par leurs doigts. Mais la plus profonde de ses blessures se trouvait entre ses côtes, là où il avait été poignardé par ses propres ciseaux. Ils dépassaient encore de ses chairs.

Cal ôta le bâillon de Freddy, qui rampa dans sa main comme s'il avait été tissé de vers, et fut récompensé en entendant un souffle issu des lèvres du blessé. Mais il n'y avait aucun signe de conscience. Il procéda à la même opération sur Apolline. Celle-ci donna des signes de vie — gémissant comme si elle était sur le point de s'éveiller.

Les clameurs des enchérisseurs se faisaient plus stridentes dans la pièce voisine; à entendre ce vacarme, il était évident que les acheteurs potentiels étaient relativement nombreux. Comment pourrait-il espérer interrompre la vente alors que Shadwell avait tant d'alliés à opposer à ses seules forces?

Près de lui, Freddy bougea.

Ses paupières s'entrouvrirent, mais il n'y avait guère de vie dans ses yeux.

« Cal... », essaya-t-il de dire.

Ce mot était une forme et non un son. Cal se pencha plus près de lui, passant les bras autour de son corps glacé et tremblant.

« Je suis là, Freddy », dit-il.

Freddy tenta à nouveau de parler.

« ... presque... », dit-il.

Cal resserra son étreinte, comme s'il avait pu empêcher la vie de s'en aller. Mais une centaine de mains n'auraient pas pu prévenir sa fuite; elle avait d'autres endroits à visiter. Néanmoins, Cal ne put s'empêcher de dire:

« Ne partez pas. »

L'homme dodelina légèrement de la tête.

« ... presque..., répéta-t-il, ... presque... »

Ces pauvres syllabes semblaient trop difficiles pour lui. Il cessa de trembler.

« Freddy... »

Cal posa ses doigts sur les lèvres de l'homme, mais il n'y avait là aucune trace de souffle. Alors qu'il contemplait les traits flasques de Freddy, Apolline saisit sa main. Elle aussi était glacée. Les yeux de la Devineresse se tournèrent vers le ciel. Il suivit son regard.

Immacolata était couchée sur le plafond, le fixant sans rien dire. Elle avait plané là depuis le début, jouissant de son chagrin et de son impuissance.

Un cri d'horreur avait atteint ses lèvres avant qu'il n'ait pu le ravaler, et à cet instant-là, elle fondit, sa ténèbre se précipitant vers lui. Pour une fois, cependant, la maladresse de Cal le servit et il tomba en arrière avant que les griffes de l'Incantatrice n'aient pu le toucher. La porte qui se trouvait derrière lui s'ouvrit et il bondit vers elle, la terreur de ce toucher lui donnant des ailes.

« *Qu'est-ce que c'est ?* »

C'était Shadwell qui avait parlé. Cal s'était jeté en plein milieu de la Vente aux Enchères. Le Vendeur se trouvait d'un côté de la pièce, tandis qu'une demi-douzaine d'autres personnes, habillées comme pour une soirée au Ritz, se tenaient debout autour de la pièce. Immacolata hésiterait sûrement à l'assassiner en telle compagnie. Il avait au moins quelques instants de répit.

Puis il regarda sous lui, et le spectacle qu'il découvrit le rendit malade de joie.

Il était vautré sur le tapis : sa trame et son tissu picotaient ses paumes. Etait-ce pour cette raison qu'il se sentait soudainement, pour absurde que cela parût, en sécurité — comme si tout ce qui s'était déroulé jusqu'ici n'avait été qu'une épreuve, dont le prix n'était autre que cette douce réunion ?

« Faites-le sortir d'ici », dit l'un des acheteurs.

Shadwell fit un pas dans sa direction.

« Disparaissez d'ici, Mr Mooney, dit le Vendeur. Nous avons à faire. »

« Moi aussi », pensa Cal, et lorsque Shadwell s'approcha de lui, il sortit le couteau de sa poche et bondit sur le Vendeur. Derrière lui, il entendit Immacolata pousser un cri. Il n'avait que quelques secondes pour agir. Il jeta la lame vers Shadwell, mais en dépit de sa masse, le Vendeur l'esquiva avec souplesse.

Il y eut des cris divers en provenance des acheteurs, que Cal crut être des cris d'horreur, mais non — il jeta un regard dans leur direction pour découvrir qu'ils avaient décidé de prendre la vente en main et se jetaient des enchères au visage.

Ce spectacle était risible, mais Cal n'avait guère le temps de l'applaudir, car Shadwell avait ouvert sa veste. La doublure scintillait.

« *Quelque chose que vous désirez ?*» dit-il.

Tout en parlant, il se dirigea vers Cal, l'aveuglant avec l'éclat de son vêtement, et il fit tomber le couteau de sa main. Une fois Cal désarmé, il adopta une tactique plus grossière, donnant un coup de genou dans l'aine du jeune homme qui fit choir celui-ci à terre, gémissant. Il resta étendu là durant quelques secondes, incapable de bouger jusqu'à ce que sa nausée s'estompe. A travers un voile de lumière et de souffrance, il voyait Immacolata qui l'attendait toujours à la porte. Derrière elle, les deux sœurs. Autant pour sa tentative d'assaut. Il était désarmé, à présent, et seul...

Mais non; pas seul. Jamais seul.

Il était étendu sur un *monde,* n'est-ce pas? Sur un monde dormant. Des miracles innombrables reposaient dans la Trame au-dessous de lui, si seulement il parvenait à les libérer.

Mais comment? Il existait sans aucun doute des extases capables d'arracher la Fugue à son sommeil, mais il n'en connaissait aucune. Tout ce qu'il pouvait faire, c'était poser les mains sur le tapis et murmurer:

« *Réveillez-vous...* »

Ses sens étaient-ils abusés, ou bien percevait-il vraiment un frémissement dans les nœuds? Comme si les créatures captives du tissu avaient lutté contre leur prison, comme des dormeurs désespérant de se réveiller, sachant que le jour s'était levé mais impuissants à s'étirer.

Puis il aperçut du coin de l'œil une silhouette nue prostrée aux pieds d'une acheteuse. Il s'agissait sans aucun doute d'un Devin, mais il ne le reconnaissait pas. Ou du moins pas son corps. Mais ses yeux...

« Nemrod ? » murmura-t-il.

La créature l'avait vu, et elle rampa hors de son abri jusqu'au bord du tapis. Personne ne la remarqua. Shadwell était déjà revenu au milieu des acheteurs, essayant d'empêcher la Vente aux Enchères de se transformer en bain de sang. Il avait oublié l'existence de Cal.

« C'est vous ? » dit Cal.

Nemrod hocha la tête, désignant sa gorge.

« Vous ne pouvez plus parler? *Merde !*»

Cal jeta un œil en direction de la porte. Immacolata l'attendait toujours. Elle avait la patience d'un charognard.

« Le tapis..., dit Cal. Il faut le réveiller. »

Nemrod le regarda sans comprendre.

« Vous ne comprenez pas ce que je veux dire ? »

Avant que Nemrod ait pu lui répondre d'un signe, Shadwell avait fini de calmer les acheteurs et annonçait:

« Nous allons recommencer. »

Puis, s'adressant à Immacolata:

« Faites sortir cet assassin. »

Cal n'avait au mieux que quelques secondes avant que l'Incantatrice ne mette fin à sa vie. Il parcourut désespérément la pièce des yeux, à la recherche d'une sortie. Il y avait plusieurs fenêtres, toutes pourvues de lourdes draperies. Peut-être que, s'il pouvait en atteindre une, il parviendrait à se jeter au-dehors. Même si la chute le tuait, ce ne pouvait pas être pire qu'une mort aux mains d'Immacolata.

Mais avant que celle-ci ne soit arrivée près de lui, elle fit halte. Son regard, qui avait été fixé sur Cal, s'écarta à présent de lui. Elle se tourna vers Shadwell et le mot qu'elle prononça fut :

« *... menstruum...* »

À ce moment-là, la pièce qui se trouvait derrière elle, là où on avait laissé Freddy et Apolline, fut baignée d'un éclat dont les vagues vinrent éclabousser le tapis. A son contact, les couleurs de celui-ci semblèrent devenir plus vives.

Puis un hurlement de fureur — la voix de la Harpie — s'éleva de la pièce, suivi par un nouveau jaillissement de lumière.

Ce spectacle et ce bruit suffirent à plonger les acheteurs dans la confusion. L'un d'entre eux se précipita vers la porte — soit pour s'enfuir, soit pour mieux voir — et tomba en arrière, les mains sur les yeux, criant qu'il était aveugle. Personne n'alla à son aide. Le reste du groupe battit en retraite à l'autre bout de la pièce, tandis que les hostilités dans la pièce voisine allaient croissant.

Une silhouette était apparue sur le seuil, et des fils éclatants dessinaient des spirales autour d'elle. Cal la reconnut aussitôt, en dépit de sa métamorphose.

C'était Suzanna. Des coulées de crépitements fluides couraient comme des veines le long de ses bras et descendaient en averse de ses doigts ; elles dansaient sur son ventre et sur ses seins, et jaillissaient d'entre ses jambes pour enflammer l'air.

La découvrant ainsi, il fallut plusieurs secondes à Cal pour lui souhaiter la bienvenue, et quand il le fit, les sœurs avaient déjà franchi le seuil pour se lancer à sa poursuite. Les deux parties avaient également souffert de la bataille. L'éclat du menstruum était impuissant à dissimuler les plaies saignantes de Suzanna, sur son cou et tout le long de son corps ; et, bien que la douleur ait probablement été hors du champ d'expérience des sœurs, elles aussi étaient déchirées.

Affaiblies ou non, elles reculèrent lorsque Immacolata leva la main, laissant Suzanna à leur sœur vivante.

« Tu es en retard, dit-elle. Nous t'attendions.

— Tuez-la », dit Shadwell.

Cal observa l'expression du visage de Suzanna. Malgré tous ses efforts, elle ne pouvait pas entièrement dissimuler son épuisement.

Puis, sentant peut-être son regard posé sur elle, elle tourna ses yeux vers lui, son regard accrochant celui de Cal avant de se déplacer vers ses mains, qui étaient toujours posées sur la Trame. Lisait-elle ses pensées ? se demanda-t-il. Comprenait-elle que leur seul espoir reposait désormais endormi sous leurs pieds ?

De nouveau, leurs regards se croisèrent, et Cal vit dans ses yeux qu'elle comprenait.

Sous ses doigts, la Trame crépita, comme si un faible courant électrique l'avait traversée. Il n'ôta pas ses mains, mais laissa l'énergie l'utiliser suivant ses désirs. A présent, il n'était plus qu'un simple élément dans un processus ; un cercle de pouvoir qui traversait le tapis des pieds de Suzanna à ses mains pour monter ensuite jusqu'à ses yeux et courir le long de son regard jusqu'aux yeux de Suzanna.

« Arrêtez-les... », dit Shadwell, comprenant vaguement leurs intentions, mais alors qu'Immacolata se dirigeait vers Cal, un des acheteurs dit :

« Le couteau... »

Cal ne rompit pas le regard qu'il partageait avec Suzanna, mais le couteau apparut, flottant entre eux, comme s'il avait été soulevé du sol par la chaleur de leurs pensées.

Pas plus que Cal, Suzanna n'avait d'idée sur le comment et le pourquoi de tout ceci, mais elle comprenait elle aussi, quoique de façon assez vague, la notion du circuit qui courait à travers elle, à travers le menstruum, le tapis, Cal, son regard, pour finalement revenir à elle. Quelle que fût la nature de ce processus, il n'avait que quelques secondes pour accomplir un miracle, avant qu'Immacolata n'ait atteint Cal et n'ait rompu le cercle.

Le couteau s'était mis à tourner sur lui-même, acquérant un peu plus de vitesse à chaque révolution. Cal sentit dans ses testicules une plénitude qui était presque douloureuse, et — ce qui était plus alarmant — eut l'impression qu'il n'était plus tout à fait fixé à son corps, mais qu'il en sortait peu à peu, à travers ses yeux, pour aller à la rencontre du regard de Suzanna posé sur le couteau tournant entre eux, lequel se mouvait à une telle vitesse qu'il ressemblait à une boule d'argent.

Et puis, soudain, il tomba de l'air comme un oiseau blessé à mort. Cal suivit sa chute et, avec un bruit sourd, sa pointe s'enfonça en plein centre du tapis.

Instantanément, une onde de choc courut à travers chaque centimètre carré de tissu et de trame, comme si la pointe du couteau avait coupé un fil dont dépendait l'intégrité de la totalité. Et une fois ce fil coupé, la Trame était dénouée.

3

Ce fut la fin du monde et le commencement *des mondes.*

Tout d'abord, un nuage de fumée tourbillonnante s'éleva depuis le centre du Gyrus, se précipitant vers le plafond. Lorsqu'il le frappa, de larges craquelures apparurent, faisant choir une avalanche de plâtre sur les têtes des spectateurs. Cal comprit en un instant que ce que Suzanna et lui avaient déchaîné échappait désormais à leur juridiction. Puis les merveilles commencèrent, et tout souci de cet ordre fut oublié.

Il y avait des éclairs dans le nuage, des arcs de lumière qui jaillissaient pour aller frapper les murs et le plancher. Lorsqu'ils se déclenchèrent, les nœuds du tapis se mirent à secouer leurs configurations d'un bout à l'autre de sa surface, et les fils crûrent comme des grains au cœur de l'été, répandant des flots de couleurs en s'élevant dans les airs. Cela ressemblait au rêve que Cal et Suzanna avaient fait plusieurs nuits auparavant, mais avec une amplitude cent fois plus importante ; des fils ambitieux qui grimpaient et qui proliféraient tout autour de la pièce.

La pression de cette croissance sous les pieds de Cal suffit à le projeter loin du tapis lorsque les fils quittèrent les motifs qui les emprisonnaient, semant des milliers de formes à droite et à gauche. Certains d'entre eux étaient plus rapides que les autres et atteignirent le plafond en quelques secondes. Certains choisirent de se diriger vers les fenêtres, traînant derrière eux un sillage de couleurs lorsqu'ils brisèrent les vitres pour se précipiter à la rencontre de la nuit.

Partout où l'œil se posait, il trouvait devant lui de nouveaux et extraordinaires spectacles. Tout d'abord, l'explosion de formes fut trop chaotique pour être interprétée de façon sensée, mais l'air n'était pas plus tôt bariolé de couleurs que les fils commençaient à façonner des détails plus précis, distinguant la plante de la roche, la roche du bois, et le bois de la chair. Un fil dressé explosa au contact du toit, déclenchant une ondée de graines, dont chacune, en heurtant l'humus de la Trame en décomposition, lança de minuscules vrilles. Un autre traçait des zigzags de brume bleu-gris à travers la pièce ; un troisième et un quatrième s'interpénétraient, et des lucioles naissaient en bondissant de leur union, esquissant dans leur envol des oiseaux et des fauves, que leurs compagnons habillaient de lumière.

En quelques secondes, la Fugue avait empli la pièce, et sa croissance fut si rapide que la maison de Shearman ne put la contenir. Les lattes de son plancher furent déracinées lorsque les fils partirent en quête de nouveaux territoires ; ses poutres furent jetées au loin. La brique et le mortier furent impuissants à se défendre contre les fils. Les obstacles que ceux-ci ne pouvaient séduire, ils les enfonçaient; ceux qu'ils ne pouvaient enfoncer, ils se contentaient de les contourner.

Cal n'avait aucune intention de se faire enterrer vivant. Aussi ensorcelantes que fussent ces douleurs parturientes, il ne s'écoulerait que peu de temps avant l'effondrement total de la maison. Il scruta l'atmosphère envahie d'éclats et d'explosions à la recherche de l'endroit où s'était tenue Suzanna, mais celle-ci avait déjà disparu. Les acheteurs s'enfuyaient également, se battant comme des chiffonniers tant ils étaient pris de panique.

Se relevant péniblement, Cal entreprit de se diriger vers la porte, mais il n'avait pas fait deux pas qu'il vit Shadwell avancer dans sa direction.

« *Salaud!* criait le Vendeur. *Espèce de salaud!*»

Il plongea une main dans la poche de sa veste, en sortit un revolver et visa Cal.

« *Personne ne se mêle de mes affaires, Mooney!*» cria-t-il; puis il tira.

Mais alors même qu'il appuyait sur la gâchette, quelqu'un bondit sur lui. Il tomba de côté. La balle passa loin de sa cible.

Le sauveur de Cal n'était autre que Nemrod. Il se précipitait à présent sur Cal, le visage déformé par l'inquiétude. Il avait de bonnes raisons. La maison tout entière s'était mise à trembler; on entendait des rugissements de capitulation de toutes parts. La Fugue avait atteint les fondations et, dans son enthousiasme, se préparait à renverser la maison sur ses bases.

Nemrod saisit le bras de Cal et le tira, non pas vers la porte, mais vers la fenêtre. Ou plutôt, vers le mur où s'était naguère trouvée une fenêtre, car la Trame en bourgeons l'avait fait s'effondrer. Au-delà des décombres, la Fugue racontait son histoire après un trop long silence, emplissant les ténèbres de nouvelles magies.

Nemrod jeta un œil derrière lui.

« Est-ce qu'on va sauter ? » dit Cal.

Nemrod eut un large sourire et resserra son étreinte sur le bras de Cal. Un regard jeté par-dessus son épaule apprit à Cal que Shadwell avait retrouvé son arme et la braquait vers leurs dos.

« Attention ! » cria-t-il.

Le visage de Nemrod s'éclaira et il appuya sa main sur la nuque de Cal pour le forcer à baisser la tête. Un instant plus tard, Cal comprit pourquoi, car une vague de couleurs jaillit de la Trame et Nemrod les fit bondir devant elle. La force du flot les fit passer à travers les décombres du mur et, l'espace d'un instant de panique, ils se retrouvèrent flottant dans l'air. Puis l'éclat sembla se solidifier et se répandre sous leurs pieds, et ils le chevauchaient comme des surfeurs sur un rouleau de lumière.

Cette chevauchée s'acheva bien trop tôt. A peine quelques

secondes plus tard, ils furent jetés dans un champ situé non loin de la maison, et la vague s'enfonça dans la nuit, engendrant toutes sortes de flore et de faune sur sa route.

Etourdi mais extatique, Cal se releva et eut la joie d'entendre Nemrod s'exclamer:

« Ha!

— Vous pouvez parler?

— Apparemment, dit Nemrod avec un sourire plus large que jamais. Je suis hors de portée de son charme...

— Immacolata.

— Bien sûr. Elle a annulé mon extase pour tenter les Coucous. Et j'étais fort tentant. Avez-vous vu la femme à la robe bleue?

— Je l'ai aperçue.

— Elle a été séduite aussitôt qu'elle m'a vu, dit Nemrod. Peut-être devrais-je la retrouver. Elle aura besoin d'un peu de tendresse, les choses étant ce qu'elles sont... »

Et sans rajouter un mot, il s'en retourna vers la maison, qui était sur le point de devenir une masse de gravats. Ce fut seulement lorsqu'il disparut dans l'air envahi par la lumière et la poussière que Cal s'aperçut que Nemrod, dans sa forme naturelle, possédait une queue.

Il était sans nul doute capable de se débrouiller tout seul, mais il y avait d'autres personnes pour lesquelles Cal se faisait du souci. Suzanna, par exemple, et Apolline, qu'il avait vue pour la dernière fois gisant à côté de Freddy dans l'antichambre de la Salle des Ventes. Autour de lui, tout n'était que vacarme et destruction, mais il se dirigea néanmoins vers la maison, afin de voir s'il pourrait les retrouver.

On aurait dit qu'il nageait dans une marée en technicolor. Des fils nouveau-nés volaient et explosaient autour de lui, venant parfois se briser contre son corps. Ils étaient bien plus tendres pour les tissus vivants que pour la brique. Leur contact ne le blessa pas, mais lui donna une énergie nouvelle. Son corps tout entier le picotait, comme s'il venait de sortir d'une douche glacée. Sa tête chantait.

Il n'y avait aucun signe de l'ennemi. Il espérait que Shadwell avait été enseveli sous la maison, mais il croyait trop en la chance des félons pour penser que c'était probable. Il aperçut cependant certains acheteurs errant à travers la clarté. Ils ne s'aidaient pas mutuellement, mais avançaient en solitaires, scrutant le sol sous leurs pieds de peur qu'il ne s'entrouvre, ou trébuchant, les mains sur les yeux pour dissimuler leurs larmes.

Lorsqu'il arriva à moins de trente mètres de la maison, il y eut de nouveaux signes d'activité à l'intérieur, et l'immense nuage du Gyrus, crachant les éclairs, écarta les murs qui l'avaient enfermé pour s'épanouir dans toutes les directions.

Il eut le temps de voir la silhouette de l'un des acheteurs consumée par le nuage, puis il fit demi-tour et se mit à courir.

Une vague de poussière vint le pousser dans le dos ; des filaments de clarté volaient tout autour de lui comme des rubans emportés par un ouragan. Une seconde vague suivit la première, faite celle-ci de fragments de briques et de meubles. Il sentit son souffle le fuir et ses jambes s'effondrer sous lui. Puis il se mit à accomplir diverses acrobaties, tomba cul par-dessus tête et devint incapable de distinguer le ciel de la terre.

Il ne tenta pas de résister, même s'il avait cru la résistance possible, mais laissa le train de lumière l'emporter là où il souhaitait le conduire.

LIVRE DEUXIÈME

LA FUGUE

CINQUIÈME PARTIE

Réjouissances

« Envole-toi dans une nuit oubliée et sois,
Au cœur des ténèbres, ma compagne éclairée par la lune ;
Par-delà la rumeur même de la venue du Paradis,
Là, loin de tout souvenir, bâtis notre maison. »

Walter de la Mare
Le Rendez-Vous

CHAPITRE 1

Cal, parmi les miracles

Toute joie véritable est un profond souvenir ; et toute peine véritable également.

Aussi, lorsque la tempête de poussière qui avait emporté Cal eut fini de mourir, et lorsqu'il ouvrit les yeux pour découvrir la Fugue déployée devant lui, il eut l'impression que les rares et fragiles instants d'épiphanie qu'il avait goûtés durant ses vingt-six années d'existence — goûtés mais toujours perdus — étaient ici concrétisés et transfigurés. Il avait déjà saisi des fragments de ces délices. En avait entendu des rumeurs dans ses rêves fœtaux et ses rêves amoureux ; les avait reconnus dans des berceuses. Mais jamais, jusqu'à présent, il n'en avait vu la totalité, l'intégralité.

C'était, pensa-t-il distraitement, le moment idéal pour mourir.

Et encore plus le moment idéal pour vivre, avec tant de choses étalées devant ses yeux.

Il se trouvait sur une colline. Pas très haute, mais assez haute pour lui offrir un beau point de vue. Il se leva et examina ce nouveau monde.

Le tapis n'avait en aucune façon fini de se défaire ; les extases du Métier étaient bien trop complexes pour être aussi aisément annulées. Mais le plus gros était fait : il découvrait des collines, des champs, des forêts et bien d'autres choses encore.

La dernière fois qu'il avait posé les yeux sur cet endroit, il avait eu le point de vue d'un oiseau, et le paysage révélé à ses yeux lui avait déjà paru fort varié. Mais, d'un point de vue humain, il apparaissait d'une profusion quasi anarchique. On aurait dit qu'une grosse malle, remplie à la hâte, venait brusquement de s'ouvrir, répandant son contenu dans un désordre désespérant. Il ne semblait y avoir aucun système cohérent dans cette géographie, rien qu'un assemblage disparate de lieux que les Devins avaient suffisamment aimés pour les arracher à la destruction. Des taillis envahis de papillons et de paisibles étangs campagnards; des tanières et des sanctuaires murés; des donjons, des rivières et des mégalithes.

Rares étaient ceux de ces lieux qui étaient complets: la plupart n'étaient que des fragments, des parcelles du Royaume subtilisés par la Fugue au nez et à la barbe de l'Humanité. Les coins hantés des pièces familières, dont personne ne remarquerait ni ne regretterait l'absence, là où des enfants avaient peut-être aperçu des fantômes ou des saints; là où le fugitif était réconforté sans savoir pourquoi et où le suicidaire trouvait des raisons pour continuer à vivre.

Au sein de ce désordre, les juxtapositions les plus curieuses abondaient. Là, un pont, arraché au précipice qu'il avait enjambé, ornait un champ qu'il peuplait de coquelicots; ici, un obélisque se dressait au milieu d'une mare, scrutant son reflet.

Un spectacle attira particulièrement l'attention de Cal.

C'était une colline, qui s'élevait presque à la verticale jusqu'à son sommet couronné d'arbres. Des lumières se mouvaient sur son flanc et dansaient parmi les branches. Ayant perdu tout sens de l'orientation dans cet endroit, il décida de se diriger vers elle.

On jouait de la musique quelque part dans la nuit. Elle lui parvenait par bribes, suivant les caprices de la brise. Des tambours et des violons; un mélange de Strauss et de Sioux. Et de temps en temps, des traces de vie. Des murmures dans les arbres; des silhouettes obscures sous une tonnelle placée en plein milieu d'un champ de blé. Mais ces créatures étaient évasives; elles allaient et venaient trop vite pour qu'il n'en ait plus qu'un bref aperçu. Etait-ce parce qu'elles avaient reconnu en lui un Coucou, ou bien par simple timidité, seul le temps le lui apprendrait. Il ne se sentait aucunement menacé ici, en dépit du fait qu'en un sens, il était un intrus en ce lieu. Au contraire, il se sentait complètement en paix avec le monde et avec lui-même. Tant et si bien que le souci qu'il se faisait pour ses compagnons — Suzanna, Apolline, Jerichau, Nemrod — finit presque par s'estomper dans son esprit. Quand ses pensées se posaient sur eux, c'était seulement pour les imaginer en train d'errer tout comme lui, perdus parmi les miracles. Il ne pourrait leur arriver aucun mal; pas ici. Ici n'existait aucun mal, aucune malice, aucune envie. Enveloppé comme il l'était dans cette extase vivante, que lui restait-il à envier ou à désirer?

Il était arrivé à moins d'une centaine de mètres de la colline et s'arrêta devant elle, saisi par l'étonnement. Les lumières qu'il avait vues de loin étaient en fait des lucioles humaines; dépourvues d'ailes, mais décrivant sans le moindre effort des arabesques autour de la colline. Il n'y avait entre elles aucune communication qu'il puisse percevoir, et pourtant leurs mouvements avaient la précision d'un numéro de haute voltige et les amenaient sans cesse à un cheveu les unes des autres.

« Vous devez être Mooney. »

La voix qui s'était adressée à lui était douce, mais elle rompit le charme que les lumières exerçaient sur lui. Cal regarda vers sa droite. Deux silhouettes se tenaient dans l'ombre d'une voûte, leurs visages toujours plongés dans les ténèbres. Tout ce qu'il pouvait en distinguer, c'étaient deux ovales bleu-gris, suspendus sous la pierre comme des lanternes.

« Oui, je suis Mooney », dit-il. *Montrez-vous,* pensa-t-il. « Comment connaissez-vous mon nom ?

— Les nouvelles vont vite par ici », fut la réponse.

La voix qui avait prononcé ces mots semblait légèrement plus douce et plus flûtée que la première, mais il ne pouvait pas être sûr qu'elle était issue de la même bouche.

« C'est l'air, dit son informateur. Il papote. »

Un des membres du couple s'avançait à présent dans la lumière nocturne. Les douces illuminations venues de la colline caressèrent son visage, lui conférant une certaine étrangeté, mais même si Cal l'avait découvert en plein jour, c'était un visage à vous hanter l'esprit. Il était jeune, mais complètement chauve, ses traits étaient fardés afin d'uniformiser toutes les nuances de son teint, et sa bouche et ses yeux étaient presque trop humides, trop vulnérables, dans le masque qu'était son visage.

« Je suis Boaz, dit-il. Vous êtes le bienvenu, Mooney. »

Il prit la main de Cal et la serra, et à ce moment-là, sa compagne rompit le pacte qu'elle avait passé avec l'ombre.

« Voyez-vous les Amadous ? » dit-elle.

Il fallut plusieurs secondes à Cal pour conclure que cette seconde personne était bien une femme, et son esprit se mit alors à douter du sexe de Boaz, car les deux inconnus étaient si semblables qu'on aurait dit de vrais jumeaux.

« Je suis Ganza », dit la femme.

Elle était vêtue du même pantalon noir et de la même tunique lâche que son frère, ou son amant, ou quoi qu'il fût ; et elle aussi était chauve. Cette absence de pilosité, ainsi que leurs visages fardés, semblait semer la confusion dans tous les clichés sur les différences entre les sexes. Leurs visages étaient vulnérables, et cependant implacables ; délicats, mais sévères.

Boaz regarda en direction de la colline, où les lucioles voletaient toujours.

« Ceci est le Rocher de la Première Victime, dit-il à Cal. Les Amadous se rassemblent toujours ici. C'est ici qu'ont péri les premières victimes du Fléau. »

Cal regarda en direction du Rocher, mais seulement l'espace d'un instant. Boaz et Ganza le fascinaient beaucoup plus ; leurs ambiguïtés se multipliaient à mesure qu'il les observait.

« Où allez-vous cette nuit ? » dit Ganza.

Cal haussa les épaules.

« Je n'en ai aucune idée, dit-il. Je ne connais rien de cet endroit.

— Oh, mais si, dit-elle. Vous le connaissez fort bien. »

Tandis qu'elle parlait, elle ne cessait de nouer et de dénouer ses doigts, du moins ce fut ce que Cal pensa, jusqu'à ce que ses yeux se posent sur les mains de Ganza pendant deux ou trois secondes. Puis il lui devint apparent qu'elle faisait passer ses doigts *à travers* la paume de son autre main, la gauche à travers la droite, la droite à travers la gauche, au mépris de leur solidité. Ses mouvements étaient si machinaux, l'illusion — si c'était bien une illusion — si rapide, que Cal n'était en aucune façon capable de les interpréter correctement.

« Comment les voyez-vous ? » s'enquit-elle.

Il regarda de nouveau son visage. Cette manipulation des doigts était-elle une mise à l'épreuve de ses perceptions ? Ce n'était cependant pas de ses mains qu'elle parlait.

« Les Amadous, dit-elle. Comment vous apparaissent-ils ? »

Il lança un nouveau regard vers le Rocher.

« ... comme des êtres humains », répondit-il.

Elle lui offrit un petit sourire.

« Pourquoi me demandez-vous ça ? » voulut-il savoir.

Mais elle n'eut pas le temps de lui répondre, car Boaz avait pris la parole.

« Le Conseil a été convoqué, dit-il. Dans la Maison de Capra. Je crois qu'ils vont recommencer le tissage.

— Ce n'est pas possible, dit Cal. Ils vont remettre la Fugue dans le tapis ?

— C'est ce que j'ai entendu », dit Boaz.

À l'écouter, il s'agissait là de nouvelles fraîches ; les avait-il apprises de l'air papoteur ?

« Cette époque est trop dangereuse, d'après eux, dit-il à Cal. Est-ce que c'est vrai ?

— Je n'en connais aucune autre, dit Cal. Je ne peux donc pas faire de comparaisons.

— Avons-nous toute la nuit ? demanda Ganza.

— Une partie seulement, dit Boaz.

— Alors, nous irons voir Lo ; d'accord ?

— C'est un endroit aussi bon qu'un autre, répondit Boaz. Est-ce que vous venez avec nous ? » demanda-t-il au Coucou.

Cal regarda une nouvelle fois en direction des Amadous. L'idée de rester ici pour contempler quelque temps encore leur numéro était tentante, mais il risquait de ne plus trouver de guide pour lui faire visiter l'endroit, et si le temps lui était compté, autant qu'il en profite au maximum.

« Oui. Je viens. »

La femme avait cessé de se lacer les doigts.

« Vous allez aimer Lo », dit-elle en se retournant pour s'enfoncer dans la nuit.

Il la suivit, l'esprit déjà empli de questions, mais sachant que, s'il ne lui restait en fait que quelques heures pour goûter au Pays des Merveilles, il ne devait pas gaspiller son temps et son souffle à les poser.

CHAPITRE 2

Au bord du lac, et ensuite

1

Il y avait eu un instant, dans la Maison des Enchères, durant lequel Suzanna avait cru que sa fin arrivait. Elle était en train d'aider Apolline à descendre l'escalier lorsque les murs s'étaient effondrés, et il leur avait semblé que la maison allait s'écrouler sur elles. Même à présent, alors qu'elle contemplait le lac, elle n'était pas sûre de savoir comment elles s'en étaient tirées indemnes. Sans doute le menstruum était-il intervenu en sa faveur, bien qu'elle ne lui en ait pas consciemment donné l'ordre. Elle avait beaucoup de choses à apprendre sur le pouvoir dont elle avait hérité. En premier lieu, dans quelle mesure *il* lui appartenait et dans quelle mesure *elle* lui appartenait. Quand elle retrouverait Apolline, qu'elle avait perdue de vue dans la débâcle, elle apprendrait tout ce que savait la Devineresse.

En attendant, il y avait les îles, leurs dos couronnés de cyprès, pour l'émerveiller, et le murmure des vagues sur les récifs pour l'apaiser.

« Il faut partir. »

Jerichau interrompit sa rêverie avec le plus de douceur possible, lui caressant la nuque de ses doigts. Elle l'avait laissé dans la maison bâtie sur le rivage, en grande conversation avec des amis qu'il n'avait pas vus depuis plus d'une vie humaine. Ils avaient des souvenirs à échanger, des souvenirs dans lesquels elle n'avait aucune place et que, elle l'avait bien senti, ils n'avaient aucun désir de partager avec elle. Conversation de criminels, avait-elle peu charitablement conclu en les abandonnant. Jerichau était un voleur, après tout.

« Pourquoi sommes-nous venus ici ? lui demanda-t-elle.

— C'est là que je suis né. Je connais chacun de ces rochers par son nom. » La main du Devin était toujours posée sur son épaule. « Ou du moins je les *connaissais.* Il m'a semblé que tu devais connaître cet endroit... »

Elle quitta le lac des yeux pour se tourner vers lui. Son front était plissé.

« Mais nous ne pouvons pas rester là, dit-il.

— Pourquoi ?

— Ils vont vouloir te voir dans la Maison de Capra.

— Moi ?

— C'est toi qui as défait la Trame.

— Je n'avais pas le choix, dit-elle. Cal allait se faire tuer.

— Ne pense plus à Cal, dit-il en durcissant le ton. Mooney est un Coucou. Pas toi.

— Si, insista-t-elle. Ou du moins, c'est ce que j'ai l'impression d'être, et c'est là le plus important... »

La main de Jerichau retomba de son épaule. Il était soudain maussade.

« Est-ce que tu viens, oui ou non ? dit-il.

— Bien sûr que je viens. »

Il soupira.

« Ça ne devait pas se passer comme ça », dit-il, d'une voix qui avait retrouvé un peu de sa gentillesse passée.

Elle n'était pas sûre de savoir de quoi il parlait : de la Trame défaite, de ses retrouvailles avec le lac ou de leur conversation. Peut-être d'un peu des trois à la fois.

« Peut-être était-ce une erreur de défaire la Trame, dit-elle, sur la défensive, mais ce n'était pas seulement moi. C'était le menstruum. »

Il leva les sourcils.

« C'est *ton pouvoir*, dit-il non sans quelque rancœur. Contrôle-le. »

Elle lui lança un regard glacial.

« La Maison de Capra est-elle loin d'ici ?

— Rien n'est jamais très loin dans la Fugue, répondit-il. Le Fléau a détruit la plupart de nos territoires. Seuls restent ceux-ci.

— Y en a-t-il d'autres dans le Royaume ?

— Quelques-uns, peut-être. Mais tout ce qui nous importe vraiment est ici. C'est pour ça que nous devons à nouveau cacher cet endroit, avant le matin. »

Le *matin.* Elle avait presque oublié que le soleil allait bientôt se lever, et, avec lui, l'Humanité. La pensée de ses congénères les Coucous — avec leur passion pour les zoos, les spectacles de monstres et les attractions foraines — en train d'envahir ce territoire ne lui parut guère agréable.

« Tu as raison, dit-elle. Nous devons faire vite. » Et, ensemble, ils s'éloignèrent du lac pour se diriger vers la Maison de Capra.

2

Le long de la route, Suzanna eut les réponses à certaines des questions qui l'avaient laissée perplexe depuis que la Trame avait été défaite. En premier lieu : qu'était-il arrivé à la portion de Royaume envahie par la Fugue ? Elle n'était guère peuplée, certes — le terrain communal de Thurstaton Common qui se trouvait derrière la Maison des Enchères était d'une étendue considérable, ainsi que les champs qui l'entouraient des autres côtés ; mais la zone n'était pas entièrement déserte. Il y avait un certain nombre de maisons dans le lieu-dit, et dans la direction d'Irby Heath, la densité de la population était encore plus importante. Qu'était-il arrivé à ces résidences ? Et à leurs occupants ?

La réponse était toute simple : la Fugue s'était étendue tout autour d'eux, s'accommodant de leur existence avec une certaine malice. Ainsi, une rangée de réverbères, à la fluorescence définitivement éteinte, avaient été décorés de vignes en fleur comme l'auraient été d'antiques colonnes ; une voiture avait presque été ensevelie sous le flanc d'une colline, deux autres avaient été soulevées par l'avant et dansaient roue contre roue.

Les maisons avaient été traitées avec moins de méchanceté ; la plupart d'entre elles étaient toujours intactes, bien que les fleurs semées par la Fugue aient proliféré jusque sur leurs seuils, comme si elles avaient attendu d'être invitées à l'intérieur.

Quant aux Coucous, Jerichau et elle en rencontrèrent quelques-uns, tous paraissant plus intrigués que craintifs. Un homme, vêtu de son seul pantalon tenu par des bretelles, se plaignait à haute voix d'avoir perdu son chien — « Fichu cabot, dit-il. Vous l'avez vu ? » — et semblait indifférent au fait que le monde avait changé autour de lui. Ce fut seulement lorsqu'il se fut éloigné, appelant toujours son chien fugueur, que Suzanna se demanda si cet homme voyait ce qu'*elle* voyait, ou bien si la même cécité sélective qui empêchait les yeux humains de percevoir les halos était également à l'œuvre ici. Le propriétaire du chien errait-il le long de rues familières, incapable de voir au-delà des œillères de ses préjugés ? Ou bien apercevait-il la Fugue du coin de l'œil, vision glorieuse qu'il se rappellerait une fois sénile et sur laquelle il pleurerait de regret ?

Jerichau n'avait aucune réponse à lui donner. Il n'en savait rien, dit-il, et cela lui était égal.

Et les visions se déployaient toujours. A chaque pas qu'elle faisait, son étonnement croissait devant la variété de lieux et d'objets que la Devinité avait sauvés de la conflagration. La Fugue n'était pas, contrairement à ce qu'elle avait anticipé, une simple collection de clairières et de bosquets hantés. La sainteté était un état bien plus démocratique ; elle imprégnait des parcelles de toute sorte : intimes et monumentales, naturelles et artificielles. Chaque coin, chaque niche disposait de son propre genre d'extase.

Les circonstances de leur préservation signifiaient que la plupart de ces fragments avaient été soustraits de leur contexte comme des pages arrachées à un livre. Leurs limites portaient encore la trace de la violence de cette séparation, et la façon arbitraire dont on les avait disposés ne faisait que rendre leur disparité plus aiguë. Mais il y avait des compensations. La disparité même de ces morceaux — le domestique coude à coude avec le public ; le banal avec le fabuleux — créait de nouvelles énigmes ; des esquisses d'histoires inédites que ces pages naguère sans relation les unes avec les autres étaient désormais susceptibles de raconter.

Parfois, leur voyage leur révéla des collisions d'éléments si improbables qu'ils défiaient toute tentative d'en tirer une synthèse. Des chiens broutant à côté d'une tombe, dont la dalle fissurée abritait une fontaine de feu qui jaillissait comme de l'eau ; une fenêtre creusée dans le sol, aux rideaux flottant vers le ciel sous l'effet d'une brise porteuse de rumeurs océanes. Ces énigmes, qui défiaient toute explication, la marquèrent profondément. Il n'y avait rien ici qu'elle n'ait déjà vu auparavant — des chiens, une tombe, une fenêtre, le feu —, mais dans ce flux, elle découvrait ces éléments réinventés, et leur magie renaissait devant ses yeux.

Après que Jerichau lui eut dit qu'il n'avait aucune réponse aux questions qu'elle se posait, elle n'insista qu'une seule fois pour l'interroger, et ce fut au sujet du Gyrus, dont la couverture nuageuse était perpétuellement visible et dont les éclairs les plus brillants découpaient avec violence les contours des arbres et de la colline.

« C'est là que se trouve le Temple du Métier, dit-il. Plus on en approche et plus ça devient dangereux. »

Elle se rappela vaguement quelque chose à ce sujet, quelque chose qu'elle avait entendu durant la première nuit, quand ils avaient parlé du tapis. Mais elle voulait en savoir davantage.

« Pourquoi est-ce dangereux ? demanda-t-elle.

— Les extases qui ont servi à créer la Trame étaient sans équivalent. De grands sacrifices et une grande pureté ont été nécessaires pour les contrôler et pour les tisser. C'était au-delà des forces de la plupart d'entre nous. A présent, le pouvoir se protège lui-même, avec des éclairs et des tempêtes. Et ce n'est que sagesse. Si quelqu'un pénétrait dans le Gyrus, l'extase de la Trame cesserait d'agir. Tout ce que nous avons rassemblé ici serait dispersé ; serait détruit.

— Détruit ?

— C'est ce qu'on dit. Je ne sais pas si c'est vrai ou non. Je n'ai aucune connaissance théorique en la matière.

— Mais tu peux accomplir des extases. »

Cette remarque sembla le déconcerter.

« Ça ne signifie pas que je peux te dire comment, dit-il. Je sais le faire, c'est tout.

— Comme ça ? » dit-elle. Elle se faisait l'impression d'être une enfant, en train d'interroger un magicien sur ses trucs, mais elle était curieuse de savoir quels pouvoirs résidaient en lui.

Il fit une étrange grimace ; une grimace pleine de contradictions. On y lisait une certaine timidité ; un peu de ruse ; des traces de tendresse.

« Peut-être que je te montrerai, dit-il. Un de ces jours. Je ne sais ni chanter ni danser, mais j'ai mes méthodes. » Il s'interrompit et fit halte.

Elle n'avait pas besoin d'un signe de sa part pour entendre les cloches qui résonnaient tout autour d'eux. Ce n'étaient pas les cloches d'une église — leur musique était légère et mélodieuse — mais on entendait néanmoins leur appel.

« La Maison de Capra », dit-il en repartant.

Les cloches, sachant qu'on les avait entendues, les guidèrent vers leur destination.

CHAPITRE 3

Illusions

1

Le bulletin émis par la Division de Hobart pour signaler l'évasion des anarchistes n'était pas passé inaperçu ; mais l'alarme avait été donnée peu de temps avant onze heures, et les policiers en patrouille étaient fort occupés par les rixes, les chauffards et les voleurs qui sévissaient plus particulièrement durant cette période de la nuit. De plus, il y avait eu une mort violente dans Seel Street, et un travesti avait failli causer une émeute dans un pub de Dock Road. Ainsi, lorsqu'on commença à s'intéresser à ce bulletin, les évadés étaient partis depuis longtemps ; ils s'étaient glissés dans le Tunnel sous la Mersey pour se diriger vers la maison de Shearman.

Mais de l'autre côté du fleuve, à la lisière de Birkenhead, un policier vigilant nommé Downey les aperçut. Laissant son équipier commander un chop suey et un canard à la pékinoise dans un restaurant chinois, Downey se lança à leur poursuite. Le bulletin qu'il avait reçu par radio affirmait que ces mécréants étaient extrêmement dangereux et qu'il ne fallait en aucun cas tenter de les appréhender sans renforts. L'Agent Downey resta donc à une distance prudente de leur véhicule, aidé par la profonde connaissance qu'il avait du quartier.

Lorsque les malfaiteurs finirent par atteindre leur destination, il devint cependant évident qu'il ne s'agissait pas là d'une affaire ordinaire. Tout d'abord, lorsqu'il appela la Division pour signaler sa position, on lui apprit que la situation était fort grave là-bas — entendait-il un homme pleurer en fond sonore ? — et que l'Inspecteur Hobart en personne allait s'occuper de ces suspects. Qu'il se contente de surveiller les lieux en attendant son arrivée.

Ce fut durant l'attente qui s'ensuivit qu'il eut la seconde preuve qu'il y avait quelque chose de pas catholique dans l'air.

Tout commença lorsque les lumières se mirent à clignoter aux fenêtres du premier étage de la maison ; puis il y eut une explosion, qui projeta dans l'air nocturne ces mêmes fenêtres, et les murs avec elles.

Il descendit de voiture et se dirigea vers la maison. Son esprit, habitué à rédiger des rapports, partait déjà en quête d'adjectifs susceptibles de décrire ce qu'il était en train de voir, mais cette quête s'avéra infructueuse. L'éclat qui jaillissait de la maison ne ressemblait à rien qu'il ait jamais vu ni à rien qu'il ait jamais rêvé.

Ce n'était pas un homme superstitieux. Il chercha immédiatement une explication rationnelle aux choses qu'il voyait — ou voyait *presque* — autour de lui. Il observait un phénomène lié aux OVNIs ; c'était sûrement ça. Il avait lu des rapports sur des événements similaires dont avaient été témoins des types tout à fait ordinaires comme lui. Ce n'était ni Dieu ni la démence qu'il affrontait, mais une visite d'êtres venus d'une autre galaxie.

Satisfait d'avoir compris la situation, il retourna en hâte vers son véhicule afin de transmettre son rapport au quartier général. Il fut cependant frustré. On n'entendait que du bruit blanc sur toutes les fréquences. Peu importe : il leur avait indiqué sa position dès son arrivée. Ils allaient bientôt lui venir en aide. En attendant, son devoir était d'observer cet atterrissage avec un œil d'aigle.

Cette tâche devint bientôt fort difficile, car les envahisseurs se mirent à le bombarder d'extraordinaires illusions, dont le but était sans aucun doute de dissimuler leurs agissements aux êtres humains. Les ondes de choc qui avaient jailli de la maison renversèrent sa voiture (tel fut du moins le témoignage de ses yeux ; il n'allait pas le considérer comme parole d'Evangile) ; puis des formes vagues commencèrent à s'agiter autour de lui. Le bitume sous ses pieds sembla cracher des fleurs ; des silhouettes bestiales se livraient à des acrobaties au-dessus de sa tête.

Il vit plusieurs civils tomber, victimes de ces projections. Certains avaient les yeux levés vers le ciel, d'autres étaient tombés à genoux et priaient pour leur raison.

Et cela continua, sans le moindre signe de répit. La certitude de savoir que ces images n'étaient que des chimères lui donna la force de leur résister. Il se répéta à plusieurs reprises que ce qu'il voyait n'était pas réel, et peu à peu, les visions s'inclinèrent devant sa détermination, se firent plus pâles, puis finirent par s'estomper presque complètement.

Il s'insinua dans la voiture renversée et essaya de nouveau la radio, bien qu'il n'ait pas été sûr que quelqu'un fût à l'écoute.

Etrangement, il ne s'en souciait guère. Il avait vaincu les illusions et cette conviction rendait sa garde plus douce. Même s'ils fondaient sur lui à présent — les monstres qui avaient atterri cette nuit —, il ne les redouterait pas. Il préférerait s'arracher les yeux plutôt que de les laisser à nouveau tenter de l'ensorceler.

2

« Rien de neuf ?

— Toujours rien, monsieur, dit Richardson. Que des parasites.

— Tant pis, dit Hobart. Continuez de rouler. On les retrouvera, bon sang, même s'il faut y passer la nuit. »

Tandis que la voiture continuait sa progression, l'esprit de Hobart retourna à la scène qu'il avait laissée derrière lui. Ses hommes réduits à l'état de débiles bafouillants, ses cellules souillées par la merde et les prières. Il avait un compte à régler avec ces forces des ténèbres.

Il y avait eu une époque durant laquelle il ne se serait pas aussi vite senti investi d'une mission vengeresse. Il aurait hésité à admettre qu'il s'impliquait personnellement dans une affaire. Mais l'expérience avait fait de lui un homme honnête. A présent — du moins devant ses hommes —, il ne faisait pas semblant d'être indifférent aux problèmes qu'il avait à traiter, mais confessait librement le feu qui lui brûlait le ventre.

Après tout, ces histoires de poursuites et de châtiments n'étaient qu'une façon de cracher dans l'œil de ceux qui vous avaient craché dessus. La Loi n'était qu'un autre mot pour désigner *la vengeance.*

CHAPITRE 4

Allégeances

1

Environ quatre-vingts ans s'étaient écoulés depuis que les trois sœurs avaient foulé la terre de la Fugue. Quatre-vingts années d'exil dans le Royaume des Coucous, durant lesquelles on les avait tour à tour vénérées et pourchassées, au cours desquelles elles avaient manqué de perdre la raison au milieu des fils d'Adam, poussées à endurer d'innombrables mortifications par le désir brûlant de tenir un jour la Trame du Monde dans leurs mains vengeresses.

A présent, elles flottaient dans l'air au-dessus de cette terre extatique — dont le contact était si antithétique à leur nature que marcher sur elle aurait été une épreuve — et contemplaient toute l'étendue de la Fugue.

« Cela sent trop la vie, dit la Madeleine en offrant son visage à la caresse du vent.

— Laisse-nous quelque temps, lui dit Immacolata.

— Et Shadwell ? voulut savoir la Harpie. Où est-il ?

— A la recherche de ses clients, probablement, répondit l'Incantatrice. Il faut le retrouver. Je n'aime pas le savoir en train d'errer tout seul là-dedans. Il est imprévisible.

— Que faisons-nous, alors ?

— Nous laissons l'inévitable se produire, dit Immacolata en tournant doucement sur elle-même pour envelopper du regard toutes les parcelles sacrées de cet endroit. Nous laissons les Coucous réduire la Fugue en pièces

— Et la Vente ?

— Il n'y aura pas de Vente. Il est trop tard.

— Shadwell saura que tu t'es servie de lui.

— Pas plus qu'il ne s'est servi de moi. Ou qu'il n'aurait aimé le faire. »

Un tremblement parcourut la substance incertaine de la Madeleine.

« N'aimerais-tu pas te donner à lui au moins une fois ? s'enquit-elle doucement. Rien qu'une fois.

— Non. Jamais.

— Alors, laisse-*moi* l'avoir. Je peux me servir de lui. Imagine ses enfants. »

Immacolata tendit le bras et saisit le cou fragile de sa sœur.

« Tu ne poseras jamais la main sur lui, dit-elle. Même pas un seul doigt. »

Le visage du spectre devint absurdement long, dans une parodie de remords.

« Je sais, dit la Madeleine. Il t'appartient. Corps et âme. »

La Harpie éclata de rire.

« Cet homme n'a pas d'âme », dit-elle.

Immacolata lâcha la Madeleine, et des filaments de la matière qui composait sa sœur pourrirent dans ses doigts en dégageant une puanteur immonde.

« Oh, il a une âme », dit-elle, laissant la gravité la tirer vers la terre au-dessous d'elle. « Mais je n'en veux nulle partie. » Ses pieds touchèrent le sol. « Quand tout ceci sera fini — quand les Devins seront aux mains des Coucous —, je le laisserai partir où il voudra. Indemne.

— Et nous ? dit la Harpie. Que nous arrivera-t-il alors ? Serons-nous libres ?

— C'est ce dont nous étions convenues.

— Pourrons-nous connaître l'extinction ?

— Si c'est ce que vous souhaitez.

— Plus que tout, dit la Harpie. Plus que tout.

— Il existe des choses pires que l'existence, dit Immacola.

— Ah ? répondit la Harpie. Peux-tu m'en citer une ? »

Immacolata réfléchit durant quelques instants.

« Non, concéda-t-elle avec un léger soupir de détresse. Peut-être as-tu raison, ma sœur. »

2

Shadwell s'était enfui de la maison en voie de désintégration quelques instants après que Nemrod et Cal s'étaient échappés par la fenêtre, et il avait évité de justesse d'être englouti par le nuage qui avait avalé Devereaux. Il s'était retrouvé face contre terre, la bouche remplie de poussière et du goût amer de la défaite. Après tant d'années d'anticipation, voir la Vente aux Enchères s'achever dans les ruines et dans l'humiliation, c'était assez pour le faire pleurer.

Mais il n'en fit rien. Tout d'abord, il était de nature optimiste : dans l'échec d'aujourd'hui germaient les ventes de demain. Ensuite, le spectacle de la Fugue en train de se solidifier autour de lui était fort apte à le distraire de son chagrin. Et troisièmement, il avait trouvé quelqu'un de plus mal en point que lui.

« Foutredieu, qu'est-ce qui se *passe* ? »

C'était Norris, le Roi des Hamburgers. Le sang et la poussière de plâtre se disputaient le droit de repeindre son visage, et il avait perdu le dos de son veston et la majeure partie de son pantalon quelque part dans le maelström ; ainsi qu'un de ses souliers italiens de luxe. Il portait l'autre dans sa main.

« Je vous ruinerai à coups de procès ! hurla-t-il en apercevant Shadwell. Espèce de connard. Regardez-moi ! *Connard !* »

Il se mit à battre Shadwell avec son soulier, mais le Vendeur n'était pas d'humeur à se laisser agresser. Il donna un violent coup de poing au milliardaire. En moins de quelques secondes, les deux hommes se battaient comme des chiffonniers, indifférents aux scènes extraordinaires qui voyaient le jour tout autour d'eux. Leur pugilat les laissa plus essoufflés et plus sanglants qu'ils ne l'avaient été à son début, et ne fit rien pour résoudre leur différend.

« Vous auriez dû prendre des précautions ! cracha Norris.

— Il est trop tard pour lancer des accusations, répondit Shadwell. La Fugue s'est réveillée, que cela nous plaise ou non.

— Je l'aurais réveillée moi-même, dit Norris. Si j'avais pu la posséder. Mais j'aurais été *prêt,* j'aurais été *paré.* J'aurais rassemblé des forces pour entrer dedans et en prendre le contrôle. Mais *ça* ? C'est le chaos ! Je ne sais même pas où est la sortie.

— N'importe quelle direction fera l'affaire. Elle n'est pas aussi grande que ça. Si vous voulez sortir d'ici, prenez une direction au hasard. »

Cette solution toute simple parut pacifier Norris. Il tourna son regard vers le paysage en train de bourgeonner.

« Je ne sais pas..., dit-il, ... peut-être vaut-il mieux que j'aille par-là. Au moins, je verrai ce que j'aurais dû acheter.

— Et qu'en pensez-vous donc ?

— Ça ne ressemble pas à ce que j'avais imaginé. Je m'étais imaginé quelque chose de plus... calme. Franchement, je ne suis plus sûr de désirer posséder cet endroit. »

Alors que sa voix se faisait hésitante, un animal que l'on n'aurait sûrement trouvé dans aucune ménagerie jaillit du flux de tissu en expansion et salua le monde dans un grondement avant de partir d'un bond à sa découverte.

« Vous avez vu ? dit Norris. Qu'est-ce que c'était que ça ? »

Shadwell haussa les épaules.

« Je n'en sais rien, dit-il. Il y a là-dedans des créatures qui sont probablement mortes longtemps avant notre naissance.

— *Ça*? dit Norris, les yeux toujours fixés sur le fauve hybride. Je n'ai jamais vu une bête pareille, même dans les livres. Je vous répète que je ne veux plus entendre parler de ce foutu endroit. Je veux que vous me fassiez sortir de là.

— Il faudra que vous trouviez votre chemin tout seul, dit Shadwell. J'ai à faire ici.

— Oh que non, dit Norris en pointant son soulier vers Shadwell. J'ai besoin d'un garde du corps. Et c'est vous qui allez en faire office. »

Le spectacle du Roi des Hamburgers réduit à l'état de loque amusait considérablement Shadwell. Plus que ça, cela le faisait se sentir — peut-être de façon perverse — en sécurité.

« Écoutez, dit-il en adoucissant le ton. Nous sommes tous les deux dans la merde...

— Foutre oui.

— J'ai quelque chose qui peut nous aider, dit-il en ouvrant sa veste, ... quelque chose pour dorer la pilule. »

Norris avait l'air soupçonneux.

« Ah oui ?

— Jetez donc un coup d'œil », dit Shadwell en ouvrant sa veste en grand.

Norris essuya le sang qui coulait dans son œil gauche et scruta les plis de la doublure.

« Que voyez-vous ? »

Il y eut quelques instants d'hésitation, durant lesquels Shadwell se demanda si la veste fonctionnait encore. Puis un sourire se dessina lentement sur le visage de Norris, et une expression que des milliers de séductions semblables avaient rendue familière au Vendeur envahit ses yeux.

« Voyez-vous quelque chose à votre goût ? lui demanda Shadwell.

— Oh, oui.

— Prenez-le donc. C'est à vous. Libre, gratuit et sans supplément. »

Norris sourit, presque avec timidité.

« Où donc l'avez-vous trouvé ? demanda-t-il en tendant une main tremblante vers la veste. Après toutes ces années... »

Tendrement, il sortit sa tentation des plis de la doublure. C'était un jouet mécanique : un soldat avec un tambour, dont son propriétaire s'était souvenu avec tant d'amour et tant de précision que l'illusion qu'il tenait à présent dans ses mains avait été recréée jusqu'à la moindre de ses égratignures.

« *Mon tambour* », dit Norris, pleurant de joie comme s'il venait de prendre possession de la huitième merveille du monde. « Oh, mon tambour. » Il le retourna dans tous les sens. « Mais il n'y a pas de clé, dit-il. Est-ce que vous l'avez ?

— Peut-être pourrai-je la retrouver, un peu plus tard, répondit Shadwell.

— Il a un bras cassé, dit Norris en caressant la tête du tambour. Mais il peut encore jouer.

— Vous êtes heureux ?

— Oh oui. Oui, merci.

— Alors, mettez-le dans votre poche, pour pouvoir me porter quelque temps, dit Shadwell.

— Vous porter ?

— Je suis fatigué. J'ai besoin d'un cheval. »

Norris ne fit preuve d'aucune résistance devant cette idée, bien que Shadwell fût plus grand et plus lourd que lui et constituât un fardeau certain. Le cadeau que lui avait fait le Vendeur l'avait totalement gagné à la cause de celui-ci, et tant qu'il le tiendrait dans son emprise, il laisserait son échine se briser plutôt que de désobéir à son bienfaiteur.

Riant sous cape, Shadwell grimpa sur le dos de sa monture. Ses plans avaient peut-être été déjoués cette nuit, mais tant que les gens portaient le deuil de leurs rêves, il pouvait toujours posséder leur âme quelque temps.

« Où voulez-vous que je vous conduise ? lui demanda son cheval.

— Vers les hauteurs, ordonna-t-il. Emmenez-moi dans un endroit élevé ».

CHAPITRE 5

Le verger de Lemuel Lo

1

Ni Boaz ni Ganza ne se montrèrent des guides volubiles. Ils conduisirent Cal à travers la Fugue dans un silence presque total, qu'ils rompirent seulement pour prévenir le jeune homme lorsqu'ils approchèrent d'une zone dangereuse, ou pour lui ordonner de rester près d'eux quand ils longèrent des colonnades derrière lesquelles on entendait des chiens gronder. Dans un sens, il leur était reconnaissant de leur silence. Il ne voulait pas d'une visite guidée des lieux, du moins pas cette nuit. Dès l'instant où il avait contemplé la Fugue du haut du mur de la cour de Mimi, il avait su qu'on ne pourrait jamais en dresser une carte, ni établir la liste de son contenu afin de le garder en mémoire comme il l'avait fait de ses horaires bien-aimés. Il lui faudrait appréhender la Trame du Monde d'une autre façon : pas comme un fait mais comme un sentiment. Le schisme entre son esprit et le monde qu'il tentait de comprendre était en train de se dissoudre. A sa place naissait un ensemble de relations entre des échos et d'autres échos. Lui et ce monde étaient des pensées qui prenaient naissance, chacun à l'intérieur de la tête de l'autre ; et cette connaissance, dont la formulation requérait des mots qu'il n'aurait jamais été capable de trouver, transforma son voyage en un parcours de sa propre histoire. Il avait appris de Mooney le Dingue que chaque oreille entendait la poésie de façon différente. La poésie était comme ça. Il commençait à se rendre compte que c'était également le cas de la géographie.

2

Ils gravirent une longue pente. Il crut qu'une marée de criquets jaillissait sous leurs pieds ; la terre semblait vivante.

Au sommet de la pente, ils découvrirent un champ. A l'extrémité de ce champ se trouvait un verger.

« Nous y sommes presque », dit Ganza, et ils se dirigèrent vers lui.

Ce verger était ce qu'il avait vu de plus vaste dans la Fugue jusqu'à présent ; une parcelle contenant trente ou quarante arbres, plantés en alignements rectilignes et soigneusement élagués de façon que leurs branches se frôlent à peine. Sous leurs frondaisons sinuaient des sentiers de gazon impeccablement taillé, baignés d'une lumière veloutée.

« Voici le verger de Lemuel Lo », dit Boaz lorsqu'ils s'arrêtèrent près de son périmètre. Sa voix douce était plus tendre que jamais. « Légendaire même parmi les plus légendaires. »

Ganza les guida entre les arbres. L'air était calme, chaud et doux. Les branches ployaient sous des fruits que Cal ne reconnut pas.

« Ce sont des Poires de Jude, lui dit Boaz. Une des espèces que nous n'avons jamais partagées avec les Coucous.

— Pourquoi ?

— Il y a de bonnes raisons », dit Boaz. Il chercha Ganza des yeux, mais elle avait disparu au détour d'un sentier. « N'hésitez pas à cueillir quelques fruits, dit-il en s'éloignant de Cal pour aller à la recherche de sa compagne. Lem n'en prendra pas ombrage. »

Bien que Cal ait cru être capable de voir jusqu'au bout du corridor d'arbres, ses yeux le trahirent. Boaz fit trois pas et disparut.

Cal tendit la main vers l'une des branches les plus basses et la posa sur un fruit. A ce moment-là, il y eut un grand vacarme dans l'arbre et quelque chose descendit le long de la branche pour se diriger vers lui.

« Pas celui-ci ! »

Celui qui avait parlé avait une profonde voix de basse. Il s'agissait d'un singe.

« Ils sont plus juteux en haut », dit l'animal en tournant ses yeux bruns vers le ciel.

Puis il rebroussa chemin, faisant choir sur son passage des feuilles qui tombèrent en averse autour de Cal. Il essaya de suivre la progression de l'animal, mais celui-ci se déplaçait trop vite. Il fut de retour en quelques secondes, avec non pas un, mais deux fruits. Perché sur une branche, il les lança à Cal.

« Pelez-les, dit-il. Chacun le sien. »

En dépit de leur nom, ces fruits ne ressemblaient pas à des

poires. Ils étaient gros comme des prunes, mais leur peau avait la consistance du cuir. Malgré sa dureté, elle ne parvenait pas à dissimuler la saveur de la chair à l'intérieur du fruit.

« Qu'est-ce que vous attendez ? voulut savoir le singe. Ils sont excellents, ces Vertiges. Pelez-les, et vous verrez. »

L'existence de ce singe parleur — qui aurait pu figer Cal sur place une semaine auparavant — n'était plus pour lui qu'un simple élément pittoresque parmi tant d'autres.

« Vous appelez ça des Vertiges ? dit-il.

— Poires de Jude ; Fruits Vertiges. C'est la même chair. »

Les yeux du singe étaient posés sur les mains de Cal, tentant de le forcer à peler les fruits par sa seule volonté. Il s'exécuta. Ces poires étaient plus difficiles à dépecer que tous les fruits qu'il ait jamais connus ; d'où le marché que le singe avait passé avec lui, sans aucun doute. Un jus visqueux coula de la peau déchirée jusqu'à ses mains ; l'odeur était encore plus appétissante. Avant qu'il ait tout à fait fini de peler le premier fruit, le singe le lui arracha des mains et l'engloutit.

« C'est bon... », dit-il entre deux bouchées.

L'écho de son plaisir résonna depuis le pied de l'arbre. Quelqu'un émit un bruit appréciateur, et Cal quitta sa tâche des yeux pour découvrit un homme accroupi contre le tronc, en train de se rouler une cigarette. Il leva les yeux vers le singe, puis les rabaissa vers l'homme, et la voix issue de l'animal reçut son explication.

« Bon truc », dit-il.

L'homme leva les yeux vers Cal. Son faciès était quasiment mongoloïde et un peu inquiétant ; le sourire qu'il lui offrit était large, et apparemment ignare.

« Quoi donc ? » dit la voix dans les frondaisons.

Bien que déconcerté par le visage qu'il venait de découvrir, Cal se tint à son raisonnement et adressa sa réponse, non pas à la marionnette, mais au marionnettiste.

« Projeter votre voix comme ça. »

L'homme continuait de sourire, mais ne semblait toujours pas avoir compris. Le singe, cependant, éclata de rire.

« Mangez le fruit », dit-il.

Les doigts de Cal avaient continué leur tâche sans qu'il s'en soit rendu compte. Le Vertige était pelé. Mais le vague souvenir superstitieux d'un autre fruit volé l'empêcha de porter celui-ci à ses lèvres.

« Allez-y, dit le singe. Ils ne sont pas empoisonnés... »

L'odeur était trop tentante pour qu'il lui résiste. Il mordit.

« ... du moins pas pour nous », ajouta le singe en riant à nouveau.

Le goût du fruit était encore meilleur que son odeur ne l'avait promis. Sa chair était succulente, son jus aussi fort qu'une liqueur. Il lécha ses doigts et les paumes de ses mains.

« Vous aimez ça ?

— C'est délicieux.

— À boire et à manger en même temps. »

Le singe regarda l'homme accroupi au pied de l'arbre.

« Tu en veux un, Smith ? » demanda-t-il.

L'homme porta une allumette à sa cigarette et inspira profondément.

« Tu m'entends ? »

N'obtenant aucune réponse, le singe grimpa de nouveau vers le sommet de l'arbre.

Cal, toujours en train de manger sa poire, avait trouvé les pépins en son centre. Il les mâcha. Leur légère amertume faisait seulement ressortir la douceur de la chair.

On entendait de la musique, quelque part au milieu des arbres, remarqua-t-il à présent. Tantôt mélodieuse, tantôt frénétique.

« Un autre ? » dit le singe, réapparaissant avec non pas un seul, mais plusieurs fruits.

Cal avala la dernière bouchée du premier.

« Même échange », dit le singe.

Soudain avide, Cal prit trois fruits et se mit à les peler.

« Il y a d'autres personnes ici, dit-il au marionnettiste.

— Bien sûr, dit le singe. Cet endroit a toujours été un lieu de rassemblement.

— Pourquoi parlez-vous toujours à travers cet animal ? demanda Cal tandis que les doigts du singe arrachaient un fruit pelé à ses mains.

— Mon nom est Novello, dit le singe. Et qui vous a dit que c'était lui qui parlait ? »

Cal éclata de rire, autant pour se moquer de lui-même que pour saluer la performance.

« En fait, dit le singe, aucun de nous deux n'est tout à fait sûr de savoir qui parle. Mais l'amour est comme ça, ne pensez-vous pas ? »

L'animal rejeta la tête en arrière et écrasa le fruit dans sa main afin d'en faire couler la liqueur dans sa gorge.

La musique était investie d'une nouvelle intoxication. Intrigué, Cal chercha à savoir de quels instruments on jouait. Il y avait des violons, certainement, ainsi que des sifflets et des tambours. Mais il se trouvait parmi les sons qu'il entendait certains qu'il ne parvenait pas à identifier.

« Tous les prétextes sont bons pour faire la fête, dit Novello.

— Ça doit être le petit déjeuner le plus important de l'Histoire.

— Sans aucun doute. Vous voulez aller voir ?

— Oui. »

Le singe courut jusqu'à la naissance de la branche et descendit le long du tronc contre lequel Smith s'était adossé. Cal, mâchonnant les pépins de son deuxième Vertige, tendit la main et cueillit une nouvelle poignée de fruits dans le feuillage, en empochant une demi-douzaine en prévision de faims futures et en pelant un autre pour consommer sur place.

Des bruits de voix simiesques dirigèrent son attention vers Novello et Smith. L'animal était perché sur le torse de l'homme et tous deux étaient plongés dans une conversation, un charabia de mots et de grognements. Le regard de Cal alla de l'homme à l'animal, puis revint vers l'homme. Il ne parvenait pas à dire qui racontait quoi à qui.

La discussion prit fin de façon abrupte, et Smith se releva, le singe à présent assis sur son épaule. Sans inviter Cal à les suivre, ils se frayèrent un chemin entre les arbres. Cal se lança à leur poursuite, continuant à peler son fruit tout en courant.

Certains des visiteurs du verger agissaient comme lui, debout sous les arbres, mangeant des Poires de Jude. Quelques-uns avaient même grimpé aux arbres et s'étaient perchés sur leurs branches, baignant dans un air parfumé. D'autres, indifférents aux fruits ou bien rassasiés, étaient allongés dans l'herbe et parlaient à voix basse. L'atmosphère était empreinte de tranquillité.

« Le ciel est un verger, pensa Cal en marchant. Et Dieu est généreux. »

« C'est le fruit qui parle », dit Novello.

Cal n'était même pas conscient d'avoir parlé à haute voix. Il regarda le singe, se sentant légèrement désorienté.

« Vous devriez faire attention, dit l'animal, un excès de Judes ne vous fera aucun bien.

— J'ai l'estomac robuste, répondit Cal.

— Qui a parlé de votre estomac ? rétorqua le singe. Ce n'est pas pour rien qu'on les appelle des Vertiges. »

Cal l'ignora. Le ton empreint de condescendance de cet animal l'irritait. Il pressa le pas, dépassant l'homme et la bête.

« Comme vous voulez », dit le singe.

Quelqu'un jaillit entre deux arbres non loin de Cal, traînant derrière lui un sillage de rires. Le bruit fut momentanément *visible* aux yeux de Cal ; il perçut l'ascension et la chute de ses notes comme des éclats de lumière, voletant telles des fleurs de pissenlit emportées par la brise. Enchantement sur enchantement. Cueillant et pelant un autre des remarquables fruits de Lo sur son chemin, il courut à la rencontre de la musique.

Et devant lui, la scène devint claire. On avait étalé un tapis bleu et ocre entre les arbres et disposé des chandelles clignotantes sur ses bords ; près de lui se trouvaient les musiciens qu'il avait entendus. Ils étaient au nombre de cinq : trois femmes et deux hommes, habillés de costumes et de robes de cérémonie, dans le sombre tissu desquels se dissimulaient des motifs brillants, si bien que le plus subtil des éclats en provenance des chandelles révélait dans leurs plis un mystère qui rappelait à Cal l'iridescence des papillons tropicaux. Encore plus surprenante cependant était l'absence de tout instrument dans les mains de ce quintette. Ils *chantaient*, ces violons, ces fifres et ces tambours, et offraient aux auditeurs des sons qu'aucun instrument connu n'aurait pu espérer produire. C'était là une musique qui n'imitait pas les bruits de la nature — ce chant n'était ni celui d'un oiseau, ni celui d'une baleine, il ne sortait ni d'un arbre, ni d'un torrent —, mais qui exprimait des expériences venues d'entre les mondes: le sursaut d'un cœur qui bat, là où l'intelligence ne pourrait jamais parvenir.

En l'entendant, Cal sentit des frissons de plaisir ramper le long de son échine.

Le spectacle avait attiré un public composé d'une trentaine de Devins, et Cal se joignit à eux. Sa présence fut remarquée par quelques spectateurs, qui lancèrent dans sa direction des regards vaguement curieux.

Examinant la foule, il tenta de classer les Devins dans l'une ou l'autre des quatre Familles, mais cela s'avéra presque impossible. Les membres du chœur étaient vraisemblablement des Aias; Apolline ne lui avait-elle pas dit qu'elle devait sa voix à son sang d'Aia? Mais, parmi les autres, qui était qui? Lesquels de ces gens étaient de la Famille de Jerichau, les Babus, par exemple? Lesquels étaient des Ye-mes, lesquels des Los? Il y avait parmi la foule des visages caucasiens et d'autres négroïdes, et un ou deux de type oriental; les traits de certains d'entre eux n'avaient rien d'humain — l'un d'eux avait les yeux dorés de Nemrod (et sa queue, sans aucun doute); les traits de deux autres étaient soulignés par des signes symétriques qui rampaient depuis leurs crânes; d'autres encore arboraient — soit par souci de suivre une mode, soit par souci de nature théologique — des tatouages et des coiffures complexes et élaborés. On trouvait la même variété étonnante dans les vêtements qu'ils portaient, dont le style fin de siècle avait été remodelé pour s'accommoder au temps. Et dans le tissu de leurs chemises, de leurs vestes et de leurs gilets, la même iridescence à peine dissimulée: des fils à l'éclat de carnaval guettant sous la monochromie.

Le regard admiratif de Cal allait d'un visage à l'autre, et il sentit qu'il voulait que chacun de ces êtres devienne son ami, qu'il voulait les connaître tous, marcher à leurs côtés et partager avec eux ses pauvres secrets. Il avait vaguement conscience que c'était sans doute le fruit qui parlait. Mais en ce cas, c'était un fruit plein de sagesse.

Bien que sa faim ait été apaisée, il sortit une autre poire de sa poche, et il allait la peler lorsque la musique s'acheva. Il y eut des applaudissements et des sifflets admiratifs. Les membres du quintette s'inclinèrent. A ce moment-là, un petit homme au visage aussi ridé qu'une vieille pomme, qui était assis sur un tabouret placé près du tapis, se leva. Il regarda Cal droit dans les yeux et dit :

« Mes amis... mes amis... nous avons un étranger parmi nous... »

Les applaudissements moururent doucement. Des visages se tournaient vers Cal ; il se sentit rougir.

« Venez, Mr Mooney ! Mr *Calhoun Mooney* ! »

Ganza avait dit vrai : l'air *papotait.*

L'homme lui faisait signe d'approcher. Cal eut un murmure de protestation.

« Venez. Venez nous distraire un peu ! » lui fut-il répondu.

En entendant ces mots, Cal sentit son cœur se mettre à battre la chamade.

« Je ne peux pas, dit-il.

— Bien sûr que si, dit l'homme en souriant. Bien sûr que si ! »

Il y eut de nouveaux applaudissements. Tout autour de lui, des visages lui adressaient des sourires radieux. Quelqu'un toucha son épaule. Il tourna la tête. C'était Novello.

« C'est Mr Lo, dit le singe. Vous ne devez pas refuser.

— Mais je ne sais rien faire...

— Tout le monde sait faire *quelque chose,* dit le singe. Même si ce n'est que péter.

— Venez, venez, disait Lemuel Lo. Ne soyez pas timide. »

Contraint et forcé, Cal se fraya un chemin à travers la foule pour se diriger vers le rectangle de chandelles.

« Vraiment..., dit-il à Lo. Je ne pense pas...

— Vous avez librement mangé mes fruits, dit Lo sans rancœur. Le moins que vous puissiez faire est d'essayer de nous distraire. »

Cal regarda autour de lui, en quête de quelque secours, mais il ne vit que des visages pleins d'espoir.

« Je ne sais pas chanter et j'ai deux pieds gauches », fit-il remarquer, espérant que sa modestie lui ouvrirait une porte de secours.

« Votre grand-père était un poète, n'est-ce pas ? dit Lemuel, sur un ton qui reprochait presque à Cal de ne pas avoir mentionné ce fait.

— En effet, dit Cal.

— Et ne pouvez-vous pas citer votre propre grand-père ? » dit Lemuel.

Cal réfléchit à cette idée durant quelques instants. Il était évident qu'on n'allait pas le laisser partir sans qu'il ait fait au moins une tentative pour se faire pardonner son avidité, et la suggestion de Lemuel n'était pas si mauvaise. Plusieurs années auparavant, Brendan avait appris à Cal un ou deux morceaux choisis des poèmes de Mooney le Dingue. Cela n'avait pas eu grande signification pour Cal à l'époque — il avait environ six ans —, mais leur cadence l'avait intrigué.

« Le tapis est à vous », dit Lemuel, et il s'écarta pour laisser Cal pénétrer sur scène.

Avant qu'il n'ait eu le temps de réciter des vers dans sa tête — deux décennies s'étaient écoulées depuis qu'il les avait appris ; combien d'entre eux se rappellerait-il aujourd'hui ? —, il était debout sur le tapis, les yeux fixés sur le public qui l'examinait derrière les chandelles clignotantes.

« Ce que dit Mr Lo est vrai..., dit-il en hésitant, ... mon grand-père...

— Plus fort, dit quelqu'un.

— ... mon grand-père était un poète. Je vais essayer de vous réciter quelques-uns de ses vers. Je ne sais pas si je vais arriver à m'en souvenir, mais je ferai de mon mieux. »

Ces paroles furent accueillies par des applaudissements épars, qui mirent Cal plus mal à l'aise que jamais.

« Comment s'appelle ce poème ? » dit Lemuel.

Cal fouilla dans son esprit. Le titre lui avait paru encore plus obscur que les vers la première fois qu'on le lui avait enseigné, mais il l'avait quand même appris par cœur.

« Il s'appelle *Six Lieux Communs* », dit-il, avec une langue plus rapide à formuler les mots que son esprit n'avait été à les retrouver.

« Récitez-le, mon ami », dit le gardien du verger.

Le public attendait en retenant son souffle ; le seul mouvement que l'on percevait à présent était celui des flammes autour du tapis.

Cal commença.

« *Une partie de l'amour...* »

L'espace d'un instant de terreur, son esprit fut totalement vierge. Si quelqu'un lui avait demandé son nom à ce moment-là, il aurait été incapable de répondre. Quatre mots, et il était soudain muet.

Au fond de son crâne, le poète dit :

« *Vas-y, fiston. Dis-leur ce que tu sais. N'essaie pas de te souvenir. Contente-toi de parler.* »

Il commença de nouveau, sans hésiter cette fois-ci, mais d'une voix forte, comme s'il avait connu ces vers à la perfection. Et, bon sang, il les connaissait. Ils coulaient hors de sa bouche avec aisance, et il s'entendit les prononcer d'une voix qu'il ne se serait jamais cru capable de posséder. Une voix de barde, une voix qui déclamait.

Une partie de l'amour est l'innocence,
Une partie de l'amour est la honte,
Une partie le lait qui, en un sens,
Est tourné dès qu'on le renverse.
Une partie de l'amour est le sentiment,

Une partie de l'amour est le désir,
Une partie est le pressentiment,
De notre retour à la poussière.

Huit vers, et tout était fini; fini, et il se retrouvait immobile, la musique des vers bourdonnant dans sa tête, à la fois heureux d'avoir pu réciter le poème sans se tromper et regrettant que ça n'ait pas pu durer plus longtemps. Il regarda les spectateurs. Ils ne souriaient plus, mais le contemplaient avec une expression intriguée dans leurs yeux. L'espace d'un instant, il crut les avoir offensés. Puis les applaudissements éclatèrent, les mains se levèrent au-dessus des têtes. On entendit des cris et des sifflets admiratifs.

« C'est un superbe poème! dit Lo tout en applaudissant avec vigueur. Et superbement récité! »

Ce disant, il sortit du public et embrassa Cal avec ferveur.

« Tu entends? dit Cal au poète dans son crâne. Ils t'aiment. »

Et il lui revint en mémoire un autre fragment, comme s'il était sorti tout droit des lèvres de Mooney le Dingue. Il ne parla pas cette fois-ci, mais l'entendit néanmoins clairement.

Pardonnez mon Art. Ployant les genoux,
Je le confesse: je ne cherche qu'à plaire.

Et c'était bien agréable, de chercher ainsi à plaire. Il répondit à l'étreinte de Lemuel.

« Cueillez, Mr Mooney, dit le gardien du verger, cueillez tous les fruits que vous pourrez manger.

— Merci, dit Cal.

— Avez-vous jamais connu ce poète? demanda-t-il.

— Non, dit Cal. Il est mort avant ma naissance.

— Qui peut dire qu'un tel homme est mort alors que ses mots font encore naître le silence et ses sentiments l'émotion? répondit Mr Lo.

— C'est vrai, dit Cal.

— Bien sûr que c'est vrai. Pourrais-je dire un mensonge par une telle nuit? »

Ayant ainsi parlé, Lemuel appela quelqu'un d'autre dans le public: un autre artiste convié à fouler le tapis. Cal eut une pincée d'envie en enjambant les chandelles. Il voulait revivre cet instant suspendu entre deux souffles: voulait sentir à nouveau l'auditoire captivé par ses paroles, ému et transformé par elles. Il se promit en esprit d'apprendre d'autres poèmes de Mooney le Dingue si jamais il revoyait la maison de son père, afin que, lors de sa prochaine visite en ce lieu, il ait de nouveaux vers pour enchanter ses habitants.

On lui serra la main et on lui embrassa le visage une demi-douzaine de fois tandis qu'il se frayait un chemin à travers la foule. Quand il se retourna pour faire de nouveau face au tapis, il fut surpris de découvrir que le numéro suivant allait être accompli par Boaz et Ganza. Doublement surpris : tous deux étaient nus. Il n'y avait rien d'ouvertement sexuel dans leur nudité ; en fait, celle-ci était aussi formaliste à sa façon que les vêtements qu'ils avaient abandonnés. Et il n'y avait non plus aucune trace de malaise parmi l'assistance : les spectateurs observaient le couple avec la même expression grave et pleine d'espoir qu'ils avaient arborée en l'observant.

Boaz et Ganza se placèrent aux deux extrémités du tapis, restèrent immobiles durant un battement de cœur, puis ils firent un quart de tour et se dirigèrent l'un vers l'autre. Ils avancèrent lentement jusqu'à ce qu'ils se retrouvent nez contre nez, lèvres contre lèvres. Cal pensa en un éclair qu'il allait peut-être assister à un genre de spectacle érotique, mais d'une nature qui, en vérité, semait la confusion dans toutes les définitions de l'érotisme qu'il connaissait, car les deux acteurs continuaient de se diriger l'un vers l'autre, ou du moins tel était le témoignage de ses yeux, se fondaient l'un dans l'autre, leurs visages disparaissaient, leurs torses se congelaient, leurs membres également, et ils finirent par ne plus former qu'un seul corps, dont la tête n'était qu'une boule à la surface presque uniforme.

L'illusion était totale. Mais le spectacle n'était pas fini ; car les deux partenaires continuaient d'avancer, chacun de leurs visages paraissant à présent émerger de l'occiput de l'autre, comme si leurs os avaient eu la consistance de la mousse. Et ils avançaient *encore,* jusqu'à ce qu'ils ressemblent à deux frères siamois nés dos à dos et au crâne unique arborant deux visages.

Comme si ça ne suffisait pas, leur tour comportait une nouvelle surprise, car ils avaient réussi à échanger leurs sexes dans le flux qui les avait réunis, et chacun se tenait à présent — tous deux à nouveau parfaitement séparés — à la place initialement occupée par son partenaire.

« L'amour est comme ça », avait dit le singe. La démonstration en était faite, en chair et en os.

Alors que les acteurs s'inclinaient sous de nouvelles salves d'applaudissements, Cal s'écarta de la foule et se remit à errer entre les arbres. Sa tête était envahie de vagues pensées. Tout d'abord, il ne devait pas s'attarder ici toute la nuit et il fallait qu'il parte à la recherche de Suzanna. Ensuite, il serait sage de trouver un guide. Le singe, peut-être ?

Mais pour l'instant, les branches chargées de fruits attiraient son œil. Il tendit la main, cueillit une nouvelle poignée de poires, et se mit à les peler. La représentation improvisée de Lemuel battait toujours son plein derrière lui. Il entendit des rires, puis de nouveaux applaudissements, et la musique reprit.

Il sentit ses membres s'alourdir ; ses doigts parvenaient à peine à peler les fruits ; ses paupières tombaient. Décidant qu'il aurait intérêt à s'asseoir avant de s'effondrer, il s'installa au pied d'un arbre.

L'étourdissement le gagnait, et il n'avait pas la force de lui résister. Il n'y aurait aucun mal à sommeiller quelque temps. Il était en sécurité ici, baigné par le clair de lune et par les applaudissements. Ses yeux se fermèrent. Il crut voir ses rêves approcher — leur lumière se faisait plus éclatante, leurs voix plus fortes. Il sourit pour les accueillir.

Ce fut de sa vieille vie qu'il rêva.

Il se trouvait dans la chambre close entre ses deux oreilles et laissait les jours enfuis apparaître sur les murs comme un spectacle d'ombres ; instants épars issus d'une pile de souvenirs qu'il n'avait pas cru posséder. Mais les scènes qui défilaient devant lui à présent — passages tirés du livre inachevé de sa vie — ne lui semblaient plus tout à fait réelles. C'était de la pure fiction, ce livre ; il était au mieux momentanément réel, dans les instants où une partie de lui-même avait jailli hors de cette histoire ressassée et avait aperçu la Fugue qui l'attendait.

Le bruit des applaudissements le fit remonter à la surface du sommeil, et ses yeux s'entrouvrirent. Les étoiles brillaient toujours parmi les branches des arbres à Vertiges ; il y avait toujours des rires et la lueur des chandelles à portée de main ; tout allait pour le mieux dans ce nouveau monde.

« Je n'étais pas né jusqu'à maintenant, pensa-t-il alors que le spectacle d'ombres reprenait. Je n'étais même pas né. »

Satisfait par cette pensée, son esprit pela un des fruits si doux de Lo et le porta à ses lèvres.

Quelque part, quelqu'un l'applaudissait. En entendant ce bruit, il s'inclina pour saluer. Mais cette fois-ci, il ne se réveilla pas.

CHAPITRE 6

La Maison de Capra

1

À sa façon, la Maison de Capra se révéla plus surprenante pour Suzanna que tout ce qu'elle avait vu de la Fugue jusqu'à présent. C'était un édifice assez bas, dans un état de détérioration considérable, aux murs recouverts d'une couche de plâtre blanc qui s'effritait pour révéler de grosses briques rouges de fabrication artisanale. Les tuiles de son porche avaient souffert des intempéries ; sa porte elle-même tenait à peine à ses gonds. Des myrtes poussaient tout autour du bâtiment, et à leurs branches étaient accrochées les myriades de cloches qu'ils avaient entendues, sensibles au moindre souffle de vent. Le bruit qu'elles produisaient était cependant presque étouffé par celui des voix qui s'élevaient à l'intérieur. Cela ressemblait plus à une émeute qu'à un débat entre personnes civilisées.

Il y avait un garde en faction sur le seuil, accroupi sur le sol, en train d'édifier une ziggourat avec des cailloux. En les voyant s'approcher, il se releva. Il mesurait bien deux mètres dix.

« Qu'avez-vous à faire ici ? demanda-t-il à Jerichau.

— Nous devons voir le Conseil... »

Venue de l'intérieur, une voix parvint aux oreilles de Suzanna, une voix de femme, claire et forte.

« Je refuse de me recoucher et de me rendormir ! » dit-elle.

Cette remarque fut accueillie par les rugissements approbateurs de ses partisans.

« Il est vital que nous parlions au Conseil, dit Jerichau.

— Impossible, affirma le garde.

— Voici Suzanna Parrish, dit Jerichau. Elle...»

Il n'eut pas besoin de continuer.

«Je sais qui elle est, dit le garde.

— Si vous savez qui je suis, alors vous savez que c'est moi qui ai réveillé la Trame, dit Suzanna. Et je pense que le Conseil devrait m'entendre.

— Oui, dit le garde. Je le vois bien.»

Il jeta un regard par-dessus son épaule. Le vacarme s'était encore si possible intensifié.

«C'est la panique là-dedans, prévint-il. Vous aurez de la chance si vous parvenez à vous faire entendre.

— Je sais crier aussi bien qu'un autre», dit Suzanna.

Le garde hocha la tête.

«Je n'en doute pas, dit-il. Allez droit devant vous.»

Il s'écarta de leur passage en leur désignant un étroit corridor qui conduisait à une porte à moitié fermée.

Suzanna inspira profondément, jeta un regard vers Jerichau pour vérifier qu'il la suivait toujours, puis s'engagea dans le couloir et poussa la porte.

La salle qu'elle découvrit était fort grande, mais pleine de personnes; certaines étaient assises, d'autres debout, et on en voyait même quelques-unes juchées sur des chaises afin de mieux voir les participants au débat. Ceux-ci étaient au nombre de cinq, plongés dans une discussion passionnée. Il y avait une femme aux cheveux fous et au regard qui l'était encore plus — que Jerichau identifia comme étant Yolande Dor. Les membres de sa faction étaient rassemblés autour d'elle pour l'encourager. Elle faisait face à deux hommes, un individu au long nez dont le visage était cramoisi à force de crier, et un autre plus âgé qui avait posé un bras sur celui de son compagnon afin de l'exhorter au calme. De toute évidence, ils formaient la faction opposée. Entre les deux groupes se tenaient une femme noire, qui haranguait tous les participants, et un homme de type oriental impeccablement vêtu qui semblait chargé de la direction des opérations. En ce cas, sa mission était un échec total. Il ne s'écoulerait sûrement que quelques secondes avant que les poings ne prennent le relais des opinions.

Quelques membres de l'assemblée avaient remarqué la présence des intrus, mais les principaux acteurs de la pièce continuaient leur discussion enragée, indifférents aux arguments de la partie adverse.

«Quel est le nom de l'homme qui se trouve au milieu? demanda Suzanna à Jerichau.

— C'est Tung, dit Jerichau.

— Merci.»

Sans dire un mot, Suzanna alla se planter devant les antagonistes.

« Mr Tung », dit-elle.

L'homme se tourna vers elle, et sur son visage, l'agitation laissa aussitôt la place à la panique.

« Qui êtes-vous ? exigea-t-il de savoir.

— Suzanna Parrish. »

Ce nom suffit à réduire instantanément les deux parties au silence. Les regards qui n'étaient pas encore tournés vers Suzanna se braquèrent sur elle.

« Un Coucou ! dit le vieil homme. Dans la Maison de Capra !

— Tais-toi, dit Tung.

— C'est vous, dit la Noire. Vous !

— Oui ?

— *Est-ce que vous savez ce que vous avez fait ?* »

Cette remarque déclencha une nouvelle levée de boucliers, mais cette fois-ci, elle ne vint pas seulement de ceux qui se trouvaient au centre de la salle. *Tout le monde* criait.

« *Silence !* »

Ce cri fit son effet ; le vacarme s'estompa. C'était touchant de voir à quel point Tung était content de lui.

« Ah, dit-il avec une petite grimace d'autosatisfaction, je crois que c'est un peu mieux. Bien... (Il se tourna vers le vieil homme.) Tu as une objection, Messimeris ?

— En effet », fut la réponse. Il tendit un doigt arthritique dans la direction de Suzanna. « Cette femme est une intruse. J'exige qu'on la fasse immédiatement sortir de cette salle. »

Tung était sur le point de répondre, mais Yolande fut plus rapide que lui.

« Ce n'est pas le moment de pinailler sur les détails de la Constitution, dit-elle. Que ça nous plaise ou non, nous sommes réveillés. »

Elle regarda Suzanna.

« Et c'est elle la responsable.

— Eh bien, je ne vais pas rester dans la même pièce qu'un Coucou », dit Messimeris, dont chaque mot suintait du mépris qu'il ressentait pour Suzanna. « Pas après tout ce qu'ils nous ont fait. » Il regarda son compagnon au visage cramoisi. « Tu viens, Dolphi ?

— Oui, répondit celui-ci.

— Attendez, dit Suzanna. Je ne veux pas enfreindre quelque règle que ce soit...

— Vous l'avez déjà fait, dit Yolande, et les murs sont toujours debout.

— Pour combien de temps ? dit la Noire.

— La Maison de Capra est un endroit sacré », murmura Messimeris. De toute évidence, ses sentiments n'étaient pas feints : il était sincèrement offusqué par la présence de Suzanna.

« Je le comprends bien, dit Suzanna. Et je la respecte. Mais je me sens responsable...

— Et vous l'êtes », dit Dolphi, semblant prendre une nouvelle vigueur. « Mais cela ne peut guère nous réconforter, n'est-ce pas ? Nous sommes réveillés, damnation. Et nous sommes *perdus.*

— Je sais, dit Suzanna. Ce que vous dites est exact. »

Cette réponse le désarçonna : il s'était attendu à un argument.

« Vous en convenez ? dit-il.

— Bien sûr que oui. Nous sommes tous vulnérables en ce moment.

— Au moins pouvons-nous nous défendre à présent que nous sommes réveillés, affirma Yolande. Au lieu de rester couchés à ne rien faire.

— Nous avions des Gardiens, dit Dolphi. Que leur est-il arrivé ?

— Ils sont morts, répondit Suzanna.

— Tous ?

— Qu'en sait-elle ? commenta Messimeris. Ne l'écoutez pas.

— Ma grand-mère s'appelait Mimi Laschenski », dit Suzanna.

Pour la première fois depuis qu'elle était intervenue dans le débat, Messimeris la regarda droit dans les yeux. Le malheur ne lui était pas inconnu, pensa-t-elle ; il était présent en abondance dans son regard.

« Et alors ? dit-il.

— Elle a été assassinée, continua Suzanna en lui retournant son regard, par un membre de *votre* peuple.

— Impossible ! dit Messimeris avec une certitude absolue.

— Qui donc ? dit Yolande.

— Immacolata.

— Elle n'est pas des nôtres ! protesta Messimeris. Elle n'est pas des nôtres !

— Eh bien, ce n'est sûrement pas un Coucou, en tout cas », répondit Suzanna, dont la patience commençait à s'effriter.

Elle fit un pas en direction de Messimeris, lequel raffermit son étreinte sur le bras de Dolphi, comme s'il avait eu l'intention d'utiliser son collègue en guise de bouclier si l'on en venait aux mains.

« Chacun de nous est en danger, dit-elle, et si vous ne vous en rendez pas compte, alors tous vos endroits sacrés — pas seulement la Maison de Capra, mais *tous* — seront anéantis. D'accord, vous avez de bonnes raisons pour ne pas me faire confiance. Mais consentez au moins à m'écouter. »

La salle tout entière était plongée dans le silence.

« Dites-nous tout ce que vous savez, dit Tung.

— Ce n'est pas grand-chose, admit Suzanna. Mais je sais que vous avez des ennemis ici, dans la Fugue, et Dieu sait combien d'autres à l'extérieur.

— Qu'est-ce que vous nous suggérez de faire ? dit une nouvelle voix, celle d'un des membres de la faction de Dolphi.

— Lutter, dit Yolande.

— Vous échouerez», répondit Suzanna.

Le visage de l'autre femme se ferma.

«Vous êtes défaitiste, vous aussi? dit-elle.

— C'est la vérité. Vous n'avez aucune défense contre le Royaume.

— Nous avons nos extases, dit Yolande.

— Voulez-vous forger des armes avec votre magie? répondit Suzanna. Comme Immacolata? Si vous agissez ainsi, vous pouvez tout aussi bien vous traiter de Coucous.»

Cette remarque suscita quelques murmures approbateurs dans l'assemblée; et un regard venimeux de Yolande.

«Il nous faut donc nous remettre à tisser, dit Messimeris avec une certaine satisfaction. C'est ce que je dis depuis le début.

— Je suis d'accord», dit Suzanna.

A ces mots, la salle entra de nouveau en éruption, et la voix de Yolande s'éleva au-dessus du vacarme:

«*Plus de sommeil!* dit-elle. *Je ne dormirai pas!*

— Alors, vous serez tous exterminés», lui cria Suzanna en réponse.

Le vacarme faiblit quelque peu.

«Ce siècle est sans pitié, dit Suzanna.

— Le précédent l'était aussi, commenta quelqu'un. Et celui d'avant également!

— Nous ne pouvons pas nous cacher *éternellement*», dit Yolande, qui en appela à l'assemblée.

Cette prière reçut un soutien considérable, en dépit de l'intervention de Suzanna. Et en fait, il était difficile de ne pas prendre leur situation en sympathie. Après un si long sommeil, l'idée de regagner la couche étouffante de la Trame ne pouvait guère être attirante.

«Je n'ai pas dit que vous deviez rester très longtemps dans le tapis, dit Suzanna. Simplement jusqu'à ce qu'un abri sûr puisse être...

— J'ai déjà entendu ça, interrompit Yolande. *Nous attendrons,* c'est ce qu'on dit toujours, *nous resterons bien à l'abri jusqu'à ce que la tempête soit passée.*

— Il y a tempête et tempête», dit un homme quelque part derrière la foule.

Sa voix pénétra dans la clameur avec aisance, bien qu'elle ne fût guère plus qu'un murmure. Ce fait en soi-même suffit à faire mourir la discussion.

Suzanna regarda dans la direction d'où était venue la voix, bien qu'elle ne pût voir son propriétaire. La voix se fit de nouveau entendre:

«Si le Royaume vous détruit..., dit-elle, ... alors toute la douleur de ma Mimi aura été inutile...»

Les membres du Conseil s'écartèrent pour laisser passer le nouveau venu qui se dirigeait vers le centre de la salle. Il arriva en vue. Il fallut plusieurs secondes à Suzanna pour se rendre compte qu'elle avait déjà vu son visage, et un battement de cœur supplémentaire pour se rappeler où : sur le portrait accroché au mur de la chambre de Mimi. Mais la photographie fanée ne lui avait fait entrevoir qu'une fraction de la présence de cet homme ; qu'une fraction, en fait, de sa beauté physique. Il n'était guère difficile, en voyant la façon dont ses yeux brillaient, et celle dont ses cheveux coupés court flattaient les courbes de son crâne, de comprendre pourquoi Mimi avait dormi sous son regard durant toute sa vie de solitude. C'était l'homme qu'elle avait aimé. C'était...

« Romo, dit-il en s'adressant à Suzanna. Le premier mari de ta grand-mère. »

Comment avait-il su, lui qui dormait dans la Trame, que Mimi avait pris un mari humain ? L'air le lui avait-il dit cette nuit ?

« Que viens-tu faire ici ? dit Tung. Ce n'est pas un lieu public.

— Je viens parler au nom de mon épouse. Je connaissais le fond de son cœur mieux que n'importe lequel d'entre vous.

— C'était il y a de nombreuses années de cela, Romo. Dans une autre vie. »

Romo hocha la tête.

« Oui..., dit-il. Cette vie a disparu, je le sais. Et Mimi aussi. Autant de raisons pour que je parle en son nom. »

Personne ne tenta de lui faire faire silence.

« Elle est morte dans le Royaume, dit-il, pour nous préserver du mal. Elle est morte sans avoir tenté de nous réveiller. Pourquoi ? Elle avait toutes les raisons de souhaiter que la Trame soit défaite. Elle aurait été relevée de ses obligations ; et elle se serait retrouvée à mes côtés.

— Pas nécessairement... », dit Messimeris.

Romo sourit.

« Parce qu'elle s'est remariée ? dit-il. Je ne m'attendais pas à autre chose de sa part. Ou parce qu'elle avait oublié ? Non. Jamais. » Il parlait avec une telle autorité, et pourtant avec tant de douceur, que toutes les personnes présentes étaient suspendues à ses lèvres. « Elle ne nous avait pas oubliés. Elle savait simplement ce que sa petite-fille sait. Nous n'aurions pas été en *sécurité* en nous réveillant. »

Yolande fit mine d'intervenir, mais Romo leva la main.

« Un instant, s'il te plaît, dit-il. Ensuite, je m'en irai. J'ai à faire ailleurs. »

Yolande ferma la bouche.

« Je connaissais Mimi mieux que n'importe lequel d'entre vous. En ce qui me concerne, c'est hier que nous nous sommes séparés. Je sais qu'elle a veillé sur la Trame tant qu'elle avait la force et le souffle de le faire. Ne gâchez pas son supplice en nous jetant entre les mains de nos ennemis simplement parce que vous avez eu une bouffée de liberté dans les narines.

— Facile à dire pour toi, répondit Yolande.

— Je veux vivre tout autant que toi, lui dit Romo. Je suis resté ici à cause de mes enfants, pensant — tout comme nous l'avons tous pensé — que nous nous réveillerions dans un an ou deux. Regardez à présent. Nous ouvrons les yeux, et le monde a changé. Ma Mimi était une vieille femme quand elle est morte, et c'est la fille de sa fille qui apparaît à sa place pour nous dire que nous sommes plus proches de l'extinction que jamais. Je pense qu'elle parle avec la bénédiction de Mimi. Nous devrions l'écouter.

— Que conseilles-tu ? dit Tung.

— *Conseiller ?* dit Yolande. Ce n'est qu'un dompteur de lions, pourquoi devrions-nous écouter ses conseils ?

— Je suggère que nous nous remettions à tisser, dit Romo en ignorant son intervention. Que nous reformions la Trame avant que les Coucous ne viennent parmi nous. Ensuite, nous trouverons un endroit *sûr,* quelque part où les Coucous ne nous attendront pas à la bordure du tapis. Yolande a raison, dit-il en se tournant vers elle. Nous ne pouvons pas nous cacher éternellement. Mais affronter le lendemain dans un tel état de chaos, ce n'est pas du courage, c'est du suicide. »

Son discours était bien argumenté, et il impressionna de toute évidence une bonne partie de l'assemblée.

« Et si nous choisissons d'agir ainsi, dit l'un des membres du clan de Yolande, qui veillera sur le tapis ?

— Elle, dit Romo en regardant Suzanna. Elle connaît le Royaume mieux que quiconque. Et la rumeur circule qu'elle a accès au menstruum.

— Est-ce exact ? » dit Tung.

Suzanna acquiesça. L'homme fit un pas en arrière pour s'écarter d'elle. Un mélange de commentaires et de questions s'élevait à présent de l'assemblée, pour la plupart adressés à Romo. Il refusa cependant d'en tenir compte.

« J'ai dit tout ce que j'avais à dire sur ce sujet, déclara-t-il. Je ne peux pas laisser mes enfants m'attendre plus longtemps. »

Ceci dit, il se retourna et repartit par où il était venu. Suzanna se lança à sa poursuite alors que la controverse reprenait de plus belle.

« Romo ! » appela-t-elle.

Il s'arrêta et fit demi-tour.

« Aidez-moi, dit-elle. Restez avec moi.

— Je n'en ai pas le temps, dit-il. J'ai un rendez-vous qui m'attend, au nom de ta grand-mère.

— Mais il y a tant de choses que je ne comprends pas.

— Mimi ne t'a pas laissé des instructions? dit-il.

— Il était trop tard. Quand je suis arrivée à son chevet, elle ne pouvait plus...» Elle s'interrompit. Sa gorge était serrée; elle sentit le chagrin qu'avait fait naître en elle la perte de Mimi refaire surface. «... ne pouvait plus parler. Elle ne m'a laissé qu'un livre.

— Alors, consulte-le, dit Romo. Elle savait ce qu'elle faisait.

— On me l'a pris, dit Suzanna.

— Alors, il faut que tu le récupères. Et les réponses que tu n'y trouveras pas, mets-les-y toi-même.»

Cette dernière remarque déconcerta totalement Suzanna, mais avant qu'elle n'ait pu la remettre en question, Romo reprit la parole.

«Regarde *entre,* dit-il. C'est le meilleur conseil que je puisse te donner.

— Entre quoi?»

Romo fronça les sourcils.

«*Entre,* tout simplement», dit-il, comme si le sens de cette instruction était évident. «Je sais que tu seras à la hauteur de la tâche. Tu es l'enfant de Mimi.»

Il se pencha vers elle et l'embrassa.

«Tu lui ressembles», dit-il, sa main tremblant contre la joue de Suzanna.

Elle sentit soudain que ce contact était plus qu'amical; et qu'elle éprouvait pour lui un sentiment indéniable: quelque chose qui n'était guère de mise entre elle-même et le mari de sa grand-mère. Tous deux eurent un mouvement de recul, surpris par leurs sentiments.

Il commença à se diriger vers la porte, lui adressant un dernier salut le dos tourné. Elle fit un pas ou deux vers lui, mais ne tenta pas de le retenir plus longtemps. Il avait à faire, avait-il dit. Alors qu'elle ouvrait la porte, il y eut un rugissement dans l'obscurité et son cœur bondit lorsque des fauves apparurent autour de lui. Il n'était cependant l'objet d'aucune attaque. Il avait parlé de ses enfants, et c'étaient eux qui venaient de faire leur apparition. Des lions, plus d'une demi-douzaine, qui l'accueillaient avec des grondements, tournant leurs yeux dorés vers lui tandis qu'ils se disputaient pour être le plus près possible de lui. La porte les dissimula en se refermant.

«Ils veulent que nous partions.»

Jerichau se tenait dans le corridor derrière elle. Elle garda les yeux fixés sur la porte close pendant quelques instants encore, tandis que le bruit des lions s'estompait, puis se tourna vers lui.

«Est-ce qu'on nous jette dehors? demanda-t-elle.

— Non. Ils veulent seulement débattre du problème pendant quelque temps, dit-il. Sans nous.»

Elle hocha la tête.

« Je suggère que nous nous éloignions un peu. »

Lorsqu'ils ouvrirent la porte, Romo et ses fauves avaient disparu ; partis en mission au nom de Mimi.

2

Ils s'éloignèrent donc.

Il avait son silence ; et elle, le sien. Tant de sentiments qu'elle devait s'efforcer de comprendre. Ses pensées revinrent à Mimi et au sacrifice qu'elle avait fait, sachant que Romo, son superbe dompteur de lions, dormait dans un endroit où il lui était interdit de pénétrer. Avait-elle touché les nœuds où il était dissimulé ? se demanda-t-elle ; s'était-elle agenouillée devant la Trame pour lui murmurer son amour ? La seule pensée de cet acte était insupportable. Pas étonnant qu'elle ait été si sévère, si stoïque. Elle avait monté la garde aux portes du Paradis, seule ; incapable de souffler mot de ce qu'elle savait à quiconque ; redoutant la démence, redoutant la mort.

« N'aie pas peur, dit finalement Jerichau.

— Je n'ai pas peur », mentit-elle, puis, se rappelant que les couleurs qui émanaient d'elle contrediraient ses paroles, elle dit : « Enfin... peut-être un peu. Je ne peux pas être une Gardienne, Jerichau. Je ne suis pas à la hauteur. »

Ils avaient émergé du bosquet de myrtes pour pénétrer dans un champ. D'énormes créatures de marbre reposaient dans l'herbe qui montait jusqu'aux genoux, appartenant à des espèces mythiques ou disparues, et ciselées avec amour jusqu'au moindre détail : cornes, fourrure et yeux minuscules. Elle s'appuya contre le flanc de l'une d'elles et examina le sol. Ils n'entendaient ni le débat qui se poursuivait derrière eux ni les cloches accrochées aux branches ; rien que les insectes nocturnes, qui vaquaient à leurs occupations à l'ombre des fauves.

Le regard de Jerichau était posé sur elle — elle le sentait — mais elle ne parvenait pas à lever la tête pour le rencontrer.

« Je crois que peut-être... », commença-t-il, puis il s'interrompit.

Les insectes continuaient de bourdonner, tournant en dérision son impuissance à trouver les mots qu'il cherchait.

Il essaya de nouveau.

« Je voulais juste te dire : je sais que tu es à la hauteur de toute tâche. »

Elle allait sourire de sa courtoisie, mais :

« Non. Ce n'est pas ce que je voulais dire. » Il reprit son souffle, et en l'exhalant, dit : « Je veux partir avec toi.

— Avec moi ?

— Quand tu retourneras dans le Royaume. Que ce soit avec le tapis ou sans lui, je veux être à tes côtés. »

Elle finit par lever la tête, et le visage du Devin était celui d'un accusé dans l'attente du verdict ; suspendu au moindre frémissement de ses cils.

Elle sourit, cherchant une réponse. Finalement, elle dit :

« Bien sûr. Bien sûr. J'aimerais bien.

— Oui ? hoqueta-t-il. Tu accepterais ? »

L'anxiété disparut de son visage, pour être remplacée par un sourire éclatant.

« Merci, dit-il. Je souhaite tant que nous soyons amis.

— Alors, nous serons amis », répondit-elle.

La pierre était glacée contre son dos ; lui, devant elle, exsudait la chaleur. Et elle était là, là où Romo lui avait conseillé de se trouver : entre.

CHAPITRE 7

Shadwell sur les hauteurs

« Laissez-moi descendre », dit le Vendeur à sa monture fourbue.

Ils avaient gravi une colline au flanc raide, la plus haute que Shadwell ait pu trouver. La vue que l'on avait depuis son sommet était impressionnante.

Norris n'était cependant guère intéressé par le panorama. Il s'assit, le souffle court, et pressa son tambour manchot contre sa poitrine, laissant Shadwell se placer sur le promontoire et admirer le paysage qui s'étalait devant lui sous le clair de lune.

Leur voyage jusqu'à ce lieu leur avait permis de contempler une foule de spectacles extraordinaires ; les occupants de cette contrée, bien que de toute évidence apparentés aux espèces que l'on trouvait en dehors de la Fugue, avaient adopté de nouvelles formes comme sous l'effet de la magie. Comment expliquer sinon ces papillons grands comme cinq fois la main qui miaulaient tels des chats en chaleur au sommet des arbres ? Ou ces serpents luisants qu'il avait aperçus, prétendant être des flammes nichées au creux d'un rocher ? Ou ce buisson dont les épines saignaient sur ses propres fleurs ?

On trouvait partout de telles visions. Le boniment qu'il avait adressé à ses clients pour les tenter à participer à la Vente aux Enchères avait été coloré, certes ; mais il avait à peine effleuré la réalité. La Fugue était bien plus étrange que toutes ses belles paroles n'avaient pu le suggérer ; plus étrange, et plus troublante.

C'était cela qu'il ressentait en contemplant le paysage depuis le sommet de la colline : du trouble. Ce sentiment l'avait peu à peu envahi le long de leur voyage, se manifestant tout d'abord comme une forme de dyspepsie, puis escaladant jusqu'à lui faire ressentir une sourde terreur. Il avait tenté tout d'abord de refuser d'admettre son origine, mais la force de ce sentiment était telle qu'il ne pouvait plus en dénier l'existence.

C'était de la *convoitise* qui avait pris naissance au creux de son ventre ; la seule sensation qu'aucun Vendeur digne de ce nom ne pouvait s'abaisser à admettre. Il essaya de surmonter la douleur dans son estomac en examinant le paysage et son contenu d'un point de vue strictement commercial : combien pouvait-il demander pour ce verger ? ou pour les îles sur ce lac ? ou pour ces papillons ? Mais pour une fois, cette technique le trahit. Il contemplait la Fugue et toute idée de commerce était bannie de son esprit.

Il ne servait à rien de lutter. Il était bien forcé d'admettre l'amère vérité : il avait commis une terrible erreur en tentant de vendre cet endroit.

Aucun prix ne saurait rendre justice à une profusion aussi vertigineuse ; aucun enchérisseur, fût-il riche comme Crésus, n'aurait les moyens de l'acheter.

Et le voilà, contemplant la plus vaste collection de miracles que le monde eût jamais vue, toute ambition de l'exhiber devant les princes enfuie de son esprit.

Une nouvelle ambition avait pris sa place. Il allait être un prince lui-même. Bien plus qu'un prince.

Un pays entier s'étendait devant lui. Pourquoi n'en deviendrait-il pas le Roi ?

CHAPITRE 8

Le sang de la vierge

Le bonheur n'était pas un état familier à Immacolata, mais il existait des endroits dans lesquels elle et ses sœurs éprouvaient un sentiment qui en était relativement proche. Les champs de bataille à la tombée du jour, lorsque chaque souffle qu'elles aspiraient était le dernier souffle d'un autre; les nécropoles et les sépulcres. Partout où se trouvait la mort, elles étaient à leur aise; elles jouaient parmi les cadavres et pique-niquaient au milieu de leurs monceaux.

C'était pour cette raison que, lorsqu'elles s'étaient lassées de chercher Shadwell, elles s'étaient rendues aux Marches du Requiem. C'était le seul endroit de la Fugue consacré à la mort. Etant enfant, Immacolata était venue ici chaque jour pour se baigner dans le chagrin des autres. A présent, ses sœurs étaient parties en quête d'un père malgré lui, et elle se retrouvait seule, avec à l'esprit des pensées si noires que le ciel nocturne était par comparaison d'un éclat aveuglant.

Elle ôta ses souliers et descendit les marches jusqu'à la plage de boue noire qui bordait la rivière. C'était là que l'on abandonnait finalement les corps à l'étreinte des eaux. Là que les sanglots avaient toujours été les plus forts, et là que la foi en un au-delà avait tremblé en face des faits.

De nombreuses années s'étaient écoulées depuis que ces rites avaient été en vogue. On avait mis fin à la pratique qui consistait à offrir les morts à telle ou telle rivière; trop de cadavres étaient retrouvés par les Coucous. L'incinération était devenue la méthode la plus employée pour disposer des restes des Devins, au grand chagrin d'Immacolata.

Les cérémonies qui se tenaient sur les Marches avaient contenu une part de symbole, car l'escalier descendait vers la boue. Debout près de la berge, la rivière coulant à vive allure devant elle, elle pensa à quel point il lui serait facile de se jeter dans les flots et de prendre le chemin des morts.

Mais elle laisserait derrière elle trop d'affaires en suspens. Elle laisserait la Fugue intacte et ses ennemis vivants. Il n'y avait aucune sagesse dans une telle décision.

Non; elle devait continuer à vivre. Voir les Familles humiliées; leurs espoirs, tout comme leurs territoires, réduits en poussière; leurs miracles transformés en simples jouets. L'anéantissement serait un sort trop tendre pour elles. Elles éprouveraient la douleur l'espace d'un instant, puis tout serait fini. Mais voir la Devinité en esclavage: ça valait la peine de vivre.

Le rugissement des eaux l'apaisa. Elle se sentit devenir nostalgique, se souvint des corps qu'elle avait vus emportés par cette marée.

Mais n'entendait-elle pas un autre rugissement, couvert par celui de la rivière? Elle quitta des yeux les eaux troublées. En haut des marches se trouvait un édifice branlant, rien de plus qu'un toit soutenu par quelques colonnes, dans lequel les pleureuses s'attardaient jadis tandis que l'on lançait les derniers adieux au bord de la rivière. Elle distinguait vaguement un mouvement à l'intérieur; des fugitifs parmi les ombres. Etaient-ce ses sœurs? Elle ne sentait pas leur proximité.

Sa question informulée reçut une réponse lorsqu'elle eut traversé l'étendue de boue pour se diriger vers les marches.

« Je savais que tu serais ici. »

Immacolata s'immobilisa, le pied sur la première marche.

« Entre tous les endroits... ici. »

Immacolata sentit un frisson de terreur. Pas à cause de l'homme qui émergeait de l'abri des colonnes, mais à cause de ses compagnons. Ils avançaient dans l'ombre derrière lui, leurs flancs haletants et soyeux. Des lions! Il était venu avec ses lions.

« Oh oui, dit Romo en voyant l'Incantatrice frémir, je ne suis pas seul, comme elle l'était. Cette fois-ci, c'est toi qui es vulnérable. »

C'était la vérité. Les lions n'étaient pas des créatures douées de réflexion. Ses illusions ne les tromperaient pas. Et ses assauts de mirages n'auraient guère d'effets sur leur dompteur, qui partageait leur indifférence bestiale.

« Mes sœurs..., souffla-t-elle, venez à moi. »

Les lions s'avançaient sous le clair de lune, six en tout; trois mâles, trois femelles. Leurs yeux étaient rivés à leur propriétaire, dans l'attente de ses instructions.

Elle recula d'un pas. La boue était glissante sous ses pieds. Elle faillit perdre l'équilibre. Où étaient la Madeleine et la Harpie?

Elle lança une autre pensée frénétique vers elles, mais sa peur la rendait apathique.

Les lions étaient arrivés en haut des marches. Elle n'osait pas les quitter des yeux, bien qu'elle détestât ce spectacle. Ils étaient si indolents dans leur magnificence. Bien que cette idée lui répugnât, elle savait qu'elle devait s'enfuir devant eux. Elle allait s'aider du menstruum pour s'élever au-dessus de la rivière avant qu'ils ne l'aient atteinte. Mais le torrent prenait son temps pour couler à travers elle, tant elle était distraite. Elle tenta de retarder leur approche.

« Tu ne devrais pas leur faire confiance..., dit-elle.

— Aux lions ? dit Romo avec un demi-sourire.

— Aux Devins. Ils ont trahi Mimi tout comme ils m'ont trahie. Ils l'ont abandonnée dans le Royaume pendant qu'ils s'abritaient dans leur refuge. Ce sont des lâches et des menteurs.

— Et toi ? Qu'es-tu ? »

Immacolata sentit le menstruum commencer à investir son moi obscur. Etant certaine de pouvoir s'enfuir, elle pouvait se permettre de dire la vérité.

« Je ne suis rien », dit-elle, d'une voix si douce qu'elle était presque couverte par le vacarme de la rivière. « Je suis vivante tant que ma haine pour eux me garde en vie. »

On aurait pu croire que les lions avaient compris cette dernière remarque, car ils se précipitèrent soudain sur elle, bondissant au-dessus des marches jusqu'à l'endroit où elle se trouvait.

Le menstruum ondoya autour d'elle ; elle commença à s'élever. A ce moment-là, la Madeleine apparut au bord de la rivière et poussa un cri.

Cet appel troubla la concentration d'Immacolata alors que ses pieds n'étaient qu'à quelques centimètres de la boue. C'était tout ce qu'il fallait au premier lion. Il s'élança dans sa direction depuis les marches, et avant qu'elle n'ait pu éviter son assaut, la fit tomber d'un coup de griffe. Elle plongea de tout son long dans la boue.

Romo se fraya un chemin au milieu de sa meute, rappelant le fauve avant qu'Immacolata n'ait pu rassembler ses forces. Cet appel vint trop tard. Le menstruum décrivait des spirales autour du lion, tailladant son visage et ses flancs ; l'animal n'aurait pas pu se dégager même s'il l'avait voulu. Mais l'attaque du menstruum laissait Immacolata pratiquement sans défense, et le lion lui donnait coup sur coup, chacun occasionnant une blessure grave. Immacolata hurlait et se débattait dans la boue ensanglantée, mais le lion refusait de la lâcher.

Alors que ses griffes entaillaient le visage de l'Incantatrice, il poussa un rugissement étouffé et son attaque prit fin. L'espace d'un instant, il demeura immobile au-dessus d'Immacolata, tandis que de la vapeur s'élevait entre eux ; puis il tomba sur son flanc.

Son abdomen avait été ouvert de la gorge aux testicules. Ce n'était pas l'œuvre du menstruum, mais du couteau qui tombait à présent de la main d'Immacolata. Le fauve, traînant ses entrailles derrière lui, avança de quelques mètres en vacillant, puis s'effondra dans la boue.

Les autres animaux poussèrent des grondements de détresse, mais gardèrent leur position conformément aux ordres de Romo.

Quant à Immacolata, ses deux sœurs venaient à présent à son aide, mais elle cracha quelques mots pleins de mépris dans leur direction et se redressa sur ses genoux. Les blessures dont elle souffrait auraient causé la mort d'un être humain, voire même de la plupart des Devins. Son visage et sa poitrine avaient subi des dommages traumatisants ; sa chair pendouillait en lambeaux écœurants. Elle réussit pourtant à se remettre sur pied et tourna ses yeux tourmentés, enchâssés dans un visage qui n'était plus qu'une plaie, vers Romo.

« Je détruirai tout ce que tu as jamais aimé... », dit-elle d'une voix vibrante, tandis que sa main se posait sur son visage et que le sang coulait entre ses doigts. « La Fugue. La Devinité. Tout ! Tout sera anéanti. Tu as ma parole. *Oh, comme tu pleureras.* »

Si Romo en avait eu le pouvoir, il n'aurait pas hésité à éliminer l'Incantatrice sur-le-champ. Mais envoyer Immacolata vers de nouveaux pâturages était au-delà des forces d'un lion ou d'un dompteur ; aussi affaiblie que fût son ennemie, elle et ses sœurs auraient sans aucun doute tué les autres fauves avant qu'ils ne l'aient atteinte. Il devrait se satisfaire du résultat de cette attaque-surprise et espérer que Mimi savait, là où elle reposait, que son tourment avait été vengé.

Il se dirigea vers le lion abattu en prononçant de douces paroles. Immacolata ne fit aucune tentative pour l'attaquer, mais se dirigea vers les marches, flanquée de ses deux sœurs.

Les lions gardèrent leur position, dans l'attente de l'ordre qui les déchaînerait. Mais Romo était trop occupé à pleurer. Il avait posé sa joue sur la joue de l'animal à l'agonie, lui murmurant toujours à l'oreille. Puis ses paroles de réconfort cessèrent, et une expression rien de moins que tragique se peignit sur son visage.

Les lions entendirent son silence et surent ce qu'il signifiait. Ils tournèrent leurs têtes vers lui, et à ce moment-là, Immacolata s'éleva dans les airs, sainte de boue et de plaies, ses sœurs spectrales la suivant comme deux séraphins corrompus.

Il leva les yeux tandis qu'elles montaient dans les ténèbres, laissant sur leur passage une averse de sang. Alors que la nuit allait les engloutir, il vit la tête d'Immacolata s'effondrer et ses sœurs se précipiter à son aide. Cette fois-ci, l'Incantatrice n'accueillit pas leur offre de soutien par le mépris mais les laissa l'emporter au loin.

CHAPITRE 9

Jamais, et encore

Le bâtisseur de ziggourat qui avait monté la garde devant la Maison de Capra leur lançait des cris depuis la lisière du champ, refusant de s'approcher davantage par pure courtoisie.

« Ils veulent que vous reveniez dans la Maison », cria-t-il.

Alors qu'ils rebroussaient chemin vers les myrtes, il devint évident que quelque chose d'important était en train de se passer. Des membres du Conseil quittaient déjà la Maison de Capra, le visage et la démarche empreints de l'urgence du moment. Les cloches dans les arbres faisaient toutes entendre leur sonnerie, bien qu'il n'y eût aucune brise, et il y avait des lumières au-dessus de la maison, pareilles à d'énormes lucioles.

« Les Amadous », dit Jerichau.

Les lumières tournoyaient et s'élevaient dans des configurations complexes.

« Que font-ils ? demanda Suzanna.

— Ils lancent le signal, répondit Jerichau.

— Quel signal ? »

Alors qu'il allait lui répondre, Yolande Dor apparut entre les arbres et se planta devant Suzanna.

« Ils sont stupides de vous faire confiance, lui déclara-t-elle sans ambages. Mais je vous le dis, *moi,* je ne vais pas me rendormir. Vous m'entendez ? Nous avons le droit de *vivre* ! Vous autres les Coucous, vous n'êtes pas les propriétaires de la terre ! »

Puis elle s'en fut, maudissant Suzanna sur son chemin.

« Ça veut dire qu'ils ont suivi les conseils de Romo, dit Suzanna.

— C'est ce que disent les Amadous », confirma Jerichau, les yeux toujours levés vers le ciel.

« Je ne suis pas sûre d'être prête pour ça. »

Tung se trouvait près de la porte et lui faisait signe d'entrer. « Dépêchez-vous, voulez-vous ? Le temps nous est compté. »

Elle hésita. Le menstruum ne lui offrait aucun courage à présent ; son estomac lui semblait pareil à une chaudière froide : cendres et vide.

« *Je* suis avec toi », lui rappela Jerichau, lisant son anxiété.

Sa présence lui apporta quelque réconfort. Ensemble, ils pénétrèrent à l'intérieur.

Lorsqu'elle entra dans la salle, elle fut accueillie par un silence presque révérencieux. Tous les regards étaient tournés vers elle. On lisait le désespoir sur chaque visage. La dernière fois qu'elle s'était trouvée ici, à peine quelques minutes auparavant, elle avait été une intruse. A présent, elle était celle sur laquelle reposaient tous leurs fragiles espoirs de survie. Elle essaya de ne pas leur montrer sa peur, mais ses mains tremblaient quand elle se présenta devant eux.

« Nous avons pris notre décision, dit Tung.

— Oui, répondit-elle. Yolande me l'a dit.

— Cela ne nous plaît guère », dit un Devin, que Suzanna reconnut comme un dissident de la faction de Yolande. « Mais nous n'avons pas le choix.

— Il y a déjà des troubles sur les bordures, dit Tung. Les Coucous savent que nous sommes là.

— Et il fera bientôt jour », dit Messimeris.

En effet. L'aube n'était pas à plus de quatre-vingt-dix minutes de là. Une heure après, tous les Coucous curieux du voisinage s'aventureraient dans la Fugue — ne la voyant peut-être pas tout à fait, mais sachant qu'il y avait là quelque chose à voir, quelque chose à craindre. Combien de temps s'écoulerait-il avant que l'on assiste à une scène similaire à celle de Lord Street ?

« Nous avons pris les mesures nécessaires pour lancer le tissage, dit Dolphi.

— Est-ce difficile ?

— Non, dit Messimeris. Le pouvoir du Gyrus est très grand.

— Combien de temps cela va-t-il prendre ?

— Nous avons peut-être une heure, dit Tung, pour vous enseigner les secrets de la Trame. »

Une heure : que pourrait-elle apprendre en une heure ?

« Dites-moi seulement ce que j'ai besoin de savoir pour assurer votre sécurité, dit-elle. Et rien de plus. Ce que je ne sais pas, je ne pourrai le dire à personne.

— Voilà qui est sagement parlé, dit Tung. Nous n'avons pas le temps de nous perdre dans les formalités. Allons-y. »

CHAPITRE 10

L'appel

Cal se réveilla en sursaut.

L'air s'était légèrement rafraîchi, mais ce n'était pas cela qui l'avait réveillé. C'était Lemuel Lo, en prononçant son nom.

« Calhoun... Calhoun... »

Il s'assit. Lemuel était à ses côtés, souriant dans sa barbe broussailleuse.

« Il y a quelqu'un qui demande à vous voir, dit-il.

— Ah?

— Nous n'avons pas beaucoup de temps, mon poète, dit-il tandis que Cal se relevait à grand-peine. On est de nouveau en train de tisser le tapis. Dans moins de quelques minutes, tout ceci sera une nouvelle fois plongé dans le sommeil. Et moi avec.

— Ce n'est pas possible, dit Cal.

— Oh si, mon ami. Mais je n'ai aucune crainte. Vous veillerez sur nous, n'est-ce pas? »

Il saisit la main de Cal dans une étreinte farouche.

« J'ai rêvé quelque chose..., dit Cal.

— Quoi donc?

— J'ai rêvé que ceci était réel et que le reste ne l'était pas. »

Le sourire de Lemuel s'évanouit.

« Je souhaiterais que votre rêve dise la vérité, dit-il. Le Royaume n'est que trop réel, hélas. Mais, voyez-vous, une chose qui finit par devenir trop sûre d'elle-même se transforme en une sorte de mensonge. C'est ça que vous avez rêvé. Que l'autre monde était un monde de mensonges. »

Cal acquiesça. L'étreinte qui emprisonnait sa main se resserra, comme si un pacte était en train d'être conclu.

« Ne vous perdez pas là-dedans, Calhoun. Souvenez-vous de Lo, hein ? Et du verger ? *D'accord ?* Alors, nous nous reverrons sûrement un jour. »

Lemuel l'embrassa.

« *Souvenez-vous* », dit-il au creux de l'oreille de Cal.

Cal fit de son mieux pour retourner l'étreinte de Lo, vu le tour de taille de celui-ci. Puis le gardien du verger s'écarta de lui.

« Mieux vaut faire vite, dit-il. La personne qui vous attend prétend que le temps presse. »

Et il se dirigea vers le tapis que l'on enroulait déjà alors que résonnaient les échos d'une dernière chanson mélancolique.

Cal le regarda s'engager parmi les arbres, frôlant l'écorce de chacun d'entre eux au passage. Leur ordonnant de plonger dans un sommeil profond, sans aucun doute.

« Mr Mooney ? »

Cal regarda autour de lui. Une femme de petite taille aux traits orientaux se tenait à deux arbres de lui. Elle avait à la main une lampe qu'elle leva en s'approchant du jeune homme, le scrutant longuement et sans la moindre fausse honte.

« Eh bien, dit-elle de sa voix chantante, il m'a dit que vous étiez beau, et c'est vrai. Même s'il s'agit d'une beauté un peu spéciale. »

Elle inclina légèrement la tête, comme pour tenter de déchiffrer la physionomie de Cal.

« Quel âge avez-vous ?

— Vingt-six ans. Pourquoi ?

— Vingt-six ans, dit-elle. Il est vraiment nul en mathématiques. »

« Moi aussi », allait dire Cal, mais il y avait d'autres questions plus urgentes. La première étant :

« Qui êtes-vous ?

— Mon nom est Chloé, répondit la femme. Je suis venue vous chercher. Nous ferions mieux de nous presser. Il risque de s'impatienter.

— Qui ça ?

— Même si nous avions le temps d'en parler, on m'a interdit de vous le dire, répondit Chloé. Mais il est désireux de vous voir, ça, je peux vous l'affirmer. Très désireux. »

Elle fit demi-tour et commença à s'éloigner du couloir formé par les arbres. Elle parlait toujours, mais Cal ne parvenait pas à saisir ses paroles. Il se lança à sa poursuite tandis qu'un bout de phrase dérivait vers lui.

« ... pas le temps d'y aller à pied...

— Qu'est-ce que vous dites ? demanda-t-il lorsqu'il l'eut rattrapée.

— Nous devons faire vite », dit-elle.

Ils avaient atteint le périmètre du verger et, à sa grande surprise,

Cal découvrit là un pousse-pousse. Un homme d'un certain âge à la silhouette élancée, vêtu d'un pantalon bleu électrique et d'une veste miteuse, fumait un cigarillo, appuyé contre les brancards du véhicule. Sur sa tête se trouvait un chapeau melon.

« Voici Floris, dit Chloé à Cal. Montez, s'il vous plaît. »

Cal s'exécuta, prenant place sur un tas de coussins. Il n'aurait pas refusé de se lancer dans cette aventure même si sa vie avait été en danger. Chloé s'assit à côté de lui.

« Dépêche-toi », dit-elle au conducteur, et ils partirent en trombe.

CHAPITRE 11

Dans le belvédère

1

Il s'était fait la promesse de ne pas regarder le verger qui s'éloignait derrière lui, et il réussit à la tenir jusqu'au dernier moment, jetant finalement un ultime regard par-dessus son épaule avant que la nuit n'ait tout à fait englouti le spectacle des arbres.

Ce fut à peine s'il aperçut le cercle de lumière dans lequel il s'était tenu pour réciter les vers de Mooney le Dingue ; puis le pousse-pousse prit un tournant et la scène disparut.

Floris était résolu à obéir aux instructions de Chloé : pour se presser, il se pressait. Le pousse-pousse roulait et tanguait, bondissant sur l'herbe et sur les pavés avec le même enthousiasme et menaçant constamment de projeter ses passagers dans le décor. Cal s'accrochait au véhicule et regardait la Fugue défiler devant lui. Il se maudissait pour s'être endormi comme il l'avait fait et avoir ainsi manqué une nuit d'exploration. La première fois qu'il avait aperçu la Trame du Monde, elle lui avait semblé si familière, mais en voyageant ainsi, il se donnait l'impression d'être un touriste aux yeux éberlués devant les sites d'un pays inconnu.

« C'est un endroit fort étrange, dit-il alors qu'ils passaient sous un immense rocher qui avait été taillé en forme de vague déferlante.

— A quoi vous attendiez-vous ? dit Chloé. A retrouver votre jardin ?

— Pas exactement. Mais je croyais déjà connaître ce lieu, d'une certaine façon. Du moins en rêve.

— Le Paradis doit toujours être plus étrange que l'on ne s'attend à le découvrir, n'est-ce pas? Sinon, il perd tout pouvoir enchanteur. Et vous êtes enchanté.

— Oui, dit-il. Et terrifié.

— Bien sûr, dit Chloé. Ainsi, votre sang reste vif.»

Il ne comprit pas vraiment cette remarque, mais il y avait d'autres choses pour attirer son attention. A chaque tournant, à chaque sommet, un nouveau paysage. Et devant lui, le spectacle le plus impressionnant de tous: la muraille de nuages tourbillonnants du Gyrus.

«C'est là que nous allons? demanda-t-il.

— Pas très loin», dit Chloé.

Ils plongèrent soudain dans un bosquet de bouleaux, dont les troncs argentés étaient illuminés par les éclairs qui traversaient les nuages, puis gravirent une colline peu élevée, que Floris négocia à une vitesse impressionnante. Derrière le bosquet, le paysage changeait de nature. La terre paraissait sombre, presque noire, et la végétation aurait semblé plus à sa place dans une serre qu'à l'air libre. De plus, lorsqu'ils eurent atteint le sommet de la colline et commencèrent à avancer le long de sa crête, Cal fut assailli par d'étranges hallucinations. De chaque côté du chemin lui apparaissaient des scènes fugitives qui n'étaient pas tout à fait là; comme les images reçues par un poste de télévision mal réglé, devenant floues avant de se redéfinir l'instant d'après. Il vit une maison bâtie comme un observatoire, entourée de chevaux broutant le gazon autour d'elle; plusieurs femmes vêtues de soie liquide, en train de rire sous cape. Il vit bien d'autres choses, mais chaque fois pas plus de quelques secondes.

«Vous trouvez cela déconcertant? dit Chloé.

— Que se passe-t-il?

— Ceci est un terrain paradoxal. A vrai dire, vous ne devriez pas vous trouver ici. Il y a toujours du danger.

— Quel genre de danger?»

Si elle lui donna une réponse, celle-ci fut couverte par un coup de tonnerre venu du ventre du Gyrus, ponctuant un éclair couleur lilas. Ils se trouvaient à présent à moins de cinq cents mètres du nuage; les poils se dressèrent sur les bras et sur la nuque de Cal; ses testicules lui faisaient mal.

Mais Chloé ne prenait pas garde au Manteau. Ses yeux étaient fixés sur les Amadous qui sillonnaient le ciel derrière eux.

«Ils se sont remis à tisser la Trame, dit-elle. C'est pour ça que le Gyrus est si agité. Nous avons moins de temps que je ne l'aurais cru.»

En entendant ces mots, Floris accéléra l'allure pour adopter un pas de course, ce qui eut pour effet de projeter dans le pousse-pousse des paquets de boue jaillissant de ses souliers.

« Cela vaut mieux ainsi, dit Chloé. Nous n'aurons pas le temps de nous attendrir. »

Après trois minutes de voyage éprouvant, ils arrivèrent devant un petit pont de pierre, et Floris fit faire halte au véhicule dans un nuage de poussière.

« Nous descendons ici », dit Chloé, et elle conduisit Cal le long d'un petit escalier aux marches érodées qui menait au pont.

Celui-ci enjambait une gorge étroite mais profonde, dont les flancs étaient couverts de mousses et parsemés de fougères. Un torrent courait tout en bas, alimentant un étang duquel jaillissaient des poissons d'argent.

« Venez, venez... », dit Chloé, pressant Cal de traverser le pont.

Devant eux se trouvait une maison aux portes et aux volets grands ouverts. Son toit de tuiles était copieusement couvert de crottes d'oiseaux et plusieurs gros cochons noirs sommeillaient contre ses murs. L'un d'eux se leva lorsque Cal et Chloé s'approchèrent du seuil, venant renifler les jambes de Cal avant de retourner à son sommeil porcin.

Aucune lumière ne brûlait à l'intérieur ; le seul éclairage était fourni par les éclairs qui, vu la proximité du Gyrus, étaient presque ininterrompus. Grâce à leur illumination, Cal put examiner la pièce dans laquelle Chloé l'avait introduit. Elle était pauvrement meublée, mais on y trouvait des livres et des papiers entassés sur toutes les surfaces disponibles. Sur le plancher était étalée une collection de carpettes élimées ; et sur l'une d'elles se tenait une tortue de grande taille — et probablement de grand âge. A l'autre bout de la pièce se trouvait une grande fenêtre qui donnait sur le Manteau. Devant elle, un homme était assis dans un grand fauteuil des plus banals.

« Le voici », dit Chloé.

Cal n'était pas sûr de savoir qui l'on présentait à qui.

La chaise ou son occupant émit un craquement lorsque l'homme se leva. Il était vieux, même s'il n'était pas aussi vieux que la tortue ; environ l'âge de Brendan, devina Cal. Son visage, bien que de toute évidence habitué aux rires, avait également connu la douleur. Une tache, pareille à celles laissées par la fumée, courait de la racine de ses cheveux à l'arête de son nez, d'où elle obliquait pour descendre le long de sa joue droite. Elle ne le défigurait pas, mais conférait à son visage une autorité que ses traits n'auraient pas possédée autrement. Les éclairs ne cessaient d'illuminer la silhouette de cet homme, la gravant dans l'esprit de Cal, mais son hôte restait muet. Il se contentait de regarder Cal, et de le regarder encore. Il y avait un certain plaisir sur son visage, bien que Cal n'en connût pas la raison. Et il ne se sentait pas libre de s'en enquérir, du moins pas avant que l'autre n'ait rompu le silence qui s'était installé entre eux. Cela ne semblait cependant pas son intention. L'homme se contentait de le dévisager.

Il était difficile d'être sûr de quoi que ce soit à la lumière des éclairs, mais Cal crut discerner quelque chose de familier chez l'autre homme. Se doutant qu'ils pouvaient rester ainsi durant des heures s'il ne prenait pas l'initiative de lancer la conversation, il formula à haute voix la question que son esprit avait déjà posée.

« Vous ai-je déjà rencontré quelque part ? »

Les yeux du vieil homme se plissèrent, comme s'il avait voulu aiguiser sa vue afin de percer le cœur de Cal. Mais il n'y eut aucune réponse verbale.

« Il n'est pas autorisé à vous parler, expliqua Chloé. Les gens qui vivent aussi près du Gyrus... » Sa voix s'estompa.

« Quoi ?

— Je n'ai pas le temps de vous expliquer, dit-elle. Croyez-moi sur parole. »

L'homme n'avait pas quitté Cal des yeux, ne fût-ce qu'une seconde, pas même pour cligner des paupières. Son examen était tout à fait aimable ; peut-être même aimant. Cal fut soudain envahi par un farouche désir de rester en ce lieu ; d'oublier le Royaume et de s'endormir dans la Trame, ici même ; auprès des cochons, des éclairs et de tout le reste.

Mais Chloé avait déjà posé une main sur son bras.

« Nous devons partir, dit-elle.

— Déjà ? protesta-t-il.

— Nous avons couru assez de risques en vous amenant ici », dit-elle.

L'homme se dirigeait à présent vers eux, d'un pas assuré, avec un regard immuable. Mais Chloé intervint.

« Non, ne fais pas ça », dit-elle.

Il fronça les sourcils, pinça les lèvres. Mais n'avança pas davantage.

« Il faut que nous partions, dit-elle. Tu le sais bien. »

Il acquiesça. Y avait-il des larmes dans ses yeux ? Cal le pensait.

« Je reviendrai vite, lui dit-elle. Je vais simplement le ramener sur la bordure. D'accord ? »

De nouveau, un seul hochement de tête.

Cal leva une main hésitante pour lui faire un signe d'adieu.

« Eh bien », dit-il, plus mystifié que jamais. « Cela... cela a été... un honneur. »

Un léger sourire plissa le visage de l'homme.

« Il le sait, dit Chloé. Croyez-moi. »

Elle conduisit Cal jusqu'à la porte. La lueur d'un éclair illumina la pièce ; le tonnerre fit trembler l'air.

Arrivé sur le seuil, Cal lança un dernier regard vers son hôte, et à son grand étonnement — à son grand plaisir, en fait —, le sourire de l'homme s'élargit pour acquérir une subtile malice.

« Prenez soin de vous », dit Cal.

Souriant toujours alors même que les larmes coulaient le long de ses joues, l'homme lui fit un signe de la main et se retourna vers la fenêtre.

2

Le pousse-pousse les attendait de l'autre côté du pont. Chloé poussa Cal à l'intérieur, jetant les coussins hors du véhicule pour diminuer sa charge.

« Fais vite », dit-elle à Floris.

Elle n'avait pas plus tôt prononcé ces mots qu'ils étaient partis.

Ce fut un voyage périlleux. L'urgence avait investi tous les êtres et toutes les choses, car la Fugue se préparait à perdre de nouveau sa substance dans le tissage. Au-dessus de leurs têtes, le ciel était un labyrinthe d'oiseaux en vol; les champs grouillaient d'animaux de toute sorte. Partout, on se préparait avec agitation, comme à l'approche d'une plongée décisive.

« Est-ce que vous rêvez ? » demanda Cal à Chloé tandis qu'ils roulaient. Cette question avait surgi de nulle part, mais elle avait soudain une grande importance pour lui.

« Rêver ? dit Chloé.

— Quand vous êtes dans la Trame.

— Peut-être... », dit-elle. Elle semblait préoccupée. « ... mais je ne me souviens jamais de mes rêves. Je dors d'un sommeil trop profond... » Elle hésita, puis détourna la tête avant de dire à Cal: « ... comme la mort.

— Vous vous réveillerez bientôt , dit-il, comprenant la mélancolie qui s'était emparée d'elle. Ce n'est qu'une question de jours. »

Il essayait de paraître sûr de lui, mais doutait d'y réussir. Il ne savait que trop ce que cette nuit avait apporté. Shadwell était-il toujours vivant ? et les sœurs ? Et dans ce cas, *où* étaient-ils ?

« Je vais vous aider, dit-il. *Ça,* je le sais avec certitude. Je fais partie de cet endroit à présent.

— Oh oui, dit-elle avec gravité. En effet. Mais, Cal... »

Elle le regarda, prenant sa main dans la sienne, et il sentit qu'il y avait un lien entre eux, une intimité qui semblait hors de proportion avec la faible période qui s'était écoulée depuis qu'ils avaient fait connaissance.

« Cal, l'histoire future est pleine de pièges.

— Je ne vous suis pas.

— Les choses peuvent être effacées si facilement, dit-elle. Et à jamais. Croyez-moi. *À jamais.* Des vies entières disparues, comme si elles n'avaient jamais été vécues.

— Est-ce que j'ai manqué quelque chose? dit-il.

— N'allez pas penser que tout est garanti.

— Je ne pense rien de la sorte, lui dit-il.

— Bien. Bien.» Elle sembla un peu rassérénée par cette affirmation. «Vous êtes un brave homme, Calhoun. Mais vous allez oublier.

— Oublier quoi?

— Tout ceci. La Fugue.»

Il éclata de rire.

«Jamais, dit-il.

— Oh, mais si. Peut-être même le devez-vous. Sinon, votre cœur pourrait se briser.»

Il repensa à Lemuel Lo, et à ses paroles d'adieu. *Souvenez-vous,* avait-il dit. Etait-ce vraiment si difficile?

S'il y avait encore des mots à dire à ce sujet, ils ne furent pas prononcés, car à ce moment-là, Floris fit brusquement faire halte au pousse-pousse.

«Quel est le problème?» voulut savoir Chloé.

Le conducteur du pousse-pousse tendit un bras droit devant lui. A moins d'une centaine de mètres de l'endroit où se trouvait le véhicule, le paysage, et tout ce qu'il contenait, regagnait la Trame, la matière solide se transformant en nuages de couleur, à partir desquels allaient être façonnés les fils du tapis.

«Déjà, dit Chloé. Descendez, Calhoun. Nous ne pouvons pas vous emmener plus loin.»

Le front de la Trame s'approchait d'eux comme un feu de forêt, dévorant tout sur son passage. C'était une scène stupéfiante. Bien que Cal ait parfaitement connu la nature du processus qui était en œuvre — un processus qu'il savait être bienveillant —, cette vision était presque glaçante. Un monde était en train de se dissoudre sous ses yeux.

«Il faudra vous débrouiller tout seul à partir d'ici, dit Chloé. Demi-tour, Floris! Et fais *vite*!»

Le pousse-pousse changea de direction.

«Qu'est-ce qui va m'arriver? dit Cal.

— Vous êtes un Coucou, cria Chloé dans sa direction tandis que Floris conduisait le pousse-pousse au loin. Vous pouvez vous rendre de l'autre côté, tout simplement!»

Elle cria autre chose, qu'il ne put saisir.

Il espérait de tout son cœur que ce n'était pas une prière.

CHAPITRE 12

Une espèce en voie de disparition

1

En dépit des paroles d'encouragement prodiguées par Chloé, le spectacle devant lui ne lui offrait guère de réconfort. Le front dévorant approchait à une vitesse considérable et il ne laissait rien d'inchangé sur son passage. Ses tripes lui criaient de s'enfuir, mais il savait que cette tentative serait vaine. Cette marée tranfigurante dévorait tout aux quatre points cardinaux : tôt ou tard, il finirait pas ne plus avoir d'issue devant lui.

Au lieu de rester immobile et de laisser le front venir le prendre, il décida d'aller à sa rencontre et de braver son contact.

L'air commença à frémir autour de lui dès qu'il fit un premier pas hésitant vers la marée du changement. Le sol s'agitait et tremblait sous ses pieds. Quelques mètres plus loin, la terre qu'il foulait se mit effectivement à se transformer. Des cailloux étaient emportés par le flux ; des feuilles furent arrachées aux buissons et aux arbres.

« Ça va faire mal », pensa-t-il.

La frontière se trouvait à présent à moins de dix mètres de lui, et il percevait avec une clarté étonnante le processus qui était en œuvre le long de sa ligne : les extases du Métier divisaient la matière de la Fugue en fils, puis soulevaient ceux-ci dans l'air afin de les nouer — et les nœuds ainsi formés emplissaient l'air comme un essaim d'insectes, jusqu'à ce que l'ultime extase les aspire dans le tapis.

Il n'eut que quelques secondes pour s'émerveiller devant ce spectacle avant d'arriver sur la ligne de partage, les fils bondissant autour de lui comme autant de fontaines arc-en-ciel. Il n'eut pas le temps de lancer un adieu : la Fugue s'évanouit purement et simplement, le laissant plongé dans l'œuvre du Métier. Les fils qui s'élevaient de toutes parts lui donnèrent l'impression de tomber, comme si ces nœuds avaient été destinés à monter vers le ciel et lui à tomber vers la damnation. Mais ce n'était pas le ciel qui se trouvait au-dessus de lui : c'était la *Trame*. Un kaléidoscope qui confondait l'œil et l'esprit, dont les motifs quittaient sans cesse leurs configurations pour en adopter de nouvelles à mesure qu'ils trouvaient leur place auprès de leurs congénères. Même en cet instant, il fut persuadé d'avoir été également métamorphosé ; sa chair et ses os devenus des symboles, son corps tissé au cœur de ce grand dessein.

Mais la prière de Chloé, si c'en avait été une, le prit sous sa protection. Le Métier rejeta sa substance de Coucou et le laissa derrière lui. Durant une minute, il se tint au centre de la Trame. La suivante, les gloires de la Fugue étaient derrière lui et il se retrouva au milieu d'un champ déserté.

2

Il n'était pas seul. Plusieurs douzaines de Devins avaient choisi de pénétrer dans le Royaume. Certains restaient à l'écart pour observer leur monde en train d'être consumé par la Trame, d'autres s'étaient rassemblés en petits groupes et discutaient avec animation ; d'autres encore se dirigeaient vers la pénombre avant que les fils d'Adam ne se lancent à leur recherche.

Parmi eux, éclairé par les lueurs de la Trame, un visage qu'il reconnut : celui d'Apolline Dubois. Il se dirigea vers elle. Elle le vit venir, mais ne lui souhaita pas la bienvenue.

« Avez-vous vu Suzanna ? » lui demanda-t-il.

Elle secoua la tête.

« Je me suis occupée d'incinérer Frederick et de mettre mes affaires en ordre », dit-elle.

Elle n'alla pas plus loin. Un individu élégant, aux joues fardées, apparut à ses côtés. Il ressemblait furieusement à un maquereau.

« Il faut partir, Papillon, dit-il. Avant que les fauves ne soient sur nous.

— Je sais, lui dit Apolline. (Puis, s'adressant à Cal :) Nous allons faire fortune. En vous apprenant, à vous autres Coucous, ce que signifie le désir. »

Son compagnon offrit à Cal un sourire qui n'était guère rassurant. Plus de la moitié de ses dents étaient en or.

« Un âge glorieux s'annonce, dit-elle en caressant la joue de Cal. Venez donc nous voir un de ces jours. Nous vous traiterons bien. »

Elle prit le bras du maquereau.

« *Bonne chance** », dit-elle, et le couple s'éclipsa en hâte.

Le front de la Trame était à présent à une bonne distance de l'endroit où se trouvait Cal, et les Devins qui en avaient émergé étaient au moins plusieurs centaines. Il alla parmi eux, toujours à la recherche de Suzanna. Sa présence fut ignorée la plupart du temps ; ils avaient d'autres soucis, ces gens qui se retrouvaient plongés au cœur du vingtième siècle avec la magie comme seule défense. Il ne les enviait pas.

Au milieu des réfugiés, il aperçut trois des Acheteurs, éblouis et couverts de poussière, le visage hagard. Que retireraient-ils de leurs expériences de cette nuit ? se demanda-t-il. Allaient-ils raconter toute l'histoire à leurs amis, et endurer l'incrédulité et le mépris qui seraient leur lot ? ou bien laisseraient-il leur récit s'étioler dans leur tête ? La seconde hypothèse, soupçonnait-il, était sûrement la bonne.

L'aube approchait. Les étoiles les plus ténues avaient déjà disparu, et même les plus brillantes n'étaient plus aussi sûres d'elles-mêmes.

« C'est fini... », entendit-il quelqu'un murmurer.

Il regarda derrière lui, vers la Trame ; l'éclat de sa création s'était presque estompé.

Mais soudain, un cri dans la nuit, et un battement de cœur plus tard, Cal vit trois lumières — des Amadous — s'élever des braises de la Trame à une vitesse prodigieuse. Elles se rapprochèrent les unes des autres en montant vers le ciel, jusqu'à ce que, arrivées très haut au-dessus des rues et des champs, elles entrent en collision.

L'éclat de leur rencontre illumina le paysage à perte de vue. Grâce à lui, Cal aperçut les Devins qui couraient dans toutes les directions, protégeant leurs yeux de la lumière aveuglante.

Puis cette lumière s'éteignit, et la pénombre crépusculaire qui la suivit sembla si impénétrable par contraste que Cal se retrouva effectivement aveugle l'espace d'une minute ou deux. Lorsque, peu à peu, le monde se reforma autour de lui, il se rendit compte qu'il n'y avait rien eu d'arbitraire dans ce feu d'artifice et dans ses conséquences.

Les Devins avaient disparu. Là où, une à deux minutes plus tôt, il y avait eu une assemblée de silhouettes en mouvement autour de lui, ne se trouvait plus à présent que le vide. Sous couvert de la lumière, ils s'étaient tous enfuis.

* En français dans le texte. (N.d.T.)

CHAPITRE 13

Une proposition

1

Hobart avait lui aussi aperçu l'éclat des Amadous, bien qu'il se soit trouvé à quatre ou cinq kilomètres de là. Cette nuit avait vu les catastrophes succéder aux catastrophes. Richardson, toujours nerveux après ce qui s'était passé au Quartier Général, avait par deux fois embouti leur voiture dans des véhicules à l'arrêt, et leur route, qui leur avait fait traverser tout le parc de Wirral, n'avait été qu'une série de culs-de-sac.

Mais, finalement, ils étaient récompensés : un signe que leur proie était tout près.

« Qu'est-ce que c'était que ça ? dit Richardson. On aurait dit une explosion.

— Dieu seul le sait, dit Hobart. Plus rien ne m'étonnerait, venant de la part de ces criminels. Surtout de la femme.

— Est-ce qu'on ne devrait pas demander des renforts, monsieur ? Nous ne savons pas combien ils sont.

— Même si nous le pouvions, dit Hobart en faisant taire le bruit blanc qui avait avalé Downey plusieurs heures auparavant, je veux rester discret sur cette affaire jusqu'à ce que nous en sachions plus. Eteignez vos phares. »

Le chauffeur s'exécuta et ils roulèrent dans la pénombre boueuse qui précédait le lever du jour. Hobart crut entrevoir des silhouettes en train de courir dans la brume, derrière la haie qui bordait la route. Il n'avait cependant pas le temps d'aller y voir de plus près ; il lui faudrait faire confiance à son instinct, qui lui disait que la femme se trouvait quelque part devant lui.

Soudain, quelqu'un apparut sur la chaussée devant eux. Un juron aux lèvres, Richardson donna un brusque coup de volant, mais la silhouette sembla bondir par-dessus la voiture.

Le véhicule monta sur le trottoir et parcourut plusieurs mètres avant que Richardson n'en ait regagné le contrôle.

« *Merde.* Vous avez vu ça ? »

Hobart avait bien vu, et il ressentait le même malaise douloureux qu'il avait ressenti dans le Quartier Général. Ces criminels avaient à leur disposition des armes qui subvertissaient l'emprise de l'homme sur le réel, et il aimait la réalité plus que ses propres couilles.

« *Vous avez vu ?* dit Richardson. Ce type s'est *envolé.*

— Non, dit Hobart avec fermeté. Personne ne s'est envolé. Compris ?

— Oui, monsieur.

— Ne vous fiez pas à vos yeux. Fiez-vous à moi.

— Oui, monsieur.

— Et si autre chose se dresse sur votre chemin, *écrasez-le.* »

2

La lumière qui avait aveuglé Cal aveugla également Shadwell. Il tomba du dos de son cheval humain et erra à quatre pattes dans la poussière jusqu'à ce que le monde soit redevenu visible. A ce moment-là, deux spectacles lui apparurent. Le premier était celui de Norris, gisant sur le sol et pleurant comme un enfant. Le second était celui de Suzanna, sortant des décombres de la maison de Shearman accompagnée par deux membres de la Devinité.

Ces derniers n'avaient pas les mains vides. Ils portaient le tapis. Bon Dieu, le tapis ! Il regarda autour de lui à la recherche de l'Incantatrice, mais il n'y avait personne à proximité pour l'aider, excepté son cheval, qui n'était plus guère en état d'aider qui que ce soit.

Reste calme, se dit-il, *tu as toujours ta veste.* Il essuya le plus gros de la poussière qu'il avait récoltée, rectifia le nœud de sa cravate, puis s'avança pour intercepter les voleurs.

« Je vous remercie infiniment, dit-il en s'approchant d'eux, d'avoir pris soin de ma propriété. »

Suzanna lui jeta un seul regard, puis ordonna aux deux porteurs :

« Ignorez-le. »

Ceci dit, elle les conduisit vers la route.

Shadwell les rejoignit au pas de course et saisit fermement le bras de la femme. Il était résolu à demeurer poli le plus longtemps possible ; ça déconcertait toujours l'ennemi.

« Avons-nous un problème ? interrogea-t-il.
— Aucun problème, dit Suzanna.
— Ce tapis m'appartient, Miss Parrish. J'insiste pour qu'il reste ici. »

Suzanna regarda autour d'elle à la recherche de Jerichau. Ils avaient été séparés durant les dernières minutes qu'elle avait passées dans la Maison de Capra, lorsque Messimeris l'avait entraînée à l'écart afin de lui donner quelques ultimes conseils. Il était toujours en train de parler quand la Trame avait atteint le seuil de la Maison de Capra : elle n'avait jamais entendu sa dernière phrase.

« S'il vous plaît..., dit Shadwell en souriant. Nous pouvons sûrement parvenir à un accord. Si vous le désirez, je suis prêt à vous acheter cet article. Quel prix en demandez-vous ? »

Il ouvrit sa veste, ne dirigeant plus son boniment vers Suzanna, mais vers les deux Devins qui portaient le tapis. Ceux-ci étaient peut-être robustes, mais représentaient pour lui une proie facile. Leurs yeux étaient déjà fixés sur les plis de la veste.

« Peut-être voyez-vous quelque chose à votre goût ? dit-il.
— C'est une ruse, dit Suzanna.
— Mais *regardez...* », lui dit l'un des Devins, et ce fut exactement ce que son instinct la poussa à faire.

Si la nuit n'avait pas été aussi fertile en péripéties épuisantes, elle aurait eu assez de force pour détourner aussitôt les yeux, mais elle ne fut pas assez rapide. Quelque chose luisait dans la doublure couleur nacre, et elle ne parvenait pas à en détacher son regard.

« Vous *voyez* quelque chose..., lui dit Shadwell. Quelque chose de joli, pour une jolie femme comme vous. »

En effet. Les extases de la veste s'étaient emparées d'elle en moins de deux secondes et elle ne pouvait résister à leur malice.

Au fond de son crâne, une voix prononça son nom, mais elle l'ignora. Elle l'appela de nouveau. *Ne regarde pas,* dit-elle, mais Suzanna voyait déjà quelque chose prendre forme dans la doublure, et ce quelque chose la fascinait.

Non, bon sang! cria la même voix, et cette fois-ci, une vague silhouette s'interposa entre elle et Shadwell.

La rêverie de Suzanna s'effrita et elle fut arrachée à l'étreinte lénifiante de la veste, pour découvrir Cal devant elle, en train de diriger une volée de coups sur son ennemi. Shadwell était de loin le plus fort des deux hommes, mais l'intensité de la colère de Cal l'avait momentanément fait reculer.

« Foutez le camp d'ici ! » hurla Cal.

Shadwell avait à présent surmonté son choc initial, et il se jeta sur Cal qui chancela sous cette riposte. Sachant qu'il suffirait de quelques secondes pour qu'il succombe sous l'assaut du Vendeur, il se glissa sous ses poings et saisit Shadwell dans une étreinte qu'il espérait étouffante. Les deux hommes luttèrent durant plusieurs secondes : un temps précieux dont Suzanna profita pour conduire les deux porteurs à travers les décombres, et de là vers la route.

Il était grand temps de prendre la fuite. Pendant qu'ils avaient été distraits par la veste, l'aube avait commencé à poindre. Ils formeraient bientôt des cibles parfaites pour Immacolata, ou en fait pour quiconque ayant l'intention de les arrêter.

Hobart, par exemple. Elle le vit alors qu'ils atteignaient la lisière de la propriété de Shearman, descendant d'une voiture garée dans la rue. Même dans cette lumière douteuse — et à une certaine distance —, elle savait que c'était lui. Sa haine le reniflait. Et elle savait aussi, grâce à quelque sens prophétique dont le menstruum avait provoqué l'éveil en elle, que même s'ils lui échappaient aujourd'hui, la poursuite ne s'arrêterait pas là. Elle s'était fait un ennemi pour plusieurs millénaires.

Elle ne laissa pas son regard s'attarder sur lui. Pour quoi faire ? Elle se rappelait parfaitement toutes les rides et tous les pores de son visage glabre ; et si ses souvenirs venaient à être flous, il lui suffirait de regarder par-dessus son épaule.

Il serait là, damnation, il serait là.

3

Bien que Cal se fût accroché à Shadwell avec la ténacité d'un terrier, la force supérieure du Vendeur eut bientôt décidé de l'issue du combat. Cal fut jeté sur un tas de briques et Shadwell se rua sur lui. Il n'y eut pas de quartier. Shadwell se mit à lui donner de violents coups de pied, pas une seule fois, mais une bonne douzaine.

« *Espèce de salaud !* » cria-t-il.

Les coups continuaient de pleuvoir, calculés pour empêcher Cal de se relever.

« *Je vais briser tous les os de ton foutu corps,* promit Shadwell. *Je vais te tuer, nom de Dieu.* »

Il aurait pu mettre sa menace à exécution, si quelqu'un n'avait pas dit à ce moment-là :

« Vous... »

L'assaut de Shadwell s'interrompit momentanément, et Cal vit derrière les jambes du Vendeur qu'un homme aux yeux abrités derrière des lunettes noires s'approchait. C'était le policier qu'il avait vu dans Chariot Street.

Shadwell se tourna vers le nouveau venu.

« Qui diable êtes-vous ? dit-il.

— Inspecteur Hobart », fut la réponse.

Cal imaginait parfaitement l'expression de parfaite innocence qui se peignait sans aucun doute sur le visage de Shadwell. Il entendit cette même innocence dans la voix du Vendeur :

« Inspecteur. Bien sûr. Bien *sûr*.

— Et vous ? rétorqua Hobart. Qui êtes-*vous* ? »

Cal n'entendit pas le reste du dialogue. Il était fort occupé à ordonner à son corps meurtri de s'éloigner en rampant à travers les gravats, espérant que la même bonne fortune qui lui avait permis de s'en tirer la vie sauve avait permis à Suzanna de s'enfuir.

« Où est-elle ?

— Où est qui ?

— La femme qui était ici », dit Hobart.

Il enleva ses lunettes afin de mieux détailler le suspect qui se tenait dans la pénombre.

« Cet homme a des yeux dangereux, pensa Shadwell. Il a les yeux d'un renard enragé. Et il veut Suzanna, lui aussi. Comme c'est intéressant. »

« Son nom est Suzanna Parrish, dit Hobart.

— Ah, dit Shadwell.

— Vous la connaissez ?

— En effet. C'est une voleuse.

— Elle est bien pire que ça. »

Qu'y a-t-il de pire qu'un voleur ? pensa Shadwell. Mais il dit : « Vraiment ?

— Elle est recherchée afin de répondre à des accusations de terrorisme.

— Et vous êtes ici pour l'arrêter ?

— En effet.

— Bien, bien », dit Shadwell. Qu'aurait-il pu lui arriver de mieux ? pensa-t-il. Un tyran au service de la Loi, un citoyen au-dessus de tout soupçon. Quel meilleur allié aurait-on pu demander en ces temps troublés ?

« Je dispose d'une preuve, dit-il, qui pourrait avoir une certaine valeur à vos yeux. Mais rien qu'à vos yeux. »

Respectant l'ordre muet de Hobart, Richardson se retira.

« Je ne suis pas d'humeur à jouer, prévint Hobart.

— Croyez-moi, dit Shadwell, sur la tête de ma mère : *ceci n'est pas un jeu.* »

Il ouvrit sa veste. Le regard agité de l'Inspecteur se dirigea immédiatement vers la doublure. « Il a faim, pensa Shadwell. Il a *tellement* faim. » Mais faim de quoi ? Voilà qui serait intéressant à découvrir. Qu'est-ce que l'ami Hobart pourrait désirer le plus au monde ?

« Peut-être... que vous voyez là-dedans quelque chose qui vous attire ? »

Hobart sourit ; hocha la tête.

« Vraiment ? Alors, prenez-le, je vous en prie. C'est à vous. »

L'Inspecteur tendit la main vers la veste.

« Allez-y », l'encouragea Shadwell.

Il n'avait jamais vu une telle expression sur un visage humain : un tel déchaînement de malice innocente.

Une lumière s'alluma à l'intérieur de la veste, et les yeux de Hobart devinrent soudain encore plus déments. Puis il retira sa main de la doublure, et Shadwell faillit pousser un cri de surprise en partageant la vision du fou. Dans la paume de sa main brûlait un feu livide, aux flammes blanches et jaunes. Elles jaillissaient de trente centimètres au moins, impatientes d'avoir quelque chose à consumer, leur éclat trouvant des échos dans les yeux de Hobart.

« Oh oui, dit Hobart. Donnez-moi le feu...

— Il est à vous, mon ami.

— ... et je les brûlerai tous. »

Shadwell sourit.

« Vous et moi, ensemble », proposa-t-il.

Ainsi fut conclu un mariage voulu par l'Enfer.

SIXIÈME PARTIE

De retour parmi les aveugles

« Si un homme pouvait visiter le Paradis en rêve et se voir présenter une fleur comme témoignage de la présence de son âme en ce lieu, et s'il retrouvait cette fleur dans sa main à son réveil... Oui, et alors ? »

S.T. Coleridge
Anima Poetæ

CHAPITRE 1

Le temps passe

1

Les habitants de Chariot Street avaient récemment été les témoins d'événements extraordinaires, mais ils avaient rétabli le *statu quo* dans leur rue avec un zèle digne d'éloges. Il était presque huit heures du matin lorsque Cal descendit du bus pour se diriger vers la maison des Mooney, et tout le long de la rue se déroulait le même rituel domestique qu'il avait pu observer quotidiennement depuis son enfance. Les radios annonçaient les nouvelles du matin à travers les portes et les fenêtres grandes ouvertes : un membre du Parlement avait été retrouvé mort dans les bras de sa maîtresse ; des bombes avaient explosé au Moyen-Orient. Massacre et scandale, scandale et massacre. Et le thé était-il assez fort ce matin, mon chéri ? et les enfants s'étaient-ils bien lavés derrière les oreilles ?

Il pénétra dans la maison, toujours en train de se demander ce qu'il allait pouvoir dire à Brendan. Un récit partiellement véridique pourrait entraîner plus de questions qu'il ne fournirait de réponses ; mais lui raconter toute l'histoire... était-ce seulement *possible* ? Existait-il des mots capables d'évoquer plus qu'un écho des visions qui lui avaient été révélées, des sentiments qu'il avait éprouvés ?

La maison était silencieuse, ce qui était fort inquiétant. Brendan avait toujours été un lève-tôt depuis l'époque où il travaillait sur les Docks ; même durant les moments les plus pénibles qu'ils avaient connus récemment, il avait refait connaissance avec sa peine dès le lever du jour.

Cal appela son père. Il n'y eut aucune réponse.

Il se dirigea vers la cuisine. Le jardin ressemblait à un champ de bataille. Il appela de nouveau, puis monta à l'étage à la recherche de son père.

La porte de sa chambre était fermée. Il fit tourner la poignée, mais la porte était verrouillée de l'intérieur, ce qu'il n'avait jamais vu se produire auparavant. Il frappa.

« Papa ? dit-il. Tu es là ? »

Il attendit plusieurs secondes, tendant l'oreille, puis répéta sa question. Cette fois-ci, il entendit de légers sanglots en provenance de l'intérieur.

« Dieu merci, souffla-t-il. Papa ? C'est Cal. » Les bruits de sanglots s'adoucirent. « Tu veux bien me laisser entrer, Papa ? »

Quelques secondes s'écoulèrent ; puis il entendit le bruit des pas de son père qui traversait la chambre. On tourna la clé, et la porte s'entrouvrit à contrecœur de quelques centimètres.

Le visage qui lui faisait face était plus spectral qu'humain. Brendan paraissait ne s'être ni lavé ni rasé depuis la veille.

« Oh mon Dieu... Papa. »

Brendan scruta le visage de son fils avec une suspicion franchement affichée.

« C'est bien toi ? »

Cette question rappela à Cal son propre aspect : son visage devait être meurtri et sanglant.

« Ça va, Papa, dit-il en lui offrant un sourire. Et toi ?

— Est-ce que toutes les portes sont fermées ? voulut savoir Brendan.

— Les portes ? Oui.

— Et les fenêtres ?

— Oui. »

Brendan hocha la tête.

« Tu en es absolument sûr ?

— Je te l'ai dit, oui. Qu'est-ce qui ne va pas, Papa ?

— Les rats, dit Brendan en examinant le palier derrière Cal. Je les ai entendus toute la nuit. Ils ont monté l'escalier, sales bêtes. Ils sont restés en haut des marches. Je les ai entendus. Gros comme des chats. Ils sont restés là à attendre que je sorte.

— Eh bien, en tout cas, ils ne sont plus ici.

— Ils sont passés à travers la barrière. Ils sont venus du talus. Des douzaines de rats.

— Pourquoi on ne descendrait pas ? suggéra Cal. Je vais préparer le petit déjeuner.

— Non. Je ne descendrai pas. Pas aujourd'hui.

— Alors, je vais préparer quelque chose et je te l'apporterai, d'accord ?

— Si tu veux », dit Brendan.

Lorsque Cal descendit les premières marches de l'escalier, il entendit son père fermer et verrouiller à nouveau sa porte.

2

Vers le milieu de la matinée, on frappa à la porte. C'était Mrs Vallance, dont la maison se trouvait en face de celle des Mooney.

« Je passais devant chez vous », dit-elle, sans se rendre compte que les pantoufles qu'elle portait démentaient cette affirmation. « Je voulais voir comment se porte votre père. Il a été fort bizarre avec la police, à ce qu'on m'a dit. Qu'est-ce qui est arrivé à votre visage ?

— Rien.

— Un policier très poli est venu m'interroger, dit la femme. Il m'a demandé... (elle baissa la voix) ... si votre père était sain d'esprit. »

Cal ravala sa réplique.

« Ils voulaient vous parler à vous aussi, bien sûr, dit-elle.

— Eh bien, je suis là maintenant, dit Cal. S'ils ont besoin de moi.

— Mon fils Raymond dit qu'il vous a aperçu sur les voies ferrées. En train de courir, qu'il dit.

— Au revoir, Mrs Vallance.

— Et il a de bons yeux, mon Raymond.

— J'ai dit au revoir », dit Cal, et il claqua la porte sur le visage satisfait de la bonne femme.

3

Sa visite ne fut pas la dernière de la journée ; plusieurs personnes vinrent le voir pour savoir si tout allait bien. De toute évidence, on papotait pas mal dans la rue au sujet des Mooney. Peut-être qu'un petit malin s'était rendu compte que leur maison avait été au centre du drame de la veille.

Chaque fois qu'un coup était donné sur la porte, Cal s'attendait à découvrir Shadwell sur le seuil. Mais apparemment, le Vendeur avait mieux à faire qu'achever le travail qu'il avait commencé dans les ruines de la maison de Shearman. Ou peut-être attendait-il que les étoiles lui soient plus favorables.

Puis, un peu après midi, alors que Cal se trouvait dans le pigeonnier pour nourrir les oiseaux, le téléphone sonna.

Il se précipita à l'intérieur de la maison et le décrocha en hâte. Avant même qu'elle n'ait parlé, Cal savait que c'était Suzanna.

« Où es-tu ? »

Elle était à bout de souffle, et visiblement agitée.

« Il faut qu'on quitte la ville, Cal. Ils sont à nos trousses.

— Shadwell ?

— Pas seulement Shadwell. La police.

— Est-ce que tu as le tapis ?

— Oui.

— Alors, dis-moi où tu es. Je vais venir et...

— Je ne peux pas. Pas au téléphone.

— On n'est pas sur table d'écoute, pour l'amour de Dieu !

— Tu veux parier ?

— Il faut que je te voie », dit-il, moitié suppliant, moitié exigeant.

« Oui..., répondit-elle en adoucissant la voix. Oui, bien sûr...

— Comment ? »

Il y eut un long silence. Puis elle dit :

« Là où tu as fait ta confession.

— Quoi ?

— Souviens-toi. »

Il réfléchit durant quelques instants. Quelle confession lui avait-il jamais faite ? Oh oui : *Je t'aime*. Comment avait-il pu oublier ça ?

« D'accord ? dit-elle.

— D'accord. Quand ?

— Dans une heure.

— J'y serai.

— Nous n'avons pas beaucoup de temps, Cal. »

Il allait lui répondre qu'il le savait, mais il n'entendait déjà plus que la tonalité.

Les douleurs qui lui tiraillaient le corps semblèrent miraculeusement guérir après cette conversation ; son pas était léger quand il monta à l'étage pour voir comment se portait Brendan.

« Il faut que je m'en aille quelque temps, Papa.

— Est-ce que tu as bien fermé toutes les portes ? demanda son père.

— Oui, la maison est verrouillée de partout. Rien ne peut entrer. Est-ce que tu as besoin d'autre chose ? »

Brendan prit quelques instants pour réfléchir à la question.

« J'aimerais un peu de whisky, dit-il finalement.

— Est-ce qu'il nous en reste ?

— Dans la bibliothèque, dit le vieil homme. Derrière les livres de Dickens.

— Je vais t'en ramener. »

Il sortait la bouteille de sa cachette lorsque la sonnette retentit de nouveau. Il avait à moitié envie de ne pas y répondre, mais le visiteur insistait.

« J'arrive dans une minute », cria-t-il en direction de l'étage ; puis il ouvrit la porte.

L'homme aux lunettes noires dit :
« Calhoun Mooney ?
— Oui.
— Je suis l'Inspecteur Hobart ; voici l'officier de police Richardson. Nous sommes venus vous poser quelques questions.
— Tout de suite ? dit Cal. J'étais sur le point de sortir.
— Une affaire urgente ? » dit Hobart.
Il était plus sage de répondre par la négative, pensa Cal.
« Pas exactement, dit-il.
— En ce cas, vous ne nous en voudrez pas de vous déranger durant quelques instants », dit Hobart, et les deux hommes avaient pénétré dans la maison en moins de quelques secondes.
« Fermez la porte, ordonna Hobart à son collègue. Vous avez l'air agité, Mooney. Avez-vous quelque chose à cacher ?
— Pourquoi aurais-je... ? Non.
— Nous avons en notre possession des informations qui tendent à nous faire penser le contraire. »
Depuis sa chambre, Brendan demanda son whisky.
« Qui est-ce ?
— C'est mon père, dit Cal. Il voulait un verre. »
Richardson arracha la bouteille de la main de Cal et se dirigea vers l'escalier.
« N'y allez pas, dit Cal. Vous allez lui faire peur.
— On est nerveux dans la famille, fit remarquer Richardson.
— Il n'est pas bien en ce moment, dit Cal.
— Mes hommes sont doux comme des agneaux, dit Hobart. Tant qu'on respecte la Loi. »
La voix de Brendan parvint de nouveau jusqu'à eux :
« Cal ? Qui est là ?
— Ce n'est que quelqu'un qui veut me parler, Papa », dit Cal.
Il avait cependant une autre réponse au fond de sa gorge. Une réponse qu'il avala sans la prononcer. Une réponse honnête.
Ce sont les rats, Papa. Ils sont quand même rentrés.

4

Les minutes s'écoulèrent. Les questions se succédaient et se répétaient, comme un manège tournant sans cesse. Vu l'insistance de Hobart, il était évident qu'il avait eu une conversation approfondie avec Shadwell, aussi Cal se rendit-il compte qu'il ne lui servirait à rien de nier la vérité. Il fut contraint d'en révéler au moins une petite partie, la plus petite possible. Oui, il connaissait une femme nommée Suzanna Parrish. Non, il ne savait rien de son histoire personnelle, et elle ne lui avait rien dit non plus de ses opinions politiques. Oui, il l'avait vue durant les dernières vingt-quatre heures. Non, il ne savait pas où elle se trouvait à présent.

Tandis qu'il répondait à ces sempiternelles questions, il essayait de ne pas penser à la jeune fille qui l'attendait au bord du fleuve; qui l'attendait, ne le voyait pas venir et s'en allait. Mais plus il essayait de chasser cette idée de son esprit, plus elle revenait.

« Impatient, Mooney?

— J'ai un peu chaud, c'est tout.

— Vous avez un rendez-vous, c'est ça?

— Non.

— Où est-elle, Mooney?

— Je ne sais pas.

— Il est déraisonné de la protéger. C'est une ordure de la pire espèce, Mooney. Croyez-moi. J'ai vu ce dont elle est capable. Des choses que vous ne pourriez pas croire. Ça me retourne l'estomac rien que d'y penser. »

Il parlait avec une totale conviction. Cal ne doutait pas un instant de sa sincérité.

« Qu'est-ce que vous êtes, Mooney?

— Que voulez-vous dire?

— Etes-vous mon ami ou mon ennemi? Il n'y a pas d'intermédiaire, voyez-vous. Pas de *peut-être.* Ami ou ennemi. Lequel des deux?

— Je n'ai enfreint la Loi en aucune façon.

— C'est à moi d'en décider, dit Hobart. Je connais la Loi. Je la connais et je l'aime. Et je ne supporte pas que quiconque crache sur elle, Mooney. Ni vous ni personne d'autre. » Il reprit son souffle. Puis déclara: « Vous êtes un menteur, Mooney. Je ne sais pas jusqu'où vous êtes impliqué dans cette affaire, ni pour quelles raisons, mais je sais que vous êtes un menteur. » Une pause. Puis: « Recommençons depuis le début, voulez-vous?

— Je vous ai dit tout ce que je savais.

— Reprenons depuis le début. Comment avez-vous rencontré la terroriste Suzanna Parrish? »

5

Après deux heures trois quarts du même manège, Hobart se lassa de ce genre d'amusement et déclara qu'il en avait fini avec Cal pour le moment. Aucune accusation ne serait portée contre lui, du moins pas tout de suite, mais Cal devrait se considérer comme un suspect.

« Vous vous êtes fait deux ennemis aujourd'hui, Mooney, dit Hobart. Moi et la Loi. Vous allez le regretter toute votre vie. »

Puis les rats s'en allèrent.

Cal resta assis dans la pièce de derrière durant cinq minutes, essayant de rassembler ses esprits, puis il monta voir comment se portait Brendan. Le vieil homme était endormi. Laissant son père à ses rêves, Cal partit en quête du sien.

6

Elle était partie, bien sûr ; et depuis longtemps.

Il fit le tour des environs, regardant à l'intérieur de chaque entrepôt, espérant qu'elle avait laissé un message à son intention, mais il n'en trouva aucun.

Epuisé par toutes les épreuves de cette journée, il décida de rentrer chez lui. Alors qu'il franchissait le portail qui donnait sur Dock Road, il aperçut quelqu'un qui l'observait depuis l'abri d'une voiture garée dans la rue. Un membre du clan de Hobart, peut-être ; un des adorateurs de la Loi. Peut-être que Suzanna s'était trouvée dans les parages, après tout, mais qu'elle n'avait pas voulu se montrer de peur d'être repérée. L'idée de sa proximité, pour frustrante qu'elle fût, adoucit le choc qu'il avait éprouvé en ne la voyant pas, du moins quelque peu. Lorsque les choses se seraient calmées, elle le rappellerait pour convenir d'un nouveau rendez-vous.

Dans la soirée, le vent se leva et il souffla durant toute la nuit et durant toute la journée du lendemain, apportant avec lui le premier frisson de l'automne. Mais il n'apporta aucune nouvelle.

CHAPITRE 2

Désespoir

Ainsi s'écoula une semaine et demie : pas de nouvelles, pas de nouvelles.

Il retourna travailler, affirmant que son absence était due à l'état de santé de son père, et reprit ses formulaires d'assurances là où il les avait laissés. Il revenait chez lui tous les midis pour faire avaler un peu de nourriture à Brendan — lequel, s'il consentait parfois à quitter sa chambre, était toujours anxieux d'y remonter — et pour nourrir les oiseaux. Le soir, il s'efforçait de nettoyer le jardin ; il répara même la barrière. Mais il ne consacrait à ces corvées qu'une fraction de son attention. Quelles que fussent les diversions par lesquelles il tentait de tromper son impatience, neuf fois sur dix, ses pensées allaient vers Suzanna et vers son précieux fardeau.

Mais plus les jours passaient sans nouvelles de la jeune femme, plus il commençait à penser l'impensable : elle n'allait pas l'appeler. Ou bien elle redoutait les conséquences d'une reprise de contact, ou alors, ce qui était pire, elle ne pouvait plus le joindre. Vers la fin de la deuxième semaine, il décida d'essayer de retrouver le tapis grâce au seul moyen dont il disposait. Il libéra ses pigeons.

Ils s'élevèrent dans les airs dans un jaillissement de plumes et décrivirent des cercles autour de la maison. Ce spectacle lui rappela le premier jour dans Rue Street et l'emplit d'espoir.

« Allez-y, les encouragea-t-il. *Allez-y.* »

Ils ne cessaient pas de tourner en rond, comme pour s'orienter. Son cœur battait un peu plus vite chaque fois que l'un d'entre eux paraissait se détacher des autres pour s'envoler au loin. Chaussé de souliers de course, il était prêt à le suivre.

Mais après une période trop brève, ils commencèrent à se lasser de leur liberté. Un par un, ils descendirent à tire d'aile vers le sol — même 33 —, certains d'entre eux atterrissant dans le jardin, d'autres sur les gouttières de la maison. Quelques-uns regagnèrent même directement le pigeonnier. Leurs perchoirs étaient surpeuplés, et leur sommeil sans doute perturbé par le passage des trains de nuit, mais pour la majorité d'entre eux, c'était le seul foyer qu'ils aient jamais connu.

Bien qu'il y eût sûrement dans le ciel des vents pour les tenter, des vents qui leur apportaient les parfums d'endroits plus attirants que leur pigeonnier près de la voie ferrée, ils n'avaient aucun désir de confier leurs ailes à de tels courants aériens.

Il les maudit pour leur manque d'initiative; et les nourrit; et les abreuva; et retourna finalement, découragé, dans la maison où Brendan parlait à nouveau de rats.

CHAPITRE 3

Oubli

1

La troisième semaine de septembre amena la pluie. Ce n'étaient pas les torrents du mois d'août, qui avaient coulé à flots de cieux dignes d'un opéra, mais des averses de bruine déprimante. Les journées se firent plus grises; et, du moins le semblait-il, Brendan également. Bien que Cal ait tenté chaque jour de persuader son père de descendre, il refusait désormais de quitter sa chambre. Cal tenta également à deux ou trois reprises de parler de ce qui s'était passé un mois auparavant, mais le vieil homme n'était tout simplement pas intéressé. Ses yeux devenaient vitreux dès qu'il percevait la direction que prenait leur conversation, et si Cal persistait, il devenait irritable.

Les professionnels estimèrent que Brendan souffrait de démence sénile, un processus irréversible qui finirait par entraîner l'impossibilité pour Cal de le soigner chez lui. Mieux valait pour tous, conseillèrent-ils, trouver une Maison de Repos où l'on pourrait s'occuper de Brendan vingt-quatre heures sur vingt-quatre.

Cal repoussa cette suggestion. Il était sûr que l'acharnement avec lequel Brendan s'accrochait à une chambre qu'il connaissait — une chambre qu'il avait partagée avec Eileen durant de nombreuses années — était tout ce qui l'empêchait de craquer.

Il n'était pas seul à tenter de soigner son père. Deux jours après qu'il eut échoué à lancer les pigeons sur la piste du tapis, Geraldine était apparue sur le seuil de la maison. Il y eut dix minutes d'explications et d'excuses hésitantes, puis la conversation s'orienta vers la santé de Brendan et le bon sens de Geraldine se lança dans la bataille.

« Oublions notre différend, dit-elle, je veux t'aider. »

Cal n'allait pas refuser une pareille offre. Brendan réagit à la présence de Geraldine comme un enfant découvrant un sein maternel qu'il avait cru perdu. On le dorlota, on céda à ses caprices, et avec Geraldine dans la maison à la place d'Eileen, Cal s'aperçut qu'il retrouvait ses vieilles routines domestiques. L'affection qu'il avait pour Geraldine était totalement indolore, ce qui était sans doute le signe le plus évident de son caractère superficiel. Quand elle était là, il était heureux d'être près d'elle. Mais elle ne lui manquait que rarement, sinon jamais.

Quant à la Fugue, il fit de son mieux pour garder ses souvenirs avec le plus de netteté possible, mais ce n'était nullement facile. Le Royaume avait des moyens si subtils et si nombreux pour induire l'oubli que Cal était à peine conscient de la façon dont sa mémoire se ternissait.

C'était seulement lorsque, au milieu d'une journée sinistre, quelque chose — un parfum, un cri — lui rappelait qu'il s'était naguère trouvé dans un autre monde, avait respiré son air et rencontré ses créatures, c'était seulement à ces moments-là qu'il se rendait compte à quel point ses souvenirs devenaient hésitants. Et plus il s'acharnait à se rappeler un détail menacé d'oubli, plus ce détail se faisait vague et lointain.

Les gloires de la Fugue devenaient de simples mots, dont il ne pouvait plus désormais conjurer la réalité. Lorsqu'il pensait à un verger, c'était de moins en moins souvent pour évoquer cet endroit extraordinaire dans lequel il s'était endormi (pour rêver que la vie qu'il vivait à présent n'était qu'un rêve) et de plus en plus souvent pour n'imaginer qu'un banal alignement de pommiers.

Les miracles s'éloignaient de lui, et il semblait incapable de s'accrocher à eux.

La mort était sûrement comme ça, pensa-t-il; perdre des choses chères à votre cœur et ne rien pouvoir faire pour empêcher leur fuite.

Oui; c'était une sorte de mort.

2

Brendan, quant à lui, continuait de continuer. Au fil des semaines, Geraldine réussit à le convaincre de se joindre à eux au rez-de-chaussée, mais rien ne l'intéressait excepté le thé et la télévision, et sa conversation n'était plus guère qu'une série de grognements. Cal observait parfois le visage de Brendan lorsque celui-ci était affalé devant l'écran — l'expression immuable, qu'il ait regardé une émission comique ou un débat d'experts —, et il se demandait ce qui était arrivé à l'homme qu'il avait connu. Le vieux Brendan se dissimulait-il encore quelque part sous ces yeux mornes? ou bien n'avait-il toujours été qu'une illusion, un rêve filial de permanence paternelle qui, comme la lettre venue d'Eileen, s'était tout simplement évaporé? Peut-être valait-il mieux, pensa-t-il, que Brendan soit protégé de sa douleur, puis il sursauta devant une telle pensée. N'était-ce pas ce qu'on avait dit en voyant passer le cercueil d'Eileen: que cela valait mieux? Brendan n'était pas encore mort.

Avec le temps, la présence de Geraldine se révéla aussi réconfortante pour Cal que pour le vieil homme. Ses sourires étaient ce que ces mois lugubres pouvaient dispenser de plus lumineux. Elle partait et elle revenait, un peu plus indispensable chaque jour, jusqu'à ce que, durant la première semaine de décembre, elle suggère qu'il serait peut-être plus pratique pour tous qu'elle s'installe dans la maison. Ce fut une évolution parfaitement naturelle.

« Je ne veux pas t'épouser », lui dit-elle franchement. Le spectacle affligeant du mariage de Teresa — à peine vieux de cinq mois et déjà menacé — avait confirmé les pires soupçons qu'elle entretenait sur la vie maritale. « J'ai voulu t'épouser autrefois, dit-elle. Mais à présent, je serais simplement heureuse de demeurer à tes côtés. »

Elle se montra de bonne compagnie; les pieds sur terre, dénuée de tout sentimentalisme: autant camarade qu'amante. C'était elle qui s'assurait que les factures étaient payées en temps et en heure, elle qui vérifiait qu'il y avait bien du thé dans le caddie. Ce fut elle aussi qui suggéra à Cal de vendre les pigeons.

« Ton père ne s'intéresse plus du tout à eux désormais, dit-elle plus d'une fois. Il ne remarquerait même pas leur départ. »

C'était sûrement exact. Mais Cal refusa d'envisager de vendre les oiseaux. Quand viendraient le printemps et le retour des beaux jours, son père pourrait de nouveau s'intéresser à eux.

« Tu sais bien que ce n'est pas vrai, lui dit-elle quand il lui eut fait cette remarque. Pourquoi tiens-tu tant à les garder? Ce n'est qu'un fardeau inutile. »

Elle évitait alors d'aborder ce sujet pendant plusieurs jours, mais le remettait sur le tapis dès que l'occasion se présentait.

L'Histoire se répétait. Plus d'une fois durant ces conversations, qui devinrent de plus en plus vives, Cal entendit l'écho des voix de son père et de sa mère: c'était la même route que l'on foulait à nouveau du pied. Et, tout comme son père, Cal — qui s'inclinait de bonne grâce sur presque tous les autres sujets — restait intraitable sur celui-ci. Il refusait de vendre les oiseaux.

La véritable raison de son entêtement n'était pas, bien sûr, un espoir de guérison pour Brendan, mais le fait que les oiseaux étaient son dernier lien concret avec les événements de l'été précédent.

Durant les semaines qui avaient suivi la disparition de Suzanna, il avait acheté une douzaine de journaux chaque matin, scrutant chacune de leurs pages en quête de nouvelles de la jeune fille, ou du tapis, ou de Shadwell. Mais rien n'était survenu, et finalement — incapable de supporter cette déception quotidienne —, il avait cessé de chercher. Et il n'y eut plus de visite de Hobart ou de ses hommes — ce qui était en quelque sorte une mauvaise nouvelle. Cal était devenu un laissé-pour-compte. L'histoire, si on continuait encore à l'écrire, se déroulait désormais sans lui.

Il fut si terrifié à l'idée d'oublier la Fugue qu'il prit le risque de coucher par écrit tout ce qu'il pouvait se rappeler de la nuit qu'il avait passée là-bas, ce qui, lorsqu'il se mit à la tâche, s'avéra désespérément mince. Il écrivit aussi les noms : Lemuel Lo ; Apolline Dubois ; Frederick Cammell... les fit figurer à la fin de son agenda, dans la section réservée aux numéros de téléphone, mais il n'avait aucun numéro à accoler à ces gens ; pas même des adresses. Rien que des noms peu communs auxquels il avait de plus en plus de peine à associer des visages.

3

Certaines nuits, il faisait des rêves, dont il se réveillait les larmes aux yeux.

Geraldine fit de son mieux pour le consoler, étant donné qu'il prétendait ne rien se rappeler de ces rêves en se réveillant. C'était en un sens exact. En reprenant conscience, il ne ramenait rien avec lui que les mots fussent susceptibles de formuler : rien qu'une douloureuse tristesse. Elle s'étendait à côté de lui, lui caressait les cheveux, et lui disait que, bien que les temps soient difficiles, les choses auraient pu être pires. Elle avait raison, bien sûr. Et peu à peu, les rêves s'espacèrent, jusqu'à disparaître complètement.

4

Durant la dernière semaine de janvier, comme les factures de Noël n'avaient toujours pas été payées et comme il ne leur restait guère d'argent pour les honorer, il vendit les pigeons, excepté 33 et sa compagne. Il garda ce couple-là, pour une raison qu'il avait de plus en plus de difficulté à se rappeler ; et à la fin du mois qui suivit, il l'avait complètement oubliée.

CHAPITRE 4

Les nomades

1

Le passage de l'hiver fut certes pénible pour Cal, mais pour Suzanna, il fut fertile en périls autrement plus graves que l'ennui et les cauchemars.

Ces périls avaient commencé dès le lendemain de la nuit de la Fugue, lorsqu'elle et les frères Peverilli avaient échappé de justesse à Shadwell. Sa vie et celle de Jerichau, qu'elle avait retrouvé non loin de la propriété de Shearman, avaient presque toujours été en danger depuis lors.

On l'avait mise en garde contre ça dans la Maison de Capra, et contre bien d'autres choses encore. Mais de tout ce qu'elle avait appris, le sujet qui avait laissé en elle la plus forte impression était le Fléau. Les membres du Conseil avaient pâli en évoquant l'extinction qui avait menacé les Familles. Et bien que les ennemis qui étaient à présent sur ses talons — Shadwell et Hobart — fussent d'une nature toute différente, elle ne pouvait pas s'empêcher de croire qu'eux et le Fléau étaient issus du même sol empoisonné. Ils étaient tous, à leur façon, des ennemis de la vie.

Et ils étaient tous également impitoyables. Garder une longueur d'avance sur le Vendeur et sur son nouvel allié était une tâche épuisante. Jerichau et elle s'étaient vu accorder quelques heures de répit le premier jour, lorsqu'une fausse piste tracée par les frères Peverilli avait réussi à semer la confusion chez les limiers, mais Hobart avait retrouvé leur trace dès midi. Elle n'avait pas eu le choix, mais avait dû quitter la ville cet après-midi-là, dans une voiture d'occasion qu'elle avait achetée pour remplacer le véhicule de police qu'ils avaient volé. Utiliser sa propre voiture, elle le savait bien, aurait été aussi discret que d'envoyer des signaux de fumée.

Il y eut un fait pour la surprendre: il n'y avait eu aucun signe d'Immacolata, ni le jour du tissage ni les suivants. Etait-il possible que l'Incantatrice et ses sœurs aient décidé de rester dans le tapis? ou qu'elles y aient été prises au piège contre leur volonté? Peut-être était-ce trop espérer. Et pourtant, le menstruum — qu'elle parvenait à contrôler et à utiliser avec de plus en plus d'aisance — ne lui transmettait aucun frémissement indiquant la présence d'Immacolata.

Jerichau garda une distance respectueuse durant ces premières semaines, troublé, peut-être, par l'intérêt qu'elle portait au menstruum. Il ne pouvait lui être d'aucune utilité durant sa période d'apprentissage: la force dont elle était investie était pour lui un mystère; sa masculinité la redoutait. Mais elle le persuada peu à peu que ni le menstruum ni elle-même (si on pouvait les définir comme deux entités distinctes) ne lui voulaient le moindre mal, et il se sentit bientôt plus à l'aise vis-à-vis de ses pouvoirs. Elle parvint même à parler avec lui de la façon dont elle avait gagné l'accès au menstruum et de la façon dont il avait plongé à l'intérieur de Cal. Elle remercia le Ciel d'avoir une chance de parler de ces événements — ils étaient restés enfermés en elle trop longtemps et avaient fini par la tourmenter. Il n'avait que peu de réponses à lui donner, mais le simple fait de parler sembla la soulager de son anxiété. Et moins elle devenait anxieuse, plus le menstruum montrait sa valeur. Il lui donna un pouvoir qui se révéla inestimable durant ces semaines: un talent prémonitoire qui lui révélait les formes spectrales de l'avenir. Quand elle voyait le visage de Hobart dans l'escalier qui menait à la chambre où ils se cachaient, elle savait qu'il se trouverait à cet endroit dans peu de temps. Elle apercevait parfois également Shadwell, mais la plupart du temps, c'était Hobart, les yeux désespérés, sa bouche étroite prononçant son nom. C'était le signal d'un nouveau départ, bien sûr, quelle que fût l'heure du jour ou de la nuit. Ils faisaient leurs bagages, prenaient le tapis et s'enfuyaient.

Elle avait bien d'autres talents, qui prenaient tous racine dans le menstruum. Elle voyait à présent les lumières que Jerichau lui avait fait découvrir dans Lord Street; et après un intervalle de temps étonnamment court, elles n'eurent plus rien de remarquable à ses yeux: ce n'était qu'une information supplémentaire — comme l'expression d'un visage, ou le ton d'une voix — qu'elle utilisait pour déchiffrer le caractère d'un inconnu. Et elle possédait un autre talent de visionnaire, un intermédiaire entre la prémonition et la perception des lumières: elle distinguait les conséquences des processus naturels. Ce n'était pas simplement un bourgeon qu'elle voyait, mais la fleur qu'il deviendrait le printemps venu, et au prix d'un effort supplémentaire, le fruit qui viendrait après elle. Cette appréhension du *potentiel* eut plusieurs conséquences. Tout d'abord, elle renonça à manger des œufs. Ensuite, elle découvrit qu'il lui fallait lutter contre un fatalisme paralysant qui, si elle ne lui avait pas résisté, l'aurait laissée à la dérive dans un océan d'événements inéluctables, voguant dans la direction que le futur avait choisi de lui faire prendre.

Ce fut Jerichau qui l'aida à échapper à cette marée dangereuse, avec son enthousiasme infini à vivre et à agir. Bien que la fleur, et la flétrissure de la fleur, aient été inévitables, Humains et Devins avaient des choix à faire avant de mourir : des routes à parcourir, des routes à ignorer.

Un de ces choix fut de rester simples compagnons ou de devenir amants. Ils choisirent d'être amants, mais cela se produisit de façon si naturelle que Suzanna ne put jamais déterminer l'instant de leur décision. Certes, ils n'avaient jamais abordé ce sujet de façon explicite ; bien qu'il eût peut-être été dans l'air depuis la conversation qu'ils avaient eue dans le champ, près de la Maison de Capra. Il leur sembla normal de profiter de cette source de réconfort mutuel. Il se montra un partenaire sophistiqué, qui réagissait aux plus subtils des changements d'humeur ; capable de passer d'un instant à l'autre du fou rire à la gravité.

Il se montra aussi, au grand plaisir de Suzanna, un excellent voleur. En dépit des vicissitudes de leur vie de fugitifs, ils mangeaient (et voyageaient) comme des rois, simplement parce que ses doigts étaient si lestes. Elle ne savait pas avec certitude comment il atteignait un tel degré de réussite — s'il parvenait à détourner l'attention des témoins grâce à quelque subtile extase ou bien si c'était simplement un voleur-né. Quelle que fût sa méthode, il pouvait dérober tout ce qu'il voulait, que l'objet de sa convoitise fût énorme ou minuscule, et il ne s'écoulait pratiquement pas un seul jour sans qu'ils goûtent à quelque mets délicat et onéreux, ou sans qu'ils assouvissent sa passion nouvelle pour le champagne.

Cela leur rendait la vie facile de bien des façons plus pratiques, car ils pouvaient changer de voiture aussi souvent qu'ils le voulaient pour rendre leur fuite plus aisée, laissant derrière eux une piste semée de véhicules abandonnés.

La route qu'ils suivaient ne les conduisait dans aucune direction précise ; ils allaient simplement là où leur instinct leur suggérait de se rendre. Une intention affichée, avait expliqué Jerichau, était le meilleur moyen de se faire prendre.

« Je n'ai jamais l'*intention* de voler, expliqua-t-il à Suzanna un jour sur la route, pas avant que je ne m'y sois mis ; personne ne sait donc ce que je mijote, parce que je ne le sais pas moi non plus. »

Elle aimait cette philosophie ; elle séduisait son sens de l'humour. Si jamais elle revenait à Londres — à son argile et à son four —, elle regarderait si cette notion avait autant de sens dans le domaine esthétique qu'elle en avait dans le domaine criminel. Peut-être que le laisser-aller était la seule vraie façon de contrôler ses actes. Quel genre de pots pourrait-elle créer si elle n'essayait pas d'y *penser*?

Cette ruse ne les délivra cependant pas de leurs poursuivants, elle se contentait de les garder à distance. Et plus d'une fois, cette distance diminua jusqu'à devenir inconfortable.

2

Cela faisait deux jours qu'ils se trouvaient à Newcastle, dans un petit hôtel de Rudyard Street. La pluie tombait régulièrement depuis une semaine à présent, et ils avaient parlé de la possibilité de quitter le pays pour aller dans un endroit plus ensoleillé. Cette option n'était pas cependant sans présenter de sérieux problèmes. Tout d'abord, Jerichau n'avait pas de passeport et tenter de lui en procurer un risquait d'attirer l'attention sur eux; ensuite, il était possible que Hobart ait transmis leur signalement dans les ports et dans les aéroports. Et troisièmement, même s'ils parvenaient à partir, le tapis deviendrait encore plus difficile à transporter. Ils seraient certainement obligés de le perdre de vue, et Suzanna refusait d'envisager cette éventualité.

La discussion se poursuivit tandis qu'ils mangeaient leur pizza et buvaient leur champagne, et la pluie continuait de battre la fenêtre.

Et soudain, elle sentit un frisson naître dans son ventre, un frisson qu'elle était venue à considérer comme un présage. Elle regarda en direction de la porte, et l'espace d'un instant de terreur, elle crut que le menstruum l'avait prévenue trop tard, car elle vit la porte s'ouvrir et Hobart était là, les yeux braqués sur elle.

« Qu'y a-t-il ? » dit Jerichau.

Ces mots lui firent prendre conscience de son erreur. Le spectre qu'elle voyait était plus solide qu'il ne l'avait jamais été, ce qui signifiait que l'événement qu'il annonçait était imminent.

« Hobart, dit-elle. Et je ne crois pas que nous ayons beaucoup de temps. »

Le visage de Jerichau prit un air peiné, mais il ne remit pas son autorité en question. Si elle disait que Hobart était tout près, alors il était tout près. Elle était devenue un augure; une sorcière: lisant dans les airs et y trouvant toujours de mauvaises nouvelles.

Leurs mouvements étaient toujours compliqués par la présence du tapis. Chaque fois qu'ils s'arrêtaient quelque part, il leur fallait convaincre le propriétaire ou le directeur de l'hôtel que le tapis devait les suivre dans leur chambre. Lorsqu'ils s'en allaient, il fallait transporter le tapis dans le véhicule qu'ils avaient réquisitionné ce jour-là. Tout ceci attirait l'attention sur eux. Ils n'avaient cependant pas le choix. Personne n'avait jamais promis que le Paradis serait un fardeau léger.

3

Moins d'une demi-heure plus tard, Hobart ouvrit la porte de leur suite. La chambre était encore chaude du souffle de la femme. Mais elle et son nègre étaient partis.

Encore! Combien de fois durant les mois précédents s'était-il retrouvé à côté des reliefs de leur repas, combien de fois avait-il respiré l'air qu'elle avait respiré et vu la forme de son corps imprimée sur les draps? Mais il arrivait toujours trop tard. Ils avaient toujours une longueur d'avance sur lui, ils étaient toujours partis, et il ne lui restait plus qu'une nouvelle chambre hantée.

Il ne connaîtrait plus aucune nuit de repos, non, ni aucune journée de paix, avant de l'avoir attrapée et de la tenir à sa merci. Sa capture était devenue pour lui une obsession; et pour elle un châtiment.

Il ne savait que trop bien qu'en cette époque de décadence, où chaque perversion avait son ardent défenseur, on la défendrait avec éloquence une fois qu'il l'aurait attrapée. C'était pour cela qu'il s'était lancé *personnellement* à sa recherche, aidé de ses élus, afin qu'il puisse lui montrer le vrai visage de la Loi avant que les libéraux ne viennent faire entendre leurs suppliques geignardes. Elle souffrirait pour ce qu'elle avait fait à ses héros. Elle implorerait sa pitié, mais il resterait fort et sourd à ses prières.

Il avait un allié dans cette entreprise: Shadwell.

Il ne se trouvait personne parmi ses supérieurs dans la police en qui il ait autant confiance qu'en cet homme; leurs âmes semblaient jumelles. Il tirait sa force de cette ressemblance.

Et, bizarrement, du livre aussi, du livre rédigé en code qu'il lui avait confisqué. Il avait ordonné une étude minutieuse de ce volume; son papier et sa reliure avaient été analysés dans l'espoir d'y trouver une signification cachée. Aucune n'avait été découverte. Ce qui laissait les mots et les images. Ceux-ci avaient également été étudiés par des experts. Les histoires ressemblaient à des contes de fées tout à fait ordinaires. Les illustrations, tout comme le texte, offraient toutes les apparences de l'innocence.

Mais on ne se jouait pas de lui aussi facilement. Ce livre signifiait bien plus qu'*Il était une fois*, il n'en doutait pas une seule seconde. Quand il tiendrait finalement cette femme, il lui arracherait la signification de ce livre sans faire preuve de la moindre once de pitié, et aucun cœur fragile ne pourrait l'arrêter.

4

Ils avaient commencé à prendre des précautions supplémentaires après Newcastle. Au lieu de visiter des grandes villes, où les forces de police étaient présentes en abondance, ils s'étaient mis à la recherche de communautés moins importantes. Ce choix avait ses inconvénients, bien sûr. L'arrivée de deux inconnus, possesseurs d'un tapis, éveillait la curiosité et suscitait les questions.

Mais ce changement de tactique s'avéra positif. Comme ils ne restaient jamais plus de trente-six heures dans un endroit donné, et comme ils suivaient un chemin aléatoire de ville en ville, de village en village, leur piste devint de plus en plus difficile à suivre. Les journées durant lesquelles ils n'étaient pas dérangés par les limiers se transformèrent en semaines, et les semaines en mois, et on aurait presque cru que leurs poursuivants avaient renoncé à la chasse.

Durant cette période, les pensées de Suzanna se tournèrent souvent vers Cal. Tant de choses s'étaient produites depuis ce jour où il lui avait juré son amour sur les rives de la Mersey. Elle s'était souvent demandé à quel point les sentiments du jeune homme lui avaient été inconsciemment inspirés par le menstruum qui l'avait touché et l'avait pénétré, et à quel point ils relevaient de l'amour tel que l'on concevait d'ordinaire cette notion. Elle avait parfois envie de décrocher le téléphone et de lui parler; en fait, elle avait tenté de le faire à plusieurs reprises. Etait-ce la paranoïa qui l'empêchait de parler, ou bien y avait-il — comme son instinct le lui affirmait — une autre personne sur la ligne, en train d'enregistrer son appel? La quatrième et la cinquième fois, ce ne fut même pas Cal qui répondit, mais une femme qui exigea de savoir qui appelait et qui, lorsque Suzanna resta muette, menaça de la dénoncer à la police. Elle ne rappela plus; ça ne valait tout simplement pas la peine de courir ce risque.

Jerichau avait une opinion à ce sujet.

« Mooney est un Coucou, dit-il lorsque le nom de Cal fut évoqué dans la conversation. Tu devrais l'oublier.

— Si on est un Coucou, on ne vaut rien, c'est ça? dit-elle. Et moi?

— Tu es des nôtres à présent, dit-il. Tu fais partie de la Devinité.

— Il y a tant de choses que tu ignores à mon sujet, dit-elle.

Toutes ces années durant lesquelles je n'étais qu'une fille ordinaire...

— Tu n'as jamais été ordinaire.

— Oh si, dit-elle. Crois-moi, je l'ai été. Je le suis toujours. *Ici.* (Elle se tapa sur le front.) Parfois, lorsque je me réveille, je ne peux pas croire ce qui m'est arrivé... ce qui *m'arrive.* Quand je pense à ce que j'étais.

— Il ne sert à rien de regarder en arrière, dit Jerichau. Il ne sert à rien de penser à ce qui aurait pu être.

— Tu n'y penses plus, toi, n'est-ce pas ? Je l'ai remarqué. Tu ne parles même plus de la Fugue. »

Jerichau sourit.

« Pourquoi en parlerais-je ? dit-il. Je suis heureux comme je suis. Avec toi. Peut-être que ce sera différent demain. Peut-être que c'était différent hier, j'ai oublié. Mais aujourd'hui, *maintenant*, je suis heureux. Je commence même à aimer le Royaume. »

Elle se souvint de lui, perdu dans la foule de Rue Street ; comme il avait changé.

« Et si tu ne devais plus jamais revoir la Fugue ? »

Il réfléchit durant quelques instants.

« Qui sait ? Mieux vaut ne pas y penser. »

C'était une bien improbable romance que la leur. Elle, découvrant sans cesse une nouvelle vision grâce au pouvoir qui était en elle. Lui, un peu plus séduit chaque jour par ce même monde dont elle voyait les banalités avec des yeux de plus en plus perçants. Et avec cette compréhension nouvelle, si différente des simplifications qui avaient régenté sa vie jusqu'ici, lui vint une nouvelle certitude, celle que le tapis qu'ils portaient représentait un ultime espoir, tandis que lui — dont la Trame contenait la patrie — semblait devenir de plus en plus indifférent à son sort, vivant *dans* l'instant présent et *pour* l'instant présent, à peine effleuré par l'espoir ou par le regret. Il parlait de moins en moins de trouver un abri pour la Fugue, et de plus en plus des choses excitantes qu'il voyait dans la rue ou à la télévision.

Bien souvent, bien qu'il soit resté à ses côtés et lui ait dit qu'elle pourrait toujours compter sur lui, elle se sentait seule.

5

Et quelque part derrière elle, Hobart lui aussi était seul ; même parmi ses hommes, ou avec Shadwell, tout seul : rêvant d'elle et du parfum qu'elle laissait derrière elle pour se moquer de lui, et des brutalités qu'il lui infligerait.

Durant ces rêves, ses mains s'embrasaient, comme elles l'avaient déjà fait une fois, et lorsqu'elle luttait avec lui, les flammes léchaient les murs de sa chambre et rampaient sur le plafond, jusqu'à ce que la pièce soit devenue une fournaise. Et il s'éveillait avec ses mains devant son visage, couvertes non pas de feu mais de sueur, heureux que la Loi soit là pour l'empêcher de sombrer dans la panique, et heureux aussi d'être dans le camp des anges.

CHAPITRE 5

Notre-Dame des Ossements

1

Ce furent des jours sombres pour Shadwell.

Il avait émergé de la Fugue dans un état d'exaltation — animé par le souffle d'une ambition nouvelle —, mais cela avait été pour découvrir qu'on lui avait dérobé le monde sur lequel il souhaitait régner, qu'on le lui avait volé à son nez et à sa barbe. Et en plus de cela, Immacolata, à laquelle il aurait pu s'adresser pour obtenir de l'aide, avait apparemment décidé de rester dans la Trame. Elle faisait après tout partie de la Devinité, même si son peuple l'avait rejetée. Peut-être n'aurait-il pas dû être surpris de la voir demeurer sur ce sol qu'elle avait jadis revendiqué.

Il ne se retrouvait pas complètement seul. Norris, le Roi des Hamburgers, lui obéissait toujours au doigt et à l'œil, satisfait de lui être asservi. Et il y avait Hobart, bien sûr. L'Inspecteur était probablement fou, mais ce n'en était que mieux. Et il nourrissait certaines aspirations que Shadwell savait pouvoir un jour exploiter à ses propres fins. A savoir : conduire — comme Hobart le disait lui-même — une croisade vertueuse.

Une croisade ne s'avérait cependant guère efficace sans infidèles contre qui l'engager. Cinq longs mois s'étaient écoulés, et chaque jour qui s'était passé sans que l'on ait retrouvé le tapis avait vu croître son désespoir. Contrairement à ceux qui avaient quitté la Fugue cette nuit-là, il se rappelait ses expériences dans les moindres détails. Sa veste — investie des extases de ce domaine — lui permettait de garder ses souvenirs. Encore trop frais. Pas une seule heure ne se passait sans qu'il souhaite ardemment retourner là-bas.

Cette soif ne traduisait pas seulement son désir de posséder la Fugue. Durant ces longues semaines d'attente, il avait acquis une ambition plus démesurée. Lorsqu'il aurait de nouveau l'occasion de fouler ce sol, il ferait ce que jamais aucun Devin n'avait osé faire : il irait dans le Gyrus. Cette notion, une fois conçue, tourmenta le moindre de ses instants d'éveil. Pour une telle profanation il encourrait sans doute un grave châtiment, mais cela ne valait-il pas la peine de courir un tel risque ? Dissimulée sous ce masque de nuages, le Manteau, se trouvait une concentration de magie sans égale dans l'Histoire de la Devinité, et par conséquent, dans l'Histoire du monde.

La cour de la création se tenait dans le Gyrus. Y pénétrer, et découvrir ses secrets, ne serait-ce pas une sorte de Divinité ?

2

Et aujourd'hui, il se trouvait dans un lieu digne de ses pensées : cette petite église dédiée à Sainte Philomène et à Saint Callixte, dissimulée au cœur de cette désolation de béton qu'était la City londonienne. Il n'était pas venu en ce lieu pour le bien de son âme ; il y avait été invité, par le prêtre qui célébrait à présent l'office de la mi-journée pour une poignée de bureaucrates. Un homme qu'il n'avait jamais rencontré, et qui lui avait écrit pour dire qu'il avait d'importantes nouvelles ; des nouvelles dont Shadwell pourrait tirer profit. Le Vendeur était venu sans hésiter un instant.

Shadwell avait reçu une éducation catholique ; et bien qu'il ait depuis longtemps négligé sa foi, il lui était impossible d'oublier les rites qu'il avait appris étant enfant. Il écouta le Sanctus, sa langue bougeant en cadence avec les mots, bien que vingt ans se soient écoulés depuis qu'il les avait prononcés. Puis la Prière de l'Eucharistie — brève et superficielle, pour ne pas distraire les comptables de leurs calculs — et la Consécration.

... Prenez et mangez. Ceci est mon corps donné pour vous...

Des paroles anciennes ; un rite ancien. Mais ils avaient toujours un sens du point de vue commercial.

Parlez de Force et de Puissance, et vous attirerez toujours le public. Les Seigneurs n'étaient jamais passés de mode.

Perdu dans ses pensées, il ne se rendit même pas compte que la messe était finie jusqu'à ce que le prêtre apparaisse à ses côtés.

« Mr Shadwell ? »

Il leva les yeux de ses gants en vélin. L'église était vide de toute présence, excepté la leur.

« Nous vous attendions », dit le prêtre, sans attendre d'avoir eu la confirmation de son identité. « Vous êtes le bienvenu ici. »

Shadwell se leva.

« Pourquoi m'avez-vous écrit ?

— Voulez-vous venir avec moi ? » fut la réponse.

Shadwell ne vit aucune raison de ne pas s'exécuter. Le prêtre le conduisit à travers la nef et jusqu'à une pièce aux murs couverts de panneaux de bois, qui sentait comme un bordel, sueur et parfums. Au bout de cette pièce, un rideau, qu'il tira de côté, et une autre porte.

Avant de tourner la clé dans la serrure, il dit :

« Ne vous éloignez pas de moi, Mr Shadwell, et ne vous approchez pas de l'Autel... »

L'Autel ? Pour la première fois depuis son arrivée dans l'église, Shadwell commença à comprendre ce qui se passait.

« Entendu », dit-il.

Le prêtre ouvrit la porte. Il y avait devant eux un escalier assez raide aux marches de pierre, qui n'était éclairé que par la lumière issue de la pièce qu'ils venaient de quitter. Il cessa de compter les marches après en avoir dénombré une trentaine ; après les dix premières, ils descendirent dans une obscurité presque complète, et il garda les bras tendus pour toucher le mur, qui était sec et glacé, afin de rester en équilibre.

Mais à présent, venant d'en bas, une lumière. Le prêtre lui jeta un regard par-dessus l'épaule, son visage n'était qu'une boule pâle dans la pénombre.

« Restez près de moi, prévint-il. C'est dangereux. »

Arrivé en bas de l'escalier, le prêtre prit Shadwell par le bras, comme s'il ne s'attendait pas à ce qu'il obéisse à ses instructions. Ils étaient apparemment parvenus au centre d'un labyrinthe ; des galeries partaient dans toutes les directions, tournant et sinuant de façon imprévisible. Dans certaines d'entre elles brûlaient des cierges. D'autres étaient plongées dans les ténèbres.

Ce fut seulement lorsque son guide le conduisit le long de l'un de ces couloirs que Shadwell se rendit compte qu'ils n'étaient pas seuls. Des alignements de niches étaient creusés dans les murs, dont chacune contenait un cercueil. Il frissonna. Les morts l'entouraient de tous côtés ; c'était leur poussière qu'il goûtait sur le bout de sa langue. Il n'existait qu'une seule personne au monde, il le savait, pour choisir volontairement une telle compagnie.

Alors même qu'il formulait cette pensée, la main du prêtre se détacha de son bras et l'homme rebroussa chemin en hâte, murmurant une prière tout en courant le long du couloir. La raison : une silhouette voilée, vêtue de noir des pieds à la tête, qui marchait le long du tunnel pour s'approcher de lui, telle une pleureuse qui se serait perdue parmi les cercueils. Elle n'eut pas besoin de parler ni de soulever son voile pour que Shadwell sache qu'il s'agissait d'Immacolata.

Elle resta à quelques mètres de lui sans rien dire. Son souffle faisait frémir les plis de son voile.

Puis elle dit:

« Shadwell. »

Sa voix était rauque: presque essoufflée.

« Je croyais que vous étiez restée dans la Trame, dit-il.

— J'ai failli y être emprisonnée, répondit-elle.

— Emprisonnée ? »

Derrière lui, Shadwell entendit sur les marches le bruit des pas du prêtre qui s'enfuyait.

« Un de vos amis ? demanda-t-il.

— Ils me vénèrent, lui dit-elle. M'appellent leur Déesse ; Mère de la Nuit. Ils s'émasculent pour mieux me témoigner leur adoration. » Shadwell grimaça. « C'est pour ça qu'on ne vous a pas permis d'approcher de l'Autel. Ils considèrent ça comme une profanation. Si leur Déesse n'avait pas parlé, ils ne vous auraient jamais laissé venir jusqu'ici.

— Pourquoi supportez-vous leur existence ?

— Ils m'ont offert une cachette lorsque j'en ai eu besoin. Un endroit où soigner mes blessures.

— Quelles blessures ? »

A ces mots, le voile se souleva lentement, sans qu'Immacolata l'ait touché. Le spectacle qui fut révélé à Shadwell lui serra la gorge. Les traits jadis exquis de l'Incantatrice étaient meurtris jusqu'à en être méconnaissables, une masse de chairs à nu et de cicatrices suintantes.

« ... comment... ? réussit-il à dire.

— Le mari de la Gardienne », répondit-elle, d'une bouche si déformée qu'il lui était difficile d'articuler correctement.

« Il a fait *ça* ?

— Il est venu avec ses lions, dit-elle. Et j'ai été imprudente. »

Shadwell ne voulait pas en entendre davantage.

« Ce spectacle vous offense, dit-elle. Vous êtes un homme sensible. »

Ce dernier mot fut prononcé avec la plus subtile des ironies.

« Vous pouvez dissimuler ça, n'est-ce pas ? » dit-il, pensant à son talent pour la mascarade. Si elle pouvait imiter les autres, pourquoi ne pas copier son moi parfait ?

« Voudriez-vous que je devienne une putain ? lui dit-elle. Que je me peigne le visage par pure *vanité* ? Non, Shadwell. J'exhiberai mes blessures. Elles font davantage partie de moi-même que ne l'a jamais fait ma beauté.» Elle eut un terrible sourire. «Ne le pensez-vous pas?»

Sa voix tremblait en dépit de sa défiance. Elle était malléable, sentit-il; voire au désespoir. Redoutant que la folie s'empare à nouveau d'elle.

«Votre compagnie m'a manqué, dit-il en tentant de regarder son visage sans fléchir. Nous travaillions bien ensemble.

— Vous avez de nouveaux alliés à présent, répondit-elle.

— Vous le saviez?

— Mes sœurs se sont trouvées de temps en temps à vos côtés.» Cette pensée ne le réconfortait guère. «Faites-vous confiance à Hobart?

— Il m'est utile.

— A quoi?

— A chercher le tapis.

— Il ne l'a pas encore trouvé?

— Non. Pas encore.» Il tenta de la regarder droit dans les yeux; essaya de lui offrir un regard plein d'amour. «Vous me manquez, dit-il. J'ai besoin de votre aide.»

Le palais de l'Incantatrice produisit un léger sifflement, mais elle ne répondit pas.

«Est-ce pour cela que vous m'avez fait venir ici? dit-il. Pour que nous recommencions tout comme avant?

— Non, répondit-elle. Je suis trop lasse pour cela.»

Tout désireux qu'il fût de parcourir à nouveau la Fugue, l'idée de reprendre la poursuite là où ils l'avaient laissée — aller de ville en ville en suivant les rumeurs de la Trame apportées par le vent — ne l'enchantait guère lui non plus.

«De plus..., dit-elle, ... vous avez changé.

— Non, protesta-t-il. Je désire toujours la Trame.

— Mais plus pour la vendre, dit-elle. Pour régner sur elle.

— Comment cette idée vous est-elle venue?» protesta-t-il avec un sourire ingénu. Il lui était impossible de déchiffrer l'épave qui se tenait devant lui et de savoir si sa duplicité avait donné le change. «Nous avions signé un pacte, Déesse, dit-il. Nous étions résolus à leur faire mordre la poussière.

— Et vous désirez toujours cela?»

Il hésita, sachant qu'il allait tout risquer sur un mensonge. Elle le connaissait trop bien — elle parviendrait probablement à voir à l'intérieur de son crâne si elle décidait de le faire; il ne perdrait que sa compagnie si elle venait à percevoir sa duplicité. Mais après tout, elle avait changé, n'est-ce pas? C'était un bien déprécié qu'il avait devant lui. Sa beauté, le seul pouvoir insurmontable qu'elle avait eu sur lui, avait disparu. C'était elle la suppliante, bien qu'elle ait essayé de prétendre le contraire. Il courut le risque de mentir.

« Ce que je veux, c'est ce que j'ai toujours voulu, dit-il. Vos ennemis sont mes ennemis.

— Alors, nous allons les défaire, dit-elle. Une bonne fois pour toutes. »

Quelque part dans le labyrinthe de son visage, une flamme naquit, et la poussière humaine qui reposait dans les niches à ses côtés se mit à danser.

CHAPITRE 6

La machine friable

1

Le matin du 2 février, Cal trouva Brendan mort dans son lit. Il était décédé, leur dit le docteur, une heure avant l'aube ; il avait tout simplement renoncé à vivre et s'était éclipsé durant son sommeil.

Son intelligence avait entamé un processus de détérioration rapide environ une semaine avant Noël. Il lui arrivait certains jours d'appeler Geraldine par le nom de son épouse et de prendre Cal pour son frère. Le diagnostic des médecins n'avait guère été optimiste, mais personne ne s'était attendu à un départ si rapide. Il n'avait eu ni l'occasion de s'expliquer ni celle de faire ses adieux. Un jour il était là, le lendemain on prenait son deuil.

Malgré tout l'amour que Cal avait eu pour Brendan, le chagrin lui fut difficile à trouver. Ce fut Geraldine qui pleura ; Geraldine qui fit preuve de tous les sentiments d'usage lorsque les voisins vinrent présenter leurs condoléances. Cal ne put que jouer le rôle du fils éploré, sans le ressentir le moins du monde. Tout ce qu'il ressentait, c'était un certain malaise.

Ce sentiment crût encore à mesure que l'incinération approchait. Il se sentait de plus en plus détaché de lui-même et considérait son absence d'émotion d'un œil incrédule. Il lui semblait soudain qu'il existait deux Cal. Le premier, qui prenait le deuil aux yeux du public et qui traitait les problèmes posés par la mort comme l'exigeaient les usages, et le second, critique virulent du premier, dénonçant la vacuité de ses clichés et de ses gestes machinaux.

C'était la voix de Mooney le Dingue, ce second Cal : le fléau des menteurs et des hypocrites.

« *Tu n'as rien de réel*, murmurait le poète. *Regarde-toi ! Honte sur toi !*»

Ce dédoublement eut d'étranges effets secondaires ; le plus significatif d'entre eux étant le retour de ses rêves. Il rêvait qu'il flottait dans un air aussi clair que les yeux de l'amour ; rêvait d'arbres aux branches lourdes de fruits dorés ; rêvait d'animaux doués de parole et d'hommes qui rugissaient. Il rêva aussi des pigeons, plusieurs fois par nuit, et à plus d'une reprise, il se réveilla avec la certitude que 33 et sa compagne lui avaient parlé dans leur langage d'oiseaux, bien qu'il n'ait pu percevoir la nature de leurs conseils.

Cette idée restait présente à son esprit une fois le jour venu, et — bien qu'il ait su que cette notion était risible —, il se surprit à interroger les oiseaux lorsqu'il leur dispensait leur pain quotidien, leur demandant, à moitié pour rire, d'avouer tout ce qu'ils savaient. Ils se contentaient de cligner des yeux et d'engraisser.

Le jour des funérailles vint, puis appartint au passé. Les parents d'Eileen vinrent de Tyneside et ceux de Brendan de Belfast. Il y eut du whisky, et de la Guinness pour les frères de Brendan, et des sandwiches au jambon dans du pain sans croûte, et lorsque les verres et les assiettes eurent été vidés, tous repartirent chez eux.

2

« On devrait prendre des vacances, suggéra Geraldine une semaine après les funérailles. Tu ne dors pas bien ces temps-ci. »

Il était assis près de la fenêtre de la salle à manger, en train de contempler le jardin.

« La maison a besoin d'être réparée, dit-il. Ça me déprime.

— On peut toujours la vendre », dit-elle.

C'était une solution toute simple, une solution qui n'était jamais venue à son esprit apathique.

« C'est une foutue bonne idée, dit-il. On va trouver un endroit où il n'y aura pas de voie ferrée au fond du jardin. »

Ils se lancèrent immédiatement à la recherche d'une autre maison, avant que la venue du beau temps ne fasse monter les prix. Geraldine était dans son élément, lui faisant visiter les propriétés sur le marché en émettant un flot ininterrompu d'observations et d'idées. Ils trouvèrent dans Wavertree une maisonnette qui leur plut à tous les deux, et firent une offre qui fut acceptée. Mais la maison de Chariot Street s'avéra difficile à vendre. Deux acheteurs furent sur le point de signer une promesse de vente, puis se désistèrent au dernier moment. Même l'enthousiasme de Geraldine s'estompa au fil des semaines.

Ils perdirent la maison de Wavertree au début du mois de mars et furent obligés de recommencer leurs recherches à zéro. Mais le cœur n'y était plus, et ils ne trouvèrent rien à leur convenance.

Et les oiseaux lui parlaient toujours dans ses rêves. Et il ne parvenait toujours pas à interpréter leur sagesse.

CHAPITRE 7

Contes de la Cité des Spectres

1

Cinq semaines après que les restes de Brendan eurent été dispersés sur la Pelouse du Souvenir, Cal ouvrit la porte à un homme au visage rougeaud, aux cheveux rares plaqués sur son crâne pour en dissimuler la nudité, et qui tenait entre deux doigts le mégot d'un gros cigare.

« Mr Mooney ? » dit-il, et sans attendre une confirmation, il continua : « Vous ne me connaissez pas. Mon nom est Gluck. » Transférant son cigare de la main droite à la gauche, il saisit la main de Cal et la secoua vigoureusement. « Anthony Gluck », dit-il.

Le visage de cet homme était familier à Cal ; il fouilla son esprit à la recherche de l'endroit où il avait pu le voir.

« Je me demandais, dit Gluck, si je ne pourrais pas vous parler quelques instants ?

— Je vote Travailliste, dit Cal.

— Je ne fais pas du démarchage électoral. C'est votre maison qui m'intéresse.

— Oh, dit Cal en souriant. Entrez donc », et il conduisit Gluck jusqu'à la salle à manger.

L'homme se trouva près de la fenêtre en un instant, scrutant le jardin.

« Ah ! dit-il. Nous y voici.

— C'est un peu en désordre en ce moment, dit Cal en s'excusant.

— Vous n'avez touché à rien ? dit Gluck.

— Touché à rien ?

— Depuis les événements de Chariot Street.

— Avez-vous vraiment l'intention d'acheter la maison? dit Cal.

— De l'*acheter*? dit Gluck. Oh non, excusez-moi. Je ne savais même pas qu'elle était en vente.

— Vous avez dit qu'elle vous intéressait...

— Certes oui. Mais pas pour l'acheter. Non, cet endroit m'intéresse parce qu'il était au centre du phénomène observé en août dernier. Est-ce que je me trompe?»

Cal n'avait que des souvenirs fragmentaires des événements survenus ce jour-là. Bien sûr, il se rappelait la tornade qui avait causé tant de dégâts dans Chariot Street. Il se rappelait également l'interrogatoire de Hobart; et le rendez-vous avec Suzanna auquel l'Inspecteur l'avait empêché d'aller. Mais il y avait beaucoup de choses — le Roué, la mort de Lilia, en fait tout ce qui avait rapport à la Fugue — que son esprit avait occultées.

L'enthousiasme de Gluck l'intrigua cependant.

«Ce n'étaient pas des événements naturels, dit-il. Il s'en faut de beaucoup. C'était un exemple parfait de ce que nous autres spécialistes appelons des phénomènes aberrants.

— Spécialistes?

— Savez-vous comment certaines personnes ont baptisé Liverpool ces derniers temps?

— Non.

— La Cité des Spectres.

— La Cité des Spectres?

— Et ce n'est pas sans raison, croyez-moi.

— Que vouliez-vous dire en parlant de *spécialistes*?

— Fondamentalement, c'est très simple. Je réunis une documentation sur les événements qui défient toute explication; les événements qui sont au-delà de la compréhension de la communauté scientifique, et que les gens choisissent en conséquence de ne pas voir. Les phénomènes aberrants.

— Cette ville a toujours été venteuse, fit remarquer Cal.

— Croyez-moi, dit Gluck, il y avait bien plus qu'un coup de tabac à l'origine de ce qui s'est passé ici l'été dernier. De l'autre côté du fleuve, une maison a été transformée en tas de décombres en l'espace d'une nuit. Il y a eu des hallucinations collectives qui se sont manifestées en plein jour. Il y a eu des lumières dans le ciel — des lumières éclatantes — observées par des centaines de témoins. Tout ceci s'est produit dans les environs immédiats de cette ville, sur une période de deux ou trois jours. Est-ce qu'à votre avis, cela ressemble à des coïncidences?

— Non. Si vous êtes bien sûr que tout ceci...

— S'est bien produit? Oh, ça s'est bien produit, Mr Mooney. Cela fait plus de vingt ans que je rassemble une documentation sur ce genre d'incidents, que je la répertorie et que je l'étudie, et ces phénomènes n'ont rien d'arbitraire ni rien d'aléatoire.

— Ils ne se sont pas manifestés seulement ici, alors?
— Bon Dieu, non. Je reçois des rapports de toute l'Europe. Avec le temps, on finit par voir émerger quelque chose de cohérent.»
Tandis que Gluck continuait de parler, Cal se rappela où il l'avait déjà vu. Dans un débat télévisé, dont le sujet était — si sa mémoire ne le trahissait pas — le silence observé par le gouvernement sur les visites des ambassadeurs extraterrestres.
« Ce qui s'est passé dans Chariot Street, disait-il, et dans toute la ville, fait partie d'un dessein qui est parfaitement évident aux yeux de ceux d'entre nous qui étudient ce genre de phénomènes.
— Qu'est-ce que cela signifie?
— Cela signifie que l'on nous observe, Mr Mooney. Que l'on nous scrute quotidiennement.
— Qui donc?
— Des créatures venues d'un autre monde, disposant des ressources d'une technologie qui ridiculise la nôtre. Je n'ai pu examiner que des fragments de leurs artefacts, abandonnés par des voyageurs négligents. Mais ils ont suffi à me prouver que nous sommes des animaux domestiques comparés à eux.
— Vraiment?
— Je reconnais ce regard, Mr Mooney, dit Gluck sans paraître irrité. Vous essayez de ne pas me contrarier. Mais j'ai vu les preuves de mes propres yeux. Surtout durant ces derniers mois. Ou bien ils se montrent de plus en plus négligents, ou alors ils ne se soucient plus de savoir que nous avons conscience de leur présence.
— Ce qui signifie quoi?
— Que les plans qu'ils ont élaborés à notre intention entrent dans leur phase finale. Que leurs installations sur notre planète sont bien en place et que nous serons vaincus avant que la guerre n'ait commencé.
— Ils ont l'intention de nous envahir?
— Vous pouvez vous moquer...
— Je ne me moque pas. Sincèrement. Je ne peux pas dire que tout ceci soit facile à croire, mais...» Pour la première fois depuis plusieurs mois, il pensa à Mooney le Dingue. « ...ça m'intéresse d'écouter ce que vous avez à me dire.
— Bien», dit Gluck, dont l'expression farouche s'adoucit quelque peu. « C'est un changement fort rafraîchissant. On me considère d'ordinaire comme une sorte de clown. Mais laissez-moi vous dire une chose: je conduis mes recherches de la façon la plus scrupuleuse.
— Je vous crois.
— Je n'ai nul besoin de travestir la vérité, dit-il avec fierté. Elle est assez convaincante telle quelle.»
Et il continua à parler, faisant part à Cal de ses enquêtes les plus

récentes et de leurs résultats. La Grande-Bretagne, semblait-il, grouillait sur toute son étendue d'événements prodigieux et bizarres. Est-ce que Cal avait entendu parler, demanda-t-il, de cette pluie de poissons des profondeurs qui était tombée sur Halifax ? ou de ce village du Wiltshire* qui se vantait de posséder sa propre aurore boréale ? ou de cet enfant de trois ans demeurant à Blackpool qui déchiffrait les hiéroglyphes à la perfection depuis sa naissance ? Toutes ces histoires étaient vraies, prétendait-il ; et toutes étaient vérifiables. Et elles ne représentaient que la partie émergée de l'iceberg. L'île semblait être plongée jusqu'aux chevilles dans un océan de miracles auquel la plupart de ses habitants étaient décidés à rester aveugles.

« La vérité est au bout de notre nez, dit Gluck. Si seulement nous pouvions la voir. Les visiteurs sont *ici*. En Angleterre. »

C'était une notion fort attirante — une apocalypse de poissons et d'enfants érudits, destinée à retourner l'Angleterre sens dessus dessous ; et pour absurde que ces faits apparussent, la conviction de Gluck était puissamment persuasive. Mais il y avait quelque chose qui clochait dans sa thèse. Cal ne parvenait pas à voir quoi exactement — et il ne se trouvait certes pas en position d'en discuter —, mais il savait du fond de ses tripes que, quelque part sur sa route, Gluck avait pris un mauvais tournant. Ce qui était fort troublant, c'était le processus que cette litanie avait déclenché dans sa tête ; il cherchait à tâtons un fait qu'il avait naguère eu en sa possession mais qu'il avait à présent oublié. A peine hors de portée de ses doigts.

« Bien sûr, disait Gluck, les milieux officiels de la Cité des Spectres ont tenté de censurer ces phénomènes.

— De les censurer ?

— Certainement. Il n'y a pas que des maisons qui ont disparu. Des gens aussi se sont évanouis dans la nature. On les avait attirés ici, du moins les informations que j'ai pu recueillir le suggèrent-elles. Des gens fortunés ; des gens aux amis haut placés, qui sont venus ici et qui n'en sont jamais repartis. Ou du moins, pas de leur propre volonté.

— C'est extraordinaire.

— Oh, je pourrais vous raconter des histoires à côté desquelles la disparition de quelques ploutocrates paraîtrait bien anodine. »

Gluck ralluma son cigare, qui s'était éteint chaque fois qu'il s'était lancé dans une nouvelle diatribe. Il tira sur lui jusqu'à ce qu'il soit entouré d'un nuage de fumée.

« Mais nous savons si peu de choses, dit-il. C'est pourquoi je ne cesse de faire des recherches, de poser des questions. Je serais

* Région du sud de l'Angleterre, entre Bristol et Salisbury. (N.d.T.)

apparu sur votre seuil bien plus tôt si les choses n'avaient pas été aussi frénétiques ces derniers temps.

— Je ne crois pas que je pourrai vous apprendre beaucoup de choses, dit Cal. Toute cette période est très vague...

— Oui, dit Gluck. C'est normal. Cela m'est déjà arrivé à plusieurs reprises. Des témoins qui *oublient*, tout simplement. Je pense que c'est quelque chose que nos amis... (il tendit la pointe de son cigare vers le ciel) ... sont capables d'induire : cet oubli. Y avait-il quelqu'un d'autre dans la maison ce jour-là ?

— Mon père. Je crois. »

Il ne pouvait même pas être certain de cela.

« Puis-je lui parler ?

— Il est mort. Il est décédé le mois dernier.

— Oh. Mes condoléances. Est-ce que ça a été soudain ?

— Oui.

— Vous comptez donc vendre cette maison. Vous allez abandonner Liverpool à son sort ? »

Cal poussa un soupir.

« Je ne pense pas », dit-il.

Gluck l'observait au milieu de son nuage de fumée.

« Je ne parviens pas à me décider sur quoi que ce soit ces temps-ci, confessa Cal. J'ai l'impression de vivre dans un rêve. »

Tu n'as jamais prononcé paroles plus sensées, dit une voix à l'intérieur de son crâne.

« Je comprends, dit Gluck. Je comprends. »

Il déboutonna son veston et l'ouvrit. Le cœur de Cal se mit à battre plus vite sans qu'il ait compris pourquoi, mais son visiteur ne faisait que fouiller dans ses poches à la recherche d'une carte de visite.

« Tenez, dit-il. Prenez ça. S'il vous plaît. »

A.V. Gluck, indiquait la carte, et sous l'adresse de son domicile de Birmingham, une phrase à l'encre rouge :

Ce qui est aujourd'hui prouvé était hier seulement imaginé.

« D'où vient cette citation ?

— William Blake, dit Gluck. *Le Mariage du Ciel et de l'Enfer.* Voulez-vous conserver cette carte ? Si jamais quelque chose vous arrivait, quelque chose... d'aberrant, j'aimerais avoir de vos nouvelles.

— J'y penserai », dit Cal. Il regarda de nouveau la carte. « Que signifie le "V" ? demanda-t-il.

— Virgil, confia Gluck. Enfin, dit-il, il faut bien que tout le monde ait ses petits secrets, ne pensez-vous pas ? »

2

Cal conserva la carte, plus pour garder une trace de la rencontre que dans l'espoir de l'utiliser. Il avait goûté la compagnie de cet homme, en dépit de ses bizarreries, mais son numéro était sans doute de ceux qu'on n'appréciait qu'une fois. Une seconde représentation aurait terni son charme excentrique.

Lorsque Geraldine rentra, il commença à lui parler de cette visite, puis se ravisa et détourna la conversation vers des sujets tout différents. Il savait qu'elle éclaterait de rire en apprenant qu'il avait perdu du temps à recevoir ce type, et pour extravagants que fussent Gluck et ses théories, il ne voulait pas que l'on se moque de cet homme, même gentiment.

Peut-être qu'il avait choisi un mauvais tournant, mais au moins avait-il voyagé sur des routes extraordinaires. Bien que Cal ne pût se rappeler pourquoi, il avait l'impression que c'était une chose que tous deux avaient en commun.

SEPTIÈME PARTIE

Le démagogue

« Ad augusta per angusta. »
(Vers des résultats grandioses par des voies étroites.)

Victor Hugo
Hernani

CHAPITRE 1

Le messager

1

Le printemps fut fort tardif cette année-là, et le mois de mars connut des journées sinistres et des nuits glaciales. Il semblait parfois que l'hiver ne finirait jamais; que le monde serait toujours ainsi, gris sur gris, jusqu'à ce que l'entropie ait englouti le peu de vie qui lui restait.

Ces semaines furent une période difficile pour Suzanna et Jerichau. Ce ne fut pas Hobart qui en fut la cause : en fait, la jeune fille alla même jusqu'à penser qu'une nouvelle manifestation de la menace qui pesait sur eux leur aurait été salutaire et les aurait secoués de leur léthargie.

Mais, tandis qu'elle souffrait de cet ennui mortel, Jerichau réagissait à ces semaines d'inaction d'une façon bien plus alarmante. Le plaisir qu'il retirait des trivialités du Royaume, un plaisir qui avait naguère constitué une source d'amusement pour les deux amants, prenait à présent toutes les caractéristiques d'une obsession. Il perdit totalement la capacité à rester au repos qui avait été la sienne et qui avait initialement attiré la jeune fille vers lui. Il était à présent empli d'une énergie simulée, répétait les slogans et les refrains publicitaires qu'il absorbait— en bon Babu qu'il était — comme une éponge, imitant les accents désinvoltes des héros des feuilletons policiers et des animateurs de jeux télévisés. Ils se disputaient souvent, et leurs disputes tournaient parfois à l'aigre ; la plupart du temps, il préférait interrompre leur conversation en s'en allant, comme si cela n'avait pas valu la peine de se mettre en colère, et il revenait avec un nouveau trésor — généralement une bouteille — qu'il consommait tout seul en boudant lorsqu'il ne parvenait pas à convaincre Suzanna de se joindre à lui.

Elle essaya de calmer son agitation en les faisant changer sans cesse de cachette, mais cela ne fit qu'exacerber son affliction.

Au fond de son cœur, elle commençait à désespérer, voyant l'Histoire se répéter après deux générations, avec elle-même dans le rôle de Mimi.

Puis le temps s'améliora enfin et son moral se mit à remonter. Elle alla même jusqu'à oser espérer que la chasse était finie ; que leurs poursuivants avaient renoncé et étaient rentrés chez eux. Dans un mois ou deux, peut-être, ils pourraient partir confiants à la recherche d'un havre de paix où défaire à nouveau la Trame.

Puis leur parvint la bonne nouvelle.

2

Ils se trouvaient à Fatherless Barn*, une petite ville située non loin de Coventry et dont le nom bizarre les avait séduits ; une raison comme une autre de s'arrêter là. Comme il faisait beau et comme le soleil était presque chaud, ils décidèrent de courir le risque de laisser le tapis dans la pension où ils avaient loué une chambre et d'aller prendre l'air ensemble.

Jerichau émergeait juste d'une confiserie, les poches pleines de chocolat blanc, sa nouvelle passion, lorsque quelqu'un passa près de Suzanna en la frôlant et dit : « Tournez deux fois à gauche » avant de s'enfuir sans regarder derrière lui.

Jerichau avait entendu lui aussi, et il entreprit aussitôt de suivre l'inconnu et ses instructions. Elle l'appela, mais il n'allait pas se laisser distraire. Il tourna à gauche au premier croisement. Suzanna se lança à sa poursuite, maudissant son manque de discrétion qui avait déjà attiré l'attention sur eux. La deuxième fois qu'elle tourna à gauche, ce fut pour découvrir une rue des plus étroites qui n'était que rarement visitée par le soleil. Elle y trouva Jerichau en train d'embrasser l'inconnu comme un frère.

C'était Nemrod.

3

« Ça a été difficile de vous retrouver », dit-il lorsqu'ils eurent regagné l'abri de leur chambre, après avoir fait un détour pour que

* Littéralement : Grange Orpheline. (N.d.T.)

Jerichau puisse voler une bouteille de champagne en l'honneur de leurs retrouvailles.

« J'ai failli vous rattraper à Hull, puis je vous ai reperdus. Mais quelqu'un s'est souvenu de vous à votre hôtel. Il m'a dit que tu t'étais enivré, Jerichau, c'est vrai ? Et qu'il a fallu t'aider pour te recoucher.

— Peut-être, dit Jerichau.

— Quoi qu'il en soit, je suis là, et j'amène une grande nouvelle.

— Laquelle ? dit Suzanna.

— Nous allons bientôt rentrer chez nous. Très bientôt.

— Comment le sais-tu ?

— C'est Capra qui l'a dit.

— *Capra ?*» dit Jerichau. Ce nom suffit à lui faire oublier son verre. « Comment est-ce possible ?

— C'est le Prophète qui l'a dit. Tout est arrangé. Capra lui parle...

— Attends. Attends ! dit Suzanna. Quel Prophète ?

— Il dit qu'il nous faut répandre la bonne parole, dit Nemrod avec un enthousiasme de zélote. Retrouver tous ceux qui ont quitté la Trame et leur dire que la libération est proche. J'ai fait tout le tour du pays pour accomplir cette mission. C'est par pur hasard que j'ai eu vent de votre présence. Quelle chance, hein ? Personne ne savait où vous étiez...

— Et ça n'aurait pas dû changer, dit Suzanna. J'étais censée reprendre contact quand *je* l'aurais jugé utile, quand *j*'aurais décidé, *moi*, qu'il n'y avait plus de risque.

— Et il n'y en a plus, dit Nemrod. Plus du tout. Tu t'en es sûrement rendu compte ? »

Suzanna garda le silence.

« Nos ennemis ont renoncé à la poursuite, continua-t-il. Le Prophète le sait. Il nous transmet la parole de Capra, et Capra a dit que notre Exil allait bientôt prendre fin.

— Qui est ce Prophète ? » répéta Suzanna.

Nemrod interrompit son prêche. Il plissa le front en la regardant.

« Le Prophète est le Prophète », dit-il. Aucune autre explication n'était apparemment nécessaire.

« Tu ne connais même pas son nom ? dit-elle.

— Il habitait près du Gyrus, dit Nemrod. Je sais au moins ça. Il vivait en ermite jusqu'au moment du tissage. Cette nuit-là, l'été dernier, Capra l'a appelé. Il a quitté la Trame pour se mettre à nous enseigner. La tyrannie des Coucous approche de son terme...

— Je le croirai quand je le verrai, dit Suzanna.

— Tu le verras, dit Nemrod avec la ferveur inébranlable d'un vrai converti. Cette fois-ci, la terre nous appartiendra. C'est ce que tout le monde dit. Les Coucous ont fait trop de mal. Leur Epoque est révolue.

— Il me semble que vous prenez vos désirs pour des réalités.

— Tu peux en douter..., dit Nemrod.

— Certes oui.

— ...mais j'ai vu le Prophète. J'ai entendu sa parole. Et sa parole vient de Capra. » Ses yeux se mirent à luire d'une ferveur d'évangéliste. « J'étais dans le caniveau lorsque le Prophète m'a trouvé. Un homme brisé. Ravagé par toutes les maladies des Coucous. Puis j'ai entendu la voix du Prophète et je suis allé à lui. Regarde-moi à présent. »

Suzanna avait déjà discuté avec des zélotes — son frère avait eu une expérience mystique à l'âge de vingt-trois ans et consacrait depuis son existence au Christ — et elle savait par expérience qu'il était inutile de tenter d'ébranler la certitude des fanatiques religieux. En fait, une partie d'elle-même voulait se joindre à la foule heureuse de croyants décrite par Nemrod ; se libérer du fardeau du tapis et laisser la Fugue commencer une nouvelle vie. Elle était lasse de redouter chaque personne dont elle croisait le regard, lasse de penser qu'elle pourrait rater sa vie en devenant une éternelle fugitive. Tout le plaisir qu'elle aurait pu retirer de cette existence marginale, de ce merveilleux secret qu'elle possédait, s'était depuis longtemps étiolé. A présent, elle désirait plonger de nouveau ses doigts dans l'argile, ou flirter avec ses amis. Mais tout tentant qu'il fût, elle ne pouvait pas accepter ce discours religieux truffé de clichés. Il puait.

« Comment sais-tu qu'il ne nous veut aucun mal ? dit-elle.

— Du mal ? Quel mal y a-t-il à être libre ? Il faut que tu rendes la Trame, Suzanna. Je te mènerai à lui... »

Il lui saisit la main tout en parlant, comme s'il était prêt à le faire sur-le-champ. Elle arracha ses doigts à cette étreinte.

« Quel est le problème ? dit-il.

— Je ne vais pas renoncer au tapis simplement parce que tu as entendu la Bonne Parole, dit-elle farouchement.

— Tu le *dois* », dit-il, sur un ton qui était aussi incrédule que furieux.

« Quand ce Prophète doit-il prendre à nouveau la parole ? dit Jerichau.

— Après-demain, répondit Nemrod, les yeux toujours posés sur Suzanna. La poursuite est finie, lui dit-il. Tu dois rendre le tapis.

— Et si je n'en fais rien, il viendra me le reprendre ? dit-elle. C'est cela que tu sous-entends ?

— Ah, les Coucous..., soupira Nemrod. Il faut toujours que vous rendiez les choses difficiles. Il est venu nous dispenser la sagesse de Capra. Pourquoi ne vois-tu donc pas ça ? »

Il s'interrompit quelques instants. Lorsqu'il reprit la parole, il avait modéré ses intonations stridentes.

« Je respecte tes doutes, dit-il. Mais il faut que tu comprennes que la situation a changé.

— Je crois que nous devrions voir ce Prophète par nous-mêmes », dit Jerichau. Il jeta un regard vers Suzanna. « D'accord ? »

Elle acquiesça.

« Oui ! dit Nemrod en souriant. Oui, il vous ouvrira les yeux. »

Elle souhaitait ardemment que cette promesse se réalise.

« Après-demain, dit Nemrod. Ce sera vraiment la fin de la chasse. »

CHAPITRE 2

Révélation

1

Cette nuit-là, lorsque Nemrod fut parti et tandis que Jerichau cuvait son champagne, elle fit une chose qu'elle n'avait jamais faite auparavant. Elle invoqua le menstruum, simplement pour lui tenir compagnie. Il lui avait montré beaucoup de choses ces dernières semaines, et il l'avait sauvée de Hobart et de sa malice, mais elle se méfiait toujours de son pouvoir. Elle ne parvenait toujours pas à savoir si c'était elle qui le contrôlait ou si c'était le contraire. Cette nuit-là, cependant, elle décida que de telles pensées étaient dignes d'un Coucou, d'un être qui faisait toujours des distinctions : entre le spectateur et la chose vue ; entre la pêche et le goût qu'elle laisse sur la langue.

Une pensée aussi compartimentée était un outil aux usages limités. Venait un moment où il fallait bien y renoncer. Pour le meilleur ou pour le pire, elle était le menstruum, et le menstruum était elle-même. Elle et lui, indivisibles.

Baignant dans sa lumière argentée, elle laissa ses pensées se tourner vers Mimi, qui avait vécu une vie faite uniquement d'attente, laissant la poussière des ans s'accumuler sur elle tandis qu'elle espérait un miracle qui était survenu trop tard. En pensant à cela, elle se mit à pleurer, tout doucement.

Pas assez doucement, car elle réveilla Jerichau. Elle entendit le bruit de ses pas devant la salle de bains, puis il frappa à la porte.

« Ma Dame ? » appela-t-il.

C'était une appellation qu'il utilisait toujours lorsqu'il y avait des excuses dans l'air.

« Ça va », dit-elle.

Elle avait négligé de verrouiller la porte, et il l'ouvrit. Il n'était vêtu que de la longue veste qu'il portait toujours pour dormir. Lorsqu'il vit le chagrin de la jeune fille, son visage s'effondra.

« Pourquoi es-tu si triste ? demanda-t-il.

— Tout va de travers », furent les seuls mots qu'elle put trouver pour exprimer sa confusion.

Les yeux de Jerichau s'étaient posés sur les vestiges du menstruum qui rampaient sur le sol entre eux, leur éclat s'estompant à mesure qu'ils s'éloignaient d'elle. Il garda une distance respectueuse.

« J'irai au rassemblement avec Nemrod, dit-il. Tu resteras auprès de la Trame. D'accord ?

— Et suppose qu'ils exigent de l'avoir ?

— Alors, il nous faudra prendre une décision, dit-il. Mais d'abord, il faut que nous voyions ce Prophète. C'est peut-être un charlatan. » Il observa une pause, ne la regardant pas mais fixant ses yeux sur le sol entre eux. « C'est le cas de nombre d'entre nous, dit-il après quelques instants. Moi, par exemple. »

Elle le regarda tandis qu'il piétinait sur le seuil. Ce n'était pas le charme mourant du menstruum qui le faisait rester loin d'elle, comprit-elle alors. Elle prononça son nom, tout doucement.

« Pas toi, dit-elle.

— Oh si », répondit-il.

Il y eut un nouveau silence pénible.

Puis il dit :

« Je suis désolé, ma Dame.

— Tu n'as aucune raison de l'être.

— Je t'ai trahie, dit-il. Je voulais être tant de choses pour toi, et regarde comme je t'ai trahie. »

Elle se leva et alla vers lui. Son chagrin était si lourd qu'il lui était impossible de relever la tête. Elle saisit sa main et la serra fort.

« Je n'aurais jamais pu survivre si longtemps sans toi, dit-elle. Tu as été mon ami le plus cher.

— Ton ami, dit-il d'une voix faible. Je n'ai jamais voulu être ton *ami.* »

Elle sentit sa main trembler dans la sienne, et cette sensation lui rappela leur aventure dans Lord Street, lorsqu'elle s'était serrée contre lui au milieu de la foule et avait partagé ses visions, ses terreurs. Depuis lors, ils avaient également partagé leur couche, et cela lui avait apporté un certain plaisir, mais guère plus. Elle avait été trop obsédée par les fauves lancés sur leur piste pour penser à autre chose ; à la fois trop proche et trop éloignée de lui pour voir à quel point il souffrait. Elle le voyait à présent, et cela la terrifiait.

« Je t'aime, ma Dame », murmura-t-il, sa gorge avalant les mots presque avant qu'ils ne fussent dits.

Puis il dégagea sa main de celle de Suzanna et s'écarta d'elle. Elle le suivit. La chambre était plongée dans l'obscurité, mais il y avait quand même assez de lumière pour graver les traits de son visage anxieux, les contours de ses jambes et de ses bras tremblants.

« Je ne comprenais pas », dit-elle, et elle tendit une main pour lui caresser le visage.

Depuis la nuit de leur rencontre, elle n'avait jamais pensé à lui comme à quelqu'un d'inhumain ; son avidité à engloutir les trivialités du Royaume avait encore contribué à obscurcir sa nature. Elle se la rappelait à présent. Voyait devant elle le représentant d'une autre espèce ; d'une autre histoire. Cette pensée fit battre son cœur un peu plus vite. Il sentit — ou vit — à quel point elle était excitée et son hésitation s'évapora. Il fit un demi-pas vers elle, jusqu'à ce que sa langue puisse courir le long des lèvres de Suzanna. Celle-ci ouvrit la bouche pour la goûter, et l'embrassa. Le mystère l'embrassa en retour.

Leurs précédents accouplements avaient été réconfortants, mais n'avaient rien eu de remarquable. A présent — comme si la déclaration de son amour avait eu sur lui un effet libérateur —, il était animé par une ardeur nouvelle, la déshabillant de façon presque rituelle, la couvrant sans cesse de baisers, entre lesquels il lui murmurait des mots d'un langage qu'il devait savoir lui être incompréhensible, mais qu'il prononçait avec une voix d'une infinie dextérité, si bien qu'elle les comprenait sans les comprendre. C'était son amour qu'il déclamait ainsi ; rythmes et promesses érotiques ; mots qui façonnaient son désir.

Son phallus, un mot ; sa semence, un mot ; son vagin, dans lequel il déversa ses poèmes, une douzaine de mots ou plus.

Il lui ferma les yeux et sentit son récital en train de la consumer. Elle lui répondit à sa façon, par des soupirs et des absurdités qui trouvèrent leur place dans l'épanouissement de la magie du Devin. Lorsqu'elle ouvrit de nouveau les yeux, ce fut pour découvrir que leur dialogue avait enflammé l'air autour d'eux, que leurs mots — et les sentiments qu'ils exprimaient — avaient rédigé un lexique de lumière qui flattait leur nudité.

On aurait dit que la chambre s'était soudain emplie de lanternes faites de papier et de fumée. Elles dérivaient sur la chaleur issue des corps de leurs créateurs, et leur lumière apportait à chaque partie de la chambre une vie exquise. Elle vit les cheveux doucement frisés qu'il avait laissés sur l'oreiller décrire leur propre alphabet ; vit la trame toute simple du drap exaltée ; vit partout un subtil échange de formes : l'union des murs avec l'espace qu'ils contenaient ; la passion des rideaux pour la fenêtre ; celle de la chaise pour le manteau qui était posé sur elle, et pour les souliers abrités entre ses pieds.

Mais, surtout, elle le vit, lui, et c'était une merveille.

Elle vit les fluctuations imperceptibles de son iris lorsque son regard quitta la ténèbre de ses cheveux pour se poser sur l'oreiller sur lequel ils s'étalaient; vit les pulsations de son sang sur les replis de ses lèvres et dans le creux de sa gorge. La peau de son torse avait une douceur presque étrange, mais dissimulait des muscles puissants; ses bras étaient forts et ne supportaient pas de la lâcher un seul instant, mais la serraient aussi fort qu'elle le serrait. Il n'y avait aucun étalage de machisme dans cette possession, rien qu'un désir dont le sien était l'égal.

Dehors, les ténèbres régnaient sur l'hémisphère, mais eux étaient lumineux.

Et bien qu'elle n'eût plus de souffle pour prononcer un seul mot, la tendresse de ses paroles alimenta les lumières qui les berçaient, et celles-ci ne s'estompèrent pas, mais firent écho aux deux amants — mariant la couleur à la couleur, la lumière à la lumière, jusqu'à ce que la chambre étincelle.

Ils s'aimèrent, puis dormirent, puis s'aimèrent encore, et les mots montaient la garde autour d'eux, adoucissant leur éclat pour le rendre plus chaleureux lorsque le sommeil vint une seconde fois.

Le lendemain matin, quand elle se réveilla et ouvrit les rideaux pour découvrir une nouvelle journée d'angoisse, elle se souvint de la nuit comme d'une vision purement spirituelle.

2

« Je commençais à oublier, ma Dame, dit-il ce jour-là. Tu gardes présent à l'esprit ce que tu dois faire. Mais moi, je le laissais s'enfuir. Le Royaume est si fort. Il peut vous dérober l'esprit.

— Tu n'aurais pas oublié », dit-elle.

Il lui caressa le visage, fit courir le bout de son doigt le long de son oreille.

« Pas toi. »

Plus tard, il dit :

« J'aimerais bien que tu puisses venir voir le Prophète avec moi.

— Moi aussi; mais ce ne serait pas sage.

— Je sais.

— Je serai ici, Jerichau.

— Cela me rendra plus rapide. »

CHAPITRE 3

Charisme

Nemrod l'attendait au lieu de rendez-vous dont ils étaient convenus deux jours plus tôt. Il sembla à Jerichau que sa ferveur s'était encore intensifiée depuis lors.

« Cette assemblée va être la plus importante de toutes..., dit-il. Le nombre des fidèles croît un peu plus chaque jour. Le jour est proche, Jerichau. Notre peuple est prêt, et il attend.

— Je le croirai quand je le verrai. »

Et il vit.

A la tombée du soir, Nemrod le conduisit par des chemins détournés vers un immense bâtiment en ruines, loin de tout signe d'habitation humaine. Cet endroit avait été une importante fonderie à son heure de gloire ; mais ses proportions héroïques l'avaient condamné lorsque les temps étaient devenus difficiles. A présent, ses murs allaient apparemment assister à la naissance d'un tout autre feu.

Lorsqu'ils approchèrent du bâtiment, il devint évident qu'il y avait des lumières allumées à l'intérieur de celui-ci, mais on n'entendait aucun écho de l'immense assemblée promise par Nemrod. Quelques silhouettes solitaires rôdaient parmi les décombres des bâtiments administratifs ; excepté leur présence, l'endroit semblait désert.

Une fois qu'ils eurent franchi la porte, cependant, Jerichau eut le premier choc d'une nuit qui allait lui en réserver plusieurs : l'immense bâtiment était plein à craquer de Devins par centaines. Il vit des membres de chaque Racine, des Babus et des Ye-mes, des Los et des Aias ; il vit des vieilles gens, il aperçut des bébés. Il savait que certains d'entre eux avaient été dans la Trame dès le commencement et avaient apparemment décidé de tenter leur chance dans le Royaume l'été dernier; d'autres, devina-t-il, étaient les descendants de ceux qui avaient rejeté la Trame lors de son tissage; à l'expression de leurs visages, on percevait des étrangers à leur patrie. La plupart d'entre eux se tenaient à l'écart de leurs frères dévots, comme s'ils avaient redouté d'être reniés par eux.

Il était déconcertant de découvrir des physionomies portant les signes subtils de l'appartenance à la Devinité ainsi maquillées et coiffées *à la mode** ; des Devins vêtus de blue jeans et de blousons de cuir, de robes en tissu imprimé et de talons hauts. A en juger par leur condition, la majorité d'entre eux s'étaient débrouillés pour survivre dans le Royaume; peut-être même y avaient-ils prospéré. Et pourtant, ils étaient là. Une rumeur de libération était allée les dénicher dans leurs cachettes, au milieu des Coucous, et ils étaient venus avec leurs enfants et avec leurs prières. Des Devins qui ne connaissaient de la Fugue que des rumeurs et des on-dit, attirés ici par l'espoir de découvrir un lieu que leur cœur n'avait jamais oublié.

En dépit du cynisme dont il avait initialement fait preuve, il ne put s'empêcher d'être ému par cette multitude silencieuse et pleine d'espoir.

« Je te l'avais dit, dit Nemrod en conduisant Jerichau à travers l'assemblée. On va se mettre aussi près que possible, d'accord ? »

A l'extrémité du grand hall, on avait édifié une estrade qui était à présent jonchée de fleurs. Des lumières flottaient dans l'air, des extases de Babu, projetant une luminescence fugitive sur la scène.

« Il va bientôt arriver », dit Nemrod.

Jerichau n'en doutait pas. A ce moment-là, il y eut des mouvements de foule à l'autre bout du hall; plusieurs silhouettes, vêtues du même costume bleu sombre, faisaient reculer les spectateurs de quelques mètres pour dégager l'estrade. Les fidèles leur obéirent sans poser de questions.

« Qui sont-ils ? dit Jerichau en désignant du menton les silhouettes en uniforme.

— C'est l'Elite du Prophète, répondit Nemrod. Ils sont auprès de lui nuit et jour. Pour le préserver du mal. »

Jerichau n'eut pas le temps de poser une autre question. Une porte s'ouvrait dans le mur de briques nues situé derrière l'estrade et une rumeur d'excitation parcourait le hall. La congrégation commença à se tendre vers l'estrade. Cette montée d'émotion était contagieuse; en dépit des efforts qu'il faisait pour garder intactes ses facultés critiques, Jerichau sentit son cœur battre d'excitation.

Un des membres de l'Elite était apparu sur le seuil, porteur d'une

---

* En français dans le texte. (N.d.T.)

chaise en bois tout à fait ordinaire. Il la déposa sur le devant de l'estrade. La foule se pressait contre le dos de Jerichau; il était bousculé à droite et à gauche. Chaque visage, excepté le sien, était tourné vers la scène. Des larmes coulaient sur les joues de certains: la tension de l'attente avait été trop forte. D'autres murmuraient des prières silencieuses.

Et à présent, deux autres membres de l'Elite franchissaient la porte, s'écartant pour révéler une silhouette vêtue de jaune pâle, dont l'apparition fit naître un flot de bruit dans la foule. Ce n'était pas le cri joyeux de bienvenue que Jerichau avait anticipé, mais une intensification du murmure qui était né un peu plus tôt; un son doux et nostalgique qui vous serrait les tripes.

Au-dessus de l'estrade, la lueur des flammes flottantes se fit plus éclatante encore. Le murmure croissait en volume et en résonance. Jerichau dut faire un effort de volonté pour ne pas y joindre sa voix.

Les lumières étaient devenues incandescentes, mais le Prophète ne s'avança pas pour les laisser l'inonder de leur gloire. Il resta à la lisière de leur éclat, titillant la foule qui le suppliait en murmurant de se montrer à elle. Mais il résistait toujours; mais elle l'appelait toujours, sa prière muette se faisant plus fiévreuse.

Ce fut seulement après trois ou quatre minutes de ce manège qu'il consentit à répondre à leur appel et à pénétrer en pleine lumière. C'était un homme de haute taille — un Babu, devina Jerichau —, mais une infirmité cachée ralentissait son pas. Ses traits étaient bienveillants, voire même légèrement efféminés; ses cheveux, aussi fins que ceux d'un bébé, formaient sur sa tête une crinière blanche.

Lorsqu'il atteignit la chaise, il s'assit — apparemment avec quelque peine — et parcourut l'assemblée des yeux. Peu à peu, les murmures s'estompèrent. Il ne parla cependant pas avant qu'ils n'aient totalement cessé. Et quand il prit la parole, ce ne fut pas avec la voix que Jerichau s'était attendu à entendre: une voix stridente, possédée. C'était une voix douce et mélodieuse; son ton était plein de gentillesse, d'hésitation même.

« Mes amis..., dit-il. Nous sommes rassemblés ici au nom de Capra... »

« Capra... » Le murmure de ce nom parcourut l'assemblée.

« J'ai entendu la parole de Capra. Elle dit que l'heure est très, très proche. »

Il parlait, pensa Jerichau, presque avec hésitation, comme si cette connaissance dont il était le calice l'avait mis mal à l'aise.

« S'il s'en trouve parmi vous qui doutent..., dit le Prophète, ... préparez-vous à renier votre doute. »

Nemrod jeta un regard à Jerichau, comme pour dire: « C'est de toi qu'il parle. »

« Nous sommes plus nombreux chaque jour..., dit le Prophète. Partout, la parole de Capra se fraie un chemin jusqu'aux oubliés et jusqu'aux oublieux. Elle pousse l'esprit qui dort à se réveiller. Elle fait danser les morts. »

Il parlait fort lentement, laissant sa rhétorique suppléer au volume de sa voix. Sa congrégation l'écoutait comme une foule d'enfants.

« Très bientôt, nous serons chez nous..., dit-il. Nous serons de retour parmi ce que nous aimons, nous foulerons le sol que nos pères et nos mères ont foulé. Nous n'aurons plus besoin de nous cacher. Voici ce que nous dit Capra. Nous nous lèverons, mes amis. Nous nous lèverons dans la lumière. »

Il y eut dans tout le hall des sanglots à peine étouffés. Il les entendit lui aussi, et les fit taire avec un sourire indulgent.

« Il est inutile de pleurer, dit-il. Je vois la fin de tous les pleurs. La fin de toute *attente*.

— Oui, dit la foule comme un seul homme. Oui. Oui. »

Jerichau sentit le flot de cette affirmation l'emporter. Il n'avait aucun désir de lui résister. Il faisait partie de ce peuple, n'est-ce pas ? Leur tragédie était la sienne ; et leur désir le sien.

« Oui..., se surprit-il à dire, oui... oui...

— Crois-tu maintenant ? » demanda Nemrod à côté de lui, puis il se joignit lui-même à la litanie.

Le Prophète leva ses mains gantées pour faire taire leurs voix. Il fallut plus de temps cette fois-ci pour que la foule fasse silence, mais lorsque le Prophète reprit la parole, sa voix était plus forte, comme si elle avait été nourrie par cette démonstration d'unité.

« Mes amis, Capra aime la paix tout autant que nous, mais ne gardons pas les yeux fermés. Nous avons des ennemis. Des ennemis parmi l'Humanité, et, oui, des ennemis aussi parmi notre propre race. Nombre de Devins nous ont trahis. Ils ont conspiré avec les Coucous pour que notre terre reste plongée dans le sommeil. Capra a vu ceci de ses propres yeux. Trahison et mensonge, mes amis ; *partout.* »

Il inclina la tête quelques instants, comme si les efforts qu'il avait dépensés pour prononcer ces mots était près de le défaire.

« Qu'allons-nous faire ? » dit-il d'une voix pleine de désespoir.

— « *Guide-nous !* » cria quelqu'un.

Le Prophète leva la tête en entendant ceci, et son visage était troublé.

« Je ne peux que vous montrer le chemin », protesta-t-il.

Mais le cri avait été repris par d'autres personnes dans le hall, et il augmentait de volume.

« *Guide-nous !* lui disaient-ils. *Guide-nous !* »

Lentement, le Prophète se redressa pour quitter son siège. Il leva de nouveau les mains pour faire taire la congrégation, mais cette fois-ci, ses fidèles refusaient de reprendre leur calme.

« Je vous en prie... », dit-il, contraint pour la première fois d'élever la voix. « Je vous en prie. Ecoutez-moi !

— Nous te suivrons ! criait Nemrod. Nous te suivrons ! »

Etait-ce l'imagination de Jerichau, ou bien les lumières flottant au-dessus de l'estrade avaient-elles acquis un nouvel éclat, transformant la crinière du Prophète en un halo rayonnant autour de ses traits bienveillants ? A en juger par son expression, l'appel aux armes qui s'élevait de l'assemblée le plongeait dans la détresse ; la *vox populi* voulait davantage que ses vagues promesses.

« Ecoutez-moi, supplia-t-il. Si vous voulez que je vous guide...

— Oui ! hurlèrent cinq cents gosiers.

— Si c'est vraiment cela que vous voulez, je dois vous prévenir que ce ne sera pas facile. Il nous faudra renoncer à toute tendresse. Il nous faudra devenir durs comme la pierre. *Le sang coulera.* »

Sa mise en garde fut impuissante à calmer la foule. Au contraire, elle sembla soulever encore son enthousiasme.

« Nous devrons être rusés..., dit le Prophète, ... aussi rusés que ceux qui ont conspiré contre nous. »

La foule menaçait à présent de casser la baraque, et Jerichau avec elle.

« La Fugue nous appelle !

— *La Fugue ! La Fugue !*

— Et sa voix ne supportera pas de ne pas être entendue. Nous devons nous mettre en *marche* ! »

On avait entrouvert la porte située derrière l'estrade, sans aucun doute afin que l'entourage du Prophète puisse entendre son discours. A présent, un mouvement accrocha l'œil de Jerichau. Il y avait quelqu'un sur le seuil, dont il croyait reconnaître le visage plongé dans l'ombre...

« *Nous irons tous ensemble dans la Fugue* », disait le Prophète, dont la voix avait finalement perdu toute faiblesse et toute hésitation.

Jerichau regarda derrière l'orateur, essayant de soustraire l'observateur sur le seuil aux ténèbres qui le dissimulaient.

« Nous reprendrons la Fugue à nos ennemis, au nom de Capra. »

L'homme que Jerichau observait se déplaça d'un pas et, l'espace d'un instant, un rayon de lumière fugitif l'éclaira. L'estomac de Jerichau se tordit lorsqu'il posa en silence un nom sur le visage qu'il apercevait. Ce visage arborait un sourire, mais il savait qu'il n'y avait aucun humour en lui, car son propriétaire ne connaissait pas l'humour. Ni l'amour non plus ; ni la pitié...

« Criez, mon peuple ! *Criez !* »

C'était Hobart.

« Qu'ils puissent nous entendre dans leur sommeil. Qu'ils puissent nous entendre et craindre notre jugement ! »

Cela ne faisait aucun doute. Le temps que Jerichau avait passé en compagnie de l'Inspecteur était à jamais gravé dans sa mémoire. C'était bien Hobart.

La voix du Prophète acquérait une nouvelle force à chaque syllabe. Même son visage semblait s'être altéré d'une façon subtile. Tout semblant d'amabilité en avait disparu ; il n'était plus à présent que vertueux courroux.

« Répandez la parole..., disait-il. Les exilés sont de retour ! »

Jerichau observait son numéro avec des yeux neufs, feignant toujours l'enthousiasme, tandis que les questions tournoyaient dans sa tête.

La plus importante étant : qui est cet homme qui excite les Devins avec ses promesses de Délivrance ? Un ermite, tel que Nemrod l'avait décrit, un innocent utilisé par Hobart pour ses propres fins ? C'était la meilleure des hypothèses. La pire étant que lui et Hobart fussent complices ; un complot mené par la Devinité et l'Humanité, animées par une seule intention possible : celle de posséder la Fugue, et peut-être de la détruire.

Les voix autour de lui étaient assourdissantes, mais Jerichau n'était plus porté par cette marée d'enthousiasme, il menaçait de se noyer en elle. Ces gens-là n'étaient que de la chair à canon ; les dupes de Hobart. Cela le rendait malade rien que d'y penser.

« Soyez prêts, disait le Prophète à l'assemblée. Soyez prêts. L'heure est proche. »

Avec cette promesse, les lumières s'éteignirent au-dessus de l'estrade. Lorsqu'elles se rallumèrent quelques instants plus tard, la voix de Capra avait disparu, laissant derrière elle une chaise vide et des fidèles prêts à la suivre là où elle choisirait de les conduire.

Tout autour du hall, des cris retentissaient, l'exhortant à prendre à nouveau la parole, mais la porte au fond de l'estrade était fermée et ne se rouvrit pas. Peu à peu, comprenant qu'elle ne parviendrait pas à convaincre son guide de se remontrer, la foule commença à se disperser.

« Est-ce que je ne te l'avais pas dit ? » dit Nemrod. Il empestait la sueur, comme eux tous. « Hein ?

— Oui. »

Nemrod saisit le bras de Jerichau.

« Viens avec moi à présent, dit-il avec un éclair dans les yeux. Nous allons voir le Prophète. Nous allons lui dire où se trouve le tapis.

— Maintenant ?

— Pourquoi pas ? Pourquoi laisser encore le temps à nos ennemis de se préparer ? »

Jerichau avait vaguement anticipé ce dialogue. Il avait préparé ses excuses.

« Suzanna doit être persuadée de la sagesse de cette entreprise, dit-il. Je suis le mieux placé pour y parvenir. Elle me fait confiance.

— Alors, je viens avec toi.

— Non. J'irai seul. »

Nemrod prit un air méfiant ; peut-être même soupçonneux.

« J'ai veillé sur toi naguère, lui rappela Jerichau, quand tu n'étais qu'un bébé. » C'était son atout décisif. « Tu t'en souviens ? »

Nemrod ne put empêcher un sourire de naître sur son visage.

« Quel grand moment, dit-il.

— Il va falloir que tu me fasses confiance comme tu m'avais fait confiance alors », dit Jerichau. Il n'aimait guère le tromper ainsi, mais l'heure n'était pas aux considérations éthiques. « Laisse-moi rejoindre Suzanna, et nous ramènerons ensemble le tapis ici. Ensuite, nous pourrons tous aller voir le Prophète ; tous les trois.

— Oui, dit Nemrod. Je suppose que c'est la solution la plus sensée. »

Ils se dirigèrent ensemble vers la porte. La foule des fidèles se dispersait déjà dans la nuit. Jerichau fit ses adieux à Nemrod, lui renouvela sa promesse, et s'éloigna. Quand il estima que l'obscurité et la distance l'avaient dissimulé aux regards, il décrivit une longue courbe autour du bâtiment et se dirigea vers lui.

CHAPITRE 4

Courage

Il commença à pleuvoir pendant qu'il montait la garde derrière la fonderie, mais après vingt minutes d'attente, sa patience fut récompensée. Une porte s'ouvrit et deux des membres de l'Elite du Prophète en émergèrent. Ils étaient si impatients de gagner l'abri de leur voiture — plusieurs véhicules étaient garés derrière le bâtiment — qu'ils laissèrent la porte entrouverte en sortant. Jerichau resta quelques instants à l'abri des broussailles arrosées par la pluie, jusqu'à ce qu'ils se soient éloignés, puis il se précipita vers la porte et pénétra à l'intérieur de l'immeuble.

Il se trouvait dans un couloir aux murs de brique sale, duquel rayonnait une série de petits passages. Une ampoule solitaire brûlait au bout de ce couloir; le reste de l'endroit était plongé dans l'obscurité.

Une fois qu'il se fut éloigné de la porte de service — et du bruit de la pluie —, il entendit des voix. Il suivit leurs échos, pénétrant dans des couloirs de plus en plus sombres à mesure que l'ampoule s'éloignait derrière lui. Des bribes de phrases parvinrent à ses oreilles.

« ... leur odeur... », dit quelqu'un.

Il y eut des rires. Les utilisant comme couverture, Jerichau accéléra l'allure pour se diriger vers la source des bruits. Une autre lumière, relativement faible celle-ci, accrocha ses yeux.

« Ils vous tournent en ridicule », dit une deuxième voix.

Ce fut Hobart qui répondit.

« Nous sommes tout près, je vous dis, déclara-t-il. Je finirai bien par l'avoir.

— Peu importe la femme... », fut la réponse. La voix qui l'avait prononcée était peut-être celle du Prophète, bien qu'elle eût changé de timbre. « ...c'est le tapis que je veux. Toutes les armées du monde ne nous serviront à rien si nous n'avons rien à conquérir. »

Son vocabulaire était à présent moins circonspect que lorsqu'il s'était trouvé sur l'estrade : il ne semblait faire preuve d'aucune hésitation à conduire une armée ; d'aucune fausse modestie non plus. Jerichau se plaqua contre la porte derrière laquelle les voix se faisaient entendre.

« Enlevez-moi cette saleté, voulez-vous ? dit le Prophète. Ça m'étouffe. »

Il n'avait pas plus tôt parlé que toute conversation cessa brusquement de l'autre côté de la porte. Jerichau retint son souffle, craignant de ne pas percevoir leurs murmures. Mais il n'entendit rien.

Puis, le Prophète parla de nouveau.

« Nous ne devrions pas avoir de secrets les uns pour les autres..., dit-il sans raison apparente. Voir, c'est croire, n'est-ce *pas* ! »

Brusquement, la porte s'ouvrit en grand. Jerichau n'eut aucune chance de battre en retraite et entra en trébuchant dans la pièce. Il fut aussitôt saisi par Hobart, qui tordit le bras de son prisonnier dans son dos jusqu'à ce que ses os menacent de craquer, tout en lui immobilisant la tête avec tant de force que Jerichau ne parvenait plus à la bouger.

« Vous aviez raison », dit le Prophète.

Il se tenait au milieu de la pièce, entièrement nu, les jambes écartées, les bras écartés, le corps ruisselant de sueur. Une ampoule nue jetait une lumière peu charitable sur sa chair pâle d'où s'élevaient des nuages de vapeur.

« Il m'est facile de les renifler », dit une voix que Jerichau reconnut, et l'Incantatrice Immacolata pénétra dans son champ de vision.

En dépit de la situation dans laquelle il se trouvait, il ressentit une certaine satisfaction en découvrant les ravages infligés à son visage. On avait réussi à châtier cette créature. C'était là une bonne raison de se réjouir.

« Depuis combien de temps écoutiez-vous à la porte ? demanda le Prophète à Jerichau. Avez-vous entendu quelque chose d'intéressant ? Racontez-nous. »

Jerichau dirigea son regard vers l'homme. Trois membres de son Elite s'affairaient autour de son corps, l'essuyant avec des serviettes. Ce n'était pas seulement sa sueur qu'ils épongeaient ; des parties de sa chair — au cou et aux épaules, sur les bras et sur les jambes — se détachaient également de lui. C'était la saleté étouffante dont Jerichau l'avait entendu se plaindre ; il se dépouillait de la peau du Prophète. L'air était empli de la puanteur des extases venimeuses : de la magie corrompue de l'Incantatrice.

« Réponds », dit Hobart, tordant le bras de Jerichau presque au point de le briser.

« Je n'ai rien entendu », hoqueta Jerichau.

L'homme entouré de nuages de vapeur arracha une serviette à l'un de ses valets.

« Seigneur, dit-il en s'essuyant le visage, que ce truc est donc pénible ! »

Des morceaux de chair tombèrent de la serviette et churent sur le sol en sifflant. Il jeta la serviette salie sur eux et regarda de nouveau Jerichau. Des résidus d'illusions s'accrochaient encore à ses traits çà et là, mais l'acteur était à présent tout à fait reconnaissable : Shadwell le Vendeur, nu comme au jour de sa naissance. Il arracha sa perruque blanche et la jeta également à terre, puis claqua des doigts. Une cigarette, déjà allumée, fut placée dans sa main. Il aspira le tabac, ôtant avec son autre main une boule d'ectoplasme gluant encore collée sous son œil.

« Vous étiez à la réunion ? demanda-t-il.

— Bien sûr que oui », dit Immacolata, mais elle fut réduite au silence par un regard acéré de Shadwell.

Celui-ci tirailla sur son prépuce sans paraître s'en rendre compte.

« Est-ce que j'ai été bon ? dit-il. Non, non, ne répondez pas, bien sûr que j'ai été bon. »

Il jeta par-dessus son ventre luisant un regard sur ses parties génitales.

« Qui diable êtes-vous ? » dit-il.

Jerichau resta muet.

« Je vous ai posé une question », dit Shadwell.

Il glissa la cigarette entre ses lèvres et écarta les bras pour que ses valets puissent achever de faire sa toilette. Ils entreprirent d'essuyer les traces d'ectoplasme qui souillaient encore son visage et son corps, puis se mirent à poudrer son anatomie massive.

« Je le reconnais, dit Hobart.

— Vraiment ?

— C'est le complice de la femme. Il est avec Suzanna.

— Tiens donc ? dit Shadwell. Vous êtes venu me faire une offre, c'est ça ? Voir ce que je vous paierais pour l'avoir ?

— Je ne l'ai pas vue..., dit Jerichau.

— Oh que si, dit Shadwell. Et vous allez nous dire où la retrouver. »

Jerichau ferma les yeux. « Ô Dieu, faites que ceci finisse vite, pensa-t-il. Ne me laissez pas souffrir. Je ne suis pas assez fort. Pas assez fort. »

« Ça ne prendra pas longtemps, murmura Shadwell.

— Parlez », dit Hobart.

Jerichau poussa un cri lorsque ses os craquèrent.

« Arrêtez ! » dit Shadwell.

L'étreinte se relâcha quelque peu.

« Je ne veux pas que le spectacle de votre brutalité me soit infligé, dit le Vendeur. (Sa voix s'éleva.) C'est compris ? dit-il. *Est-ce que c'est compris ?*

— Oui, monsieur. »

Shadwell émit un grognement, puis se tourna vers Immacolata, sa fureur soudaine à présent dissipée.

« Je crois que vos sœurs aimeraient le rencontrer, dit-il. Faites-les venir, voulez-vous ? »

L'Incantatrice prononça une invocation qui sortit de ses lèvres mutilées comme la bise d'un matin glacé. Shadwell se tourna de nouveau vers Jerichau, parlant tandis qu'on l'habillait.

« Vous souffrirez pis que toute douleur, dit-il sur un ton léger, si vous ne me dites pas où je puis trouver le tapis. »

Il eut un mouvement d'épaules et boutonna sa braguette, jetant de temps en temps un regard vers Jerichau.

« Qu'est-ce que vous attendez ? dit-il au prisonnier. Que je vous propose un marché ? »

Il noua sa cravate tandis que ses valets laçaient ses souliers.

« Vous risquez d'attendre longtemps, mon ami. Je ne marchande plus ces jours-ci. Je n'offre plus de cadeaux. Mon existence de Vendeur va bientôt prendre fin. »

Il prit la veste qu'un de ses valets lui tendait et l'enfila. La doublure chatoya. Ses pouvoirs étaient connus de Jerichau grâce au récit de Suzanna ; mais il semblait que Shadwell n'eût aucun désir de lui soutirer une confession par ce moyen.

« Dites-moi où je peux trouver le tapis, dit-il, ou alors les sœurs et leurs enfants vont vous déchiqueter nerf par nerf. Je n'aurais pas cru qu'un tel choix fût si difficile à faire. »

Jerichau ne répondit pas.

Il y eut un vent glacé venu du couloir.

« Ah, ces dames », dit Shadwell ; et la Mort apparut sur le seuil.

CHAPITRE 5

Les heures passent

1

Et il ne revenait toujours pas.

Il était trois heures et demie du matin. Elle s'était postée près de la fenêtre à mesure que l'heure avançait ; avait observé des ivrognes en train de se battre, et deux putes improbables tenter désespérément de faire le tapin, jusqu'à ce qu'une voiture de police vienne à passer et que ses occupants les embarquent ou les embauchent. La rue était à présent déserte et le seul spectacle qui lui restait était celui des feux du carrefour, qui changeaient de couleur — vert, rouge, orange, vert — sans qu'aucun véhicule passe dans quelque direction que ce fût. Et il ne revenait toujours pas.

Elle envisagea toutes sortes d'explications. L'assemblée n'était pas achevée et il ne pouvait pas s'éclipser sans éveiller les soupçons ; il avait retrouvé des amis parmi les participants et parlait du bon vieux temps avec eux. Et ceci ; et cela. Mais aucune de ces excuses ne parvint à la convaincre. Quelque chose avait mal tourné. Elle et le menstruum le savaient tous les deux.

Ils n'avaient prévu aucun plan précis à appliquer dans de telles circonstances, ce qui était stupide. Comment avaient-ils pu être si stupides ? se demandait-elle sans cesse. Il ne lui restait plus à présent qu'à faire les cent pas dans cette chambre minuscule sans savoir ce qu'il valait mieux faire ; ne souhaitant pas partir de peur qu'il n'arrive une minute plus tard pour découvrir son absence, mais répugnant à rester de crainte qu'il n'ait été capturé et ne fût sur le point d'avouer leur cachette après des heures de torture.

Jadis, elle aurait envisagé le meilleur des cas. Elle se serait persuadée de son retour imminent et l'aurait attendu avec patience. Mais l'expérience avait changé sa façon de voir les choses. La vie n'était pas tendre.

A quatre heures et quart, elle commença à faire ses bagages. Le simple fait d'avoir admis que quelque chose clochait, que la Trame et elle étaient en péril, fit couler l'adrénaline dans son corps. A quatre heures et demie, elle entreprit de descendre le tapis. Ce fut une longue et pénible tâche, mais durant ces derniers mois, elle s'était débarrassée de toute sa graisse superflue et avait découvert ce faisant des muscles qu'elle n'avait jamais su être en sa possession. Et le menstruum était avec elle, un corps de volonté et de lumière grâce auquel ce qui lui aurait jadis pris des heures fut accompli en quelques minutes.

Il y avait néanmoins un soupçon d'aurore dans le ciel lorsqu'elle embarqua leurs bagages (elle avait également fait ceux de Jerichau) dans le coffre de la voiture. Il ne reviendrait plus à présent, se dit-elle. Quelque chose l'avait retenu, et si elle n'était pas assez rapide, la retiendrait aussi.

Luttant contre les larmes, elle s'éloigna, laissant une nouvelle note d'hôtel impayée derrière elle.

2

Suzanna aurait sans doute retiré quelque satisfaction si elle avait pu voir le visage de Hobart lorsque, moins de vingt minutes après son départ, il arriva à l'hôtel dont le prisonnier leur avait donné le nom.

Beaucoup de choses avaient franchi le seuil de ses lèvres tandis que les monstres avaient joué avec lui : du sang et des mots en égale mesure. Mais ses mots étaient incohérents ; un délire duquel Hobart s'était efforcé d'extraire un sens. Il avait parlé de la Fugue, bien sûr, entre un sanglot et un gémissement ; et également de Suzanna. *Oh ma Dame*, répétait-il sans cesse, *oh ma Dame* ; puis de nouveaux sanglots. Hobart l'avait laissé pleurer, saigner, et pleurer encore, jusqu'à ce qu'il ait été à l'article de la mort. Puis il lui avait posé une question toute simple : Où est ta Dame ? Et le crétin le lui avait dit, car son esprit ne savait plus qui lui posait des questions, ni même s'il y répondait.

Et Hobart se trouvait à présent dans l'endroit que l'homme lui avait désigné. Mais où était la femme de ses rêves ? Où était *Suzanna* ? De nouveau partie : l'oiseau s'était envolé, laissant la poignée de la porte encore chaude et le seuil portant encore le deuil de son ombre.

Cela avait été tout juste cette fois-ci, cependant. Il avait failli l'attraper. Combien de temps avant qu'il ne résolve son mystère, une bonne fois pour toutes, avant qu'il ne tienne sa lumière argentée entre ses doigts ? Quelques heures. Quelques jours tout au plus.

« Presque à moi », dit-il pour lui-même.

Il serra le recueil de contes de fées contre sa poitrine, de façon qu'aucun de ses mots ne s'en échappe, puis quitta la chambre de sa Dame pour aller reprendre la chasse.

CHAPITRE 6

Salut, l'inconnu

1

Elle détestait l'idée de quitter cette ville, sachant qu'elle laissait aussi Jerichau derrière elle, mais quelle que fût la nature des sentiments qu'elle éprouvait pour lui — et ce problème était déjà suffisamment délicat en lui-même —, elle savait qu'elle avait intérêt à ne pas s'y attarder. Il fallait qu'elle parte, et qu'elle parte vite.

Mais toute seule ? Combien de temps allait-elle, *pouvait*-elle survivre ainsi ? Une voiture, un tapis, et une femme qui n'était parfois plus très sûre d'être encore humaine...

Elle avait des amis un peu partout dans tout le pays, ainsi que des parents, mais aucun qu'elle eût assez connu pour lui faire confiance. De plus, ils finiraient inévitablement par poser des questions, et jamais elle n'oserait commencer à leur expliquer ne fût-ce qu'une partie de ce qui lui était arrivé. Elle envisagea de retourner à Londres ; dans son appartement de Battersea, où sa vie d'antan — Finnegan et ses cartes de la Saint-Valentin hors saison, ses poteries, l'humidité dans sa salle de bains — l'attendrait. Mais là encore, il y aurait des questions, et encore des questions. Il lui fallait la compagnie de quelqu'un qui se contenterait de les accepter, elle et ses silences.

Ce ne pouvait être que Cal.

Lorsqu'elle pensa à lui, son moral remonta. Le sourire impatient du jeune homme lui revint en mémoire, ainsi que ses yeux si doux et ses mots plus doux encore. Il était probablement plus dangereux de tenter de le retrouver que de retourner à Londres, mais elle était lasse des risques calculés.

Elle allait faire ce que son instinct lui disait, et son instinct lui disait :

2

« Cal ? »

Il y eut un long silence à l'autre bout du fil, si long qu'elle crut que la communication avait été coupée.

« Cal, tu es là ? »

Puis il dit :

« Suzanna ?

— Oui. C'est moi.

— Suzanna... »

Elle sentit les larmes monter à ses yeux en l'entendant prononcer son nom.

« Il faut que je te voie, Cal.

— Où es-tu ?

— Dans le centre-ville. Quelque part près d'un monument à la Reine Victoria.

— Au bout de Castle Street.

— Si tu le dis. Puis-je te voir ? C'est très urgent.

— Oui, bien sûr. Je ne suis pas très loin. Je vais m'éclipser. Rendez-vous sur les marches dans dix minutes. »

Il fut là en moins de sept, vêtu d'un costume gris anthracite, le col relevé pour se protéger de l'averse, semblable à la centaine de jeunes hommes — employés de bureau et cadres moyens — qu'elle avait vus défiler devant elle tandis qu'elle l'attendait sous le regard sévère de la Reine Victoria.

Il ne l'embrassa pas, ne la toucha même pas. Il s'arrêta à deux mètres de l'endroit où elle se trouvait et la regarda avec un mélange de plaisir et d'incertitude, puis dit :

« Salut.

— Salut. »

La pluie s'intensifiait de minute en minute.

« Est-ce qu'on va parler dans la voiture ? dit-elle. Je n'aime pas laisser le tapis tout seul. »

Lorsqu'elle mentionna le tapis, le visage de Cal prit un air encore plus intrigué, mais il ne dit rien.

Dans sa tête, il voyait une image floue le représentant en train de fouiller un entrepôt à la recherche d'un tapis, *ce* tapis sans aucun doute — mais il n'avait que de vagues réminiscences de toute l'histoire.

La voiture était garée dans Water Street, à un jet de pierre du monument. La pluie tambourinait sur le toit du véhicule lorsqu'ils y prirent place.

Son précieux chargement, que la jeune fille n'avait quitté qu'à contrecœur, se trouvait sur le siège arrière, enroulé, plié en deux et grossièrement recouvert d'un drap. Malgré tous ses efforts, Cal ne parvenait pas à se rappeler pourquoi ce tapis était si important aux yeux de la jeune femme ; ni même pourquoi celle-ci — avec laquelle il se rappelait seulement avoir passé plusieurs heures — était si importante pour lui. Pourquoi le seul bruit de sa voix dans le téléphone avait-il suffi à le faire accourir ? Pourquoi son estomac s'était-il retourné lorsqu'il l'avait aperçue ? C'était absurde et frustrant de ressentir tant de choses et d'en savoir si peu.

Les choses allaient s'éclaircir, se rassura-t-il, une fois qu'ils auraient commencé à parler.

Mais il se trompait. Plus ils parlaient, plus il était déconcerté.

« J'ai besoin de ton aide, lui dit-elle. Je ne peux pas t'expliquer tout ce qui s'est passé — nous n'en avons pas le temps —, mais apparemment, une sorte de Prophète est apparu, promettant un retour de la Fugue. Jerichau est allé à l'une de ses réunions, et il n'est pas revenu...

— Attends, dit Cal en levant une main pour interrompre ce flot d'informations. Attends un moment. Je ne te suis pas. Jerichau ?

— Tu te souviens sûrement de Jerichau », dit-elle.

C'était un nom peu ordinaire et qu'on ne risquait guère d'oublier. Mais il ne pouvait apposer aucun visage dessus.

« Devrais-je le connaître ? dit-il.

— Bon sang, Cal...

— Pour être honnête... beaucoup de choses... sont brouillées dans ma tête.

— Tu te souviens quand même de moi.

— Oui. Bien sûr. Bien sûr que oui.

— Et de Nemrod. Et d'Apolline. Et de la nuit dans la Fugue. »

Elle vit, avant même qu'il ait murmuré « non », qu'il ne se rappelait rien.

Peut-être qu'un processus naturel était à l'œuvre ici ; un moyen grâce auquel l'esprit traitait les expériences qui contredisaient les préjugés de toute une vie sur la nature de la réalité. Tout simplement, les gens *oubliaient.*

« J'ai des rêves étranges », dit Cal, le visage empli de confusion.

« Quelle sorte de rêves ? »

Il secoua la tête. Il savait que son vocabulaire se révélerait pitoyablement inadéquat.

« C'est dur à décrire, dit-il. Comme si j'étais un enfant, tu vois ? Mais je n'en suis pas un. Je marche dans un endroit où je ne suis jamais allé. Mais je ne suis pas perdu. Oh *merde...* » Il renonça, furieux d'hésiter ainsi. « Je ne peux pas le décrire.

— Nous avons été *là-bas*, lui dit-elle avec calme. Toi et moi. Nous avons été là-bas. Ce dont tu rêves *existe*, Cal. »

Il la regarda durant un long moment. La confusion ne quitta pas son visage, mais elle fut atténuée par le plus imperceptible des sourires.

« Il existe ? dit-il.

— Oh oui. Vraiment.

— Raconte-moi, dit-il doucement. Je t'en prie, raconte-moi.

— Je ne sais pas par où commencer, moi non plus.

— Essaye, dit-il. Je t'en supplie. »

Il y avait un tel désir dans ses yeux ; un tel besoin de savoir.

« Le tapis... », commença-t-elle.

Il jeta un regard vers le siège arrière.

« Il est à toi ? » demanda-t-il.

Elle ne put s'empêcher de rire.

« Non, dit-elle. L'endroit dont tu as rêvé... il est ici. Il est dans ce tapis. »

Elle vit que son incrédulité luttait contre la foi qu'il avait en elle.

« *Ici ?* » dit-il.

Elle-même trouvait parfois ce fait difficile à comprendre, et elle avait un avantage sur Cal, ou même sur ce pauvre Jerichau : elle avait le menstruum, témoignage vivant de l'existence des miracles. Elle ne lui en voulait pas de douter.

« Tu dois me faire confiance, dit-elle. Même si ça te semble impossible.

— Je le sais, dit-il d'une voix serrée par l'émotion. Quelque part au fond de moi, *je le sais*.

— Bien sûr que oui. Et tu te rappelleras. Je t'aiderai à te rappeler. Mais pour le moment, j'ai besoin que tu m'aides.

— Oui. Tout ce que tu voudras.

— Il y a des gens qui me poursuivent.

— Pourquoi ? Qui ?

— Je te parlerai d'eux, dès que nous en aurons l'occasion. Ce qu'il faut que tu saches, c'est qu'ils veulent détruire la contrée dont tu rêves, Cal. Le monde dissimulé dans ce tapis. La Fugue.

— Tu veux te cacher chez moi ? »

Elle secoua la tête.

« J'ai déjà trop risqué en appelant là-bas pour obtenir le numéro de téléphone de ton bureau. Peut-être nous y attendent-ils déjà.

— Geraldine ne leur dira rien.

— Je ne peux pas courir ce risque.

— Peut-être qu'on pourrait aller chez Deke, à Kirkby. Personne ne nous trouvera là-bas.

— Tu as confiance en lui ?

— Oui. »

Elle fit démarrer le moteur.

« Je vais conduire, dit-elle. Tu me guides. »

3

Ils tournèrent dans James Street, sous une pluie à présent aussi furieuse que la mousson. Ils n'allèrent pas loin. Quelques mètres devant eux, la circulation était bloquée.

Cal baissa la vitre de son côté et sortit la tête du véhicule afin de voir ce qui se passait. Il était difficile d'être sûr de quoi que ce soit à travers ce rideau de pluie, mais il semblait y avoir eu un accident et la rue s'engorgeait peu à peu. Certains des conducteurs les plus impatients tentaient de changer de file pour faire demi-tour et y échouaient, augmentant encore la confusion. Des klaxons se mirent à retentir ; un ou deux chauffeurs quittèrent leurs véhicules, utilisant leurs manteaux relevés sur leurs têtes en guise de parapluies, pour aller voir ce qui se passait.

Cal rit doucement.

« Qu'y a-t-il de drôle ? lui demanda-t-elle.

— Il y a une heure, j'étais dans le Département Contentieux avec de la paperasse jusqu'au cou...

— Et maintenant, tu es en compagnie d'une fugitive.

— L'échange me semble équitable, dit-il en souriant.

— Pourquoi diable ne bouge-t-on pas ?

— Je vais aller voir », dit-il, et avant qu'elle n'ait pu l'en empêcher, il était descendu de voiture et entreprenait de traverser le labyrinthe de véhicules, relevant le col de son veston dans une vaine tentative pour abriter sa tête de la pluie.

Elle le regarda s'éloigner, tambourinant sur le volant. Elle n'aimait pas ce genre de situation. Elle était trop visible : et visible voulait dire vulnérable.

Lorsque Cal atteignit l'autre bout de la rue, l'attention de Suzanna fut attirée par un éclair de lumière bleue dans son rétroviseur extérieur. Elle regarda par-dessus son épaule pour découvrir plusieurs motos de police en train de remonter la file de voitures vers l'accident. Son cœur cessa de battre l'espace d'un instant.

Elle regarda en direction de Cal, espérant qu'il revenait, mais il était toujours en train d'étudier la circulation. « Ne reste pas sous la pluie, lui ordonna-t-elle mentalement. J'ai besoin de toi ici. »

Il y avait d'autres policiers, à pied ceux-ci, qui se dirigeaient vers la rue, et ils parlaient aux occupants de chaque voiture. Ils leur conseillaient de prendre une autre route, sans aucun doute ; tout ceci était bien innocent. Tout ce qu'elle avait à faire, c'était de continuer à sourire.

Devant elle, les voitures commençaient à avancer. Les motards leur faisaient contourner l'accident après avoir momentanément immobilisé les véhicules venant en sens inverse. Elle regarda vers Cal, qui commençait à remonter la rue dans sa direction. Devait-elle descendre de voiture et l'appeler ? Tandis qu'elle pesait le pour et le contre, un policier apparut à côté d'elle et tapa sur la vitre. Elle la fit descendre.

« Attendez le signal, dit-il, et allez doucement. »

Il la dévisagea, tandis que la pluie gouttait de son casque et de son nez.

Elle lui offrit un sourire.

« Bien, dit-elle. Je serai prudente. »

Bien qu'il ait fini de lui transmettre ses instructions, il ne s'écarta pas de la vitre mais continua à la regarder fixement.

« Je connais votre visage, dit-il.

— Vraiment ? dit-elle, essayant de prendre un ton enjoué et y échouant lamentablement.

— Quel est votre nom ? »

Avant qu'elle n'ait eu le temps de lui mentir, un autre policier appela son interrogateur. Celui-ci se redressa, lui donnant une occasion pour lancer un regard vers Cal. Le jeune homme se trouvait au bord du trottoir, les yeux fixés sur la voiture. Elle secoua légèrement la tête, espérant qu'il parviendrait à déchiffrer son signal à travers la vitre inondée de pluie. Le policier aperçut son geste.

« Il y a quelque chose qui ne va pas ? dit-il.

— Non, lui dit-elle. Rien du tout. »

Un autre policier s'approchait de la voiture, criant quelque chose au milieu du vacarme de la pluie et des moteurs au ralenti. « Plus je m'attarderai ici, pensa-t-elle, et plus ça risquera de tourner mal » ; et elle donna un brutal coup de volant. Le policier qui se trouvait à côté d'elle lui ordonna d'arrêter, mais les dés étaient jetés. Lorsque sa voiture bondit vers l'avant, elle prit le risque de lancer un bref regard en direction de Cal. A sa grande inquiétude, elle vit qu'il tentait de se frayer un chemin à travers les voitures. Bien qu'elle ait crié son nom, il ignora son appel. Elle cria de nouveau. Il était trop tard lorsqu'il leva la tête ; le policier qui se trouvait devant elle se précipitait vers sa voiture. Il l'avait atteinte avant que Cal n'ait traversé la moitié de la chaussée. Elle n'avait pas le choix et devait tenter de s'échapper, tant qu'il lui restait une chance.

Elle donna un coup d'accélérateur, et le policier qui se trouvait devant elle s'écarta d'extrême justesse pour l'éviter. Elle n'avait pas le temps de voir comment Cal s'en tirait ; elle passa en trombe près des voitures accidentées, espérant qu'il utiliserait cette diversion pour prendre ses jambes à son cou.

Elle n'avait pas parcouru quatre cents mètres qu'elle entendit le bruit des sirènes qui s'élevait derrière elle.

4

Il fallut cinq ou six secondes à Cal pour comprendre ce qui s'était passé, et deux secondes supplémentaires pour maudire sa lenteur. Il y eut quelques instants de confusion, durant lesquels aucun des policiers ne se décida à donner la chasse ou à attendre des instructions, et Suzanna disparut au coin d'une rue.

Le policier qui s'était trouvé près de sa voiture se dirigea aussitôt vers Cal, pressant l'allure à chacun de ses pas.

Cal fit semblant de ne pas l'avoir vu et fit demi-tour pour se diriger à vive allure vers le monument. On lança un cri vers lui, puis des bruits de poursuite se firent entendre. Il se mit à courir sans regarder derrière lui. Son poursuivant était chaudement vêtu pour se protéger de la pluie; Cal était bien plus léger que lui. Il tourna à gauche dans Lower Castle Street, puis dans Brunswick Street, et ensuite à droite dans Drury Lane. Les sirènes retentissaient déjà; les motos s'étaient lancées à la poursuite de Suzanna.

De retour dans Water Street, il prit le risque de jeter un regard par-dessus son épaule. Pas de poursuivant en vue. Il ne ralentit cependant pas l'allure, pas avant d'avoir mis plus de cinq cents mètres de distance entre lui et la police. Puis il héla un taxi et retourna chez lui, la tête emplie de questions et du visage de Suzanna. Elle était rentrée dans son existence et en était ressortie trop vite; il regrettait déjà amèrement son absence.

De façon à mieux s'accrocher à ses souvenirs, il chercha dans son esprit les noms qu'elle avait prononcés; mais bon sang, ils s'en étaient déjà enfuis.

CHAPITRE 7

Causes perdues

1

La pluie aveuglante se révéla une alliée inattendue pour Suzanna ; ainsi peut-être que sa méconnaissance totale de la ville. Elle tourna chaque fois qu'elle le put, n'évitant que les impasses, et le caractère irrationnel de son itinéraire de fuite sembla déboussoler ses poursuivants. Elle finit par aboutir dans Upper Parliament Street ; à ce moment-là, elle accéléra de plus belle. Le bruit des sirènes s'estompa derrière elle.

Mais ça ne durerait pas longtemps, elle le savait. Le filet se resserrait une fois de plus autour d'elle.

Des fragments de ciel bleu se glissèrent entre les nuages gonflés de pluie lorsqu'elle s'éloigna de la ville, et des rayons de soleil se frayèrent un passage jusqu'à elle, plaquant une pellicule dorée sur le bitume et sur le capot de sa voiture. Mais ce fut seulement pendant quelques instants. Puis les nuages refermèrent leur blessure et la bénédiction des cieux cessa.

Elle roulait, roulait, et l'après-midi se mourait, et elle était de nouveau seule.

2

Cal était immobile sur le seuil de la cuisine. Geraldine — qui était en train de peler un oignon — leva la tête et dit :

« Tu as oublié ton parapluie ? »

Et il pensa : « Elle ne sait ni qui je suis ni ce que je suis, et comment le pourrait-elle ? Parce que, Dieu du Ciel, je ne le sais pas moi-même. J'ai oublié qui j'étais. Ô Seigneur, pourquoi l'ai-je oublié ? »

« Est-ce que ça va ? lui demanda-t-elle, reposant oignon et couteau pour traverser la cuisine jusqu'à lui. Regarde-toi. Tu es trempé.

— J'ai des ennuis », dit-il d'une voix atone.

Elle s'arrêta net.

« Qu'y a-t-il, Cal ?

— Je crois que la police va venir ici à ma recherche.

— Pourquoi ?

— Ne me pose pas de questions. C'est trop compliqué. »

Le visage de la jeune femme se pinça légèrement.

« Une femme a téléphoné cet après-midi, dit-elle, pour me demander le numéro de ton bureau. Est-ce qu'elle a pu te contacter ?

— Oui.

— Et est-ce qu'elle a quelque chose à voir avec tout ça ?

— Oui.

— Raconte-moi, Cal.

— Je ne sais pas par où commencer.

— Est-ce que tu as une liaison avec cette femme ?

— Non », dit-il. Puis il pensa : *Du moins, pas autant que je m'en souvienne.*

« Alors, raconte-moi.

— Plus tard. Pas maintenant. Plus tard. »

Il quitta la cuisine qui embaumait l'oignon.

« Où vas-tu ? appela-t-elle.

— Je suis trempé jusqu'aux os.

— *Cal.*

— Il faut que je me change.

— Ces ennuis que tu as, c'est grave ? »

Il s'arrêta à mi-hauteur de l'escalier, en train de dénouer sa cravate.

« Je ne peux pas m'en souvenir », répondit-il, mais une voix à l'intérieur de son crâne — une voix qu'il n'avait pas entendue depuis longtemps — dit : *C'est pas bien, fiston, c'est pas bien,* et il savait qu'elle disait la vérité.

Elle le suivit jusqu'au pied de l'escalier. Il monta dans sa chambre et ôta ses vêtements mouillés, tandis qu'elle continuait de l'assaillir de questions auxquelles il ne pouvait trouver aucune réponse, et à chaque nouvelle question, il entendait les sanglots monter un peu plus dans sa voix. Il savait qu'il se traiterait de salaud le lendemain matin (qu'était le lendemain ? un autre rêve), mais il fallait qu'il se hâte de ressortir de la maison, au cas où la police viendrait le chercher. Il n'avait rien à leur dire, bien sûr —

du moins ne se souvenait-il de rien. Mais ils avaient leurs méthodes, ces gens-là, pour faire parler un homme.

Il fouilla dans sa garde-robe, à la recherche d'une chemise, d'une paire de blue jeans et d'un manteau, sans choisir ses vêtements de façon consciente. Lorsqu'il enfila un blouson élimé, il jeta un regard par la fenêtre. Les réverbères venaient juste de s'allumer ; à leur lueur crue, la pluie était un torrent argenté. Une nuit bien glacée pour aller se promener, mais il ne pouvait rien y faire. Il plongea une main dans son costume mouillé pour en sortir son portefeuille, qu'il transféra dans sa poche, et il fut prêt.

Geraldine était toujours au pied de l'escalier, les yeux fixés sur lui. Elle avait réussi à ravaler ses larmes.

« Et qu'est-ce que je suis censée leur dire, demanda-t-elle, s'ils viennent ici pour te voir ?

— Dis-leur que je suis rentré et que je suis reparti. Dis-leur la vérité.

— Peut-être que je ne serai pas ici », dit-elle. Puis, trouvant cette idée séduisante : « Oui. Je ne crois pas que je serai ici. »

Il n'avait ni le temps ni les mots pour la consoler de façon adéquate.

« Fais-moi confiance, s'il te plaît, fut tout ce qu'il trouva à dire. Je ne sais pas ce qui se passe, pas plus que toi.

— Peut-être devrais-tu voir un docteur, Cal, dit-elle lorsqu'il descendit. Peut-être... (sa voix s'adoucit)... que tu es malade. »

Il s'immobilisa.

« Brendan m'a dit des choses..., reprit-elle.

— Ne mêle pas Papa à ça.

— Non, *écoute-moi*, insista-t-elle. Il avait l'habitude de me parler, Cal. Il m'a confié beaucoup de choses. Des choses qu'il croyait avoir vues.

— Je ne veux pas entendre.

— Il m'a dit qu'il avait vu une femme se faire tuer dans le jardin. Et un monstre sur la voie ferrée. »

Elle sourit gentiment à l'évocation de ces visions démentes.

Cal baissa les yeux vers elle, saisi par une douleur soudaine à l'estomac. De nouveau, il pensa : *Je le sais.*

« Peut-être que tu as des hallucinations, toi aussi.

— Il t'a raconté des histoires pour t'amuser, dit Cal. Il a toujours eu l'habitude d'inventer des choses. C'est notre sang irlandais qui veut ça.

— Est-ce que c'est ça que tu es en train de faire, Cal ? dit-elle, le suppliant de la rassurer. Dis-moi que c'est une blague.

— J'aimerais bien pouvoir le faire.

— Oh, Cal... »

Il descendit jusqu'au pied de l'escalier et lui caressa doucement le visage.

« Si quelqu'un me demande...

— Je leur dirai la vérité, fit-elle. Je ne sais rien.

— Merci. »

Alors qu'il se dirigeait vers la porte d'entrée, elle l'appela :

« Cal ?

— Oui ?

— Tu n'es pas amoureux de cette femme, n'est-ce pas ? Je préférerais que tu me le dises si tu l'es. »

Il ouvrit la porte. La pluie giflait le seuil.

« Je ne peux pas m'en souvenir », répondit-il, et il se précipita vers sa voiture.

3

Après une demi-heure d'autoroute, les effets d'une nuit sans sommeil et d'une journée fertile en agitation commencèrent à se faire sentir sur Suzanna. La chaussée en face d'elle se brouillait. Elle savait que ce n'était qu'une question de temps avant qu'elle s'endorme au volant. Elle quitta l'autoroute à la première aire de repos, gara sa voiture et partit en quête d'une dose de caféine.

La cafétéria et les boutiques grouillaient de monde, ce dont elle fut reconnaissante. Au milieu de tant de personnes, elle devenait insignifiante. Ne souhaitant pas laisser la Trame toute seule plus longtemps qu'il n'était nécessaire, elle se procura une tasse auprès d'un distributeur automatique plutôt que de faire la queue, puis acheta du chocolat et des biscuits dans une boutique et regagna l'abri de sa voiture.

Allumant la radio, elle se prépara à dévorer son coupe-faim. Lorsqu'elle déballa le chocolat, ses pensées allèrent une nouvelle fois vers Jerichau, le magicien-voleur, qui était capable de voler des merveilles dans n'importe quelle poche. Où était-il à présent ? Elle lui porta un toast avec sa tasse de café et lui souhaita d'être en sécurité.

A huit heures, le journal du soir fut retransmis. Elle l'écouta avec attention, pensant qu'on parlerait d'elle, mais il n'y eut aucune mention de sa fuite. Après le bulletin d'information, il y avait une émission musicale ; elle laissa jouer la musique. Une fois le café bu, et le chocolat et les biscuits dévorés, elle glissa sur son siège et ses yeux se fermèrent sous l'effet d'une berceuse de jazz.

Elle fut réveillée, quelques secondes plus tard, par un coup sur sa vitre. Il y eut une période de confusion durant laquelle elle se rappela l'endroit où elle se trouvait, puis elle fut tout à fait réveillée et découvrit, le cœur serré, un uniforme de l'autre côté de la vitre striée de pluie.

« Ouvrez votre portière, s'il vous plaît », dit le policier.

Il semblait être tout seul. Fallait-il qu'elle démarre et prenne la fuite ? Avant qu'elle n'ait pu se décider, la porte fut violemment ouverte de l'extérieur.

« Descendez », dit l'homme.

Elle obéit. Alors même qu'elle sortait de la voiture, elle entendit des bruits de semelles sur le gravier tout autour d'elle.

Découpée par l'éclat des néons, la silhouette d'un homme se tenait non loin d'elle.

« Oui. »

Ce fut tout ce qu'il dit, et soudain des hommes fondirent sur elle de tous côtés. Elle était sur le point d'invoquer le menstruum lorsque la silhouette s'approcha d'elle, tenant quelque chose dans sa main. Quelqu'un arracha la manche de sa chemise, elle sentit la seringue s'enfoncer dans sa peau exposée. Le corps subtil s'éleva, mais pas assez vite. Sa volonté s'engourdit, son champ de vision se retrécit jusqu'à ne plus former qu'un puits. A son extrémité, la bouche de Hobart. Elle se dirigea en trébuchant vers l'homme, ses doigts s'accrochant à la fange des murs, tandis que la bête au fond du puits poussait des hosannas rugissants.

CHAPITRE 8

Des yeux neufs

La Mersey était haute ce soir-là, et fort rapide ; ses eaux étaient d'un brun sale et son écume grise. Cal était accoudé sur la rambarde métallique et regardait les quais désertés au-delà du fleuve tumultueux. Jadis, ces eaux avaient grouillé de navires, qui arrivaient le ventre lourd de cargaisons venues du monde entier pour repartir les flancs légers vers le lointain. A présent, elles étaient vides. Les bassins étaient envasés, les quais et les entrepôts oisifs. La Cité des Spectres ; un lieu qui n'était idéal que pour les fantômes.

Cal se sentait lui-même un fantôme. Un vagabond dénué de substance. Et glacé, aussi glacé que les morts devaient l'être. Il enfonça les mains dans les poches de son blouson afin de les réchauffer, et ses doigts trouvèrent une demi-douzaine d'objets mous, qu'il sortit de ses poches pour les examiner à la lueur d'un réverbère proche.

Ces objets ressemblaient à des prunes flétries, bien que leur peau fût plus dure, presque aussi dure que du cuir. De toute évidence, c'étaient des fruits, mais d'aucune variété qui lui fût connue. Où et comment étaient-ils entrés en sa possession ? Il renifla l'un d'entre eux. Il dégageait une odeur légèrement fermentée, comme un vin capiteux. Une odeur également appétissante ; tentante, même. Ce parfum lui rappela qu'il n'avait rien mangé depuis midi.

Il porta le fruit à ses lèvres, ses dents déchirant avec aisance la peau plissée. Le parfum du fruit n'avait pas menti ; sa chair avait en effet une saveur alcoolisée, et son jus lui brûla la gorge comme l'aurait fait du cognac. Il mâcha, et porta de nouveau le fruit à ses lèvres avant d'avoir avalé sa première bouchée, l'engloutissant, y compris les pépins, avec un appétit farouche.

Immédiatement, il se mit à en dévorer un deuxième. Il était soudain affamé. Il s'attarda sous le réverbère secoué par le vent, la flaque de lumière où il se tenait dansant autour de lui, et se nourrit comme s'il n'avait pas mangé depuis une semaine.

Il mordait dans l'avant-dernier fruit lorsqu'il se rendit compte que les mouvements de la lampe au-dessus de sa tête ne suffisaient pas à expliquer les fluctuations de la lumière autour de lui. Il regarda le fruit qu'il tenait dans sa main, mais il ne parvenait pas tout à fait à l'empêcher de rester flou. Dieu du Ciel! S'était-il empoisonné? Le fruit restant tomba de sa main et il allait plonger les doigts dans sa gorge pour se faire vomir lorsque la plus extraordinaire des sensations s'empara de lui.

Il s'éleva dans les airs; ou du moins, une partie de lui-même s'éleva.

Ses pieds étaient toujours posés sur le béton, il pouvait sentir la solidité du sol sous ses semelles, mais il flottait néanmoins, la lampe brillait *sous* lui à présent, l'allée s'étendait à sa droite et à sa gauche, le fleuve se précipitait sur les berges, sombre et sauvage.

L'imbécile rationnel qui sommeillait en lui dit: *Tu es ivre; ce sont les fruits qui t'ont rendu saoul.*

Mais il ne se sentait ni malade ni sans contrôle sur la situation: sa vision (ses visions) était claire. Il pouvait toujours voir à travers les yeux de sa tête, mais aussi depuis un point de vue situé très haut au-dessus de lui. Et ce n'était pas tout ce qu'il pouvait voir. Une partie de lui-même flottait également parmi les immondices charriés par le fleuve, qui grouillaient en longeant la promenade; une autre partie se trouvait au milieu de la Mersey, le regard tourné vers la berge.

Cette prolifération de points de vue ne le plongea pas dans la confusion: les divers spectacles se mêlaient et s'épousaient dans sa tête, formant un réseau de travellings ascendants et descendants; de visées à l'infini, de zooms, de plongées et de contre-plongées.

Il n'était pas *un* mais *plusieurs.*

Lui, Cal; lui, le fils de son père; lui, le fils de sa mère; lui, un enfant enfoui dans un homme, et un homme rêvant d'être un oiseau.

Un oiseau!

Et d'un seul coup, *tout* lui revint en mémoire; toutes les merveilles qu'il avait oubliées surgirent dans son esprit, dans tous leurs détails exquis. Un millier d'instants, d'aperçus et de mots.

Un oiseau, une poursuite, une maison, une cour, un tapis, un envol (et c'était lui l'oiseau; *oui! oui!*); puis des ennemis et des amis; Shadwell, Immacolata; les monstres; et Suzanna, sa belle Suzanna, dont le rôle était soudain clair dans l'histoire que son esprit se racontait à lui-même.

Il se souvenait de tout. Le tapis qui se défait, la maison qui s'effondre ; puis son entrée dans la Fugue, et les gloires que la nuit lui avait apportées.

Il eut besoin de tous ses nouveaux sens pour conserver ces souvenirs, mais il ne succomba pas à leurs assauts. Il lui semblait les rêver tous à la fois ; les serrer contre lui l'espace d'un instant dont la douceur était au-delà des mots : une réunion du moi et du moi secret qui était une épopée héroïque du souvenir.

Et après cette reconnaissance, les larmes, lorsque pour la première fois il perçut la peine enfouie en lui, cette peine qu'il avait ressentie en perdant l'homme qui lui avait appris le poème avec lequel il avait enchanté l'auditoire dans le verger de Lo : son père, qui avait vécu et qui était mort sans jamais savoir ce que Cal savait à présent.

Momentanément, le chagrin et le sel de ses larmes le ramenèrent en lui-même, et il n'eut de nouveau qu'une seule vision, debout sous la lumière incertaine, bouleversé...

Puis son âme reprit son essor, de plus en plus haut, et cette fois-ci, elle atteignit la vitesse de libération.

Soudain, il était haut, *haut* au-dessus de l'Angleterre.

Au-dessous de lui, le clair de lune tombait sur d'éclatants continents de nuages, dont les vastes ombres parcouraient collines et banlieues comme des marchands de sable muets. Il partit à leur suite, porté par les mêmes vents. Au-dessus d'étendues de terre que des pylônes traversaient de leurs lignes bourdonnantes ; et au-dessus de rues que la nuit avait vidées de toute présence, excepté celle des félons et des chiens errants.

Et ce vol, au cours duquel il contemplait la terre comme un faucon indolent, les étoiles dans le dos, l'île au-dessous de lui, ce vol fut le compagnon de cet autre vol, qu'il avait fait au-dessus du tapis, au-dessus de la Fugue.

Son esprit ne s'était pas plus tôt tourné vers la Trame du Monde qu'il sembla la renifler — sembla savoir où elle se trouvait au-dessous de lui. Son œil n'était pas assez acéré pour la localiser avec exactitude, mais il savait pouvoir la retrouver, s'il parvenait à conserver intact son nouveau sens quand il aurait finalement regagné le corps qui l'attendait sur le sol.

Le tapis se trouvait au nord-nord-est de la ville, de cela il était certain ; à plusieurs kilomètres d'ici et toujours en mouvement. Etait-il entre les mains de Suzanna ? Celle-ci fuyait-elle vers un endroit isolé où elle espérait que leurs ennemis ne viendraient jamais ? Non, les nouvelles étaient pires que ça, il le sentait. La Trame du Monde et la femme qui la portait étaient en terrible danger, quelque part au-dessous de lui...

A cette idée, son corps sembla exprimer un désir de possession. Il le sentit autour de lui — sa chaleur, son poids — et il exulta de sa solidité. Les pensées volantes étaient fabuleuses, mais que valaient-elles sans les muscles et les os pour agir selon leurs directives ?

Quelques instants plus tard, il était de nouveau debout sous la lumière, et le fleuve écumait toujours, et les nuages qu'il avait vus d'au-dessus avançaient en flottille muette sous la poussée d'un vent à l'odeur de mer. Le sel qu'il goûta n'était pas un sel marin ; c'était celui des larmes qu'il avait versées pour son père mort, et pour son oubli, et peut-être aussi pour sa mère — car il semblait que toutes les pertes ne formaient qu'une perte, et tous les oublis un seul oubli.

Mais il avait rapporté des hauteurs une sagesse nouvelle. Il savait à présent que les choses oubliées pouvaient être rappelées ; que les choses perdues pouvaient être retrouvées.

C'était tout ce qui importait en ce monde : chercher et trouver.

Il regarda en direction du nord-nord-est. Bien que toutes les visions qu'il avait eues n'en fassent plus à présent qu'une seule, il savait qu'il pouvait encore retrouver le tapis.

Il le voyait avec son cœur. Et, le voyant, se lança à sa poursuite.

CHAPITRE 9

Un lieu secret

Suzanna n'émergea que lentement du sommeil dans lequel l'avait plongée la drogue. Tout d'abord, l'effort nécessaire pour garder les paupières ouvertes pendant plus de quelques secondes se révéla trop pénible pour elle, et sa conscience dut lutter dans les ténèbres. Mais, peu à peu, son corps se purifia de la substance que Hobart lui avait injectée dans les veines. Elle devait se contenter de le laisser opérer à son rythme.

Elle était assise à l'arrière de la voiture de Hobart ; ceci au moins était clair. Son ennemi se trouvait sur le siège avant, à côté du conducteur. A un moment donné, il regarda par-dessus son épaule et vit qu'elle se réveillait, mais ne dit rien. Il se contenta de la regarder durant quelques instants, puis tourna de nouveau son attention vers la route. Il y avait quelque chose de désagréablement indolent dans ses yeux, comme s'il était à présent certain de ce que l'avenir lui réservait et n'avait plus besoin de se précipiter vers lui.

Dans l'état d'engourdissement où elle se trouvait, il lui était difficile de mesurer le temps qui passait, mais il s'écoula sûrement plusieurs heures tandis qu'ils roulaient. Elle ouvrit une fois les yeux, et ce fut pour découvrir qu'ils traversaient une ville endormie — elle ne reconnut pas laquelle —, puis les résidus de la drogue l'emportèrent sur elle, et lorsqu'elle se réveilla de nouveau, ils roulaient sur une route de campagne battue par les vents, longée des deux côtés par des collines sombres. Ce fut seulement à ce moment-là qu'elle se rendit compte que la voiture de Hobart était à la tête d'un convoi ; la vitre arrière était éclairée par les phares des véhicules qui roulaient derrière eux. Elle parvint à rassembler suffisamment de forces pour tourner la tête. Il y avait un panier à salade qui les suivait, et plusieurs véhicules dans son sillage.

A nouveau, l'engourdissement s'empara d'elle pendant une période indéterminée.

Ce fut l'air froid qui la réveilla. Le chauffeur avait baissé la vitre et l'air avait couvert ses bras de chair de poule. Elle se redressa et inspira profondément, laissant le froid la réveiller complètement. La région qu'ils traversaient était fort montagneuse. Les Highlands écossais, présumait-elle; où pourrait-on trouver des pics enneigés au milieu du printemps? Ils sortirent de la nationale pour emprunter une route qui se transforma bientôt en piste caillouteuse, ce qui ralentit considérablement leur allure. La piste s'élevait, formant des lacets à flanc de colline. Le moteur du fourgon qui les suivait se mit à peiner; mais leur route devint encore plus raide et plus difficile avant de les amener au sommet de la colline.

« Là, dit Hobart au chauffeur. On l'a trouvé. Là! »

Suzanna jeta un regard à travers la vitre. Il n'y avait ni lune ni étoiles pour illuminer la scène, mais elle apercevait la masse noire des montagnes tout autour d'eux, et, loin au-dessous, des lumières qui brûlaient.

Le convoi suivit la crête de la colline pendant environ huit cents mètres, puis commença à descendre dans la vallée.

Les lumières qu'elle avait aperçues étaient des phares de voitures, lesquelles étaient disposées sur un large cercle de façon que leurs feux créent une sorte d'arène. L'arrivée du convoi de Hobart était de toute évidence attendue; lorsqu'ils ne furent plus qu'à une cinquantaine de mètres du disque lumineux, elle vit des silhouettes venir à leur rencontre.

La voiture s'immobilisa.

« Où sommes-nous? demanda-t-elle d'une voix traînante.

— A la fin du voyage », fut tout ce que Hobart consentit à lui dire. Puis il ordonna au chauffeur: « Amenez-la. »

Ses jambes semblaient avoir des articulations en caoutchouc; elle dut rester accrochée quelque temps à la voiture avant de les persuader de bouger. Tandis que le chauffeur la maintenait avec fermeté, on la conduisit vers l'arène. Ce fut seulement à ce moment-là qu'elle mesura l'importance du rassemblement. Il y avait des douzaines de voitures dans le cercle, et encore davantage dans les ténèbres au-delà. Leurs conducteurs et leurs passagers, qui se comptaient par centaines, n'étaient pas des Humains mais des Devins. Parmi eux se trouvaient des anatomies et des colorations qui avaient dû faire d'eux des exclus dans le Royaume.

Elle scruta leurs visages, à la recherche d'une figure familière, d'une en particulier. Mais Jerichau ne se trouvait pas parmi eux.

Hobart pénétra dans le disque de lumière, et au même moment, une silhouette émergea des ombres de l'autre côté de l'arène, une silhouette que Suzanna pensait être celle du Prophète. Son apparition fut accueillie par un doux murmure qui monta de la masse des Devins. Quelques-uns d'entre eux s'avancèrent afin de mieux voir leur Sauveur ; d'autres tombèrent à genoux.

Il *était* impressionnant, concéda Suzanna dans son for intérieur.

Ses yeux profondément enfoncés dans leurs orbites se posèrent sur Hobart, et un sourire approbateur naquit sur ses lèvres lorsque l'Inspecteur courba la tête devant son maître. Ainsi, c'était donc ça. Hobart était à la solde du Prophète, ce qui n'était guère de nature à couvrir de gloire ce dernier. Quelques mots furent échangés entre les deux hommes, le souffle de leurs paroles visible dans l'air glacé. Puis le Prophète posa sa main gantée sur l'épaule de Hobart et se tourna vers l'assemblée pour lui annoncer le retour de la Trame du Monde. L'air s'emplit soudain de cris.

Hobart se tourna vers le panier à salade et fit un signe de la main. De l'arrière du fourgon descendirent deux des sbires de l'Inspecteur, portant le tapis. Ils pénétrèrent dans le disque de lumière et, suivant les instructions de Hobart, déposèrent le tapis aux pieds du Prophète. La foule était tombée dans un lourd silence lorsque ses membres avaient perçu la présence de leur patrie dormante ; et le Prophète, quand il prit la parole, n'eut pas besoin d'élever la voix.

« *Voyez* », dit-il, presque avec nonchalance. « *Ne vous l'avais-je pas promis ?* »

... et ce disant, il posa un pied sur le tapis. Celui-ci se déroula devant lui. Le silence régnait toujours ; tous les yeux étaient posés sur le dessin ; plus de deux centaines d'esprits partageant la même pensée...

Sésame, ouvre-toi...

... l'appel de visiteurs impatients, immobiles devant une porte close et désirant entrer.

Ouvre-toi ; montre-toi...

Que ce soit cet acte de volonté collectif qui ait déclenché le processus, ou que le Prophète en ait à l'avance mis en branle le mécanisme, Suzanna ne pouvait le savoir. Toujours est-il que la Trame commença à se défaire. Pas au centre du tapis, comme dans la maison de Shearman, mais à partir de ses bordures.

La dernière fois que ce processus avait été déclenché, cela avait été plus par accident qu'à dessein, une soudaine éruption de fils et de couleurs, la Fugue acquérant une vie sauvage et chaotique. Cette fois-ci, un système cohérent était de toute évidence à l'œuvre, les nœuds décodaient leurs motifs en suivant une séquence prévue à l'avance. La danse des fils n'était pas moins complexe qu'auparavant, mais il y avait une grâce consommée dans ce spectacle, les fils décrivant les configurations les plus élaborées en emplissant l'air, traînant derrière eux un sillage de vie. Des formes s'habillaient de chairs et de plumes, des rochers volaient, des arbres prenaient leur essor vers l'endroit où poussaient leurs racines.

Suzanna avait déjà vu ce glorieux spectacle, bien sûr, et elle y était dans une certaine mesure préparée. Mais chez les Devins, et encore plus chez Hobart et ses brutes, cette vision suscita la peur et l'émerveillement en égales mesures.

Son garde oublia toute notion de devoir et resta figé comme un enfant devant son premier feu d'artifice, ne sachant pas s'il devait rester ou s'enfuir. Elle saisit la chance qui s'offrait à elle et s'éclipsa, loin de la lumière qui pourrait trahir son visage, ne regardant derrière elle qu'une seule fois, assez longtemps pour voir le Prophète, ses cheveux s'élevant au-dessus de son crâne comme un feu blanc, debout au milieu de la Trame qui se défaisait tandis que la Fugue naissait bruyamment tout autour de lui.

Il lui fut difficile de détourner les yeux, mais elle courut de toute la force de ses jambes jusqu'aux ténèbres qui régnaient sur le flanc de la colline. Elle s'éloigna de vingt, trente, quarante mètres du disque. Personne ne se lança à sa poursuite.

Un éclat particulièrement brillant illumina le terrain devant elle comme l'aurait fait une étoile filante. C'était un sol inégal, non cultivé, parsemé çà et là d'affleurements rocheux ; une vallée choisie pour son isolement, fort probablement, où la Fugue pourrait être arrachée à son sommeil à l'abri des regards de l'Humanité. Combien de temps ce miracle resterait-il caché, alors que l'été approchait, c'était une question superflue, mais peut-être avaient-ils préparé une extase pour éloigner les curieux.

Le terrain fut de nouveau éclairé devant elle, et elle eut un aperçu fugitif d'une silhouette qui semblait l'attendre. Elle disparut si vite que Suzanna ne put se fier à ses yeux.

Mais un mètre plus loin, elle sentit sur ses joues une froidure qui n'avait rien de naturel. Elle devina sa source à l'instant où elle la toucha, mais elle n'eut ni le temps de battre en retraite ni celui de se préparer avant que les ténèbres ne se déploient devant elle pour faire apparaître leur maîtresse.

CHAPITRE 10

Victimes

1

Ce visage était mutilé au point d'en être méconnaissable, mais cette voix, plus glacée encore que la bise qui émanait de ce corps, était indéniablement celle d'Immacolata. Et elle n'était pas seule : ses sœurs l'accompagnaient, plus ténébreuses que les ténèbres.

« Pourquoi cours-tu ? dit l'Incantatrice. Tu ne pourras fuir nulle part. »

Suzanna fit halte. Il était impossible d'éviter les trois sœurs.

« Retourne-toi », fit Immacolata, tandis qu'une nouvelle splendeur issue de la Trame éclairait d'une lueur peu charitable la plaie qu'était son visage. « Tu vois l'endroit où se trouve Shadwell ? C'est là que se trouvera la Fugue dans quelques instants.

— Shadwell ? dit Suzanna.

— Leur Prophète bien-aimé, fut la réponse. Sous cette façade de sainteté dont je lui ai fait don bat un cœur de Vendeur. »

Ainsi donc, le Prophète n'était autre que Shadwell. Quelle parfaite ironie, que ce vendeur d'encyclopédies finisse sa carrière en dispensant l'espoir.

« C'est *lui* qui a eu l'idée de leur donner un Messie, dit l'Incantatrice. A présent, ils se sont lancés dans une croisade vertueuse, comme dit Hobart. Ils vont reconquérir leur terre promise. Et, ce faisant, la détruire.

— Ils ne vont pas se laisser abuser comme ça.

— Ils sont déjà abusés, ma sœur. Il est plus facile de déclencher une guerre sainte que de faire naître une rumeur, parmi ton peuple comme parmi le mien. Ils croient chacune des paroles sacrées qu'il prononce, comme si leur vie en dépendait. Ce qui est en un sens exact. On a conspiré contre eux, on les a trahis — et ils sont prêts à réduire la Fugue en pièces pour mettre la main sur les responsables. N'est-ce pas parfait ? La Fugue va périr des mains mêmes de ceux qui sont venus la sauver.

— Et c'est ce que veut Shadwell ?

— C'est un homme : il veut l'adoration des foules. » Elle regarda par-dessus l'épaule de Suzanna, vers la Trame qui se défaisait et vers Shadwell, toujours au centre de la scène. « Et c'est ce qu'il a. Il est donc heureux.

— Il est pitoyable, dit Suzanna. Vous le savez aussi bien que moi. Et pourtant, vous lui faites don de votre pouvoir. Votre pouvoir. *Notre* pouvoir.

— Pour servir mes propres fins, ma sœur.

— Vous lui avez donné la veste.

— C'est moi qui l'ai tissée, oui. Bien qu'il me soit parfois arrivé de regretter de lui en avoir fait don. »

Les muscles ravagés du visage d'Immacolata étaient désormais incapables de toute duplicité. Tandis qu'elle parlait, elle ne parvenait pas à dissimuler le chagrin qui montait en elle.

« Vous auriez dû la lui reprendre, dit Suzanna.

— Un don d'extase ne peut pas être *prêté*, dit Immacolata, il doit être donné, et donné pour l'éternité. Est-ce que ta grand-mère ne t'a donc *rien* enseigné ? Il est temps que tu apprennes, ma sœur. Je vais te donner quelques leçons.

— Et qu'en retirerez-vous ?

— Une chance d'oublier le cadeau que m'a fait Romo. » Elle toucha son visage. « Et la puanteur des hommes. » Elle observa une pause tandis que son visage s'assombrissait. « Ils te détruiront pour ta force, dit-elle. Des hommes comme Hobart.

— Il m'est arrivé de vouloir le tuer, dit Suzanna en se rappelant la haine qu'elle avait ressentie.

— Il le sait. C'est pour cela qu'il rêve de toi. Damoiselle la Mort. » Un éclat de rire lui échappa. « Ils sont tous fous, ma sœur.

— Pas *tous*, dit Suzanna.

— Que dois-je faire pour te convaincre ? dit l'Incantatrice. Pour te faire comprendre comment tu seras trahie. Comment tu as *déjà* été trahie. »

Sans paraître bouger, elle s'éloigna de Suzanna. Des lambeaux épars de lumière volaient tout autour d'elles, la Fugue se déployant depuis sa cachette. Mais Suzanna les remarqua à peine. Ses yeux étaient rivés au spectacle qui lui avait été révélé lorsque Immacolata s'était écartée.

La Madeleine était là, somptueusement drapée de dentelles ectoplasmiques : une fiancée spectrale. Et des jupes de la créature émergeait une silhouette pitoyable qui tournait à présent son visage vers Suzanna.

« Jerichau... »

Les yeux de l'homme étaient voilés ; bien qu'il se soient posés sur Suzanna, il n'y avait aucune lueur d'intelligence en eux.

« Tu vois ? dit Immacolata. Trahie.

— Que lui avez-vous *fait* ? » demanda Suzanna.

Il ne restait plus rien du Jerichau qu'elle avait connu. Il ressemblait à quelque chose de déjà mort. Ses vêtements étaient en lambeaux, sa peau était tuméfiée et couverte de blessures vicieuses et encore suintantes.

« Il ne te reconnaît pas, dit l'Incantatrice. Il a une nouvelle épouse à présent. »

La Madeleine étira son bras et toucha de la main la tête de Jerichau, le caressant comme s'il avait été un chien fidèle.

« C'est fort volontiers qu'il est tombé dans les bras de ma sœur..., dit l'Incantatrice.

— Laissez-le », cria Suzanna à la Madeleine. Affaiblie par la drogue, elle se sentait sur le point de perdre tout contrôle de soi.

« Mais c'est un amour sincère, railla Immacolata. Ils auront bientôt des enfants. Beaucoup d'enfants. Sa vigueur ne connaît pas de bornes. »

L'idée de Jerichau en train de s'accoupler avec la Madeleine fit frissonner Suzanna. Elle prononça de nouveau son nom. Cette fois-ci, la bouche du Devin s'ouvrit et il semblait bien que sa langue cherchait à formuler un nom. Mais non. Tout ce que son palais put produire fut une giclée de salive.

« Tu vois avec quelle rapidité ils cherchent des plaisirs nouveaux ? dit Immacolata. Dès que tu tournes le dos, il se met à labourer un nouveau champ. »

La rage monta en Suzanna, l'emportant sur le dégoût. Et elle ne vint pas seule. Bien que les dernières traces de drogue dans son système l'aient empêchée de se concentrer à fond, elle sentit le menstruum gronder au creux de son ventre.

Immacolata s'en rendit compte.

« Ne sois pas perverse... », dit-elle, d'une voix qui semblait murmurer à l'oreille de Suzanna bien que plusieurs mètres de distance les aient séparées. « Nous sommes plus semblables que différentes. »

Alors qu'elle prononçait ces mots, Jerichau leva les bras pour les tendre vers Suzanna, et elle comprit à présent pourquoi il n'y avait aucune lueur d'intelligence dans son visage. Il ne pouvait pas la voir. La Madeleine avait aveuglé son consort afin de pouvoir le garder auprès d'elle. Mais il savait qu'elle était là : il l'entendait, il se tendait vers elle.

« Ma sœur..., dit Immacolata à la Madeleine, ...rappelle donc ton époux. »

La Madeleine fut prompte à obéir. La main qu'elle avait posée sur la tête de Jerichau s'allongea démesurément, et ses doigts coulèrent sur le visage du Devin, pénétrant dans sa bouche et dans ses narines. Jerichau tenta de résister, mais la Madeleine le tira en arrière et il tomba en chancelant dans ses jupons pestilentiels.

Brusquement, Suzanna sentit le menstruum jaillir d'elle et s'envoler vers la tortionnaire de Jerichau. Tout se déroula à la vitesse de l'éclair. Elle eut un bref aperçu des traits de la Madeleine, déformés par un cri, puis le courant de lumière argentée la frappa. Le cri du spectre fut réduit en pièces, des fragments de son qui s'éloignaient en décrivant des spirales — un gémissement larmoyant, un hurlement de colère — et l'attaque lancée sur elle la projeta dans les airs.

Comme d'habitude, les pensées de Suzanna avaient un temps de retard sur le menstruum. Avant qu'elle ait pris conscience de ce qu'elle faisait, la lumière déchiquetait le spectre, découpait dans sa substance des plaies béantes. La Madeleine riposta, et le courant du menstruum porta la contre-attaque vers le visage de Suzanna. Celle-ci sentit du sang asperger son cou, mais ces blessures ne firent qu'alimenter sa fureur; elle déchirait son adversaire comme si le spectre n'avait été qu'une feuille de papier.

Immacolata n'avait pas joué un rôle de spectatrice passive dans cette lutte, mais s'était lancée elle-même à l'attaque de Suzanna. Aux pieds de la jeune fille, le sol trembla, puis s'éleva autour d'elle comme pour l'enterrer vivante, mais son corps subtil rejeta au loin les murailles de terre, puis se précipita vers la Madeleine avec une fureur redoublée. Bien que le menstruum semblât doué d'une vie propre, ce n'était qu'une illusion. Ce pouvoir lui appartenait, elle le savait; maintenant plus que jamais. C'était *sa* colère qui l'alimentait, qui le rendait sourd à toute prière et à toute supplication; c'était elle qui ne serait pas satisfaite tant que la Madeleine n'aurait pas été vaincue.

Et tout d'un coup, ce fut fait. Les cris de la Madeleine cessèrent net.

Assez, ordonna Suzanna. Le menstruum laissa les quelques fragments d'ectoplasme pourrissant choir sur le sol souillé et sa lumière se retira dans le corps de sa maîtresse. De l'attaque à la contre-attaque, et de la contre-attaque au *coup de grâce**, il ne s'était pas écoulé plus d'une douzaine de secondes.

Suzanna jeta un regard en direction d'Immacolata, dont les traits meurtris étaient figés par l'incrédulité. Elle tremblait de la

* En français dans le texte. (N.d.T.)

tête aux pieds, comme si elle avait été sur le point de s'effondrer en proie à une crise nerveuse. Suzanna saisit sa chance. Elle n'avait aucun moyen de savoir si elle pourrait survivre à une attaque en règle de la part de l'Incantatrice, et ce n'était sûrement pas le moment idéal pour faire ce genre d'expérience. Lorsque la troisième sœur se précipita vers les restes dispersés de la Madeleine et se mit à hurler, Suzanna prit ses jambes à son cou.

La marée de la Fugue montait à présent de toutes parts, et l'air empli d'éclats dissimula sa fuite. Ce fut seulement lorsqu'elle eut parcouru un peu plus d'une dizaine de mètres qu'elle reprit ses esprits et se souvint de Jerichau. Il n'y avait eu aucun signe du Devin à proximité de la Madeleine morte. Priant pour qu'il ait pu s'éloigner du champ de bataille, elle se remit à courir tandis que les cris assourdissants de la Harpie résonnaient à ses oreilles.

2

Elle courait et courait, toujours persuadée de sentir sur sa nuque la froidure de la Vierge. Mais il semblait bien qu'elle n'ait fait qu'imaginer être poursuivie, car elle courut une distance de plus d'un kilomètre sans être inquiétée, gravissant le flanc de la colline et parvenant finalement sur sa crête, jusqu'à ce que la lumière issue de la Trame se soit estompée derrière elle.

Il ne s'écoulerait que peu de temps avant que la Fugue ne la rattrape, et lorsque cela se produirait, il faudrait qu'elle ait élaboré une stratégie. Mais il lui fallait d'abord reprendre son souffle.

La pénombre l'abrita quelque temps. Elle demeura immobile, s'efforçant de ne pas penser à ce qu'elle venait de faire. Mais une certaine allégresse l'emplissait de façon irrésistible. Elle avait tué la Madeleine ; détruit une des trois sœurs : ce n'était pas une victoire mineure. Le pouvoir qui était en elle avait-il toujours été aussi dangereux ? avait-il crû dans son sommeil, pour devenir plus sage, plus mortel ?

Sans raison bien définie, elle se rappela le livre de Mimi, que Hobart avait sans doute toujours en sa possession. Maintenant plus que jamais, elle espérait qu'il pourrait lui apporter des informations sur sa nature et sur les façons de profiter de celle-ci. Il faudrait qu'elle récupère le volume, même s'il était nécessaire pour cela d'affronter à nouveau Hobart.

Tandis qu'elle formulait cette pensée, elle entendit prononcer son nom, ou du moins quelque chose qui s'en rapprochait. Elle regarda dans la direction d'où venait la voix, et là, debout à moins de quelques mètres d'elle, se trouvait Jerichau.

Il avait donc échappé à l'étreinte de la Madeleine, bien que son visage ait été marqué par les doigts éthérés de la sœur. Son corps meurtri était sur le point de s'effondrer, et alors même qu'il prononçait une seconde fois le nom de Suzanna et tendait vers elle ses bras flétris, ses jambes le trahirent et il tomba face contre terre.

Quelques secondes plus tard, elle était agenouillée à côté de lui et le retournait. Il était aussi léger qu'une plume. Les sœurs l'avaient vidé de toute substance, excepté l'étincelle de volonté qui l'avait lancé à la poursuite de la jeune femme. Elles pouvaient bien lui dérober son sang; et sa semence et ses muscles. Son amour, il l'avait gardé.

Elle l'attira contre elle. Sa tête s'appuya sur la poitrine de son amante. Son souffle était court et irrégulier, son corps glacé secoué de tremblements. Elle lui caressa les cheveux; la lumière crépusculaire qui baignait le paysage jouait avec ses doigts.

Il ne se contenta cependant pas de se laisser bercer, mais s'écarta d'elle de quelques centimètres, de façon à pouvoir lever la main et toucher son visage. Les veines de sa gorge battirent plus vite lorsqu'il voulut parler. Elle lui fit signe de se taire, lui affirmant qu'il aurait le temps de parler plus tard. Mais il secoua faiblement la tête, et elle sentit en le serrant contre elle à quel point sa fin était proche. Il n'aurait servi à rien de prétendre le contraire. Le temps était venu de mourir, et il avait cherché l'abri de ses bras pour accomplir ce dernier devoir.

« Oh, mon amant... » dit-elle, le cœur serré, « ...mon doux amant... »

De nouveau, il chercha à prononcer quelques mots, mais sa langue le trahit. Seuls quelques bruits doux émergèrent de sa bouche, des bruits qu'elle ne parvint pas à interpréter.

Elle se pencha vers lui. Il ne résistait plus à son étreinte réconfortante, et il la saisit par les épaules et se rapprocha encore un peu plus d'elle afin de lui parler. Cette fois-ci, elle reconnut les mots qu'il prononça, bien qu'ils fussent à peine plus que des soupirs.

« Je n'ai pas peur », dit-il, exhalant ce dernier mot dans un souffle qui n'eut pas de frère, mais vint effleurer la joue de Suzanna comme un baiser.

Puis sa main perdit toute force et tomba en glissant de l'épaule de la jeune femme, ses yeux se fermèrent, et il lui fut enlevé.

Une pensée amère lui traversa brièvement l'esprit: ces dernières paroles avaient été autant une prière qu'une affirmation. Jerichau était la seule personne à qui elle avait raconté comment le menstruum avait ranimé Cal dans l'entrepôt. *Je n'ai pas peur*, était-ce pour lui une façon de dire: Laisse-moi mourir, je ne te remercierais pas de m'avoir ressuscité?

Quoi qu'il ait voulu dire, elle ne le saurait jamais.

Elle le reposa doucement sur le sol. Il lui avait dit naguère des mots d'amour qui avaient transcendé leur condition pour devenir de la lumière. En connaissait-il d'autres, qui défiaient la Mort, ou bien était-il déjà en route pour cette région où Mimi était déjà partie, rompant tout contact avec le monde que Suzanna occupait encore ?

Il le semblait bien. Bien qu'elle observât son corps jusqu'à en avoir mal aux yeux, il n'émit aucun murmure. Il avait abandonné sa dépouille à la terre, et elle avec.

CHAPITRE 11

Cap sur le nord

1

Le voyage de Cal vers le nord dura toute la nuit, mais il ne ressentit aucune fatigue. Peut-être étaient-ce les fruits qui préservaient la clarté de ses sens ; à moins que ce ne fût une nouvelle détermination qui le poussait en avant. Il avait mis ses facultés d'analyse en veilleuse, se fiant à son instinct pour décider de sa route.

Etait-ce grâce à un sens similaire à celui des pigeons qu'il naviguait à présent ? Un sens onirique, hors de portée de l'intelligence et de la raison : un sens de l'orientation *magique* ? C'était l'impression qu'il avait. Celle d'être devenu un oiseau, qui ne s'orientait pas grâce aux étoiles (elles étaient occultées par les nuages), ni grâce au pôle magnétique, mais par le simple désir de rentrer chez lui ; de regagner le verger, où il s'était tenu au milieu d'un cercle de visages aimants et avait déclamé les vers de Mooney le Dingue.

Tout en roulant, il fouilla sa tête à la recherche d'autres fragments de poèmes, de façon à pouvoir donner un récital inédit la prochaine fois qu'il serait là-bas. Quelques quatrains lui revinrent de son enfance, des vers étranges qu'il avait appris davantage pour leur musique que pour leur signification.

Le Ciel va et le Ciel vient,
Crache ses mers et teint les roses,
Met son manteau de vent et de crachin,
Et puis l'enlève et se repose.

Il était à présent plus sûr du sens de certains d'entre eux qu'il ne l'avait été étant enfant, mais ils venaient à ses lèvres plus frais que jamais, solides dans leurs rimes et dans leur cadence.

Quelques-uns étaient amers.

La pestilence des familles
N'a rien de congénital:
C'est le pied qui se pose dans l'ornière
Où s'est posé le pied qui l'a précédé.

D'autres étaient des fragments de poèmes qu'il avait oubliés ou qu'on ne lui avait jamais entièrement appris. L'un d'eux en particulier ne cessait de lui revenir à l'esprit:

Comme j'aime les chevaux pie!
Ce sont les plus beaux, les chevaux pie!

C'étaient les derniers vers de quelque chose, présumait-il, mais de quoi, il ne parvenait pas à s'en souvenir.

Il y avait quantité d'autres fragments. Il récita les vers sans se lasser tout en roulant, polissant sa diction, trouvant ici une nouvelle intonation, là une nouvelle cadence.

Il n'y avait aucune voix de souffleur au fond de son crâne; le poète gardait un silence total. Ou bien se pouvait-il que Mooney le Dingue et lui parlent finalement d'une seule voix?

2

Il traversa la frontière de l'Ecosse vers deux heures et demie du matin et continua à rouler en direction du nord, tandis que le paysage devenait plus vallonné et moins peuplé. Il commençait à avoir faim et ses muscles étaient douloureux après tant d'heures de conduite ininterrompue, mais rien, excepté l'Apocalypse, n'aurait pu le convaincre de ralentir ou de stopper. A chaque kilomètre qu'il franchissait, il se rapprochait un peu plus du Pays des Merveilles, dans lequel une vie trop longtemps retardée attendait d'être vécue.

CHAPITRE 12

Résolution

1

Suzanna demeura longtemps assise à côté de Jerichau, réfléchissant tout en essayant de ne pas réfléchir. En bas de la colline, la Trame continuait toujours de se défaire ; la marée de la Fugue s'approchait d'elle. Mais elle ne pouvait pas faire face à sa beauté, pas pour l'instant. Lorsque les fils parvinrent à moins d'une cinquantaine de mètres d'elle, elle battit en retraite, laissant le corps de Jerichau là où il se trouvait.

L'aube pâlissait les nuages au-dessus d'elle. Elle décida de gagner les hauteurs afin d'avoir une vue d'ensemble de la scène quand le jour se serait levé. Plus elle montait, plus le vent soufflait ; un vent cinglant venu du nord. Mais cela valait la peine de frissonner, car le promontoire sur lequel elle aboutit lui offrait un excellent panorama, et à mesure que le soleil pointait, elle se rendit compte à quel point Shadwell avait été rusé en choisissant cette vallée. Elle était entourée de toutes parts par des collines escarpées, dont les flancs étaient vides de tout bâtiment, même d'une humble baraque. En fait, le seul signe de présence humaine était la piste primitive que le convoi avait suivie pour arriver jusqu'ici, et qui avait probablement été plus fréquentée durant les dernières vingt-quatre heures que durant toute son existence avant ce jour.

Ce fut sur cette route, alors que l'aurore faisait naître des couleurs sur les collines, qu'elle aperçut la voiture. Celle-ci rampa sur la crête de la colline à un peu plus d'un kilomètre de distance, puis s'immobilisa. Son conducteur, minuscule aux yeux de Suzanna, descendit du véhicule et examina la vallée. Il semblait bien que la

Fugue n'était pas visible aux yeux d'un témoin non prévenu, car le chauffeur regagna presque immédiatement sa voiture, comme s'il venait de comprendre qu'il n'avait pas pris le bon tournant. Cependant, il ne s'éloigna guère, contrairement à ce qu'elle aurait cru. Il fit quitter la piste à son véhicule, garant celui-ci hors de vue dans les buissons d'ajoncs. Puis il en descendit de nouveau et se mit à marcher vers elle, suivant un chemin aléatoire sur le flanc de la colline parsemé de rochers.

Et elle croyait à présent le reconnaître ; commençait à espérer que ses yeux ne la trompaient pas et que c'était bien Cal qui se dirigeait vers elle.

L'avait-il vue ? Il ne le semblait pas, car il commençait à descendre la pente. Elle se mit à courir pour raccourcir la distance qui les séparait, puis grimpa sur un rocher et agita les bras dans sa direction. Son signal passa inaperçu durant plusieurs secondes, puis il regarda par hasard vers l'endroit où elle se trouvait. Il s'immobilisa, portant ses mains au-dessus de ses yeux. Puis il changea de direction et se mit à grimper la pente vers elle, et oui ! c'était Cal. Elle redoutait quand même de s'être trompée alors même que le bruit de son souffle parvenait jusqu'à ses oreilles, ainsi que les grincements de ses souliers sur l'herbe humide de rosée.

Il parcourut les derniers mètres qui les séparaient en trébuchant plus qu'en courant, et il ne fut plus soudain qu'à un instant d'elle et elle se précipitait vers ses bras grands ouverts, le serrant contre elle.

Et cette fois-ci, ce fut elle qui dit : « Je t'aime », et qui répondit à ses sourires par des baisers, et encore des baisers.

2

Ils échangèrent l'essentiel de leurs récits aussi vite que possible, gardant les détails en réserve pour des heures moins graves.

« Shadwell ne veut plus vendre la Fugue, dit Suzanna. Il veut la posséder.

— Et jouer au Prophète à jamais ? dit Cal.

— J'en doute. Il mettra bas le masque dès qu'il contrôlera la situation.

— Alors, nous devons l'empêcher de *prendre* le contrôle, dit Cal. Il faut le démasquer.

— Ou tout simplement le tuer », dit-elle.

Il acquiesça.

« Ne nous attardons pas ici », dit-il.

Ils se relevèrent et examinèrent le monde qui occupait à présent toute l'étendue de la vallée sous leurs yeux. La Trame n'était pas encore totalement défaite ; des filaments de lumière rampaient sur l'herbe, répandant flore et faune sur leur passage.

Au-delà de l'interface entre le Royaume et la Trame du Monde, la terre promise resplendissait. On aurait dit que la Fugue avait fait émerger sa propre saison du sommeil, et cette saison était un éternel printemps.

Il y avait dans les arbres chatoyants, dans les champs et dans les rivières, une lumière qui ne descendait pas du ciel maussade, mais qui jaillissait de chaque bourgeon et de chaque goutte de rosée. Même la plus ancienne des pierres était recréée aujourd'hui. Comme les poèmes que Cal avait répétés tout en roulant. Des mots anciens, une magie nouvelle.

« Elle nous attend », dit-il.

Ensemble, ils descendirent la colline.

HUITIÈME PARTIE

Le retour

« Tu allais me dire quelque chose, mon enfant — mais tu t'es arrêté avant de commencer. »

William Congreve
Le Vieux Célibataire

CHAPITRE 1

Stratégie

L'armée de libération conduite par Shadwell consistait en trois bataillons principaux.

Le premier, qui était de loin le plus important, était formé par la masse des fidèles du Prophète, ces convertis dont la ferveur avait pris des proportions fanatiques et dont la dévotion à leur Sauveur et à ses promesses d'un nouvel âge ne connaissait pas de limites. Il leur avait promis que le sang allait couler, et ils allaient effectivement voir le sang couler, surtout le leur. Mais ils étaient prêts à de tels sacrifices ; en fait, les plus exaltés d'entre eux, pour la plupart des Ye-mes, des membres de la plus violente des Familles, brûlaient déjà de l'envie de briser quelques crânes.

C'était un enthousiasme que Shadwell avait déjà utilisé — quoique de façon discrète — lorsque certains membres de sa congrégation avaient douté de son apostolat, et il était prêt à l'utiliser de nouveau au moindre signe de flottement dans les rangs. Bien entendu, il ferait tout son possible pour soumettre la Fugue grâce à sa seule rhétorique, mais il ne comptait pas beaucoup sur les chances d'une telle tactique. Il lui avait été facile de duper ses fidèles : la vie dans le Royaume les avait à ce point immergés dans des semi-vérités qu'ils étaient prêts à croire n'importe quelle fiction soutenue par une campagne publicitaire appropriée. Mais les Devins qui étaient restés dans la Fugue ne seraient pas aussi aisément trompés. C'était pour cette raison qu'il faudrait faire appel aux pistolets et aux matraques.

La deuxième partie de son armée était composée des complices de Hobart, des membres de sa Brigade que l'Inspecteur avait préparés avec diligence à une révolution qui n'était jamais venue.

Shadwell les avait initiés aux plaisirs de sa veste et ils avaient tous trouvé dans ses plis quelque chose qui valait la peine que l'on vende son âme. À présent, ils formaient son Elite et étaient prêts à défendre sa personne jusqu'à la mort si les circonstances l'exigeaient.

Le troisième et dernier bataillon était moins visible que les deux autres, mais pas moins puissant pour cela. Ses soldats étaient les résidus, les fils et les filles de la Madeleine: une meute désordonnée et indénombrable, dont les membres ne présentaient avec leurs pères qu'une lointaine ressemblance et avaient un tempérament qui allait du subtilement dingue au fou furieux. Shadwell avait pris soin de garder à l'écart les forces commandées par les sœurs, car elles témoignaient d'une corruption à laquelle le Prophète ne saurait guère être associé, mais elles rongeaient leur frein, dissimulées par les voiles dont Immacolata les avait enveloppées, prêtes à se déchaîner s'il devenait nécessaire de faire appel à leurs terreurs au cours de la campagne.

Il avait dressé son plan d'invasion avec une précision digne de Napoléon.

La première phase, qu'il déclencha un peu moins d'une heure avant l'aube, était une marche sur la Maison de Capra, où il avait l'intention de provoquer une confrontation avec le Conseil des Familles avant que celui-ci n'ait eu le temps de débattre de la situation. Cette marche ressembla à un défilé triomphal, conduit par la voiture du Prophète, dont les vitres en verre teinté dissimulaient les occupants aux yeux des curieux, à la tête d'un convoi d'une douzaine de véhicules. Shadwell était assis à l'arrière de la voiture, Immacolata à ses côtés. En chemin, il lui offrit ses condoléances pour la mort de la Madeleine.

« Je suis fort attristé..., dit-il doucement, ... nous avons perdu une alliée de valeur. »

Immacolata resta muette.

Shadwell sortit un paquet de cigarettes froissé de la poche de sa veste et en alluma une. Cette cigarette, ainsi que la façon qu'il avait de la fumer, comme si on allait la lui arracher des lèvres à n'importe quel moment, détonnait complètement avec le masque qu'il portait.

« Je pense que nous comprenons tous les deux que cela change tout, dit-il d'une voix atone.

— Qu'est-ce que cela change ? » dit-elle.

Comme il aimait le malaise qui se lisait clairement sur son visage !

« Vous êtes vulnérable, lui rappela-t-il. Maintenant plus que jamais. Cela m'inquiète.

— Il ne peut rien m'arriver, insista-t-elle.

— Oh, mais si, dit-il doucement. Nous n'avons aucune idée de la résistance que nous allons rencontrer. Il serait sage que vous vous retiriez complètement de la Fugue.

— Non ! Je veux les voir *brûler*.

— C'est compréhensible, dit Shadwell. Mais vous allez former une cible de choix. Et si nous vous perdons, nous perdons également l'accès aux enfants de la Madeleine. »

Immacolata jeta un regard vers Shadwell.

« C'est ça que vous voulez dire ? Vous voulez les résidus ?

— Eh bien... Je crois qu'il y aurait un avantage tactique...

— Prenez-les, interrompit-elle. Prenez-les, ils sont à vous. Je vous en fais cadeau. Je ne veux plus les voir. Leurs appétits m'ont toujours dégoûtée. »

Shadwell lui offrit un sourire pincé.

« Merci, dit-il.

— Il n'y a pas de quoi. Laissez-moi regarder les incendies, c'est tout ce que je demande.

— Oh, certainement. Absolument.

— Et je veux que l'on retrouve cette femme. Suzanna. Je veux qu'on la retrouve et qu'on me la donne.

— Elle est à vous », dit Shadwell, comme s'il n'y avait rien eu de plus simple. « Une chose encore. Les enfants. Y a-t-il un mot en particulier pour les appeler ?

— Oui. »

Il tira sur sa cigarette.

« Il vaudrait mieux que je le connaisse, dit-il. Puisqu'ils sont à moi.

— Appelez-les tout simplement par les noms qu'elle leur a donnés. Cela les déchaînera.

— Et quels sont ces noms ? » dit-il, plongeant une main dans sa poche à la recherche d'un stylo.

Il les inscrivit sur le paquet de cigarettes pendant qu'elle les lui dictait, de façon à ne pas les oublier. Puis, une fois l'affaire conclue, ils continuèrent leur route en silence.

CHAPITRE 2

Funérailles

Le premier devoir de Suzanna et de Cal était de localiser le corps de Jerichau, ce qui leur prit une bonne demi-heure. Cela faisait longtemps que le paysage de la Fugue avait envahi l'endroit où elle l'avait laissé, et ce fut plus par chance que par déduction qu'ils le retrouvèrent.

Par chance, et grâce aux cris des enfants; car Jerichau n'était pas resté isolé. Deux femmes, et une demi-douzaine de leurs rejetons, âgés de deux à sept ans, se tenaient debout (et jouaient) autour du cadavre.

« Qui est-ce? voulut savoir l'une des femmes lorsqu'ils s'approchèrent.

— Son nom est Jerichau, dit Suzanna.

— *Était,* la reprit l'un des enfants.

— Était. »

Cal posa une question inévitable et délicate:

« Qu'arrive-t-il aux corps ici? Je veux dire... où est-ce qu'on l'emmène? »

La femme sourit, révélant une absence de dentition assez impressionnante.

« Laissez-le ici, dit-elle. Ça lui sera bien égal, n'est-ce pas? Enterrez-le. »

Elle regarda amoureusement le plus jeune de ses garçons, qui était tout nu et d'une saleté repoussante, et qui avait les cheveux pleins de feuilles.

« Qu'en penses-tu, *toi*? » lui demanda-t-elle.

Il ôta son pouce de sa bouche et cria: « *Enterrez-le!* » — un chant qui fut aussitôt repris par les autres enfants. « *Enterrez-le! Enter-*

rez-le!» crièrent-ils, et l'un d'entre eux tomba aussitôt à genoux et se mit à creuser la terre avec l'enthousiasme d'un chien bâtard à la recherche d'un os.

« Il doit sûrement y avoir des formalités, dit Cal.

— Etes-vous donc un Coucou? s'enquit l'une des mères.

— Oui.

— Et lui? dit-elle en désignant Jerichau.

— Non, dit Suzanna. C'était un Babu; et un ami très cher. »

Les enfants s'étaient à présent tous mis à creuser, riant et se jetant des mottes de terre sur la tête tout en travaillant.

« Il me semble qu'il était prêt à mourir, dit la femme à Suzanna. À le voir comme ça. »

Elle murmura:

« Oui.

— Alors, vous devriez le porter en terre et n'y plus penser, fut la réponse. Ce n'est plus qu'un sac d'os. »

Cal grimaça en entendant ceci, mais Suzanna parut émue par les paroles de la femme.

« Je sais, dit-elle. Je *sais*.

— Les enfants vont vous aider à creuser un trou. Ils aiment bien creuser.

— Est-ce bien décent? dit Cal.

— Oui, dit Suzanna avec une soudaine assurance. Oui, c'est décent », et elle et Cal s'agenouillèrent à côté des enfants pour se mettre à creuser.

Ce n'était pas une tâche facile. La terre était lourde, et humide; ils furent bientôt maculés de boue. Mais la sueur qui coulait sur leur peau et ce contact avec la terre dans laquelle ils allaient enfouir Jerichau firent paraître leur labeur sain et étrangement gratifiant. Il leur fallut un long moment pour en venir à bout, durant lequel les deux femmes les observèrent, supervisant le travail des enfants et partageant une pipe de tabac odorant.

Tout en creusant, Cal pensait au nombre de fois où la Fugue et ses habitants avaient déjoué ses idées préconçues. Les voilà à genoux, en train de creuser une tombe avec une bande d'enfants rieurs: ce n'était pas le genre de situation que ses rêves l'avaient préparé à rencontrer. Mais cette situation était à sa façon plus réelle qu'il n'aurait osé l'espérer — la terre sous ses ongles et un enfant morveux qui dévorait joyeusement un ver à côté de lui. Ce n'était pas un rêve, mais un réveil.

Lorsque le trou fut assez profond pour abriter Jerichau, ils entreprirent de le mettre en terre. A ce moment-là, Cal devint incapable de supporter la présence des enfants. Il leur ordonna de s'écarter lorsqu'ils s'avancèrent pour l'aider à soulever le cadavre.

« Laissez-les vous aider, le cajola l'une des femmes. Ils s'amusent comme des fous. »

Cal leva la tête pour examiner la rangée d'enfants, qui étaient devenus des enfants de boue. De toute évidence, ils brûlaient du désir de tenir les cordons du poêle, à l'exception du mangeur de vers, qui était assis au bord de la fosse, les pieds oscillant au-dessus du trou.

« Ce genre de chose n'est pas pour les enfants », dit Cal. Il était vaguement écœuré par l'indifférence que les deux mères manifestaient pour la morbidité de leurs rejetons.

« Vraiment ? dit l'une des femmes en rebourrant sa pipe pour la quantième fois. Vous en savez donc plus qu'eux à ce sujet, n'est-ce pas ? »

Il lui lança un regard mauvais.

« Allez, le défia-t-elle. Dites-leur ce que vous savez.

— Rien, concéda-t-il à contrecœur.

— Alors, qu'y a-t-il à craindre ? demanda-t-elle gentiment. S'il n'y a rien à craindre, pourquoi ne pas les laisser jouer ?

— Peut-être qu'elle a raison, Cal, dit Suzanna en posant une main sur la sienne. Et je crois qu'il aurait aimé ça, ajouta-t-elle. Il n'a jamais été porté sur la solennité. »

Cal n'était pas convaincu, mais le moment était mal choisi pour discuter. Il haussa les épaules, et les enfants les aidèrent de leurs mains menues à soulever le corps de Jerichau et à le porter en terre. Ils se montrèrent d'ailleurs pleins de tendresse et de douceur dans l'accomplissement de cette tâche, sans faire preuve de la moindre gaucherie qu'auraient pu justifier les circonstances. Une des fillettes nettoya le visage souillé de terre du mort, d'une caresse aussi légère que celle d'une plume, tandis que ses frères et ses sœurs redressaient ses membres dans le lit de glèbe où il reposait. Puis ils se retirèrent sans un mot, laissant Suzanna poser un baiser sur les lèvres de Jerichau. Ce fut seulement lors de ce dernier moment qu'elle eut un léger sanglot.

Cal ramassa une poignée de terre et la jeta dans la tombe. A ce signal, les enfants commencèrent à recouvrir le corps. Ce fut vite fait. Même les mères vinrent au bord de la tombe et y jetèrent une poignée de terre, dans un geste d'adieu à cet homme qui n'avait été pour elles qu'un sujet de discussion.

Cal pensa aux funérailles de Brendan, à son cercueil qui avait disparu derrière des rideaux fanés tandis qu'un jeune prêtre pâle avait entonné un hymne rebattu. C'était là une bien meilleure fin, sans le moindre doute, et les sourires des enfants étaient à leur façon plus appropriés que les prières et les platitudes.

Lorsque tout fut fini, Suzanna retrouva sa voix pour remercier à la fois les fossoyeurs et leurs mères.

« Après tout ce qu'on a creusé, dit la plus âgée des fillettes, j'espère bien qu'il va pousser.

— Il va pousser », dit sa mère, sans la moindre trace d'indulgence dans la voix. « Ils poussent toujours. »

Sur ce commentaire improbable, Cal et Suzanna s'en allèrent vers la Maison de Capra, après avoir demandé dans quelle direction elle se trouvait. Là-bas, ils ne le savaient pas, les mouches allaient bientôt festoyer.

CHAPITRE 3

La bride sur le cou

1

Cela faisait longtemps que Norris le milliardaire, le Roi des Hamburgers, avait oublié ce que c'était que d'être traité comme un homme. Shadwell avait d'autres usages pour lui. Tout d'abord, bien sûr, il avait fait de lui son cheval lors du premier éveil de la Trame. Puis, lorsque l'homme et sa monture eurent regagné le Royaume et lorsque Shadwell eut endossé le manteau du Prophète, il avait fait de lui son marchepied, son goûteur et son bouffon, victime humiliée de tous les caprices du Vendeur. A tout ceci, Norris n'avait opposé aucune résistance. Tant qu'il était sous le charme des extases de la veste de Shadwell, il était complètement indifférent à lui-même et à son sort.

Mais cette nuit, Shadwell avait fini par se lasser de sa créature. Il était entouré de toutes parts par de nouveaux vassaux, et les mauvais traitements qu'il infligeait à l'ancien ploutocrate avaient fini par devenir une plaisanterie éculée. Avant que la Trame ne soit à nouveau défaite, il avait livré Norris aux membres de son Elite pour qu'ils en fassent leur laquais. Cet acte de cruauté n'était cependant rien comparé au second qu'il avait commis : il avait arraché à Norris l'illusion qui lui avait gagné l'obéissance de celui-ci.

Norris n'était pas un imbécile. Lorsque le choc qu'il avait éprouvé en se réveillant pour se découvrir meurtri des pieds à la tête s'était estompé, il eut vite fait de reconstituer ce qui lui était arrivé. Il n'avait aucun moyen de savoir combien de temps s'était écoulé depuis qu'il avait succombé à la ruse de Shadwell (il avait été déclaré légalement mort par les autorités de sa ville natale, au

Texas, et sa femme s'était déjà remariée à son frère), pas plus qu'il ne pouvait se rappeler la nature exacte des humiliations et des mauvais traitements qui lui avaient été infligés durant sa période de servitude. Mais il était tout à fait certain de deux choses. La première: c'était Shadwell qui l'avait réduit à son présent état d'abjection, et la seconde: c'était Shadwell qui allait payer pour ce privilège.

Sa première tâche était d'échapper à ses nouveaux maîtres, ce qui, durant le spectacle de l'éveil de la Trame, fut facile à faire. Ils ne remarquèrent même pas qu'il s'était éclipsé. Son second objectif était de retrouver le Vendeur, et ceci, raisonna-t-il, serait plus facile à faire avec l'aide des forces de police que possédait ce pays bizarre. Il se dirigea donc vers le premier groupe de Devins qu'il rencontra et demanda à être conduit aux autorités. Ses interlocuteurs semblèrent peu impressionnés par ses exigences, mais se montrèrent néanmoins soupçonneux. Ils le traitèrent de Coucou, ce qui n'alla pas sans le vexer, puis l'accusèrent d'être un intrus. Une femme suggéra même qu'il était sans doute un espion et qu'il fallait le conduire sans tarder aux autorités, ce qui était exactement, lui rappela Norris, ce qu'il leur avait demandé depuis le début.

Ils l'emmenèrent donc.

2

Et ce fut ainsi que, peu de temps après, le cheval renié par Shadwell fut conduit à la Maison de Capra, qui était à ce moment-là au centre d'une agitation considérable. Le Prophète était arrivé devant la Maison une demi-heure plus tôt, achevant sa marche triomphale, mais les membres du Conseil lui avaient refusé l'accès à son sol sacré et débattaient des aspects éthiques de son admission en ce lieu.

Le Prophète se déclara disposé à respecter leur prudence métaphysique (après tout, n'était-il pas le porte-parole de Capra? il comprenait parfaitement la délicatesse de leur position) et décida de demeurer derrière les vitres noires de sa voiture jusqu'à ce que le Conseil ait pris une décision.

Une importante foule s'était rassemblée, impatiente de voir le Prophète en chair et en os, et fascinée par les voitures. L'air était empli d'une joie innocente. On assista à un va-et-vient de messagers entre les occupants de la Maison et le chef du convoi qui attendait devant son seuil, jusqu'à ce que l'on annonce que le Prophète serait autorisé à pénétrer dans la Maison de Capra, à condition qu'il s'y rende tout seul et les pieds nus. Le Prophète sembla accepter ces conditions, car à peine quelques minutes après cette annonce, la porte de sa voiture s'ouvrit et le grand homme en descendit, les pieds nus, et s'approcha du seuil. La foule se pressa davantage afin de mieux le voir — ce Sauveur qui l'avait conduite en lieu sûr.

Norris, qui se trouvait derrière la foule, ne fit qu'apercevoir sa silhouette. Il ne distingua rien du visage de l'homme. Mais il vit parfaitement sa veste et la reconnut aussitôt. C'était avec ce même vêtement que le Vendeur l'avait dupé. Comment pourrait-il jamais oublier son tissu iridescent ? C'était la veste de Shadwell. Il s'ensuivait par conséquent que celui qui la portait n'était autre que Shadwell.

La vue de cette veste lui rappela vaguement les humiliations qu'il avait endurées aux mains de Shadwell. Il se souvint de ses coups et de ses injures ; il se souvint de son mépris. Plein d'un juste courroux, il se dégagea de l'étreinte de l'homme à ses côtés et se fraya un chemin à travers la cohue de spectateurs pour se diriger vers la porte de la Maison de Capra.

Arrivé aux premiers rangs de la foule, il aperçut la veste et l'homme qui la portait pénétrer à l'intérieur. Il fit mine de les suivre, mais le garde en faction sur le seuil l'empêcha de passer. Il fut repoussé en arrière, tandis que la foule éclatait de rire et applaudissait son numéro de clown, les imbéciles.

« *Je le connais !* hurla-t-il alors que Shadwell disparaissait de sa vue. *Je le connais !* »

Il se remit sur pied et se précipita une nouvelle fois vers la porte, faisant un écart au dernier moment. Le garde tomba dans le piège et se lança à sa poursuite, le chassant jusque dans la foule. La vie de laquais qu'avait connue Norris lui avait enseigné des rudiments de stratégie ; il réussit à éviter les mains du garde et plongea vers la porte restée sans protection, en franchissant le seuil avant que son poursuivant n'ait pu le plaquer au sol.

« *Shadwell !* » hurla-t-il.

Dans la grande salle de la Maison de Capra, le Prophète se figea au milieu d'une platitude. Les paroles qu'il était en train de prononcer étaient toutes de conciliation, toutes de compréhension, mais même le plus aveugle des membres de l'assemblée n'aurait pu manquer de lire l'éclair de colère qui flamba dans les yeux du pacifiste lorsque ce nom fut prononcé.

« *Shadwell !* »

Il se tourna vers la porte. Derrière lui, il entendit les membres du Conseil échanger des murmures. Il y eut un bruit de vacarme dans le couloir, la porte s'ouvrit en grand, et Norris était là, criant son nom à pleins poumons.

Le cheval hésita lorsqu'il posa ses yeux sur le Prophète. Shadwell vit le doute envahir son regard. Ce n'était pas le visage que Norris s'était attendu à découvrir. Peut-être pourrait-il s'en tirer sans que sa mascarade soit percée à jour.

« Shadwell ? dit-il à Norris. J'ai bien peur de ne connaître personne de ce nom. (Il se tourna vers le Conseil.) Connaissez-vous ce monsieur ? » demanda-t-il.

Ils le regardèrent avec un air ouvertement soupçonneux, plus particulièrement un vieil homme qui se trouvait à l'origine de la plupart des murmures et qui n'avait pas quitté le Prophète des yeux depuis que Shadwell avait pénétré dans ce taudis. Le cancer du doute se propageait, damnation.

« La veste..., dit Norris.

— Qui est cet homme ? demanda le Prophète. Quelqu'un aurait-il l'obligeance de le faire sortir d'ici ? » Il essaya de prendre le ton de la plaisanterie. « J'ai l'impression qu'il est fou. »

Personne ne bougea ; personne excepté le cheval. Norris se dirigea en criant vers le Prophète.

« Je sais ce que vous m'avez fait ! dit-il. Ne croyez pas que j'aie oublié. Je vais vous coller une douzaine de procès au cul, Shadwell. Ou qui que vous soyez. »

On entendit de nouveau des bruits d'agitation en provenance de la porte d'entrée, et Shadwell leva la tête pour découvrir deux des hommes de Hobart en train d'écarter le garde pour venir à son aide. Il ouvrit la bouche pour leur rappeler qu'il contrôlait la situation, mais avant qu'il n'ait pu prononcer un mot, Norris, le visage en furie, se jeta sur son ennemi.

L'Elite du Prophète avait reçu des ordres stricts à appliquer dans de telles circonstances. Personne, absolument *personne,* ne devait toucher à leur chef bien-aimé. Sans une seconde d'hésitation, les deux hommes dégainèrent leurs pistolets et abattirent Norris.

Il tomba aux pieds de Shadwell, des flots de sang jaillissant de ses blessures.

« Seigneur Dieu », dit Shadwell en serrant les dents.

Les échos des coups de feu meurtriers mirent plus de temps à mourir que Norris. On aurait dit que les murs ne croyaient pas à l'existence de ce bruit et le répercutaient encore et encore, jusqu'à ce qu'ils aient admis la transgression qu'il représentait. Au-dehors, la foule était tombée dans un silence absolu ; silencieuse aussi, l'assemblée derrière lui. Il pouvait sentir leurs regards accusateurs.

« C'était stupide », dit-il aux assassins. Puis, les bras écartés, il se retourna vers les Conseillers.

« Je m'excuse pour cette malheureuse...

— Vous n'êtes pas le bienvenu ici, dit l'un des membres de l'assemblée. Vous avez amené la mort dans la Maison de Capra.

— C'était un malentendu, répondit-il doucement.

— Non.

— J'*insiste* pour que vous m'écoutiez. »

De nouveau:

« Non. »

Shadwell leur offrit le plus ténu des sourires.

« Vous dites être des sages, dit-il. Croyez-moi, si telle est la vérité, vous allez écouter ce que j'ai à vous dire. Je ne suis pas venu ici tout seul. J'ai tout un peuple — *votre* peuple, Devins — avec moi. Ils m'aiment, parce que je veux voir la Fugue prospérer, tout comme eux. Bien... Je suis prêt à vous laisser *partager* ma vision, et le triomphe qui en découlera, si vous le voulez. Mais croyez-moi, je libérerai la Fugue avec ou sans votre soutien. Est-ce que j'ai été assez clair ?

— Sortez d'ici, dit le vieil homme qui l'avait observé depuis le début.

— Sois prudent, Messimeris, murmura l'un des autres.

— Vous ne paraissez pas comprendre, dit Shadwell. Je vous amène la liberté.

— Vous n'êtes pas un Devin, répondit Messimeris. Vous êtes un Coucou.

— Et alors ?

— Vous êtes entré ici par duplicité. Vous n'entendez pas la voix de Capra ?

— Oh, j'entends des voix, dit Shadwell. Je les entends haut et clair. Elles me disent que la Fugue est sans défense. Que ses chefs ont passé trop de temps à se terrer. Qu'ils sont faibles et apeurés. »

Il examina les visages devant lui et vit, il faut bien l'admettre, peu de traces de la faiblesse et de la peur qu'il évoquait : rien qu'un stoïcisme qui mettrait plus de temps à s'éroder qu'il n'en avait à perdre. Il jeta un regard vers les hommes qui avaient tué Norris.

« Il semble que nous n'ayons pas le choix », dit-il.

Les hommes comprirent parfaitement son signal. Ils se retirèrent. Shadwell se retourna vers les Conseillers.

« Nous vous demandons de partir, réaffirma Messimeris.

— Est-ce là votre dernier mot ?

— Oui », dit l'autre.

Shadwell hocha la tête. Plusieurs secondes s'égrenèrent, durant lesquelles aucune des deux parties ne bougea un seul muscle. Puis la porte d'entrée s'ouvrit de nouveau, et les tueurs revinrent. Ils avaient amené avec eux quatre autres membres de l'Elite, composant ainsi un peloton d'exécution de six hommes.

« Je vous en conjure une dernière fois, dit Shadwell tandis que le peloton se déployait de chaque côté de lui, ne me résistez pas. »

Les Conseillers paraissaient plus incrédules que jamais. Ils avaient vécu durant toute leur existence dans un monde peuplé de merveilles, mais découvraient à présent une arrogance qui faisait naître l'incrédulité sur leurs visages. Même lorsque les gardes levèrent leurs armes, ils ne firent aucun mouvement, n'émirent aucune protestation. Seul Messimeris demanda :

« Qui est Shadwell ?

— Un Vendeur que j'ai connu jadis, dit l'homme à la veste étincelante. Mais il est mort et enterré.

— Non, dit Messimeris. Vous êtes Shadwell.

— Appelez-moi comme vous le voudrez, dit le Prophète. Mais courbez la tête devant moi. Courbez la tête et tout vous sera pardonné. »

Il n'y avait toujours aucun mouvement. Shadwell se tourna vers l'homme placé à sa gauche et lui prit son pistolet des mains. Il le braqua sur le cœur de Messimeris. Les deux hommes n'étaient pas à plus de quatre mètres l'un de l'autre ; un aveugle n'aurait pas pu rater sa cible à cette distance.

« Je le répète : *Courbez la tête.* »

Finalement, certains membres de l'assemblée semblèrent comprendre la gravité de la situation et obéirent à sa requête. La plupart se contentèrent cependant de le regarder dans les yeux, la fierté, la stupidité ou tout simplement l'incrédulité les empêchant de s'incliner.

Shadwell savait que l'instant crucial était arrivé. Ou bien il appuyait sur la gâchette, et ce faisant s'achetait un monde, ou alors il quittait cette salle des ventes et n'y pourrait plus jamais revenir. A ce moment-là, il se revit debout au sommet d'une colline, la Fugue étalée sous ses yeux. Ce souvenir fit pencher la balance. Il tira sur l'homme.

La balle pénétra dans la poitrine de Messimeris, mais il n'y eut aucun flot de sang ; et il ne tomba pas. Shadwell tira une deuxième fois, et une troisième pour faire bonne mesure. Chacun de ses coups atteignit la cible, mais l'homme ne tombait toujours pas.

Le Vendeur sentit un frisson de panique traverser les six hommes qui se tenaient à ses côtés. La même question était sur toutes leurs lèvres ainsi que sur les siennes : pourquoi ce vieil homme ne voulait-il pas mourir ?

Il tira une quatrième fois. Lorsque le projectile la frappa, la victime fit un pas vers son exécuteur frustré, levant le bras comme si elle avait eu l'intention d'arracher l'arme fumante de la main de Shadwell.

Ce geste suffit à faire perdre tout contrôle à l'un des six membres du peloton. Poussant un cri suraigu, il se mit à tirer dans la foule. Son hystérie se communiqua aussitôt aux cinq autres. Soudain, ils se mirent tous à tirer, vidant leurs chargeurs dans l'espoir de fermer les regards accusateurs devant eux. En quelques instants, la salle s'emplit de vacarme et de fumée.

À travers tout ceci, Shadwell vit l'homme sur lequel il avait tiré achever le mouvement qu'il avait commencé avec un salut. Puis

Messimeris tomba à terre, mort. Sa chute ne fit pas taire les armes ; elles continuèrent de rugir. Certains Conseillers étaient tombés à genoux, courbant la tête comme Shadwell l'avait exigé, et d'autres avaient trouvé refuge dans divers coins de la salle. Mais la plupart furent simplement abattus là où ils se trouvaient.

Puis, aussi soudainement que tout avait commencé, tout fut fini.

Shadwell jeta son pistolet à terre, et — bien qu'il n'eût aucun goût pour les abattoirs — se força à contempler le carnage autour de lui. C'était, il le savait bien, la responsabilité de celui qui aspirait à la Divinité de ne jamais détourner les yeux. L'ignorance délibérée était le dernier refuge de l'humanité, et c'était là une condition qu'il aurait bientôt transcendée.

Et, lorsqu'il étudia la scène, elle ne se révéla pas aussi insupportable que cela. Il parvenait à voir la pile de cadavres et à les reconnaître pour les sacs d'os qu'ils étaient.

Mais, lorsqu'il se tourna vers la porte, quelque chose le *fit* tiquer. Pas un spectacle, mais un souvenir : celui du dernier acte de Messimeris. Ce pas en avant, cette main tendue. Il n'avait pas compris ce qu'ils signifiaient jusqu'à maintenant. L'homme avait exigé un paiement. Malgré tous les efforts qu'il faisait pour trouver une autre explication, Shadwell n'en voyait aucune.

Lui, l'ancien Vendeur, était finalement devenu un Acheteur ; et l'ultime geste de Messimeris avait été destiné à le lui rappeler.

Il fallait qu'il mette sa campagne en branle. Qu'il soumette l'opposition et gagne le Gyrus le plus vite possible. Une fois qu'il aurait tiré le voile de nuages, il serait devenu un Dieu. Et les Dieux n'étaient plus touchés par les exigences des créanciers, vivants ou morts.

CHAPITRE 4

Les funambules

1

Cal et Suzanna progressèrent aussi vite que leur curiosité le leur permettait. En dépit de l'urgence de leur mission, il y avait beaucoup de choses pour les ralentir. Le monde autour d'eux était d'une telle fécondité, se façonnait avec une intelligence si aiguë, et ils avaient tant de commentaires à émettre sur son caractère remarquable qu'ils durent finalement se résoudre à le contempler en silence. Au sein du spectacle de la flore et de la faune qui les entouraient, ils ne virent aucune espèce qui n'eût son équivalent dans le Royaume des Coucous, mais rien ici — du caillou à l'oiseau, en passant par tout le reste — n'était exempt des effets d'une magie transfiguratrice.

Les animaux qui passaient sur leur chemin avaient une lointaine parenté avec les familles du renard, du lièvre, du chat et du serpent ; mais seulement lointaine. Et parmi les changements induits en eux se trouvait une absence totale de timidité. Aucun d'eux ne s'enfuit devant les nouveaux venus ; ils se contentaient de regarder Cal et Suzanna comme pour affirmer qu'ils reconnaissaient leur existence, puis retournaient vaquer à leurs occupations.

Cela aurait pu être l'Eden — ou un rêve d'opiomane de l'Eden — jusqu'à ce que le bruit d'une radio mal réglée vienne briser l'illusion. Des fragments de musique et des bruit de voix, entrecoupés par des sifflements perçants et par des plages de bruit blanc et ponctués par des cris de plaisir, dérivèrent jusqu'à eux depuis un petit bosquet de bouleaux argentés. Ces cris furent cependant vite remplacés par des hurlements et par des menaces, qui croissaient toujours lorsque Cal et Suzanna pénétrèrent parmi les arbres.

De l'autre côté du bosquet se trouvait un champ d'herbes hautes et desséchées. En plein milieu du champ, trois adolescents. L'un d'eux se tenait en équilibre sur une corde tendue entre deux poteaux, en train d'observer les deux autres qui se battaient. L'origine de leur conflit était évidente : la radio. Le plus petit des antagonistes, dont les cheveux étaient si blonds qu'ils étaient presque blancs, défendait farouchement sa possession contre son adversaire plus lourd, et avec peu de succès. L'agresseur arracha le poste des mains du jeune homme et le jeta au milieu du champ. La radio vint frapper une des statues érodées par le temps qui dépassaient à moitié des herbes, et la chanson qu'elle avait jouée cessa net. Son possesseur se jeta sur le casseur, hurlant de colère.

« Salaud ! Tu l'as cassée ! Tu l'as cassée, bon sang.

— C'était de la merde de Coucou, De Bono, répondit l'autre adolescent en esquivant ses coups avec aisance. Il ne faut pas toucher à cette merde. Ta maman ne te l'a pas dit ?

— Elle était à *moi*! cria De Bono, interrompant son attaque pour partir à la recherche de son bien. Je ne veux pas que tu poses tes sales pattes dessus.

— Bon Dieu, tu es lamentable, tu sais ?

— Tais-toi, tête de nœud ! » cracha De Bono. Il ne parvenait pas à localiser la radio dans les hautes herbes, ce qui ne servait qu'à alimenter sa fureur.

« Galin a raison », intervint le funambule à la voix haut perchée.

De Bono avait pêché dans la poche de sa chemise une paire de lunettes cerclées de fer et s'était accroupi afin de mieux chercher son trésor.

« C'est un objet de corruption », dit le jeune homme sur sa corde, qui avait entrepris d'esquisser une série de pas compliqués sur sa longueur : petits bonds, écarts et sauts. « Starbrook serait furieux s'il savait.

— Starbrook n'en saura *rien,* gronda De Bono.

— Oh si, dit Galin en jetant un regard au funambule. Parce que tu vas le lui dire, n'est-ce pas, Toller ?

— Peut-être », fut la réponse ; et avec elle, un sourire plein de suffisance.

De Bono avait trouvé sa radio. Il la ramassa et se mit à la secouer. Aucune musique n'en sortit.

« Espèce de connard, dit-il en se tournant vers Galin. Regarde ce que tu as fait. »

Il aurait pu renouveler son attaque à ce moment-là, si Toller, toujours perché sur sa corde, n'avait pas posé les yeux sur leur public.

« Qui diable êtes-vous ? » dit-il.

Tous trois se tournèrent vers Suzanna et Cal.

« Ceci est le Champ de Starbrook, dit Galin sur un ton menaçant. Vous ne devriez pas être ici. Il n'aime pas que des femmes viennent ici.

— Ce qui prouve bien que c'est un imbécile, dit De Bono en passant ses doigts à travers ses cheveux et en souriant à Suzanna. Et tu pourras lui répéter ça aussi, si jamais il revient.

— Je n'y manquerai pas, dit Toller d'une voix sombre. Compte sur moi.

— Qui est ce Starbrook? dit Cal.

— Qui est Starbrook? dit Galin. Tout le monde sait... »

Sa voix s'estompa; la compréhension l'envahit.

« Vous êtes des Coucous, dit-il.

— C'est exact.

— Des Coucous? dit Toller, si effaré qu'il faillit perdre l'équilibre. Dans le Champ? »

Le sourire de De Bono ne fit que s'éclaircir davantage à cette révélation.

« Des Coucous, dit-il. Alors, vous pouvez réparer cette machine... »

Il se dirigea vers Cal et Suzanna, tendant la radio vers eux.

« Je vais essayer, dit Cal.

— Quelle *audace* », dit Galin, s'adressant à Cal, à De Bono ou aux deux.

« Ce n'est qu'une radio, pour l'amour de Dieu, protesta Cal.

— C'est de la merde de Coucou, dit Galin.

— Un objet de corruption, annonça une nouvelle fois Toller.

— Où avez-vous trouvé ça? demanda Cal à De Bono.

— Ça ne vous regarde pas », dit Galin. Il fit un pas vers les deux intrus. « Je vous l'ai déjà dit: vous n'êtes pas les bienvenus ici.

— Je crois qu'il a raison, Cal, dit Suzanna. Laisse tomber.

— Désolé, dit Cal à De Bono. Il faudra que vous la répariez vous-même.

— Je ne sais pas comment faire », répondit le jeune homme, consterné.

— Nous avons du travail, dit Suzanna, un œil toujours posé sur Galin. Il faut nous en aller. »

Elle tira sur le bras de Cal.

« Allez, viens, dit-elle.

— C'est ça, dit Galin. Saletés de Coucous.

— Je veux lui casser le nez, dit Cal.

— Nous ne sommes pas ici pour faire couler le sang. Nous sommes ici pour l'*empêcher* de couler.

— Je sais. Je sais. »

Adressant un haussement d'épaules contrit à De Bono, Cal tourna le dos au champ et ils pénétrèrent à nouveau dans le bosquet de bouleaux. Alors qu'ils en atteignaient la lisière, ils entendirent un bruit de pas derrière eux. Ils se retournèrent. De Bono les suivait, berçant toujours sa radio.

« Je viens avec vous, dit-il sans attendre une invitation. Vous pourrez réparer la machine en chemin.

— Et Starbrook ? dit Cal.

— Starbrook ne reviendra pas, répondit De Bono. Ils peuvent attendre jusqu'à ce que l'herbe leur pousse le long du dos, il ne sera toujours pas revenu. J'ai des choses plus intéressantes à faire. »

Il eut un large sourire.

« J'ai entendu ce qu'a dit la machine, leur déclara-t-il. *Ça va être une belle journée.* »

2

De Bono se révéla être un compagnon de voyage fort instructif. Il n'existait aucun sujet sur lequel il ne fût prêt à émettre des spéculations, et son enthousiasme pour la conversation réussit à extraire Suzanna de la mélancolie qui s'était emparée d'elle après la mort de Jerichau. Cal les laissa parler. Il était suffisamment occupé à essayer de réparer la radio tout en marchant. Il réussit cependant à répéter la question qu'il avait déjà posée à De Bono, à savoir comment il avait trouvé cet objet.

« Un des hommes du Prophète, expliqua De Bono. Il me l'a donnée ce matin. Il en avait des cartons pleins.

— Vraiment ? dit Cal.

— C'était pour t'acheter, dit Suzanna.

— Tu crois que je ne m'en suis pas rendu compte ? dit De Bono. Je sais bien qu'on n'a rien pour rien. Mais je ne pense pas que tous les cadeaux des Coucous soient des objets de corruption. C'est Starbrook qui parle ainsi. Nous avons déjà vécu avec des Coucous, et nous y avons survécu... (Il s'interrompit pour se tourner vers Cal.) Qu'est-ce que ça donne ?

— Rien pour l'instant. Je ne suis pas très doué avec les fils.

— Peut-être que je trouverai quelqu'un dans Sans-Pareil qui pourra y arriver, dit-il. Ce n'est plus très loin maintenant.

— Nous allons à la Maison de Capra, dit Suzanna.

— Et j'irai avec vous. Mais en passant par la ville. »

Suzanna se mit à protester.

« Il faut que je mange de temps en temps, dit De Bono. Mon estomac commence à penser qu'on m'a coupé la gorge.

— Ne nous fais pas faire de détours, dit Suzanna.

— Ce n'est pas un détour, répondit De Bono en souriant. C'est sur notre chemin. (Il lui jeta un regard en coin.) Ne sois donc pas si soupçonneuse, dit-il. Tu es pire que Galin. Je ne vais pas vous égarer. Fais-moi confiance.

— Nous n'avons pas le temps de faire du tourisme. Nous avons une mission urgente.

— À propos du Prophète ?

— Oui...

— *Voilà* un exemple de merde de Coucou, commenta Cal.

— Qui ça ? Le Prophète ? dit De Bono. Un Coucou ?

— J'en ai bien peur, dit Suzanna.

— Tu vois, Galin n'avait pas entièrement tort, dit Cal. Cette radio est un fragment de corruption.

— Je ne crains rien, dit De Bono. Elle ne peut pas m'atteindre.

— Ah non ? dit Suzanna.

— Pas ici, répondit De Bono en se frappant le torse. Je suis scellé.

— Est-ce ainsi que ça doit se passer ? dit Suzanna en soupirant. Vous, scellés dans vos préjugés, et nous dans les nôtres ?

— Pourquoi pas ? dit De Bono. Nous n'avons pas besoin de vous.

— Tu veux cette radio », fit-elle remarquer.

Il renifla.

« Pas tant que *ça*. Si je la perds, je ne vais pas pleurer dessus. Elle n'a aucune valeur. Comme tout ce que font les Coucous.

— Est-ce ainsi que parle Starbrook ? demanda Suzanna.

— Oh, c'est malin, répondit-il avec une certaine aigreur.

— J'ai rêvé de cet endroit... », dit Cal, intervenant dans le débat. « Je pense que beaucoup de Coucous en rêvent.

— Peut-être que *vous* rêvez de *nous,* répondit De Bono sans la moindre grâce. Nous ne rêvons pas de vous.

— Ce n'est pas vrai, dit Suzanna. Ma grand-mère a aimé l'un des tiens, et il l'a aimée en retour. Si vous pouvez nous aimer, vous pouvez aussi rêver de nous. Comme nous rêvons de vous, si la chance nous en est donnée. »

« Elle pense à Jerichau, comprit Cal. Elle parle dans l'abstrait, mais c'est à lui qu'elle pense. »

« Vraiment ? dit De Bono.

— Oui, vraiment, répondit Suzanna avec une ardeur soudaine. Tout ça, c'est la même histoire.

— Quelle histoire ? dit Cal.

— *Nous* la vivons et *ils* la vivent, dit-elle en regardant De Bono. Elle parle de la naissance, de la peur de la mort, et de l'amour qui nous sauve. » Elle affirma ceci avec une parfaite certitude, comme s'il lui avait fallu longtemps pour atteindre cette conclusion et comme si sa conviction était inébranlable.

Cette profession de foi réduisit l'opposition au silence durant quelque temps. Les trois compagnons de route marchèrent pendant un peu plus de deux minutes sans prononcer un seul mot, jusqu'à ce que De Bono dise :

« Je suis d'accord. »

Elle leva les yeux vers lui.

« Tu es d'accord ? » dit-elle, de toute évidence fort surprise.

Il hocha la tête.

« Une seule et même histoire ? dit-il. Oui, ça me paraît sensé. Finalement, c'est la même pour vous et pour nous, extases ou pas extases. Comme tu l'as dit. La naissance, la mort : et l'amour entre les deux. » Il eut un léger murmure appréciateur. « Tu en sais plus que moi sur ce dernier point, bien sûr, ajouta-t-il sans parvenir à étouffer un petit rire. Etant donné que tu es une femme et mon aînée. »

Elle éclata de rire ; et, comme pour célébrer cette occasion, la radio retentit de nouveau, à la grande joie de son propriétaire et au grand étonnement de Cal.

« Bien, cria De Bono. Très bien ! »

Il arracha le poste des mains de Cal et commença à le régler, si bien que ce fut avec un accompagnement musical qu'ils entrèrent dans l'extraordinaire ville de Sans-Pareil.

CHAPITRE 5

Sans-Pareil

1

Lorsqu'ils pénétrèrent dans les rues de la cité, De Bono les avertit que celle-ci avait été assemblée avec une hâte considérable et qu'ils ne devaient pas espérer y découvrir un paradigme de la planification urbaine. Mais cet avertissement ne les prépara en rien à l'expérience qui les attendait. Il ne semblait y avoir aucun signe d'ordre quelconque dans cet endroit. Les maisons avaient été placées les unes contre les autres dans une confusion totale, les tunnels qui couraient entre elles — le terme de rues les aurait flattés — étaient si étroits, et si envahis de monde, que l'œil découvrait partout où il se posait des visages et des façades qui allaient du primitif au baroque.

Et pourtant, il ne faisait pas sombre ici. Une lueur chatoyante irradiait des pierres, ainsi que des pavés sous leurs pieds, éclairant les corridors et transformant le plus humble des murs en un chef-d'œuvre accidentel de mortier brillant et de brique encore plus brillante.

Le charme qui se dégageait de cette ville était surpassé par celui qui émanait de ses habitants. Leurs vêtements se caractérisaient par un amalgame de sévérité et de gaieté multicolore que les visiteurs avaient depuis longtemps reconnu comme l'essence même de la Devinité ; mais ici, dans cette partie de la Fugue qui se rapprochait le plus d'un environnement urbain, ce style avait atteint de nouveaux sommets. Toutes sortes de vêtures et d'accoutrements remarquables se présentaient à leurs yeux. Une queue-de-pie des plus strictes à laquelle étaient accrochées d'innombrables clochettes tintinnabulantes. Une femme dont le fourreau, boutonné jusqu'à la gorge, était d'une couleur si proche de celle de sa peau qu'elle paraissait vêtue de sa seule nudité. Sur le rebord d'une fenêtre, une jeune fille était assise en tailleur et des rubans de toutes les couleurs voletaient autour de sa tête sous l'effet d'une brise impalpable. Un peu plus loin dans la même allée, un homme dont le borsalino semblait avoir été tissé avec ses propres cheveux devisait avec ses filles, tandis que sur un seuil tout proche, un homme vêtu d'un costume de corde chantait une chanson à son chien. Et le style, bien sûr, engendrait l'antistyle, comme par exemple chez ces deux femmes presque nues, une noire et une blanche, qui passaient en sifflant, vêtues en tout et pour tout d'un pantalon retenu par une ficelle.

Bien que tous ces Devins aient retiré du plaisir de leur apparence, celle-ci n'était pas une fin en soi. Ils avaient fort à faire en ce nouveau matin ; ils n'avaient pas le temps de prendre des poses.

Les seuls objets qui semblaient attirer leur attention étaient des échantillons des produits de consommation de ce vingtième siècle finissant avec lesquels jouaient certains citoyens. Encore des cadeaux de l'Elite du Prophète, sans aucun doute. Des jouets qui se terniraient en quelques jours, comme le faisaient d'ordinaire les promesses de Shadwell. Ils n'avaient pas le temps de tenter de convaincre les propriétaires de ce *bric-à-brac** tout nouveau et tout beau de s'en défaire ; ils découvriraient bien assez tôt à quel point les cadeaux dispensés par le Vendeur étaient fragiles.

« Je vais vous emmener *Aux Menteurs*, dit De Bono en les guidant à travers la cohue. Nous mangerons là-bas avant de nous remettre en route. »

Toutes sortes de spectacles et de bruits se disputaient l'attention des Coucous. Des bribes de conversation parvenaient jusqu'à eux depuis les pas de porte et depuis les fenêtres ; ainsi que des chansons (certaines émises par les radios) ; et des rires. Un bébé braillait dans les bras de sa mère ; quelque chose aboya au-dessus d'eux, et Cal leva la tête pour découvrir un paon en train de parader sur un balcon.

« Où est-il passé, pour l'amour de Dieu ? dit Suzanna quand De Bono eut disparu dans la foule pour la troisième ou la quatrième fois. Il va trop vite, bon sang.

— Il faut lui faire confiance. On a besoin d'un guide », dit Cal. Il aperçut la crinière blonde de De Bono. « Là-bas... »

Ils tournèrent au coin d'une ruelle. À ce moment-là, un cri s'éleva d'un endroit indéterminé de la cohue qui avait envahi l'allée, si perçant et si douloureux qu'il semblait bien qu'un meurtre avait été

* En français dans le texte. (N.d.T.)

commis. Ce bruit ne réduisit pas la foule au silence, mais lui fit suffisamment baisser la voix pour que Cal et Suzanna puissent saisir les mots qui suivirent lorsque l'écho du cri se fut estompé.

« Ils ont brûlé la Maison de Capra ! »

« Ce n'est pas possible », dit quelqu'un, une dénégation qui fut reprise de toutes parts à mesure que la nouvelle se répandait.

Mais le messager n'allait pas se laisser réduire au silence.

« Ils l'ont brûlée, insista-t-il. Et ils ont tué les Conseillers. »

Cal s'était frayé un chemin à travers la cohue pour mieux apercevoir l'homme, qui semblait en effet avoir été le témoin d'une catastrophe. Il était souillé de boue et de fumée, et ses joues s'inondèrent de larmes lorsqu'il répéta son récit, ou du moins les quelques fragments qu'il put en prononcer. Les dénégations se faisaient à présent moins farouches : il était impossible de douter de la véracité de ses dires.

Ce fut Suzanna qui posa la question toute simple :

« Qui a fait ça ? »

L'homme regarda dans sa direction.

« Le Prophète..., dit-il, à bout de souffle. C'était le Prophète. »

À ces mots, la foule explosa, injures et malédictions emplirent l'air.

Suzanna se tourna vers Cal.

« Nous n'avons pas été assez rapides », dit-elle, les larmes aux yeux. « Seigneur, Cal, nous aurions dû être là-bas.

— Nous ne serions pas arrivés à temps », dit une voix tout près d'eux. De Bono était revenu. « Ne vous faites pas de reproches, dit-il. (Puis il ajouta :) Ni à moi.

— Et maintenant ? dit Cal.

— On retrouve ce salaud et on le tue », dit Suzanna. Elle saisit l'épaule de De Bono. « Tu peux nous montrer la sortie ?

— Bien sûr. »

Il fit demi-tour et les conduisit loin des citoyens qui s'étaient agglutinés autour de l'homme en larmes. Tandis qu'ils s'éloignaient, il devint évident à leurs yeux que la nouvelle s'était répandue dans toutes les allées. Chants et rires avaient entièrement disparu. Quelques personnes avaient les yeux levés vers les tranches de ciel visibles entre les toits, comme s'ils attendaient les éclairs. L'expression qui avait envahi leurs visages rappela à Cal celle qu'il avait observée sur ceux des habitants de Chariot Street le jour de la tornade : pleine de questions muettes.

À en juger par les bribes de conversations qui parvinrent à leurs oreilles, une controverse se développait sur le déroulement exact des événements. Certains disaient que toutes les personnes présentes dans la Maison de Capra avaient été assassinées ; d'autres qu'il y avait des survivants. Mais en dépit de ces divergences, l'essentiel faisait l'unanimité : le Prophète avait déclaré la guerre à tous ceux qui défieraient son autorité ; et ses fidèles passaient d'ores et déjà la Fugue au peigne fin à la recherche des incroyants.

« Nous devons à tout prix quitter la ville, dit Suzanna. Avant qu'ils ne l'atteignent.

— Le monde est petit, remarqua De Bono. Il ne leur faudra pas longtemps pour le purger, s'ils sont efficaces.

— Ils le seront », dit Cal.

Il n'y avait aucun signe de panique parmi les citoyens ; personne ne tentait de faire ses valises pour s'enfuir. Cette persécution, ou une catastrophe similaire, était déjà survenue, ou du moins leurs visages graves semblaient le proclamer. Et fort probablement, elle surviendrait encore. Pourquoi auraient-ils dû être surpris ?

Il ne fallut que quelques minutes au trio pour sortir de la ville et pour regagner l'air libre.

« Je suis navrée que nous devions nous séparer si tôt, dit Suzanna à De Bono lorsqu'ils se retrouvèrent à la lisière de la cité.

— Pourquoi devrions-nous nous séparer ?

— Parce que nous sommes venus ici pour arrêter le Prophète, dit Suzanna, et c'est ce que nous allons faire.

— Alors, je vous mènerai jusqu'à lui.

— Où est-il ? dit Cal.

— Le Firmament, répondit De Bono avec assurance. Le vieux palais. C'est ce qu'on disait dans la rue. Vous n'avez pas entendu ? Et c'était à prévoir. Il est obligé de s'emparer du Firmament s'il veut devenir Roi. »

2

Ils n'étaient pas très loin de Sans-Pareil lorsque De Bono fit halte et désigna du doigt un nuage de fumée qui s'élevait de l'autre côté de la vallée.

« Il y a quelque chose qui brûle, dit-il.

— Espérons que c'est Shadwell, dit Cal.

— Il me semble que je devrais avoir des informations sur ce salaud, dit De Bono, si on doit le massacrer sans pitié. »

Ils lui racontèrent ce qu'ils savaient, ce qui n'était pas grand-chose en fin de compte.

« C'est bizarre, dit Cal. Il me semble que je l'ai connu toute ma vie. Mais, tu sais, ça fait moins d'un an que j'ai posé les yeux sur lui pour la première fois.

— Les ombres peuvent être projetées dans toutes les directions, dit De Bono. C'est ce que je crois. Starbrook disait qu'il y avait même des endroits, non loin du Gyrus, où le passé et l'avenir se mêlaient.

— Je crois que j'ai visité l'un d'entre eux, dit Cal, la dernière fois que je suis venu ici.

— Comment c'était ? »

Cal secoua la tête.

« Repose-moi la question demain », dit-il.

Leur route les avait conduits dans un terrain marécageux. Ils bondirent de pierre en pierre pour éviter les mares boueuses, toute conversation rendue impossible par le vacarme émis par les grenouilles dissimulées au milieu des roseaux. Lorsqu'ils arrivèrent à mi-chemin, des bruits de voitures parvinrent à leurs oreilles. Renonçant à toute prudence, ils regagnèrent la terre ferme par la route la plus rapide, plongeant jusqu'aux chevilles dans le sol mouvant et humide tandis que des grenouilles — pas plus grosses qu'un ongle et rouges comme des coquelicots — jaillissaient autour d'eux par centaines.

Arrivé de l'autre côté, Cal grimpa sur un arbre pour mieux voir. Il découvrit un convoi de véhicules qui se dirigeait vers la cité. Les voitures qui le composaient n'avaient nul besoin de route. Elles se frayaient un chemin par la seule puissance de leurs moteurs. Des volées d'oiseaux prenaient leur essor devant elles ; les petits animaux — ceux qui étaient assez rapides — se dispersaient.

Suzanna l'appela :

« Qu'est-ce que tu vois ?

— C'est la meute de Hobart, je présume.

— Hobart ? »

En quelques secondes, elle se retrouva en haut de l'arbre à ses côtés, rampant le long d'une branche pour écarter son feuillage.

« C'est lui, l'entendit-il dire, presque pour elle-même. Mon Dieu, c'est lui. »

Elle se tourna vers Cal, et il y avait dans ses yeux une férocité qui ne plut guère au jeune homme.

« Il va falloir que vous continuiez sans moi », dit-elle.

Ils redescendirent et reprirent leur discussion au niveau du sol.

« J'ai un compte à régler avec Hobart. Allez-y. Je vous retrouverai quand j'en aurai fini avec lui.

— Ça ne peut pas attendre ? dit Cal.

— Non, lui dit-elle avec fermeté. Non, ça ne peut pas attendre. C'est lui qui a le livre que Mimi m'avait donné, et je veux le lui reprendre. »

Elle vit le regard perplexe du jeune homme et entendit avant qu'il les ait prononcés tous les arguments qu'il allait faire valoir contre leur séparation. Shadwell était leur véritable objectif, allait-il dire ; le moment était mal choisi pour reculer la confrontation avec lui. De plus, un livre n'était qu'un livre, n'est-ce pas ? Il serait encore là demain. Tout ceci était exact, bien sûr. Mais elle sentait au fond de ses tripes que l'insistance avec laquelle Hobart s'accrochait au livre avait une sorte de logique perverse. Peut-être que ses pages recelaient une connaissance qui leur serait utile dans le conflit qui s'annonçait, une connaissance dissimulée dans tous ces *Il était une fois.* C'était certainement la conviction de Hobart, et ce que l'ennemi croyait à votre sujet était probablement vrai, sinon pourquoi seriez-vous devenus ennemis ?

« Il faut que j'y aille, dit-elle. Point final.

— Alors, je viens avec toi.

— Je peux m'occuper de lui toute seule, Cal, dit-elle. Vous deux, allez jusqu'au Firmament. Je vous retrouverai quand j'aurai récupéré le livre. »

Elle parlait avec une conviction inébranlable ; il sentit qu'il ne servirait à rien de discuter avec elle.

« Alors, fais attention, dit-il en la prenant dans ses bras. Sois prudente.

— Toi aussi, Cal. Pour moi. »

Ceci dit, elle s'en fut.

De Bono, qui ne s'était pas mêlé à leur conversation mais avait joué avec sa radio, demanda à présent :

« Tu ne vas pas avec elle ?

— Non, dit Cal. Elle veut y aller toute seule. »

Il prit un air intrigué.

« Une histoire d'amour, n'est-ce pas ? demanda-t-il.

— Quelque chose comme ça. »

3

Suzanna rebroussa chemin jusqu'à la ville avec une hâte, un enthousiasme même, qu'elle ne comprenait pas entièrement. Voulait-elle simplement affronter Hobart une bonne fois pour toutes ? Ou bien se pouvait-il qu'elle soit en fait impatiente de revoir Hobart ? se pouvait-il que ce dernier soit devenu une sorte de miroir dans lequel elle serait capable de mieux se connaître en s'y voyant ?

Lorsqu'elle pénétra de nouveau dans les ruelles — que les citoyens, retranchés derrière leurs portes, avaient laissées plus ou moins désertes —, elle espéra qu'il la savait toute proche. Espéra que son cœur battait un peu plus vite de la savoir tout près, et que ses paumes transpiraient.

Sinon, elle allait lui apprendre comment y parvenir.

CHAPITRE 6

La chair est faible

1

Bien que Shadwell ait décidé d'occuper le Firmament — le seul immeuble de la Fugue qui fût digne d'un homme aspirant à la Divinité —, il découvrit une fois installé dedans qu'il s'agissait d'une résidence inquiétante. Chacun des monarques et des matriarches qui avaient occupé cet endroit au fil des siècles avait apporté sa propre vision à ses salles et à ses antichambres, leur seul but étant d'enrichir les mystères laissés par le précédent occupant. Le résultat tenait en partie du labyrinthe et en partie du train fantôme mystique.

Il n'était pas le premier Coucou à explorer les couloirs miraculeux du Firmament. Plusieurs membres de l'Humanité étaient parvenus jusqu'au palais au fil des ans et l'avaient visité sans la moindre opposition de la part de ses créateurs, lesquels ne désiraient pas souiller la tranquillité de l'édifice par des paroles hostiles. Perdus dans les profondeurs du bâtiment, ces rares élus avaient contemplé des spectacles dont ils devaient emporter le souvenir dans leurs tombes. Une chambre dont les murs étaient ornés de carreaux ayant deux fois plus de faces qu'un dé et tournant sans cesse sur eux-mêmes, chacune de leurs facettes formant un élément dans une fresque qui ne restait jamais immobile assez longtemps pour que l'œil puisse l'appréhender. Une autre pièce dans laquelle tombait constamment une ondée printanière, et dont le sol émettait une odeur de pavé qui se refroidit ; et une autre qui semblait au premier abord toute simple, mais qui était bâtie suivant les principes d'une géométrie si vertigineuse qu'un homme venant à l'occuper avait tantôt l'impression que sa tête gonflait jusqu'à l'emplir, et se croyait tantôt réduit à la taille d'un scarabée.

Et après une heure ou une journée de séjour dans ce lieu plein de merveilles, un guide invisible prenait l'intrus par la main pour le reconduire jusqu'à la porte, et il émergeait de l'édifice comme d'un rêve. Plus tard, les visiteurs tentaient de raconter ce qu'ils avaient vu, mais leur mémoire et leur langue conspiraient d'ordinaire pour réduire leurs tentatives à de simples bafouillages. En désespoir de cause, nombre d'entre eux repartaient en quête de ce délire. Mais le Firmament était un festin mobile, et il s'enfuyait toujours après leur passage.

Shadwell fut donc le premier Coucou à arpenter ces couloirs extatiques en les déclarant siens. Cela ne lui procura cependant aucun plaisir. Peut-être était-ce la vengeance la plus élégante que l'édifice ait pu exercer sur son occupant malvenu.

2

Vers la fin de l'après-midi, avant que la lumière n'ait tout à fait quitté le ciel, le Prophète se dirigea vers le sommet de la tour de guet du Firmament afin de contempler son territoire. En dépit du travail épuisant accompli durant ces dernières semaines — les mascarades, les grand-messes, les intrigues politiques —, il ne se sentait pas fatigué. Tout ce qu'il avait promis, à lui-même ainsi qu'à ses fidèles, s'était réalisé. On aurait cru que son numéro de Prophète lui avait fait acquérir des pouvoirs prophétiques. Il avait trouvé la Trame, comme il s'était engagé à le faire, et l'avait arrachée à ses gardiens ; il avait conduit ses croisés jusqu'au cœur même de la Fugue, réduisant au silence avec une vitesse quasi surnaturelle tous ceux qui l'avaient défié. De la position élevée qu'il avait atteinte, il n'y avait plus rien à quoi il puisse aspirer, sinon la Divinité, et le moyen par lequel il pourrait y parvenir était visible de l'endroit où il se trouvait.

Le Gyrus.

Son Manteau tournoyait et tonnait, dissimulant ses secrets aux yeux de tous, même aux siens. Peu importe. Demain, quand les hommes de Hobart auraient fini de mater les indigènes, ils escorteraient le Prophète jusqu'au seuil du Gyrus, cet endroit que les Devins appelaient l'Etroite Brillance, et il pénétrerait à l'intérieur.

Et ensuite ? *ah, ensuite...*

Un courant d'air glacé sur sa nuque l'arracha à ses spéculations.

Immacolata se tenait sur le seuil du poste d'observation. La lumière ne la flattait guère. Elle révélait ses blessures dans toute leur gloire suppurante ; révélait aussi sa fragilité ; et sa rancœur. Il lui répugnait de poser les yeux sur elle.

« Que voulez-vous ? demanda-t-il.

— Je suis venue vous rejoindre, dit-elle. Je n'aime pas cet endroit. Il empeste la Vieille Science. »

Il haussa les épaules et lui tourna le dos.

« Je sais à quoi vous pensez, Shadwell, dit-elle. Et croyez-moi, ce ne serait pas sage. »

Cela faisait longtemps qu'il n'avait pas entendu prononcer son nom, et il n'aimait pas le son de ses syllabes. Il lui rappelait une biographie dont il avait presque cessé de croire que c'était la sienne.

« Qu'est-ce qui ne serait pas *sage* ? dit-il.

— D'essayer de pénétrer dans le Gyrus. »

Il ne répondit rien.

« C'est *ça* que vous avez l'intention de faire, n'est-ce pas ? »

Elle pouvait encore lire en lui, et bien trop facilement.

« Peut-être, dit-il.

— Ce serait une erreur aux conséquences cataclysmiques.

— Ah, vraiment ? dit-il sans quitter le Manteau des yeux. Et pourquoi donc ?

— Même les Familles n'ont jamais compris ce qu'elles avaient créé en déclenchant le mécanisme du Métier, dit-elle. C'est inconnaissable.

— *Rien* n'est inconnaissable, gronda-t-il. Pas pour moi. Plus maintenant.

— Vous êtes encore un homme, Shadwell, lui rappela-t-elle. Vous êtes vulnérable.

— Taisez-vous, dit-il.

— Shadwell...

— *Taisez-vous !* répéta-t-il en se tournant vers elle. Je ne veux plus entendre vos propos défaitistes. Je suis ici, n'est-ce pas ? J'ai conquis la Fugue.

— *Nous* l'avons conquise.

— D'accord, *nous*. Que souhaitez-vous en échange de ce petit service ?

— Vous savez ce que je veux, dit-elle. Ce que j'ai toujours voulu. Un génocide *lent*. »

Il sourit. Sa réponse fut fort longue à venir, et quand elle vint, fut formulée avec lenteur.

« Non, dit-il. Non, je ne crois pas.

— Pourquoi les avons-nous suivis durant toutes ces années ? demanda-t-elle. C'était pour que vous puissiez en retirer un profit, et pour que je sois vengée.

— Les choses ont changé, dit-il. Vous devez bien vous en rendre compte.

— Vous voulez régner sur eux. C'est ça, n'est-ce pas ?

— Je veux bien plus que cela, dit-il. Je veux goûter la saveur de la création. Je veux ce qui est dans le Gyrus.

— Ça vous réduira en pièces.

— J'en doute, dit-il. Je n'ai jamais été aussi fort.

— À l'Autel, répondit-elle, vous avez dit que nous les détruirions *ensemble.*

— J'ai menti, dit Shadwell sur un ton léger. Je vous ai dit ce que vous vouliez entendre parce que j'avais besoin de vous. À présent, vous me dégoûtez. J'aurai d'autres femmes quand je serai un Dieu.

— Un *Dieu* à présent, c'est ça ? » Elle semblait sincèrement amusée par cette idée. « Vous êtes un *Vendeur*, Shadwell. Vous êtes un petit Vendeur minable. C'est moi qu'ils vénèrent.

— Oh oui, répondit Shadwell. J'ai vu votre Culte. Une nécropole et une poignée d'eunuques.

— Je ne permettrai jamais à un homme de me trahir, Shadwell, dit-elle en se dirigeant vers lui. Et surtout pas à vous. »

Cela faisait plusieurs mois qu'il savait que cette heure viendrait, l'heure où elle comprendrait enfin à quel point il l'avait manipulée. Il s'était préparé aux conséquences de cette prise de conscience, la privant en douceur et systématiquement de ses alliés, tout en augmentant ses propres forces de défense. Mais elle avait toujours le menstruum — jamais elle ne pourrait être dépossédée de cela — et c'était une arme formidable. Il le voyait éclore dans ses yeux en ce moment même, et ne pouvait s'empêcher de souhaiter fléchir devant lui.

Il réussit cependant à maîtriser ses instincts, marcha jusqu'à elle et, posant une main sur son visage, caressa les lésions et les croûtes qui l'ornaient.

« Sûrement..., murmura-t-il, ... vous ne voudriez pas me tuer ?

— Je ne permettrai jamais à un homme de me trahir, répéta-t-elle.

— Mais la mort est définitive, dit-il sur un ton apaisant. Je ne suis qu'un Coucou. Vous savez à quel point nous sommes fragiles. Pas de Résurrection pour nous. »

Sa caresse était à présent plus rythmée. Elle détestait ça, il le savait. Elle, la vierge immaculée ; elle, toute de glace et de regret. Jadis, elle aurait pu lui brûler le bout des doigts pour le punir de lui infliger cette humiliation. Mais Maman Pus était morte, la Harpie était comme d'habitude en proie à la démence. L'Incantatrice naguère puissante était affaiblie et épuisée, et tous deux le savaient.

« Toutes ces années, ma chérie..., dit-il, ... toutes ces années où tu m'as tenu en laisse, où tu m'as tenu par la tentation...

— Nous étions d'accord..., dit-elle, ... ensemble...

— Non », dit Shadwell, sur le ton dont il aurait usé pour reprendre un enfant. « Tu t'es servie de moi, pour aller parmi les Coucous, parce qu'en vérité, ils te *terrifient.* »

Elle fit mine de le contredire, mais il lui plaqua une main sur la gorge.

« Ne m'interromps pas », lui dit-il.

Elle lui obéit.

« Tu m'as toujours méprisé, continua-t-il. Je le sais. Mais je t'étais utile et je faisais toujours ce que tu me disais, tant que je désirais te toucher.

— C'est cela que vous voulez maintenant ? dit-elle.

— Jadis... » dit-il, d'une voix qui était presque endeuillée, « ...jadis, j'aurais pu tuer pour pouvoir sentir battre ta gorge. Comme ça. » L'étreinte de sa main se fit plus ferme. « Ou pour pouvoir caresser ta chair... »

Il posa son autre main sur le sein de l'Incantatrice.

« Ne faites pas ça, dit-elle.

— La Madeleine est morte, lui rappela-t-il. Qui va donc produire des enfants à présent ? Ça ne peut pas être la vieille salope ; elle est stérile. Non, mon amour. Non, je crois que ce sera toi. Tu vas finalement être obligée de donner ton con si précieux en offrande. »

À ces mots, elle s'arracha à son étreinte, et elle aurait pu le frapper à mort si la répugnance qu'elle avait éprouvée à être pelotée n'avait pas brisé sa concentration. Elle eut vite fait de reprendre son contrôle. Le pouvoir meurtrier rassemblait ses forces au fond de ses yeux. Shadwell ne pouvait pas retarder plus longtemps sa vengeance. Elle l'avait pris pour un imbécile, mais il avait les moyens de lui faire regretter son arrogance. Alors qu'elle levait la tête pour cracher sur lui un jet de menstruum, il prononça les noms qu'il avait inscrits, à peine quelques heures plus tôt, sur son paquet de cigarettes.

« Sousa ! Calice ! Chérubin ! Divine ! Deuil ! Hannah ! »

Les résidus répondirent à son appel, montant les marches quatre à quatre. Ce n'étaient plus les créatures misérables et délaissées que la Madeleine avait allaitées. Shadwell les avait traités avec tendresse durant la courte période où il les avait possédés ; il les avait nourris ; les avait rendus puissants.

Toute lueur quitta le visage d'Immacolata lorsqu'elle les entendit surgir derrière elle. Elle se retourna alors qu'ils franchissaient la porte l'un après l'autre.

« Tu me les a légués », dit-il.

Elle laissa échapper un cri en les découvrant tels qu'ils étaient devenus, encore plus grotesques et charnus. Ils empestaient l'abattoir.

« Je leur ai donné du sang à la place du lait, dit Shadwell. Et ils ont appris à m'aimer. »

Il émit un léger claquement de langue et les créatures se rangèrent à ses côtés, traînant derrière elles des organes dont il leur restait à déterminer la fonction.

« Je te préviens, dit-il, si tu essaies de m'attaquer, ils vont mal le prendre. »

Alors qu'il prononçait ces mots, il se rendit compte qu'Immacolata avait réussi à faire sortir la Harpie des zones les plus glacées du Firmament. Elle flottait à présent aux côtés de l'Incantatrice, ombre rétive.

« Laisse-le », l'entendit-il souffler à l'oreille d'Immacolata.

Il ne pensa pas un seul instant qu'elle allait suivre ce conseil, mais ce fut pourtant ce qu'elle fit, crachant tout d'abord aux pieds de Shadwell, puis faisant demi-tour pour s'en aller. Il parvenait à peine à croire que la bataille avait été si facilement gagnée. Son deuil et ses mutilations l'avaient plus profondément démoralisée qu'il n'avait osé l'espérer. Leur ultime affrontement était fini avant d'avoir commencé.

Un des résidus qui le flanquaient poussa un cri de frustration déchirant. Il quitta les deux sœurs des yeux et lui dit de se taire. Ce geste faillit lui être fatal, car à l'instant où son regard se détourna, la sœur spectrale fondit sur lui, les mâchoires grandes ouvertes, les dents soudainement démesurées, prête à arracher son cœur plein de duplicité.

Près de la porte, Immacolata pivotait sur elle-même, le menstruum jaillissant de son corps.

Il ordonna aux créatures de venir à son aide, mais alors même qu'il poussait ce cri désespéré, la Harpie était sur lui. Il eut le souffle coupé lorsqu'elle le plaqua violemment contre le mur, tandis que ses griffes lui fouaillaient la poitrine.

Les résidus n'allaient pas laisser massacrer leur pourvoyeur de sang. Ils bondirent sur la Harpie avant que ses ongles n'aient pu traverser la veste de Shadwell et s'emparèrent d'elle, ignorant ses vociférations. Elle avait servi d'accoucheuse à ces créatures ; les avait aidées à naître dans un monde de ténèbres et de démence. Peut-être était-ce pour cette raison même qu'ils ne firent preuve d'aucune pitié à son égard. Ils la déchiquetèrent sans prendre le temps de s'excuser.

« *Arrêtez-les* », cria Immacolata.

Le Vendeur examinait les déchirures que la Harpie avait faites dans sa veste. Un instant plus tard, ses doigts lui auraient enserré le cœur.

« Rappelez-les, Shadwell ! *Je vous en supplie !*

— Elle est déjà morte, dit-il. Laisse-les jouer. »

Immacolata fit mine de venir en aide à sa sœur, mais à ce moment-là, le plus grand des résidus, dont les minuscules yeux blancs rappelaient ceux d'un poisson des profondeurs et dont la bouche semblait une plaie béante, s'interposa entre elle et son but.

Elle cracha un jet de menstruum dans son torse palpitant, mais il encaissa cette blessure sans broncher et se jeta sur elle.

Shadwell avait vu ces monstres s'assassiner les uns les autres pour le plaisir. Il savait qu'ils pouvaient subir d'horribles blessures sans paraître les ressentir. Celui-ci, par exemple, un nommé Calice, pouvait encaisser une centaine de coups similaires et ne toujours penser qu'à s'amuser. Et il n'était pas stupide. Il avait bien retenu les leçons que Shadwell lui avait données. Il bondit sur l'Incantatrice, lui enveloppa le cou de ses bras et les hanches de ses jambes.

Une telle intimité, il le savait, plongerait Immacolata dans la panique. Et en effet, lorsque le résidu plaqua son visage contre le sien, l'embrassant autant que le lui permettaient ses malformations, elle se mit à crier, perdant finalement tout contrôle et tout sang-froid. Le menstruum jaillissait de son corps dans toutes les directions, gaspillant sa puissance sur le plafond et sur les murs. Les quelques traits qui atteignirent son agresseur ne firent qu'exacerber son excitation. Bien qu'il n'eût aucune anatomie sexuelle, Shadwell l'avait entraîné à accomplir les gestes d'usage. Il se frottait contre elle comme l'aurait fait un chien en chaleur, tout en lui hurlant en plein visage.

Ouvrir la gueule fut une erreur de sa part, car un fragment du menstruum se fraya un chemin dans sa gorge et la fit exploser. Son cou se désintégra et sa tête, en l'absence de tout support, tomba en arrière en emportant des lambeaux de matière graisseuse.

Même dans cet état, il restait accroché à elle et son corps s'agitait en spasmes mécaniques contre celui de l'Incantatrice. Mais son étreinte s'était suffisamment relâchée pour qu'elle parvienne à jeter au loin le corps ravagé du résidu, mettant un terme à une lutte qui la laissa ensanglantée des pieds à la tête.

Shadwell ordonna aux autres résidus de cesser leurs jeux vengeurs. Ils se placèrent à ses côtés. Il ne restait plus de la Harpie que des débris épars semblables aux ordures laissées par un poissonnier.

En apercevant ces restes, Immacolata, le visage flasque au point de paraître débile, laissa échapper un sourd gémissement.

« Faites-la sortir d'ici, dit Shadwell. Je ne veux plus voir son affreux visage. Emmenez-la dans les collines. Jetez-la dans un coin. »

Deux des résidus s'approchèrent de l'Incantatrice et la saisirent. Il n'y avait plus la moindre trace d'éclat dans ses yeux, et elle ne leva même pas le petit doigt en signe de protestation. Elle ne semblait même plus les voir. Le massacre de sa sœur survivante, ou son viol aux mains de la bête, ou peut-être les deux, avaient brisé quelque chose en elle. Elle était soudain dépourvue de tout pouvoir d'enchanter ou de terrifier. Un sac d'os, que les créatures soulevèrent pour le conduire derrière la porte et en bas des marches. Pas une seule fois elle ne leva les yeux vers Shadwell.

Il écouta le bruit des pas traînants des résidus s'estomper à mesure qu'ils descendaient, s'attendant toujours à moitié à la voir revenir à l'attaque une dernière fois. Mais non. Tout était fini.

Il se dirigea vers les restes de la Harpie. Une odeur de pourriture s'en dégageait.

« C'est pour vous », dit-il aux bêtes qui restaient encore là, lesquelles se précipitèrent pour se disputer cette charogne.

Révolté par leurs appétits, il tourna de nouveau ses yeux vers le Gyrus.

Très bientôt, la nuit tomberait sur la Fugue ; la tombée du rideau après une journée fertile en événements. Demain commencerait un nouvel acte.

Quelque part au-delà du nuage qu'il observait se trouvait une connaissance qui allait le métamorphoser.

Après cela, aucune nuit ne tomberait plus s'il n'en avait pas donné l'ordre ; aucun jour ne se lèverait.

CHAPITRE 7

Un livre ouvert

1

La Loi était entrée dans Sans-Pareil.

Elle était venue pour extirper la subversion : elle n'en avait trouvé aucune trace. Elle était venue avec ses matraques, ses boucliers et ses balles, prête à affronter une rébellion armée : elle n'en avait trouvé aucun murmure. Elle n'avait trouvé qu'un labyrinthe de ruelles obscures, désertées pour la plupart, et quelques piétons qui s'empressaient de courber la tête dès qu'ils apercevaient un uniforme.

Hobart avait immédiatement ordonné une fouille systématique de toutes les maisons. Les équipes de perquisition avaient été accueillies par quelques regards noirs, guère plus. Il en fut fort déçu ; il lui aurait été agréable de trouver un bouc émissaire sur lequel faire la démonstration de son autorité. Il était bien trop facile, il le savait, de se laisser doucement envahir par une fausse sensation de sécurité, surtout lorsqu'une confrontation anticipée avec impatience ne s'était pas matérialisée. La vigilance était le mot clé à présent ; une vigilance de tous les instants.

C'était pour cette raison qu'il avait réquisitionné pour la nuit une maison qui offrait une bonne vue de l'ensemble de la cité depuis ses étages supérieurs. Demain aurait lieu la prise du Gyrus, qui rencontrerait sûrement une opposition quelconque. Et cependant, comment pouvait-on être sûr de quoi que ce soit avec ces gens ? Ils étaient si dociles ; comme des animaux qui s'aplatissaient au premier signe de la venue d'une puissance supérieure.

La maison qu'il avait réquisitionnée n'avait pas grand-chose d'extraordinaire, excepté son point de vue. Un labyrinthe de pièces; une collection de fresques fanées, qu'il n'avait guère envie d'étudier de trop près; des meubles rares et grinçants. L'inconfort de cet endroit ne le gênait nullement: il aimait vivre à la spartiate. Mais l'atmosphère de ce lieu le troublait: l'impression tenace qu'il avait de la présence des habitants qu'il en avait expulsés, juste au coin de son œil. S'il avait été homme à croire aux fantômes, il aurait dit que cette maison était hantée. Mais il n'y croyait pas, aussi garda-t-il ses peurs pour lui-même, là où elles ne firent que se multiplier.

Le soir était tombé et les ruelles étaient plongées dans l'obscurité. Il ne pouvait plus voir grand-chose depuis sa haute fenêtre à présent, mais il entendait des rires dériver jusqu'à lui depuis la ville. Il avait donné quartier libre à ses hommes pour la soirée, leur rappelant néanmoins de ne jamais oublier que la cité était le territoire de l'ennemi. Les rires se firent plus aigus avant de s'estomper au bout de la ruelle. Qu'ils s'amusent, pensa-t-il. Demain, leur croisade les conduirait sur un sol que les habitants de ce lieu considéraient comme sacré: s'ils devaient faire preuve de la moindre résistance, ce serait à ce moment-là. Il avait déjà vu la même chose se produire dans le monde extérieur: un homme qui n'aurait pas levé le petit doigt en voyant sa maison pillée et brûlée, et qui était pris de folie furieuse dès qu'on touchait à une babiole qu'il tenait pour sacrée. La journée de demain promettait d'être rude, et également sanglante.

Richardson avait décidé de ne pas profiter de la permission qui lui avait été accordée pour la nuit, préférant rester dans la maison afin de transcrire les événements de la journée dans son carnet. Il tenait un journal dans lequel il rapportait le moindre de ses actes, dans une écriture ténue et méticuleuse. Il était en train de l'annoter en ce moment même, alors que Hobart écoutait les derniers échos des rires s'estomper en bas.

Finalement, il reposa son stylo.

« Monsieur?

— Qu'y a-t-il?

— Ces gens, monsieur. Il me semble... » Richardson s'interrompit, ne sachant pas comment formuler une question qui l'avait travaillé depuis leur arrivée. « ... Il me semble qu'ils n'ont pas tout à fait l'air *humain.* »

Hobart étudia l'homme. Ses cheveux étaient impeccablement coupés, ses joues impeccablement rasées, son costume impeccablement repassé.

« Vous avez peut-être raison », dit-il.

Une lueur de détresse traversa les yeux de Richardson.

« Je ne comprends pas... monsieur.

— Tant que vous serez ici, il ne faudra rien croire de ce que vous verrez.

— *Rien*, monsieur ?

— Rien du tout », dit Hobart. Il posa ses doigts sur la vitre. Le verre était glacé ; la chaleur de son cœur fit naître de vagues halos autour de ses ongles. « Tout cet endroit n'est qu'une masse d'illusions. Pièges et chausse-trapes. Il ne faut se fier à rien.

— Ce n'est pas réel ? » dit Richardson.

Hobart contempla les toits de cette cité de nulle part et retourna la question dans son esprit. Réel était un mot qu'il n'avait eu aucun problème à utiliser jusqu'à une date récente. Le réel était ce qui faisait tourner le monde, ce qui était solide et tangible. Et le revers de la médaille, l'*ir*réel, c'était ce qu'un dément hurlait dans sa cellule capitonnée à quatre heures du matin ; l'irréel, c'étaient les rêves de pouvoir sans la chair pour leur donner du poids.

Mais l'opinion qu'il avait sur cette question avait changé de façon subtile depuis sa première rencontre avec Suzanna. Il avait désiré sa capture avec plus de force qu'il n'en avait jamais désiré aucune autre, et la chasse à laquelle il s'était livré l'avait conduit d'une étrangeté à l'autre, jusqu'à le rendre si épuisé qu'il reconnaissait à peine sa droite de sa gauche. Réel ? Qu'est-ce qui *était* réel ? Peut-être (cette pensée aurait été inconcevable avant Suzanna) que seul était réel ce qu'il *disait* être réel. Mais il était un général, et son soldat exigeait de lui une réponse pour garder la raison. Une réponse toute simple, qui lui permettrait de dormir en paix.

Il la lui donna :

« Seule la Loi est réelle ici, dit-il. Il faut nous accrocher à elle. Nous tous. Comprenez-vous ? »

Richardson hocha la tête.

« Oui, monsieur. »

Il y eut une longue pause, durant laquelle quelqu'un se mit à hurler comme un Indien ivre dans la rue. Richardson referma son journal et se dirigea vers la deuxième fenêtre.

« Je me demande..., dit-il.

— Oui ?

— Peut-être que je *devrais* sortir. Rien que quelques instants. Pour regarder ces illusions en face.

— Peut-être.

— Maintenant que je sais que ce ne sont que des mensonges, dit-il, je suis en sécurité, n'est-ce pas ?

— Autant que vous le serez jamais, dit Hobart.

— Alors, si vous le permettez...

— Allez-y. Allez voir par vous-même. »

Quelques secondes plus tard, Richardson avait quitté la pièce et descendait l'escalier. Peu après, Hobart aperçut sa silhouette obscure s'éloigner le long de la ruelle.

L'Inspecteur s'étira. Il était crevé jusqu'aux os. Il y avait un matelas dans la pièce voisine, mais il était résolu à ne pas en profiter. Poser sa tête sur un oreiller n'aurait fait que le rendre plus vulnérable aux présences murmurantes.

Il s'assit donc sur une chaise et sortit de sa poche le livre de contes de fées. Il ne s'en était jamais séparé depuis qu'il l'avait confisqué ; il ne comptait plus le nombre de fois où il avait parcouru ses pages. Il entreprit de le feuilleter une nouvelle fois. Mais les lignes de prose devenaient de plus en plus floues sous ses yeux, et en dépit de tous ses efforts, ses paupières devenaient de plus en plus lourdes.

Longtemps avant que Richardson n'ait trouvé une illusion qu'il puisse revendiquer pour sienne, la Loi qui était entrée dans Sans-Pareil s'était endormie.

2

Suzanna n'eut guère de difficulté à éviter les hommes de Hobart lorsqu'elle pénétra de nouveau dans la ville. Bien qu'ils aient grouillé dans toutes les allées, les ombres avaient acquis une densité peu naturelle dans le labyrinthe de ruelles, et elle réussit à conserver une longueur d'avance sur l'ennemi. Parvenir jusqu'à Hobart était cependant un tout autre problème. Bien qu'elle voulût en finir avec sa tâche au plus vite, ça ne valait pas la peine de courir le risque d'être arrêtée. Par deux fois elle avait échappé à l'incarcération ; tenter le diable une troisième fois risquait de lui porter malchance. Rongée par l'impatience, elle décida néanmoins d'attendre la tombée du jour. Les journées étaient encore courtes en cette période de l'année ; elle n'aurait que quelques heures à attendre.

Elle trouva une maison vide — dévorant la nourriture abandonnée par ses occupants — et erra dans ses pièces emplies d'échos jusqu'à ce que la lumière se soit estompée au-dehors. Ses pensées revenaient sans cesse à Jerichau et aux circonstances de sa mort. Elle essaya de se rappeler à quoi il ressemblait, et réussit à se souvenir de ses yeux et de ses mains, mais ne parvint pas à créer quelque chose qui ressemblât à un portrait intégral. Cet échec la déprima. Il était parti si vite.

Elle venait de décider qu'il faisait assez sombre pour se risquer à l'extérieur lorsqu'elle entendit des voix. Elle descendit jusqu'au pied de l'escalier et scruta les ténèbres en essayant d'apercevoir le devant de la maison. Il y avait deux silhouettes sur le seuil.

« Pas ici..., entendit-elle une voix féminine murmurer.

— Pourquoi pas ? » dit son compagnon d'une voix pâteuse. Un

des sbires de Hobart, sans aucun doute. « Pourquoi pas ? Ici ou ailleurs...

— Il y a déjà quelqu'un », dit la fille, scrutant les mystères de la maison.

L'homme éclata de rire.

« Espèce d'obsédés ! » cria-t-il. Puis il saisit le bras de la femme avec rudesse. « Allons ailleurs », dit-il.

Ils s'éloignèrent dans la ruelle.

Suzanna se demanda si Hobart avait autorisé une telle fraternisation. Elle ne parvenait pas à le croire.

Il était temps qu'elle cesse de le pourchasser dans son imagination ; il était temps qu'elle le trouve et qu'elle en finisse avec lui. Elle se glissa à travers les pièces, examina la ruelle, puis pénétra dans la nuit.

L'air était doux, il y avait si peu de lumières dans les maisons, toutes n'étant issues que de chandelles, que le ciel était éclatant au-dessus d'elle, les étoiles pareilles à des gouttes de rosée sur un drap de velours. Elle parcourut quelques mètres les yeux tournés vers le ciel, enchantée par ce spectacle. Mais pas enchantée au point de ne pas sentir la présence de Hobart toute proche. Il se trouvait non loin d'ici. Mais où ? Elle risquait de gaspiller des heures précieuses en allant de maison en maison à sa recherche.

« Dans le doute, demande à un policier. » C'était un des préceptes favoris de sa mère, et il n'avait jamais été plus approprié. À quelques mètres de l'endroit où elle se trouvait, un des membres de la horde de Hobart pissait contre un mur tout en massacrant *Land of Hope and Glory** pour accompagner le flot de liquide.

Espérant que l'état d'ébriété dans lequel il se trouvait l'empêcherait de la reconnaître, elle lui demanda où elle pourrait trouver Hobart.

« On n'a pas besoin de *lui*, dit l'homme. Entrez donc. C'est la fête ici.

— Plus tard, peut-être. Il faut que je voie l'Inspecteur.

— Comme vous voulez, dit l'homme. Il est dans la grande maison aux murs blancs. » Il désigna la ruelle d'où elle était venue, aspergeant ses pieds dans son geste. « Quelque part sur la droite », dit-il.

Ces renseignements, en dépit de l'état de celui qui les avait donnés, s'avérèrent bons. Sur sa droite se trouvait une allée d'immeubles silencieux, et elle découvrit au premier croisement une maison de haute taille, aux murs pâlis par les étoiles. Il n'y avait aucune sentinelle en faction devant sa porte ; les gardes avaient sans aucun doute succombé aux plaisirs offerts par Sans-Pareil. Elle

* Chanson extraite de *Pump and Circumstance*, d'Edward Elgar. (N.d.T.)

poussa la porte et pénétra à l'intérieur sans rencontrer de résistance.

Il y avait des boucliers anti-émeute posés contre les murs de la pièce où elle entra, mais elle n'avait besoin d'aucune confirmation pour savoir que c'était bien là la maison qu'elle cherchait. Ses tripes savaient déjà que Hobart se trouvait dans l'une des pièces de l'étage supérieur.

Elle commença à gravir l'escalier, ne sachant pas ce qu'elle allait faire une fois face à lui. Son acharnement à la poursuivre avait transformé sa vie en cauchemar, et elle voulait le lui faire regretter. Mais elle ne pourrait pas le tuer. L'élimination de la Madeleine avait déjà été assez terrifiante ; tuer un être humain était plus que sa conscience n'aurait permis. Mieux valait lui reprendre le livre et puis s'en aller.

En haut de l'escalier se trouvait un couloir, au bout duquel elle aperçut une porte entrouverte. Elle alla jusqu'à elle et la poussa. Il était là, son ennemi ; seul, affalé sur une chaise, les yeux clos. Sur ses genoux reposait le livre de contes de fées. Le simple fait de le voir fit frémir ses nerfs. Elle n'hésita pas sur le seuil, mais traversa le plancher nu jusqu'à l'endroit où il était endormi.

Dans son sommeil, Hobart flottait dans un endroit brumeux. Des papillons voletaient autour de sa tête et venaient frôler ses yeux de leurs ailes poussiéreuses, mais il n'arrivait pas à lever la main pour les écarter. Il sentait un danger quelque part près de lui, mais de quelle direction viendrait-il ?

La brume se déplaça vers sa gauche, puis vers sa droite.

« Qui... ? » murmura-t-il.

Le mot qu'il prononça figea Suzanna sur place. Elle était à un mètre de la chaise, pas plus. Il marmonna autre chose ; des mots qu'elle ne put saisir. Mais il ne se réveilla pas.

Derrière ses paupières, Hobart aperçut une forme mouvante dans la brume. Il lutta pour se libérer de la léthargie qui pesait sur lui ; lutta pour se réveiller et pour se défendre.

Suzanna fit un autre pas vers le dormeur.

Il gémit de nouveau.

Elle tendit une main vers le livre, les doigts tremblants. Lorsqu'ils se posèrent sur le volume, les yeux de l'Inspecteur s'ouvrirent en grand. Avant qu'elle n'ait pu lui arracher le livre, il avait resserré son étreinte sur lui. Il se redressa.

« *Non !* » cria-t-il.

Le choc de son réveil faillit faire lâcher prise à Suzanna, mais elle n'allait pas renoncer à son trésor à présent : ce livre lui appartenait, à elle. Il y eut une brève lutte entre les deux adversaires qui se disputaient la possession du volume.

Puis — soudainement — un voile de ténèbres s'éleva de leurs mains, ou plus précisément du livre qu'elles tenaient entre elles.

Elle jeta un regard vers les yeux de Hobart. Il partageait le choc qu'elle ressentait devant ce pouvoir soudainement issu d'entre leurs doigts entrelacés. La ténèbre s'éleva entre eux comme une fumée et s'épanouit en heurtant le plafond, fondant immédiatement sur eux pour les emprisonner dans une nuit à l'intérieur de la nuit.

Elle entendit Hobart pousser un cri de terreur. L'instant d'après, des mots semblèrent s'élever du livre, formes blanches sur le rideau de fumée, et en s'élevant devinrent ce qu'ils signifiaient. Ou alors, Hobart et elle tombaient et devenaient des symboles tandis que le livre s'ouvrait pour les recevoir. L'un ou l'autre ; ou les deux ; cela revenait finalement au même.

Dans un mouvement ascendant ou descendant, langage ou vie, ils furent introduits dans le pays des histoires.

CHAPITRE 8

L'essence du Dragon

La contrée dans laquelle ils venaient de pénétrer était fort sombre ; sombre et pleine de rumeurs. Suzanna ne voyait rien devant elle, pas même le bout de ses doigts, mais elle entendait un doux murmure que lui apportait une brise tiède aux senteurs de pin. Tous deux touchaient son visage, le murmure et la brise ; tous deux l'excitaient. Ils savaient qu'elle était ici, ceux qui habitaient les histoires du livre de Mimi : car c'était ici, *dans le livre*, que Hobart et elle existaient.

Ils avaient été transformés au cours de leur lutte, par un processus qui restait à élucider — ou du moins, leurs pensées avaient été transformées. Ils avaient pénétré dans la vie des mots.

Immobile, debout dans les ténèbres, à l'écoute du murmure qui l'entourait de toutes parts, elle ne trouvait pas cette notion très difficile à comprendre. Après tout, l'auteur de ce livre n'avait-il pas transformé ses pensées en mots quand il l'avait écrit, sachant que ses lecteurs décoderaient ces mots en les lisant pour refaire d'eux des pensées ? Et ils feraient bien plus : ils créeraient une vie imaginaire. Et la voilà à présent, en train de vivre cette vie. Perdue dans *Geschichten der Geheimen Orte* ; à moins qu'elle ne s'y soit retrouvée.

Des bribes de lumière se mouvaient de chaque côté d'elle, comme elle s'en rendit compte à présent ; ou bien était-ce elle qui se déplaçait : qui courait peut-être, qui volait ? Tout était possible ici : c'était le domaine des fées. Elle se concentra afin de mieux appréhender la signification de ces éclairs de lumière et de ténèbre, et se rendit compte aussitôt qu'elle traversait à une vitesse considérable des allées d'arbres, d'énormes arbres immensément anciens, et que la lumière qui perçait à travers eux se faisait plus brillante.

Quelque part devant elle, Hobart l'attendait, ou attendait la chose qu'elle allait devenir en volant à travers ces pages.

Car elle n'était pas Suzanna ici ; ou plutôt, elle n'était pas *simplement* Suzanna. Elle ne pouvait pas être simplement elle-même ici, pas plus qu'il ne pouvait être simplement Hobart. Ils avaient acquis des dimensions mythiques au sein de cette forêt absolue. Ils avaient attiré à eux les rêves célébrés par cette contrée : les désirs et les fois qui emplissaient les contes pour enfants, et qui façonnaient par conséquent tous les désirs et toutes les fois.

Il y avait d'innombrables personnages entre lesquels choisir, errant dans la Forêt Sauvage ; tôt ou tard, chaque conte voyait une de ses scènes jouée ici. C'était ici que les orphelins étaient abandonnés pour partir en quête de leur destin ou de leur mort : ici que les vierges avaient peur du loup, et les amants peur de leurs cœurs. Ici, les oiseaux parlaient, et les grenouilles aspiraient au trône, et chaque bosquet recelait son étang et son puits, et chaque arbre sa porte sur l'Autre Monde.

Parmi eux tous, qu'était-elle ? La Damoiselle, bien sûr. Depuis son enfance, elle était la Damoiselle. Elle sentit la Forêt Sauvage s'éclaircir à cette pensée, comme si elle avait enflammé l'air en la formulant...

Je suis la Damoiselle..., murmura-t-elle, ... *et il est le Dragon.*

Oh oui. C'était ça ; bien sûr, c'était ça.

La célérité de son vol augmenta encore ; les pages se tournaient de plus en plus vite. Et elle aperçut devant elle, entre les arbres, un éclat brillant et métallique, et voilà le Grand Ver, ses écailles luisantes enveloppées autour d'un arbre des premiers âges, sa tête immense au grand museau aplati reposant sur un lit de coquelicots rouge sang tandis qu'il attendait son heure terrible.

Pourtant, en dépit de sa perfection, en dépit des détails de sa forme écailleuse, elle aperçut également Hobart. Il était tissé dans ce tableau de lumière et d'ombre, ainsi que — fort étrangement — le mot DRAGON. Ces trois éléments occupaient le même espace dans sa tête : un texte vivant composé d'un homme, d'un mot et d'un monstre.

Le Grand Ver Hobart ouvrit son œil valide. Une flèche brisée était plantée dans l'autre, l'œuvre d'un héros quelconque, sans aucun doute, qui était reparti tout clinquant, persuadé d'avoir occis la bête. Celle-ci n'était pas si facile à détruire. Elle vivait encore, son corps sinueux toujours puissant malgré les cicatrices qu'il arborait, son charme maléfique encore loin d'être terni. Et son œil vivant ? Il recelait assez de malice pour habiter une armée de dragons.

La créature la vit et leva un peu son énorme tête. Du plomb fondu coula entre ses crocs, tuant les coquelicots.

Son avance se ralentit. Elle sentit le regard du monstre la percer. Son corps se mit à trembler sous cet assaut. Elle tomba vers la terre sombre comme un insecte frappé par une tapette. Le sol au-dessous d'elle était parsemé de mots ; ou bien étaient-ce des os ? Quoi qu'il en soit, elle chut parmi eux, et ses bras projetèrent dans toutes les directions des échardes d'absurdité.

Elle se releva et regarda autour d'elle. Les colonnades étaient vides de tous côtés : impossible d'appeler un héros à son aide, impossible de chercher le réconfort auprès d'une mère. Elle était seule avec le Ver.

Celui-ci leva la tête de quelques coudées, et ce mouvement déclencha une lente avalanche d'écailles.

C'était un ver superbe, cela était indéniable, ses écailles irides-centes luisaient, l'élégance de sa malice enchantait. En le regardant, elle ressentit ce mélange de nostalgie et d'angoisse qu'elle se rappelait avoir ressenti étant enfant. Sa présence l'*excitait*, il n'y avait pas d'autre mot pour décrire cela. Comme pour répondre à cette confession, le Dragon poussa un rugissement. Le son qu'il produisit était chaud et grave, et paraissait naître au creux de ses entrailles pour sinuer le long de son corps, finissant par éclater entre ses innombrables dents aiguisées, promesse de chaleurs torrides à venir.

Toute lumière avait disparu entre les arbres. Aucun oiseau ne chantait ni ne parlait, aucun animal, s'il s'en trouvait pour vivre aussi près du Dragon, n'osait remuer une moustache sous les fourrés. Même les mots osseux et les coquelicots avaient disparu, laissant ces deux éléments, la Damoiselle et le Monstre, interpréter leur légende.

« *Tout s'achève ici* », dit Hobart avec la langue de lave du Dragon.

Chacune des syllabes qu'il prononçait était un feu follet qui venait incinérer les grains de poussière autour de sa tête. Elle n'avait absolument pas peur ; elle se sentait plutôt exaltée. Elle n'avait fait qu'observer ces rites jusqu'ici ; finalement, elle y participait.

« N'as-tu rien d'autre *à me dire* ? demanda le Dragon, crachant ces mots entre ses deux rangées de dents. *Pas de bénédictions ? Pas d'explications ?*

— Rien », dit-elle avec un air de défi.

À quoi aurait-il servi de parler, puisqu'ils étaient si parfaitement transparents l'un pour l'autre ? Ils savaient qui ils étaient, n'est-ce pas ? savaient ce qu'ils signifiaient l'un pour l'autre. Lors de l'ultime confrontation de chaque conte, le dialogue était superflu. Lorsqu'il n'y avait plus rien à dire, seule restait l'action : un meurtre ou un mariage.

« Très bien », dit le Dragon, et il se dirigea vers elle sur ses pattes vestigielles, traînant toute la longueur de son corps sur la désolation qui les séparait.

Il a l'intention de me tuer, pensa-t-elle ; *il faut que j'agisse vite.* Que faisait donc la Damoiselle pour se protéger dans de telles circonstances ? S'enfuyait-elle, ou bien tentait-elle d'endormir la bête en chantant ?

Le Dragon se dressait au-dessus d'elle à présent. Mais il ne l'attaquait pas. Il rejetait sa tête en arrière, exposant la chair pâle et tendre de sa gorge.

« *Je t'en prie, sois rapide* », gronda-t-il.

Ce geste la prit totalement au dépourvu.

« Rapide ? dit-elle.

— *Tue-moi et finissons-en* », lui ordonna-t-il.

Bien que son esprit n'ait pas entièrement saisi cette *volte-face**, le corps qu'elle occupait l'avait comprise. Elle le sentit changer en réponse à cette invitation ; sentit en lui une nouvelle maturité. Elle avait cru vivre en innocente dans ce monde ; mais cela lui était impossible. C'était une femme adulte ; une femme qui avait changé durant les mois précédents, qui s'était débarrassée de plusieurs années d'idées mortes ; qui avait trouvé la magie en elle-même ; qui avait connu la souffrance. Le rôle de la Damoiselle — toute de lait et de soupirs — ne lui allait plus.

Hobart savait cela bien mieux qu'elle. Il n'était pas venu dans ces pages en tant qu'enfant, mais en tant qu'homme, et il avait trouvé ici un rôle qui correspondait à ses rêves les plus secrets et les plus interdits. Cet endroit n'était pas de ceux qui admettaient les faux-semblants. Elle n'était pas la vierge, il n'était pas le ver dévorant. Lui, au sein de son imagination, était le pouvoir assailli, séduit, et finalement — douloureusement — *martyrisé.* C'était la raison pour laquelle le Dragon présentait devant elle sa gorge laiteuse.

Tue-moi et finissons-en, disait-il, baissant légèrement la tête pour la regarder. En contemplant son œil survivant, elle vit pour la première fois à quel point il était meurtri par l'obsession qu'elle lui inspirait : à quel point il était devenu son esclave, reniflant ses traces comme un chien perdu, la détestant un peu plus chaque jour pour le pouvoir qu'elle avait sur lui.

Dans l'autre réalité — dans cette pièce qu'ils avaient quittée, et qui était à son tour dissimulée dans un Royaume plus vaste (des mondes à l'intérieur des mondes) —, il se serait montré plus brutal avec elle. S'il en avait eu la chance, il l'aurait tuée par crainte de la vérité qu'il était obligé d'admettre dans ce bois sacré. Mais ici, il était impossible de raconter une histoire qui ne fût pas vraie.

---

* En français dans le texte. (N.d.T.)

C'était pour cette raison qu'il levait sa gorge palpitante et qu'il laissait battre ses lourdes paupières. Il était la vierge, seule et terrifiée, prête à mourir plutôt qu'à sacrifier sa vertu en lambeaux.

Et qu'est-ce que cela faisait d'elle ? La bête, bien sûr. Elle était la bête.

Sitôt pensé, sitôt ressenti.

Elle sentit son corps s'élargir, s'élargir, et s'élargir encore. Dans ses veines coulait un sang plus froid que celui d'un requin. Une chaudière bouillonnait dans son ventre.

Devant elle, Hobart rétrécissait. La peau de dragon tomba en larges plis soyeux autour de ses épaules, et il devint visible, nu et blanc : un mâle humain couvert de blessures. Un chevalier chaste parvenu au terme d'une longue et épuisante route, privé de forces et de certitudes.

Elle s'était emparée de la peau qu'il avait perdue ; elle la sentait se solidifier autour d'elle, armure étincelante. La taille de son corps lui était une joie. Elle exultait de se savoir ainsi dangereuse et impossible. C'était ainsi qu'elle rêvait *vraiment* d'elle-même ; c'était là la véritable Suzanna. Elle était un Dragon.

Une fois cette leçon apprise, que devait-elle faire ? Conclure l'histoire comme le souhaitait l'homme devant elle ? Le brûler ? L'avaler ?

En regardant cet être insipide du haut de son corps dressé, en sentant la saleté, la sueur qui émanaient de lui — elle n'eut guère de peine à trouver au fond de son cœur la volonté d'accomplir son devoir de Dragon et de *dévorer.* Ce serait facile.

Elle se dirigea vers lui et son ombre l'engloutit. Il sanglotait et lui souriait avec gratitude. Elle ouvrit ses immenses mâchoires. Son souffle lui crama les cheveux. Elle allait le cuire et l'avaler en un seul mouvement vif. Mais elle ne fut pas assez rapide. Alors qu'elle était sur le point de le dévorer, elle fut distraite par une voix toute proche. Y avait-il quelqu'un d'autre dans le bosquet ? Ces bruits étaient très certainement à leur place dans ces pages. Ils étaient loin d'être humains, bien que quelques mots aient tenté de faire surface au milieu des aboiements et des grognements. Cochon ; chien ; homme ; une combinaison de ces trois éléments, tous paniqués.

Le Chevalier Hobart ouvrit les yeux, et il y avait en eux une lueur nouvelle, quelque chose de plus que les larmes et la fatigue. Lui aussi avait entendu ces voix ; et en les entendant, il s'était souvenu de l'endroit qui se trouvait au-delà de cette Forêt Sauvage.

L'instant de triomphe du Dragon lui échappait déjà. Elle poussa un hurlement de frustration, mais il n'y avait rien à faire. Elle se sentait perdre ses écailles, passer du mythique au particulier, tandis que le corps couturé de cicatrices de Hobart oscillait comme une flamme au vent avant de s'éteindre.

Cet instant de doute allait sûrement lui coûter cher. En échouant à conclure l'histoire, en échouant à satisfaire le désir de mort de sa victime, elle lui avait donné de nouvelles raisons de la haïr. Quels changements auraient pu se produire en Hobart s'il avait rêvé qu'on le dévorait? s'il avait connu une nouvelle gestation dans le ventre du Ver avant de renaître au monde?

Trop tard, damnation; trop tard. Les pages du livre refusaient désormais de les contenir. Laissant derrière eux leur confrontation inachevée, ils émergèrent des mots dans un éclat de ponctuation. Ils ne laissèrent pas le vacarme des animaux derrière eux: celui-ci se fit plus fort à mesure que l'obscurité de la Forêt Sauvage se levait.

Sa seule pensée était pour le livre. Elle le sentit à nouveau dans ses mains et resserra son étreinte sur lui. Mais Hobart eut la même idée. Lorsque la pièce apparut autour d'eux dans toute sa solidité, elle sentit ses doigts griffer les siens, lui déchirer la peau tant il était impatient de récupérer son trésor.

« Tu aurais dû me tuer », l'entendit-elle murmurer.

Elle leva les yeux vers son visage. Il avait l'air encore plus malade que le Chevalier qu'il avait été, la sueur coulait le long de ses joues creuses, son regard était désespéré. Puis il sembla se reprendre et ses yeux devinrent arctiques.

Quelqu'un donnait des coups sur la porte, tandis que la douloureuse cacophonie des animaux résonnait toujours.

« Attendez ! » cria Hobart à ses visiteurs, quels qu'ils fussent. Tout en criant, il lâcha le livre d'une main et sortit un revolver de son veston, en plongeant le canon dans l'abdomen de Suzanna.

« Lâche ce livre ou je te tue. »

Elle n'avait pas le choix et dut s'exécuter. Le menstruum ne serait pas assez rapide pour maîtriser son adversaire avant qu'il n'ait appuyé sur la gâchette.

Lorsque ses mains lâchèrent le volume, cependant, la porte s'ouvrit brusquement en grand, et toute idée de livre fut éclipsée par ce qui se trouvait sur le seuil.

Jadis, ce quatuor avait fait la fierté de la Brigade de Hobart: c'étaient les plus intelligents, les plus durs. Mais leur nuit de beuverie et de séduction leur avait fait déboutonner plus que leurs pantalons. Elle leur avait également défait l'esprit. On aurait dit que les splendeurs que Suzanna avait découvertes dans Lord Street, ces halos qui béatifiaient Humains comme Devins, avaient été attirées *à l'intérieur* de leurs corps, car la peau de leurs visages et de leurs bras était gonflée et meurtrie, et des bulles de ténèbres couraient le long de leurs anatomies comme des rats sous des draps.

Pris de panique devant cette maladie, ils avaient réduit leurs vêtements en lambeaux; leurs torses étaient luisants de sang et de sueur. Et de leurs gorges montait cette cacophonie qui avait fait sortir le Dragon et le Chevalier du livre ; une bestialité qui se manifestait en une douzaine de détails horribles. La façon dont le visage de celui-ci s'était étiré pour le doter d'un groin ; la façon dont les mains de celui-là s'étaient épaissies pour devenir des pattes.

Ceci, présumait-elle, résultait de la résistance des Devins à l'invasion de leur patrie. Ils avaient feint la passivité pour séduire les envahisseurs avec leurs extases, et cette ménagerie de cauchemar en était la conséquence. Pour appropriée que fût cette métamorphose, Suzanna était horrifiée.

Un des membres de la meute pénétra dans la pièce en chancelant, les lèvres et le front enflés à se rompre. De toute évidence, il tentait de s'adresser à Hobart, mais son palais enchanté ne réussit qu'à produire un miaulement de chat qu'on étrangle.

Hobart n'avait aucune intention de déchiffrer cette plainte, et il braqua son arme sur l'épave qui avançait vers lui en vacillant.

« Ne vous approchez pas », prévint-il.

L'homme, la bouche grande ouverte et ruisselante de salive, émit un appel incohérent.

« Sortez ! » fut la réponse de Hobart. Il fit un pas en direction du quatuor.

Le meneur battit en retraite, tout comme ceux qui étaient restés sur le seuil. Pas à cause de l'arme, pensa Suzanna, mais parce que Hobart était leur maître. Leurs nouvelles anatomies ne faisaient que confirmer ce que leur entraînement leur avait depuis longtemps appris: ils n'étaient que des animaux sans esprit, des esclaves de la Loi.

« *Sortez !* » répéta Hobart.

Ils reculaient le long du couloir à présent, leur cacophonie réduite au silence par leur crainte de Hobart.

Dans quelques instants, son attention ne serait plus distraite, Suzanna le savait. Il se retournerait contre elle, et elle aurait perdu le léger avantage que lui avait donné cette interruption.

Elle devait se laisser guider par son instinct ; peut-être n'aurait-elle plus d'occasion semblable.

Saisissant sa chance, elle se précipita vers Hobart et lui arracha le livre de la main. Il poussa un cri et regarda dans sa direction, l'arme toujours braquée sur le quatuor hurlant. Voyant qu'il les avait quittées des yeux, les créatures se mirent à beugler de plus belle.

« Il n'y a pas d'autre issue que cette porte, lui dit Hobart. Peut-être aimerais-tu passer par là... ? »

Les créatures sentirent de toute évidence qu'il y avait quelque chose dans l'air, et leur vacarme redoubla. On se serait cru au zoo, à l'heure du repas. Elle n'aurait pas fait deux pas dans le couloir sans qu'ils se jettent sur elle. Hobart l'avait prise au piège.

En comprenant ceci, elle sentit le menstruum monter en elle, surgissant avec une soudaineté à lui couper le souffle.

Hobart sut aussitôt qu'elle rassemblait ses forces. Il alla vivement jusqu'à la porte et la referma sur la meute hurlante avant de se retourner vers elle.

« Nous avons vu de belles choses ensemble, n'est-ce pas ? dit-il. Mais c'est une histoire que tu ne vivras pas pour raconter. »

Il braqua le revolver sur son visage.

Il aurait été impossible d'analyser ce qui arriva ensuite. Peut-être qu'il tira et que le coup la manqua miraculeusement, fracassant la vitre derrière elle. Quoi qu'il en soit, elle sentit l'air nocturne envahir la pièce, et l'instant d'après, le menstruum la baignait des pieds à la tête, la faisait pivoter sur elle-même, et elle se précipitait vers la fenêtre sans prendre le temps de penser à ce qu'elle faisait, jusqu'au moment où elle se retrouva sur le rebord et où elle se jeta au-dehors.

Cette fenêtre était située à une hauteur de trois étages. Mais il était trop tard pour prendre de tels détails en considération. Elle n'avait plus désormais qu'à sauter, à tomber, ou... *à voler !*

Le menstruum la souleva dans les airs, projetant sa force contre le mur de la maison d'en face, et la faisant glisser de sa fenêtre à son toit comme l'aurait fait un courant ascendant et glacé. Ce n'était pas véritablement du vol, mais ça y ressemblait.

La ruelle tourbillonna au-dessous d'elle lorsqu'elle rebondit sur un air qui semblait solide pour aller à la rencontre des tuiles d'une autre maison, qu'elle n'approcha que pour être soulevée une nouvelle fois par-dessus son toit tandis que les cris de Hobart s'estompaient derrière elle.

Elle ne pouvait pas rester très longtemps ainsi suspendue dans l'air, bien sûr ; mais ce fut une expérience fort exaltante tant qu'elle dura. Elle glissa vaille que vaille le long d'un autre toit, apercevant les premières lueurs de l'aube poindre entre les collines, puis au-dessus de plusieurs pignons et de quelques cheminées, avant de tomber doucement sur une place où les oiseaux répétaient déjà leurs chansons pour le jour à venir.

Ils s'égaillèrent à son approche, fort surpris par le caprice de l'évolution qui avait produit un tel volatile. Son atterrissage dut les rassurer et les convaincre que beaucoup de travail restait encore à faire dans sa conception. Elle glissa le long des pavés, le menstruum amortissant en grande partie l'impact du choc, et s'immobilisa à quelques centimètres d'un mur couvert de mosaïques.

Tremblante et légèrement nauséeuse, elle se releva. Son vol n'avait probablement pas duré plus d'une vingtaine de secondes, mais elle entendait déjà des voix lancer des cris d'alarme dans une rue adjacente.

Serrant le cadeau de Mimi dans sa main, elle se glissa hors de la petite place et quitta la ville en prenant un chemin qui la fit tourner en rond et sur lequel elle manqua par deux fois de tomber dans les bras de ses poursuivants. Elle se découvrait une nouvelle contusion à chaque pas, mais elle était au moins en vie, et les aventures de la nuit l'avaient rendue plus sage.

La vie et la sagesse. Que pouvait-on demander de plus ?

CHAPITRE 9

L'incendie

La journée et la nuit que Suzanna passa dans Sans-Pareil, et à la poursuite de Hobart dans la Forêt Sauvage, conduisirent Cal et De Bono dans des endroits qui n'étaient pas moins remarquables. Eux aussi connurent peines et révélations; eux aussi s'approchèrent de la mort plus qu'ils ne devaient souhaiter s'en approcher par la suite.

Après s'être séparés d'elle, ils avaient poursuivi en silence leur route vers le Firmament, jusqu'à ce que De Bono demande de but en blanc:

« Est-ce que tu l'aimes? »

Étrangement, Cal était en train de se poser cette même question en esprit, mais il avait refusé d'y répondre. Cela l'embarrassait franchement.

« Imbécile, dit De Bono. Pourquoi avez-vous si peur de vos sentiments, vous autres les Coucous? Elle vaut la peine qu'on l'aime; même moi, je m'en rends compte. Alors pourquoi ne le dis-tu pas? »

Cal grogna. De Bono avait raison, mais c'était fort vexant de se voir ainsi sermonner à ce sujet par quelqu'un de plus jeune.

« Tu as peur d'elle, c'est ça? » dit De Bono.

Cette remarque ne fit que remuer le couteau dans la plaie.

« Seigneur, non, dit Cal. Pourquoi diable aurais-je peur d'elle?

— Elle a des pouvoirs, dit De Bono en ôtant ses lunettes et en contemplant le paysage devant eux. La plupart des femmes en ont, bien sûr. C'est pour ça que Starbrook ne voulait pas d'elles dans son Champ. Ça le déséquilibrait.

— Et nous, qu'est-ce qu'on a? dit Cal en donnant un coup de pied dans un caillou.

— On a nos bites.

— Qui a dit ça, encore Starbrook?

— De Bono», fut la réponse, et le garçon éclata de rire. «Je vais te dire une chose, déclara-t-il. Je connais un endroit où on pourrait aller...

— Pas de détours.

— Que représentent une heure ou deux? dit De Bono. As-tu déjà entendu parler de la Montagne de Vénus?

— J'ai dit pas de détours, De Bono. Si tu veux y aller, vas-y.

— Seigneur, qu'est-ce que tu es pénible, soupira De Bono. Je serais capable de te prendre au mot.

— Et je n'aime pas non plus tes questions idiotes, dit Cal. Alors, si tu veux aller cueillir des fleurs, vas-y. Contente-toi de m'indiquer la direction du Firmament.»

De Bono resta silencieux. Ils continuèrent de marcher. Lorsqu'ils se remirent à parler, De Bono commença à étaler sa connaissance de la Fugue, plus pour le plaisir de remettre son compagnon de voyage à sa place que par désir sincère d'informer celui-ci. Par deux fois, en plein milieu d'une diatribe, Cal dut le traîner dans une cachette lorsqu'une des patrouilles dépêchées par Hobart s'approcha un peu trop près de leur route. Après la seconde de ces alertes, ils furent immobilisés durant deux heures tandis que les membres de la Brigade s'enivraient consciencieusement à quelques mètres de leur cachette.

Quand la patrouille s'en fut allée, ils avancèrent bien plus lentement. Leurs membres noués par les crampes leur paraissaient lourds comme du plomb; ils étaient affamés, assoiffés et irrités par leur compagnie réciproque. Et en plus de cela, le crépuscule approchait.

«C'est encore loin?» voulut savoir Cal.

Naguère, lorsqu'il avait contemplé la Fugue depuis le sommet du mur de Mimi, la confusion de son paysage lui avait promis d'éternelles aventures. À présent qu'il était plongé dans cette confusion, il aurait donné un bras pour avoir une bonne carte.

«C'est encore assez loin, oui, répondit De Bono.

— Est-ce que tu sais seulement où on est?»

Les lèvres de De Bono se retroussèrent avec dédain.

«Bien sûr.

— Donne-moi le nom de cet endroit.

— Hein?

— *Son nom!*

— Que je sois damné si je te le donne. Il va falloir que tu me fasses confiance, Coucou.»

Le vent s'était levé depuis une demi-heure, et il apportait à présent avec lui des cris, qui interrompirent l'escalade de la guerre verbale qui avait éclaté entre les deux compagnons.

« Je sens quelque chose qui brûle », dit De Bono.

C'était exact. En plus de son fardeau de douleur, le vent leur apportait une odeur de bois en train de cramer. De Bono bondissait déjà à la recherche de sa source. À ce moment-là, rien n'aurait pu satisfaire autant Cal que de laisser le funambule se débrouiller tout seul, mais — en dépit des doutes qu'il entretenait sur les qualités de guide de De Bono — sa compagnie valait mieux que rien. Cal le suivit à travers les ténèbres qui allaient en s'épaississant, gravissant une petite éminence. Depuis son sommet — au-delà d'une mosaïque de prés parsemés d'arches —, ils aperçurent nettement l'incendie. Ce qui paraissait être un petit bosquet brûlait avec alacrité, tant le vent attisait les flammes. À la lisière de ce foyer de belle taille, plusieurs voitures étaient garées, et leurs propriétaires — encore des soldats de l'armée de libération de Shadwell — s'amusaient comme des fous.

« Salauds, dit De Bono lorsque plusieurs d'entre eux encerclèrent une de leurs victimes et se mirent à la frapper de leurs bottes et de leurs matraques. Salauds de Coucous.

— Ce n'est pas seulement mon peuple... », commença Cal. Mais avant qu'il n'ait pu finir de défendre sa tribu, ses paroles moururent sur sa langue, car il venait de reconnaître l'endroit que l'on était en train de détruire sous ses yeux.

Ce n'était pas un bois. Les arbres n'étaient pas disposés de façon aléatoire, mais plantés en alignements réguliers. Naguère, sous les frondaisons de ces arbres, il avait récité les vers de Mooney le Dingue. À présent, le verger de Lemuel Lo était en flammes sur toute son étendue.

Il descendit le long de la pente pour se diriger vers la conflagration.

« Où vas-tu ? lui demanda De Bono. Calhoun ? Qu'est-ce que tu veux faire ? »

De Bono le rattrapa en courant et le saisit par le bras.

« Calhoun ! Écoute-moi !

— Laisse-moi tranquille », dit Cal en tentant de pousser De Bono de côté.

Son geste fut si violent que le sol de la pente céda sous son talon et qu'il perdit l'équilibre, emportant De Bono avec lui. Ils glissèrent le long de la déclivité, sous une averse de pierres et de mottes de terre, et atterrirent dans une mare profonde en bas de la colline, plongeant dans une eau stagnante qui leur arrivait jusqu'à la poitrine. Cal entreprit de gagner la berge, mais De Bono l'avait attrapé par sa chemise.

« Tu ne peux rien y faire, Mooney.

— Lâche-moi, bordel.

— Écoute, je m'excuse pour cette remarque au sujet des Coucous, d'accord ? Nous aussi, nous avons nos vandales.

— N'y pense plus», dit Cal, les yeux toujours braqués sur l'incendie. Il écarta la main de De Bono. «Je connais cet endroit, dit-il. Je ne peux pas le laisser brûler comme ça.»

Il s'extirpa de la mare boueuse et se dirigea vers le foyer. Il allait tuer les salauds qui avaient fait ça, quels qu'ils fussent. Il allait les tuer, et ce ne serait que justice.

«*Il est trop tard!* cria De Bono derrière lui. Tu ne peux rien y faire.»

Il y avait du vrai dans ce que disait l'adolescent. Demain, il ne resterait plus que des cendres du verger. Mais il ne pouvait cependant pas tourner le dos à l'endroit où il avait goûté pour la première fois aux extases de la Fugue. Vaguement conscient de la présence de De Bono derrière lui, et complètement indifférent au Devin, il continua de l'avant.

A mesure que la scène s'éclaircissait devant lui, il se rendit compte que la troupe du Prophète (ce mot était flatteur; il ne s'agissait que d'une *meute*) rencontrait une certaine résistance. Un peu partout autour du foyer, des silhouettes se battaient à mains nues. Mais les défenseurs du verger étaient des proies faciles pour les incendiaires, aux yeux desquels une telle barbarie n'était qu'un simple exercice. Ils avaient pénétré dans la Fugue avec des armes capables de décimer la Devinité en quelques heures. Sous les yeux de Cal impuissant, un Devin fut abattu d'un coup de revolver. Quelqu'un se précipita au secours du blessé, mais fut lui-même atteint et tomba à terre. Les soldats allèrent d'un corps à l'autre afin de vérifier que leur œuvre était accomplie. La première de leurs victimes n'était pas morte. Elle leva une main vers son bourreau, qui braqua son arme vers la tête du moribond et tira.

Des spasmes de nausée s'emparèrent de Cal lorsque l'odeur de la chair brûlée se mêla à celle de la fumée. Il fut impuissant à contrôler sa révulsion. Ses genoux vacillèrent et il tomba sur le sol, vomissant malgré un estomac vide. À ce moment-là, son malheur paraissait complet: les vêtements humides qui glaçaient son échine; le goût de son estomac au fond de sa gorge; le verger paradisiaque qui brûlait devant ses yeux. Les horreurs que la Fugue lui montrait étaient aussi profondes que ses visions avaient été sublimes. Il ne pourrait pas tomber plus bas.

«Viens, Cal.»

La main de De Bono était posée sur son épaule. Il tendit une poignée d'herbe fraîchement arrachée devant le visage de Cal.

«Essuie-toi, dit-il avec douceur. On ne peut plus rien faire ici.»

Cal porta l'herbe à son nez, inspirant sa froide fragrance. Sa nausée était passée. Il regarda une nouvelle fois le verger en feu. Ses yeux étaient humides, et il ne se fia pas tout d'abord à ce qu'ils lui disaient. Il les essuya du dos de la main en reniflant. Puis il regarda de nouveau, et là — courant à travers la fumée devant le feu — il vit Lem.

Il prononça le nom de l'homme.

« Qui ça ? » dit De Bono.

Cal se levait déjà, en dépit de ses jambes tremblantes.

« Là », dit Cal en tendant le doigt vers Lo.

Le gardien du verger était accroupi auprès de l'un des corps, la main tendue vers le visage du Devin mort. Lui fermait-il les yeux, tout en lui offrant sa bénédiction ?

Il fallait que Cal fasse connaître sa présence à cet homme, il fallait qu'il lui parle, ne fût-ce que pour lui dire qu'il avait été témoin des horreurs qui s'étaient déroulées en ce lieu et pour lui jurer qu'elles seraient vengées. Il se tourna vers De Bono. L'incendie, qui se reflétait dans les lunettes du funambule, cachait ses yeux, mais il était évident d'après l'expression de son visage figé que ce qu'il avait vu n'avait pas été sans l'émouvoir.

« Reste ici, dit Cal. Il faut que je parle à Lem.

— Tu es fou, Mooney, dit De Bono.

— Probablement. »

Il se dirigea vers l'incendie en appelant Lem. La meute semblait s'être lassée de la chasse. Plusieurs de ses membres étaient retournés à leurs voitures ; l'un d'eux pissait dans le feu ; d'autres encore contemplaient la conflagration, abrutis par l'alcool et par la scène de destruction.

Lem avait achevé sa bénédiction et s'éloignait des restes de son verger. Cal l'appela de nouveau, mais le vacarme du feu étouffa ses paroles. Il se mit à accélérer l'allure, et à ce moment-là, Lem l'aperçut du coin de l'œil. Il ne sembla cependant pas reconnaître Cal. Alarmé par cette silhouette qui s'approchait de lui, il fit demi-tour et se mit à courir. Cal l'appela encore, et il réussit cette fois-ci à attirer son attention. Lem s'arrêta de courir et regarda derrière lui, plissant les yeux pour distinguer son poursuivant à travers la fumée et les escarbilles.

« Lem ! C'est moi ! cria Cal. C'est Mooney ! »

Le visage de Lo, maculé de suie, n'était pas capable de sourire, mais il ouvrit les bras pour accueillir Cal, qui traversa les derniers mètres séparant les deux hommes en redoutant à chaque instant que le rideau de fumée ne les isole à nouveau l'un de l'autre. Rien de tel ne se produisit. Ils s'embrassèrent comme deux frères.

« Oh, mon poète », dit Lo, les yeux rougis par les larmes et la fumée. « Quel drôle d'endroit pour se retrouver.

— Je vous avais dit que je n'oublierais pas, dit Cal. Ne vous l'avais-je pas dit ?

— En effet, par Dieu.

— Pourquoi ont-ils fait ça, Lem ? Pourquoi ont-ils brûlé le verger ?

— Ce n'est pas leur œuvre, répondit Lem. C'est la *mienne.*

— Vous ?

— Tu ne croyais pas que j'allais offrir à ces salauds le plaisir de goûter à mes fruits ?

— Mais, Lem... les arbres. Tous ces arbres. »

Lo plongea les mains dans ses poches et en retira des poignées de Poires de Jude. Plusieurs d'entre elles étaient cabossées et ouvertes, et leur suc coulait en luisant sur les doigts de Lo. Leur senteur entêtante envahit l'air souillé, amenant avec elle le souvenir des jours enfuis.

« Il y a des graines dans chacune d'entre elles, poète, dit Lem. Et dans chaque graine, il y a un arbre. Je trouverai un autre endroit où les planter. »

C'étaient des paroles courageuses, mais il sanglotait tout en les prononçant.

« Ils ne nous vaincront pas, Calhoun, dit-il. Quel que soit le Dieu qui les inspire, nous ne mettrons jamais genou à terre devant eux.

— Surtout pas, dit Cal. Ou tout est perdu. »

Alors qu'il prononçait ces mots, il vit le regard de Lo quitter son visage pour se diriger vers la meute et vers les voitures.

« Il faut que nous partions, dit-il en fourrant les fruits dans ses poches. Veux-tu venir avec moi ?

— Je ne peux pas, Lem.

— Enfin, j'ai appris tes vers à mes filles, dit-il. Je me suis souvenu d'eux tout comme tu t'es souvenu de moi...

— Ils ne sont pas de moi, dit Cal. Ils sont de mon grand-père.

— Ils appartiennent à nous tous à présent, dit Lo. Plantés dans un sol fertile... »

Soudain, un coup de feu. Cal pivota sur lui-même. Les trois hommes qui contemplaient le feu les avaient aperçus et se dirigeaient vers eux. Tous étaient armés.

Lo saisit la main de Cal durant un instant et l'étreignit en guise d'adieu. Puis ce contact fut rompu lorsque plusieurs détonations suivirent la première. Lo se dirigeait vers les ténèbres, loin de la lueur du feu, mais le sol était inégal sous ses pas et il tomba après avoir parcouru quelques mètres. Cal se précipita vers lui, alors même que les vandales tiraient de nouveaux coups de feu.

« Éloigne-toi de moi..., cria Lo. Pour l'amour de Dieu, *cours* ! »

Lo tâtonnait dans les ténèbres pour récupérer les fruits tombés de sa poche. Lorsque Cal arriva près de lui, un des tireurs fit mouche. Un projectile vint frapper Lo. Il poussa un cri et porta une main à son torse.

Les vandales étaient presque arrivés à hauteur de leurs cibles. Ils avaient cessé de tirer, attendant de tenir leurs victimes à bout portant. Alors qu'ils ne se trouvaient qu'à cinq ou six mètres d'elles, cependant, leur meneur fut terrassé par un missile lancé depuis le rideau de fumée. Le projectile vint le frapper à la tête, le blessant profondément. Il tomba à terre, aveuglé par un flot de sang.

Cal avait eu le temps de voir l'arme qui avait terrassé l'homme et avait reconnu en elle un poste de radio : puis De Bono s'avança en zig-zags à travers l'air mouvant en direction des tireurs. Ceux-ci l'entendirent venir : il hurlait comme un dément. On tira un coup de feu dans sa direction ; mais il manqua sa cible. Il passa à côté des tireurs en courant et se précipita vers l'incendie.

Le meneur, une main sur sa tête blessée, se relevait en chancelant, prêt à reprendre la chasse. La tactique de De Bono, même si elle avait réussi à distraire les tireurs, était carrément suicidaire. Les tireurs l'avaient pris au piège devant la muraille d'arbres en feu. Cal l'aperçut en train de traverser le rideau de fumée en direction de l'incendie, poursuivi par les tueurs hurlants. On tira une salve de coups de feu ; il les évita tous en bon danseur qu'il était. Mais il lui était impossible d'éviter l'enfer qui rugissait devant lui. Cal le vit jeter un coup d'œil par-dessus son épaule pour localiser ses poursuivants, puis — l'imbécile — il plongea dans le feu. La plupart des arbres n'étaient plus désormais que des colonnes de flammes, mais le sol lui-même était un paradis pour fakir, tout de braises et de cendres fumantes. L'air frémissait sous l'effet de la chaleur, corrompant la silhouette de De Bono jusqu'à ce qu'elle se soit perdue parmi les arbres.

Il n'avait pas le temps de le pleurer. Son courage leur avait procuré un certain répit, mais il ne durerait pas longtemps. Cal se retourna pour venir en aide à Lemuel. L'homme avait cependant disparu, laissant quelques taches de sang et quelques fruits épars pour marquer l'endroit où il était tombé. Près de l'incendie, les tireurs attendaient toujours De Bono pour l'abattre dès qu'il émergerait des flammes. Cal eut le temps de se relever et d'examiner la conflagration à la recherche d'un signe du funambule. Il n'en trouva aucun. Puis il s'éloigna du brasier pour se diriger vers le flanc de la colline où lui et De Bono s'étaient querellés. En chemin, un vague espoir monta en lui. Il décida de changer de direction et courut pour se rendre de l'autre côté du verger.

L'air était bien plus clair ici ; le vent emportait la fumée dans la direction opposée. Il courut le long de la lisière du verger, espérant contre tout espoir que De Bono avait pu réussir à prendre les flammes de vitesse. Lorsqu'il arriva à mi-chemin du pourtour du brasier, ses yeux horrifiés se posèrent sur une paire de souliers en feu. Il leur donna un coup de pied, puis se mit en quête de leur propriétaire.

Ce fut seulement lorsqu'il tourna le dos aux flammes qu'il aperçut la silhouette debout dans un champ de hautes herbes à deux cents mètres du verger. Même à cette distance, cette tête blonde était familière. Ainsi que, une fois qu'il se fut rapproché, ce sourire satisfait.

Il avait perdu ses cils et ses sourcils; et ses cheveux étaient sérieusement cramés. Mais il était sain et sauf.

« Comment as-tu réussi ça ? » lui demanda Cal lorsqu'il fut arrivé à portée de voix.

De Bono haussa les épaules.

« Je suis bien plus doué pour marcher sur le feu que pour danser sur une corde, dit-il.

— Sans toi, je serais mort, dit Cal. Merci. »

De toute évidence, De Bono était embarrassé par la gratitude manifestée par Cal. Il l'écarta d'un geste de la main, puis tourna le dos à l'incendie et s'éloigna à travers les herbes, laissant Cal le suivre.

« Est-ce que tu sais où on va ? » lui demanda celui-ci.

Il semblait qu'ils marchaient dans une tout autre direction que celle qu'ils avaient suivie lorsqu'ils avaient découvert l'incendie, mais il n'aurait pas pu en jurer.

De Bono lui offrit une réponse, mais le vent l'emporta et Cal était trop épuisé pour lui poser la question une seconde fois.

CHAPITRE 10

Plaisirs célestes

1

Leur voyage devint ensuite un véritable supplice. Les événements du verger avaient vidé Cal des quelques réserves de forces dont il aurait encore pu se vanter. Les muscles de ses jambes tressautaient comme s'ils allaient entrer en convulsions ; au creux de ses reins, les vertèbres semblaient avoir perdu leur cartilage et grinçaient les unes contre les autres. Il s'efforça de ne pas penser à ce qui arriverait lorsqu'ils finiraient par atteindre le Firmament, s'ils l'atteignaient jamais. Même au meilleur de leur forme, De Bono et lui n'étaient guère de force à lutter contre Shadwell. Dans un tel état, il ne ferait qu'une bouchée d'eux.

Les quelques merveilles que lui dévoilait la lueur des étoiles — un cercle de mégalithes, reliés par des lambeaux de brume murmurante ; ce qui semblait être une famille de poupées au sourire béat, à moitié dissimulées par une cascade silencieuse —, n'eurent droit qu'à un regard machinal de sa part. Le seul spectacle qui aurait pu faire naître la joie sur ses lèvres était celui d'un matelas de plumes.

Mais même ces mystères disparurent peu à peu lorsque De Bono le conduisit vers le flanc d'une sombre colline, parcouru par une douce brise qui agitait les herbes à leurs pieds.

La lune se levait à travers un banc de cumulus, transformant De Bono en spectre tandis qu'il gravissait la pente raide. Cal le suivit comme un mouton, trop épuisé pour l'interroger sur la route qu'ils avaient prise.

Mais il se rendit compte peu à peu que les soupirs qu'il entendait n'étaient pas uniquement produits par le vent. Il y avait en eux une musique oblique ; une mélodie qui apparaissait et qui disparaissait sans cesse.

Ce fut De Bono qui finit par faire halte et par dire :

« Tu les entends, Cal ?

— Oui. Je les entends.

— Elles savent qu'elles ont des visiteurs.

— Est-ce que c'est le Firmament ?

— Non, dit doucement De Bono. Le Firmament, c'est pour demain. Nous sommes trop fatigués pour ça. Cette nuit, nous restons ici.

— Et ici, c'est où ?

— Tu ne le devines pas ? Tu ne le sens pas dans l'air ? »

L'atmosphère était légèrement parfumée ; chèvrefeuille et jasmin nocturnes.

« Tu ne le sens pas dans la terre ? »

Le sol était tiède sous ses pieds.

« Ceci, mon ami, est la Montagne de Vénus. »

2

Il aurait dû se douter qu'il ne fallait pas faire confiance à De Bono ; en dépit de son héroïsme, ce type était tout sauf fiable. Et à présent, ils avaient perdu un temps précieux.

Cal jeta un œil derrière lui afin de voir si la route qu'ils avaient suivie était visible, mais non ; la lune s'était faufilée dans le banc de nuages pour quelque temps et le flanc de la montagne était plongé dans les ténèbres. Quand il se retourna, De Bono avait disparu. Entendant un rire non loin de lui, Cal appela son guide. Le rire se fit de nouveau entendre. Il semblait trop léger pour être celui de De Bono, mais Cal ne pouvait pas en être sûr.

« Où es-tu ? » demanda-t-il, mais il n'y eut aucune réponse, aussi se dirigea-t-il vers le rire.

Lorsqu'il avança, il pénétra dans un courant d'air chaud. Surpris, il battit en retraite, mais la chaleur tropicale le suivit, le parfum de miel envahissant à présent ses narines. Il se sentit la tête légère ; ses jambes douloureuses menaçaient de s'effondrer sous l'effet du plaisir qui le grisait.

Un peu plus haut sur la pente, il vit une autre silhouette, sûrement celle de De Bono, qui se déplaçait dans la pénombre. Il l'appela de nouveau, et cette fois-ci, une réponse lui fut donnée. De Bono se retourna et dit :

« Ne t'énerve pas, Coucou. »

Sa voix avait pris un ton rêveur.

« Nous n'avons pas le temps..., protesta Cal

— On ne peut... on ne peut rien faire... » La voix de De Bono ne lui parvenait que par intermittence, comme un signal de radio trop faible. « On ne peut rien faire cette nuit... sinon *aimer...* »

Ce dernier mot s'estompa, ainsi que De Bono, qui se fondit dans les ténèbres.

Cal pivota sur lui-même. Il était certain que De Bono s'était adressé à lui depuis un endroit plus élevé que celui où il se trouvait, ce qui signifiait que, s'il lui tournait le dos et s'éloignait, il parcourrait en sens inverse le chemin qu'ils avaient fait pour venir ici.

La chaleur le suivit lorsqu'il fit demi-tour. « Je vais chercher un autre guide, pensa-t-il vaguement. Chercher un autre guide et trouver le Firmament. » Il avait rendez-vous avec quelqu'un. Qui était-ce ? Ses pensées suivaient les traces de la voix de De Bono. Oh oui : *Suzanna.*

Alors qu'il formulait mentalement son nom, la chaleur conspira de façon inattendue avec ses jambes pour l'attirer vers le sol. Il n'était pas sûr de savoir comment cela s'était produit — il ne s'entrava pas, personne ne le poussa —, mais en quelques secondes, il se retrouva la tête posée sur la terre, et oh ! comme c'était confortable. Il aurait cru retourner dans un lit d'amour par un matin de gelée. Il s'étira de tout son long, succombant à ses membres épuisés, se disant qu'il allait se reposer un peu, rien qu'un moment, jusqu'à ce qu'il ait recouvré ses forces en vue des épreuves qui l'attendaient.

Peut-être se serait-il endormi, s'il n'avait pas entendu prononcer son nom.

Pas Cal, ni même Calhoun, mais :

« *Mooney...* »

Ce n'était pas la voix de De Bono, mais celle d'une femme.

« Suzanna ? »

Il tenta de se relever, mais il était si lourd, si chargé de poussière après ses tribulations, qu'il lui était impossible de bouger. Il voulait se défaire de ce poids comme un serpent se défait de sa vieille peau, mais il resta étendu là, incapable de remuer le petit doigt, tandis que la voix l'appelait et l'appelait encore, s'estompant à mesure qu'elle le cherchait de plus en plus haut sur le flanc de la montagne.

Il désirait tant la suivre ; et il sentit soudain ce désir se réaliser, ses vêtements tombèrent autour de lui et il se mit à avancer sur l'herbe, son ventre collé au ventre de la terre. Comment il se déplaçait, il n'en savait rien, car il ne sentait aucun mouvement dans ses membres et l'effort n'accélérait pas le rythme de son souffle. En fait, il se sentait si étranger à toute sensation qu'on aurait cru qu'il avait abandonné son corps en même temps que ses vêtements.

Il avait emporté une chose avec lui : la lumière. Une lumière pâle et froide qui éclairait l'herbe et les edelweiss nichées à flanc de montagne ; une lumière qui était si proche de lui qu'elle aurait pu *émaner* de lui.

En chemin, il aperçut De Bono étendu sur l'herbe à quelques mètres de lui, endormi, la bouche ouverte comme celle d'un poisson. Il se dirigea vers le dormeur pour lui poser quelques questions, mais avant qu'il ne l'ait atteint, son attention fut attirée par autre chose. À un ou deux mètres de l'endroit où gisait De Bono, des rayons de lumière jaillissaient du sol noir. Il plana au-dessus du corps de son compagnon, que sa lumière faillit réveiller, puis se dirigea vers ce nouveau mystère.

Sa résolution se révéla facile. Il y avait plusieurs trous creusés dans la terre. Il alla jusqu'au plus proche d'entre eux et regarda à l'intérieur. La montagne tout entière, découvrit-il alors, était creuse. Au-dessous de lui se trouvait une immense caverne peuplée de lueurs mouvantes. Il s'agissait sans aucun doute des présences dont De Bono avait parlé.

Il soupçonnait avoir abandonné son corps quelque part derrière lui, et ce soupçon fut confirmé lorsqu'il se faufila dans le trou — qui n'aurait jamais été assez large pour laisser passer sa tête, sans parler de ses épaules — pour pénétrer dans l'atmosphère de la caverne.

Là, il se mit à flotter, et contempla le rituel qui se déroulait au-dessous de lui.

A première vue, les officiants semblaient être des sphères de gaz lumineux, peut-être une quarantaine en tout, certaines énormes, d'autres minuscules, dont les couleurs allaient des teintes pastel aux rouge et au jaune vifs. Mais lorsqu'il descendit doucement vers le sol de la caverne, poussé non pas par la gravitation mais par son désir de savoir, il se rendit compte que les globes étaient loin d'être opaques. À l'intérieur de leurs circonférences des formes apparaissaient, pareilles à des spectres dans leur parfaite géométrie. Elles étaient fort éphémères, ces visions, et leur durée de vie n'excédait pas quelques secondes, car des nuages pâles venaient les voiler et de nouvelles configurations prenaient leur place. Mais elles s'attardaient assez longtemps pour qu'il puisse les appréhender.

Il aperçut dans plusieurs sphères des formes qui ressemblaient à des fœtus humains, tant leurs têtes étaient grandes, et frêles les membres enveloppés autour de leurs corps. Sitôt vues, sitôt disparues ; et à leur place, peut-être un éclat de bleu étincelant, qui transformait le globe en énorme orbite. À l'intérieur d'un autre, les gaz se divisaient et se redivisaient, comme dans une cellule amoureuse d'elle-même ; dans un troisième, les nuages étaient devenus un blizzard, dans les profondeurs duquel il vit une forêt et une colline.

Il était certain que ces entités étaient conscientes de sa présence dans la caverne, bien qu'aucune d'entre elles n'ait interrompu ses mouvements pour l'accueillir. Cela ne l'offensa en aucune manière. Leur danse était fort élaborée et la confusion aurait aussitôt régné si l'une d'elles avait modifié sa trajectoire. Il y avait quelque chose d'exquis et d'inévitable dans leurs mouvements — certaines des sphères parvenaient à un cheveu de la collision, puis s'écartaient vivement un instant avant le désastre; d'autres se déplaçaient en famille et décrivaient des figures complexes en circulant les unes autour des autres, tout en se déplaçant simultanément le long d'un cercle dont le centre se trouvait au milieu de la caverne.

Il y avait cependant bien plus de choses fascinantes ici que la tranquille majesté de la danse, car il avait aperçu par deux fois dans l'une des plus grandes sphères une image porteuse d'une extraordinaire charge érotique. Une femme nue, dont les membres défiaient toutes les lois de l'anatomie, flottait sur un matelas de nuages, dans une position de pure exhibition sexuelle. Alors que Cal l'apercevait, elle disparut, lui laissant l'image de son invitation: ses lèvres, son vagin, ses fesses. Il n'y avait rien de putassier dans son attitude; le crime aurait été de ressentir de la honte, car un tel sentiment n'avait pas sa place dans ce cercle enchanté. Les présences étaient trop amoureuses de l'existence pour de telles absurdités.

Elles aimaient également la mort, et de façon aussi peu équivoque. Une des sphères recelait en son sein un cadavre, pourrissant et grouillant de mouches, présenté avec le même plaisir que toutes les gloires avoisinantes.

Mais ce n'était pas la mort qui intéressait Cal; c'était cette femme.

On ne peut rien faire cette nuit — avait dit De Bono — *sinon aimer*, et Cal savait à présent que c'était vrai.

Mais l'amour tel qu'il l'avait connu au-dessus du sol n'avait pas sa place ici. La femme dans la sphère n'avait pas besoin de baratin; sa compagnie était librement offerte. La question était la suivante: comment allait-il exprimer son désir? Il avait laissé son érection derrière lui, sur les flancs de la Montagne de Vénus.

Il n'avait pas besoin de se faire du souci: elle connaissait déjà ses pensées. Lorsque ses yeux la trouvèrent une troisième fois, le regard de la femme sembla l'attirer dans la sarabande. Il se surprit à exécuter un lent, lent saut périlleux qui l'amena à côté de sa maîtresse.

Lorsqu'il atteignit ce point, il comprit quelle était sa fonction en ce lieu.

La voix sur la montagne l'avait appelé *Mooney*, et ce nom n'avait pas été choisi en vain*. Il était venu d'en haut sous forme de lumière, de clair de lune, et il venait de trouver ici son orbite dans une danse de planètes et de satellites.

Peut-être, bien sûr, n'était-ce que sa façon d'interpréter les choses. Peut-être que les impératifs de ce système relevaient tout autant de l'amour et des tempêtes de neige que de l'astronomie. Devant de tels miracles, toute conjecture était sans objet. Cette nuit, l'existence était l'essence.

Les présences effectuèrent un autre circuit, et Cal, perdu dans les plaisirs de ce voyage prémédité, tournant sur lui-même (pas cul par-dessus tête ; rien que le plaisir du mouvement), fut momentanément distrait de la femme qu'il avait aperçue. Mais lorsque son orbite lui fit parcourir un arc au rayon plus important, ses yeux se posèrent à nouveau sur la planète qu'elle hantait. Elle émergea alors même qu'il regardait sa sphère, pour se reperdre dans les nuages aussitôt après. Accomplissait-il le même rituel à ses yeux, allant de l'humanité à l'abstraction pour revenir ensuite à l'humanité, au rythme des pulsations d'un nuage laiteux ? Il savait si peu de choses sur lui-même, ce Mooney, sur son orbite singulière.

Tout ce qu'il pouvait espérer comprendre de son être, il lui fallait le découvrir dans les sphères sur les visages desquelles il projetait sa lumière d'emprunt. Telle était peut-être la condition des lunes.

C'était bien suffisant.

Il sut en cet instant comment les lunes faisaient l'amour. En ensorcelant les nuits des planètes ; en agitant leurs océans ; en bénissant le chasseur et le moissonneur. Une centaine d'actes qui n'avaient besoin pour s'accomplir que des anatomies libérées de la lumière et de l'espace.

Lorsque ces pensées vinrent à son esprit, la femme s'ouvrit pour se baigner en lui, écarta les lèvres de son vagin et laissa sa lumière la faire jouir.

En la pénétrant, il ressentit la même chaleur, le même désir de possession, la même vanité qui avaient toujours marqué l'animal qu'il était, mais à la place de l'effort, il trouva l'aisance, à la place de la tristesse toujours imminente, il trouva la plénitude ; et à la place de l'urgence de l'acte, le sentiment que celui-ci pourrait durer éternellement, ou du moins le sentiment qu'une centaine de vies humaines ne représentaient qu'un instant à l'échelle de la vie d'une lune, et les tours qu'il avait faits sur ce manège de l'empyrée avaient transformé le temps en absurdité.

À cette idée, une terrible et poignante sensation s'empara de lui.

* *Moon* signifie lune en anglais. (N.d.T.)

L'enveloppe charnelle qu'il avait laissée sur le flanc de la montagne s'était-elle flétrie et avait-elle péri tandis que ces constellations décrivaient tranquillement leur ronde éternelle?

Il regarda en direction du centre du système, du moyeu autour duquel toutes les sphères décrivaient leurs trajectoires — excentriques ou régulières, lointaines ou intimes; et là, à l'endroit d'où il tirait sa lumière, il se vit lui-même, endormi sur le flanc d'une colline.

«Je *rêve*», pensa-t-il, et il s'éleva soudain — comme une bulle dans une bouteille — moins lune que Mooney. Le dôme de la caverne — qui, s'aperçut-il confusément, ressemblait à l'intérieur d'un crâne — était sombre autour de lui et, l'espace d'un instant, il crut qu'il allait se fracasser la tête en le heurtant, mais au dernier moment, l'air devint étincelant autour de lui et il s'éveilla, ouvrant les yeux sur un ciel strié de lumière.

C'était l'aube sur la Montagne de Vénus.

3

De tout le rêve qu'il avait fait, une partie était vraie. Il s'était effectivement débarrassé de deux peaux, comme un serpent. La première, ses vêtements, gisait éparse dans l'herbe autour de lui. La seconde, la couche de crasse qu'il avait accumulée durant ses aventures, avait été lavée pendant la nuit, par la rosée ou par une averse. Quoi qu'il en soit, il était tout à fait sec à présent; la chaleur du sol sur lequel il reposait (cela non plus n'avait pas été un rêve) l'avait séché et laissé tout parfumé. Il se sentait aussi sustenté, et revigoré.

Il s'assit. Balm De Bono était déjà debout, en train de se gratter les testicules et de contempler le ciel: bienheureuse combinaison. L'herbe avait laissé des traces sur son dos et sur ses fesses.

«Est-ce qu'elles t'ont plu? dit-il à Cal en clignant de l'œil.

— Plu?

— Les Présences. Est-ce qu'elles t'ont fait faire de beaux rêves?

— Oui.»

De Bono eut un sourire salace.

«Tu veux bien me les raconter? dit-il.

— Je ne sais pas comment...

— Oh, épargne-moi ta pudeur.

— Non, c'est seulement que... j'ai rêvé que j'étais... la lune.

— Tu as *quoi*?

— J'ai rêvé...

— Je t'amène à ce qui ressemble le plus à un bordel chez nous et tu rêves que tu es la lune ? Tu es un homme étrange, Calhoun. »

Il ramassa son blouson et l'enfila, secouant la tête devant la bizarrerie de Cal.

« Qu'est-ce que tu as rêvé, *toi*? s'enquit Cal.

— Je te le raconterai un de ces jours, dit De Bono. Quand tu seras plus grand. »

4

Ils s'habillèrent en silence, puis descendirent la pente douce de la Montagne.

CHAPITRE 11

Un témoin

1

Bien que l'aube de ce jour ait été propice à Suzanna, qui venait d'échapper miraculeusement à Hobart, il s'était par la suite rapidement détérioré. Elle s'était sentie étrangement à l'abri dans le cocon de la nuit; avec l'aurore surgirent des anxiétés sans noms.

Et certaines qu'elle *pouvait* nommer. Tout d'abord, le fait qu'elle avait perdu son guide. Elle n'avait qu'une très vague idée de la direction dans laquelle se trouvait le Firmament, aussi décida-t-elle de marcher vers le Gyrus, qui était visible par tous les temps, et de se renseigner en chemin.

Son second motif d'inquiétude: les signes qui lui parvenaient de la tournure de plus en plus grave des événements dans la Fugue. Un immense nuage de fumée planait sur la vallée, et bien qu'il ait plu durant la nuit, des incendies faisaient encore rage un peu partout. Elle trouva plusieurs champs de bataille sur son chemin. Là, une voiture calcinée était perchée sur la branche d'un arbre comme un oiseau d'acier, sans doute propulsée là-haut par la force d'une explosion, ou bien par la lévitation. Il lui était impossible de savoir quelles forces s'étaient affrontées durant la nuit, ni quelles armes elles avaient utilisées, mais la lutte avait de toute évidence été acharnée. Avec ses sermons de Prophète, Shadwell avait semé la division chez le peuple de ce pays jadis tranquille — dressant le frère contre le frère. Ce type de conflit était traditionnellement le plus sanglant. Elle n'aurait donc pas dû être surprise de découvrir des cadavres abandonnés là où ils étaient tombés, laissés aux bons offices des renards et des oiseaux charognards, frustrés de la courtoisie élémentaire d'un enterrement.

S'il y avait quelque réconfort à retirer de ces scènes, c'était qu'elles témoignaient de la résistance opposée par les Devins à l'invasion de Shadwell. La destruction de la Maison de Capra avait été une énorme erreur tactique de sa part. Toutes les chances qu'il aurait pu avoir de conquérir la Fugue par le seul usage des mots avaient été réduites à néant par ce geste de tyran. À présent, il ne pouvait plus espérer s'emparer de ces territoires par la ruse ou par la séduction. C'était la lutte armée ou rien.

Ayant vu par elle-même de quoi étaient capables les extases des Devins, elle entretenait un faible espoir de voir cette lutte être subvertie. Mais quels dommages — peut-être irréversibles — seraient infligés à la Fugue pendant la conquête de la liberté de ses habitants? Ces bois et ces prés n'étaient pas conçus pour abriter des atrocités; leur innocence devant de telles horreurs faisait partie de leur pouvoir enchanteur.

Ce fut dans un de ces lieux enchanteurs — jadis vierge, à présent bien trop familier avec la mort — qu'elle rencontra le premier des êtres vivants qu'elle devait croiser ce jour-là durant son voyage. Ce lieu était une de ces mystérieuses bribes d'architecture que la Fugue recelait en grand nombre; à savoir, une douzaine de colonnes disposées en cercle autour d'une mare peu profonde. Au sommet de l'une des colonnes se trouvait un homme filiforme entre deux âges vêtu d'un manteau élimé — une paire de jumelles pendue à son cou — qui leva les yeux du carnet sur lequel il prenait des notes en entendant approcher la jeune femme.

« Vous cherchez quelqu'un? s'enquit-il.

— Non.

— De toutes façons, ils sont tous morts, dit-il sans passion. Vous voyez? »

Les pierres qui entouraient la mare étaient bariolées de sang. Ceux qui l'avaient répandu gisaient au fond de l'eau, le visage tourné vers le ciel, le corps couvert de plaies blanchies.

« C'est votre œuvre? lui demanda-t-elle.

— Moi? Bon Dieu, non. Je ne suis qu'un témoin. Et avec quelle armée êtes-vous?

— Aucune, dit-elle. Je suis toute seule. »

Il s'empressa de noter ceci.

« Je ne vous crois pas nécessairement, dit-il tout en écrivant. Mais un bon témoin doit noter tout ce qu'il voit et tout ce qu'il entend, même s'il en doute.

— Et qu'avez-vous *vu*? lui demanda-t-elle.

— Une grande confusion, dit-il. Des gens partout, et personne ne savait qui était qui. Et le sang qui coulait comme jamais je n'aurais cru le voir couler ici. » Il l'observa avec attention. « Vous n'êtes pas Devineresse, dit-il.

— Non.

— Vous êtes seulement ici par hasard, n'est-ce pas ?

— Quelque chose comme ça.

— Eh bien, à votre place, je m'empresserais de repartir d'où je viens. Personne n'est en sécurité ici. Beaucoup de gens ont préféré faire leurs bagages et s'enfuir dans le Royaume plutôt que d'être massacrés.

— Qui donc est resté pour se battre ?

— Des sauvages. Je sais que je n'ai pas à donner mon opinion, mais c'est bien à ça que ça ressemble. Des barbares en furie. »

Alors même qu'il parlait, elle entendit des cris non loin de là. Une fois leur petit déjeuner avalé, les sauvages s'étaient remis au travail.

« Que pouvez-vous voir depuis là-haut ? lui demanda-t-elle.

— Beaucoup de ruines, dit-il. Et de temps en temps, j'aperçois l'une ou l'autre des factions. » Il porta les jumelles à ses yeux et fit un rapide tour d'horizon, s'arrêtant de temps en temps sur un détail qu'il trouvait intéressant. « Un bataillon a quitté Sans-Pareil il y a environ une heure, dit-il, et il semblait en piteux état. Il y a des rebelles en direction des Marches, et une autre bande au nord-ouest d'ici. Le Prophète a quitté le Firmament il y a peu — je ne peux pas vous dire exactement quand, ma montre s'est cassée —, et il y a plusieurs escadrons d'évangélistes qui le précèdent afin de lui ouvrir la voie.

— Pour aller où ?

— Vers le Gyrus, bien sûr.

— Le *Gyrus* ?

— À mon avis, c'était la cible du Prophète dès le début.

— Ce n'est pas un Prophète, dit Suzanna. Il s'appelle Shadwell.

— Shadwell ?

— Allez-y, notez-le. C'est un Coucou, et un Vendeur.

— Vous en avez la certitude ? dit l'homme. Racontez-moi tout.

— Je n'ai pas le temps, répondit Suzanna à sa grande contrariété. Il faut que je parvienne jusqu'à lui.

— Oh. C'est donc votre ami.

— Loin de là, dit-elle tandis que ses yeux se posaient sur les cadavres dans la mare.

— Vous n'arriverez jamais près de sa gorge, si c'est ça que vous espérez, lui dit l'homme. Il est gardé jour et nuit.

— Je trouverai bien un moyen, dit-elle. Vous ne savez pas de quoi il est capable.

— Si c'est un Coucou et s'il tente de pénétrer dans le Gyrus, cela signifiera notre fin, *ça*, je le sais. Enfin, ça me fournira un dernier chapitre, hein ?

— Et qui donc survivra pour le lire ? »

2

Elle le laissa en haut de sa colonne, comme un pénitent solitaire, à réfléchir sur cette remarque. Ses pensées avaient été assombries par leur conversation. En dépit de la présence du menstruum dans son système, elle ne connaissait que peu de choses des forces qui étaient à l'origine de la Trame du Monde, mais il n'y avait pas besoin d'être génial pour se rendre compte qu'un cataclysme résulterait de l'intrusion de Shadwell sur le sol extatique du Gyrus. Il représentait tout ce que détestaient cette région exaltée et ses créateurs : il était la Corruption. Peut-être que le Gyrus pourrait s'autodétruire plutôt que de lui donner accès à ses secrets. Et si le Gyrus cessait d'exister, la Fugue — dont l'unité était préservée par le pouvoir qui dormait en lui — n'allait-elle pas être perdue dans le maelström ? C'était ça, elle en avait peur, que le témoin avait voulu dire en formulant ses craintes. Si Shadwell pénétrait dans le Gyrus, ce serait la fin du monde.

Elle n'avait aperçu aucun signe de présence animale depuis qu'elle s'était éloignée de la mare. Les arbres et les buissons étaient désertés; les fourrés étaient silencieux. Elle invoqua le menstruum jusqu'à ce qu'il vibre en elle, prêt à bondir à sa défense si les circonstances le justifiaient. Les scrupules n'étaient désormais plus de mise. Elle tuerait quiconque tenterait de l'empêcher de parvenir jusqu'à Shadwell.

Un bruit provenant de derrière un mur partiellement démoli attira son attention. Elle s'immobilisa et ordonna à l'observateur de se dévoiler. Aucune réponse ne lui parvint.

« Je ne le répéterai pas, dit-elle. *Qui est là ?* »

À ces mots, il y eut une chute de morceaux de brique, et un garçonnet âgé de quatre ou cinq ans, vêtu en tout et pour tout d'une paire de chaussettes et d'une épaisse couche de poussière, se dressa devant elle et descendit la pile de gravats.

« Oh mon Dieu », dit-elle, le cœur serré à la vue de cet enfant.

Durant l'instant où ses défenses se relâchèrent, il y eut des mouvements à sa droite et à sa gauche, et elle se retrouva encerclée par un groupe d'hommes armés et dépenaillés.

L'enfant perdit son air misérable lorsqu'un des soldats l'appela près de lui. L'homme passa une main crasseuse dans la chevelure du garçonnet et lui adressa un sourire sombre et approbateur.

« Nommez-vous », demanda-t-on à Suzanna.

Elle n'avait aucune idée de la faction à laquelle appartenaient ces hommes. S'ils faisaient partie de l'armée de Shadwell, leur donner son nom l'aurait immédiatement condamnée à mort. Mais, en dépit du caractère désespéré de sa situation, elle ne pouvait pas se résoudre à déchaîner le menstruum contre des hommes — et un enfant — dont elle ignorait jusqu'à l'allégeance.

« Abattez-la, dit le garçon. Elle est avec eux.

— N'en faites rien, dit une voix derrière elle. Je la connais. »

Elle se tourna lorsque son sauveur prononça son nom, et découvrit — à sa grande surprise — Nemrod. La dernière fois qu'ils s'étaient vus, il avait fait partie des convertis à la croisade impie de Shadwell : la bouche pleine de lendemains qui chantent. Le temps et les circonstances l'avaient humilié. Il était l'image même du désespoir, ses vêtements étaient en lambeaux, son visage marqué par le chagrin.

« Ne m'en veux pas, dit-il avant qu'elle n'ait pu ouvrir la bouche.

— Je ne t'en veux pas », dit-elle. Il y avait eu des moments où elle l'avait maudit, mais tout ceci n'était plus que de l'histoire ancienne. « Vraiment.

— Aide-moi... », dit-il soudain, et il vint jusqu'à elle.

Elle l'embrassa. Il dissimula ses larmes au creux de leur étreinte, jusqu'à ce que les autres se soient éloignés vers leur cachette pour les laisser à leurs retrouvailles.

Ce fut seulement à ce moment-là qu'il demanda :

« Est-ce que tu as vu Jerichau ?

— Il est mort, dit-elle. Les sœurs l'ont tué. »

Il s'écarta d'elle et se couvrit le visage des mains.

« Ce n'était pas ta faute, lui dit-elle.

— Je le savais..., dit-il doucement. Dès que les choses ont mal tourné. Je savais qu'il lui était arrivé quelque chose de terrible.

— On ne peut pas te reprocher de ne pas avoir vu la vérité. Shadwell est un acteur consommé. Et il vendait ce que les gens désiraient acheter.

— Attends, dit Nemrod en levant les yeux vers elle. Est-ce que tu es en train de me dire que le Prophète n'est autre que Shadwell ?

— En effet. »

Il secoua légèrement la tête.

« Un Coucou, dit-il d'un ton encore à moitié incrédule. Un Coucou.

— Cela ne signifie pas qu'il n'a aucune puissance, l'avertit Suzanna. Il dispose de ses propres extases.

— Il faut que tu viennes dans notre camp, dit Nemrod avec une urgence nouvelle. Il faut que tu parles à notre commandant avant que nous partions pour le Gyrus.

— Faisons vite », dit-elle.

Il s'éloignait déjà, la guidant à travers le terrain rocailleux qui dissimulait les rebelles.

« Des Premiers Éveillés, il ne reste plus qu'Apolline et moi de vivants, dit-il en chemin. Tous les autres ont disparu. Ma Lilia. Puis Freddy Cammell. Et maintenant Jerichau.

— Où se trouve Apolline ?

— Elle était partie dans le Royaume, aux dernières nouvelles. Et Cal ? Est-ce qu'il est avec toi ?

— Nous devions nous retrouver au Firmament. Mais Shadwell est déjà en route vers le Gyrus.

— Et il n'ira pas plus loin, dit Nemrod. Quelles que soient les extases qu'il a volées, ce n'est qu'un homme. Et les hommes saignent. »

« Nous aussi », pensa-t-elle, mais elle resta muette.

CHAPITRE 12

Représailles

1

Les paroles martiales de Nemrod furent démenties par ce qu'elle trouva en arrivant au camp. Celui-ci ressemblait davantage à un hôpital qu'au bivouac d'une armée en marche. Plus des trois quarts de la cinquantaine de soldats, hommes et femmes, rassemblés à l'abri des rochers souffraient de blessures plus ou moins graves. Certains étaient encore capables de se battre, mais nombre d'entre eux étaient de toute évidence à l'article de la mort, et on les soignait avec des paroles douces pour accompagner leurs derniers instants.

Dans un coin du camp, hors de vue des mourants, une douzaine de cadavres gisaient sous des linceuls de fortune. Dans un autre coin, on était en train de trier les armes prises à l'ennemi. C'était un inventaire glaçant: mitraillettes, lance-flammes, grenades. À en juger par cette artillerie, les fidèles de Shadwell avaient envahi leur patrie dans l'intention de la détruire si elle résistait à leur armée de libération. Face à ces horreurs et au zèle avec lequel on les utilisait, les plus terribles de leurs extases étaient de bien pauvres armes défensives.

Si Nemrod partageait ses doutes, il choisit de n'en rien montrer, mais ne cessa pas de parler des victoires de la nuit précédente, comme pour tenir à distance un silence éloquent.

« Nous avons même fait des prisonniers », déclara-t-il avec fierté, conduisant Suzanna vers une fosse boueuse entourée de rochers, où se trouvaient une douzaine de captifs, pieds et poings liés, gardés par une jeune fille armée d'une mitraillette.

Ces prisonniers formaient un groupe fort misérable. Certains étaient blessés, tous étaient désespérés, sanglotant et murmurant entre eux, comme s'ils n'étaient désormais plus aveuglés par les mensonges de Shadwell et venaient de se réveiller pour découvrir l'iniquité de leurs actes. Elle eut pitié du mépris qu'ils éprouvaient pour eux-mêmes. Elle ne connaissait que trop bien les sinistres pouvoirs de séduction de Shadwell — elle-même avait naguère failli succomber devant eux. Ces gens-là étaient ses *victimes*, et non ses alliés ; on leur avait vendu un mensonge qu'ils n'avaient aucun pouvoir de refuser. À présent, désabusés par les enseignements du Prophète, il ne leur restait plus qu'à méditer sur le sang qu'ils avaient versé, et à désespérer.

« Est-ce qu'on les a interrogés ? demanda-t-elle à Nemrod. Peut-être ont-ils une idée des faiblesses de Shadwell.

— Le commandant l'a interdit, dit Nemrod. Ils sont contaminés.

— Ne dis pas de bêtises », répondit Suzanna, et elle descendit dans la fosse au milieu des prisonniers.

Plusieurs d'entre eux tournèrent vers elle leurs visages troublés ; l'un d'eux, en apercevant des yeux dans lesquels se lisait un peu d'indulgence, éclata en sanglots.

« Je ne suis pas ici pour vous accuser, leur dit-elle. Je veux simplement vous parler. »

Près d'elle, un homme au visage maculé de sang demanda :

« Est-ce qu'ils vont nous tuer ?

— Non, lui dit-elle. Pas si je peux les en empêcher.

— Que s'est-il passé ? s'enquit un autre d'une voix rêveuse et traînante. Est-ce que le Prophète va venir ? » Quelqu'un essaya de le faire taire, mais il reprit : « Il va venir bientôt, n'est-ce pas ? Il doit venir et nous emporter dans les mains de Capra.

— Il ne viendra pas, dit Suzanna.

— Nous le savons, dit le premier prisonnier. Du moins, certains d'entre nous. Nous avons été trahis. Il nous a dit...

— Je sais ce qu'il vous a dit, affirma Suzanna. Et je sais comment il vous a trahis. Maintenant, vous devez réparer ce que vous avez fait en venant à mon aide.

— Vous ne pourrez pas le renverser, dit l'homme. Il a des pouvoirs.

— Ferme-la », dit un autre prisonnier, qui serrait un rosaire dans ses mains avec tant de force que ses phalanges semblaient sur le point d'éclater. « Il ne faut rien dire contre lui. Il *écoute.*

— *Qu'il écoute*, cracha son camarade. Qu'il me tue si ça lui chante. Ça m'est égal. » Il se retourna vers Suzanna. « Il a des démons avec lui. Je les ai vus. Il leur donne les morts en pâture. »

Nemrod, qui se tenait debout derrière Suzanna et écoutait ces déclarations, prit la parole.

« Des démons ? dit-il. Tu les as vus ?

— Non, dit l'homme au visage blême.

— *Moi*, je les ai vus, dit un autre.

— Décris-les... », demanda Nemrod.

C'était sûrement des résidus que parlait cet homme, pensa Suzanna, des résidus qui avaient crû dans des proportions monstrueuses. Mais tandis que l'homme continuait à leur raconter ce qu'il savait, elle fut distraite en apercevant une prisonnière qu'elle n'avait pas remarquée jusqu'ici, tapie dans la partie la plus sale de la fosse, le visage appuyé contre un rocher. C'était bien une femme, à en juger par la chevelure qui lui tombait jusqu'au bas du dos, et on ne l'avait pas ligotée comme les autres, on l'avait simplement laissée pleurer dans la boue.

Suzanna se fraya un chemin à travers les captifs pour se diriger vers elle. Lorsqu'elle s'approcha de la prisonnière, elle l'entendit murmurer, et elle se rendit compte que la femme avait les lèvres pressées contre le roc et lui parlait comme si elle avait cherché le réconfort auprès de lui. Sa supplique s'interrompit quand l'ombre de Suzanna apparut sur le rocher, et elle se retourna.

Il ne fallut qu'un battement de cœur à Suzanna pour qu'elle voie au-delà du sang séché et des excréments qui maculaient le visage tendu vers elle; c'était celui d'Immacolata. Elle avait les traits meurtris d'une tragédienne. Ses yeux étaient gonflés de larmes et injectés de sang; sa chevelure défaite et souillée d'une boue épaisse. Ses seins étaient visibles aux yeux de tous, et chacun de ses muscles tressaillait d'une détresse nouvelle. Il ne restait plus rien de son ancienne assurance. C'était une folle, en train de se vautrer dans sa propre merde.

Des sentiments contraires s'affrontaient dans l'esprit de Suzanna. Là, tremblant devant elle, se trouvait la femme qui avait assassiné Mimi dans son propre lit; une des architectes à l'origine des calamités qui s'étaient abattues sur la Fugue. Le pouvoir derrière le trône de Shadwell, la source d'innombrables duplicités et d'innombrables chagrins; l'inspiratrice du Diable. Et pourtant, elle ne parvenait pas à éprouver pour Immacolata la haine que lui avaient inspirée Shadwell ou Hobart. Était-ce parce que l'Incantatrice lui avait donné accès au menstruum, même si elle l'avait fait involontairement? ou bien parce qu'elles étaient — comme Immacolata l'avait toujours prétendu — d'une certaine façon *sœurs*? Sous d'autres cieux, est-ce que ceci aurait pu être son propre destin: être perdue et folle?

« Ne... me regardez... pas », dit doucement la femme.

Il n'y avait aucun signe d'intelligence dans ses yeux rougis.

« Ne savez-vous pas qui vous êtes? » lui demanda Suzanna.

L'expression de la femme ne changea pas d'un iota. Après quelques instants, sa réponse vint.

« Le rocher le sait, dit-elle.

— Le rocher?

— Il sera bientôt de sable. Je le lui ai dit, parce que c'est vrai. Il sera de sable.»

Immacolata détourna les yeux de son interrogatrice et se mit à caresser le rocher avec la paume de sa main. Cela faisait un certain temps qu'elle accomplissait ce geste, comme le vit Suzanna. Il y avait des traînées de sang sur la pierre, là où elle avait déchiré la peau de sa main comme pour tenter d'en effacer les lignes.

«Pourquoi sera-t-il de sable? demanda Suzanna.

— Il doit venir, dit Immacolata. Je l'ai vu. Le Fléau. Il doit venir, et nous serons alors tous de sable.» Elle caressa la pierre avec colère. «Je l'ai dit au rocher.

— Voulez-vous me le dire, à *moi*?»

Immacolata regarda autour d'elle, puis reposa ses yeux sur le rocher. Pendant un long moment, Suzanna crut que la femme avait oublié sa question, puis les mots sortirent de sa bouche avec hésitation.

«Le Fléau doit venir, dit-elle. Même dans son sommeil, il sait.» Elle cessa de meurtrir sa main. «Parfois, il manque de s'éveiller, dit-elle. Et quand il s'éveillera, nous serons tous de sable...»

Elle posa sa joue sur le rocher couvert de sang et émit un bruit sourd de sanglots.

«Où est votre sœur?» dit Suzanna.

À ces mots, les sanglots se firent moins forts.

«Est-elle ici?

— Je n'ai... pas de sœurs», dit Immacolata. Il n'y avait aucune trace de doute dans sa voix.

«Et Shadwell? Vous souvenez-vous de Shadwell?

— Toutes mes sœurs sont mortes. Elles sont devenues de sable. Tout. Tout deviendra de sable.»

Les sanglots se firent à nouveau entendre, plus déchirants que jamais.

«Pourquoi t'intéresses-tu à elle? voulut savoir Nemrod, qui s'était approché de Suzanna depuis quelques secondes. Ce n'est qu'une démente. Nous l'avons trouvée au milieu des cadavres. Elle leur mangeait les yeux.

— Sais-tu de qui il s'agit? dit Suzanna. Nemrod... c'est Immacolata.»

Le visage du Devin s'affaissa sous l'effet du choc.

«C'est la maîtresse de Shadwell. Je le jure.

— Tu dois te tromper, dit-il.

— Elle a perdu l'esprit, mais je te jure que c'est elle. J'étais face à face avec elle pas plus tard qu'avant-hier.

— Que lui est-il donc arrivé?

— Shadwell, peut-être...»

Ce nom fut doucement répété par la femme près du rocher.

« Quoi qu'il lui soit arrivé, elle ne devrait pas se trouver ici, pas comme ça...

— Tu ferais mieux de venir parler au commandant. Tu pourras lui raconter tout ça. »

2

Apparemment, c'était la journée des retrouvailles. D'abord Nemrod, ensuite l'Incantatrice, et à présent — à la tête de cette troupe de vaincus — Yolande Dor, la femme qui s'était opposée au Conseil avec tant de véhémence, lorsque la Maison de Capra avait encore été debout.

Elle aussi avait changé. Disparue, l'assurance jadis fièrement affichée par cette femme. Son visage avait l'air pâle et maladif; sa voix et ses manières étaient soumises. Elle ne perdit pas de temps en courtoisies.

« Si vous avez quelque chose à me dire, dites-le.

— Une de vos prisonnières..., commença Suzanna.

— Je n'ai pas le temps d'écouter leur défense, fut la réponse. Surtout si c'est vous leur avocat.

— Je ne veux pas prendre leur défense.

— Je ne vous écouterai pas quand même.

— Il *faut* que vous m'écoutiez; et vous *allez* m'écouter, répondit Suzanna. Oubliez ce que vous avez contre moi...

— Je n'ai rien contre vous, lui répliqua Yolande. Les membres du Conseil se sont condamnés eux-mêmes. Vous étiez uniquement là pour porter leur fardeau à leur place. Si ça n'avait pas été vous, ç'aurait été quelqu'un d'autre. »

Cette diatribe sembla lui faire mal. Elle glissa une main à l'intérieur de son blouson, cherchant de toute évidence à apaiser une blessure. Ses doigts ressortirent couverts de sang.

Suzanna persévéra, mais avec plus de douceur.

« Une de vos prisonnières, dit-elle, est Immacolata. »

Yolande regarda en direction de Nemrod.

« Est-ce exact ? dit-elle.

— C'est vrai, dit Suzanna. Je la connais mieux que quiconque parmi vous. C'est elle. Elle est... perdue; folle, peut-être. Mais si nous parvenions à la faire parler, nous pourrions nous servir d'elle pour atteindre Shadwell.

— Shadwell ?

— Le Prophète. Ils étaient alliés, il y a peu; lui et Immacolata.

— Je ne vais pas m'allier à une Corruption pareille, répondit Yolande. Nous la pendrons lorsque le moment s'y prêtera.

— Enfin, laissez-moi au moins lui parler. Peut-être pourrai-je lui arracher des informations.

— Si elle a perdu l'esprit, pourquoi devrions-nous nous fier à ce qu'elle dit ? Non. Laissez-la pourrir.

— C'est une occasion perdue.

— Ne me parlez pas d'occasions perdues », dit Yolande avec amertume. De toute évidence, il n'y avait aucun espoir de la convaincre. « Nous marchons sur le Manteau dans une heure, déclara-t-elle. Si vous voulez rejoindre nos rangs, faites-le. Sinon, allez vous occuper de vos affaires. »

Ceci dit, elle leur tourna le dos à tous deux.

« Viens », dit Nemrod, et il s'éloigna.

Mais Suzanna s'attarda en arrière.

« Pour ce que ça vaut, dit-elle, j'espère que nous aurons le temps de parler quand tout ceci sera fini. »

Yolande ne se retourna pas.

« Laissez-moi tranquille », dit-elle.

Suzanna s'exécuta.

3

Lorsque Suzanna eut quitté la fosse des prisonniers, Immacolata demeura pendant plusieurs minutes dans la fange de son oubli. Tantôt elle pleurait. Tantôt elle contemplait le rocher silencieux en face d'elle.

Le viol que Shadwell lui avait infligé dans le Firmament, survenant après la destruction de ses sœurs spectrales, avait plongé son esprit dans la désolation. Mais elle ne s'était pas retrouvée seule en ce lieu. Quelque part dans ce désert, elle avait retrouvé le spectre qui l'avait si souvent hantée par le passé : le Fléau. Elle, qui n'était jamais aussi heureuse que lorsque l'air était épaissi par la corruption, qui s'était tressé des colliers d'entrailles, dont l'âme avait épousé celles des morts, elle avait trouvé au sein de cette abomination des cauchemars au cours desquels elle avait été réduite à prier pour se réveiller.

Il dormait encore — ce qui consolait quelque peu ses terreurs — mais il ne dormirait pas éternellement. Sa tâche était inachevée ; ses ambitions insatisfaites. Bientôt, il quitterait sa couche et viendrait conclure ses affaires.

Et ce jour-là ?

« ... tout de sable... », dit-elle au rocher.

Cette fois-ci, il ne lui répondit pas. Il boudait, peut-être parce qu'elle s'était montrée indiscrète en parlant à la femme aux yeux gris.

Immacolata oscilla doucement d'avant en arrière sur ses talons, et les mots qu'avaient prononcés cette femme lui revinrent, la tourmentant en silence. Elle se rappelait peu de choses de ce que lui avait dit la femme : une phrase, un nom. Ou plutôt, un nom en particulier. Les échos de ce nom résonnaient à présent dans sa tête.

Shadwell.

C'était comme une démangeaison sous ses cheveux ; une douleur dans son crâne. Elle voulait enfoncer un doigt dans son oreille pour l'extirper, l'écraser sous ses pieds. Elle se mit à osciller plus vite afin de chasser ce nom, mais il refusait de sortir de sa tête.

Shadwell. Shadwell.

Et à présent, d'autres noms apparaissaient pour se joindre aux rangs de ses souvenirs.

La Madeleine.

La Harpie.

Elle les vit devant elle, aussi claires que le rocher ; *plus claires* : ses sœurs, ses pauvres sœurs par deux fois massacrées.

Et, foulée par leurs pieds, elle vit une terre ; un lieu incertain qu'elle avait conspiré pour détruire pendant longtemps, si longtemps. Son nom lui revint en mémoire et elle le prononça d'une voix douce.

« *La Fugue...* »

C'était ainsi qu'ils l'appelaient, ses ennemis. Comme ils l'avaient aimée. Comme ils avaient lutté pour sa sécurité, et comme ils l'avaient ce faisant blessée.

Elle posa une main sur le rocher et le sentit trembler à son contact. Puis elle se remit sur pied, tandis que le nom qui avait déclenché ce déluge emplissait sa tête, engloutissant l'oubli.

Shadwell.

Comment avait-elle pu oublier son bien-aimé Shadwell ? Elle lui avait donné des extases. Et qu'avait-il fait en retour ? Il l'avait trahie et il l'avait souillée. L'avait utilisée tant que cela avait servi ses fins, puis l'avait jetée dans la désolation.

Il ne l'avait pas jetée assez loin. Aujourd'hui, elle avait trouvé le chemin du retour, et elle revenait avec des rumeurs de meurtre.

4

Des cris retentirent soudain et s'élevèrent dans l'air. Des cris incrédules, puis des hurlements d'horreur comme Suzanna n'en avait jamais entendu.

Devant elle, Nemrod se précipitait déjà vers la source de ce vacarme. Elle le suivit et pénétra dans une scène de chaos sanglant.

« Nous sommes attaqués ! » cria Nemrod dans sa direction, tandis que des rebelles couraient dans tous les sens, atteints pour la plupart de nouvelles blessures.

Le sol était déjà couvert de cadavres ; de nouvelles victimes s'effondraient à chaque instant.

Avant que Nemrod n'ait pu plonger au cœur de la bataille, Suzanna saisit son blouson pour le retenir.

« Ils se battent entre eux ! lui cria-t-elle par-dessus le fracas du combat.

— *Quoi ?*

— Regarde ! » dit-elle.

Il n'eut besoin que de quelques secondes pour vérifier ce qu'elle avait dit. Il n'y avait aucun signe d'attaque venue de l'extérieur. Les rebelles étaient en train de s'égorger les uns les autres. Personne ne faisait de quartier. Des hommes tuaient des hommes avec lesquels ils avaient partagé une cigarette quelques instants auparavant. Certains avaient même quitté leur lit d'agonie et tapaient sur la tête de ceux qui les avaient soignés.

Nemrod pénétra sur le champ de bataille et arracha un des hommes saisis par la démence de la gorge d'un autre.

« Au nom de Dieu, qu'est-ce que tu fais ? » demanda-t-il.

L'homme luttait pour se dégager et pour sauter sur sa victime.

« Ce salaud ! cria-t-il. Il a violé ma femme.

— Qu'est-ce que tu racontes ?

— Je l'ai vu ! Ici même ! » Il tendit un doigt vers le sol. « *Ici !*

— Ta femme n'est pas ici ! hurla Nemrod en le secouant avec violence. Elle n'est pas ici ! »

Suzanna parcourut des yeux le champ de bataille. La même illusion, ou une illusion similaire, s'était emparée de tous ces gens. Tout en combattant, ils pleuraient et se lançaient des accusations au visage. Ils avait vu leurs parents piétinés, leurs femmes violentées et leurs enfants massacrés : à présent, ils voulaient tuer les coupables. En entendant s'exprimer cette hallucination collective, elle chercha son créateur, et là — debout sur un rocher élevé, en train de contempler cette scène d'atrocités — se trouvait Immacolata. Ses cheveux restaient dénoués. Ses seins étaient toujours dénudés. Mais elle n'était plus désormais étrangère à sa propre histoire. Elle s'était rappelé qui elle était.

Suzanna se dirigea vers elle, faisant confiance au menstruum pour préserver son esprit des effets de cette terrible extase. Ce fut ce qui se produisit. Bien qu'elle dût faire preuve d'agilité pour éviter les combattants qui se déchiraient autour d'elle, elle arriva saine et sauve près du rocher.

Immacolata ne paraissait pas la voir. La tête rejetée en arrière, les dents dévoilées par un sourire d'une horrible férocité, toute son attention se portait sur la folie qu'elle avait engendrée.

« *Oubliez-les* », cria Suzanna dans sa direction.

À ces mots, la tête de l'Incantatrice se baissa légèrement, et Suzanna sentit son regard se poser sur elle.

« Pourquoi faites-vous ça ? dit-elle. Ils ne vous ont fait aucun mal.

— Tu aurais dû me laisser à mon néant, répondit l'Incantatrice. Grâce à toi, je me suis souvenue.

— Alors, en *mon* nom, dit Suzanna, laissez-les. »

Derrière elle, les cris avaient commencé à s'estomper, remplacés par les gémissements des mourants et les sanglots de ceux qui venaient d'être libérés de l'illusion pour découvrir leurs couteaux plantés dans le coeur de leurs amis.

Que l'extase ait cessé d'agir parce qu'Immacolata avait déjà accompli le pire ou parce qu'elle avait écouté la prière de Suzanna, ce n'était pas le moment d'y réfléchir. Au moins le massacre s'était-il arrêté.

Il n'y eut cependant que quelques instants de répit avant qu'un coup de feu vienne ponctuer les sanglots. La balle frappa le rocher entre les pieds nus d'Immacolata. Suzanna se retourna pour découvrir Yolande Dor en train de traverser le charnier qui avait naguère composé sa petite armée, visant à nouveau l'Incantatrice tout en s'avançant.

Immacolata n'était pas disposée à servir de cible. Lorsque le deuxième coup de feu vint frapper le rocher, l'Incantatrice s'éleva dans les airs et flotta en direction de Yolande. Son ombre, passant au-dessus du champ de bataille comme celle d'un charognard, s'avéra fatale. À son contact, les blessés, incapables de s'enfuir devant elle, tournèrent leurs visages vers le sol maculé de sang et exhalèrent leur dernier soupir. Yolande n'attendit pas que l'ombre soit arrivée sur elle, mais tira sur la créature à plusieurs reprises. Le même pouvoir qui maintenait Immacolata dans les airs détourna tout simplement les projectiles.

Suzanna cria à Yolande de battre en retraite, mais son conseil ne fut pas écouté, ou il fut ignoré. L'Incantatrice fondit sur la femme et l'arracha au sol — le menstruum les enveloppant toutes les deux dans sa lumière — puis la jeta de l'autre côté du champ de bataille. Son corps alla percuter le flanc du rocher sur lequel s'était trouvée Immacolata, émettant un bruit sinistre, puis s'effondra, brisé, sur le sol.

Aucun des rebelles survivants ne fit mine d'aller au secours de leur commandant. Ils restèrent immobiles — figés par la terreur — tandis que l'Incantatrice flottait à un mètre au-dessus du sol, parcourant l'arène peuplée de corps, son ombre emportant les rares blessés qu'elle n'avait pas déjà réduits au silence.

Suzanna savait que l'attaque de Yolande avait chassé de l'esprit de l'Incantatrice toutes les traces de pitié que son intervention avait pu y faire naître : elle ne laisserait aucun survivant parmi ses geôliers. Sans prendre le temps d'élaborer ses défenses, elle jeta le regard vivant du menstruum vers la femme. Son pouvoir était minuscule comparé à celui d'Immacolata, mais celle-ci avait baissé sa garde après avoir tué Yolande, et le coup la frappa là où elle était vulnérable. Atteinte au creux des reins, elle fut projetée en avant. Il ne lui fallut cependant que quelques secondes pour retrouver l'équilibre et faire demi-tour, flottant toujours comme un saint perverti, en direction de son agresseur. Il n'y avait aucune colère sur son visage ; rien qu'un léger amusement.

« Est-ce que tu veux mourir ? demanda-t-elle.

— Non. Bien sûr que non.

— Ne t'avais-je pas prévenue que tout se passerait ainsi, ma sœur ? Ne te l'avais-je pas dit ? Tout est peine, ai-je dit. Tout est perte. N'avais-je pas raison ? »

Suzanna ne cherchait pas uniquement à gagner du temps lorsqu'elle hocha la tête. L'Incantatrice émit un long et doux soupir.

« Grâce à toi, je me suis souvenue, dit-elle. Je t'en remercie. Et en retour... » Elle ouvrit sa main, comme pour lui présenter un cadeau invisible. « ... ta vie. » La main devint un poing. « Et maintenant, j'ai payé ma dette. »

Tout en parlant, elle descendit de nouveau, jusqu'à ce que ses pieds touchent la terre ferme.

« Il viendra un temps, dit-elle en regardant les corps qui les entouraient de toutes parts, ou tu trouveras le réconfort dans la compagnie de ceux-là. Comme je l'ai trouvé. Comme je le trouve *encore.* »

Puis elle tourna le dos à Suzanna et commença à s'éloigner. Personne ne fit mine de la défier lorsqu'elle grimpa le long des rochers avant de disparaître hors de vue. Les survivants se contentèrent de la regarder, et de remercier les dieux qui leur étaient chers d'avoir été épargnés par la femme venue de la désolation.

CHAPITRE 13

Un aperçu fugitif

1

Shadwell n'avait pas bien dormi ; mais il supposait que c'était là le lot de ceux qui aspiraient à la Divinité. Celle-ci faisait peser sur leurs épaules de lourdes responsabilités. Pourquoi aurait-il été surpris d'avoir le sommeil si difficile ?

Et pourtant, depuis le moment où il s'était trouvé au sommet de la tour de guet pour observer le Manteau du Gyrus, il avait su qu'il n'avait rien à craindre. Il sentait le pouvoir dissimulé derrière ce nuage l'appeler, l'inviter à pénétrer dans son étreinte et à être transformé.

Peu de temps avant l'aube, cependant, alors qu'il se préparait à quitter le Firmament, on lui apporta de troublantes nouvelles : les forces de Hobart cantonnées dans Sans-Pareil avaient été décimées par des extases qui avaient plongé la plupart des soldats dans la démence. Et Hobart lui-même n'avait pas été épargné par leur souillure. Lorsqu'il arriva, une heure après le messager, l'Inspecteur avait l'air d'un homme qui ne peut plus désormais se fier à lui-même.

Les nouvelles en provenance des autres points de la Fugue étaient bien meilleures. Partout où les forces du Prophète avaient affronté les indigènes avec des armes naturelles, elles avaient triomphé. C'était seulement là où les soldats ne s'étaient pas montrés assez rapides que les Devins avaient trouvé dans leurs rangs une faille par laquelle ils avaient introduit leurs extases, et dans ces cas-là, les résultats étaient identiques à ceux constatés dans

Sans-Pareil: les hommes avaient perdu l'esprit ou avaient renié leur zèle évangélique pour se joindre aux forces de l'ennemi.

Ces forces se rassemblaient à présent près de l'Étroite Brillance, avisées par une rumeur ou par une extase que le Prophète avait l'intention de pénétrer dans le Gyrus, et se préparaient à lutter jusqu'à la mort pour défendre son intégrité. Ces forces comprenaient plusieurs centaines de soldats, mais ceux-ci ne constituaient en aucune façon une véritable armée. Tous les rapports s'accordaient pour dire qu'il ne s'agissait que d'une bande désorganisée de vieillards, de femmes et d'enfants. Le seul problème présenté par ceux-ci résidait dans le caractère éthique de leur massacre. Mais il avait décidé, alors que son entourage quittait le Firmament à destination du Gyrus, qu'il était désormais au-dessus de telles considérations morales. Le crime le plus grave serait d'ignorer l'appel qu'il avait entendu en provenance de derrière le Manteau.

Le moment venu, et il ne tarderait pas, il appellerait les résidus et les laisserait dévorer l'ennemi, y compris les enfants. Il n'allait pas flancher.

La Divinité l'appelait, et il s'en fut, le pied léger, adorer son propre autel.

2

L'impression de bien-être à la fois physique et spirituel que Cal avait ressentie en se réveillant sur la Montagne de Vénus ne s'estompa nullement lorsque De Bono et lui se dirigèrent vers le Firmament. Mais sa bonne humeur fut bientôt gâchée par l'agitation du paysage autour d'eux: une anxiété troublante mais indéfinissable qui animait chaque feuille et chaque brin d'herbe. Les rares bribes de chants d'oiseaux qu'il entendait lui semblaient suraiguës; davantage des signaux d'alarme que des mélodies. Même l'air bourdonnait autour de sa tête, comme s'il s'éveillait pour la première fois aux nouvelles qu'il transmettait.

De mauvaises nouvelles, sans aucun doute. Et pourtant, on n'apercevait rien de très grave. Quelques feux rougeoyants, rien de plus, et même ces signes de conflit se firent plus rares à mesure qu'ils approchaient du Firmament.

« C'est ici ? » dit Cal lorsque De Bono le guida à travers un bosquet vers un immeuble relativement élevé, mais sinon tout à fait ordinaire.

« Oui. »

Toutes les portes étaient grandes ouvertes; on ne percevait à l'intérieur ni bruit ni mouvement. Ils examinèrent l'extérieur du bâtiment, en quête d'un signe de la présence de Shadwell, mais aucun n'était visible.

Lorsqu'ils eurent fait le tour de l'édifice, De Bono formula à voix haute les pensées de Cal :

« Ça ne sert à rien de rester à attendre dehors. Il faut qu'on aille dedans. »

Le cœur battant, ils gravirent les marches et entrèrent.

On avait prévenu Cal qu'il devait s'attendre à des miracles, et il ne fut pas déçu. Chacune des pièces à l'intérieur desquelles il glissa la tête lui révéla une nouvelle gloire façonnée dans l'ardoise, dans la tuile et dans la peinture. Mais c'était tout : rien que des miracles.

« Il n'y a personne ici, dit De Bono lorsqu'ils eurent achevé de fouiller le rez-de-chaussée. Shadwell est parti.

— Je vais essayer en haut », dit Cal.

Ils montèrent l'escalier et se séparèrent pour gagner du temps. À l'extrémité d'un couloir, Cal découvrit une chambre dont les murs étaient astucieusement décorés de morceaux de miroirs, reflétant le visiteur de telle façon qu'il semblait se voir lui-même *derrière* les murs, dans un endroit peuplé de brume et d'ombre, épiant la chambre entre deux briques. Ceci était déjà bien étrange ; mais grâce à un autre dispositif — dont la conception le dépassait totalement —, il ne paraissait pas être seul dans cet autre monde, mais le partageait avec une multitude d'animaux — chats, singes et poissons volants —, tous apparemment engendrés par son reflet car tous arborant son propre visage. Il éclata de rire devant ce spectacle, et tous les animaux se mirent à rire avec lui, y compris les poissons.

En fait, ce fut seulement lorsque son rire s'estompa qu'il entendit De Bono qui l'appelait avec une certaine urgence dans la voix. Il quitta la chambre à contrecœur et partit à la recherche du funambule.

Les cris venaient d'un nouvel escalier qui conduisait à un étage supérieur.

« Je t'entends », cria-t-il à De Bono, et il se mit à grimper.

L'escalier était long et plutôt raide, mais il le conduisit dans une salle située au sommet d'une tour de guet. La lumière pénétrait dans les meurtrières de tous les côtés, mais son éclat ne l'empêchait pas de voir que cette salle avait connu des horreurs ; et récemment. Quelle que fût la nature du spectacle qu'elle avait observé, celui que De Bono avait à lui montrer était pire.

« J'ai trouvé Shadwell, annonça-t-il en faisant signe à Cal de s'approcher.

— Où ça ?

— Dans l'Étroite Brillance. »

Cal se dirigea vers la meurtrière voisine de celle près de laquelle se trouvait De Bono.

« Pas celle-là, lui dit le Devin. Celle-ci est plus puissante. »

Une meurtrière télescopique ; et dans son cadre, une scène à faire accélérer les battements de son cœur. Son décor: le rideau bouillonnant du Manteau. Son sujet: un massacre.

« Il va pénétrer dans le Gyrus », dit De Bono.

De toute évidence, ce n'était pas le conflit qui avait fait pâlir l'adolescent; c'était l'idée de cet acte.

« Pourquoi voudrait-il faire une chose pareille ?

— C'est un Coucou, n'est-ce pas ? fut la réponse. De quelle autre raison aurait-il besoin ?

— Alors, il faut que nous l'arrêtions », dit Cal, détachant son regard de la meurtrière et repartant en direction de l'escalier.

« La bataille est déjà perdue, répondit De Bono.

— Je ne vais pas rester sans rien faire et le regarder occuper tous les centimètres carrés de la Fugue. J'entrerai dans le Gyrus derrière lui, s'il le faut. »

De Bono regarda Cal avec sur le visage un mélange de colère et de désespoir.

« Tu ne *peux pas*, dit-il. Le Gyrus est un territoire interdit, même pour nous. Il y a là-dedans des mystères sur lesquels même les Devins ne sont pas autorisés à poser les yeux.

— Shadwell y va, lui.

— *Exactement*, dit De Bono. Shadwell y va. Et tu sais ce qui va arriver ? Le Gyrus va se révolter. Il va s'autodétruire.

— Mon Dieu...

— Et ensuite, la Fugue sera réduite en pièces.

— Alors, il faut l'arrêter ou mourir.

— Pourquoi les Coucous réduisent-ils toujours les problèmes à des choix aussi simplistes ?

— Je ne sais pas. Là, tu me colles. Mais pendant que tu y réfléchis, j'ai une autre question à te poser: tu viens ou tu restes ici ?

— Sois damné, Mooney.

— Tu viens, alors ? »

CHAPITRE 14

L'Étroite Brillance

1

Parmi les rebelles naguère commandés par Yolande, il se trouvait moins d'une douzaine d'individus suffisamment valides pour marcher sur le Gyrus. Suzanna se joignit à eux — Nemrod le lui avait demandé —, bien qu'elle eût affirmé avec vigueur au Devin que toute tentative de soumettre l'ennemi par les armes était vouée à l'échec. Les forces adverses étaient nombreuses; les leurs ne l'étaient pas. Leur seul espoir était que Suzanna puisse s'aprocher de Shadwell et l'éliminer personnellement. Si les hommes de Nemrod parvenaient à lui frayer un chemin jusqu'au Prophète, ils pouvaient encore être de quelque utilité; sinon, elle leur conseilla de ne pas courir de risques, au cas où la vie vaudrait encore la peine d'être vécue le lendemain.

Ils étaient arrivés à deux cents mètres environ du champ de bataille, où résonnait le vacarme assourdissant des coups de feu, des cris et des moteurs de voitures, lorsqu'elle aperçut Shadwell pour la première fois. Il s'était trouvé une monture — un monstre immense et vil qui ne pouvait être qu'un des enfants de la Madeleine parvenu à une abjecte maturité — et il était assis à califourchon sur ses épaules, en train de contempler le champ de bataille.

« Il est protégé », dit Nemrod à côté d'elle. Il y avait des créatures, humaines et moins qu'humaines, qui entouraient le Prophète. « Nous allons essayer de détourner leur attention. »

Il y avait eu un moment, lorsqu'ils s'étaient approchés du Gyrus, durant lequel Suzanna avait senti son moral remonter, en dépit des circonstances. Ou peut-être à cause d'elles; peut-être parce que cette confrontation promettait d'être la fin de partie — la guerre à finir toutes les guerres — après laquelle elle ne passerait plus des nuits entières à rêver de deuil et de chagrin. Mais ce moment avait passé bien vite. À présent, tout ce qu'elle ressentait — les yeux fixés sur son ennemi visible à travers un rideau de fumée —, c'était du découragement.

Ce découragement croissait à chaque mètre parcouru. Partout où se posaient ses yeux, ils découvraient des spectacles pitoyables ou nauséabonds. Le combat était de toute évidence déjà perdu. Les défenseurs du Gyrus étaient bien moins nombreux et bien moins armés que leurs adversaires. La plupart d'entre eux étaient déjà tombés ; leurs cadavres servaient de pâture aux créatures de Shadwell. Ceux qui restaient encore debout, malgré toute leur bravoure, ne pourraient plus tenir très longtemps le Vendeur à l'écart de son trésor.

« J'ai naguère été un dragon », se surprit-elle à penser en dirigeant son regard vers le Prophète. Si seulement elle pouvait se rappeler ce qu'elle avait ressenti à ce moment-là, peut-être pourrait-elle en redevenir un. Mais cette fois-ci, il n'y aurait aucune hésitation, aucun instant de doute. Cette fois-ci, elle allait *dévorer*.

2

La route du Gyrus conduisit Cal dans un territoire qu'il se rappela avoir déjà traversé en pousse-pousse ; mais ses ambiguïtés s'étaient enfuies devant l'armée des envahisseurs, à moins qu'elles n'aient dissimulé leurs subtilités.

Et, se demanda-t-il, qu'était-il advenu de ce vieil homme qu'il avait rencontré au terme de son voyage ? Avait-il été attaqué par les maraudeurs ? S'était-il fait couper la gorge en défendant son petit coin du Pays des Merveilles ? Cal ne le saurait probablement jamais. Un millier de tragédies avaient secoué la Fugue durant les dernières heures — le destin du vieil homme n'était qu'un élément d'une plus grande horreur. Un monde était réduit en cendres tout autour d'eux.

Et devant eux, l'architecte de ces outrages. Cal apercevait le Vendeur à présent, au cœur du carnage, le visage illuminé par le triomphe. Ce spectacle lui fit oublier toute notion de sécurité. De Bono sur les talons, il plongea dans la bataille.

On discernait à peine la surface du sol entre les cadavres ; plus il s'approchait de Shadwell, plus épaisse se faisait l'odeur de sang et de chair brûlée. Il fut bientôt séparé de De Bono dans cette confusion, mais cela n'avait désormais plus d'importance. Le Vendeur devait être sa seule priorité ; toutes les autres considérations furent oubliées. Peut-être fut-ce cette ténacité qui lui permit de traverser le carnage sans être atteint, bien que les balles aient volé dans l'air comme des mouches. Son indifférence même le protégea comme une bénédiction. Ce qu'il ne remarqua pas ne le remarqua pas en retour. Il parvint ainsi sain et sauf au cœur de la bataille, jusqu'à se retrouver à moins de dix mètres de Shadwell.

Il regarda les corps gisant autour de lui à la recherche d'une arme et posa les mains sur une mitraillette. Shadwell descendait de la bête qu'il avait chevauchée et tournait le dos au conflit. Il ne restait qu'une poignée de défenseurs entre lui et le Manteau, et ils étaient déjà vaincus. Dans quelques secondes, il pénétrerait dans le Gyrus. Cal leva son arme et la braqua sur le Prophète.

Mais avant que son doigt n'ait pu trouver la gâchette, quelque chose se leva non loin de là, abandonnant sa charogne pour se diriger vers lui. Un des enfants de la Madeleine, des lambeaux de chair entre les dents. Peut-être aurait-il tenté de le tuer, mais ses réflexes le trahirent lorsqu'il le reconnut. La créature qui lui arrachait son arme des mains était celle-là même qui avait manqué de l'assassiner dans l'entrepôt : son propre enfant.

Il avait grandi ; sa taille était à présent une fois et demie celle de Cal. Mais en dépit de sa masse, il n'était pas lent. Ses doigts fondirent sur le jeune homme, rapides comme l'éclair, et Cal ne réussit à les éviter que d'extrême justesse en se jetant au milieu des cadavres, là où la créature avait l'intention de l'abandonner de façon permanente.

En désespoir de cause, il chercha sa mitraillette des yeux, mais avant qu'il n'ait pu la localiser, l'enfant se rua de nouveau vers lui, écrasant de tout son poids les cadavres qu'il piétinait. Cal tenta de rouler sur lui-même pour l'éviter, mais la bête était trop rapide, et elle le saisit par les cheveux et par la gorge. Il s'accrocha aux cadavres, cherchant à se retenir à eux, mais ses doigts glissèrent sur leurs visages fixes et il se retrouva soudain bercé comme un enfant par son monstrueux rejeton.

Ses yeux fous aperçurent fugitivement le Prophète. Les derniers défenseurs du Manteau étaient tombés. Shadwell n'était qu'à quelques mètres de la muraille de nuages. Cal se débattit dans l'étreinte de la bête jusqu'à ce que ses os menacent de craquer, mais sans résultat. Cette fois-ci, l'enfant avait l'intention de mener à bien sa tâche parricide. Le dernier souffle de Cal était déjà extirpé de ses poumons.

Au dernier moment, il donna un coup de griffes dans son reflet corrompu, et vit à travers l'air épais des lambeaux de chair tomber du visage de l'enfant. Il y eut un flot de matière bleuâtre — semblable à l'essence de sa mère — dont le contact glacé arracha Cal à la mort, et il enfonça plus profondément ses doigts dans le visage de la bête. La taille de celle-ci avait été acquise au prix de sa solidité. Son crâne était aussi mince et fragile qu'une feuille de papier. Cal fit un crochet de ses doigts et tira. La bête hurla et le laissa choir, tandis que sa répugnante substance se déversait de sa tête.

Cal se releva péniblement, juste à temps pour entendre De Bono prononcer son nom à grands cris. Il regarda dans sa direction, vaguement conscient des tremblements du sol sous ses pieds et de la fuite des combattants encore capables de courir. De Bono tenait une hache dans sa main. Il la jeta en direction de Cal alors que le résidu, un cratère creusé dans sa tête, se précipitait à nouveau vers lui.

L'arme ne parvint pas jusqu'à lui, mais Cal enjambait déjà les cadavres et la saisit un instant plus tard, se retournant vers la bête derrière lui pour lui assener un coup qui ouvrit dans son flanc une profonde blessure. La carcasse laissa échapper un jet de matière écumante, mais l'enfant ne tomba pas. Cal lui donna un nouveau coup de hache, ouvrant encore sa blessure ; et encore un autre. Cette fois-ci, les mains de la bête se posèrent sur sa blessure et elle baissa la tête pour évaluer les dommages infligés à sa personne. Cal n'hésita pas. Il leva la hache et l'abattit sur le crâne de l'enfant. La lame coupa la tête en deux jusqu'au cou et le résidu tomba en avant, la hache toujours enfoncée dans son corps.

Cal regarda autour de lui à la recherche de De Bono, mais le funambule était invisible. Et il n'apercevait aucun être vivant, Devin ou Coucou, à travers la fumée. La bataille était finie. Ceux qui y avaient survécu, dans les deux factions, avaient battu en retraite ; et avec raison. Les secousses sismiques s'étaient intensifiées ; on aurait cru que le sol allait s'entrouvrir pour engloutir le champ de bataille.

Il tourna de nouveau les yeux en direction du Manteau. Il y avait une déchirure toute fraîche dans le nuage. Au-delà, les ténèbres. Shadwell, bien sûr, était entré.

Sans hésiter et sans réfléchir aux conséquences de son acte, Cal traversa le charnier en chancelant pour se diriger vers le nuage et pour pénétrer dans ses ténèbres.

3

Suzanna avait observé de loin la conclusion de la lutte entre Cal et le résidu, et peut-être aurait-elle pu l'atteindre à temps pour l'empêcher de pénétrer seul dans le Gyrus, mais les secousses qui faisaient trembler l'Étroite Brillance avaient plongé les hommes de Shadwell dans une panique soudaine, et leur hâte de regagner un lieu sûr s'était révélée plus dangereuse pour elle que la bataille elle-même. Elle avançait à contre-courant de la débâcle, à travers la fumée et la confusion. Lorsque l'air se fut éclairci et qu'elle eut réussi à s'orienter, Shadwell avait quitté sa monture pour disparaître à l'intérieur du Gyrus, et Cal l'avait suivi.

Elle l'appela, mais la terre fut secouée par de nouvelles convulsions et sa voix fut étouffée par leur vacarme. Elle jeta un dernier regard autour d'elle, apercevant Nemrod en train d'aider un blessé à s'éloigner de la Brillance, puis elle se dirigea vers les murailles du nuage dans lesquelles Cal avait à présent disparu.

Son cuir chevelu la picotait; le pouvoir de l'endroit dans lequel elle se trouvait était incommensurable. Il y avait de grandes chances pour qu'il ait déjà éliminé ceux qui avaient eu l'audace de pénétrer en son sein; mais elle ne pouvait pas en être certaine, et tant qu'un doute subsistait, il fallait qu'elle agisse. Cal était là-dedans, et qu'il soit mort ou vivant, elle devait le rejoindre.

Le nom du jeune homme sur ses lèvres, comme un charme ou comme une prière, elle le suivit pour gagner le cœur vivant du Pays des Merveilles.

NEUVIÈME PARTIE

Dans le Gyrus

« Sur nos talons marche une perfection nouvelle. »

John Keats
Hyperion

CHAPITRE 1

Les intrus

1

Comme toujours, des mondes à l'intérieur des mondes.

Dans le Royaume des Coucous, la Trame; dans la Trame, la Fugue; dans la Fugue, le monde du livre de Mimi, et à présent: le Gyrus.

Mais rien de ce qu'elle avait vu dans toutes les pages et dans tous les endroits qu'elle avait visités n'aurait pu préparer Suzanna à ce qui l'attendait derrière le Manteau.

Tout d'abord, bien qu'il lui ait semblé que seule la nuit l'attendait lorsqu'elle avait traversé le rideau de nuages, cette obscurité s'était révélée n'être qu'une illusion.

Le paysage du Gyrus était éclairé par une phosphorescence ambrée qui s'élevait du sol même qu'elle foulait du pied. Ce renversement de situation la déséquilibra complètement. On aurait cru que le monde avait pivoté sur lui-même et qu'elle marchait sur le ciel. Et les véritables cieux? Ils formaient une nouvelle merveille. Les nuages étaient bas et leurs entrailles étaient agitées d'un perpétuel tourbillon, comme si, à la moindre provocation, ils allaient faire tomber la foudre sur sa tête sans défense.

Lorsqu'elle eut avancé de quelques mètres, elle regarda derrière elle, simplement pour s'assurer du chemin du retour. Mais la porte ainsi que le champ de bataille de l'Étroite Brillance derrière elle avaient déjà disparu; les nuages ne formaient plus un rideau mais une muraille. Un spasme de panique lui noua le ventre. Elle le calma en pensant qu'elle n'était pas toute seule en ce lieu. Quelque part devant elle, il y avait Cal.

Mais où? Bien que la lumière issue du sol fût assez brillante pour lui permettre de progresser, son existence même — ajoutée à la désolation du paysage — conspirait pour transformer toute notion de distance en absurdité. Elle ne savait pas si elle y voyait à vingt mètres devant elle, ou à deux cents. Dans tous les cas, il n'y avait aucun signe de présence humaine dans son champ de vision. Il ne lui restait qu'à suivre son instinct et à prier Dieu pour qu'il la conduise dans la bonne direction.

Et puis, une nouvelle merveille. À ses pieds, une piste était apparue; ou plutôt deux pistes entremêlées. Bien que la terre fût sèche et compacte — à tel point que ni Shadwell ni Cal n'avaient laissé de traces de pas derrière eux —, le sol semblait vibrer là où les envahisseurs l'avaient foulé. Telle fut du moins sa première impression. Mais à mesure qu'elle avançait, la vérité lui apparut: le long de la route empruntée par le poursuivant et le poursuivi, le sol *poussait.*

Elle interrompit sa progression et s'accroupit pour obtenir confirmation du phénomène. Ses yeux ne l'avaient pas trompée. La terre se craquelait et des pousses jaune vert, d'une force hors de proportion avec leur taille, jaillissaient des craquelures dans une ascension sinueuse, animées par une croissance si rapide qu'elle pouvait l'observer à l'œil nu. Était-ce un mécanisme de défense sophistiqué élaboré par le Gyrus? Ou bien ceux qui la précédaient avaient-ils apporté dans ce monde stérile des graines que ses extases avaient animées d'une vie immédiate? Elle regarda derrière elle. Le chemin qu'elle avait suivi était marqué de la même façon, et les pousses venaient juste d'apparaître sur ses traces, tandis que celles qui sillonnaient la route suivie par Cal et par Shadwell — en avance sur elle d'un peu plus d'une minute — mesuraient déjà quinze centimètres de haut. L'une d'elles se déployait comme une fougère; une autre avait des cosses; une troisième était épineuse. Vu le rythme de leur croissance, elles seraient devenues des arbres en moins d'une heure.

Pour extraordinaire que fût ce spectacle, elle n'avait pas le temps de l'étudier. Suivant la piste tracée par cette vie en pleine prolifération, elle pressa le pas.

2

Bien qu'elle ait adopté une allure de petit trot, il n'y avait toujours aucun signe de ceux qu'elle suivait. La piste fleurie était la seule preuve de leur passage.

Elle fut bientôt obligée de s'en écarter, car les plantes, croissant à un rythme exponentiel, poussaient sur les côtés tout autant qu'à la verticale. À mesure qu'elles croissaient, il devenait évident qu'elles n'avaient pas grand-chose en commun avec la flore du Royaume. Si elles étaient issues de graines amenées par des pieds humains, les enchantements de ce lieu avaient déclenché en elles de profonds changements.

En fait, ce paysage lui rappelait moins celui d'une jungle que celui des fonds marins, en partie parce que la prodigieuse croissance des plantes les faisait ondoyer comme sous l'effet de la marée. Leurs couleurs et leurs formes étaient d'une variété absolue ; aucune ne ressemblait à sa voisine. Tout ce qu'elles avaient en commun, c'était leur enthousiasme pour croître et pour fructifier. Des nuages de pollen odorant jaillissaient d'elles comme des soupirs ; des fleurs palpitantes se tournaient vers les nuages, comme si les éclairs avaient pu les faire épanouir ; des racines rampaient sous le sol avec une telle violence que la terre en tremblait.

Il n'y avait pourtant rien de menaçant dans ce bouillonnement de vie. L'impatience que l'on trouvait ici était tout simplement l'impatience des nouveau-nés. Ces plantes croissaient pour le plaisir de croître.

Puis, sur sa droite, elle entendit un cri ; ou quelque chose qui ressemblait à un cri. Était-ce Cal ? Non ; la piste ne semblait pas se diviser. Le cri retentit de nouveau, quelque part entre le sanglot et le soupir. Il lui était impossible de l'ignorer, en dépit de la gravité de sa mission. Se promettant de s'arrêter le moins longtemps possible, elle se dirigea vers la source du bruit.

Les distances étaient fort trompeuses ici. Elle s'était éloignée d'environ deux douzaines de mètres de la piste lorsque l'air lui dévoila l'origine du cri.

C'était une plante, la première chose vivante qu'elle ait vue en dehors de la piste végétale, avec laquelle elle partageait une multiplicité de formes, d'éclats et de couleurs. Elle avait la taille d'un arbuste, son cœur était une masse de rameaux si entrelacés que la jeune femme soupçonna qu'il devait s'agir de plusieurs plantes poussant au même endroit. Elle entendit un bruissement dans le feuillage chargé de fleurs et parmi les racines sinueuses, mais elle ne voyait toujours pas la créature dont l'appel l'avait conduite ici.

Quelque chose devint cependant évident à ses yeux : le nœud enfoui au centre de l'arbre, presque invisible au milieu du feuillage, était un cadavre humain. Si elle avait eu besoin d'une confirmation, celle-ci apparut devant ses yeux. Des fragments d'un complet de bonne coupe, pendouillant aux rameaux comme des peaux abandonnées par des cadres reptiliens ; un soulier, réduit en pièces. Les vêtements avaient été ainsi déchirés pour que la chair morte puisse être investie par la flore ; une vie verte prospérant là où une vie rouge avait failli. Les jambes du cadavre étaient de bois et donnaient naissance à des racines noueuses ; des pousses jaillissaient de ses entrailles.

Elle n'avait pas le temps de s'attarder à contempler ce spectacle; elle avait du travail. Elle fit le tour de l'arbre, et elle allait revenir vers la piste lorsqu'elle aperçut une paire d'yeux bien vivants qui l'observaient entre les feuilles. Elle poussa un cri. Les yeux clignèrent. Hésitante, elle tendit une main et écarta les branchages.

La tête de l'homme qu'elle avait cru mort était presque devant derrière et son crâne était ouvert comme une citrouille. Mais partout, ses blessures avaient engendré une vie somptueuse. Une barbe, luxuriante comme une herbe de printemps, poussait autour d'une bouche moussue et luisante de sève; des brindilles couvertes de fleurettes jaillissaient de ses joues.

Ses yeux observaient Suzanna avec intérêt, et elle sentit des vrilles humides se tendre vers elle pour explorer son visage et ses cheveux.

Puis, frémissant de toutes ses fleurs pour prendre son souffle, l'hybride parla. Un seul mot, prononcé à voix basse:

« Suijenvie? »

Se nommait-il? Lorsqu'elle eut surmonté sa surprise, elle lui dit qu'elle ne le comprenait pas.

Il sembla plisser le front. Quelques pétales churent de sa couronne de fleurs. Sa gorge pulsa, puis régurgita les syllabes, mieux détachées cette fois-ci.

« Suis-je en vie?

— Êtes-vous en vie? dit-elle, comprenant à présent. Bien sûr. Bien sûr que vous êtes en vie.

— Je croyais que c'était un rêve », dit-il, ses yeux cessant de l'examiner pendant un instant, puis revenant à elle. « Que c'était la mort, ou un rêve. Ou les deux. À un moment... des briques dans l'air, me brisant le crâne...

— Dans la maison de Shearman? dit-elle.

— Ah. Vous y étiez?

— La Vente aux Enchères. Vous étiez à la Vente aux Enchères. »

Il rit pour lui-même, et son humour vint chatouiller la joue de la jeune fille.

« J'ai toujours voulu... être dedans..., dit-il, ... dedans. »

Et à présent, elle comprenait le pourquoi et le comment de tout ceci. Bien qu'il fût bizarre de penser — bizarre? c'était *incroyable* — que cet être ait fait partie des invités de Shadwell, c'était ce qu'elle déduisait. Blessé, peut-être même tué lors de la destruction de la maison, il avait été happé par le Gyrus, qui avait utilisé son corps brisé à ses fins fleuries.

La détresse qu'elle ressentait devant le sort de l'hybride avait dû se lire sur son visage, car les vrilles la perçurent et se mirent à frémir.

« Ce n'est donc pas un rêve, dit-il.

— Non.

— Étrange, fut la réponse. Je croyais que c'en était un. Cela ressemble tant au Paradis. »

Elle n'était pas sûre de bien l'avoir entendu.

« Au Paradis ? dit-elle.

— Je n'avais jamais osé espérer... que la vie serait si merveilleuse. »

Elle sourit. Les vrilles s'apaisèrent.

« C'est le Pays des Merveilles, dit l'hybride.

— Vraiment ?

— Oh oui. Nous sommes tout près du lieu où la Trame a été conçue ; tout près du Temple du Métier. Ici, tout se transforme, tout est *en devenir*. Moi ? J'étais perdu. Regardez-moi maintenant. Voyez ce que je suis ! »

En entendant son cri d'allégresse, elle revint en esprit aux aventures qu'elle avait connues dans le livre ; repensa à la façon dont tout, dans ce no man's land entre les mots et le monde, s'était transformé, avait été en devenir, et c'était son esprit, uni à celui de Hobart dans un mariage de haine, qui avait fourni l'énergie de cet état. Elle la fibre et lui la trame. Des pensées issues de deux crânes, s'entrecroisant pour tisser le lieu matériel de leur conflit.

Tout ceci n'était qu'un seul et même processus.

Cette connaissance restait encore vague ; elle aurait voulu une équation pour se souvenir de cette leçon, au cas où elle aurait eu à l'appliquer. Mais il y avait des problèmes plus urgents que ceux des mathématiques supérieures de l'imagination.

« Je dois partir, dit-elle.

— Oui, bien sûr.

— Il y a d'autres personnes ici.

— Je les ai vues, dit l'hybride. Qui passaient là-haut.

— Là-haut ?

— Vers le Métier. »

3

Vers le Métier.

Elle rebroussa chemin jusqu'à la piste avec un nouvel enthousiasme. L'existence au sein du Gyrus de cet acheteur, apparemment accepté — voire même accueilli avec joie — par les forces du lieu, lui fit espérer que la seule présence d'un intrus ne suffisait pas à bouleverser le Gyrus. Sa sensibilité avait été apparemment surestimée. Il était assez fort pour s'occuper d'un envahisseur à sa manière, laquelle était inimitable.

Sa peau s'était mise à la démanger, et il y avait une certaine agitation au creux de son estomac. Elle s'efforça de ne pas trop penser à ce que cela signifiait, mais cette irritation ne fit que croître lorsqu'elle se remit à suivre la piste. L'atmosphère devenait à présent plus épaisse; le monde s'assombrissait autour d'elle. Ce n'était pas l'obscurité de la nuit, qui invitait au sommeil. Cette pénombre grouillait de vie. Elle pouvait la sentir, douce et amère à la fois. Elle pouvait la voir, bourdonnant derrière ses yeux.

Elle n'avait fait que quelques pas lorsque quelque chose passa en courant à ses pieds. Elle baissa les yeux pour découvrir un animal — un croisement improbable d'écureuil et de mille-pattes, les yeux luisants, les pattes innombrables — en train de gambader entre les racines. Et cette créature, elle s'en apercevait à présent, était loin d'être seule. La forêt était habitée. Toute une vie animale, aussi multiple et aussi remarquable que la vie végétale, surgissait des fourrés, une foule de créatures qui se métamorphosaient tout en bondissant et en rampant, plus ambitieuses à chaque souffle.

Leur origine? les plantes. La flore avait engendré sa faune; ses bourgeons s'étaient épanouis en insectes, ses fruits s'étaient couverts de fourrure et d'écailles. Une plante s'ouvrit, et des papillons s'en élevèrent dans un nuage mouvant; dans un buisson épineux, des oiseaux s'éveillaient à une vie bruissante; sortant d'un tronc d'arbre, des serpents sinuaient comme une sève douée de sagesse.

L'air était à présent à couper au couteau, et de nouvelles créatures croisaient son chemin à chaque mètre avant d'être avalées par la pénombre. Quelque chose qui ressemblait à un cousin éloigné du tatou passa devant elle en se dandinant; trois variations sur le thème du singe survinrent puis s'en allèrent; un chien doré gambadait au milieu des fleurs. Et ainsi de suite. Et cætera.

Elle n'avait plus aucun doute sur l'origine des démangeaisons de sa peau. Celle-ci brûlait du désir de se joindre à ce jeu des métamorphoses, de se jeter dans ce creuset et d'acquérir une nouvelle configuration. Son esprit lui aussi était à moitié séduit par cette idée. Au sein d'une si joyeuse invention, il semblait mesquin de frustrer une seule anatomie.

En fait, peut-être aurait-elle fini par succomber à ces tentations de la chair si un immeuble n'avait pas émergé du brouillard devant elle: un bâtiment de brique fort banal qu'elle aperçut un instant avant que l'air ne l'avale à nouveau. Tout banal qu'il fût, il ne pouvait s'agir que du Temple du Métier.

Un énorme perroquet voleta devant elle, s'exprimant dans toutes les langues connues, puis s'éloigna à tire d'aile. Elle se mit à courir. Le chien doré avait décidé de la suivre dans sa course; il pantelait sur ses talons.

Puis, l'onde de choc. Elle vint de la direction de l'édifice, une force qui fit entrer en convulsion la membrane vivante de l'air et qui secoua la terre. Elle perdit l'équilibre et tomba au milieu d'un nœud de racines grouillantes, qui tentèrent aussitôt de l'incorporer à leur masse. Elle se dégagea de leur étreinte et se releva. Le contact avec la terre, ou avec la vague d'énergie issue du Temple, l'avait plongée dans un véritable paroxysme. Bien qu'elle restât immobile, tout son corps paraissait *danser*. Il n'y avait aucun autre mot pour désigner cela. Chaque partie de son corps, depuis ses cils jusqu'à la moelle de ses os, avait pris le rythme du pouvoir de ce lieu ; ses percussions imprimèrent une nouvelle cadence à son cœur ; son sang coula plus vite, puis se ralentit ; son esprit semblait prendre son essor avant de chuter brutalement.

Mais il ne s'agissait là que de sa chair. Son autre anatomie — le corps subtil que le menstruum avait éveillé à la vie — était hors de portée des forces qui cherchaient à la contrôler ; ou alors il se trouvait déjà en accord avec elles et était par-là même invulnérable à leur assaut.

Elle l'occupa à présent — lui ordonnant de l'empêcher de prendre racine et d'empêcher des ailes de pousser sur sa tête et de la faire s'envoler. Il l'apaisa considérablement. Elle avait été un dragon, puis était redevenue elle-même, n'est-ce pas ? Ceci n'était en aucun cas différent.

Oh si, dirent ses peurs. *Ceci est une affaire de chair et d'os ; le dragon ne se trouvait que dans mon esprit.*

N'as-tu donc rien appris ? fut la réponse. *Il n'y a* aucune *différence.*

Tandis que cette réponse résonnait dans sa tête, la deuxième onde de choc frappa ; et cette fois-ci, il ne s'agissait pas d'un frisson bénin, mais d'une véritable crise. Le sol se mit à rugir sous ses pieds. Elle courut à nouveau vers le Temple, mais elle n'avait pas parcouru plus de cinq mètres que le rugissement se transformait en fracas de pierres brisées et qu'une crevasse en zig-zag apparaissait à sa droite ; et une autre à sa gauche ; et encore une autre.

Le Gyrus s'autodétruisait.

CHAPITRE 2

Le Temple

1

Bien que Shadwell eût une bonne avance sur Cal, l'air épais du Gyrus ne le dissimulait pas. La veste du Vendeur brillait comme un phare et Cal suivit sa lueur aussi vite que le lui permettaient ses jambes flageolantes. Bien qu'affaibli par son combat contre le résidu, il était le plus en forme des deux hommes et il eut vite fait de réduire la distance qui les séparait. Il aperçut plus d'une fois Shadwell en train de regarder derrière lui, le visage déformé par l'anxiété.

Après toutes les poursuites et toutes les croisades, après toutes les créatures et toutes les armées, ils se retrouvaient enfin face à face, courant vers un but qu'aucun d'eux n'était capable de concevoir. Ils étaient finalement égaux.

Ou du moins Cal l'avait-il cru. Ce fut seulement lorsqu'ils arrivèrent en vue du Temple que le Vendeur se retourna pour se dresser devant lui. Ses doigts, à moins que ce ne fût l'air de ce lieu, lui avaient arraché son masque du visage. Il avait cessé d'être le Prophète. Des fragments d'illusion restaient accrochés à son menton et à la racine de ses cheveux, mais Cal reconnut l'homme qu'il avait affronté pour la première fois dans la chambre hantée de Rue Street.

« N'approchez pas davantage, Mooney », ordonna-t-il.

Il était si essoufflé que ses paroles étaient à peine audibles, et la lumière montant de la terre le faisait paraître malade.

« Je ne veux pas faire couler le sang, dit-il à Cal. Pas ici. Il y a autour de nous des forces qui ne supporteraient pas un tel acte. »

Cal avait arrêté de courir. A présent, alors qu'il écoutait le discours de Shadwell, il sentit un frémissement sous la semelle de ses souliers, et découvrit en baissant les yeux des pousses surgissant entre ses orteils.

« Allez-vous-en, Mooney, dit Shadwell. Vous n'avez pas de place dans ma destinée. »

Cal n'écoutait le Vendeur qu'à moitié. La soudaine floraison sous ses pieds l'intriguait, et il vit à présent qu'elle se déroulait suivant une ligne qui aboutissait aux pieds de Shadwell. Le sol stérile venait brusquement de produire une profusion de vie végétale qui croissait à un rythme phénoménal. Shadwell s'en était rendu compte à son tour et ce fut avec un murmure respectueux qu'il dit :

« *La Création.* Vous avez vu ça, Mooney ? La Création pure.

— Nous ne devrions pas être ici », dit Cal.

Un sourire dément déforma les traits de Shadwell.

« Vous n'avez pas votre place ici, dit-il. Je vous l'accorde. Mais j'ai attendu toute ma vie cet instant-là. »

Une plante ambitieuse surgit sous le pied de Cal et il fit un pas de côté pour la laisser pousser. Shadwell interpréta ce mouvement comme une attaque. Il ouvrit sa veste. L'espace d'un instant, Cal crut qu'il allait essayer de lui jouer un de ses vieux tours, mais la solution qu'il avait choisie était bien plus simple. Il sortit un revolver de sa poche intérieure et le braqua sur Cal.

« Comme je l'ai déjà dit, je ne veux pas faire couler le sang. Alors, allez-vous-en, Mooney. Partez. *Partez !* Retournez d'où vous venez, ou alors je vous fais sauter la tête. »

Il était sérieux ; de cela, Cal n'avait aucun doute. Levant les mains à hauteur de poitrine, il dit :

« J'ai entendu. Je m'en vais. »

Avant qu'il n'ait pu bouger, cependant, trois choses se passèrent en succession rapide. D'abord, quelque chose vola au-dessus d'eux, presque totalement dissimulé par les nuages qui s'accumulaient sur le toit du Temple. Shadwell leva la tête, et Cal, saisissant sa chance, se précipita vers lui, tendant la main pour lui arracher son arme.

Le troisième événement fut le coup de feu.

Il sembla à Cal qu'il voyait la balle jaillir du canon dans un nuage de fumée ; qu'il la voyait fendre l'espace entre l'arme et son corps. Elle était lente, comme dans une exécution de cauchemar. Mais il fut plus lent encore.

La balle l'atteignit à l'épaule et il fut projeté en arrière, atterrissant parmi des fleurs qui n'avaient pas existé trente secondes plus tôt. Il vit des gouttes de sang s'élever au-dessus de sa tête, comme attirées par le ciel. Il laissa tomber cette énigme. Il lui restait à peine assez d'énergie pour résoudre un problème à la fois, et sa vie devait venir en priorité.

Sa main monta vers sa blessure et vers sa clavicule brisée. Il posa sa paume contre la plaie afin d'étancher le flot de sang qui en jaillissait tandis que la douleur envahissait le reste de son corps.

Au-dessus de lui, les nuages continuaient de tournoyer et de tonner; ou bien la clameur qu'il entendait ne résonnait-elle que dans sa tête? Poussant un gémissement, il roula sur lui-même afin d'apercevoir ce que faisait Shadwell. La douleur manqua de l'aveugler, mais il lutta pour diriger ses yeux vers le bâtiment.

Shadwell pénétrait dans le Temple. Il n'y avait aucun garde sur son seuil; rien qu'une voûte dans la brique, sous laquelle il disparaissait. Cal réussit péniblement à se soutenir sur ses deux genoux et sur une de ses mains — l'autre étant toujours pressée sur son épaule —, puis se releva et se dirigea en chancelant vers la porte du Temple afin de frustrer le Vendeur de sa victoire.

2

Ce que Shadwell avait dit à Mooney était exact: il n'avait aucun désir de faire couler le sang dans le Gyrus. En ce lieu résidaient les secrets de la Création et de la Destruction. S'il avait eu besoin d'une confirmation de ce fait, il l'avait vue jaillir sous leurs pieds: une fécondité fabuleuse qui apportait avec elle la promesse d'une décomposition héroïque. C'était là la nature de toute transaction — quelque chose de gagné, quelque chose de perdu. Lui, le Vendeur, avait appris cette leçon tout jeune. Ce qu'il cherchait à présent, c'était à se placer au-delà d'un tel commerce, à être inviolé par son contact. Telle était la condition des Dieux. Ils jouissaient de la permanence et d'un but éternel; nul ne pouvait les souiller dans leur grandeur, nul ne pouvait leur révéler des merveilles pour les en frustrer l'instant d'après. Ils étaient éternels, immuables, et ici, au sein de cette citadelle nue, il allait se joindre à leur panthéon.

Il faisait fort sombre au-delà du seuil. Aucun signe ici de la terre brillante du dehors; rien qu'un corridor obscur, aux murs, au sol et au plafond bâtis avec les mêmes briques nues, sans la moindre trace de mortier dans leurs interstices. Il avança de quelques mètres, faisant courir ses doigts sur le mur. C'était une illusion, sans aucun doute, mais il éprouva une curieuse sensation en marchant: que les briques grinçaient les unes contre les autres, comme sa première maîtresse avait grincé des dents dans son sommeil. Il éloigna ses doigts des murs, franchissant le premier tournant du corridor.

De l'autre côté, une découverte bienvenue. Il y avait une source de lumière quelque part devant lui; il n'aurait plus désormais à trébucher dans les ténèbres. Le corridor s'étendit encore sur quarante-cinq mètres environ avant de faire un nouveau coude à angle droit.

De nouveau, les mêmes briques anonymes; mais arrivé à mi-chemin de cette nouvelle portion, il découvrit une deuxième voûte et, en passant sous elle, se retrouva dans un corridor qui aurait été identique au premier s'il n'avait pas été deux fois moins large. Il le suivit, tandis que la lumière se faisait plus intense, franchissant un nouveau tournant et découvrant un nouveau passage nu, pour aboutir dans un troisième corridor situé lui aussi derrière une porte. Il comprenait à présent les desseins de l'architecte. Le Temple n'était pas un seul édifice mais plusieurs, chacun bâti à l'intérieur de l'autre; une boîte contenant une boîte plus petite, qui en contenait à son tour une troisième.

Cette constatation le troubla. L'endroit ressemblait à un labyrinthe. Un labyrinthe tout simple, peut-être, mais néanmoins conçu pour désorienter et pour retarder le visiteur. Il entendit de nouveau les murs grincer et imagina l'édifice en train de se refermer sur lui, lui qui se retrouvait soudain incapable de trouver la sortie avant que les murs ne l'écrasent et ne le réduisent en une poussière sanglante.

Mais il ne pouvait plus faire demi-tour à présent; pas alors que cette luminescence le mettait au défi de franchir un nouveau tournant. De plus, il y avait des bruits qui lui parvenaient du monde extérieur: des voix étranges et déformées, comme si les habitants d'un bestiaire oublié étaient en train de rôder autour du Temple, de gratter ses briques, d'arpenter son toit.

Il n'avait pas d'autre choix que de continuer. Il avait vendu sa vie pour un aperçu de la Divinité; en faisant demi-tour, il ne trouverait rien d'autre que la plus amère des défaites.

En avant donc, et au Diable les conséquences.

3

Lorsque Cal arriva à moins d'un mètre du Temple, ses forces l'abandonnèrent.

Il ne pouvait plus ordonner à ses jambes de le supporter. Il trébucha, tendant sa main droite devant lui pour amortir le choc, et vint heurter le sol.

L'inconscience s'empara de lui, et il en fut reconnaissant. Cette fuite ne dura cependant que quelques secondes avant que le voile de ténèbres ne se lève et qu'il ne retrouve sa nausée et son supplice. Mais à présent — et ce n'était pas la première fois qu'une telle chose lui arrivait dans la Fugue —, son cerveau privé de sang ne savait plus s'il rêvait ou s'il était rêvé.

Cette ambiguïté l'avait visité pour la première fois dans le verger de Lemuel Lo, se rappela-t-il: il était sorti d'un rêve de la vie qu'il avait vécue pour se réveiller dans un paradis qu'il ne s'était attendu à connaître que durant son sommeil. Et puis plus tard, sur la Montagne de Vénus, ou sous elle, il avait vécu la vie des planètes — et passé un millénaire en orbite — pour se réveiller seulement six heures plus tard.

Il retrouvait ce même paradoxe aux portes de la mort. S'était-il éveillé pour mourir? ou bien la mort était-elle le seul éveil véritable? Ses pensées ne cessaient de tourner en rond, formant une spirale au centre de laquelle l'attendait la ténèbre, et il plongeait dans cette ténèbre, plus faible à chaque instant.

La tête posée sur la terre animée de tremblements, il ouvrit les yeux et regarda en direction du Temple. Il le vit à l'envers, le toit reposant sur une fondation de nuages, tandis que le sol luisait autour de lui.

« Parodoxe sur paradoxe », pensa-t-il tandis que ses yeux se refermaient.

« Cal. »

Quelqu'un prononçait son nom.

« Cal. »

Irrité d'être ainsi appelé, il n'ouvrit les yeux qu'à contre-cœur.

C'était Suzanna qui était penchée sur lui et qui prononçait son nom. Elle avait aussi des questions à lui poser, mais son esprit paresseux ne parvenait pas à les appréhender.

Au lieu d'y répondre, il dit:

« Dedans. Shadwell...

— *Tiens bon*, lui dit-elle. Tu as compris? »

Elle posa une main sur son visage. Elle était fraîche. Puis elle se pencha sur lui et l'embrassa, et quelque part au fond de son esprit, il se rappela que ceci était déjà arrivé; lui, étendu sur le sol, et elle lui donnant son amour.

« Je serai là », dit-il.

Elle hocha la tête.

« Tu as intérêt », répondit-elle, et elle se dirigea vers la porte du Temple.

Cette fois-ci, il ne permit pas à ses yeux de se fermer. Quel que fût le rêve qui l'attendait après cette vie, il en reculerait la jouissance jusqu'à ce qu'il ait revu son visage.

CHAPITRE 3

Le miracle du Métier

À l'extérieur du Temple, les secousses sismiques allaient en s'amplifiant. A l'intérieur, cependant, régnait une paix malaisée. Suzanna se mit à avancer le long des corridors obscurs, sans ressentir de démangeaisons sur le corps à présent qu'elle se trouvait ici, dans l'œil du cyclone.

Il y avait de la lumière devant elle. Elle franchit un tournant, puis un autre, et, découvrant une porte dans le mur, l'emprunta pour découvrir un deuxième passage, aussi spartiate que celui qu'elle venait de quitter. La source de la lumière lui était toujours invisible. Après le prochain tournant, promettait-elle; encore un peu plus loin, un peu plus loin encore.

Le menstruum se tenait tranquille en elle, comme s'il avait redouté de se montrer. Etait-ce un témoignage de respect de la part d'un miracle devant un miracle supérieur? En ce cas, les extases de ce lieu avaient un talent certain pour la dissimulation; il n'y avait rien dans ces corridors pour suggérer l'imminence d'une révélation ou la présence d'un pouvoir: rien que des briques nues. Excepté la lumière. Celle-ci la fit avancer encore, à travers une autre porte et le long de nouveaux passages. Cet édifice, comprit-elle alors, était bâti suivant le principe des poupées gigognes, chaque partie emboîtée dans l'autre. *Des mondes à l'intérieur des mondes.* Ils ne pouvaient pas diminuer indéfiniment, se dit-elle. Ou alors?

En franchissant le tournant suivant, elle eut sa réponse, ou du moins une partie, lorsqu'une ombre fut projetée contre le mur et qu'elle entendit quelqu'un crier:

« *Au nom de Dieu!*»

Pour la première fois depuis qu'elle avait pénétré dans le bâtiment, elle sentit le sol vibrer. De la poussière de brique tomba du plafond.

« Shadwell », dit-elle.

Lorsqu'elle parla, il lui sembla voir ces deux syllabes — *Shad Well* — emportées par l'air le long du couloir et jusqu'à la porte suivante. Un souvenir fugitif lui vint à l'esprit : Jerichau en train de lui exprimer son amour ; le mot en tant que réalité.

L'ombre bougea sur le mur, et soudain, le Vendeur se dressa devant elle. Toute trace du Prophète avait disparu. Le visage révélé par la chute du masque était pâle et bouffi ; le visage d'un poisson échoué sur la grève.

« Disparu », dit-il.

Il tremblait de la tête aux pieds. Des gouttes de sueur décoraient son visage comme autant de perles.

« Tout a disparu. »

La crainte qu'elle aurait pu ressentir devant cet homme s'était évanouie. Il était là devant elle, démasqué et grotesque. Mais ses mots l'intriguèrent. *Qu'est*-ce qui avait disparu ? Elle se dirigea vers la porte d'où il avait surgi.

« C'est *vous*..., dit-il en tremblant de plus belle. C'est *vous* qui avez fait ça.

— Je n'ai rien fait.

— Oh si... »

Alors qu'elle se trouvait à moins d'un mètre de lui, il se jeta sur elle, et ses mains moites lui enserrèrent soudain le cou.

« *Il n'y a rien ici !* » cria-t-il en l'attirant contre lui.

Son étreinte se voulait douloureuse, mais le menstruum ne vint pas à la défense de la jeune femme. Il ne restait à celle-ci que ses muscles pour l'aider à se dégager, et leur force n'était pas suffisante.

« Vous voulez voir ? lui cria-t-il au visage. Vous voulez voir à quel point j'ai été dupé ? *Je vais vous montrer !* »

Il la traîna vers la porte et la jeta dans la pièce qui se trouvait au cœur du Temple : le saint des saints dans lequel les miracles du Gyrus avaient été façonnés ; la génératrice qui avait maintenu si longtemps l'intégrité des mondes de la Fugue.

C'était une pièce carrée d'environ cinq mètres de côté, bâtie avec les mêmes briques que le reste du Temple, et au plafond relativement haut. Elle leva la tête pour découvrir une ouverture découpée dans le toit, par laquelle elle apercevait le ciel. Les nuages qui tournoyaient autour du Temple projetaient un éclat pâle et laiteux, comme si les éclairs jaillissant du Gyrus étaient engendrés dans cette matrice turbulente. Les nuages n'étaient cependant pas la seule source de mouvement au-dessus d'elle. En levant les yeux, elle aperçut une forme tapie dans un coin du toit. Avant qu'elle ait pu distinguer sa nature, Shadwell s'approchait à nouveau d'elle.

« Où est-il ? demanda-t-il. Où est le Métier ? »

Elle parcourut le sanctuaire des yeux et découvrit qu'il n'était pas entièrement vide. Dans chacun des quatre coins se trouvait une silhouette assise, les yeux fixés sur le centre de la pièce. Un tremblement parcourut son échine. Bien qu'ils aient été dressés sur leurs trônes aux larges dossiers, tous les membres du quatuor étaient morts depuis longtemps, leur peau tachée et parcheminée laissait voir leurs os, et leurs vêtements pendaient en lambeaux pourrissants sur leurs corps.

Ces gardiens avaient-ils été assassinés ici même, par des voleurs qui avaient ensuite emporté le Métier sans opposition ? Il le semblait bien. Et pourtant, il n'y avait rien dans leur posture pour suggérer une mort violente ; et elle ne parvenait pas à croire que ce lieu enchanté n'aurait pas puni un tel carnage. Non ; il s'était passé ici — *il se passait peut-être encore* — autre chose, quelque chose d'essentiel qu'elle et Shadwell ne pouvaient pas encore appréhender.

Celui-ci marmonnait toujours dans sa barbe, sa voix décrivant une spirale de récriminations. Elle ne l'écoutait qu'à moitié ; son attention était bien plus attirée par l'objet qu'elle apercevait à présent, posé au milieu du sol. C'était le couteau de cuisine que Cal avait amené dans la Salle des Ventes plusieurs mois auparavant ; cet outil domestique et banal que le regard qu'ils avaient échangé avait attiré dans la Trame, en ce lieu même, dans le centre absolu de la Fugue.

Lorsqu'elle le vit, les pièces du puzzle commencèrent à s'assembler dans sa tête. Ici, à l'intersection des regards des sentinelles, se trouvait le couteau qu'un autre regard — échangé par Cal et par elle-même — avait doué de pouvoir. Il avait pénétré dans cette chambre et coupé le dernier nœud créé par le Métier ; et la Trame avait révélé tous ses secrets. Tout ceci était bel et bon, mais les sentinelles étaient mortes et le Métier, comme Shadwell ne cessait de le répéter, avait disparu.

« C'était vous, gronda-t-il. Vous le saviez depuis le début. »

Elle ignora ses accusations, tandis qu'une nouvelle idée lui venait à l'esprit. Si la magie avait disparu, raisonna-t-elle, pourquoi le menstruum se dissimulait-il ?

Alors qu'elle formulait cette question, la colère de Shadwell le poussa à l'attaque.

« *Je vais te tuer !* » hurla-t-il.

Son assaut la prit par surprise et elle fut projetée contre le mur. Tout son souffle la quitta en une seconde et avant qu'elle n'ait pu tenter de se défendre, les pouces du Vendeur lui enserraient la gorge, sa masse l'avait prise au piège.

« Salope, voleuse, dit-il. Tu m'as dupé ! »

Elle leva les mains pour le frapper, mais elle s'affaiblissait déjà.

Elle lutta de toutes ses forces pour respirer, cherchant désespérément à avaler une bouffée d'air, même s'il s'agissait du souffle flatulent exhalé par son agresseur, mais l'étreinte de celui-ci sur sa gorge l'empêcha d'inspirer ne fût-ce qu'une seule bouffée. « Je vais mourir, pensa-t-elle. Je vais mourir en contemplant ce visage figé par la colère. »

Et puis ses yeux levés vers le ciel perçurent l'esquisse d'un mouvement au plafond, et une voix déclara :

« Le Métier est ici. »

L'étreinte de Shadwell sur Suzanna se relâcha. Il se retourna et leva les yeux vers celle qui avait parlé.

Immacolata, les bras écartés comme un parachutiste en chute libre, flottait au-dessus d'eux.

« Te souviens-tu de moi ? demanda-t-elle à Shadwell.

— Seigneur.

— Tu m'as manqué, Shadwell. Même si tu n'as pas été tendre avec moi.

— Où est le Métier ? demanda-t-il. Dis-le-moi.

— Il n'y a pas de Métier, répondit-elle.

— Mais tu viens de dire...

— Le Métier est ici.

— Où, alors ? *Où ?*

— Il n'y a pas de Métier.

— Tu as perdu l'esprit, cria-t-il dans sa direction. Il *est* ou il *n'est pas !* »

L'Incantatrice eut un sourire cadavérique en contemplant l'homme au-dessous d'elle.

« C'est *toi,* l'imbécile, dit-elle doucement. Tu ne comprends rien, n'est-ce pas ? »

Shadwell adopta un ton plus conciliant.

« Pourquoi ne descends-tu pas ? dit-il. Mon cou me fait mal. »

Elle secoua la tête. Il lui fallait beaucoup d'effort pour rester ainsi suspendue dans l'air, Suzanna le voyait bien ; elle défiait la sainteté du Temple en utilisant ses extases ici. Mais elle se souciait comme d'une guigne de tels édits, tant elle était résolue à rappeler à Shadwell qu'il était cloué au sol.

« Tu as peur, n'est-ce pas ? » dit Shadwell.

Le sourire d'Immacolata ne quitta pas ses lèvres.

« Je n'ai pas peur », dit-elle, et elle se mit à descendre vers lui.

« Ne t'approche pas de lui », lui conseilla mentalement Suzanna. Bien que l'Incantatrice ait commis des actes terribles, Suzanna ne désirait nullement la voir devenir victime de la duplicité de Shadwell. Mais le Vendeur resta immobile, face à face avec la femme, et ne fit pas mine de bouger. Il se contenta de dire :

« Tu es arrivée ici avant moi.

— J'ai failli t'oublier », répondit Immacolata. Sa voix avait perdu toute trace de stridence. Elle était pleine de soupirs. « Mais elle m'a rafraîchi la mémoire (elle jeta un regard à Suzanna). C'est là un grand service que tu m'as rendu, ma sœur, dit-elle. Me rappeler l'existence de mon ennemi. »

Ses yeux se reposèrent sur Shadwell.

« Tu m'as rendue folle, dit-elle. Et je t'ai oublié. Mais je me souviens à présent. »

Soudain, sourire et soupirs avaient disparu. Ne restaient que la ruine et la rage.

« Je me souviens très bien.

— Où est le Métier ?

— Tu as toujours été si *littéral,* répondit Immacolata avec mépris. T'attendais-tu vraiment à trouver une *chose* ? Un autre objet que tu aurais pu posséder ? Est-ce cela, ta Divinité, Shadwell ? La possession ?

— *Où est-il, nom de Dieu ?* »

Elle éclata de rire, bien que les bruits issus de sa gorge n'eussent rien pour suggérer le plaisir.

Ce rire plein de dérision acheva de faire craquer Shadwell ; il se jeta sur elle. Mais elle n'allait pas permettre à ses mains de la toucher. Alors qu'il la saisissait, il sembla à Suzanna que le visage ruiné de l'Incantatrice se fendait et qu'en jaillissait une force qui avait peut-être été jadis le menstruum — cette rivière fraîche et éclatante dans laquelle Suzanna avait plongé à l'instigation d'Immacolata — mais qui n'était plus à présent qu'un courant souillé et pollué, coulant de ses blessures comme du pus. Il n'était néanmoins pas dénué de force. Shadwell fut projeté sur le sol.

Au-dessus d'eux, les nuages jetèrent des éclairs sur le toit, figeant la scène sous leur lumière acérée. Le coup mortel allait sûrement venir en un clin d'œil.

Mais il ne vint pas. L'Incantatrice hésita, son visage ruiné suintant de pouvoir corrompu, et à cet instant-là, la main de Shadwell se referma sur le couteau de cuisine qui se trouvait à côté de lui.

Suzanna poussa un cri d'avertissement, mais Immacolata ne l'entendit pas ou choisit de ne pas l'entendre. Puis Shadwell fut debout, dans un mouvement maladroit qui donna à sa victime le temps de l'abattre — ce qu'elle ne fit pas — et il plongea le couteau dans son abdomen avec la force d'un boucher, ouvrant dans son corps une plaie fatale.

Elle sembla enfin se rendre compte qu'il voulait sa mort, et réagit. Son visage sembla s'éclairer, mais avant que l'étincelle n'ait pu devenir une flamme, la lame tenue par Shadwell l'avait ouverte en deux jusqu'aux seins. Ses entrailles se déversèrent de la blessure. Elle hurla et jeta la tête en arrière, la force de son cri allant se perdre contre les murs.

À ce moment-là, la pièce fut emplie d'un gémissement qui semblait venir à la fois des briques et des entrailles d'Immacolata. Shadwell laissa tomber le couteau ensanglanté et fit mine de s'éloigner de son crime, mais sa victime tendit une main et l'attira contre elle.

Le feu avait entièrement disparu du visage d'Immacolata. Elle mourait, et elle mourait vite. Mais même durant ses derniers instants, sa poigne restait de fer. Tandis que le rugissement gagnait en force, elle accorda à Shadwell le baiser qu'elle lui avait toujours refusé, sa blessure venant souiller la veste du Vendeur. Celui-ci poussa un cri de répugnance, mais elle refusa de le lâcher. Il se débattit, et finit par réussir à se défaire de son emprise, la jetant loin de lui et s'écartant en vacillant, la poitrine et le ventre maculés de sang. Il jeta un dernier regard dans sa direction, puis se dirigea vers la porte en poussant des petits gémissements d'horreur. En atteignant la sortie, il leva les yeux pour regarder Suzanna.

« Je n'ai pas... », commença-t-il, les mains levées, le sang coulant entre ses doigts. Ce n'était pas moi... »

Ces paroles étaient autant une supplique qu'une dénégation.

« *C'était la magie !* » dit-il, les yeux inondés de larmes. Ce n'étaient pas des larmes de chagrin, elle le savait, mais des larmes nées d'une soudaine et vertueuse rage.

« *Saleté de magie !* » hurla-t-il.

Le sol trembla en entendant sa gloire ainsi bafouée.

Il n'attendit pas que le toit lui soit tombé sur la tête, mais quitta la chambre à la hâte tandis que les rugissements gagnaient en intensité.

Suzanna regarda en direction d'Immacolata.

En dépit de l'horrible blessure qu'on lui avait infligée, elle n'était pas encore morte. Elle se tenait debout contre l'un des murs, s'accrochant aux briques d'une main et empêchant de l'autre ses entrailles de tomber.

« Le sang a coulé », dit-elle alors qu'une nouvelle secousse, plus forte que toutes celles qui l'avaient précédée, faisait trembler les fondations de l'édifice. « Le sang a coulé dans le Temple du Métier. »

Elle sourit de son sourire tordu et terrible.

« La Fugue est finie, ma sœur..., dit-elle.

— Que voulez-vous dire ?

— J'étais venue ici dans l'intention de faire couler son sang et de provoquer l'effondrement du Gyrus. Il me semble que c'est le mien qui a coulé. Peu importe. » Sa voix s'affaiblissait. Suzanna s'approcha un peu plus afin de mieux l'entendre. « C'est la même chose en fin de compte. *La Fugue est finie.* Elle va tomber en poussière. En poussière... »

Elle s'écarta violemment du mur. Suzanna tendit une main vers elle et l'empêcha de tomber. Ce contact fit naître des picotements dans sa main.

« Ils seront à jamais des exilés , dit Immacolata, et, pour fragile qu'il fût, il y avait du triomphe dans sa voix. La Fugue s'achève ici. Effacée, comme si elle n'avait jamais existé. »

Lorsqu'elle prononça ces mots, ses jambes s'écroulèrent sous elle. Ecartant Suzanna, elle retourna s'appuyer contre le mur. Sa main glissa loin de son ventre ; ses tripes se dénouèrent.

« J'ai rêvé..., dit-elle, ... d'un terrible vide... »

Elle cessa de parler et glissa le long du mur, accrochant des mèches de ses cheveux aux briques.

« ... de sable et de néant, dit-elle. Voilà ce dont j'ai rêvé. De sable et de néant. Et les voici. »

Comme pour souligner sa remarque, le vacarme prit des proportions cataclysmiques.

Satisfaite de son œuvre, Immacolata s'effondra sur le sol.

Suzanna jeta un regard en direction de la sortie tandis que les briques du Temple commençaient à grincer les unes contre les autres avec une nouvelle férocité. Que pouvait-elle encore accomplir en ce lieu ? Les mystères du Métier l'avaient vaincue. Si elle restait, elle serait ensevelie sous les ruines. Il n'y avait rien à faire, sinon fuir pendant qu'il en était encore temps.

Lorsqu'elle se dirigea vers la porte, deux rais de lumière percèrent l'air poussiéreux pour la frapper au bras. Leur éclat la choqua. Plus choquante encore était leur source. Ils jaillissaient des orbites de l'une des sentinelles. Elle s'écarta de la trajectoire des rayons, et lorsque ceux-ci atteignirent le cadavre situé en face de celui qui les avait émis, d'autres rayons naquirent dans ses yeux vides ; puis dans ceux de la troisième sentinelle, et dans ceux de la quatrième.

Immacolata n'avait pas manqué de s'apercevoir du phénomène.

« Le Métier... », murmura-t-elle, presque à bout de souffle.

Les rayons entrecroisés devenaient plus éclatants, et l'atmosphère lourde de la pièce fut adoucie par un murmure de voix, prononçant des mots si fugaces qu'ils formaient presque une mélodie.

« Il est trop tard », dit Immacolata, s'adressant non pas à Suzanna mais au quatuor de cadavres. « Trop tard pour la sauver. »

Sa tête s'inclina doucement vers l'avant.

« Trop tard... », répéta-t-elle.

Puis un frisson la parcourut des pieds à la tête. Son corps, déserté par son esprit, s'effondra. Elle gisait dans son sang, morte.

En dépit de ses ultimes paroles, le pouvoir des rayons ne cessait de croître. Suzanna recula en direction de la porte, leur laissant le champ libre. Débarrassés de tout obstacle, les rais de lumière redoublèrent immédiatement d'éclat, et de leur point d'intersection jaillirent de nouveaux rayons orientés dans toutes les directions.

Le murmure qui avait empli la pièce trouva soudain un nouveau rythme; les mots, bien que toujours inconnus de Suzanna, se déroulaient comme un poème mélodieux. D'une façon indéfinie, la lumière et eux faisaient partie d'un même système; les extases des quatre Familles — Aia, Lo, Ye-me et Babu — œuvraient à l'unisson: la musique des mots accompagnait une danse tissée dans la lumière.

Ceci était le Métier; bien sûr. *Ceci était le Métier.*

Pas étonnant qu'Immacolata n'ait manifesté que mépris pour la pensée littérale de Shadwell. La magie pouvait investir le monde physique, mais elle ne *résidait pas* en lui. Elle résidait dans le mot, qui était l'expression de l'esprit, et dans le mouvement, qui était la manifestation de l'esprit; dans le système de la Trame et dans les évocations de la mélodie: tout *dans l'esprit.*

Et pourtant, bon sang, cette révélation n'était pas suffisante. En fin de compte, Suzanna n'était qu'un Coucou, et toute l'astuce du monde ne l'aiderait jamais à adoucir la rage de ce lieu profané. Elle ne pouvait que regarder la colère du Métier en train de réduire en pièces la Fugue et tout ce que celle-ci contenait.

Dans sa frustration, son esprit revint à Mimi, qui l'avait entraînée dans cette aventure mais qui était morte avant d'avoir pu la préparer à l'affronter. Sûrement, même, elle n'aurait jamais prédit une chose pareille: l'anéantissement de la Fugue, et Suzanna perdue en son cœur, incapable de le faire battre.

Les rais de lumière se heurtaient et se multipliaient toujours, et ils étaient à présent si solides qu'elle aurait pu marcher sur eux. Ce spectacle la fascinait. Elle avait l'impression qu'elle aurait pu les regarder éternellement sans jamais se lasser de leur complexité. Et ils devenaient de plus en plus élaborés, de plus en plus solides, jusqu'à ce qu'elle soit convaincue qu'ils n'allaient pas rester confinés dans les murs du sanctuaire mais qu'ils allaient faire irruption...

... dans la Fugue, où il fallait qu'elle retourne. Où il fallait qu'elle retrouve Cal qui gisait au-dehors, afin de le réconforter autant qu'elle le pourrait dans le maelström qui s'annonçait.

Avec cette pensée lui en vint une autre. Peut-être que Mimi *avait* su, ou redouté, qu'à la fin Suzanna se retrouverait seule avec sa magie — et peut-être que la vieille femme lui avait laissé un signe.

Elle plongea une main dans sa poche et en sortit le livre. *Histoires des Lieux Secrets.* Elle n'avait pas besoin d'ouvrir le volume pour se rappeler l'exergue qui figurait sur la page de la dédicace: « *Ce qui est imaginé n'est jamais nécessairement perdu.* »

Elle avait à plusieurs reprises cherché à l'élucider, mais son intelligence avait échoué à lui trouver un sens. A présent, elle renonça à son esprit d'analyse et laissa la bride sur le cou à ses sensibilités plus subtiles.

La lumière du Métier était si brillante qu'elle lui faisait mal aux yeux et, lorsqu'elle sortit du sanctuaire, elle découvrit que les rayons exploitaient les interstices entre les briques — à moins qu'ils n'aient dévoré les murs — pour surgir hors de la chambre. De fins rais de lumière stratifiaient le corridor.

Préoccupée autant par le livre qu'elle tenait dans sa main que par sa sécurité, elle refit dans l'autre sens le chemin qu'elle avait parcouru pour arriver au sanctuaire : de la porte au corridor, de la porte au corridor. Même les corridors extérieurs n'étaient pas à l'abri des enchantements du Métier. Les rais de lumière avaient franchi trois épaisseurs de mur et devenaient plus turbulents à chaque instant. Lorsqu'elle les traversa, elle sentit le menstruum frémir en elle, pour la première fois depuis qu'elle avait pénétré dans le Gyrus. Il ne monta cependant pas jusqu'à son visage, mais parcourut ses bras pour aboutir à ses mains qui enserraient le livre, comme pour recharger celui-ci.

Ce qui est imaginé...

Le chant s'éleva ; les rais de lumière se multiplièrent.

... n'est jamais nécessairement perdu.

Le livre devenait plus lourd ; plus chaud ; comme un être vivant dans ses bras. Et pourtant si empli de rêves. Une chose d'encre et de papier dans laquelle un autre monde attendait de naître. Peut-être pas un seul monde, mais plusieurs ; car, comme l'avait prouvé le séjour qu'elle avait fait dans ses pages avec Hobart, chaque aventurier réimaginait ses histoires pour lui-même. Il y avait autant de Forêts Sauvages qu'il y avait de lecteurs pour les parcourir.

Elle se trouvait dans le troisième corridor à présent, et le Temple tout entier était devenu une ruche de lumière et de son. Il y avait tant d'énergie dans ce lieu, attendant d'être maîtrisée. Si seulement elle pouvait devenir le catalyseur qui emploierait cette puissance à d'autres fins que la destruction.

Sa tête était emplie d'images, ou de fragments d'images :

elle et Hobart dans la forêt de leur histoire, échangeant leurs peaux et leurs fictions ;

elle et Cal dans la Salle des Ventes, leur regard le moteur qui avait fait tourner le couteau au-dessus de la Trame.

Et finalement, les sentinelles assises dans la chambre du Métier. Huit yeux qui avaient, même dans la mort, le pouvoir de défaire la Trame. Et... celui de la refaire ?

Soudain, elle ne marchait plus. Elle courait, pas par crainte de voir le toit de l'édifice lui tomber sur la tête, mais parce que les dernières pièces du puzzle venaient de lui apparaître avec clarté et parce qu'il ne lui restait plus beaucoup de temps.

Elle ne pourrait pas sauver la Fugue toute seule. Bien sûr que non. *Aucune* extase ne pouvait être exécutée par un être seul. Leur essence résidait dans l'échange. C'était pour cette raison que les Familles chantaient et dansaient et tissaient: leur magie s'épanouissait *entre les gens*: entre l'artiste et le spectateur, entre le créateur et l'admirateur.

Et une extase n'était-elle pas à l'œuvre entre son esprit et l'esprit du livre qu'elle tenait, ses yeux parcourant la page et absorbant les rêves d'une autre âme? Cela ressemblait à l'amour. Ou plutôt, l'amour était la forme la plus sublime de ce processus: l'esprit qui façonne l'esprit, les visions qui font des pirouettes sur les liens qui rapprochent les amants.

« *Cal!*»

Elle était arrivée à la dernière porte et se précipitait dans le tumulte extérieur.

La lumière issue de la terre avait pris la couleur d'une blessure, pourpre et bleu-noir. Au-dessus d'eux, le ciel se convulsait, prêt à décharger ses entrailles. En quittant la musique et l'exquise géométrie de lumière du Temple, elle se retrouvait plongée dans la démence.

Cal était adossé au mur du Temple. Son visage était blême, mais il était vivant.

Elle alla jusqu'à lui et s'agenouilla à ses côtés.

« Que se passe-t-il? dit-il d'une voix affaiblie par l'épuisement.

— Je n'ai pas le temps de te l'expliquer», dit-elle en lui caressant le visage d'une main. Le menstruum virevolta sur la joue du jeune homme. « Il faut que tu me fasses confiance.

— Oui, dit-il.

— Bien. Il faut que tu penses pour moi, Cal. Pense à tout ce que tu peux te rappeler.

— Me rappeler... ? »

Tandis qu'il méditait sur cette étrange requête, une faille de plus de trente centimètres de large s'ouvrit dans la terre, partant du seuil du Temple comme un messager pressé. Les nouvelles qu'elle portait étaient toutes mauvaises. En la voyant, Suzanna sentit son esprit s'emplir de doutes. Comment pourrait-on arracher quoi que ce soit à ce chaos? Le ciel laissa échapper son tonnerre; de la poussière et de la terre jaillirent des crevasses qui apparaissaient de tous côtés.

Elle s'efforça de s'accrocher à l'éclair de compréhension qui avait illuminé son esprit dans les corridors. Essaya de garder les images du Métier dans sa tête. Les rayons qui se croisent. La pensée au-dessus et au-dessous de la pensée. Les esprits qui peuplent le vide de souvenirs partagés et de rêves partagés.

« Pense à tout ce que tu te rappelles de la Fugue, dit-elle.

— Tout?

— Tout. Tous les endroits que tu as vus.

— Pourquoi?

— Fais-moi confiance! dit-elle. Je t'en prie, Cal, fais-moi confiance. Que te rappelles-tu?

— Rien que des bribes.

— Tout ce que tu pourras trouver. Le moindre fragment.»

Elle pressa la paume de sa main sur le visage du jeune homme. Il était brûlant de fièvre, mais le livre qu'elle tenait dans son autre main était encore plus chaud.

Elle avait récemment partagé l'intimité de son pire ennemi, Hobart. Elle parviendrait sûrement à partager sa connaissance avec cet homme, dont elle avait fini par aimer la douceur.

«Je t'en prie..., dit-elle.

— Pour toi...», répondit-il, semblant enfin comprendre ce qu'elle ressentait pour lui, «... tout.»

Et les pensées vinrent. Elle les sentit couler en elle, et à travers elle; elle était un conducteur, et le menstruum était le courant qui portait ses souvenirs. Elle vit en esprit des aperçus de ce qu'il avait vu et ressenti dans la Fugue, et ce n'étaient que beautés et merveilles.

Un verger; la lueur d'un feu; des fruits; des gens qui dansent; qui chantent. Une route; un champ; De Bono et les funambules. Le Firmament (des pièces emplies de miracles); un pousse-pousse; une maison, avec un homme debout sur son seuil. Une montagne, et des planètes. La plupart de ces images défilaient trop vite pour qu'elle puisse les distinguer tout à fait, mais qu'elle comprenne ou non ce qu'il avait vu n'avait pas d'importance. Elle faisait seulement partie d'un cycle — tout comme dans la Salle des Ventes.

Derrière elle, elle sentit les rais de lumière franchir le dernier mur, comme si le Métier était venu à sa rencontre, mettant momentanément à la disposition de Suzanna son génie pour la transfiguration. Ils n'avaient pas beaucoup de temps. Si elle manquait cette onde, il n'y en aurait pas d'autre.

«Continue», dit-elle à Cal.

Il avait fermé les yeux à présent, et les images se déversaient toujours de lui. Il s'était rappelé plus de choses qu'elle n'avait osé l'espérer. Et elle ajoutait à son tour des visions et des bruits au flot de ses souvenirs...

Le lac; la Maison de Capra; la forêt; les rues de Sans-Pareil...

... ils lui revenaient, aussi clairs qu'au premier jour, et elle sentit les rais de lumière les enlever pour les emporter au loin avec eux.

Elle avait craint que le Métier rejette son intervention, mais rien de tel ne se produisit; il mariait son pouvoir à celui du menstruum, transformant tout ce que Cal et elle se rappelaient.

Elle n'exerçait aucun contrôle sur ce processus. Il la dépassait complètement. Elle devait se résoudre à n'être qu'une partie de l'échange entre le sens et la magie, et à espérer que les forces qui étaient à l'œuvre ici comprenaient ses intentions mieux qu'elle ne les comprenait.

Mais le pouvoir qui montait en elle devenait trop fort; elle ne pourrait plus longtemps maîtriser ses énergies. Le livre était trop brûlant pour qu'elle le tienne et Cal frissonnait sous sa main.

« Assez ! » dit-elle.

Les yeux de Cal s'ouvrirent brusquement.

« Je n'ai pas fini.

— *Assez, j'ai dit.* »

Lorsqu'elle prononça ces mots, la structure du Temple se mit à frémir.

« Oh mon Dieu, dit Cal.

— Il est temps de partir, dit Suzanna. Tu peux marcher ?

— Bien sûr que je peux marcher. »

Elle l'aida à se relever. Des rugissements se firent entendre à l'intérieur de l'édifice lorsque, l'un après l'autre, les murs capitulèrent devant la rage du Métier.

Ils ne s'attardèrent pas pour regarder l'ultime cataclysme, mais s'éloignèrent du Temple tandis que des morceaux de brique volaient au-dessus de leurs têtes.

Cal n'avait pas menti : il pouvait effectivement marcher, même si c'était fort lentement. Mais il aurait été impossible de courir dans la désolation qu'ils traversaient à présent. Tout comme la Création avait salué leur arrivée, une Destruction systématique salua leur départ. La flore et la faune qui avaient surgi sur les talons des intrus étaient à présent en proie à une dissolution accélérée. Fleurs et arbres se flétrissaient, et le vent tumultueux qui secouait le Gyrus emportait avec lui l'odeur de leur pourriture.

La lueur issue de la terre avait diminué d'intensité et ils avançaient dans la pénombre, une pénombre encore accentuée par la poussière et la terre qui flottaient dans l'air. Des cris d'animaux s'élevèrent dans les ténèbres lorsque le sol s'ouvrit pour engloutir les créatures qu'il avait conçues à peine quelques minutes plus tôt. Celles qui n'étaient pas dévorées par leur berceau étaient victimes d'un sort plus horrible encore, car les puissances qui les avaient créées réduisaient à présent leurs enfants au néant. Des créatures pâles et squelettiques qui avaient naguère été souples et vivantes parsemaient le paysage, émettant leur dernier soupir. Certaines d'entre elles tournèrent leurs yeux vers Cal et vers Suzanna, à la recherche d'un secours ou d'un peu d'espoir, mais ils n'en avaient aucun à leur offrir.

Ce n'était qu'à grand-peine qu'eux-mêmes évitaient d'être engloutis par les crevasses qui s'ouvraient dans la terre. Ils avancèrent en trébuchant, bras dessus, bras dessous, inclinant la tête pour éviter une averse de grêle que le Manteau avait déclenchée, comme pour aggraver encore leur supplice.

« C'est encore loin ? » demanda Cal.

Ils firent halte et Suzanna regarda devant elle ; elle ne savait même pas s'ils n'étaient pas en train de tourner en rond. La lumière à leurs pieds était à présent presque totalement éteinte. Elle jaillissait encore çà et là, mais ce n'était que pour éclairer une nouvelle scène pitoyable : les dernières convulsions de la gloire que leur présence en ce lieu avait engendrée.

Puis :

« *Là !* dit-elle, tendant le doigt à travers le rideau de poussière et de grêle. *Je vois une lumière.* »

Ils reprirent leur progression, aussi vite que le permettait la terre suppurante. A chacun de leurs pas, leurs pieds s'enfonçaient un peu plus dans un bourbier de matière en décomposition, dans lequel des restes de vie bougeaient encore ; les héritiers de cet Eden : les vers et les cafards.

Mais il y avait bien une lueur au bout du tunnel ; elle l'aperçut de nouveau à travers l'atmosphère épaisse.

« Regarde, Cal », dit-elle.

Il s'exécuta, au prix d'un certain effort.

« Ce n'est plus très loin. Encore quelques pas. »

Il devenait plus lourd à chaque instant ; mais la déchirure dans le Manteau suffit à leur faire franchir les derniers mètres de terre traîtresse.

Et finalement, ils pénétrèrent en pleine lumière, presque crachés des entrailles du Gyrus lorsque celui-ci entra dans ses dernières convulsions.

Ils s'éloignèrent du Manteau en trébuchant, mais ils n'en étaient pas très loin lorsque Cal dit : « Je ne peux... » et tomba à terre.

Elle s'agenouilla à côté de lui, lui enveloppant la tête de ses mains, puis regarda autour d'elle pour chercher de l'aide. Ce fut seulement à ce moment-là qu'elle découvrit les conséquences des événements du Gyrus.

Le Pays des Merveilles avait disparu.

Les gloires de la Fugue avaient été déchirées, et leurs lambeaux étaient en train de s'évaporer sous ses yeux. L'eau, le bois et la pierre ; le tissu animal vivant et les Devins morts : tous disparus, comme s'ils n'avaient jamais existé. Quelques restes s'attardaient encore, mais pas pour longtemps. Lorsque le Gyrus tonna et vibra, ces derniers signes de la Fugue et de son territoire devinrent des fils de fumée, puis l'air se vida de leur présence. Ce fut horriblement rapide.

Suzanna regarda derrière elle. Le Manteau reculait lui aussi, bien qu'il n'eût plus rien à dissimuler, sa retraite ne révélant qu'une désolation de poussière et de rocs brisés. Même son tonnerre s'estompait.

« Suzanna ! »

Elle tourna la tête pour découvrir De Bono qui s'approchait d'elle.

« Que s'est-il passé là-dedans ?

— Plus tard, dit-elle. D'abord, il faut faire soigner Cal. On lui a tiré dessus.

— Je vais chercher une voiture. »

Les yeux de Cal s'entrouvrirent.

« Est-ce que la Fugue a disparu ? murmura-t-il.

— N'y pense plus pour le moment, dit-elle.

— Je veux savoir », exigea-t-il avec une véhémence surprenante, et il lutta pour se redresser.

Sachant qu'il ne changerait pas d'avis, Suzanna l'aida.

Il gémit en découvrant la désolation qui les entourait.

Des groupes de Devins, parmi lesquels on apercevait quelques partisans de Hobart, se trouvaient dans la vallée et sur les flancs des collines environnantes, immobiles et muets. C'était tout ce qui restait.

« Et Shadwell ? » dit Cal.

Suzanna haussa les épaules.

« Je ne sais pas, dit-elle. Il s'est enfui du Temple avant moi. »

Le bruit d'un moteur de voiture mit fin à leur conversation et De Bono traversa l'étendue d'herbe morte au volant de l'un des véhicules des envahisseurs, l'immobilisant à quelques mètres de l'endroit où gisait Cal.

« Je vais conduire, dit Suzanna une fois que Cal eut été installé sur le siège arrière.

— Qu'allons-nous dire aux docteurs ? dit Cal, dont la voix s'affaiblissait. J'ai une balle dans le corps.

— Nous résoudrons ce problème le moment venu », dit Suzanna.

Alors qu'elle se mettait au volant, que De Bono ne lui avait abandonné qu'à contrecœur, quelqu'un l'appela. Nemrod courait vers la voiture.

« Où allez-vous ? » lui demanda-t-il.

Elle lui désigna du doigt son passager.

« Mon ami, dit-il en voyant Cal, tu as l'air bien mal en point. »

Il essaya de lui offrir un sourire de bienvenue, mais ce furent des larmes qui envahirent son visage.

« C'est fini, dit-il en sanglotant. Détruit. Notre doux pays... » Il essuya ses yeux et son nez avec la paume de sa main. « Que faisons-nous à présent ? demanda-t-il à Suzanna.

— Nous nous mettons à l'abri. Aussi vite que possible. Nous avons encore des ennemis...

— Ça n'a plus d'importance. La Fugue a disparu. Tout ce que nous avons jamais possédé est *perdu*.

— Nous sommes en vie, n'est-ce pas ? Tant qu'il y a de la vie...

— Où irons-nous ?

— Nous trouverons bien un endroit.

— C'est toi qui dois nous guider à présent, dit Nemrod. Il ne reste que toi.

— Plus tard. D'abord, il faut aider Cal...

— Oui, dit-il. Bien sûr. » Il avait pris le bras de la jeune femme et répugnait à le lâcher. « Tu *vas* revenir ?

— Bien sûr.

— Je vais conduire les autres vers le nord. A deux vallées d'ici. Nous t'attendrons là-bas.

— Alors, *remuez-vous,* dit-elle. Le temps presse.

— Tu te rappelleras ? »

Elle aurait éclaté de rire pour dissiper ses doutes, mais le souvenir était tout. Au lieu de cela, elle caressa son visage mouillé de larmes, le laissant sentir le menstruum au bout de ses doigts.

Ce fut seulement lorsqu'elle s'éloigna qu'elle se rendit compte qu'elle l'avait probablement béni.

CHAPITRE 4

Shadwell

Le Vendeur s'était enfui du Gyrus alors que les premiers signes de dissolution se manifestaient dans la Fugue. En conséquence, non seulement personne ne s'était opposé à sa fuite, mais en plus personne ne l'avait vu. Entourés de toutes parts par la désagrégation de leur patrie, les Devins n'avaient prêté aucune attention à cette silhouette ensanglantée et misérable qui traversait en trébuchant des scènes d'apocalypse.

Il ne fut contraint de faire halte qu'une fois, et ce fut pour trouver un endroit dans ce chaos où il pourrait donner libre cours à sa nausée. Ses vomissures éclaboussèrent ses souliers jadis impeccables, et il passa un long moment à les essuyer avec une poignée de feuilles, lesquelles s'évaporèrent dans ses mains alors même qu'il venait de se mettre à l'ouvrage.

La magie ! Comme elle lui répugnait à présent ! La Fugue l'avait séduit par ses promesses. Elle avait agité ses soi-disant enchantements devant son visage jusqu'à ce qu'il se retrouve — pauvre Coucou qu'il était — aveugle à toute raison. Puis elle l'avait fait danser. L'avait fait se vêtir d'une peau d'emprunt ; l'avait fait tromper et manipuler les autres : et tout ça par amour de ses mensonges. Et c'étaient bien des *mensonges;* il le voyait à présent. Alors même qu'il s'était préparé à étreindre son trésor, celui-ci s'était évaporé, le frustrant de sa possession, et le désignant comme seul coupable apparent.

Cependant, qu'il lui ait fallu si longtemps pour se rendre compte qu'on s'était servi de lui prouvait de façon certaine son innocence. Il n'avait voulu aucun mal à personne ; il avait seulement désiré apporter la vérité et la stabilité dans un endroit où ces deux principes manquaient cruellement. Pour sa peine, on l'avait dupé et on avait conspiré contre lui. De quoi l'Histoire pourrait-elle l'accuser sinon de naïveté: un péché bien pardonnable. Non, les véritables félons de cette tragédie étaient les Devins, ceux qui portaient les extases et la déraison. C'étaient eux qui avaient déformé son ambition bénigne et qui, ce faisant, avaient attiré ces horreurs sur leur peuple. Une sinistre spirale de destruction qui s'était achevée dans le Gyrus et à l'issue de laquelle il avait été — *lui,* une victime des circonstances — poussé au meurtre.

Il commença à s'éloigner de la Fugue en décomposition et grimpa le flanc d'une colline. Le vent était plus vif loin de la vallée et il lui fit honte. Il puait la peur et la frustration, tandis que le vent embaumait l'océan. En l'inspirant, il sut que son seul espoir de recouvrer la raison résidait dans une telle pureté.

Dégoûté par son état, il se débarrassa de sa veste ensanglantée. Celle-ci était un excrément: une chose corrompue et corruptrice. En acceptant ce cadeau de l'Incantatrice, il avait commis sa première erreur: tous ses errements ultérieurs avaient découlé de cet acte. Saisi par la répugnance, il essaya de déchirer sa doublure, mais le tissu résista à sa force, aussi se contenta-t-il de rouler la veste en boule et de la jeter loin de lui. Elle s'éleva dans les airs, pour retomber ensuite vers le sol, dévalant une pente rocheuse, son passage déclenchant une petite avalanche de cailloux, et s'immobilisa finalement les bras en croix, comme un suicidé dépourvu de jambes. Finalement, elle gisait là où elle avait toujours eu sa place: dans la poussière.

Les Devins auraient dû la rejoindre, pensa-t-il. Mais c'étaient des survivants. Ils avaient la duplicité dans le sang. Bien que leur territoire ait été détruit, il n'aurait nullement été étonné d'apprendre qu'ils avaient encore quelques tours dans leur sac. Tant qu'ils vivraient, ces profanateurs, il ne pourrait plus jamais connaître un sommeil paisible. Ils avaient fait de lui un imbécile et un boucher, et il ne connaîtrait pas le repos tant que le dernier d'entre eux n'aurait pas été éliminé.

Debout au sommet de la colline, contemplant la vallée au-dessous de lui, il sentit un nouveau souffle l'animer. Il avait été dupé et humilié, mais au moins était-il *en vie.* La bataille n'était pas encore finie.

Ils avaient un ennemi, ces monstres. Immacolata avait souvent rêvé de lui, et parlé de la désolation où il résidait.

Le Fléau, ainsi l'avait-elle appelé.

S'il devait détruire la Devinité, il aurait besoin d'un allié, et quel meilleur allié que ce pouvoir sans nom qui les avait tous poussés à se terrer il y avait une éternité de cela?

Ils ne pourraient plus jamais se cacher. Ils n'avaient plus de patrie dans laquelle se dissimuler. S'il parvenait à trouver ce Fléau

— et à lui faire quitter sa désolation —, à eux deux, ils les terrasseraient tous d'un seul coup.

Le Fléau. Il adorait le son de ce nom.

Mais il lui préférerait encore le silence qui régnerait lorsque ses ennemis ne seraient plus que cendres.

CHAPITRE 5

Une paix fragile

1

Cal fut heureux de rester endormi quelque temps; heureux de se retrouver à l'aise, bercé par des mains douces et par des mots doux. Les infirmières allaient et venaient; un docteur apparut aussi, lui souriant et lui disant que tout irait bien, tandis que De Bono acquiesçait en souriant à ses côtés.

Une nuit plus tard, il s'éveilla pour découvrir Suzanna avec lui dans la chambre, prononçant des mots qu'il était trop épuisé pour entendre. Il se rendormit, heureux de sa présence, mais lorsqu'il se réveilla, elle était partie. Il demanda à la voir, ainsi que De Bono, et on lui affirma qu'ils allaient revenir et qu'il ne devait pas se faire de souci. « Dormez, lui dit l'infirmière. Dormez, et quand vous vous réveillerez, tout ira bien. » Il savait vaguement que ce conseil avait été néfaste à quelqu'un qu'il connaissait et qu'il aimait, mais son esprit engourdi par les drogues ne pouvait pas se rappeler de qui il s'agissait. Aussi fit-il ce qu'on lui avait dit de faire.

Ce fut un sommeil riche en rêves, dans la plupart desquels il avait la vedette, quoique ne portant pas toujours sa propre peau. Tantôt, il était un oiseau; tantôt, un arbre, aux branches lourdes de fruits dont chacun était pareil à un petit monde. Tantôt, il était le vent, ou pareil au vent, et courait, invisible et fort, au-dessus de paysages composés de visages tournés vers le ciel — visages de rocs, visages de fleurs — et de courants peuplés de poissons argentés qu'il connaissait tous par leurs noms.

Et tantôt il rêvait qu'il était mort; qu'il flottait dans un océan infini de lait noir, tandis que des présences invisibles et puissantes troublaient les étoiles au-dessus de lui et les jetaient en leur faisant décrire des arcs qui chantaient dans leur chute.

Pour confortable que fût cette mort, il savait qu'il ne faisait que la rêver, qu'il se donnait à sa fatigue. Bientôt viendrait pour lui l'heure de se réveiller.

Lorsqu'il sortit du sommeil, Nemrod était près de son lit.

« Tu n'as pas besoin de t'inquiéter, dit-il à Cal. Ils ne te poseront pas de questions. »

La langue de Cal était engourdie, mais il réussit à dire :

« Comment as-tu fait ça ?

— Une petite extase, répondit Nemrod sans sourire. Je suis encore capable de créer des illusions de temps en temps.

— Comment vont les choses ?

— Mal, fut la réponse. Tout le monde est en train de se lamenter. Comme je ne goûte guère les lamentations en public, je ne suis pas très populaire.

— Et Suzanna ? »

Il eut un regard plein d'équivoque.

« Moi, j'aime bien cette femme, dit-il. Mais elle a des problèmes avec les Familles. Quand elles ne se lamentent pas, elles se disputent entre elles. Je me suis lassé de leurs cris. J'ai parfois envie de rejoindre Marguerite. D'oublier que j'ai été un Devin.

— Tu ne peux pas.

— Regarde-moi faire. Il ne sert à rien d'être sentimental, Cal. La Fugue a disparu ; pour de bon. Autant retirer le maximum de la situation. Rejoindre les Coucous ; enterrer la hache de guerre. Bon Dieu, personne ne remarquera notre présence. Il y a des choses bien plus étranges que nous dans le Royaume, ces jours-ci. » Il désigna le poste de télévision dans un coin de la chambre. « Chaque fois que je l'allume, il y a quelque chose de nouveau. Quelque chose de différent. Peut-être même que j'irai en Amérique. » Il ôta ses lunettes de soleil. Cal avait oublié à quel point ses yeux étaient extraordinaires. « Hollywood serait sûrement intéressé par un homme comme moi », dit-il.

En dépit du désespoir tranquille de Nemrod, Cal ne put s'empêcher de sourire en entendant cette remarque. Et en fait, peut-être que cet homme avait raison ; peut-être que les Devins n'avaient *pas* d'autre choix que de rejoindre le Royaume et de s'efforcer de faire la paix avec lui.

« Il faut que je parte, disait-il. Il y a une assemblée générale ce soir. Tout le monde aura le droit de prendre la parole. On palabrera toute la nuit, fort probablement. »

Il se dirigea vers la porte.

« Je ne partirai pas pour la Californie sans t'avoir dit au revoir » déclara-t-il, et il laissa le patient à sa solitude.

2

Deux jours s'écoulèrent et personne ne vint. Cal guérissait vite; et il semblait bien que l'extase de Nemrod avait dissuadé le personnel de l'hôpital de signaler la blessure de leur patient à la police.

Lorsque vint l'après-midi du troisième jour, Cal sut que son état s'était nettement amélioré parce qu'il commençait à devenir impatient. La télévision — le nouvel amour de Nemrod — ne pouvait lui offrir que des feuilletons et un mauvais film. Ce dernier, moins banal à tout prendre, était en train de se dérouler lorsque la porte s'ouvrit, et une femme vêtue de noir pénétra dans la chambre. Il fallut quelques instants à Cal avant de reconnaître Apolline.

Avant qu'il n'ait pu lui souhaiter la bienvenue, elle dit: «Pas le temps de discuter, Calhoun...» et, s'approchant du lit, elle jeta un paquet vers Cal.

«Prenez ça!» dit-elle.

Il s'exécuta.

«Je ne dois pas m'attarder ici», continua-t-elle. Son visage s'adoucit lorsqu'elle le regarda. «Vous avez l'air fatigué, mon garçon, dit-elle. Prenez des vacances!»

Et, ayant dispensé ce conseil, elle se dirigea vers la porte.

«Attendez! l'appela-t-il.

— Pas le temps! Pas le temps!» dit-elle, et elle s'en fut.

Il ôta la ficelle et le papier d'emballage qui protégeaient son cadeau, et découvrit le recueil de contes de fées que Suzanna avait trouvé dans la maison de Rue Street. Il y avait un message à l'intérieur.

Cal, disait-il,

Garde bien ça pour moi, veux-tu? Ne le perds jamais de vue. Nos ennemis sont encore avec nous. Quand il n'y aura plus de risques, je te retrouverai.

Fais ça pour nous tous.

Je t'embrasse.
Suzanna.

Il relut la lettre à plusieurs reprises, indiciblement ému par la façon dont elle l'avait conclue: *Je t'embrasse.*

Mais il fut déconcerté par ses instructions: ce volume n'avait apparemment rien de remarquable, sa reliure était déchirée, ses pages jaunies. Son texte était en allemand, une langue qu'il ignorait totalement. Même ses illustrations étaient obscures, et peuplées d'ombres, et il avait connu assez d'ombres pour le blesser durant toute sa vie. Mais si elle voulait qu'il garde ce livre, alors il le ferait. Elle était sage, et il était trop avisé pour prendre ses instructions à la légère.

3

Après la visite d'Apolline, personne d'autre ne vint. Il n'en fut pas vraiment surpris. Il y avait eu une certaine urgence dans l'attitude de la Devineresse, et plus encore dans la lettre de Suzanna. *Nos ennemis sont encore avec nous,* avait-elle écrit. Si elle avait écrit ça, alors c'était vrai.

Une semaine plus tard, il sortait de l'hôpital et se mettait en route pour Liverpool. Peu de choses avaient changé. L'herbe refusait toujours de pousser sur la terre brûlée où Lilia Pellicia avait trouvé la mort ; les trains partaient toujours pour le nord et pour le sud ; les chiens de porcelaine montaient toujours la garde sur le rebord de la fenêtre de la salle à manger, et leur vigilance n'était récompensée que par la poussière.

Il y avait aussi de la poussière sur le message que Geraldine avait laissé sur la table de la cuisine — une brève missive apprenant à Cal que, tant qu'il n'aurait pas appris à se conduire comme un être humain sensé, il ne faudrait plus qu'il compte sur sa compagnie.

Plusieurs autres lettres l'attendaient — dont une de son chef de bureau qui lui demandait où diable il se trouvait et qui lui conseillait d'expliquer son absence par retour du courrier s'il souhaitait conserver son emploi. La lettre était datée du 11. On était à présent le 25. Cal présuma qu'il était au chômage.

Il ne parvenait pas à s'inquiéter de son nouveau statut de demandeur d'emploi, ni en fait de l'absence de Geraldine. Il souhaitait être seul ; réfléchir quelque temps à tout ce qui lui était arrivé. De façon plus significative, il s'aperçut qu'il lui était difficile d'éprouver quelque sentiment que ce fût. A mesure que les jours passaient et qu'il tentait de remettre un peu d'ordre dans sa vie, il se rendait compte que son séjour dans le Gyrus l'avait laissé meurtri de plus d'une façon. On aurait dit que les forces déchaînées dans le Temple s'étaient insinuées en lui et avaient laissé une parcelle de désolation là où ne s'était trouvée qu'une tendance aux larmes et aux regrets.

Même le poète était silencieux. Bien que Cal se soit toujours souvenu par cœur des vers de Mooney le Dingue, ceux-ci n'étaient à présent plus que des bruits pour lui ; ils échouaient à l'émouvoir.

Il y avait quelque chose de réconfortant à cela : son nouveau stoïcisme était peut-être plus approprié aux fonctions de bibliothécaire solitaire. Il serait vigilant, mais il ne s'attendrait à rien, ni catastrophe ni révélation.

Ce qui ne signifiait pas qu'il renoncerait à espérer en l'avenir. Bien sûr, il n'était qu'un Coucou : terrifié, épuisé et seul. Mais, en fin de compte, tous les membres de sa tribu étaient ainsi : cela ne signifiait pas que tout était perdu. Tant qu'ils étaient toujours émus par un accord de guitare, ou tant qu'ils pouvaient éclater en sanglots en voyant deux amants réunis ; tant qu'il y avait de la place dans leurs cœurs prudents pour jouer avec le hasard ou pour éclater de rire au visage de Dieu, cela suffisait sûrement pour les sauver, en dernière extrémité.

Sinon, il n'y avait plus aucun espoir pour toutes les créatures vivantes de ce monde.

LIVRE TROISIEME

HORS DU QUARTIER VIDE

DIXIÈME PARTIE

La quête du Fléau

« ... si vous regardez assez longtemps dans l'abîme, l'abîme regardera en vous. »

Friedrich Nietzsche
Par-delà le Bien et le Mal

CHAPITRE 1

Pas de repos pour les félons

1

Avant la venue des explorateurs, le *Rub'Al-Khali* était un espace vierge sur la carte du monde. Après leur départ, il le resta.

Ce nom, que lui avaient donné les Bédouins, ces nomades qui vivent depuis des temps immémoriaux dans les déserts de la Péninsule Arabique, signifiait: le Quartier Vide. Que ce peuple, habitué à une désolation qui aurait plongé la plupart des hommes dans la démence, ait désigné cet endroit comme vide, témoignait de façon irréfutable de sa nullité.

Mais parmi les Européens qui ne se contentaient pas de noms et demandaient des preuves, et qui cherchaient, depuis le début du dix-neuvième siècle, des endroits pour éprouver leur courage, le *Rub'Al-Khali* avait bien vite acquis le statut d'une légende. Il s'agissait peut-être du plus grand défi que la terre ait pu offrir à ses aventuriers, et aucune désolation, arctique ou équatoriale, ne pouvait rivaliser avec sa stérilité.

Rien ne vivait ici, rien ne pouvait y vivre. Ce n'était qu'un immense néant, trois cent mille kilomètres carrés d'étendue désertique, dont les dunes étaient parfois aussi hautes que des petites montagnes, et s'effaçaient parfois pour révéler des plateaux de pierre cuite par le soleil assez vastes pour qu'un peuple entier s'y égare. On n'y trouvait nulle piste, nulle source et nul changement. La plupart de ceux qui osaient pénétrer dans cette désolation étaient engloutis par ses sables, et la poudre de leurs os venait enrichir sa poussière.

Mais pour cette race d'hommes — autant ascètes qu'explorateurs — qui étaient à moitié séduits par l'idée de se perdre dans un tel vide, le nombre d'expéditions ayant battu en retraite devant la confondante absence du Quartier, ou ayant disparu en son sein, n'était qu'un aiguillon.

Certains défiaient la désolation au nom de la topographie, résolus à dresser la carte de cet endroit pour ceux qui viendraient après eux, mais ils découvraient qu'il n'y avait aucune carte à dresser en ce lieu, sinon celle de leur humiliation. D'autres partaient à la recherche de tombes ou de cités perdues, où des richesses fabuleuses attendaient l'homme assez hardi pour pénétrer dans l'Enfer et pour les lui arracher. D'autres encore, quelques êtres patients et secrets, s'y rendaient au nom du Savoir, afin de vérifier des théories géologiques ou historiques. D'autres enfin y cherchaient l'Arche perdue ; ou le Jardin d'Eden.

Tous avaient une chose en commun : s'ils revenaient du Quartier Vide — même si leur voyage à l'intérieur de ce lieu n'avait duré qu'une journée —, ils en revenaient transformés. Personne ne pouvait poser les yeux sur un tel vide et retourner dans son foyer sans avoir perdu à jamais une partie de lui-même dans le désert. Nombre d'entre eux, après avoir enduré le vide une fois, y retournaient encore et encore, comme s'ils avaient mis le désert au défi de les engloutir ; comme s'ils ne seraient pas satisfaits tant qu'ils ne l'auraient pas fait. Et les rares misérables qui mouraient dans leur lit mouraient sans voir les visages pleins d'amour qui les entouraient, ni le cerisier qui fleurissait derrière leur fenêtre, mais gardaient les yeux fixés sur cette désolation qui les appelait comme seul l'Abîme peut vous appeler, en promettant à votre âme le baume du néant.

2

Pendant des années, Shadwell avait écouté Immacolata parler du vide où résidait le Fléau. La plupart du temps, elle en parlait en termes abstraits : un endroit peuplé de sable et de terreur. Bien qu'il ait fait de son mieux pour la réconforter lorsque cela était nécessaire, il avait vite cessé d'écouter ses délires.

Mais lorsqu'il s'était retrouvé debout au sommet de la colline, en train de contempler la vallée que la Fugue avait occupée, du sang sur les mains et la haine dans le cœur, les paroles de l'Incantatrice lui étaient revenues à l'esprit. Durant les mois qui avaient suivi, il avait consacré tous ses efforts à rechercher cet endroit.

Il avait vu par hasard des photos du *Rub'Al-Khali* au début de son enquête, et il avait été vite persuadé qu'il s'agissait là de la désolation qu'elle avait vue durant ses rêves prophétiques. Même à présent, en cette fin du vingtième siècle, ce lieu demeurait en grande partie un mystère. Les lignes aériennes commerciales s'en tenaient encore à l'écart, et bien qu'une route ait désormais traversé le désert, celui-ci engloutissait les efforts des hommes qui tentaient d'exploiter son espace. Le problème de Shadwell était donc le suivant : si le Fléau vivait effectivement quelque part dans le Quartier Vide, comment pourrait-il le retrouver dans un si vaste néant ?

Il commença par consulter des experts : en particulier un explorateur nommé Emerson, qui avait par deux fois traversé le Quartier à dos de chameau. C'était aujourd'hui un homme usé et grabataire, qui manifesta tout d'abord du mépris pour l'ignorance de Shadwell. Mais après avoir parlé durant quelques minutes avec son visiteur, il se radoucit devant l'obsession de celui-ci et lui donna nombre de conseils utiles. Lorsqu'il parlait du désert, c'était comme d'une maîtresse qui lui avait laissé des cicatrices sur le dos mais dont il brûlait de retrouver la cruauté.

Quand ils se quittèrent, il dit :

« Je vous envie, Shadwell. Dieu tout-puissant, je vous envie. »

3

Bien qu'Emerson lui ait affirmé que le désert était toujours une expérience solitaire, Shadwell ne se rendit pas tout seul dans le *Rub'Al-Khali* ; il emmena Hobart avec lui.

La Loi ne comptait plus Hobart parmi les siens. Une enquête sur les événements qui avaient presque totalement décimé sa Division avait abouti à une accusation de négligence criminelle ; il aurait pu être emprisonné si ses maîtres n'avaient pas conclu que leur serviteur était déséquilibré — qu'il l'avait probablement toujours été —, et qu'offrir à l'examen des tribunaux un système susceptible d'employer un dément comme lui ne les aurait nullement couverts de gloire. On fabriqua donc de toutes pièces une explication officielle — qui qualifiait de héros les hommes qui étaient entrés dans la Fugue avec Hobart pour y périr, ceux qui en étaient sortis avec leur raison en lambeaux bénéficiant d'une retraite anticipée sans diminution de salaire. Plusieurs épouses éplorées tentèrent vaillamment de discréditer cette fiction, mais lorsqu'on découvrit quelques bribes de la véritable explication, celle-ci parut infiniment plus improbable que le mensonge. Et les survivants étaient incapables de fournir un récit cohérent de leurs expériences. Les rares détails qu'ils purent donner à grand-peine ne servirent qu'à confirmer leur folie.

Hobart ne pouvait cependant pas se réfugier dans la démence, vivant depuis plusieurs années sous son empire. La vision de feu que lui avait offerte Shadwell — et qui l'avait initialement gagné à la cause du Vendeur — l'obsédait encore, en dépit de la disparition de la veste. Sachant que, s'il restait aux côtés de Shadwell, son obsession ne serait pas tournée en dérision, Hobart décida de ne plus le quitter. Auprès de Shadwell, ses rêves avaient failli se réaliser ; et, bien que leurs ambitions partagées aient été défaites, cet homme parlait toujours un langage que la démence de Hobart pouvait comprendre. Lorsque le Vendeur parlait du Fléau, Hobart savait qu'il ne pouvait s'agir que du Dragon de ses rêves désigné par un autre nom. Il se rappelait vaguement avoir cherché ce monstre dans une forêt, mais il n'avait trouvé en ce lieu que la confusion. Ce Dragon-là avait été factice ; ce n'était pas la vraie bête qu'il brûlait toujours du désir de rencontrer. Il savait à présent où l'attendait cette légende : pas dans une forêt, mais dans un désert, là où son souffle avait réduit toute matière vivante en cendres et en sable.

Ils se rendirent donc ensemble dans un village situé au sud du Quartier ; un endroit si insignifiant qu'il ne pouvait même pas prétendre à un nom.

Là, ils furent obligés d'abandonner leur Jeep et, utilisant leur chauffeur comme interprète, de trouver des guides et des chameaux. Ce n'étaient pas simplement les problèmes pratiques qu'aurait posés dans le désert un véhicule motorisé qui poussaient Shadwell à renoncer aux roues en faveur des sabots. C'était le désir — encouragé par Emerson — de faire autant que possible partie du Quartier. De pénétrer dans ce vide non pas en conquérant, mais en pénitent.

Il ne leur fallut pas plus d'une heure pour localiser les deux personnes qui allaient servir de guides à leur expédition, si rares étaient les indigènes désireux de faire le voyage ou assez robustes pour le supporter. Les deux hommes faisaient partie de la tribu des *Ahl Murra* qui, seule entre toutes les tribus, prétendait avoir des attaches spirituelles avec le Quartier. Le premier, un nommé Mitrak Ibn Talaq, fut choisi par Shadwell parce qu'il se vantait d'avoir à quatre reprises guidé des hommes blancs dans le *Rub'Al-Khali* (et de les en avoir fait sortir). Mais il refusait de partir sans être accompagné par un homme plus jeune nommé Jabir, qu'il affirmait être, selon les moments, son cousin, son demi-frère ou son beau-frère. Ce dernier ne paraissait pas âgé de plus de quinze ans, mais il avait la robustesse émaciée et les yeux cyniques d'un homme trois fois plus vieux.

Hobart se chargea de marchander avec eux, mais il leur fallut un certain temps avant d'aboutir aux termes de leur accord, car il n'avait pu apprendre que des rudiments d'arabe en vue de leur expédition, et l'anglais que parlaient les Arabes était atroce. Ils semblaient cependant bien connaître leur métier. L'achat des chameaux prit une demi-journée; celui des provisions une matinée supplémentaire.

Il leur fallut donc à peine quarante-huit heures pour se préparer à la traversée.

Le jour de leur départ, cependant, Shadwell — que sa prudence n'avait pas empêché d'assouvir les appétits de son ventre — succomba à des douleurs intestinales qui lui liquéfièrent les entrailles. Tant que ses tripes étaient en révolte, il lui était impossible de garder ne fût-ce qu'un morceau de nourriture dans son système assez longtemps pour en profiter, et il eut vite fait de s'affaiblir. Terrassé par la fièvre, et ne disposant que des équipements médicaux les plus rudimentaires, il fut obligé de se réfugier dans le taudis qu'ils avaient loué, de trouver un coin où le soleil ne l'atteindrait pas et d'y rester à suer la fièvre par tous les pores de sa peau.

Deux jours s'écoulèrent sans que son état s'améliore. Il n'était guère habitué à la maladie, mais les rares fois où il *était* tombé malade, il s'était toujours caché pour souffrir en privé. Ici, il était quasiment impossible de trouver un coin isolé. Toute la journée, il entendait gratter à sa porte et à sa fenêtre, car les indigènes se battaient pour avoir la chance de voir l'infidèle en train de gémir sur ses draps souillés. Et lorsqu'ils se lassaient de ce spectacle, il y avait toujours les mouches en train de l'observer, guettant l'eau sale qui suintait de ses lèvres et de ses yeux. Il savait depuis longtemps qu'il ne servait à rien de tenter de les chasser. Il se contentait de baigner dans sa sueur et de les laisser boire, tandis que son esprit enfiévré dérivait vers des lieux plus frais.

Le troisième jour, Hobart suggéra qu'ils remettent leur voyage à une date ultérieure, qu'ils paient Ibn Talaq et qu'ils retournent vers la civilisation. Là-bas, Shadwell pourrait rassembler ses forces en prévision d'un second essai. Shadwell protesta devant cette idée, mais elle lui était plus d'une fois venue à l'esprit. Lorsque l'infection déserterait finalement son corps, il ne serait pas en état de défier le Quartier.

Cette nuit-là, cependant, les choses changèrent. Tout d'abord, le vent se leva. Il ne venait pas par bourrasques, mais se lançait à l'assaut du village, et le sable qu'il portait avec lui s'insinuait sous les portes et à travers les interstices de la fenêtre.

Shadwell avait un peu dormi durant la journée précédente, et ce repos lui avait fait du bien, mais le vent l'empêchait à présent de trouver le sommeil. Et ses tripes le faisaient de nouveau souffrir, l'obligeant à passer la moitié de la nuit accroupi au-dessus du seau qu'on lui avait fourni tandis que ses entrailles exhalaient une odeur pestilentielle.

Il se trouvait ainsi — misérable au sein d'un nuage de flatulences — lorsqu'il entendit la voix pour la première fois. Elle venait du désert et montait et descendait sans cesse, pareille au gémissement d'une veuve infernale. Il n'avait jamais rien entendu de semblable.

Il se leva, souillant ses jambes, ce faisant, le corps parcouru de frissons.

C'était le Fléau qu'il entendait, il n'en doutait pas une seconde. Ce bruit était étouffé, mais sa présence était indiscutable. Une voix pleine de chagrin et pleine de puissance; et qui *l'appelait*. Elle leur offrait un signe. Ils n'auraient pas à s'avancer à l'aveuglette dans la désolation, espérant que la chance leur indiquerait leur but. Ils suivraient la route parcourue par le vent. Ne les conduirait-elle pas tôt ou tard à la créature dont il apportait la voix?

Il enfila son pantalon et ouvrit la porte. Le vent courait à travers le minuscule village, déposant du sable partout sur son passage, gémissant près des maisons comme un chien enragé. Il tendit de nouveau l'oreille à la recherche de la voix du Fléau, priant pour qu'il ne s'agisse pas d'une hallucination causée par la faim. Il n'en était rien. Elle se fit de nouveau entendre, poussant le même hurlement angoissé.

Un des villageois passa en courant devant l'endroit où se trouvait Shadwell. Le Vendeur sortit sur le seuil et agrippa l'homme par le bras.

« Vous entendez ? » dit-il.

L'homme tourna son visage couturé de cicatrices vers Shadwell. Un de ses yeux avait disparu.

« *Vous entendez ?* » dit Shadwell, désignant son oreille du doigt lorsque le bruit retentit de nouveau.

L'homme se dégagea de l'étreinte de Shadwell.

« *Al hiyal*, répondit-il, crachant presque ces mots.

— Hein ?

— *Al hiyal...* », répéta-t-il, s'écartant de Shadwell comme si celui-ci avait été un fou dangereux, portant une main au couteau passé à sa ceinture.

Shadwell n'avait aucune querelle avec cet homme; il leva les mains en souriant et le laissa à ses ennuis.

Une curieuse exaltation s'était emparée de lui, faisant chanter son cerveau affamé. Demain, ils pénétreraient dans le Quartier, et au diable ses intestins. Tant qu'il pourrait rester en selle, il pourrait supporter le voyage.

Il resta immobile au milieu de la ruelle sordide, le cœur battant comme un marteau-pilon, les jambes flageolantes.

« Je t'entends », dit-il; et le vent arracha ces mots à sa bouche comme si, grâce à un génie pervers connu des seuls vents du désert, il pouvait les remporter là d'où il était venu et transmettre les paroles de Shadwell à la puissance qui l'attendait dans le vide.

CHAPITRE 2

Oubli

1

Rien, ni dans les livres qu'il avait lus ni dans les témoignages qu'il avait recueillis, rien, pas même la voix tourmentée qu'il avait entendue dans le vent la nuit précédente, rien n'avait préparé Shadwell à la désolation totale du *Rub'Al-Khali*. Les livres avaient décrit son étendue sinistre avec toute la puissance dont les mots étaient capables, mais ceux-ci n'avaient pu évoquer la terrible nullité de cet endroit. Même Emerson, dont le mélange de passion et de retenue avait été persuasif à l'extrême, n'avait pas réussi à approcher la vérité nue qui s'offrait à eux.

Leur voyage fut une incessante succession d'heures impitoyables, peuplées de chaleur et d'horizons vides, sous le même ciel débile au-dessus de leurs têtes, sur le même sol mort foulé par les sabots des chameaux.

Shadwell n'avait aucune énergie disponible pour la conversation ; et Hobart avait toujours été un homme de silence. Quant à Ibn Talaq et au garçon, ils ouvraient la route aux infidèles, échangeant de temps en temps quelques murmures, mais restant muets la plupart du temps. Sans rien pour occuper son attention, l'esprit se tournait vers le corps et devenait rapidement obsédé par les sensations. Le rythme des cuisses qui frottent contre la selle, ou le goût du sang qui coule des lèvres et des gencives ; telle était leur unique nourriture spirituelle.

Même la spéculation sur ce qui les attendait à la fin du voyage se perdait dans ce morne inconfort.

Soixante-douze heures s'écoulèrent ainsi sans incident : rien que la même chaleur accablante, le même rythme du sabot sur le sable, du sabot sur le sable, tandis qu'ils suivaient la course du vent sur lequel était venue la voix du Fléau. Aucun des deux Arabes ne s'enquit du but des infidèles, et ceux-ci ne leur offrirent aucune explication. Ils se contentaient d'avancer, entourés de tous côtés par la pression du vide.

C'était pire lorsqu'ils s'arrêtaient, soit pour faire reposer les chameaux, soit pour offrir quelques gouttes d'eau à leurs gorges obstruées par le sable. Alors, l'immensité absolue du silence les frappait de plein fouet.

L'existence en ce lieu était un acte irrationnel, un acte qui défiait toutes les contingences physiques. Quelle sorte de créature avait pu choisir de résider dans une telle absence, se demandait Shadwell à de tels moments, et quelle force de volonté devait-elle posséder pour supporter ainsi ce vide ? A moins que — et cette pensée lui venait de plus en plus souvent à l'esprit — elle n'ait fait *partie* du vide : du néant et du silence. Cette éventualité lui remua le ventre : la puissance qu'il recherchait *participait* de ce lieu — elle avait choisi des dunes en guise de lit et des rochers pour oreillers. Il commença enfin à comprendre pourquoi les visions du Fléau avaient fait naître des gouttes de sueur sur le front d'Immacolata. Durant ses cauchemars, elle avait goûté une terrible *pureté*, une pureté à côté de laquelle la sienne pâlissait.

Mais il n'avait peur de rien ; sinon de l'échec. Tant qu'il ne se serait pas trouvé en présence de cette créature — tant qu'il n'aurait pas trouvé la source de sa pureté —, il ne pourrait pas être purifié lui-même. Et c'était ce qu'il désirait par-dessus tout.

Et, lorsque la nuit du Quartier tomba sur eux pour la quatrième fois, ce désir devint plus proche de sa réalisation.

Jabir venait juste d'allumer le feu quand la voix se fit de nouveau entendre. Il y avait peu de vent cette nuit-là, mais elle s'éleva avec la même autorité solennelle qu'avant, souillant l'atmosphère de ses accents tragiques.

Ibn Talaq, qui nettoyait son fusil, fut le premier à bondir sur ses pieds, les yeux fous, un juron ou une prière aux lèvres. Hobart fut debout quelques secondes plus tard, tandis que Jabir allait calmer les chameaux, qui avaient été pris de panique en entendant ce bruit et qui tiraient sur leurs rênes. Seul Shadwell resta assis près du feu, contemplant les flammes tandis que le hurlement — qui se prolongeait comme s'il était issu d'un seul souffle monumental — emplissait la nuit.

Il sembla durer plusieurs minutes avant de s'éteindre enfin. Il laissa les animaux murmurants et les hommes silencieux. Ibn Talaq fut le premier à regagner le feu, reprenant son travail de nettoyage ; le garçon le suivit. Finalement, Hobart les rejoignit.

« Nous ne sommes pas seuls », dit Shadwell après quelques moments, les yeux toujours fixés sur les flammes.

« Qu'est-ce que c'était ? demanda Jabir.

— *Al hiyal* », dit Ibn Talaq.

Le garçon fit la grimace.

« *Que veut dire al hiyal* ? dit Shadwell.

— C'est le bruit fait par le sable, dit Hobart.

— Le sable ? dit Shadwell. Vous pensez que le sable a fait *ça* ? »

Le garçon secoua la tête.

« Bien sûr que non, dit Shadwell. C'est la voix de celui que nous sommes venus rencontrer. »

Jabir jeta dans les flammes une poignée de brindilles blanches comme des os. Le feu les dévora immédiatement.

« Vous comprenez ? » demanda Shadwell.

Ibn Talaq leva la tête et regarda fixement Shadwell.

« Ils comprennent, dit Hobart.

— Je croyais qu'ils avaient perdu leur courage. »

Ibn Talaq sembla percevoir ce qu'impliquait cette remarque.

« *Rub'Al-Khali*, dit-il, nous le connaissons. Tout. Nous connaissons tout. »

Shadwell comprit ce qu'il voulait dire. C'étaient des Murra. Leur tribu revendiquait ce territoire comme le sien. Battre en retraite devant les mystères du Quartier Vide aurait signifié pour eux renier leur héritage.

« Est-ce que nous en sommes près ? dit Hobart.

— Je ne sais pas, répondit Shadwell. Vous l'avez entendu aussi bien que moi. Peut-être très près.

— Pensez-vous qu'il sache que nous sommes ici ? dit Hobart.

— Peut-être, dit Shadwell. Est-ce que c'est important ?

— Je suppose que non.

— S'il ne le sait pas cette nuit, il le saura demain. »

2

Le lendemain, ils se mirent en route dès l'aube, afin de parcourir la plus grande distance possible avant que le soleil ne monte trop haut dans le ciel, suivant le même cap que les quatre jours précédents.

Pour la première fois durant leur périple, le paysage qu'ils traversaient donna les signes d'un changement subtil, la succession régulière des dunes laissant la place à des éminences plus hautes qui se suivaient à un rythme heurté.

Le sable de ces collines était mouvant et s'effondrait en avalanches sifflantes sous les pas des hommes et de leurs montures. Il était impossible de chevaucher celles-ci. Les voyageurs cajolaient les bêtes, toujours nerveuses après la nuit précédente, leur faisant gravir des pentes de plus en plus accentuées en leur dispensant jurons et tendresse en égales mesures, pour découvrir devant eux, une fois le sommet atteint, une dune encore plus haute.

Sans qu'aucune parole ait été échangée, Ibn Talaq avait renoncé à sa position de chef de caravane, et c'était à présent Shadwell qui imposait sa cadence, conduisant le quatuor à l'assaut des dunes et le faisant descendre dans les dépressions qui les séparaient. Là soufflait le plus subtil des vents, plus troublant à sa façon irritante que n'importe quelle tornade, car il semblait murmurer en courant sur le sable, porteur d'un message juste au-delà du seuil de la compréhension.

Shadwell savait cependant quels mots il murmurait :

Grimpez, disait-il, *grimpez, si vous l'osez. Encore une autre dune, et vous trouverez tout ce que vous avez jamais désiré.*

... et aiguillonné par ces mots, il conduisait le quatuor au sommet de la dune suivante, lui faisant quitter l'ombre fraîche pour le faire pénétrer dans le soleil aveuglant.

Ils étaient près, Shadwell le savait ; très près. Bien que Jabir se soit plaint en début d'après-midi, exigeant que l'on laisse reposer les bêtes, Shadwell ne voulut rien entendre. Il accéléra l'allure, l'esprit détaché de la douleur de son corps ; presque flottant. La sueur n'était rien ; la peine n'était rien. Tout ceci pouvait être supporté.

Puis, au sommet d'une dune qu'il leur avait fallu presque une heure pour escalader, les murmures du vent reçurent leur confirmation.

Ils avaient laissé les dunes derrière eux. Devant leurs yeux, le terrain était absolument plat à perte de vue, bien que cette notion ne voulût pas dire grand-chose, car le vent avait tendu un rideau de sable qui leur dissimulait l'horizon. Même dans le *Rub'Al-Khali*, cette désolation était un nouveau raffinement de cruauté : un nulle part pour connaisseurs.

« Dieu tout-puissant », dit Hobart en parvenant au niveau de Shadwell.

Le Vendeur agrippa le bras de Hobart. Son souffle était court et rauque ; son visage cuit par le soleil ruisselait de sueur.

« Ne me laissez pas tomber, murmura-t-il. Nous sommes tout près à présent.

— Pourquoi ne pas attendre un peu avant d'aller plus loin ? dit Hobart. Peut-être nous reposer jusqu'à demain ?

— Ne voulez-vous pas rencontrer votre Dragon ? » demanda Shadwell.

Hobart n'avait rien à répliquer à cela.

« Alors, j'irai seul », fut la réponse de Shadwell.

Il laissa tomber les rênes de son chameau et descendit la pente en trébuchant, partant à la rencontre de la plaine.

Hobart parcourut des yeux l'étendue stérile. Ce que Shadwell avait dit était exact: ils *étaient* tout près, il le sentait. Et cette idée, qui l'avait excité quelques jours plus tôt, l'emplissait à présent de terreur. Il avait assez vu le Quartier pour savoir que le Dragon qui l'habitait n'était pas le monstre étincelant de ses rêves. Son imagination était impuissante à conjurer la terreur qui s'était nichée dans un tel endroit.

Mais il était sûr d'une chose: elle ne se soucierait nullement de la Loi, ou de ses gardiens.

Il pouvait encore s'en détourner, pensa-t-il, s'il y était décidé. Persuader les guides que Shadwell les conduisait à leur perte et qu'il était plus sage de laisser le Vendeur à sa démence. Shadwell était déjà parvenu en bas de la pente et s'éloignait de la dune, ne se souciant même pas de regarder derrière lui pour voir si les autres le suivaient. Laisse-le partir, dit une partie de Hobart. Laisse-le aller trouver son Fléau, si c'est cela qu'il désire; et la mort aussi.

Mais en dépit de ses craintes, il ne pouvait se résoudre à tourner le dos à la désolation. Son esprit, qui était à présent aussi étroit qu'un tunnel, lui montra de nouveau ses mains animées d'une flamme éternelle et dévorante. Durant cet instant exceptionnel et visionnaire, il avait goûté à un pouvoir qu'il n'avait jamais été capable de formuler, et rien de ce qu'il avait subi par la suite — les défaites et les humiliations — ne pouvait effacer ce souvenir.

Quelque part, loin d'ici, ceux qui l'avaient vaincu — ceux qui avaient perverti les lois de la réalité et de la vertu — étaient encore en vie. Revenir parmi eux avec le feu au bout de ses doigts et faire courber leurs têtes misérables — c'était une ambition qui valait la peine qu'on supporte la désolation pour la satisfaire.

Rêvant de flammes, il prit les rênes du chameau de Shadwell et suivit les traces laissées par le Vendeur pour rejoindre la plaine de sable brillante comme un miroir.

CHAPITRE 3

Le mur

Il était impossible d'apprécier les distances sur la plaine qu'ils traversaient à présent. Derrière eux, les dunes furent bientôt obscurcies par l'air chargé de sable, et devant, le même voile épais occultait l'horizon. En dépit de sa force, le vent était impuissant à atténuer les assauts du soleil : il ne faisait qu'ajouter un supplice à un autre, tirant sur les jambes jusqu'à ce que chaque pas devienne une torture. Mais rien ne pouvait ralentir Shadwell. Il avança comme un homme possédé jusqu'au moment où — après une heure de cet enfer — il s'arrêta net et tendit un doigt vers l'air brouillé par la chaleur et par le vent.

« Là », dit-il.

Hobart, qui était arrivé à ses côtés, plissa ses yeux éblouis par le soleil et suivit la direction indiquée par Shadwell. Mais les nuages de sable brouillaient sa vision.

« Rien », dit-il.

Shadwell le saisit par le bras.

« Bon sang, *regardez* ! »

Et cette fois-ci, Hobart vit que Shadwell ne s'était pas trompé. A une certaine distance de l'endroit où ils se trouvaient, le sol semblait s'élever à nouveau.

« Qu'est-ce que c'est ? dit Hobart, criant pour se faire entendre malgré le vent.

— Un mur », dit Shadwell.

Cela ressemblait davantage à une rangée de collines qu'à un mur, pensa Hobart, car cela s'étendait sur toute la longueur visible de l'horizon. Et pourtant, en dépit de quelques solutions de continuité çà et là, la régularité de l'ensemble suggérait que le jugement de Shadwell était correct. C'était effectivement un mur.

Sans échanger un autre mot, ils se mirent à marcher vers lui. Il n'y avait aucun signe de structure visible de l'autre côté, mais les bâtisseurs de ce mur avaient dû attacher une certaine valeur à ce qu'il protégeait, car ses proportions cyclopéennes devenaient de plus en plus évidentes aux yeux des explorateurs à chaque mètre qu'ils parcouraient dans sa direction. Il s'élevait à plus de quinze mètres de hauteur au-dessus du désert ; et pourtant, le talent de ses maçons était tel qu'il n'y avait aucun signe visible de la façon dont il avait été bâti.

Arrivé à vingt mètres du mur, le quatuor fit halte, laissant Shadwell s'en approcher seul. Il tendit la main pour toucher la pierre, qui était brûlante sous ses doigts et dont la surface était douce au point d'être presque soyeuse. On aurait dit que ce mur avait été façonné dans de la roche en fusion, par une intelligence capable de mouler la lave comme s'il s'était agi d'argile fraîche. De toute évidence, il n'y avait aucun moyen d'escalader une surface aussi dépourvue d'aspérités, même si l'un d'eux avait eu assez d'énergie pour tenter l'expérience.

« Il doit y avoir une porte, dit Shadwell. Nous marcherons jusqu'à ce que nous l'ayons trouvée. »

Le soleil descendait du zénith à présent, et la journée se faisait plus fraîche. Mais le vent n'allait pas laisser un seul instant de répit aux voyageurs. Il paraissait monter la garde le long du mur, leur fouettant les jambes comme pour les jeter à terre. Mais comme ils étaient arrivés jusqu'ici sans se faire massacrer, les explorateurs avaient oublié leur peur et étaient dévorés de curiosité en pensant à ce qui se trouvait de l'autre côté du mur. Les Arabes avaient retrouvé la voix et ne cessaient de parler entre eux, imaginant sans aucun doute comment ils allaient se vanter de leur découverte une fois rentrés chez eux.

Il marchèrent durant une bonne demi-heure, longeant un mur dénué de toute ouverture. Il y avait des endroits où étaient apparues des fêlures — situées trop haut pour leur offrir une prise — et d'autres où le mur s'effritait à son sommet, mais ils ne trouvèrent ni porte ni fenêtre, fussent-elles minuscules.

« Qui a bâti ceci ? » dit Hobart tout en marchant.

Shadwell observait leurs ombres sur le mur, qui avançaient à la même allure qu'eux.

« Les Anciens, dit-il.

— Pour s'abriter du désert ?

— Ou pour s'abriter du Fléau. »

Durant les dernières minutes, les mouvements du vent avaient subtilement changé. Il avait renoncé à mordiller leurs jambes pour se consacrer à une besogne plus hardie. Ce fut Ibn Talaq qui fut le premier à le remarquer.

« Là! Là! » dit-il en tendant le bras devant lui.

A quelques centaines de mètres de l'endroit où ils se trouvaient, un flot de sable s'engouffrait à travers le mur en poussant des hurlements. Lorsqu'ils s'approchèrent de l'ouverture, il devint évident qu'il ne s'agissait pas d'une porte, mais d'une brèche dans le mur. Les pierres s'étaient écroulées les unes sur les autres. Shadwell fut le premier à atteindre les débris répandus, dont plusieurs avaient la taille d'une maisonnette, et il se mit à les escalader, jusqu'à ce qu'il découvre l'endroit que ce mur avait été édifié pour protéger.

Derrière lui, Hobart demanda:

« Qu'est-ce que vous voyez ? »

Shadwell ne dit rien. Il contemplait la scène révélée par la brèche avec des yeux incrédules, alors que le vent qui se précipitait à travers l'ouverture dans le mur menaçait de le jeter à bas de son perchoir.

Il n'y avait ni palais ni tombes de l'autre côté du mur. En fait, il n'y avait aucun signe, aucun vestige même, d'une habitation quelconque; aucun obélisque, aucune colonne. Il n'y avait que du sable, et encore du sable; du sable sans fin. Un autre désert se déployait devant eux, aussi vide que le néant derrière eux.

« Rien. »

Ce ne fut pas Shadwell qui parla, mais Hobart. Lui aussi avait escaladé les débris et il se trouvait à présent aux côtés de Shadwell.

« Oh Seigneur... rien. »

Shadwell ne répondit pas. Il se contenta de descendre de l'autre côté de la brèche et de pénétrer à l'ombre du mur. Ce que Hobart avait dit paraissait être exact: il n'y avait rien ici. Pourquoi alors était-il persuadé que cet endroit était, d'une certaine façon, sacré ?

Il traversa l'amas de sable que le vent avait accumulé contre les débris de la brèche et contempla les dunes. Etait-il possible que le sable ait tout simplement recouvert le secret qu'ils étaient venus ici pour trouver ? Le Fléau était-il dissimulé ici ? Ce hurlement était-il émis par un être enterré vivant ? Et en ce cas, comment pourraient-ils espérer le localiser ?

Il fit demi-tour et plissa les yeux pour examiner le mur. Puis, obéissant à une impulsion, il se mit à grimper le long de la brèche. Ce fut une escalade difficile. Ses membres étaient lourds de fatigue et le vent avait poli la pierre à force de la caresser durant d'innombrables années, mais il finit par parvenir au sommet du mur.

Il lui sembla tout d'abord qu'il s'était épuisé en vain. Tout ce que sa sueur lui avait rapporté, c'était une vue générale du mur, qui s'enfuyait à sa droite et à sa gauche jusqu'à disparaître dans le lointain.

Mais lorsqu'il examina la scène au-dessous de lui, il découvrit qu'il y avait des *dessins* visibles dans les dunes. Ce n'étaient pas les ondulations naturelles que le vent créait dans le sable, mais quelque chose de plus élaboré — d'immenses motifs géométriques dessinés dans le sable — reliés par des routes ou par des allées. Durant ses recherches sur les déserts de la planète, il avait appris l'existence de motifs dessinés par une race ancienne sur les plaines de l'Amérique du Sud; des dessins d'oiseaux et de dieux qui n'auraient eu aucun sens vus de la surface, mais qui avaient été élaborés comme pour enchanter quelque spectateur céleste. Etait-ce la même chose ici? Le sable avait-il été modelé en pleins et en déliés pour envoyer un message aux cieux? Et en ce cas, quelle puissance avait agi ainsi? Les forces d'une petite nation auraient été nécessaires pour déplacer autant de sable; et le vent aurait défait dès le lendemain ce qui avait été accompli durant une journée. Qui avait donc été à l'œuvre ici?

Peut-être la nuit le leur apprendrait-elle.

Il redescendit en bas du mur pour rejoindre Hobart et les autres qui l'attendaient parmi les débris.

« Nous camperons ici cette nuit, dit-il.

— A l'intérieur ou à l'extérieur? voulut savoir Hobart.

— A l'intérieur. »

CHAPITRE 4

Uriel

La nuit tomba comme un voile de ténèbres. Jabir fit un feu à l'abri du mur, le protégeant de l'assaut incessant du vent, et là ils mangèrent du pain et burent du café. Il n'y eut pas de conversation. L'épuisement s'était emparé de leurs langues. Ils se contentèrent de rester assis, recroquevillés sur eux-mêmes, perdus dans la contemplation des flammes.

Bien que ses os fussent douloureux, Shadwell ne pouvait pas dormir. A mesure que le feu s'affaiblissait et que les autres succombaient un par un à la fatigue, il resta à monter la garde. Le vent se calma un peu dans la nuit, cessant de hurler pour se mettre à gémir. Il l'apaisait comme l'aurait fait une berceuse, et finalement, ses paupières se fermèrent. Derrière elles, les dessins agités que créait son œil intérieur. Puis le vide.

Dans son sommeil, il entendit la voix du jeune Jabir. Elle l'appelait depuis les ténèbres, mais il ne voulait pas lui répondre. Le repos était trop doux. Elle retentit cependant à nouveau : un horrible cri suraigu. Cette fois-ci, il ouvrit les paupières.

Le vent était complètement tombé. Au-dessus de lui, les étoiles tremblotantes luisaient dans un ciel de perfection. Le feu s'était éteint, mais la lumière des astres lui permit de constater qu'Ibn Talaq et Jabir avaient déserté leurs couches. Il se leva, se dirigea vers Hobart et le secoua afin de le réveiller.

A ce moment-là, son œil aperçut quelque chose sur le sol, à quelques mètres de la tête de Hobart. Il s'immobilisa — doutant de ce qu'il voyait.

Il y avait des fleurs sur le sable, ou du moins semblait-il en voir. Des bouquets de fleurs épanouies au cœur d'un abondant feuillage.

Il leva la tête et sa gorge asséchée laissa échapper un cri d'étonnement.

Les dunes avaient disparu. A leur place avait poussé une jungle, un amas anarchique d'arbres dont la hauteur défiait celle du mur — des végétaux immenses et chargés de fleurs, dont les feuilles avaient la taille d'un homme. Sous leurs frondaisons se trouvaient en pagaille vignes, fourrés et herbes de toute sorte.

L'espace d'un instant, il douta de sa raison, jusqu'à ce qu'il entende Hobart s'exclamer:

« *Mon Dieu!*

— Vous les voyez, vous aussi? dit Shadwell.

— Je le vois..., dit Hobart, ... un jardin.

— Un jardin?»

A première vue, ce mot semblait peu apte à décrire un tel chaos. Mais un examen plus approfondi permettait de discerner un ordre dans ce qui avait initialement semblé anarchique. Des avenues avaient été tracées sous les frondaisons fleuries des arbres; il y avait des pelouses et des terrasses. Il s'agissait effectivement d'une sorte de jardin, bien qu'on n'eût guère eu plaisir à se promener dans ses allées, car en dépit de l'abondance des espèces — plantes et buissons de toutes les tailles et de tous les types —, il n'existait parmi elles aucune variété colorée. Ni les fleurs ni les branches, ni les feuilles ni les fruits; tout dans ce jardin, jusqu'au plus humble brin d'herbe, était dépourvu de pigmentation.

Shadwell s'interrogeait sur ce phénomène lorsqu'un nouveau cri retentit dans les ténèbres. Cette fois-ci, c'était la voix d'Ibn Talaq; et elle devint de plus en plus aiguë, jusqu'à en être insupportable. Il se dirigea vers elle. Le sol était mouvant sous ses pas, ce qui ralentissait sa progression, mais le cri se faisait toujours entendre, interrompu simplement par des sanglots essoufflés. Shadwell se mit à courir en criant le nom du guide. Il n'y avait plus aucune crainte en lui; rien que le désir dévorant de se retrouver face à face avec le Créateur de cette énigme.

Alors qu'il s'avançait dans une large allée obscure, rencontrant en chemin la même vie végétale sans couleur, le cri d'Ibn Talaq cessa net. Shadwell fut momentanément désorienté. Il fit halte et examina le feuillage à la recherche d'un signe de mouvement. Il n'y en avait aucun. La brise ne faisait pas frémir une seule fougère; et — comme pour épicer encore ce mystère — aucun parfum, fût-il subtil, n'émanait de la masse de fleurs.

Derrière lui, Hobart murmura des paroles de prudence. Shadwell fit demi-tour, et il allait fustiger l'autre pour son manque de curiosité lorsqu'il aperçut la piste laissée par les traces de ses pas. Dans le Gyrus, ses talons avaient engendré la vie. Ici, ils l'avaient détruite. Partout où il avait posé les pieds, les plantes s'étaient effritées.

Il examina le sol qui se retrouvait vierge là où avaient poussé de l'herbe et des fleurs, et l'explication de cette extraordinaire floraison lui apparut alors. Ignorant Hobart, il se dirigea vers le buisson le plus proche, aux branches duquel pendaient des fleurs pareilles à des encensoirs. A peine les avait-il touchées que les pétales disparurent, tombant des branches dans une averse de sable. Il effleura un rameau du pouce : lui aussi tomba en poussière, ainsi que ses exquises feuilles ; *tout* redevenait sable au contact de sa main.

Les dunes n'avaient pas disparu durant la nuit pour laisser la place à ce jardin. Elles étaient *devenues* le jardin ; obéissant à un ordre impensable, elles s'étaient élevées pour créer cette illusion stérile. Ce qui au premier abord paraissait un miracle de fécondité n'en était que la parodie. C'était du sable. Du sable sans odeur, sans couleur et sans vie : un jardin mort.

Un dégoût soudain s'empara de lui. Ce truc ressemblait trop à l'œuvre d'un Devin : une extase trompeuse. Il se jeta au milieu des fourrés, fauchant à droite et à gauche dans sa colère, détruisant les buissons pour les transformer en nuées cinglantes. Un arbre, effleuré par sa main, s'effondra comme une fontaine privée d'eau. Les fleurs les plus magnifiques se désagrégeaient au contact de sa main. Mais il n'était pas satisfait. Il continua de faucher jusqu'à ce qu'il ait dégagé une petite clairière au milieu de la jungle.

« *Des extases !* criait-il sans cesse tandis que le sable pleuvait sur lui. *Des extases !* »

Il aurait pu passer à un stade plus ambitieux de son œuvre de destruction si le cri du Fléau — celui-là même qu'il avait entendu quelques jours plus tôt, alors qu'il suait dans sa merde — n'avait pas retenti. Cette voix lui avait fait traverser le vide et la désolation : et pour découvrir quoi ? Encore la désolation, encore le vide. Animé par une colère que son vandalisme n'avait pas assouvie, il se tourna vers Hobart.

« D'où est-ce que ça vient ?

— Je ne sais pas, dit Hobart en reculant de quelques pas. *De partout.*

— *Où êtes-vous ?* demanda Shadwell, hurlant dans les profondeurs de l'illusion. Montrez-vous !

— Non..., dit Hobart d'une voix pleine d'angoisse.

— C'est votre Dragon, dit Shadwell. Nous devons le voir. »

Hobart secoua la tête. La puissance qui avait créé ce lieu n'était pas de celles qu'il souhaitait contempler. Avant qu'il n'ait pu battre en retraite, cependant, Shadwell l'avait saisi par le bras.

« Nous le rencontrerons ensemble, dit-il. Il nous a trahis *tous les deux.* »

Hobart lutta pour se dégager de l'étreinte de Shadwell, mais toute violence le déserta lorsque ses yeux paniqués aperçurent la forme qui venait d'apparaître au bout de l'avenue.

Bien qu'elle fût toujours en train de hurler, la créature était dépourvue de bouche, son visage était en fait dépourvu de tout trait excepté ses yeux, des yeux dont elle avait un nombre terrifiant, deux rangées de fentes sans cils et sans paupières qui couraient de chaque côté de sa tête. Il y avait peut-être une centaine d'yeux en tout, mais même en observant cette créature durant une éternité, on n'aurait pas pu en déterminer le nombre exact, car la chose, en dépit de sa solidité, défiait toute notion de permanence. Etaient-ce des roues qui se mouvaient en son cœur, reliées par des fils de feu liquide à la centaine de géométries incompatibles qui déformaient l'air qu'elle occupait? Etaient-ce des ailes innombrables qui battaient sur les contours de sa silhouette, et de la lumière qui brûlait dans ses entrailles, comme si elle avait avalé des étoiles?

Rien n'était certain. Tantôt la créature semblait enchâssée dans une matrice de lumière rayonnante, comme un échafaudage frappé par les éclairs; tantôt elle semblait recouverte par une nuée de confettis en flammes, qui grouillaient aux extrémités de son corps avant de disparaître. Tantôt éther; tantôt Léviathan.

Et puis, aussi soudainement qu'il avait retentit, le cri qu'elle poussait cessa net.

Le Fléau s'arrêta de bouger.

Shadwell relâcha Hobart alors qu'une odeur de merde s'élevait du pantalon de l'ex-policier. Hobart s'effondra sur le sol, émettant des petits gémissements entrecoupés de sanglots. Shadwell le laissa là où il était tandis que la tête du Fléau, labyrinthe de géométries, localisait les intrus qui avaient pénétré dans son jardin.

Il ne battit pas en retraite. A quoi cela aurait-il servi? Cet endroit était entouré de toutes parts par des milliers de kilomètres carrés de désolation. Il n'existait aucun refuge vers lequel s'enfuir. Il ne pouvait que faire face à cette terreur et partager avec elle les nouvelles qu'il lui apportait.

Mais avant qu'il n'ait pu prononcer un seul mot, le sable se mit à bouger à ses pieds. L'espace d'un instant, il crut que le Fléau avait l'intention de l'ensevelir vivant, car le sol se liquéfiait. Mais au lieu de cela, le sable se retira comme un drap et, étalé sur le lit ainsi révélé — à quelques mètres de Shadwell —, se trouvait le cadavre d'Ibn Talaq. L'homme était nu et d'effroyables tortures lui avaient été infligées. Ses deux mains avaient été calcinées, ne laissant que des moignons noircis d'où jaillissaient des os brisés. Ses organes génitaux avaient été détruits de la même manière et ses yeux avaient apparemment été brûlés au fer rouge. Il ne servait à rien de prétendre que ses blessures lui avaient été faites après sa mort: sa bouche articulait toujours son cri d'agonie.

Shadwell était révolté, et il détourna les yeux, mais le Fléau avait autre chose à lui montrer. Le sable bougea de nouveau, à sa droite, et un autre corps fut découvert. C'était Jabir, cette fois-ci, gisant sur le ventre, les fesses brûlées jusqu'à l'os, le cou brisé et la tête tournée vers le ciel. Sa bouche n'était plus qu'une plaie calcinée.

« Pourquoi ? » fut le mot qui vint aux lèvres de Shadwell.

Le regard du Fléau donnait à ses entrailles l'envie de se vider, mais il reposa quand même sa question.

« *Pourquoi ?* Nous ne vous voulons aucun mal. »

Le Fléau ne parut pas avoir entendu ces paroles. Avait-il perdu le pouvoir de communiquer après une éternité passée dans cette désolation, et ce hurlement était-il sa seule réponse devant la douleur d'exister ?

Puis — quelque part parmi la légion de ses yeux — une lumière fugace, qui fut accrochée par les roues flamboyantes et crachée en direction de Shadwell. Durant le battement de cœur qui s'écoula avant qu'elle ne le frappe, il eut le temps d'espérer que sa mort soit rapide ; puis la lumière fut sur lui. Le supplice du choc l'aveugla ; sous ses caresses, son corps se recroquevilla. Il vint frapper le sol, le crâne prêt à éclater. Mais la mort ne vint pas. Toute douleur disparut soudain de son esprit et la roue flamboyante apparut devant son œil intérieur. Le Fléau était dans sa tête, son pouvoir lui fouaillait le crâne.

Puis la roue disparut, et à sa place une vision, dispensée par son possesseur :

Il flottait à travers le jardin ; à la hauteur des arbres. Ceci est le point de vue du Fléau, comprit-il : il était assis derrière ses yeux. Leur regard partagé surprit un mouvement sur le sol au-dessous d'eux, et se dirigea vers lui.

Là, sur le sable, se trouvait Jabir — nu et à quatre pattes —, empalé par Ibn Talaq, qui grognait en enfonçant sa chair dans celle du garçon. Aux yeux de Shadwell, cet acte paraissait déplaisant, mais relativement inoffensif. Il avait vu pire en son temps ; il avait *commis* pire, en fait. Mais ce n'était pas seulement ce spectacle qu'il partageait avec le Fléau ; ses pensées lui parvenaient également : et la créature percevait un crime dans ce coït, un crime qu'elle jugeait passible de mort.

Shadwell avait vu le résultat de l'exécution décidée par le Fléau ; il n'avait aucun désir de la revoir en différé. Mais il n'avait pas le choix. Le Fléau possédait son œil intérieur ; il était contraint de voir chaque horrible instant.

Un éclair fondit du ciel et arracha les amants l'un à l'autre, puis brûla les parties de leurs corps qui l'avaient offensé — leurs bouches, leurs yeux, leurs bas-ventres et leurs fesses —, les anéantissant par le feu. Ce ne fut pas rapide. Ils eurent tout le temps de souffrir — il entendit de nouveau les cris qui l'avaient amené dans le jardin — et tout le temps de supplier. Mais le feu était impitoyable. Lorsqu'il eut accompli son œuvre, Shadwell sanglotait en l'implorant de cesser. Ce qu'il finit par faire, et un linceul de sable enveloppa les deux corps. Ce fut seulement à ce moment-là que le Fléau lui restitua ses propres yeux. Le sol sur lequel il gisait — imprégné de ses vomissures puantes — réapparut devant lui.

Il resta étendu là où il était tombé, tremblant de tous ses membres. Lorsqu'il fut certain de ne pas s'effondrer, il leva la tête pour regarder le Fléau.

Il avait changé de forme. Ayant renoncé à son gigantisme, il était assis sur une colline de sable qu'il avait érigée sous son corps, ses yeux innombrables tournés vers les étoiles. De juge et de bourreau, il était devenu en quelques instants un être contemplatif.

Bien que les images qui avaient empli sa tête se soient estompées, Shadwell savait que la créature était toujours présente dans son esprit. Il sentait les crochets de ses pensées. Il n'était qu'un poisson humain, accroché à son hameçon.

Le Fléau détourna les yeux du ciel pour le regarder.

Shadwell...

Il l'entendit prononcer son nom, bien que le Fléau fût toujours dépourvu de bouche dans sa nouvelle incarnation. Il n'en avait nul besoin, bien sûr, s'il pouvait s'immiscer dans la tête d'un homme de cette façon.

Je te vois, dit-il.

Ou plutôt, ce fut la pensée qu'il plaça dans la tête de Shadwell, et que celui-ci traduisit en mots.

Je te vois. Et je connais ton nom.

« C'est ce que je veux, dit Shadwell. Je veux que vous me connaissiez. Que vous ayez confiance en moi. Que vous me *croyiez.* »

Des sentiments tels que ceux-ci avaient fait partie de ses boniments de Vendeur durant plus de la moitié de sa vie ; il reprenait confiance en les exprimant.

Tu n'es pas le premier à venir ici, dit le Fléau. *D'autres sont venus. Et sont repartis.*

Shadwell ne savait que trop bien où ils étaient repartis. Il eut un aperçu fugitif — par la volonté du Fléau ou grâce à la sienne propre, il ne pouvait en être sûr — des corps enfouis sous le sable, de leur décomposition inutile dans ce jardin mort. Cette pensée aurait dû le terrifier, mais il avait dépensé toutes ses réserves de terreur en assistant aux exécutions. A présent, il allait parler sincèrement, et espérer que la vérité le préserverait de la mort.

« Je suis venu ici pour une raison », dit-il.

Quelle raison ?

C'était l'instant décisif. Le client avait posé une question et il devait y répondre. Inutile de tenter de gagner du temps en belles paroles dans l'espoir de conclure une vente plus alléchante. Il n'avait que la vérité pour marchander. La vente serait conclue ou ne le serait pas grâce à elle, et à elle seule. Mieux valait l'énoncer le plus simplement possible.

« La Devinité », dit-il.

Il sentit les crochets dans son esprit tressauter à ce nom, mais il n'y eut pas d'autre réaction. Le Fléau était silencieux. Même ses roues semblèrent s'estomper, comme si le moteur qui l'animait allait s'arrêter d'un instant à l'autre.

Puis, oh ! si doucement, il formula ce mot dans sa tête.

Devi. Nité.

Et avec ce mot vint un spasme d'énergie, pareil à un éclair, qui explosa dans son crâne. Il était également présent dans la substance du Fléau, cet éclair. Il étincelait le long de l'équation de son corps. Il courait dans ses yeux.

Devinité.

« Vous savez qui ils sont ? »

Le sable siffla autour des pieds de Shadwell.

J'avais oublié.

« Cela fait longtemps. »

Et tu es venu ici pour me dire cela ?

« Pour vous le rappeler. »

Pourquoi ?

Les crochets frémirent de nouveau. Il pourrait me tuer à n'importe quel moment, pensa Shadwell. Il est nerveux, et ça le rend dangereux. Je dois être prudent ; faire preuve de ruse. Etre un bon vendeur.

« Ils se sont dissimulés à vos yeux », dit-il.

En effet.

« Toutes ces années. Ils se sont planqués pour que vous ne les retrouviez jamais. »

Et maintenant ?

« Maintenant, ils sont de nouveau éveillés. Dans le monde des humains. »

J'avais oublié. Mais je me souviens à présent. Oh oui. Cher Shadwell.

Les crochets se détendirent, et une vague de plaisir pur inonda Shadwell, le laissant presque malade devant l'excès de sa jouissance. Il apportait également la joie, ce Fléau. Quel pouvoir ne contrôlait-il pas ?

« Puis-je vous poser une question ? » dit-il.

Demande.

« Qui êtes-vous ? »

Le Fléau se dressa sur son trône de sable et, en un instant, acquit une clarté aveuglante.

Shadwell se couvrit les yeux, mais cette lumière traversait la chair et les os pour pénétrer dans sa tête, où le Fléau prononçait son nom éternel.

Je m'appelle Uriel, dit-il. *Uriel, des principautés.*

Il connaissait ce nom, tout comme il connaissait par cœur les rituels appris à Sainte-Philomène : et de la même source. Enfant, il avait appris par cœur les noms de tous les anges et de tous les archanges : et Uriel était un des plus puissants entre les puissants. L'archange du salut ; appelé par certains le feu de Dieu. La vision des exécutions lui revint en mémoire — les corps se consumant sous un feu sans pitié : le feu d'un Ange. Qu'avait-il fait en osant se présenter devant une telle puissance ? Cet être était Uriel, des principautés...

Un autre des attributs de cet Ange lui revint en mémoire, et ce souvenir lui fit l'effet d'un choc. Uriel était l'ange qui montait la garde aux portes de l'Eden.

Eden.

A ce mot, la créature s'enflamma. Bien que les âges l'aient plongée dans la peine et dans l'oubli, c'était encore un Ange : ses flammes étaient éternelles. Les roues de son corps tournoyèrent, les mathématiques visibles de son essence tournèrent sur elles-mêmes pour préparer de nouvelles terreurs.

D'autres vivaient ici, dit le Séraphin, *qui appelaient cet endroit du nom d'Eden. Mais je ne l'ai jamais connu sous ce nom-là.*

« Sous quel nom, alors ? » demanda Shadwell.

Le Paradis, dit l'Ange, et à ce mot, une nouvelle image apparut dans l'esprit de Shadwell. C'était le jardin, dans une autre ère. Pas d'arbres de sable, mais une jungle luxuriante qui rappelait la flore qui avait surgi du sol du Gyrus : la même prodigieuse fécondité, les mêmes espèces inconnues qui semblaient sur le point de défier leur condition. Des fleurs qui pouvaient à chaque instant être animées d'un souffle, des fruits qui étaient susceptibles de s'envoler. Il n'y avait cependant dans cette scène aucune frénésie comparable à celle qu'il avait observée dans le Gyrus ; l'atmosphère était empreinte d'une volonté patiente et inéluctable, celle des choses qui aspiraient suivant leur propre rythme à un état supérieur, qui était sûrement celui de la *lumière,* car partout au sein des frondaisons flottait un éclat semblable à celui d'un esprit vivant.

C'était un lieu de création, dit l'Ange. *Pour l'éternité. Là où les choses venaient à être.*

« A être ? »

A trouver leur forme et à entrer dans le monde.

« Et Adam et Eve ? »

Je ne me souviens pas d'eux, répondit Uriel.

« Les premiers parents de l'Humanité. »

L'Humanité a été créée de la poussière en un millier d'endroits, mais pas ici. Ici se trouvaient des esprits plus nobles.

« La Devinité ? dit Shadwell. Des esprits plus nobles ? »

L'Ange émit un bruit amer. L'image du jardin paradisiaque se convulsa et Shadwell aperçut des silhouettes furtives se déplaçant comme des voleurs parmi les arbres.

Ils sont nés ici, dit l'Ange; et Shadwell vit en esprit la terre s'ouvrir et des plantes en jaillir, des plantes aux visages humains; et la brume se congela...

Mais c'étaient des accidents. Des résidus de créations plus complexes qui on trouvé la vie ici. Nous ne les connaissions pas, nous autres, les esprits. Nous étions occupés à des projets plus sublimes.

« Et ils ont crû ? »

Oui. Et ils sont devenus curieux.

A présent, Shadwell commençait à comprendre.

« Ils ont senti le monde », souffla-t-il.

L'Ange frissonna, et Shadwell subit un nouveau bombardement d'images. Il vit les ancêtres de la Devinité, nus, jusqu'au dernier, leurs corps de toutes les tailles et de toutes les couleurs — une foule de formes monstrueuses —, queues, yeux et crêtes dorés, une chair luisante comme un pelage de panthère; une paire d'ailes vestigielles — il les vit escalader le mur, impatients de sortir du jardin...

« Ils se sont échappés. »

Personne ne peut m'échapper, dit Uriel. *Lorsque les esprits sont partis, je suis resté ici afin de monter la garde jusqu'à leur retour.*

Le Livre de la Genèse avait été au moins correct sur ce point : un gardien veillait à la porte. Mais sur pas grand-chose d'autre, semblait-il. Les rédacteurs de ce livre avaient pris une image que l'humanité connaissait au fond de son cœur et l'avaient déformée en l'incorporant à leur récit afin de la rendre conforme à leur morale. La place de Dieu en ce lieu, s'il en avait une, était tout aussi sujette à controverse. Le Vatican reconnaîtrait-il cette créature comme étant un Ange si elle se présentait devant les portes de son palais ? Shadwell en doutait.

« Et les esprits ? dit-il. Ceux qui étaient ici ? »

J'ai attendu, dit l'Ange.

Et attendu, et attendu encore, pensa Shadwell, jusqu'à ce que la solitude le rende fou. Seul dans cette désolation, le jardin se flétrissant et pourrissant autour de lui, et le sable pénétrant les murs...

« Allez-vous venir avec moi à présent ? dit Shadwell. Je peux vous conduire à la Devinité. »

L'Ange posa de nouveau les yeux sur Shadwell.

Je déteste le monde, dit-il. *Je m'y suis déjà rendu, une fois.*

« Mais si je vous amène à eux, dit Shadwell. Vous pourrez accomplir votre devoir, et en finir avec lui. »

La haine qu'Uriel éprouvait pour le Royaume était une chose quasi physique; elle glaçait le cuir chevelu de Shadwell. Pourtant, l'Ange ne rejeta pas son offre, mais se contenta de prendre son temps pour lui répondre, comme s'il examinait toutes les éventualités. Il souhaitait que son attente prenne fin, et vite. Mais sa majesté était révoltée à l'idée d'entrer en contact avec le monde humain. Comme tout ce qui est pur, il était vaniteux, et se laissait facilement gâter.

Peut-être..., dit-il.

Ses yeux quittèrent Shadwell pour se diriger vers le mur. Le Vendeur suivit son regard et trouva Hobart. L'homme avait tenté de s'éclipser durant sa conversation avec Uriel; mais il n'était pas allé assez loin.

... que cette fois-ci..., dit l'Ange, une lumière dansant dans sa myriade d'yeux, *... j'irai...* La lumière fut happée par les roues, et de là, se lança vers Hobart. *... dans une autre peau.*

A ces mots, toute sa machinerie éclata en morceaux, et ce ne fut pas une, mais d'innombrables flèches de lumière qui volèrent en direction de Hobart. Le regard d'Uriel l'avait figé sur place; il ne pouvait rien faire pour éviter cette invasion. Les flèches le frappèrent de la tête aux pieds, et leur lumière le pénétra sans entailler sa peau.

En l'espace d'un battement de cœur, toute trace de l'Ange avait disparu de la colline à côté de Shadwell; et avec cette disparition au sein de la chair vint un nouveau spectacle. Un tremblement parcourut le sol à partir de l'endroit où se trouvait Hobart, se répandant dans l'ensemble du jardin. Sur son passage, les formes de sable se décomposèrent, d'innombrables plantes tombèrent en poussière, des avenues d'arbres frémirent et s'effondrèrent, comme des colonnes dans un séisme. En observant cette scène de destruction, Shadwell repensa aux dessins qu'il avait vus dans les dunes. Peut-être que la supposition qu'il avait formulée avait été correcte; peut-être que cet endroit était, d'une certaine façon, un signe adressé aux étoiles. Une tentative pitoyable de la part d'Uriel pour recréer une gloire perdue, dans l'espoir qu'un esprit venant à passer lui rende visite et lui rappelle qui il était.

Puis le cataclysme prit des proportions gigantesques, et il battit en retraite avant d'être enseveli sous une tempête de sable.

Hobart ne se trouvait plus de ce côté-ci de la brèche, mais avait grimpé les débris et contemplait, immobile, l'immense étendue désertique.

Il n'y avait aucun signe apparent de l'occupation d'Uriel. Pour un œil non averti, c'était le même Hobart. Ses traits émaciés étaient plus glaciaux que jamais, et c'était la même voix terne qui sortait de sa bouche lorsqu'il parlait. Mais la question qu'il posa racontait une tout autre histoire.

« Suis-je le Dragon à présent ? » demanda-t-il.

Shadwell le regarda. Il y avait, il le voyait à présent, un éclat au fond des yeux de Hobart, un éclat qu'il n'avait jamais vu depuis le jour où il l'avait séduit avec des promesses de feu.

« Oui, dit-il. Vous êtes le Dragon. »

Ils ne s'attardèrent pas. Ils rebroussèrent chemin vers la lisière sans perdre une minute, laissant le Quartier Vide plus vide que jamais.

ONZIÈME PARTIE

La saison des rêves

« Le ciel s'assombrit comme une tache,
Quelque chose va tomber à verse
Et ce ne sera pas des fleurs. »

W.H. Auden
Les Deux

CHAPITRE 1

Portrait du héros en jeune lunatique

1

Qu'est-il arrivé à Cal Mooney? disaient les voisins: comme il est devenu bizarre, tout en demi-sourires et en regards en coin. Après tout, cette famille n'a-t-elle pas toujours été étrange? Le père avait un parent poète, à ce qu'on m'a dit, et vous savez ce qu'on dit des poètes: ils sont tous un peu fous. Et maintenant, le fils est devenu pareil. Que c'est triste. C'est drôle comme les gens peuvent changer, n'est-ce pas?

Ces ragots sonnaient juste. Cal savait qu'il avait changé. Eh oui, il était probablement un peu fou. Certains matins, quand il se regardait dans la glace, il y avait dans ses yeux un éclat de sauvagerie qui troublait sans aucun doute la caissière du super-marché, ainsi que la femme qui tenta de lui arracher des bribes de scandale tandis qu'ils faisaient la queue.

« Et vous vivez tout seul?

— Oui, répondit-il.

— C'est une grande maison pour une personne seule. Ça doit être difficile de la nettoyer.

— Non, pas vraiment. »

Son interrogatrice lui jeta un regard intrigué. Puis il dit:

« J'aime la poussière. »

Il savait bien que cette remarque ne manquerait pas d'alimenter les ragots, mais il était incapable de mentir pour rassurer les gens. Et il voyait, tout en leur parlant, la façon dont ils souriaient intérieurement, enregistrant sa réponse avant de la régurgiter à l'heure de la lessive.

Oh oui, il était bien Mooney le Dingue.

2

Cette fois-ci, il n'oublia pas. Son esprit faisait trop partie du Pays des Merveilles envolé pour que celui-ci s'en échappe. La Fugue était avec lui toute la journée, chaque jour ; et toute la nuit aussi.

Mais ces souvenirs ne lui apportaient guère de joie. Rien qu'une douleur et une peine quasi insupportables à l'idée que ce monde qu'il avait désiré toute sa vie avait disparu à jamais. Il ne foulerait plus jamais sa terre extatique.

Le pourquoi et le comment de cette perte restaient vagues, en particulier les événements survenus dans le Gyrus. Il se rappelait en détail la bataille de l'Etroite Brillance et sa plongée dans le Manteau. Mais ce qui était arrivé par la suite n'était qu'une série d'images déconnectées. Des choses qui poussent et des choses qui meurent ; le sang qui danse le long de son bras dans une petite extase ; les briques qui frémissent dans son dos...

C'était à peu près tout. Le reste était si vague qu'il pouvait à peine évoquer un seul moment.

3

Il savait qu'il lui fallait se distraire de son chagrin, sous peine de sombrer dans une mélancolie dont il serait incapable d'émerger, aussi se mit-il à la recherche d'un nouvel emploi, qu'il trouva au début du mois de juin : dans une boulangerie. La paye n'était pas terrible et les horaires étaient anti-sociaux, mais il aimait son travail — qui était l'antithèse de celui qu'il avait accompli dans les assurances. Il n'avait guère besoin de parler, ni de se soucier des luttes intestines de bureau. On ne montait pas en grade ici, on ne s'occupait que de farine et de fours. Son emploi le rendait heureux. Grâce à lui, il avait des biceps en acier et du pain frais au petit déjeuner.

Mais cette distraction n'était que temporaire. Son esprit revenait bien trop souvent aux causes de sa souffrance et souffrait encore plus. Un tel masochisme était peut-être dans la nature de son espèce. En fait, cette croyance fut renforcée par la réapparition de Geraldine au milieu du mois de juillet. Elle se retrouva devant sa porte un beau jour et pénétra dans la maison comme si rien ne s'était passé entre eux. Il fut heureux de la voir.

Cette fois-ci, cependant, elle ne s'installa pas chez lui. Comme ils en convinrent, revenir au statu quo domestique aurait été un pas en arrière. Elle se contenta de lui rendre visite pratiquement tous les jours durant l'été, passant parfois la nuit dans la maison de Chariot Street, mais rentrant chez elle le plus souvent.

Durant environ cinq semaines, elle ne lui posa aucune question sur les événements du printemps précédent, et il ne lui fournit aucune information. Lorsqu'elle finit par aborder ce sujet, ce fut d'une façon et dans des circonstances auxquelles il ne s'était pas attendu.

« Deke raconte à tout le monde que tu as eu des ennuis avec la police, dit-elle, mais je lui ai dit : non, pas mon Cal. »

Il était assis dans le fauteuil de Brendan, près de la fenêtre, en train de contempler le ciel estival. Elle se trouvait sur le canapé, au milieu d'un monceau de magazines.

« Je leur ai dit que tu n'étais pas un criminel. Je le sais bien. Quel que soit ce qui t'est arrivé... ce n'était pas ce genre d'ennuis. C'était quelque chose de plus *profond,* n'est-ce pas ? »

Elle regarda dans sa direction. Attendait-elle une réponse ? Il ne le semblait pas, car avant qu'il ait pu ouvrir la bouche, elle dit :

« Je n'ai jamais compris ce qui s'est passé, Cal, et peut-être que ça vaut mieux. Mais... » Elle baissa les yeux vers le magazine ouvert sur ses genoux, puis les dirigea à nouveau vers lui. « Tu ne parlais jamais dans ton sommeil, dit-elle.

— Et je parle en dormant à présent ?

— Tout le temps. Tu parles à des gens. Parfois, tu cries. Parfois, tu te contentes de sourire. » Cette confession l'embarrassait quelque peu. Elle l'avait observé durant son sommeil ; et elle l'avait écouté. « Tu es allé quelque part, n'est-ce pas ? dit-elle. Tu as vu quelque chose que personne d'autre n'a vu.

— C'est de ça dont je parle ?

— En quelque sorte. Mais ce n'est pas ça qui me fait penser que tu as vu des choses. C'est la façon dont tu te conduis, Cal. Les regards que tu as quelquefois... »

Ceci dit, elle sembla avoir atteint une impasse et retourna aux pages du magazine, les tournant sans vraiment les regarder.

Cal soupira. Elle s'était montrée si gentille avec lui, si attentionnée : il lui devait bien une explication, même si c'était fort difficile.

« Tu veux que je te raconte ? dit-il.

— Oui. Oui, raconte-moi.

— Tu ne vas pas me croire, prévint-il.

— Raconte-moi quand même. »

Il hocha la tête et entreprit de lui narrer l'histoire qu'il avait été tout près de lui confier l'année précédente, après sa première visite dans la maison de Rue Street.

« J'ai vu le Pays des Merveilles... », commença-t-il.

4

Il lui fallut trois quarts d'heure pour lui faire le résumé de tout ce qui lui était arrivé depuis que 33 s'était enfui du pigeonnier ; et une heure supplémentaire pour préciser certains détails de son récit. Une fois qu'il eut commencé, il s'aperçut qu'il lui répugnait de passer quoi que ce soit sous silence : il voulait tout raconter le mieux possible, autant pour son propre bénéfice que pour celui de Geraldine.

Elle l'écouta avec attention, le regardant de temps en temps mais gardant le plus souvent les yeux fixés vers l'extérieur. Pas une seule fois elle ne l'interrompit.

Lorsqu'il eut fini, ayant rouvert ses blessures en racontant son récit, elle resta muette durant un long moment.

« Tu ne me crois pas, dit-il finalement. Je t'avais prévenue. »

De nouveau le silence. Puis elle demanda :

« Est-ce que c'est important pour toi que je te croie ou non ?

— Oui. Bien sûr que c'est important.

— Pourquoi, Cal ?

— Parce que, comme ça, je ne serai pas seul. »

Elle lui sourit, se leva et se dirigea vers lui.

« Tu n'es pas seul », dit-elle, et elle ne rajouta rien de plus.

Plus tard, alors qu'ils se couchaient pour dormir, elle dit :

« Est-ce que tu l'aimes ?... Suzanna, je veux dire. »

Il s'était attendu à ce qu'elle lui pose tôt ou tard cette question.

« Oui, dit-il doucement. D'une façon que je ne peux pas expliquer ; mais oui.

— Je suis contente », murmura-t-elle dans les ténèbres.

Cal aurait souhaité pouvoir déchiffrer ses traits afin de savoir si elle disait la vérité, mais il ne posa pas les questions qui lui étaient venues à l'esprit.

Ils n'en reparlèrent plus du tout par la suite. Elle ne changea pas d'attitude par rapport à lui après qu'il lui eut tout dit : on aurait pu croire qu'elle avait chassé de son esprit le récit qu'il lui avait fait. Elle continua à lui rendre visite sans changer ses habitudes. Parfois ils faisaient l'amour, parfois non. Et parfois ils étaient heureux ; ou presque.

L'été passa sans influence notable sur les thermomètres, et avant que les joues de Geraldine n'aient eu le temps de se couvrir de taches de rousseur, on était en septembre.

5

L'automne sied à l'Angleterre ; et cet automne-là, qui devait précéder l'hiver le plus rigoureux depuis la guerre, fut particulièrement glorieux. Les vents étaient violents et apportaient des nuages chargés de pluie chaude, dont le passage était entrecoupé d'éclats de soleil liquide. La ville retrouva ses charmes perdus. Des nuages couleur d'ardoise s'empilaient derrière ses maisons ensoleillées ; le vent apportait l'odeur de la mer ; il apportait aussi les mouettes, qui plongeaient et planaient au-dessus des toits.

Ce mois-là, Cal sentit son moral remonter — découvrant l'éclat du Royaume des Coucous, au-dessus duquel les cieux paraissaient chargés de signes secrets. Il commença à voir des visages dans les lambeaux de nuages ; perçut des codes dans le staccato de la pluie sur la fenêtre. Quelque chose était sûrement imminent.

Il se souvint aussi de Gluck ce mois-là. Anthony Virgil Gluck, collectionneur de phénomènes aberrants. Il envisagea même de le contacter et alla jusqu'à pêcher la carte de visite de Gluck au fond d'une poche de pantalon. Il ne l'appela cependant pas, peut-être parce qu'il se savait prêt à croire n'importe quelle superstition à condition qu'elle lui promette des miracles, et cela n'aurait pas été sage.

Au lieu de cela, il garda l'œil sur le ciel, jour et nuit. Il s'acheta même un petit télescope et se mit à apprendre les positions des constellations. Il trouva cette tâche rassurante. Cela lui faisait du bien de savoir que les étoiles étaient toujours au-dessus de sa tête lorsqu'il la levait vers le ciel, même s'il ne pouvait pas les voir. C'était sans doute le cas pour quantité d'autres mystères. Ils brillaient, mais le monde brillait avec plus d'éclat qu'eux et l'aveuglait, l'empêchant de percevoir leur présence.

Puis, au milieu du mois d'octobre (le dix-huit, en fait ; ou plutôt, le matin du dix-neuf), il eut le premier de ses cauchemars.

CHAPITRE 2

Mimésis

1

Huit jours après la destruction de la Fugue et de tout ce qu'elle contenait, ce qui restait des Quatre Familles — peut-être une centaine d'individus en tout — se réunit afin de débattre de l'avenir. Bien qu'ils aient survécu à la catastrophe, ils n'avaient guère de raisons de s'en réjouir. En perdant la Trame du Monde, ils avaient perdu leurs foyers, leurs richesses et, dans bien des cas, ceux qui leur étaient chers. Il ne leur restait plus de leur bonheur disparu qu'une poignée d'extases, bien affaiblies par la perte de la Fugue. Elles ne leur offraient guère de réconfort. Les extases ne pouvaient pas réveiller les morts, ni tenir à distance la corruption du Royaume.

Que faire donc ? Il existait une faction fort volubile — commandée par Balm De Bono — qui insistait pour que leur histoire soit rendue publique ; pour qu'ils deviennent une cause. Cette idée n'était pas dénuée de mérites. Peut-être seraient-ils en sécurité en se rendant visibles aux yeux du monde humain. Mais il existait une faction opposée à ce plan, animée par la seule richesse que les circonstances étaient impuissantes à dérober à ce peuple : sa fierté. Nombre de Devins affirmèrent sans ambages qu'ils préféraient mourir plutôt que d'implorer la pitié des Coucous.

Suzanna avait d'autres objections à cette idée. Il aurait été possible de persuader ses frères de race de croire le récit des Devins et de sympathiser avec leur cause, mais combien de temps durerait leur compassion ? Quelques mois ? Un an, tout au plus. Puis les Humains s'intéresseraient à quelque nouvelle tragédie. Les Devins deviendraient les victimes de la veille, conservant leur célébrité mais n'en retirant aucun salut.

Cet argument, ajouté à l'horreur ressentie par les Devins à l'idée de s'humilier devant les Coucous, suffit à mettre l'opposition en minorité. Résolu à rester civilisé même dans la défaite, De Bono s'inclina.

Ce fut la dernière fois que le débat nocturne obéit aux règles de l'étiquette et la discussion commença à s'échauffer. Le conflit se déclencha lorsqu'un homme au visage gris et à l'air épuisé appela la Devinité à cesser de se préoccuper de son sort et à se concentrer sur la vengeance à exercer sur Shadwell.

« Nous avons tout perdu, dit-il. La seule satisfaction qui nous reste est de voir le cadavre de ce salaud. »

Plusieurs voix s'élevèrent en réponse à cette remarque défaitiste, mais l'homme insista pour être entendu.

« Nous allons mourir là-bas, dit-il d'un air tendu. Il ne nous reste que quelques *instants*... pour détruire ceux qui nous ont fait ça.

— Il me semble que le moment est mal choisi pour une vendetta, dit Nemrod. Nous devons penser de façon constructive. Préparer l'avenir. »

On entendit quelques rires ironiques dans l'assemblée, par-dessus lesquels s'éleva la voix du partisan de la vengeance.

« *Quel avenir?* dit-il, presque triomphant dans son désespoir. Regardez-nous ! » De nombreux Devins baissèrent les yeux en l'entendant ; ils ne savaient que trop bien à quel point ils avaient l'air misérable. « Nous sommes les derniers des derniers. Il n'en viendra plus après nous, et nous le savons tous. » Il se tourna vers Nemrod. « Je ne veux pas parler de l'avenir, dit-il. Ça ne servirait qu'à faire naître de nouvelles peines.

— Ce n'est pas vrai..., dit Suzanna.

— Facile à dire, pour vous, répliqua-t-il.

— Ferme-la, Hamel, cria Nemrod.

— Non !

— Elle est venue ici pour nous aider.

— Elle nous a assez aidés pour nous tuer tous ! » cria Hamel en réponse.

Son pessimisme avait trouvé un bon nombre de partisans.

« C'est un Coucou, intervint l'un d'entre eux. Pourquoi ne retourne-t-elle pas à sa place ? »

Une partie de Suzanna était prête à obtempérer : elle n'avait aucun désir de servir de cible à leur amertume. Leurs paroles étaient cinglantes. Et plus encore, elles faisaient naître en elle une nouvelle peur : et si elle avait pu faire plus que ce qu'elle avait fait ; ou si elle avait agi autrement ? Mais il fallait qu'elle reste, pour De Bono, pour Nemrod, et pour tous ceux qui attendaient qu'elle les guide dans le Royaume. En fait, la position de Hamel n'était pas totalement insensée. Elle voyait à quel point la haine que les Devins ressentaient pour Shadwell leur aurait donné des forces et les aurait distraits des pertes qu'on leur avait infligées. *Eux* bien plus qu'elle, bien sûr; et cette pensée devait lui rester présente à l'esprit. *Elle* avait perdu un rêve après ne l'avoir goûté que durant quelques instants. Ils avaient perdu leur monde.

Une nouvelle voix s'éleva dans la controverse; une voix qu'elle fut fort surprise d'entendre: celle d'Apolline. Suzanna n'avait même pas eu conscience de sa présence dans la salle, jusqu'à ce qu'elle se lève dans un nuage de fumée pour s'adresser à l'assemblée.

« Je n'accepterai jamais de mourir pour qui que ce soit, dit-elle. Et surtout pas pour toi, Hamel. »

Sa défiance faisait écho à celle de Yolande Dor dans la Maison de Capra: il semblait que c'étaient toujours les femmes qui défendaient la vie avec le plus de véhémence.

« Et Shadwell ? dit quelqu'un.

— Et *alors*? dit Apolline. Tu veux aller le tuer, Hamel ? Je vais t'acheter un arc et des flèches ! »

Cette remarque suscita des rires enthousiastes chez quelques Devins, mais ne servit qu'à exciter davantage l'opposition.

« Nous sommes pratiquement en voie de disparition, ma sœur, dit Hamel avec un mépris presque palpable. Et tu n'es plus très fertile ces temps-ci. »

Apolline accueillit cette pique avec bonne humeur.

« Ça te dit de m'essayer ? » dit-elle.

Les lèvres de Hamel se retroussèrent devant cette invite.

« J'avais une femme... », dit-il.

Apolline, prenant comme d'habitude plaisir à offenser les autres, agita les hanches en regardant Hamel, qui cracha dans sa direction. Il aurait mieux fait de s'abstenir de ce geste. Elle lui cracha dessus, avec plus de précision. Bien que ce missile fût inoffensif, il réagit comme si Apolline lui avait donné un coup de poignard, se jetant sur elle en poussant un cri de rage. Quelqu'un s'interposa avant qu'il n'ait pu l'atteindre, et ce fut ce pacifiste que Hamel frappa. Cet assaut mit fin à tout semblant d'ordre dans le débat: toute l'assemblée se mit à se disputer à grands cris, tandis que Hamel et son adversaire échangeaient des coups au milieu des chaises renversées. Ce fut le maquereau d'Apolline qui les sépara. Bien que le combat n'ait pas duré plus d'une minute, les deux hommes avaient subi des dommages et saignaient du nez et de la bouche.

Le cœur lourd, Suzanna regarda Nemrod tenter de rétablir le calme dans l'assemblée. Il y avait tant de choses dont elle voulait s'entretenir avec les Devins: des problèmes qui requéraient leur conseil; des secrets — tendres et difficiles — qu'elle voulait partager. Mais tant que l'agitation régnerait, elle redoutait que ses questions ne fassent qu'alimenter de nouvelles dissensions.

Hamel quitta la salle, maudissant Suzanna, Apolline et tous ceux qui — comme il le disait — « s'étaient rangés aux côtés de la merde ». Il ne partit pas seul. Deux douzaines de personnes l'accompagnèrent.

Il n'y eut aucune tentative sérieuse pour reprendre le débat après cette violente interruption ; la rencontre s'était par force achevée. Personne n'était d'humeur à prendre des décisions réfléchies, et personne ne le serait probablement, pas avant qu'un certain temps ne se soit écoulé. Il fut donc décidé que les survivants se disperseraient et s'abriteraient dans des endroits sûrs. Il restait si peu de Devins qu'il ne leur serait guère difficile de se fondre parmi la population. Ils attendraient que l'hiver soit passé et qu'il n'y ait plus de retombées.

2

Suzanna prit congé de Nemrod après la réunion, lui laissant des instructions afin de la recontacter à Londres. Elle était épuisée ; elle avait besoin de se reposer quelque temps.

Après avoir passé quinze jours chez elle, cependant, elle se rendit compte que tenter de restaurer ses énergies par l'inaction ne pourrait que la conduire à la folie, et elle se remit au travail dans son atelier. Cette décision se révéla pleine de sagesse. Les problèmes qu'elle affronta en tentant de retrouver son rythme de travail réussirent à la distraire de ses échecs et de ses deuils récents ; et le simple fait de *faire* quelque chose — même s'il ne s'agissait que de pots et d'assiettes — répondait au besoin qu'elle avait de recommencer à zéro. Jamais jusqu'à présent elle n'avait été aussi consciente du caractère mythique de l'argile, de sa réputation comme l'essence première, la matière de base à partir de laquelle avaient été façonnées les nations des livres de contes. Son talent ne lui permettait de concevoir que des pots, et non des gens, mais les mondes devaient bien commencer quelque part. Elle travailla durant de longues heures, avec le bruit de la radio et l'odeur de l'argile comme seule compagnie, les pensées jamais entièrement exemptes de mélancolie, mais néanmoins plus légères qu'elle n'avait osé l'espérer.

Ayant appris son retour en ville, Finnegan apparut devant sa porte un bel après-midi, toujours aussi sémillant, pour l'inviter à dîner. Il était étrange de penser qu'il l'avait attendue pendant qu'elle avait vécu toutes ces aventures ; et touchant également. Elle accepta son invitation et fut bien plus charmée par sa compagnie qu'elle ne se rappelait l'avoir jamais été. Toujours aussi direct, il lui déclara qu'ils étaient faits l'un pour l'autre et devaient se marier immédiatement. Elle lui répondit qu'elle s'était fait une règle d'or de ne jamais épouser les banquiers. Le lendemain, il lui envoya des fleurs, ainsi qu'un message lui apprenant qu'il était prêt à renoncer à sa profession. Ils se revirent régulièrement par la suite. La chaleur et l'aisance de cet homme étaient pour Suzanna le moyen idéal de se distraire des sombres pensées qui menaçaient toujours d'envahir son esprit lorsqu'elle avait le temps de réfléchir.

De temps en temps, durant l'été et les premiers temps de l'automne, elle reprit contact avec certains Devins, de façon brève et espacée par souci de sécurité. Les nouvelles semblaient bonnes. La plupart des survivants avaient regagné le voisinage des foyers de leurs ancêtres et y avaient trouvé un abri.

Plus rassurant encore, il n'y avait aucun signe de Shadwell ou de Hobart. Le bruit courait que Hamel s'était lancé à la recherche du Vendeur, pour renoncer à ses efforts après avoir échoué à trouver le moindre indice sur le sort de son ennemi. Quant aux restes de son armée — les Devins qui s'étaient ralliés aux visions du Prophète —, ils avaient été les auteurs de leur propre châtiment, s'éveillant de leur cauchemar évangélique pour découvrir que celui-ci avait détruit tout ce qui leur était cher.

Certains avaient imploré le pardon de leurs frères et s'étaient présentés, pleins de honte et de désespoir, à cette fameuse réunion. D'autres, selon le téléphone arabe, avaient plongé dans la déchéance sous les effets des remords. Certains s'étaient même donné la mort. Il y en avait même d'autres, avait-elle entendu — les plus sanguinaires parmi les Devins —, qui avaient quitté le champ de bataille sans regret pour pénétrer dans le Royaume en quête de nouvelles violences. Ils n'auraient pas besoin de chercher très loin.

Mais excepté les rumeurs et les suppositions, il n'y avait pas grand-chose à rapporter. Elle s'efforça de donner un sens à son ancienne vie tandis que les Devins s'en façonnaient une nouvelle. Quant à Cal, elle suivit les progrès de sa guérison grâce à des Devins qui s'étaient réfugiés à Liverpool, mais ne le contacta pas directement. C'était en partie une décision dictée par le sens pratique : il était plus sage qu'ils gardent leurs distances jusqu'à ce qu'ils soient certains de la disparition de l'ennemi. Mais cette décision était aussi dictée par des considérations émotionnelles. Ils avaient partagé beaucoup de choses, dans la Fugue et hors d'elle. Trop de choses pour devenir amants. La Trame du Monde occupait l'espace entre eux — et ce depuis le début. Ce fait rendait absurde toute idée de liaison, domestique ou romantique. Ensemble, ils avaient vu l'Enfer et le Ciel. Agir autrement aurait signifié tomber du sublime au ridicule.

Cal partageait probablement ces sentiments, car il ne tenta pas de la contacter. Cela n'aurait pas été nécessaire. Bien qu'ils ne se soient ni vus ni parlé, elle sentait constamment sa présence. C'était elle qui avait étouffé dans l'œuf toute possibilité d'amour physique entre eux, et elle l'avait parfois regretté ; mais ce qu'ils partageaient à présent était peut-être la plus sublime des choses à laquelle deux amants pouvaient aspirer : entre eux, ils détenaient un monde.

3

Au milieu du mois d'octobre, elle se surprit à travailler dans un style nouveau et totalement inattendu. Sans raison particulière, elle renonça aux bols et aux assiettes et se lança dans l'art figuratif. Les résultats ne lui gagnèrent que peu d'admirateurs, mais ils satisfaisaient une pulsion intérieure qui refusait de rester muette.

Pendant ce temps, Finnegan continuait sa cour assidue, à coups de dîners et de fleurs, redoublant d'attentions envers elle à chaque nouveau refus poli de sa part. Elle en vint à penser qu'il y avait plus que des traces de masochisme dans sa nature, tant il s'acharnait à revenir chaque fois qu'elle le congédiait.

De tous les moments extraordinaires qu'elle avait vécus depuis qu'elle faisait partie de l'histoire de la Fugue, ceux-ci furent à leur façon les plus étranges, car son expérience de la Trame du Monde et celle de sa vie présente luttaient dans son esprit pour le droit d'être considérées comme réelles. Elle savait que penser ainsi était penser comme un Coucou ; elles étaient *toutes deux* réelles. Mais son esprit ne parvenait pas à les concilier — pas plus que les rôles qu'elle avait joués en leur sein. Qu'est-ce que la femme que Finnegan prétendait aimer — la Suzanna souriante, aux doigts couverts d'argile — avait en commun avec la femme qui avait affronté des dragons ? Elle en vint à souhaiter ne plus pouvoir évoquer ces instants mythiques avec tant de force, car elle se sentait après coup malade devant la trivialité de son existence présente.

Pour cette raison, elle laissa dormir le menstruum en elle, ce qui ne fut guère difficile à accomplir. Sa nature naguère imprévisible paraissait à présent domestiquée ; une conséquence de la défaite de la Fugue, supposait-elle. Il ne l'avait pas entièrement abandonnée. Parfois, il semblait s'impatienter et décidait de s'étirer, généralement — bien qu'il lui fallût quelque temps pour s'en rendre compte — en réaction au lieu où elle se trouvait. Il y avait dans le Royaume des endroits chargés d'énergie ; des endroits où elle sentait une source souterraine impatiente de jaillir. Le menstruum les percevait. C'était aussi parfois le cas des Coucous, qui sanctifiaient ces lieux autant que leur myopie le leur permettait : avec des clochers et des monuments. Mais une grande partie de ces territoires leur restait cependant inconnue, et il lui arrivait, lorsqu'elle passait dans une rue des plus banales, de ressentir une douleur au creux du ventre, qui lui apprenait qu'un pouvoir était enfoui ici.

Durant la plus grande partie de sa vie, elle avait associé le pouvoir avec la politique ou avec l'argent, mais son moi secret était désormais plus avisé. L'imagination était le seul pouvoir véritable: elle causait des transformations que la richesse et l'influence n'auraient jamais pu susciter. Elle la vit à l'œuvre même chez Finnegan. Lors des rares occasions où elle persuada celui-ci de lui parler de son passé, elle vit les couleurs s'affermir et mûrir autour de sa tête, comme si l'acte d'imaginer le réconciliait avec lui-même, faisait de lui un continuum. Durant ces instants, elle se rappelait l'exergue du livre de Mimi:

Ce qui est imaginé n'est jamais nécessairement perdu.

Et ces jours-là, elle était même heureuse.

4

Puis, durant la troisième semaine de décembre, tous les espoirs fragiles qu'elle aurait pu entretenir sur le bonheur futur furent brutalement brisés.

Le temps devint glacial cette semaine-là. Pas seulement froid, mais arctique. Il n'y avait pas encore de neige, rien qu'un froid si profond que les extrémités nerveuses ne pouvaient le distinguer du feu. Elle travaillait toujours dans son atelier, ne voulant pas renoncer à ses créations, bien que son poêle pût à peine maintenir la température au-dessus de zéro et qu'elle fût obligée de porter deux pull-overs et trois paires de chaussettes. Elle remarquait à peine son inconfort. Jamais elle n'avait été si résolue à créer qu'à présent, forçant l'argile à adopter les formes qu'elle voyait en esprit.

Puis, le dix-sept, sans l'avoir prévenue à l'avance, Apolline vint lui rendre visite. Éternelle veuve, elle était vêtue de noir des pieds à la tête.

« Nous devons nous parler », dit-elle dès que la porte fut fermée.

Suzanna l'escorta jusqu'à l'atelier et débarrassa un siège pour l'installer au milieu du chaos. Elle ne choisit cependant pas de s'asseoir, mais se mit à arpenter la pièce, s'immobilisant en fin de compte devant les fenêtres givrées, observant la rue tandis que Suzanna rinçait ses doigts maculés d'argile.

« Est-ce qu'on t'a suivie ? lui demanda Suzanna.

— Je ne sais pas, fut la réponse. Peut-être.

— Veux-tu un peu de café ?

— Je préférerais quelque chose de plus fort. Qu'est-ce que tu as ?

— Rien que du cognac.

— Rien que du cognac fera l'affaire. »

Elle s'assit. Suzanna localisa la bouteille qu'elle gardait en réserve pour ses rares beuveries solitaires et en versa une large rasade dans une tasse. Apolline la vida, la remplit une deuxième fois, puis dit:

« Est-ce que tu as fait des rêves?

— Quels rêves?

— Nous les avons tous faits», dit Apolline.

Vu son aspect — le teint cireux en dépit du froid, les yeux cernés de noir —, Suzanna doutait même qu'elle ait pu dormir ces derniers temps.

« Des rêves terribles, continua la veuve, comme la fin du monde.

— Qui a fait ces rêves?

— Qui ne les a pas faits? dit Apolline. C'est pareil pour tout le monde. Les mêmes horreurs.»

Elle avait déjà vidé sa tasse et prit la bouteille sur une étagère pour la remplir à nouveau.

« Il va se passer quelque chose de terrible. Nous le sentons tous. C'est pour ça que je suis venue.»

Suzanna l'observa tandis qu'elle se servait à nouveau du cognac, lui posant en esprit deux questions différentes. Premièrement: ces cauchemars étaient-ils simplement le résultat inévitable des horreurs endurées par les Devins, ou bien s'agissait-il d'autre chose? Et — dans ce dernier cas — pourquoi n'en avait-*elle* pas fait?

Apolline interrompit le flot de ses pensées, d'une voix rendue quelque peu traînante par l'alcool.

« Certains disent que c'est le Fléau. Qu'il s'est remis à nous chercher, après toutes ces années. Apparemment, c'est ainsi qu'il avait fait connaître sa présence jadis. Dans les rêves.

— Et tu crois qu'ils ont raison?»

Apolline grimaça en avalant une nouvelle gorgée de cognac.

« Quoi que ce soit, nous devons nous protéger.

— Suggères-tu que nous prenions... l'offensive?»

Apolline haussa les épaules.

« Je ne sais pas, dit-elle. Peut-être. La plupart d'entre eux sont si *passifs*. Ça me rend malade de les voir se coucher et accepter tout ce qui leur arrive. Pire que des putes.»

Elle s'arrêta pour pousser un lourd soupir. Puis dit:

« Les plus jeunes se sont mis dans la tête l'idée d'invoquer la Vieille Science.

— Dans quel but?

— Pour éliminer le Fléau, bien sûr! aboya-t-elle. Avant qu'il ne nous élimine.

— A combien estimes-tu nos chances?

— Un peu plus de zéro, grogna Apolline. Seigneur, je n'en sais rien! Au moins, nous ne serons pas pris au dépourvu cette fois-ci. C'est déjà quelque chose. Certains d'entre nous vont regagner les lieux de pouvoir, afin de voir si nous parvenons à en tirer quelque chose.

— Après toutes ces années ?

— Quelle importance ? dit-elle. Les extases ne vieillissent pas.

— Que cherchons-nous, alors ?

— Des signes. Des prophéties. Dieu seul le sait. »

Elle reposa sa tasse et se dirigea vers la fenêtre, effaçant le givre de sa main gantée pour dessiner un judas sur la vitre. Elle regarda à travers lui, puis émit un grognement avant de retourner ses yeux plissés vers Suzanna.

« Tu sais ce que je pense ? demanda-t-elle.

— Quoi donc ?

— Je pense que tu nous caches quelque chose. »

Suzanna ne répondit rien, ce qui arracha un second grognement à Apolline.

« Je m'en doutais, dit-elle. Tu penses que nous sommes nous-mêmes notre pire ennemi, hein ? Qu'il ne faut pas nous confier des secrets ? » Son regard était noir et brillant. « Peut-être as-tu raison, dit-elle. Nous avons été dupés par le numéro de Shadwell, n'est-ce pas ? Du moins certains d'entre nous.

— Pas toi ?

— J'avais autre chose à faire, répondit-elle. Mes affaires dans le Royaume. En fait, j'en ai toujours... (Sa voix s'estompa.) Je croyais que je pourrais leur tourner le dos, à tous, tu vois. Les ignorer et être heureuse. Mais je ne peux pas. En fin de compte... je pense que je leur *appartiens*. Dieu ait pitié de moi.

— Nous avons bien failli tout perdre, dit Suzanna.

— Nous *avons* tout perdu, dit Apolline.

— Pas tout à fait. »

Les yeux interrogateurs se firent plus perçants ; et Suzanna fut sur le point de lui raconter tout ce qui leur était arrivé, à Cal et à elle, dans le Gyrus. Mais Apolline ne s'était pas trompée : elle n'avait pas confiance en eux quand il s'agissait de leurs propres miracles. Son instinct lui disait de garder pour elle encore quelque temps le récit du Métier. Au lieu d'avouer son histoire, elle dit donc :

« Au moins sommes-nous encore en vie. »

Apolline, percevant sans aucun doute qu'on venait de lui refuser une révélation qu'elle avait été à deux doigts de recevoir, cracha par terre.

« Et quelle vie, dit-elle. Nous en sommes réduits à glaner des traces d'extases un peu partout dans le Royaume. C'est pitoyable.

— Que puis-je faire pour vous aider ? »

L'expression d'Apolline était presque venimeuse ; rien ne lui aurait apporté plus grande satisfaction, devina Suzanna, que de planter là ce Coucou plein de duplicité.

« Nous ne sommes pas ennemies, dit Suzanna.
— Vraiment ?
— Tu le *sais*. Je veux faire tout ce que je peux faire pour vous.
— C'est ce que tu dis », répondit Apolline sans grande conviction. Elle regarda en direction de la fenêtre, sa langue tournant dans sa bouche à la recherche d'un mot poli. « Connais-tu bien cette misérable ville ? dit-elle finalement.
— Assez bien.
— Tu pourrais donc regarder un peu partout, n'est-ce pas ? Faire des recherches.
— Oui. *Oui.* »
Apolline sortit de sa poche une page arrachée à un carnet.
« Voici quelques adresses, dit-elle.
— Et où seras-tu ?
— A Salisbury. Il y a eu un massacre là-bas, avant la Trame. Un des plus cruels, en fait ; une centaine d'enfants ont péri. Je pourrai peut-être renifler quelque chose. »
Son attention fut soudain attirée par les étagères où Suzanna avait rangé certaines de ses œuvres les plus récentes. Elle se dirigea vers elles, traînant sa robe de soie dans la poussière.
« Je croyais que tu disais ne pas avoir rêvé ? » remarqua-t-elle.
Suzanna examina la rangée de sculptures. Elle avait été tellement absorbée par leur création qu'elle avait à peine été consciente de leur puissance, sans parler de la cohérence de l'obsession qui les sous-tendait. Elle les découvrait à présent avec des yeux neufs. Il s'agissait de silhouettes humaines, mais déformées et distordues, comme si (cette pensée fit naître des picotements dans son cuir chevelu) elles s'étaient trouvées au cœur d'un feu dévorant ; capturées par lui un instant avant qu'il n'ait effacé leurs visages. Comme tous ses travaux récents, ces sculptures n'étaient pas vernissées et n'étaient que grossièrement rendues. Était-ce parce que leur tragédie n'était pas encore écrite : qu'il ne s'agissait que d'une idée dans l'esprit en pleine fermentation de l'avenir ?
Apolline prit une des figurines et fit courir son pouce sur ses traits convulsés.
« Tu as rêvé les yeux ouverts », commenta-t-elle, et Suzanna sut sans l'ombre d'un doute que c'était vrai.
« C'est une bonne représentation, dit la femme.
— De qui ? »
Apolline reposa le masque tragique sur l'étagère.
« De nous tous. »

CHAPITRE 3

Pas de berceuses

1

Cal dormait seul lorsqu'il fit le premier de ses cauchemars.

Celui-ci commença sur la Montagne de Vénus ; il errait sur ses flancs, les jambes près de s'effondrer sous lui. Mais grâce à cette horrible anticipation du désastre que confèrent les rêves, il savait qu'il ne serait pas sage de fermer les yeux pour s'endormir. Il resta immobile sur le sol tiède tandis qu'autour de lui s'agitaient des formes apparemment éclairées par le soleil qui s'était couché derrière la montagne. Un homme dansait non loin de lui, et le tissu de ses robes semblait vivant ; une fille vola au-dessus de sa tête, laissant dans son sillage l'odeur de son sexe ; des amants s'accouplaient dans les hautes herbes. L'un d'eux poussa un cri, de plaisir ou d'alarme, il n'en savait rien, et l'instant d'après, il courait le long du flanc de la montagne, et quelque chose courait après lui, quelque chose d'immense et d'impitoyable.

Il cria tout en courant, pour alerter les amants, la fille-oiseau et le danseur, pour les prévenir qu'une horreur voulait leur perte, mais sa voix était pitoyablement faible — une voix de souris — et l'instant d'après, l'herbe se mit à bouillonner autour de lui. Devant ses yeux, les corps accouplés s'enflammèrent ; un instant plus tard, la fille tomba du ciel, le corps consumé par le même feu venimeux. Il cria à nouveau, de terreur cette fois, essayant de bondir au-dessus des flammes qui couraient le long du sol en se dirigeant vers lui. Mais il ne fut pas assez agile. Ses talons prirent feu et il sentit la chaleur ramper le long de ses jambes tandis qu'il courait toujours.

Hurlant à présent, il trouva son second souffle, et soudain, la Montagne de Vénus avait disparu et il avançait pieds nus le long des rues qu'il connaissait depuis son enfance. C'était la nuit, mais les réverbères avaient été brisés sur toute la longueur de la rue et les pavés détachés de la chaussée rendaient sa progression difficile.

Et son poursuivant lui courait toujours après, reniflant ses talons carbonisés.

Sachant qu'il finirait au bout du compte par le rattraper, il chercha un sanctuaire tout en courant, mais les portes de toutes les maisons — même celles de ses amis d'enfance — étaient condamnées, leurs fenêtres fermées par des planches.

Il ne trouverait aucune aide ici. Il ne pouvait que continuer de courir, espérant vainement que le monstre serait distrait par une proie plus alléchante.

Une ruelle attira son attention ; il s'y engouffra. Tourna une fois, deux fois. Devant lui, un mur de briques, et dans ce mur, une porte, à travers laquelle il se précipita. Ce fut seulement à cet instant qu'il découvrit où l'avait conduit sa route inéluctable.

Il reconnut la cour tout de suite, bien que le mur ait doublé de taille depuis la dernière fois qu'il l'avait visitée, et bien que l'ouverture à travers laquelle il était entré se fût scellée. C'était la cour située derrière la maison de Mimi Laschenski. Jadis, dans une autre vie, il était monté en haut de ce mur, avait trébuché, et était finalement tombé dans le Paradis.

Mais il n'y avait pas de tapis dans la cour à présent, ni aucune présence, humaine ou animale, pour lui offrir quelque réconfort. Rien que lui, et les quatre coins obscurs de la cour, et le bruit de son poursuivant qui approchait de sa cachette.

Il se réfugia dans l'un de ces coins et se recroquevilla sur lui-même. Bien que les talons sur lesquels reposaient ses fesses aient été éteints, ce n'était pas le cas de sa panique ; il se sentait malade de peur.

Le monstre approchait. Il sentit la chaleur qui émanait de sa peau. Ce n'était pas la chaleur de la vie — ni sueur ni souffle — mais un feu sec et mort ; ancien, sans pitié ; un four dans lequel tout ce qu'il y avait de bien en ce monde pouvait être incinéré. Et il était tout près. Juste derrière le mur.

Il retint son souffle. Une douleur aiguë paralysait sa vessie. Il porta les mains entre ses jambes, enveloppant sa verge et ses testicules, tremblant de terreur. Faites qu'il s'en aille, supplia-t-il en silence. Faites qu'il me laisse tranquille et je serai toujours sage comme une image : je le jure.

Bien qu'il eût peine à croire en sa chance, sa prière fut entendue, car la présence rôdant de l'autre côté du mur renonça à la poursuite pour battre en retraite. Son moral remonta quelque peu, mais il ne quitta pas sa position inconfortable avant que son sens onirique ne l'ait informé du départ définitif de l'ennemi. Ce fut seulement à ce moment-là qu'il osa se relever, faisant craquer ses articulations.

La douleur de sa vessie ne pouvait plus être ignorée. Se tournant vers le mur, il déboutonna sa braguette. La brique avait été portée au chaud par la créature et sa pisse siffla en l'arrosant.

A mi-flot, le soleil se leva soudain, inondant la cour. Non, ce n'était pas le soleil. C'était son poursuivant qui s'élevait au-dessus du mur, la tête plus brûlante qu'une centaine de midis, la mâchoire grande ouverte et démesurée.

Il ne put s'empêcher de chercher à voir son visage, sachant pourtant qu'il risquait de l'aveugler. Il vit assez d'yeux pour donner la vue à toute une nation, pressés les uns contre les autres, maintenus par d'immenses roues, des nerfs tendus comme des cordes étincelantes et noués dans le ventre de la créature. Il y avait bien d'autres choses à voir, beaucoup d'autres, mais il n'aperçut que ceci avant que la vague de chaleur ne le consume du crâne aux orteils.

Il hurla.

Et à cet instant, la cour disparut, et il volait de nouveau au-dessus de la Montagne de Vénus, mais cette fois-ci le paysage au-dessous de lui n'était pas fait de terre et de roc, mais de chair et d'os. C'était son propre corps qu'il survolait, sa substance était devenue un monde, et ce monde brûlait, ce monde se consumait. Son cri était le cri poussé par la terre et il s'élevait dans le ciel à mesure qu'elle et lui périssaient par les flammes.

C'était trop!

Il se réveilla soudain, se retrouvant recroquevillé sur lui-même au centre de son lit, nœud de supplices oniriques. Il transpirait tellement que le feu était sûrement éteint.

Mais non. Il brûla dans son esprit durant plusieurs minutes encore, toujours étincelant.

2

Ce rêve était plus qu'un cauchemar, il le savait; il avait toute la puissance d'une vision. Après sa première visite, il connut une nuit calme, puis le rêve revint, et il revint encore la nuit suivante. Les détails variaient quelque peu (une autre rue, une autre prière) mais il s'agissait essentiellement du même avertissement; ou de la même *prophétie.*

Il y eut un intervalle de plusieurs jours avant le quatrième rêve, et cette fois-ci, Geraldine était avec lui. Bien qu'elle ait fait tous les efforts possibles pour le réveiller — il hurlait, lui dit-elle —, il ne put être arraché au sommeil tant que le rêve ne fut pas achevé. Ce fut seulement à ce moment-là qu'il ouvrit les yeux, pour la découvrir en train de pleurer de panique.

« J'ai cru que tu allais mourir », dit-elle, et il croyait à moitié qu'elle avait raison ; que son cœur ne supporterait plus longtemps de telles terreurs et finirait par se rompre.

Ce n'était cependant pas seulement sa mort que promettait la vision ; c'était aussi celle du peuple de la Montagne de Vénus, qui semblait occuper sa substance même. Une catastrophe approchait, qui décimerait les rares Devins qui avaient survécu ; qui faisaient, d'une certaine façon, autant partie de lui-même que sa propre chair. C'était cela que lui disait le rêve.

Il vécut tout le mois de novembre dans la crainte du sommeil et de ce qu'il lui apporterait. Les nuits devenaient plus longues, les périodes de lumière retrécissaient. On aurait dit que l'année elle-même glissait dans le sommeil, et dans l'esprit de la nuit qui la suivrait, la substance de son rêve prenait forme. Durant la première semaine de décembre, alors que le cauchemar venait à lui dès le moment où il fermait les yeux, il sut qu'il devait parler à Suzanna. La trouver et lui dire ce qu'il voyait.

Mais comment ? Sa lettre avait été très claire : elle le contacterait le moment venu, lorsque cela serait sûr. Il ne connaissait pas son adresse ; ni son numéro de téléphone.

En désespoir de cause, il se tourna vers la seule source d'information qu'il avait en matière de miracles.

Il trouva la carte de Gluck et appela le numéro mentionné dessus.

Il n'y eut pas de réponse.

CHAPITRE 4

L'Autel des Mortalités

1

Le lendemain du jour de la visite d'Apolline — tandis qu'un climat polaire s'installait dans le pays et que la température baissait un peu plus à chaque heure —, Suzanna alla visiter les lieux mentionnés sur la liste. Le premier d'entre eux s'avéra décevant : la maison qu'elle était venue voir était en voie de démolition, ainsi que les maisons voisines. Alors qu'elle étudiait son plan afin de vérifier qu'elle ne s'était pas trompée d'adresse, un des ouvriers quitta le feu de bois qu'il était en train de surveiller pour se diriger vers elle.

« Il n'y a rien à voir », dit-il. Son visage était empreint d'une expression méprisante qu'elle ne put expliquer.

« C'est bien là que se trouvait le numéro soixante-douze ? demanda-t-elle.

— On dirait pourtant pas que c'est votre genre, répondit-il.

— Je m'excuse, je ne...

— De venir regarder. »

Elle secoua la tête. Il sembla se rendre compte qu'il avait commis une erreur et son expression s'adoucit.

« Vous n'êtes pas venue voir la maison du meurtre ? dit-il.

— La maison du meurtre ?

— C'est ici que ce salaud a tué ses trois gamins. Y a des gens qui sont venus toute la semaine pour ramasser des briques...

— Je ne savais pas. »

Elle se rappelait cependant les sinistres manchettes : un homme apparemment sain d'esprit — et bon père de famille — avait assassiné ses trois enfants pendant leur sommeil ; puis s'était tué.

« Excusez-moi, dit le gardien du feu. C'est incroyable, tous ces gens qui voulaient des souvenirs. C'est pas normal. »

Il la regarda en plissant le front, puis fit demi-tour pour repartir vers son travail.

Pas normal. C'était par ces mots que Violet Pumphrey avait condamné la maison de Mimi dans Rue Street ; Suzanna ne l'avait jamais oublié. « *Certaines maisons,* avait-elle dit, *elles ne sont pas tout à fait normales.* » Elle avait eu raison. Peut-être que les enfants qui avaient péri ici avaient été les victimes de cette même peur mal définie ; leur assassin avait agi soit pour les protéger des forces qu'il sentait à l'œuvre dans sa cellule familiale, soit pour nettoyer sa propre peur dans leur sang. Quoi qu'il en soit, à moins qu'elle ne parvienne à lire les augures dans la fumée et dans les gravats, il ne lui servait à rien de s'attarder ici.

2

Le deuxième lieu, qui se trouvait au centre de la City, n'était ni une maison ni un tas de gravats, mais une église, dédiée à Sainte Philomène et à Saint Callixte, deux noms qui ne lui étaient pas familiers. Des martyrs mineurs, sans aucun doute. C'était un édifice sans charme bâti en briques rouges et en pierre, entouré de tous côtés par des immeubles de bureaux flambant neufs et flanqué d'un petit cimetière désaffecté. A sa façon, l'église semblait aussi peu prometteuse que les ruines de la maison du meurtrier.

Mais avant même qu'elle en ait franchi le seuil, le menstruum lui dit qu'il s'agissait là d'un lieu *chargé.* A l'intérieur, cette première impression instinctive fut confirmée : elle quitta la rue froide et banale pour pénétrer dans un havre peuplé de mystères. Elle n'avait pas besoin d'être croyante pour être convaincue par la lueur des cierges et par l'odeur d'encens ; ni pour être touchée par l'image de la Madone et de l'enfant Jésus. Que leur existence ait relevé de l'Histoire ou du mythe n'avait pas d'importance ; la Fugue lui avait enseigné cela. Ce qui importait, c'était la vigueur avec laquelle parlait leur image, et ce jour-là, Suzanna trouva en elle un espoir de naissance et de transcendance dont son cœur avait besoin.

Il y avait une demi-douzaine de personnes assises sur les bancs, priant ou laissant tout simplement les battements de leur cœur se calmer. Par respect pour leur méditation, elle avança en faisant le moins de bruit possible le long de l'allée pour se diriger vers l'autel. Lorsqu'elle s'approcha du balustre du chœur, la perception qu'elle avait du pouvoir de ce lieu s'intensifia encore. Elle se sentit empruntée comme si quelqu'un avait posé les yeux sur elle. Elle jeta un œil autour d'elle. Aucun des fidèles ne regardait dans sa direction. Mais lorsqu'elle se retourna vers l'autel, le sol perdit toute substance sous ses pieds, puis disparut totalement, et elle se retrouva flottant dans l'air, les yeux fixés sur les entrailles labyrinthiques de Sainte Philomène. Il y avait des catacombes sous l'église ; c'était là que le pouvoir trouvait sa source.

Cette vision ne dura que deux ou trois secondes avant de s'estomper, la laissant cramponnée au balustre, attendant que le vertige qui s'était emparé de son corps se soit dissipé. Puis elle regarda autour d'elle en quête d'une porte qui lui aurait donné accès à la crypte.

Il n'y avait qu'une seule entrée visible, située à gauche de l'autel. Elle montait les marches pour se diriger vers la porte lorsque celle-ci s'ouvrit, poussée par un prêtre.

« Puis-je vous aider ? lui demanda-t-il avec un sourire pincé.

— Je veux voir la crypte », dit-elle.

Le sourire s'évanouit.

« Il n'y en a pas, répondit-il.

— Mais je l'ai vue », lui dit-elle, poussée à la franchise par le menstruum qui avait monté en elle lorsqu'elle était passée sous le regard du Christ, troublée par sa fixité.

« Eh bien, on ne peut plus descendre. La crypte est scellée.

— Il faut que j'y aille », lui dit-elle.

La chaleur de son insistance fit naître dans les yeux du prêtre quelque chose qui ressemblait à une lueur de connivence. Lorsqu'il reprit la parole, sa voix était devenue un murmure anxieux.

« Je n'ai aucune autorité, dit-il.

— *Moi*, j'en ai une », lui dit-elle en réponse, une réponse soufflée non pas par sa tête, mais par son ventre.

« Ne pourriez-vous pas attendre ? » murmura-t-il.

Ces mots étaient son dernier appel car, lorsqu'elle refusa d'y répondre, il s'écarta et la laissa pénétrer dans la pièce située derrière lui.

« Vous voulez que je vous montre ? dit-il d'une voix à présent à peine audible.

— Oui. »

Il la conduisit vers un rideau qu'il tira. La clé était sur la serrure. Il la tourna et poussa la porte. L'air qui s'éleva d'en bas était sec et sentait le renfermé, l'escalier sous ses pieds était raide ; mais elle n'avait pas peur. L'appel qu'elle entendait dans les profondeurs la poussait à descendre, lui murmurant ses encouragements. Ce n'était pas une tombe dans laquelle ils pénétraient. Ou si c'en était une, les morts avaient bien plus que de la pourriture dans leur esprit.

3

Son aperçu du labyrinthe situé sous l'église n'avait pas préparé Suzanna à la profondeur à laquelle il se trouvait. La lumière venue de la sacristie disparut bien vite à mesure qu'ils descendirent l'escalier en colimaçon. Après deux douzaines de marches, elle ne pouvait plus distinguer son guide.

« C'est encore loin ? » dit-elle.

A ce moment-là, le prêtre craqua une allumette et la porta à une bougie. La flamme tremblotait dans l'air, mais elle aperçut à sa lueur incertaine le visage agité du prêtre tourné vers elle. Derrière lui se trouvaient les couloirs qu'elle avait découverts d'en haut, creusés de niches sur toute leur longueur.

« Il n'y a rien ici, dit-il avec une certaine tristesse. Plus rien.

— Montrez-moi quand même. »

Il acquiesça faiblement, comme s'il avait perdu la force de lui résister, et la conduisit le long d'un passage, portant le cierge devant lui. Les niches, vit-elle à présent, étaient toutes occupées : des cercueils y étaient empilés du sol au plafond. C'était une façon relativement agréable de se décomposer, supposait-elle, joue contre joue avec vos pairs. La civilité même de ce spectacle conféra encore plus de force à la scène qui l'attendait lorsque, au bout du couloir, le prêtre ouvrit une porte et — poussant Suzanna devant lui — dit :

« C'est ce que vous êtes venue voir, n'est-ce pas ? »

Elle pénétra à l'intérieur ; il la suivit. La salle dans laquelle ils entrèrent était si grande que la faible lueur du cierge ne suffisait pas à l'éclairer. Mais il n'y avait pas de cercueils ici, cela au moins était apparent. Il n'y avait que des os — et ceux-ci se comptaient par milliers et couvraient chaque centimètre carré des murs et du plafond.

Le prêtre traversa la salle et alluma une douzaine de cierges placés sur des candélabres faits de fémurs et de boîtes crâniennes. À la lueur de leurs flammes, toute l'ambition et tout le talent des sculpteurs d'os devinrent évidents à leurs yeux. On avait utilisé les restes de centaines d'être humains pour créer de vastes compositions symétriques : des configurations baroques de tibias et de côtes, disposées autour d'un nuage de crânes ; des mosaïques exquises de phalanges et de métatarses, parsemées de dents et d'ongles. L'ensemble était d'autant plus sinistre qu'il était méticuleux, l'œuvre d'un génie de la morbidité.

« Quel est cet endroit ? » demanda-t-elle.

Il la regarda en fronçant les sourcils, perplexe.

« Vous le savez bien. L'Autel.

— ... l'Autel ? »

Il se dirigea vers elle.

« Vous ne saviez *pas* ?

— Non. »

La rage et la terreur envahirent soudain son visage.

« Vous m'avez *menti* ! dit-il, d'une voix qui fit frémir les flammes des cierges. Vous avez dit que vous saviez... » Il la saisit par le bras. « Sortez d'ici, ordonna-t-il en la traînant vers la porte. Vous êtes une intruse... »

La main du prêtre lui faisait mal. Elle eut toutes les peines du monde à empêcher le menstruum de réagir. Mais cela aurait été superflu, car le regard du prêtre s'écarta soudainement d'elle pour aller se poser sur les cierges. Leurs flammes s'élevaient dans les airs, comme animées de convulsions. Il lâcha son bras et commença à reculer vers la porte de l'Autel, tandis que les flammes mouvantes devenaient incandescentes. Ses cheveux coupés court se dressaient littéralement sur sa tête ; sa langue s'agitait vainement dans sa bouche privée de mots.

Elle ne partageait pas sa terreur. Quelle que fût la nature de ce qui se passait dans cette chambre, cela lui faisait du bien ; elle baignait dans les énergies qui se déchaînaient autour d'elle. Le prêtre avait atteint la porte et s'enfuyait à présent dans le couloir qui conduisait à l'escalier. Sur son passage, les cercueils se mirent à tressauter dans leurs niches, comme si leur contenu avait voulu goûter la lumière du jour qui se levait dans l'Autel. Leur bruit anima le spectacle d'une ferveur nouvelle. Au centre de la chambre, une forme apparaissait peu à peu, tirant sa substance de l'air empli de poussière et des fragments d'os qui gisaient sur le sol. Suzanna la sentit absorber des grains de poussière sur son visage et sur ses bras pour les ajouter à son essence. Il n'y avait pas une seule forme, vit-elle à présent, mais trois ; la silhouette centrale se dressait au-dessus d'elle. Le sens commun aurait dû lui commander de battre en retraite, mais pour improbable que cela parût, vu l'omniprésence de la mort en ce lieu, elle ne s'était jamais sentie autant en sécurité.

Cette sensation ne se dissipa pas. La poussière tournoyait et dansait devant elle, plus apaisante qu'inquiétante, et les deux dernières formes attendirent d'avoir acquis quelque cohérence pour parachever leur création et courir vers la forme centrale afin de lui conférer une solidité nouvelle. Même à ce moment-là, l'apparition n'était qu'un fantôme de poussière, à peine capable d'éviter la dissipation. Mais dans les traits qui se façonnaient sous ses yeux, Suzanna vit des traces de ceux d'Immacolata.

Pouvait-on imaginer endroit plus parfait pour servir d'Autel à l'Incantatrice ? La Mort avait toujours été sa passion.

Le prêtre bredouillait une prière dans le couloir, mais la flaque grise et luisante qui flottait dans l'air devant Suzanna y fut insensible. Ses traits ne rappelaient pas seulement ceux de l'une des sœurs, mais ceux des trois. La sénilité de la Harpie; la sensualité de la Madeleine; l'exquise symétrie d'Immacolata. Aussi improbable que cela parût, cette synthèse était une réussite; ce mariage de contradictions était rendu à la fois plus ténu et plus souple par la délicatesse de sa constitution. Il semblait à Suzanna qu'elle aurait pu détruire l'ensemble en soufflant dessus.

Et puis, la voix. Il s'agissait bien de celle d'Immacolata, mais il y avait à présent en elle une douceur dont elle avait jusque-là été exempte. Peut-être même un humour délicat?

« Nous sommes heureuses que tu sois venue, dit-elle. Veux-tu prier le Fils d'Adam de se retirer? Nous avons à parler, toi et moi.

— De quoi donc?

— Ce n'est pas pour ses oreilles, dit le fantôme de poussière. Je t'en prie. Aide-le à se relever, veux-tu? Et dis-lui qu'il n'a commis aucun péché. Ils sont si superstitieux, ces hommes... »

Elle accéda à la requête d'Immacolata: longea le couloir tambourinant pour se diriger vers l'homme agenouillé et tremblant, et l'aida à se relever.

« Je pense que vous devriez partir, dit-elle. La Dame l'exige. »

Le prêtre lui jeta un regard écœuré.

« Toutes ces années..., dit-il, jamais je n'ai vraiment cru.

— Ce n'est rien, dit-elle. Il n'y a pas de mal.

— Vous venez, vous aussi?

— Non.

— Je ne pourrai pas revenir vous chercher, la prévint-il tandis que ses joues s'inondaient de larmes.

— Je comprends, dit-elle. Allez-y. Je suis en sécurité. »

Il n'eut pas besoin de nouvel encouragement, mais bondit vers les escaliers comme un diable sortant de sa boîte. Elle rebroussa chemin le long du couloir — passant devant les cercueils qui tressautaient toujours — pour aller faire face à la femme.

« Je croyais que vous étiez morte, dit-elle.

— Qu'est-ce que la mort? répondit Immacolata. Un mot que les Coucous utilisent lorsque leur chair les trahit. Ce n'est rien, Suzanna; tu le sais bien.

— Pourquoi êtes-vous ici, alors?

— Je suis venue payer ma dette envers toi. Dans le Temple, tu m'as empêchée de tomber, l'as-tu oublié?

— Non.

— Moi non plus. De tels actes de tendresse ne sont pas négligeables. Je le comprends à présent. Je comprends bien des choses. Vois-tu comme je suis réunie à mes sœurs? Ensemble, nous sommes ce que nous n'avons jamais pu être séparément. Un seul esprit, trois-en-une. *Je* suis *nous*; et nous voyons notre malice et la regrettons. »

Suzanna aurait pu mettre en doute cette improbable confession, si le menstruum, bouillonnant dans ses yeux et dans sa gorge, ne lui en avait pas confirmé la sincérité. Le spectre devant elle — et le pouvoir qu'il recelait — n'avait aucune haine pour elle. Mais que lui réservait-il ? Telle était la question. Elle n'eut pas besoin de la lui poser ; il savait ce qu'elle pensait.

« Je suis ici pour t'avertir, dit-il.

— A quel sujet ? Shadwell ?

— Il ne représente qu'une partie de ce que tu vas avoir à affronter, ma sœur. Un fragment.

— S'agit-il du Fléau ? »

Le fantôme frissonna à ce nom, bien que sa nature l'ait sûrement mis à l'abri de tels dangers. Suzanna n'attendit pas une confirmation. Il ne servirait désormais à rien de ne pas croire au pire.

« Est-ce que Shadwell a quelque chose à voir avec le Fléau ? demanda-t-elle.

— Il l'a invoqué.

— Pourquoi ?

— Il pense que la magie l'a souillé, dit la poussière. Qu'elle a corrompu son âme innocente de Vendeur. A présent, il ne sera pas satisfait tant que le dernier des faiseurs d'extases ne sera pas mort.

— Et le Fléau est son arme ?

— C'est ce qu'il croit. La vérité est peut-être plus... complexe. »

Suzanna passa une main sur son visage tandis que son esprit cherchait la meilleure façon d'obtenir des renseignements. Elle posa une question toute simple :

« Quel genre de créature est le Fléau ?

— La réponse à cette question n'est peut-être qu'une autre question, dirent les sœurs. Il *pense* s'appeler Uriel.

— Uriel ?

— Un Ange. »

Suzanna faillit rire devant une telle absurdité.

« C'est ce qu'il croit, ayant lu la Bible.

— Je ne vous suis pas.

— La plus grande partie de ceci est au-delà de notre compréhension, mais nous vous offrons ce que nous savons. Il s'agit d'un esprit. Et il a jadis veillé sur un endroit habité par la magie. Un jardin, disent certains, mais peut-être s'agit-il tout simplement d'une autre fiction.

— Pourquoi voudrait-il décimer la Devinité ?

— Les Devins ont été créés là-bas, dans ce jardin, loin des yeux de l'Humanité, parce qu'ils disposaient des extases. Mais ils s'en sont enfuis.

— Et Uriel...

— ... est resté tout seul, à garder un endroit vide. Durant des siècles. »

Suzanna n'était absolument pas certaine de croire tout ceci, mais elle voulait entendre l'histoire jusqu'à la fin.

« Que s'est-il passé ?

— Il est devenu fou, comme le deviennent tous les prisonniers du devoir restant sans nouvelles instructions. Il a oublié qui il était et quel était son but. Tout ce qu'il connaissait, c'était le sable, les étoiles et le vide.

— Il faut que vous compreniez..., dit Suzanna. Je trouve tout ceci difficile à croire, n'étant pas chrétienne.

— Nous ne le sommes pas non plus, dirent les trois-en-une.

— Mais vous pensez quand même que cette histoire est véridique ?

— Nous pensons qu'il y a une certaine vérité *en elle*, oui. »

Cette réponse la fit repenser au livre de Mimi et à tout ce qu'il contenait. Jusqu'à ce qu'elle ait pénétré dans ses pages, le Royaume des Fées lui avait paru une préoccupation enfantine. Mais en affrontant Hobart dans la forêt de leur rêve commun, elle avait appris à penser différemment. Il y avait eu une certaine vérité dans *cette* histoire-*là*: pourquoi pas également dans celle-ci ? La différence, c'était que le Fléau occupait la même réalité physique qu'elle. Ce n'était ni une métaphore, ni un rêve ; il était *réel.*

« Il avait donc oublié qui il était, dit-elle au fantôme. Comment se l'est-il rappelé ?

— Peut-être ne l'a-t-il jamais fait, dit Immacolata. Mais sa demeure a été découverte voici un siècle, par des hommes partis en quête de l'Eden. Il a lu dans leur esprit l'histoire des jardins du Paradis et l'a prise pour sienne, qu'elle l'ait été ou non. Il a aussi trouvé un nom. *Uriel, le feu de Dieu. L'esprit qui montait la garde aux portes de l'Eden perdu...*

— Et était-ce l'Eden ? L'endroit qu'il gardait ?

— Tu ne le crois pas, pas plus que moi. Mais Uriel le croit. Quel que soit son nom véritable — s'il en a jamais eu un —, ce nom est oublié. Il croit être un Ange. Aussi en est-il un, pour le meilleur et pour le pire. »

Cette notion paraissait sensée à Suzanna. Si elle s'était crue Dragon dans son rêve livresque, pourquoi une créature en proie à la folie n'aurait-elle pas pris un nom d'Ange ?

« Il a assassiné ceux qui l'avaient découvert, bien sûr, dit Immacolata, puis il est parti à la recherche de ceux qui lui avaient échappé.

— Les Familles.

— Ou leurs descendants. Et il a bien failli les décimer. Mais ils étaient rusés. Bien qu'ils n'aient pas compris la nature du pouvoir qui les traquait, ils savaient comment *se cacher.* Le reste, tu le connais.

— Et Uriel ? Qu'a-t-il fait lorsque la Devinité eut disparu ?

— Il est retourné dans sa forteresse.

— Jusqu'à l'arrivée de Shadwell.

— Jusqu'à l'arrivée de Shadwell. »

Suzanna réfléchit à tout ceci durant quelques instants, puis posa la question qu'exigeait ce récit.

« Et Dieu, dans tout ça ? » dit-elle.

Les trois-en-une éclatèrent de rire, faisant valser leurs grains de poussière.

« Nous n'avons pas besoin de Dieu pour donner un sens à tout ceci », dirent-elles. Suzanna ne savait pas si elles parlaient pour elles-mêmes ou bien également en son nom. « S'il a existé une Cause Première, une force dont Uriel aurait été un fragment, elle a renoncé à sa sentinelle.

— Que faisons-nous alors ? dit Suzanna. On parle de faire appel à la Vieille Science.

— Oui, j'ai entendu...

— Serait-elle capable de le vaincre ?

— Je ne sais pas. J'ai accompli en mon temps des miracles qui auraient été capables de le blesser.

— Alors, aidez-nous.

— C'est au-delà de nos forces, Suzanna. Tu vois bien dans quel état nous nous trouvons. Tout ce qui nous reste, c'est la poussière et notre volonté, et nous hanterons l'Autel où l'on nous adorait jusqu'à ce que le Fléau vienne le détruire.

— Vous êtes certaine qu'il fera une chose pareille ?

— Cet Autel est un endroit sacré pour la magie. Shadwell y conduira le Fléau et le détruira dès qu'il en aura l'occasion. Et nous sommes sans défense contre lui. Nous ne pouvons que te prévenir.

— Merci. »

Le spectre commença à s'estomper, comme si le pouvoir qui avait maintenu sa force s'était mis à diminuer.

« Il y eut un temps, tu sais..., dit Immacolata, où nous avions de telles extases. » La poussière dont elle était composée s'envolait, les fragments d'os tombaient sur le sol. « Quand chaque souffle était magique ; et nous ne redoutions rien.

— Peut-être reviendra-t-il. »

En quelques secondes, les trois sœurs étaient devenues si ténues qu'elles étaient à peine reconnaissables. Mais la voix s'attarda encore un peu, pour déclarer :

« Tout repose entre tes mains, ma sœur... »

Puis elles disparurent.

CHAPITRE 5

La flamme nue

1

La maison que Mimi Laschenski avait occupée durant plus d'un demi-siècle avait été vendue deux mois après sa mort. Les nouveaux propriétaires avaient réussi à l'acheter pour une bouchée de pain en raison de son état, et ils avaient durement travaillé pendant plusieurs semaines pour la rénover avant d'emménager. Mais le temps et l'argent qu'ils avaient investis dans l'immeuble ne parvinrent pas à les convaincre d'y rester. Une semaine plus tard, ils s'enfuirent en hâte, prétendant que la maison était hantée. Ces personnes pourtant apparemment sensées parlèrent de pièces vides qui grognaient; de vastes formes invisibles qui les frôlaient dans les couloirs obscurs; et, ce qui était presque pire, de l'odeur entêtante de chat qui imprégnait les lieux, en dépit de leurs efforts répétés pour nettoyer le plancher.

Une fois vide, le numéro dix-huit de Rue Street le resta. Le marché immobilier était en sommeil dans cette partie de la ville et les rumeurs qui couraient sur la maison suffirent à décourager les quelques acheteurs potentiels. L'immeuble fut finalement envahi par des squatters qui, en six jours d'occupation des lieux, ruinèrent le travail des précédents propriétaires. Mais l'orgie ininterrompue que les voisins soupçonnaient de se dérouler entre les murs de la maison cessa net au milieu de la sixième nuit, et les occupants avaient disparu le matin suivant, après un départ précipité à en juger par les objets qu'ils avaient abandonnés sur le seuil du bâtiment.

Après, la maison n'eut plus un seul occupant, légitime ou non, et il ne fallut pas longtemps pour que les ragots au sujet du numéro dix-huit laissent la place à d'autres scandales. La maison devint tout simplement une ruine invendable : ses fenêtres furent condamnées, ses peintures se détériorèrent.

Jusqu'à une certaine nuit de décembre. Ce qui se passa durant cette nuit-là devait complètement changer le visage de Rue Street et garantir que la maison dans laquelle Mimi Laschenski avait vécu ses dernières années dans la solitude ne serait plus jamais occupée.

2

Si Cal avait posé les yeux sur les cinq silhouettes qui pénétrèrent dans le numéro dix-huit cette nuit-là, il lui aurait fallu un certain temps avant de reconnaître Balm De Bono à leur tête. Les cheveux du funambule étaient coupés si court qu'ils en étaient presque invisibles ; son visage était aminci, ses traits tirés. Encore moins reconnaissable, si possible, était Toller, que Cal avait vu pour la dernière fois perché sur une corde dans le Champ de Starbrook. Les ambitions qu'entretenait Toller sur son avenir de funambule avaient été étouffées dans l'œuf quelques heures après cette rencontre, lorsqu'il s'était opposé aux hommes du Prophète. Ceux-ci lui avaient cassé les deux jambes et brisé le crâne, le laissant pour mort. Au moins avait-il survécu. Le troisième élève de Starbrook, Galin, avait péri durant la même nuit, dans une vaine tentative pour protéger le champ de son maître des profanateurs.

C'était De Bono qui avait eu l'idée de visiter la maison de Mimi Laschenski — là où la Trame était restée si longtemps — dans l'espoir d'y trouver des bribes de la Vieille Science susceptibles de les armer en prévision du cataclysme imminent. Outre Toller, il avait trois autres alliés dans son entreprise : Baptista Dolphi, dont le père avait été abattu dans la Maison de Capra ; son amant, Otis Beau ; et une jeune fille que De Bono avait vue pour la première fois dans Sans-Pareil, assise sur le rebord d'une fenêtre et portant des ailes de papier. Il l'avait revue sur les flancs de la Montagne de Vénus, lors de la rêverie que lui avaient offerte les Présences, et elle lui avait révélé un monde de papier et de lumière qui l'avait empêché de sombrer dans le désespoir durant les heures qui s'étaient ensuivies. Son nom était Leah.

Des cinq compagnons, c'était elle la plus experte en extases ; et la plus sensible à leur proximité. Ce fut par conséquent elle qui les conduisit à travers la maison de Mimi Laschenski, à la recherche de la pièce où la Trame du Monde s'était trouvée. Sa quête conduisit le petit groupe à l'étage et dans la pièce de devant.

« Cette maison est pleine d'échos, dit Leah. Certains proviennent de la Gardienne ; d'autres d'animaux. Il faut du temps pour les distinguer les uns des autres... » Elle s'agenouilla au milieu de la pièce et posa les mains sur le sol. « ... mais la Trame était ici, j'en suis sûre. »

Otis alla jusqu'à elle. Il s'accroupit lui aussi et posa les mains sur la moquette.

« Je ne sens rien, dit-il.

— Crois-moi, dit Leah. C'est là qu'elle était.

— Pourquoi on n'essaierait pas d'accéder au plancher ? suggéra Toller. Le signal serait peut-être plus clair. »

On avait installé dans cette pièce une épaisse moquette, à présent souillée par le passage des squatters. Ils dégagèrent les quelques meubles qui subsistaient encore, puis arrachèrent la moquette. Une fois ce travail fini, ils tremblaient tous sous l'effort : la préparation mise au point par De Bono pour cette expédition — utilisant des techniques inspirées des enseignements de son maître — nécessitait une privation de sommeil et de nourriture. Mais elle s'avéra fructueuse lorsqu'ils posèrent leurs mains sur le plancher mis à nu. Leurs sens aiguisés réagirent instantanément ; même Otis sentait les échos à présent.

« Je peux pratiquement voir la Trame », dit Baptista.

C'était une sensation qu'ils partageaient tous.

« Que faisons-nous à présent ? » demanda Otis. Mais Leah était trop absorbée par les échos pour lui répondre. Il se tourna vers De Bono. « Eh bien ? » dit-il.

De Bono n'avait aucune réponse à lui donner. Bien qu'il ait exposé ses théories à tous ceux qui avaient voulu en discuter avec lui, ils avançaient en fait à l'aveuglette. Il n'y avait aucune méthode infaillible pour accéder aux extases dont ils invoquaient le souvenir. Il avait espéré en silence que les traces de puissance restées ici viendraient *à eux* dès qu'elles auraient senti l'urgence de leur mission. Mais si la force qui reposait sous leurs doigts restait indifférente à la gravité de leur cause, ils n'avaient aucun moyen de la convaincre. Ils seraient obligés d'affronter leurs cauchemars sans protection ; ce qui signifiait — il n'en doutait pas une seconde — leur condamnation à mort.

3

Cal se réveilla à trois heures moins dix du matin, quittant un rêve qui — en dépit de ses ressemblances avec les terreurs des nuits précédentes — présentait avec elles certaines différences significatives. Tout d'abord, il n'avait pas été seul sur la Montagne de Vénus ; il s'y était trouvé en compagnie de De Bono. Ils avaient fui ensemble la créature qui était à leurs trousses, pour pénétrer dans le même labyrinthe de ruelles qui aurait dû les conduire — si le rêve avait suivi son cours normal — dans la cour de la maison de Mimi Laschenski. Mais rien de tel ne se passa. De Bono et lui furent séparés quelque part dans une ruelle et Cal, complètement désorienté, prit une route qui le conduisit dans une tout autre rue.

Là, la sensation d'être poursuivi l'abandonna, pour être remplacée par une anxiété nouvelle. Il n'était plus une proie, son moi onirique le savait, car la créature s'était lancée aux trousses de De Bono, le laissant jouer le rôle de témoin impuissant. La rue semblait grouiller de cachettes — seuils de maisons et murettes de jardins — où elle avait pu se tapir pour nourrir son feu. Mais il s'était une nouvelle fois trompé. La créature n'avait nul besoin de se cacher. Elle traversait à présent le carrefour au bout de la rue. Et il n'y avait pas un seul poursuivant cette fois-ci, mais deux. L'un d'eux était humain ; une silhouette courbée et obscure. L'autre — gigantesque, grand comme une maison, un nuage au cœur duquel brûlait une fournaise. Cal commença à se diriger vers la ruelle d'où il était sorti, avançant doucement de façon à ne pas attirer l'attention du monstre ou celle de son compagnon. Vain espoir. Le refuge qu'il cherchait avait été scellé, et lorsque ses doigts vinrent gratter la brique, la créature regarda dans sa direction.

Elle avait déjà dévoré De Bono : il vit les cendres de son ami dans le nuage qui venait de poser sur lui son regard enflammé.

Je ne veux pas brûler! hurla-t-il, mais le feu venait vers lui...

Pitié, mon Dieu!

Avant que le feu ne l'ait atteint, il s'arracha au sommeil.

Geraldine n'était pas avec lui cette nuit-là ; il resta étendu au milieu de son lit, tremblant des tripes aux pores de sa peau, jusqu'à ce qu'il fût sûr de pouvoir bouger sans se mettre à vomir, puis il se leva, alla jusqu'à la fenêtre et tira les rideaux.

Chariot Street était plongée dans un calme absolu ; le même murmure glacé qui devait régner sur toute la ville à cette heure de la nuit. La neige s'était mise à tomber ; sa chute nonchalante l'hypnotisait. Mais ni le spectacle de la rue, ni celui de la neige tombant à la lueur des réverbères ne le rassurèrent. Si les terreurs qui avaient investi son sommeil cette nuit étaient différentes, c'était pour une bonne raison : elles ne faisaient désormais plus partie de ses rêves. Il le savait sans l'ombre d'un doute. Quelque part non loin d'ici, dans une rue pareille à celle-ci — toute de calme et de réverbères —, ses cauchemars devenaient réels.

4

Il y avait un enthousiasme muet mais perceptible à l'étage de la maison de Mimi Laschenski : l'appel avait été entendu. Tout avait commencé fort lentement, par des allées et venues de lumière dans les échos de la Trame, lorsque la Vieille Science était sortie de ses cachettes pour monter à la rencontre de ceux qui l'invoquaient. C'était un processus lent et épuisant — ils ne pouvaient pas se permettre d'être distraits de leur tâche, de peur de perdre le contact. Mais ils s'étaient préparés à de telles rigueurs et lorsque le pouvoir s'intensifia sous leurs mains, ils ne purent s'empêcher d'exprimer leur plaisir en murmurant quelques paroles de bienvenue. Le passé venait les emporter.

Un bruit venu du rez-de-chaussée attira l'attention de De Bono. Prenant soin de ne pas déranger les autres dans leur travail, il alla jusqu'à la porte sur la pointe des pieds et sortit sur le palier.

Le bruit qui l'avait attiré là ne fut pas répété. Il traversa le palier plongé dans l'obscurité jusqu'à l'escalier et examina les ombres au-dessous de lui. Rien ne bougeait. Il avait dû imaginer ce bruit, décida-t-il. Son cerveau affamé de protéines lui jouait des tours. Mais par acquit de conscience, il se rendit dans l'une des chambres de derrière et regarda dans la cour. La neige tombait et les flocons venaient taper doucement sur la vitre. C'était tout ce qu'il pouvait voir ou entendre.

Il ôta ses lunettes et pressa ses doigts contre ses paupières. La bouffée d'énergie qui l'avait envahi aux premiers signes de succès s'était dissipée. Il ne souhaitait plus à présent que dormir. Mais il leur restait beaucoup de travail à faire. Invoquer la Vieille Science n'était qu'un début; se posait ensuite le problème de la maîtriser.

Il s'éloigna de la fenêtre pour aller rejoindre ses compagnons. A ce moment-là, il aperçut deux silhouettes qui se dirigeaient vers la chambre de la Trame. Quelqu'un était-il venu le chercher ? Il remit ses lunettes afin de mieux les voir.

Le spectacle qui lui apparut fit naître un cri d'avertissement sur ses lèvres, mais il était déjà inutile avant qu'il ait fini de le pousser, destiné à des oreilles déjà assourdies par les cris de leurs possesseurs. Tout se passa si vite. En un instant, il découvrit la scène; l'instant suivant, tout explosa.

Avant qu'il n'ait pu atteindre le palier, les intrus avaient pénétré dans la chambre du tapis, et la porte fut arrachée à ses gonds par la force qui se déchaînait à l'intérieur. Un corps fut projeté sur un courant de lumière fondue et resta immobile — comme figé au milieu d'un crachat — au-dessus du palier, tandis que des traits de flamme le dévoraient. Il distingua nettement la victime. C'était Toller; ce pauvre Toller; son corps se recroquevilla pour former un nœud calciné et flétri par le feu.

Le De Bono qui s'était trouvé avec Cal dans le verger de Lemuel Lo se serait précipité dans l'holocauste sans penser aux conséquences. Mais les temps difficiles lui avaient enseigné la prudence. Le suicide ne servait à rien. S'il essayait de défier la force qui dévastait la chambre du tapis, il périrait comme les autres avaient péri et il ne resterait plus personne pour témoigner de cette atrocité. Il connaissait la puissance dont il contemplait l'œuvre : les pires prédictions des Devins s'étaient réalisées. Ceci était le Fléau.

Il y eut une autre explosion dans la chambre du tapis, et le feu s'épanouit de nouveau sur le palier. Le plancher et le plafond étaient à présent en flammes ; tout comme l'escalier et sa rampe. Bientôt, il n'aurait plus d'issue et périrait là où il se trouvait. Il fallait qu'il coure le risque de traverser le palier en espérant que la fumée le dissimulerait au regard meurtrier. Il n'avait pas le temps d'estimer sa route à travers le feu. Protégeant son visage, il se dirigea droit vers l'escalier.

Il faillit y parvenir, mais alors qu'il n'était plus qu'à un pas de la première marche, il trébucha. Il tendit les bras en avant pour amortir sa chute et ses mains saisirent la rampe en flammes. Un cri lui échappa lorsque le feu le toucha ; puis il se releva et dévala les marches en direction de la porte d'entrée.

Le Fléau se lança immédiatement à sa poursuite et son premier trait fit fondre les briques là où De Bono s'était trouvé deux battements de cœur plus tôt. Les yeux fixés sur la porte, il descendit les marches quatre à quatre, et il n'était plus qu'à cinq pas de l'entrée lorsqu'il entendit un bruit — un souffle titanesque — derrière lui. Pourquoi se retourna-t-il ? Il était stupide de se retourner. Mais il voulait avoir un aperçu du Fléau avant que celui-ci ne le massacre.

Ce ne fut cependant pas le porteur de feu qu'il vit en haut des marches, mais son esclave. Il n'avait jamais vu le Vendeur vêtu de sa propre peau, aussi ne put-il donner un nom à cet homme. Tout ce qu'il vit durant cet instant, ce fut un visage marqué et suant qui le regardait avec plus de désespoir que de malice. Ce spectacle le fit hésiter, et à ce moment-là, le Coucou s'écarta et le Fléau lui apparut.

Il était fait d'yeux innombrables ; et d'os qui n'avaient jamais été vêtus de chair ; et de vide. Il perçut aussi le feu qui était en lui, bien sûr : un feu sorti des entrailles d'un soleil, un feu amoureux de l'extinction. Et il vit le supplice.

Ils l'auraient consumé — ce feu et ce supplice — si le plafond n'avait pas cédé à ce moment-là au-dessus de l'escalier, faisant choir un rideau de flammes entre lui et ses tortionnaires. Il n'échappa pas à sa brûlure. Des débris divers le frappèrent : il sentit sa peau cramer. Mais tandis que ce déluge de feu l'éclipsait, il descendit les dernières marches et sortit de la maison — en trois ou quatre pas paniqués — pour pénétrer dans l'air glacé de la rue.

Il y avait un corps qui brûlait dans le caniveau, jeté de la fenêtre de l'étage, réduit par la chaleur du Fléau à la taille d'un enfant. Il était impossible de le reconnaître.

Animé par une colère soudaine, il se retourna vers la maison et hurla aux créatures qui se trouvaient à l'intérieur :

« *Salauds ! Salauds !* »

Puis il prit ses jambes à son cou avant que le feu ne le rattrape.

Il y avait des lumières tout le long de la rue, et des portes qui s'ouvraient sur des Coucous venus voir ce qui avait dérangé leur sommeil. Toujours affamés de spectacle : bouche bée, incrédules. Une force de désolation se déchaînait parmi eux, une force capable de décimer leurs vies en un clin d'œil, ils le voyaient bien, non ? Mais ils allaient quand même regarder, prêts à embrasser le vide s'il venait à eux en fanfare. Malade de rage et de désespoir, De Bono se surprit à dire : « Qu'il vienne, qu'il vienne. » Il n'existait plus aucun endroit sûr au monde ; plus aucun pouvoir pour protéger ceux qui étaient vulnérables.

Qu'il se déchaîne donc, puisque c'était inévitable. Que le vide vienne et mette fin à la tyrannie de l'espoir.

CHAPITRE 6

La mort en visite

Tandis que s'égrenaient les heures mortes qui séparaient minuit de l'aube, la neige se mit à tomber avec plus d'abondance. Cal était assis dans le fauteuil de son père, près de la fenêtre, et observait les flocons qui tombaient en spirale, sachant par expérience qu'il aurait gaspillé ses efforts en tentant de se rendormir. Il resterait assis ici à regarder la nuit jusqu'à ce que le premier train de la journée passe en cahotant. Le ciel commencerait à s'éclaircir environ une heure plus tard, mais l'aube serait plus subtile qu'à l'habitude à cause des nuages chargés de neige. Vers sept heures et demie, il décrocherait son téléphone pour appeler Gluck, ce qu'il avait fait de façon régulière ces derniers jours, depuis la maison et depuis la boulangerie, et toujours avec le même résultat. Gluck ne répondait pas ; Gluck n'était pas chez lui. Cal avait même demandé à ce qu'on vérifie la ligne au cas où elle serait défectueuse. Il n'y avait cependant aucun problème technique : tout simplement, personne n'était à l'autre bout du fil pour décrocher le combiné. Peut-être que les visiteurs que Gluck espionnait depuis si longtemps l'avaient finalement emporté avec eux.

Un coup frappé à la porte d'entrée lui fit quitter son siège. Il regarda la pendule : il était un peu plus de trois heures et demie. Qui diable pouvait lui rendre visite à une telle heure ?

Il pénétra dans l'entrée. Il entendit quelque chose glisser de l'autre côté de la porte. Essayait-on de la pousser ?

« Qui est là ? » dit-il.

Il n'y eut pas de réponse. Il fit de nouveau quelques pas vers la porte. Le bruit de glissade avait cessé, mais les coups — plus ténus cette fois — furent répétés. Il déverrouilla la porte et ôta la chaîne.

Les bruits avaient à présent entièrement disparu. Laissant la curiosité l'emporter sur la prudence, il ouvrit la porte. Le poids du corps affaissé sur elle la poussa vers l'intérieur. La neige et Balm De Bono tombèrent sur son paillasson.

Ce fut seulement lorsque Cal s'accroupit pour venir en aide à l'homme qu'il reconnut ses traits déformés par la douleur. De Bono avait déjà défié le feu; mais cette fois-ci, le feu l'avait attrapé et s'était plus que vengé de sa défaite.

Il posa une main sur la joue du Devin, et à ce contact, les yeux de celui-ci s'ouvrirent.

« Cal...

— Je vais appeler une ambulance.

— *Non*, dit De Bono. Nous ne sommes pas en sécurité ici. »

Son regard suffit à réduire au silence les objections de Cal.

« Je vais chercher les clés de la voiture », dit-il, et il joignit le geste à la parole.

Il retournait près de la porte, les clés à la main, lorsqu'un spasme parcourut son corps, comme si ses tripes avaient tenté de faire des nœuds. Il n'avait que trop souvent ressenti cette impression ces derniers temps, durant ses rêves. Ici, cela signifiait que la bête était toute proche.

Il regarda les ténèbres parsemées de flocons. La rue était déserte, pour autant qu'il pût en juger; et assez silencieuse pour qu'il ait pu entendre les réverbères chapeautés de neige bourdonner dans l'air glacé. Mais son cœur avait perçu les trépidations de son ventre : il battait à tout rompre.

Lorsqu'il s'agenouilla de nouveau près de De Bono, l'homme avait passé une trêve avec sa douleur. Son visage et sa voix étaient dénués d'expression, ce qui donnait d'autant plus de poids à ses paroles.

« Il vient..., dit-il, ... il m'a suivi... »

Un chien s'était mis à aboyer au bout de la rue. Ce n'était pas le gémissement d'un animal abandonné dans le froid, mais un signal d'alarme.

« Qu'est-ce que c'est? dit Cal en regardant de nouveau dans la rue.

— Le Fléau.

— ... oh Seigneur... »

Les aboiements avaient été repris dans les chenils et dans les cuisines, tout le long de la rue. Dans l'éveil comme dans le sommeil : la bête était proche.

« Il faut qu'on s'en aille, dit Cal.

— Je ne crois pas que j'en serai capable. »

Cal passa un bras sous l'épaule de De Bono et le fit asseoir gentiment. Les blessures qu'on lui avait infligées étaient graves, mais elles ne saignaient pas; le feu les avait cautérisées, noircissant la chair de ses épaules, de ses bras et de son torse. Son visage avait la couleur de la neige, sa chaleur le quittait dans son souffle et dans sa sueur.

« Je vais t'emmener jusqu'à la voiture », dit Cal en remettant De Bono sur ses pieds.

Le Devin n'était pas tout à fait un poids mort ; il lui restait assez de forces dans les jambes pour aider Cal dans ses efforts. Mais sa tête dodelinait contre l'épaule de Cal tandis qu'ils avançaient péniblement le long de l'allée.

« Le feu m'a touché..., murmura De Bono.

— Tu survivras.

— Il me dévore.

— Tais-toi et marche. »

La voiture n'était garée qu'à quelques mètres de la maison. Cal laissa De Bono appuyé sur la portière du passager tandis qu'il ouvrait celle du conducteur, jetant un œil sur la rue toutes les deux ou trois secondes pendant que ses doigts engourdis bataillaient avec les clés. La neige était de plus en plus épaisse, déposant son linceul des deux côtés de la rue.

La portière s'ouvrit. Il fit le tour de la voiture pour aider De Bono à s'installer sur le siège du passager, puis retourna du côté du conducteur.

Lorsqu'il s'inclina pour monter dans la voiture, tous les chiens cessèrent d'aboyer. De Bono émit un petit cri de détresse. Ils avaient accompli leur devoir de chiens de garde ; le souci de leur propre préservation les réduisait à présent au silence. Cal monta dans la voiture et claqua la portière. Le pare-brise était couvert de neige, mais il n'avait pas le temps de l'enlever : les essuie-glaces devraient s'en charger. Il tourna la clé. Le moteur gronda, mais ne démarra pas.

« ... il est tout près... », dit De Bono à côté de lui.

Cal n'avait pas besoin qu'on le lui dise. Il tourna de nouveau la clé ; mais le moteur refusait toujours de s'éveiller.

« *Démarre,* le cajola-t-il, *je t'en prie.* »

Sa prière fut exaucée ; le moteur démarra à sa troisième tentative.

Son instinct lui hurlait d'accélérer et de s'éloigner de Chariot Street aussi vite que possible, mais la neige, qui tombait sur une couche de verglas accumulée durant plusieurs jours, rendait leur progression dangereuse. Les roues menacèrent à plusieurs reprises de perdre leur adhérence, la voiture glissa de droite à gauche sur la chaussée. Mais, mètre par mètre, ils rampèrent à travers le rideau de neige, qui était à présent si épais qu'il réduisait la visibilité à une longueur de voiture. Ce fut seulement lorsqu'ils approchèrent de l'extrémité de Chariot Street que la vérité leur apparut. Ce n'était pas seulement la neige qui les étouffait. Une brume était venue épaissir l'air, si dense que les phares de la voiture avaient des difficultés à la pénétrer.

Soudain, Chariot Street ne faisait plus partie du Royaume. Bien qu'elle ait servi de terrain de jeu à Cal depuis son enfance, la rue était désormais un territoire étranger : ses éléments étaient effacés, son urbanité était transformée en désolation. Elle appartenait au Fléau et ils étaient perdus en son sein. Incapable de voir le tournant, il se fia à son instinct et obliqua vers la droite. Lorsqu'il tourna le volant, De Bono se redressa brutalement sur son siège.

« *En arrière !* hurla-t-il.

— Quoi ?

— En arrière ! Seigneur ! *En arrière !* »

Il s'agrippait au tableau de bord avec ses mains calcinées, scrutant le brouillard devant lui.

« Il est là ! *Là !* »

Cal leva les yeux alors que quelque chose d'immense s'avançait dans la brume devant lui, traversant la route suivie par la voiture. Cela disparut trop vite pour qu'il en ait plus qu'une impression fugitive : mais c'était déjà trop. Il l'avait sous-estimé dans ses rêves. Il était bien plus vaste qu'il ne l'avait imaginé : et bien plus sombre ; et bien plus vide.

Il lutta pour passer en marche arrière, la panique transformant chacun de ses mouvements en farce. Sur sa droite, la brume tournoyait sur elle-même, ou se déployait. De quelle direction cette chose allait-elle ensuite surgir ? ou bien se trouvait-elle *partout* autour d'eux, la brume était-elle sa haine matérialisée ?

« *Calhoun.* »

Il regarda en direction de De Bono, puis à travers le pare-brise pour découvrir le spectacle qui avait paralysé De Bono sur son siège. Le brouillard se divisait devant eux. Depuis ses profondeurs, le Fléau se dressait.

Ce que Cal vit le déconcerta. Il n'y avait pas une silhouette émergeant de la brume, mais deux, unies dans un grotesque mariage.

La première était Hobart ; mais un Hobart transfiguré par l'horreur qui le possédait désormais. Sa chair était blême et le sang coulait de son corps en une douzaine d'endroits, là où des lignes de force — reliées par des roues et par des arcs de feu — pénétraient en lui pour ressortir de l'autre côté, tournoyant à travers lui avant de se précipiter à la rencontre de la seconde silhouette : la monstrueuse géométrie qui le dominait de toute sa hauteur.

Ce que Cal vit dans cette géométrie n'était que paradoxes. Elle était délavée, mais noire ; vacante, mais grouillante ; parfaite dans sa beauté, mais plus profondément pourrie qu'aucun tissu vivant n'aurait pu l'être. Une citadelle vivante d'yeux et de lumière, corrompue au-delà des mots et dégageant une odeur pestilentielle.

De Bono se jeta sur la portière et se mit à lutter avec la poignée.

La portière s'ouvrit, mais Cal agrippa le Devin avant qu'il n'ait pu bondir hors du véhicule, appuyant en même temps sur l'accélérateur. À ce moment-là, un voile d'incandescence apparut devant la voiture, éclipsant le Fléau.

Ce fut le plus bref des répits. La voiture n'avait reculé que de cinq mètres lorsque le Fléau se rua de nouveau vers elle.

Lorsqu'il bougea, Hobart ouvrit sa bouche presque jusqu'à la disloquer, et une voix qui n'était pas la sienne sortit de sa gorge.

« *Je vous vois* », dit-elle.

L'instant d'après, on aurait cru que le sol était entré en éruption sous la voiture, et le véhicule s'inclina brutalement du côté du conducteur.

Une confusion totale régna à l'intérieur lorsqu'une averse de *bric-à-brac** tomba du tableau de bord et de la boîte à gants. Puis De Bono se jeta de nouveau vers la portière, réussissant à l'ouvrir. En dépit de ses blessures, l'agilité du funambule était encore évidente, car il parvint à sortir du véhicule en deux temps, trois mouvements.

« *Arrive !* » cria-t-il à Cal, qui tentait toujours de distinguer le haut du bas.

Lorsqu'il se fut redressé et hissé hors de la voiture, deux spectacles l'accueillirent. Le premier, celui de De Bono en train de disparaître dans la brume, qui semblait à présent peuplée d'un empire d'yeux. Le second, une silhouette debout dans le brouillard en train de le contempler. Il semblait bien que cette nuit fût celle où l'on découvrait des visages familiers, changés par les circonstances. D'abord, De Bono ; puis Hobart ; et maintenant — bien que Cal ait refusé d'y croire l'espace d'un instant — *Shadwell*.

Il avait vu cet homme jouer quantité de rôles. Vendeur patelin, tout en sourires et en promesses ; tortionnaire et séducteur ; Prophète de la Délivrance. Mais il avait devant les yeux un Shadwell dépouillé de toute prétention, et l'acteur qui était en lui se retrouvait à présent vide. Ses traits, exempts de toute animation, pendaient sur ses os comme un linge souillé. Seuls ses yeux — qui avaient toujours été petits mais qui semblaient à présent vestigiels — conservaient encore une trace de ferveur.

Ils observaient Cal tandis que celui-ci sortait du véhicule pour avancer sur la chaussée glissante.

« Il n'y a plus d'issue désormais », dit-il. Sa voix était traînante, comme s'il avait eu besoin de sommeil. « Il vous retrouvera, où que vous tentiez de vous cacher. C'est un Ange, Mooney. Il a les yeux de Dieu.

— Un Ange ? *Ça ?* »

* En français dans le texte. (N.d.T.)

La brume frissonnait autour d'eux, comme un tissu vivant. A n'importe quel moment, le Fléau pouvait en resurgir. Mais le spectacle de Shadwell ainsi que ses paroles énigmatiques avaient cloué Cal sur place. Et il y avait une autre énigme ; quelque chose dans la nouvelle apparence de Shadwell sur quoi il ne parvenait pas encore à mettre le doigt.

« Il s'appelle Uriel, dit Shadwell. Le feu de Dieu. Et il est venu ici pour mettre fin à la magie. C'est son seul but. La fin des extases. Une fois pour toutes. »

La brume frémit à nouveau, mais Cal gardait les yeux fixés sur Shadwell, trop intrigué pour battre en retraite. Il était pervers d'être ainsi retenu par des futilités alors qu'un pouvoir d'une magnitude angélique rôdait à un crachat d'ici. Mais les Mooney avaient toujours été pervers.

« C'est le don que je fais au monde, déclarait Shadwell. Je vais détruire les magiciens. Jusqu'au dernier. Je ne vends plus rien désormais, voyez-vous. Je fais ça par amour. »

Lorsqu'il parla de vendre, Cal perçut le changement qui était intervenu chez l'autre. Il était de nature vestimentaire. La veste de Shadwell, la veste des illusions qui avait brisé le cœur de Brendan, ainsi sans aucun doute que celui d'innombrables autres hommes, avait disparu. À sa place, Shadwell portait un manteau neuf, impeccablement taillé mais exempt de toute extase.

« Nous allons mettre fin aux illusions et aux duplicités. Fin à... »

Alors qu'il prononçait ces mots, le brouillard frissonna, et de ses profondeurs monta un cri perçant, qui cessa net. De Bono : vivant et mourant.

« ...espèce de *salaud...,* dit Cal.

— J'ai été trompé », dit Shadwell, indifférent à l'hostilité de Cal. « Si terriblement trompé. Séduit par leur duplicité ; prêt à faire couler le sang pour obtenir ce avec quoi ils m'avaient tenté...

— Et que faites-vous à présent ? cracha Cal. Vous faites encore couler le sang. »

Shadwell ouvrit les bras.

« Je viens les mains vides, Calhoun, répondit-il. Telle est la nature de mon cadeau. Le vide.

— Je ne veux pas de vos foutus cadeaux.

— Oh, mais si. Dans la moelle de vos os, vous les voulez. Ils vous ont séduit avec tout leur cirque. Mais la fin de cette imposture approche. »

Il y avait tant de raison dans sa voix ; la raison d'un politicien qui vend à ses électeurs la sagesse de la bombe. Cette assurance sans âme était plus glaçante que l'hystérie ou la malice.

Cal comprit à présent que sa première impression avait été erronée. Shadwell l'acteur n'avait pas disparu. Il avait simplement renoncé à sa gestuelle et à sa diction flamboyantes en faveur d'un style de jeu si simple et si dépouillé qu'il ressemblait à peine à un jeu. Mais c'en était un. Tel était son triomphe : Shadwell Nu.

Le brouillard s'était mis à vibrer avec un nouvel enthousiasme. Uriel revenait.

Cal regarda Shadwell une nouvelle fois, pour graver le masque de l'acteur dans son esprit, puis fit demi-tour et se mit à courir.

Il ne vit pas le Fléau réapparaître, mais entendit sa voiture exploser derrière lui et sentit la vague de chaleur qui transforma la neige en bruine tiède autour de sa tête. Il entendit aussi la voix de Shadwell — apportée jusqu'à lui par l'air glacé.

« *Je vous vois...* », dit-il.

C'était un mensonge ; il ne le voyait pas et ne pouvait pas le voir. La brume était pour l'instant l'alliée de Cal. Il s'enfuit à travers elle, ne se souciant pas de la direction qu'il prendrait tant qu'il parviendrait à distancer la brute du dispensateur de cadeaux.

Une maison surgit du brouillard. Il ne la reconnut pas, mais suivit le trottoir jusqu'à ce qu'il ait atteint un carrefour. Il reconnut l'intersection et fonça vers Chariot Street, s'engouffrant dans un dédale de ruelles afin de plonger ses poursuivants dans la confusion.

Shadwell devinerait sa destination, cela ne faisait aucun doute ; la brume vivante qui abritait le Fléau était probablement déjà à mi-chemin de Chariot Street. Cette idée donna des ailes à Cal. Il fallait qu'il arrive chez lui avant le feu. Le livre de Suzanna était là-bas : le livre qu'elle avait confié à sa garde.

Le verglas le fit tomber par deux fois, et par deux fois il se remit sur pied — membres et poumons douloureux — et continua de courir. Arrivé sur le pont qui surplombait la voie ferrée, il enjamba la barrière et sauta sur le talus. Le brouillard s'était presque dissipé par ici ; il n'y avait que la neige, qui tombait sur les rails silencieux. Il distinguait les maisons suffisamment bien pour les compter tout en courant, jusqu'à ce qu'il ait atteint la barrière qui clôturait la cour de la maison de son père. Il l'enjamba en hâte, prenant conscience en passant devant le pigeonnier qu'il lui restait un dernier devoir à accomplir avant de s'enfuir. Mais d'abord, le livre.

Trébuchant parmi les ruines du jardin, il parvint à la porte de derrière et entra dans la maison. Son cœur était pris de folie et battait contre ses côtes. A n'importe quel moment, le Fléau serait devant sa porte, et sa maison — son foyer — disparaîtrait comme avait disparu la Fugue. Il n'avait pas le temps d'emporter les objets auxquels il attachait une valeur sentimentale, il ne lui restait que quelques secondes pour rassembler l'essentiel : peut-être même serait-ce impossible. Il prit le livre, puis un manteau, et finalement, se mit à la recherche de son portefeuille. Un regard jeté par la fenêtre lui montra que la rue s'était évanouie ; la brume pressait son visage poisseux contre la vitre. Une fois son portefeuille récupéré, il traversa la maison en courant et partit par là d'où il était venu : par la porte de derrière et à travers les buissons emmêlés que sa mère avait plantés tant de printemps auparavant.

Il fit halte près du pigeonnier. Il ne pouvait pas emmener 33 et sa compagne avec lui, mais il pouvait au moins leur donner une chance de s'enfuir s'ils le désiraient. Tel était le cas. Ils volaient dans tous les sens à l'intérieur de la cage à l'épreuve du froid qu'il leur avait construite, parfaitement conscients du danger. Dès qu'il leur eut ouvert la porte, ils s'envolèrent dans les airs, s'élevant à travers le rideau de neige pour aller se réfugier dans les nuages.

Lorsqu'il rejoignit le talus — prenant la direction opposée à celle où se trouvait le pont —, il se rendit compte qu'il ne reverrait sans doute jamais la maison qu'il abandonnait derrière lui. La douleur engendrée par cette pensée fit paraître le froid supportable. Il s'arrêta et se retourna pour tenter d'en garder le spectacle dans sa mémoire : le toit, les fenêtres de la chambre de ses parents, le jardin, le pigeonnier vide. C'était la maison dans laquelle il avait grandi jusqu'à l'âge adulte ; la maison où il avait appris à être l'homme qu'il était devenu, pour le meilleur et pour le pire ; en elle étaient enracinés tous ses souvenirs de Brendan et d'Eileen. Mais en fin de compte, il ne s'agissait que d'un tas de briques et de mortier ; le mal pouvait s'en emparer comme il s'était emparé de la Fugue.

Aussi sûr qu'il pouvait l'être d'avoir mémorisé l'image en face de lui, il s'éloigna sur le sol enneigé. Lorsqu'il eut parcouru vingt mètres le long des rails, un rugissement destructeur lui annonça qu'il était devenu un réfugié.

DOUZIÈME PARTIE

La chasse au Paradis

« Vent d'ouest, quand souffleras-tu,
Pour que puisse tomber l'averse ?
Seigneur, si mon amour était dans mes bras
Et si j'étais à nouveau dans mon lit !»

Anonyme (XVIe siècle)

CHAPITRE 1

Un chapitre d'accidents

1

S'il fallait caractériser les événements du lendemain, on parlerait de retrouvailles contrariées par le hasard et d'autres favorisées uniquement par lui.

La veille au soir, Suzanna avait décidé de se rendre à Liverpool et de reprendre contact avec Cal. Il était inutile à présent de faire preuve de circonspection. De toute évidence, une crise grave était imminente. Elle devait prévenir Cal et élaborer un plan avec lui — le genre de plan qu'on ne pouvait concevoir que face à face — afin de protéger au mieux le livre de Mimi, ainsi que leurs vies, durant la tempête qui s'annonçait. Elle essaya de lui téléphoner jusqu'à minuit environ, mais personne ne répondit.

Le matin venu, elle appela Apolline, qui rentrait tout juste de Salisbury, pour l'informer de ce qu'elle avait vu et appris à l'Autel des Mortalités. Elle s'était attendue à entendre Apolline rejeter les informations que lui avait fournies l'esprit d'Immacolata, par mépris pour leur source, mais tel ne fut pas le cas.

« Pourquoi ne devrions-nous pas la croire ? dit-elle. Si les morts ne sont pas honnêtes, qui le sera jamais ? De plus, ceci ne fait que confirmer ce que nous savions déjà. »

Suzanna lui dit qu'elle avait l'intention d'aller à Liverpool et de parler à Cal.

« Tu ne seras pas toute seule là-haut, l'informa Apolline. Un petit groupe s'est rendu dans la maison de ta grand-mère en quête d'extases. Peut-être pourrais-tu voir s'ils ont eu de la chance.

— Entendu. Je te rappellerai quand je les aurai vus.

— Ne t'attends pas à ce que je sois sobre. »

Avant de partir, Suzanna essaya une nouvelle fois d'appeler Chariot Street. Cette fois-ci, elle obtint la tonalité qui signifiait que le numéro n'était plus en service ; l'opératrice ne put lui donner aucune explication. Le bulletin d'informations de la matinée aurait répondu à toutes les questions qu'elle se posait si elle avait allumé la radio ; la télévision lui aurait même montré le terrain dévasté où s'était trouvée naguère la maison des Mooney. Mais elle alluma son poste trop tard pour avoir les nouvelles, ne recevant que le bulletin météo, qui promettait de la neige et encore de la neige.

Tenter de voyager en voiture la conduirait certainement au désastre. Elle prit donc un taxi jusqu'à la Gare d'Euston, où elle monta dans un train en direction du nord. Au moment où elle s'installait dans son compartiment pour un voyage de quatre heures — qui devait en durer six —, Cal avait déjà quitté la Gare de Lime Street à bord du train de huit heures vingt à destination de Birmingham, via Runcorn et Wolverhampton, et était arrivé à mi-chemin de son parcours.

2

Il avait appelé Gluck depuis une cabine téléphonique de Pier Head, où il s'était rendu aussitôt après la confrontation dans le brouillard. Il n'avait suivi aucun plan particulier en agissant ainsi : il avait tout simplement éprouvé le besoin de voir le fleuve et le dernier bus de la nuit l'avait conduit ici. Il avait échappé au Fléau, du moins pour le moment ; il allait même jusqu'à penser que la créature avait dû se satisfaire des dégâts qu'elle avait causés. Mais ses tripes savaient que c'était faux. Cet Ange — *le feu de Dieu* selon Shadwell — avait un appétit de mort insatiable. Il ne serait pas satisfait tant qu'ils n'auraient pas tous été réduits en poussière : y compris Shadwell, espérait-il. En fait, le seul réconfort qu'il tirait des horreurs de la nuit était l'impression qu'il avait eue d'assister à la représentation d'adieu du Vendeur.

Le vent qui soufflait sur le fleuve était cinglant ; les flocons de neige perçaient sa peau comme autant d'aiguilles. Mais il se pencha sur la rambarde et contempla les eaux jusqu'à ce que son visage et ses doigts soient engourdis ; puis, lorsque les horloges du Liver Building indiquèrent environ six heures, il partit en quête de nourriture. Il eut un coup de chance. Un petit café était déjà ouvert et servait le petit déjeuner aux conducteurs de bus qui allaient prendre leur service. Il s'offrit un repas substantiel, se réchauffant tout en mangeant ses œufs et ses toasts, tentant toujours de déterminer la meilleure façon d'agir. Puis, vers six heures et demie, il essaya de joindre Gluck. Il ne s'était pas vraiment attendu à une réponse, mais la chance était avec lui, du moins dans cette entreprise, car alors qu'il allait reposer le combiné, on décrocha le téléphone à l'autre bout du fil.

« Allô ? » dit une voix engourdie par le sommeil.

Bien que Cal n'ait connu Gluck que de façon superficielle, il avait rarement, sinon jamais, été aussi heureux de reprendre contact avec quelqu'un.

« Mr Gluck ? Ici Cal Mooney. Vous ne vous souvenez probablement pas de moi, mais...

— ...bien sûr que je me souviens de vous. Comment vont les choses au bord de la Mersey ?

— Il faut que je vous parle. C'est urgent.

— Je suis tout ouïe.

— Pas au téléphone.

— Eh bien, venez me voir. Vous avez mon adresse ?

— Oui. J'ai toujours votre carte.

— Alors, venez. Ça me fera plaisir de vous voir. »

Ces paroles de bienvenue, arrivant après les pertes de la nuit, étaient presque bouleversantes ; Cal sentit ses yeux se mouiller.

« Je vais prendre le premier train vers le sud, dit-il.

— Je ne bouge pas. »

Cal émergea de la cabine pour pénétrer dans l'air glacé. Le jour ne se lèverait pas encore avant un bon moment ; les rues enneigées étaient presque désertes lorsqu'il se dirigea péniblement vers la gare. Un camion avançait dans la pénombre, jetant du sable sur la chaussée verglacée ; un vendeur de journaux étalait la première édition du matin à l'abri douteux d'un seuil étroit ; il ne vit personne d'autre. Il lui était difficile d'imaginer que le printemps reviendrait un jour dans la Cité des Spectres.

3

Suzanna s'immobilisa à l'extrémité de Chariot Street et regarda la scène devant elle. Il y avait trop de gens dans les parages pour qu'elle s'avance davantage — la méfiance qu'elle entretenait vis-à-vis des uniformes ne s'était pas adoucie ; pas plus que celle que lui inspiraient les larges rassemblements de Coucous —, mais de l'endroit où elle se trouvait, elle voyait bien que la maison des Mooney avait cessé d'exister. Elle avait été littéralement rasée *jusqu'aux fondations*, et le feu qui l'avait consumée s'était communiqué aux immeubles voisins. Le Fléau était venu ici cette nuit.

Tremblante, elle quitta la scène et se dirigea vers Rue Street, redoutant le pire. Là-bas, elle ne trouva rien qu'elle n'ait anticipé. La maison de Mimi avait été étripée.

Qu'allait-elle faire à présent ? retourner à Londres et laisser Cal

— s'il avait survécu — se débrouiller tout seul ? Elle n'avait aucun moyen de le retrouver ; elle ne pouvait qu'espérer qu'il parviendrait à la rejoindre. La situation était tellement chaotique : les Devins dispersés à travers le pays, Cal disparu — et le livre ? elle n'osait pas y penser. Elle tourna le dos aux ruines de la maison de Mimi et avança le long de Rue Street, le peu d'optimisme qu'elle avait encore défait par ce qu'elle avait vu.

Alors qu'elle tournait au coin de la rue, une voiture ralentit en s'approchant d'elle, et un visage rond, orné d'une paire de lunettes de soleil, se pencha par la vitre.

« Tu vas prendre froid, dit-il.

— Allez au diable », lui dit-elle, et elle pressa le pas.

Il revint à son niveau.

« Je vous ai dit d'aller au diable », dit-elle en lui jetant un regard destiné à le laisser infirme.

Il fit glisser ses lunettes le long de son nez et la regarda. Les yeux qui apparurent devant elle étaient dorés.

« Nemrod ?

— Qui d'autre ? »

S'il n'y avait pas eu ses yeux, elle ne l'aurait jamais reconnu. Son visage s'était épaissi et il ne subsistait plus que des traces de sa beauté.

« J'ai besoin de manger, dit-il. Et toi ? »

4

Son appétit semblait avoir augmenté en proportion directe de la gravité de leur situation. Assise à la table du restaurant chinois où il l'avait conduite, elle le regarda piller tout le menu, dévorant non seulement ce qu'il y avait dans son assiette mais aussi une bonne partie de ce qui se trouvait dans celle de Suzanna.

Il ne leur fallut pas longtemps pour échanger les résultats de leurs enquêtes respectives. La plupart des nouvelles qu'apportait la jeune femme étaient éventées : le Fléau était parmi eux. Mais Nemrod avait des informations plus fraîches, qu'il avait glanées en écoutant certaines conversations et en posant certaines questions. Dans la maison de Chariot Street — il put le lui confirmer — on n'avait retrouvé aucun corps, aussi pouvait-on raisonnablement croire que Cal n'avait pas péri là-bas. On avait cependant trouvé des restes humains dans Rue Street.

« Je ne connaissais aucun d'eux personnellement, dit-il. Mais j'ai bien peur que ce ne soit pas ton cas.

— Qui donc ?

— Balm De Bono.

— ...De Bono ?

— Il était dans Rue Street la nuit dernière. »

Elle resta silencieuse, pensant aux brefs moments qu'elle avait partagés avec De Bono, et aux discussions qu'ils avaient eues. Maintenant, il était mort. Et dans combien de temps les autres le suivraient-ils ?

« Qu'allons-nous faire, Nemrod ? murmura-t-elle. Allons-nous de nouveau tenter de nous cacher ? De tisser une autre Trame ?

— Nous ne sommes plus assez nombreux pour emplir une natte, dit Nemrod d'un air désolé. De plus, nous n'avons pas les extases nécessaires. À nous tous, il ne nous reste que très peu de pouvoir.

— Alors, on ne bouge plus et on attend que le Fléau vienne nous cueillir ? C'est ça que tu veux dire ? »

Nemrod passa une main sur son visage.

« J'ai lutté autant que je l'ai pu..., dit-il. Je crois que c'est notre cas à tous. »

Il sortit une tabatière de sa poche et se mit à rouler une cigarette.

« J'ai commis des erreurs, dit-il. J'ai succombé devant les mensonges de Shadwell... J'ai même succombé devant l'amour.

— Toi ? »

Il eut un petit sourire qui rappela à Suzanna la créature irrésistible qu'il avait été.

« Oh oui..., dit-il. J'ai eu des aventures dans le Royaume. Mais elles n'ont pas duré très longtemps. Il y a toujours eu une partie de moi-même qui n'a jamais quitté la Fugue. Qui ne l'a *toujours* pas quittée. » Il alluma la cigarette ultra-mince qu'il venait de rouler. « Je suppose que c'est grotesque, dit-il, étant donné qu'elle n'existe plus. »

Il avait renoncé à ses lunettes noires dès que le garçon s'était retiré. Ses yeux, d'or toujours éclatant, étaient à présent posés sur elle, en quête d'une parcelle d'espoir.

« Tu peux t'en souvenir ? dit-elle.

— De la Fugue ? Bien sûr.

— Moi aussi. Ou du moins je le crois. Peut-être n'est-elle donc pas perdue. »

Il secoua la tête.

« Ne sois pas sentimentale, la gronda-t-il. Les souvenirs ne sont pas suffisants. »

Il était inutile de discuter sur ce point : ce qu'il lui disait, c'était qu'il avait mal ; il ne voulait ni platitudes ni métaphysique.

Elle retourna son problème dans sa tête : devait-elle lui dire ce qu'elle savait, qu'elle avait des raisons d'espérer que tout n'était pas perdu ? que la Fugue pouvait de nouveau *être* un jour ? C'était, elle le savait bien, un fort mince espoir — mais il avait besoin de s'accrocher à quelque chose, même à quelque chose de ténu.

« Elle n'est pas perdue, dit-elle.

— Tu peux rêver, répondit-il. Tout est fini.

— Je te dis que la Fugue n'est pas morte. »

Il quitta sa cigarette des yeux.

« Que veux-tu dire ?

— Dans le Gyrus... je me suis servie du Métier.

— Tu t'es *servie* du Métier ? Qu'est-ce que tu dis ?

— Ou *lui* s'est servi de *moi*. Peut-être un peu des deux.

— Comment ? Pourquoi ?

— Pour empêcher que tout soit perdu. »

Nemrod était à présent penché au-dessus de la table.

« Je ne comprends pas, dit-il.

— Moi non plus, pas entièrement, répondit-elle. Mais il s'est passé quelque chose. Une force... »

Elle soupira. Elle ne trouvait pas les mots susceptibles de décrire ces instants. Une partie d'elle-même n'était même pas sûre que ce soit arrivé. Mais elle était certaine d'une chose :

« Je ne crois pas à la défaite, Nemrod. Je me fous de savoir ce qu'est le Fléau. Je ne vais pas accepter de crever à cause de lui.

— Tu n'en as pas besoin, dit-il. Tu es un Coucou. Il te suffit de t'en aller.

— Tu sais bien que ce n'est pas vrai, dit-elle d'un ton sec. La Fugue appartient à tous ceux qui sont prêts à mourir pour elle. Moi... Cal... »

Il prit un air contrit.

« Je sais, dit-il. Excuse-moi.

— Ce n'est pas simplement toi qui as besoin de la Fugue, Nemrod. Nous en avons tous besoin. »

Elle regarda vers la fenêtre. À travers le rideau de bambou, elle vit que la neige tombait avec une véhémence nouvelle.

« Je n'ai jamais cru à l'Eden, dit-elle doucement. Pas à la façon dont la Bible raconte l'histoire. Le péché originel et toute cette merde. Mais peut-être que cette histoire contient un écho.

— Un écho ?

— De la façon dont les choses se sont réellement passées. Un endroit de miracles, où la magie régnait. Et le Fléau a fini par croire l'histoire de l'Eden, parce que c'était une version corrompue de la vérité.

— Quelle importance ? soupira Nemrod. Que le Fléau soit un Ange ou non ; qu'il vienne de l'Eden ou non, en quoi est-ce que cela change les choses ? L'important, c'est qu'il *croit* être Uriel. Et ça signifie qu'il nous détruira tous. »

Cet argument était irréfutable. Lorsque la fin du monde approchait, quelle importance avaient les noms ?

« Je pense que nous devrions nous rassembler, dit-il après une pause, au lieu de nous disperser dans tout le pays. Peut-être réussirons-nous à accomplir quelque chose si nous sommes tous au même endroit.

— Ça me paraît sensé.

— Plutôt ça que de se faire cueillir un par un par le Fléau !

— Mais où ?

— Il y avait un endroit..., dit-il, où il n'est jamais venu. Je m'en souviens vaguement. Apolline pourra nous en dire plus.

— Quel genre d'endroit ?

— Une colline, je crois bien », dit-il, posant ses yeux fixes sur la nappe en papier blanc qui les séparait. « Un genre de colline...

— Nous irons donc là-bas ?

— C'est un endroit qui convient autant qu'un autre pour mourir. »

CHAPITRE 2

Cendres et poussière

Les saints qui se trouvaient sur la façade de l'église de Sainte Philomène et de Saint Callixte avaient depuis longtemps perdu leurs visages sous les assauts de la pluie. Ils n'avaient pas d'yeux pour voir les visiteurs qui se présentèrent à la porte dans la soirée du 21 décembre; et ils n'avaient pas d'oreilles pour entendre la conversation que ces visiteurs eurent sur le seuil. Même s'ils avaient pu les entendre et les voir — même s'ils avaient pu descendre de leurs piédestaux pour aller prévenir l'Angleterre qu'un Ange foulait son sol — personne n'aurait écouté leurs cris d'alarme. L'Angleterre n'avait nul besoin de saints cette nuit-là, ni n'importe quelle autre nuit: elle avait déjà bien assez de martyrs.

Hobart s'immobilisa sur le seuil, la lumière du Fléau visible à travers la chair de sa gorge et jaillissant aux coins de sa bouche. Il avait saisi le bras de Shadwell et refusait de le laisser quitter l'air empli de neige.

« C'est une *église...* », dit-il, pas avec la voix d'Uriel mais avec la sienne. L'Ange semblait parfois lui accorder le droit à l'auto-détermination pendant quelque temps, reprenant ensuite les rênes avec plus de force si son hôte se rebellait.

« Oui, c'est une église, dit Shadwell. Et nous sommes ici pour la détruire. »

Hobart secoua la tête.

« Non, dit-il. Jamais je ne ferai une chose pareille. »

Shadwell était trop épuisé pour discuter. Ce n'était pas la première expédition de cette journée. Depuis leur départ de Chariot Street, l'Ange les avait conduits dans plusieurs endroits du pays où il se rappelait que la Devinité avait trouvé refuge lors du précédent holocauste. Tous ces voyages avaient été effectués en vain: ces endroits — quand ils étaient encore reconnaissables — avaient été vidés de magie et de magiciens. Le temps s'était détérioré d'heure en heure. La neige recouvrait à présent le pays d'un bout à l'autre et Shadwell était épuisé par leurs périples et par le froid. Il était devenu un peu plus anxieux à chaque nouvelle déception; anxieux à l'idée qu'Uriel puisse s'impatienter, lui faisant perdre tout contrôle sur cette créature. C'était pour cette raison qu'il avait amené l'Ange ici, où il savait qu'ils trouveraient de la magie, ou des traces de magie. C'était ici qu'Immacolata avait façonné le Roué: ce lieu était en partie autel, en partie ventre maternel. Ici, la soif de destruction d'Uriel serait étanchée, pour cette nuit du moins.

« Nous avons du travail à l'intérieur, dit-il à l'hôte d'Uriel. Le Fléau a du travail. »

Mais Hobart refusait toujours de franchir le seuil.

« Nous ne pouvons pas la détruire..., dit-il, ... la maison de Dieu. »

Il était fort ironique de constater que Shadwell — qui avait reçu une éducation catholique — et Uriel, le feu de Dieu, étaient prêts à démolir ce temple pitoyable; tandis que Hobart — dont la seule religion avait été celle de la Loi — s'y refusait. C'était un homme qui n'avait pas serré contre son cœur une Bible, mais un recueil de contes de fées. D'où lui venaient ces scrupules soudains? Sentait-il que la mort était toute proche et que l'heure était venue de se repentir de son impiété? Si tel était le cas, Shadwell n'en avait cure.

« Vous êtes le Dragon, Hobart, dit-il. Vous pouvez faire tout ce que vous voulez. »

L'homme secoua la tête et, devant cette nouvelle dénégation, la lumière se fit plus brillante dans sa gorge.

« Vous vouliez le feu, vous l'avez, continua Shadwell.

— Je n'en veux *pas*, dit Hobart d'une voix qui s'étouffait. Otez-le... de... moi... »

Ces dernières syllabes franchirent à grand-peine des dents qui s'entrechoquaient. Une fumée monta également de son ventre. Et à sa suite, la voix d'Uriel.

« *Plus de discussion* », ordonna-t-elle.

Bien que le Fléau ait semblé reprendre les rênes du corps de Hobart, ce dernier luttait toujours pour garder le contrôle de lui-même. Ce conflit le faisait trembler violemment, un spectacle qui risquait d'attirer l'attention sur eux s'ils ne se mettaient pas rapidement à l'abri.

« Il y a des Devins là-dedans, dit-il. Vos ennemis. »

Cet encouragement ne fut entendu ni par Uriel ni par Hobart. Ou bien l'Ange perdait le contrôle de son calice, ou alors Hobart avait acquis de nouveaux pouvoirs de résistance, car Uriel dut lutter avec vigueur pour reprendre possession du corps de l'homme. Un des deux antagonistes se mit à taper du poing contre le portique, peut-être afin de distraire son adversaire. La chair, prise entre l'homme et l'Ange, éclata et saigna.

Shadwell essaya d'éviter les éclats de sang, mais l'étreinte de l'Inspecteur était plus farouche que jamais et le maintenait tout près. Son visage hagard se tourna vers Shadwell. De la caverne enfumée qui béait entre ses dents s'éleva la voix de Hobart, à peine déchiffrable.

« Faites-le... sortir... de moi, supplia-t-il.

— Je ne peux rien faire, dit Shadwell en essuyant avec sa main libre une tache de sang sur sa lèvre. Il est trop tard.

— *Il le sait*», fut la réponse. Ce n'était pas la voix de Hobart cette fois, mais celle d'Uriel. « *Il sera le Dragon à jamais.* »

Hobart s'était mis à sangloter, et sa morve et ses larmes entraient en ébullition en atteignant la fournaise dans sa bouche.

« *N'aie pas peur*», dit Uriel, sur un ton qui était une parodie de Shadwell à son plus mielleux. « *M'entends-tu, Hobart ?*»

La tête dodelina doucement, comme si le muscle du cou qui la portait était à moitié tranché.

« Rentrons-nous ? » dit Shadwell.

De nouveau, ce hochement de tête disloqué. Le corps était exempt de tics à présent ; le visage était sans expression. Donnant une dernière preuve du triomphe de l'Ange, Hobart lâcha Shadwell, puis précéda le Vendeur pour entrer dans l'église.

Celle-ci était déserte, ses cierges étaient froids, l'odeur de son encens était éventée.

« *Il y a des extases ici*, dit Uriel.

— En effet », dit Shadwell en suivant la créature entre les bancs pour se diriger vers le balustre du chœur.

Il s'était attendu à ce que l'Ange réagisse au crucifix accroché au-dessus de l'autel, mais Uriel passa devant lui sans lui accorder un seul regard et se dirigea vers la porte de la sacristie. Il posa la main brisée de Hobart sur le bois. Les planches s'embrasèrent, la porte vola en éclats. La seconde porte subit le même sort. Conduits par Uriel-en-Hobart, ils descendirent dans la crypte.

Ils n'étaient pas seuls ; une lumière brûlait à l'extrémité du couloir qu'Immacolata avait remonté pour venir à la rencontre de Shadwell : venant de l'Autel, sans aucun doute. Sans dire un mot, Uriel s'engagea dans le corridor, tandis que des lambeaux de son moi caché coulaient du torse de Hobart pour aller caresser les cercueils dans les murs, se réjouissant de leur calme, de leur silence. Il était à mi-chemin de l'Autel lorsqu'un prêtre surgit d'un couloir pour lui bloquer le passage. Son visage était pâle, apparemment fardé, et le centre de son front était orné d'un trait bleu — sans doute un insigne d'allégeance.

« Qui êtes-vous ? demanda-t-il.

— Écartez-vous, dit Shadwell.
— Vous n'avez rien à faire ici, répliqua l'homme. Sortez!»
Uriel s'était immobilisé à un mètre ou deux du prêtre, et il tendit la main pour saisir le couvercle d'un des cercueils, tandis que son autre main saisissait Hobart par les cheveux et tirait le visage de l'homme vers le mur, comme pour briser contre lui son propre crâne. Ce n'était pas là l'œuvre de l'Ange, comprit Shadwell, mais celle de Hobart. Utilisant l'apparition du prêtre comme une diversion, il tentait à nouveau de reprendre le contrôle. Le corps contesté devint immédiatement épileptique et un rugissement étouffé sortit de sa gorge, peut-être un avertissement lancé au prêtre. Quoi qu'il en soit, celui-ci ne le comprit pas. L'homme resta immobile tandis qu'Uriel tordait la tête de Hobart dans sa direction — on entendit les os et les cartilages grincer les uns contre les autres. Un instant s'écoula: prêtre et Ange face à face. Puis le feu d'Uriel surgit de la bouche de Hobart.

Ses effets, confinés dans l'espace étroit du couloir, furent plus impressionnants que tout ce que Shadwell avait vu dans la maison de Rue Street. L'onde de choc le projeta en arrière, mais il était trop voyeur pour se priver d'un tel spectacle et il se releva pour observer les théorèmes mortels d'Uriel faire leurs preuves sur sa victime. Le corps du prêtre fut soulevé jusqu'au plafond et y resta cloué jusqu'à ce que les flammes l'aient dévoré.

Tout fut fini en quelques secondes et Shadwell fouilla la fumée des yeux pour apercevoir Uriel se dirigeant à nouveau vers l'Autel, tandis que Hobart poussait des sanglots d'horreur devant ses actes. Shadwell le suivit à travers une ondée de braises en voie d'extinction. Le feu avait non seulement frappé le prêtre, mais il dévorait les briques mêmes du couloir et consumait les cercueils dans les niches. Le plomb de leurs garnitures coulait le long des murs et les corps le suivirent, leurs linceuls brûlant autour de leurs os illustres.

Lorsqu'il s'approcha de la porte de l'Autel, Shadwell ralentit l'allure. Ceci avait été le domaine d'Immacolata. Ici, elle avait été toute-puissante, vénérée par des hommes castrés dont l'allégeance au Christ et à la Vierge n'avait été que duplicité; des hommes qui l'avaient crue Déesse. Lui-même n'avait jamais cru une telle chose. Pourquoi en ce cas se sentait-il envahi par une peur soudaine? la peur d'un profanateur?

Il pénétra dans l'Autel et la réponse l'y attendait. Lorsqu'il contempla les os sur les murs, il sut comme seul un amant peut le savoir que la créature qu'il avait convoitée avant de la trahir tenait toujours sa cour en ce lieu. La Mort n'avait aucune emprise sur elle. Elle était dans les murs, ou dans l'air: quelque part, tout près.

« Déesse... », s'entendit-il dire.

Il n'eut pas le temps de prévenir Uriel. Un second prêtre, plus jeune que son frère mort, surgit des ombres et se jeta sur l'Ange, un couteau à la main. Le cri de Hobart cessa net et il employa ses mains rebelles pour tenter de prévenir un second massacre, les plaquant sur son visage pour barrer le flot de feu. Cette tactique donna à l'assaillant le temps de porter un coup, et son couteau pénétra dans le torse de Hobart. Mais alors que le prêtre le retirait pour frapper à nouveau, la bénédiction d'Uriel jaillit entre les doigts de Hobart, puis fit éruption, emportant la chair et les os de ses mains sur son passage. Le feu atteignit le prêtre de plein fouet et le projeta contre l'Autel. Il dansa devant les os l'espace d'un battement de cœur, puis, comme son frère, ne fut plus que cendres.

Il avait infligé de sérieux dommages à Hobart, mais il fallut à Uriel moins de temps pour cautériser la blessure d'un regard qu'il n'en avait fallu au couteau pour l'ouvrir. Ceci fait, il tourna les yeux vers Shadwell. L'espace d'un instant de terreur, le Vendeur crut qu'il avait l'intention de l'incinérer lui aussi. Mais non.

« *N'aie pas peur* », dit-il.

Il avait offert le même réconfort à Hobart quelques minutes plus tôt. Ses sentiments avaient semblé artificiels alors, mais ils le paraissaient plus encore à présent, vu la façon dont il avait mutilé son hôte. Les mains de Hobart, que celui-ci avait rêvé de voir brû ler d'un feu vertueux, avaient été réduites à l'état de serres calcinées lorsqu'il avait tenté d'empêcher ce feu d'accomplir son œuvre. Hobart sanglotait de nouveau tandis que l'Ange ou lui soulevait les moignons pour les examiner. Uriel avait-il laissé ses terminaisons nerveuses supporter le fardeau de cette douleur, ou bien pleurait-il parce que son corps avait été l'instrument de cette abomination ?

Ses bras retombèrent et Uriel tourna son attention vers les murs.

« *J'aime ces os* », dit-il, et il alla jusqu'au plus complexe des dessins. Des vrilles, minces comme du fil à coudre et brillantes comme l'éclair, émergèrent de son visage et de son torse d'emprunt pour courir sur les crânes et sur les côtes.

Il y eut un instant de hiatus, le feu grondait dans les niches dehors, les cendres du second prêtre flottaient encore dans l'air. Durant cet instant, Shadwell entendit la voix d'Immacolata. C'était le plus intime des murmures, le murmure d'une maîtresse.

« Qu'as-tu fait ? » dit-elle.

Il jeta un regard vers Uriel, qui était toujours en transe devant la symétrie macabre du mur. Il ne donna aucun signe d'avoir entendu l'Incantatrice. De nouveau, la question.

« Qu'as-tu fait ? dit-elle. Il ne connaît pas la pitié. »

Il n'avait pas besoin de sa voix pour répondre. Sa pensée lui suffisait.

« Tu la connaissais, toi ? répondit-il.

— Je ne savais pas qui j'étais, lui dit Immacolata. Je crois que c'est aussi le cas de ce Fléau.

— Il s'appelle Uriel, lui rappela Shadwell, c'est un Ange.

— Quelle que soit sa nature, tu n'as aucun pouvoir sur lui.

— Je l'ai libéré, répliqua Shadwell. Il m'obéit.

— Pourquoi mentir? dit Immacolata. Je sais que tu as peur.»

Un vacarme de destruction interrompit leur dialogue. Arraché à ses pensées, Shadwell découvrit Uriel, les vrilles tendues sur toute la largeur du mur, en train de balayer les os de leurs places comme il l'aurait fait d'une table encombrée de vaisselle. Ils tombèrent sur le sol dans une masse poussiéreuse, les restes d'une bonne cinquantaine de personnes.

Uriel éclata de rire — un autre tour qu'il avait appris de Shadwell —, un rire que son caractère artificiel rendait encore plus inquiétant. Il avait trouvé un jeu qui lui plaisait. Se tournant vers le mur voisin, il entreprit de le dévaster de la même manière; puis ce fut le tour du troisième.

«Dis-lui de s'arrêter...», murmura le fantôme d'Immacolata, tandis que de nouveaux os, grands et petits, rejoignaient la myriade de fragments qui jonchaient déjà le sol. «Si tu n'as pas peur: dis-lui de s'arrêter.»

Mais Shadwell se contenta de regarder l'Ange détruire l'ordonnance du quatrième mur en un seul geste avant de tourner son attention vers le plafond.

«Ensuite, ce sera ton tour», dit Immacolata.

Shadwell se plaqua contre les briques désormais nues tandis que les os tombaient à verse.

«Non...», murmura-t-il.

Les os cessèrent de tomber; il n'en restait plus aucun, ni sur les murs ni au plafond. Lentement, la poussière se posa sur le sol. Uriel se tourna vers Shadwell.

«*Pourquoi murmures-tu dans mon dos?*» lui demanda-t-il sur un ton léger.

Shadwell regarda en direction de la porte. Quelle distance parcourrait-il s'il tentait de s'enfuir? Un mètre ou deux, probablement. Il n'y avait pas d'issue. Il le savait; il entendait.

«*Où est-elle?*» demanda Uriel. La chambre démolie était silencieuse d'un bout à l'autre. «*Dis-lui de se montrer.*

— Elle s'est servie de moi, commença Shadwell. Elle va vous raconter des mensonges. Vous dire que j'aimais les extases. C'est faux. Il faut que vous me croyiez, c'est faux.»

Il sentit les yeux innombrables de l'Ange se poser sur lui; leur regard le réduisit au silence.

«*Tu ne peux rien me dissimuler*, déclara l'Ange. *Je sais ce que tu as désiré, dans toute sa banalité, et tu n'as nul besoin de me craindre.*

— Non ?

— *Non. Je jouis de la poussière que tu es, Shadwell. Je jouis de ta futilité, de tes désirs insignifiants. Mais l'autre qui se trouve ici — la femme dont je peux sentir les extases —, c'est elle que je veux tuer. Dis-lui de se montrer, qu'on en finisse.*

— Elle est déjà morte.

— *Alors pourquoi se cache-t-elle ?*

— Je ne me cache pas », dit la voix d'Immacolata, et les os tourbillonnèrent sur le sol, comme emportés par un courant, et le fantôme s'éleva d'eux.

Il ne s'éleva pas simplement d'entre eux, mais d'*eux-mêmes*, défiant l'œuvre destructrice d'Uriel en façonnant de par sa volonté une nouvelle anatomie à partir de leurs fragments. Le résultat était bien plus que la somme de ses parties. Il s'agissait, comme le vit Shadwell, non pas de l'une des sœurs mais des trois ensemble, ou d'une projection de leur esprit collectif.

« Pourquoi devrais-je me cacher de toi ? » dit la statue.

Chaque écharde de son corps tournait lorsqu'elle parlait.

« Es-tu heureux à présent ? demanda-t-elle.

— *Qu'est-ce qu'être heureux ?* voulut savoir Uriel.

— Ne te soucie pas de feindre l'innocence, dit le fantôme. Tu sais que ta place n'est pas en ce monde.

— *Je suis déjà venu ici.*

— Et tu es reparti. Repars à présent.

— *Quand j'en aurai fini*, répondit Uriel. *Quand tous les faiseurs d'extases auront péri. Tel est mon devoir.*

— Ton devoir ? dit Immacolata, et tous ses os rirent.

— *Pourquoi t'amusé-je ?* demanda Uriel.

— Comme tu te trompes. Tu te crois seul...

— *Je suis seul.*

— Non. Tu as oublié qui tu es ; et ainsi, tu as été oublié.

— *Je suis Uriel. Je garde la porte.*

— Tu n'es pas seul. Personne — rien — n'est jamais seul. Tu fais partie de quelque chose de plus vaste.

— *Je suis Uriel. Je garde la porte.*

— Il ne reste plus rien à garder, dit Immacolata. Sinon ton devoir.

— *Je suis Uriel. Je...*

— Regarde-toi. Je te mets au défi. Jette l'homme que tu portes comme un costume et regarde ce que tu es. »

Uriel ne donna pas sa réponse en paroles, mais dans un hurlement.

« *NON!* »

Et à ce mot, il déchaîna sa furie contre le corps composé d'os. La statue vola en morceaux lorsque le feu la frappa et ses fragments se fracassèrent contre les murs. Shadwell protégea son visage lorsque le feu d'Uriel parcourut la chambre de fond en comble afin d'éradiquer l'image de l'Incantatrice. Il ne fut pas satisfait de son œuvre avant un long moment et fouilla tous les recoins de l'Autel jusqu'à ce que la dernière écharde insultante ait été réduite en cendres.

Ce fut seulement à ce moment-là que descendit cette soudaine tranquillité que Shadwell détestait tant. L'Ange fit asseoir le corps ravagé de Hobart sur un monceau d'os et ramassa un crâne entre ses deux mains calcinées.

« *Le monde ne serait-il pas plus propre...*, dit l'Ange d'une voix mesurée, *... si nous le vidions de toutes les choses vivantes ?* »

Cette suggestion fut formulée de façon si délicate, sur un ton qui reproduisait si parfaitement le numéro d'Homme Raisonnable de Shadwell, qu'il fallut quelques instants à celui-ci pour comprendre l'ambition de ce qu'elle proposait.

« *Eh bien ?* dit le Fléau. *Qu'en penses-tu ?* »

Il leva les yeux vers Shadwell. Bien que ses traits fussent toujours essentiellement ceux de Hobart, toute trace de l'homme en avait été bannie. Uriel luisait à travers chacun de ses pores.

« *Je t'ai posé une question*, dit-il. *Ne serait-ce pas agréable ?* »

Shadwell murmura son assentiment.

« *Quel feu nous verrions alors, n'est-ce pas ?* » dit-il en quittant son siège d'os.

Il se dirigea jusqu'à la porte et regarda dans le couloir, où les cercueils brûlaient toujours.

« *Oh...*, dit-il avec un violent désir dans la voix, *... quel feu.* »

Puis, impatient de ne pas retarder d'un seul instant l'accomplissement de ses désirs, il se dirigea vers l'escalier, et vers le Royaume endormi qui l'attendait à son sommet.

CHAPITRE 3

L'Île des Spectres

1

Le train atteignit Birmingham avec une heure de retard. Lorsqu'il entra finalement en gare, la neige tombait toujours et il était impossible de trouver un taxi. Cal demanda où se trouvait le quartier de Harborne et fit la queue durant vingt-cinq minutes avant de pouvoir monter dans le bus, lequel roula ensuite d'un arrêt à l'autre à la vitesse d'un escargot, embarquant de nouveaux passagers frigorifiés jusqu'à atteindre sa capacité maximale. Sa progression était fort lente. Le centre-ville était embouteillé et on n'avançait guère. Une fois que le bus eut quitté le centre, les rues devinrent dangereuses — le crépuscule et la neige conspirant pour réduire la visibilité — et le conducteur n'osait jamais rouler à plus de quinze kilomètres à l'heure. Tous les passagers restaient assis en prenant un air faussement joyeux et évitaient de croiser le regard de leurs compagnons d'infortune, de peur d'être obligés de converser avec eux. La femme qui s'était assise à côté de Cal tenait dans ses bras un petit fox-terrier engoncé dans un manteau écossais, l'image même de la misère. Il surprit plusieurs fois les yeux navrés de l'animal en train de le contempler et lui retourna son regard avec un petit sourire de consolation.

Il avait mangé dans le train mais il se sentait toujours étourdi, totalement détaché des scènes sinistres qu'ils découvraient sur leur route. Le vent cinglant l'arracha cependant à sa rêverie dès qu'il descendit du bus à Harborne Hill. La femme au chien écossais lui avait indiqué où se trouvait Waterloo Road, lui assurant que cette rue n'était qu'à trois minutes de marche de l'arrêt. Il lui fallut en fait presque une demi-heure pour la trouver, durant laquelle le froid s'insinua sournoisement à travers ses vêtements pour venir lui glacer la moelle des os.

La maison de Gluck était un grand bâtiment à la large façade dominée par un araucaria qui montait jusqu'à ses tuiles. Tremblant de froid, il appuya sur la sonnette. Il ne l'entendit pas retentir à l'intérieur, aussi frappa-t-il fort sur la porte, puis plus fort encore. Une lumière s'alluma dans l'entrée et, après ce qui lui sembla être une éternité, la porte s'ouvrit, révélant Gluck, les restes d'un cigare mâchonné à la main, qui lui sourit et qui lui ordonna de rentrer avant que le froid lui ait gelé les couilles. Il n'avait pas besoin d'une seconde invitation. Gluck referma la porte derrière lui et jeta un tapis enroulé contre elle afin de barrer la route aux courants d'air, puis il conduisit Cal vers l'intérieur. Le chemin fut difficile à négocier. Le couloir était presque obstrué par des cartons empilés bien au-dessus de la hauteur d'un homme.

« Vous allez déménager ? demanda Cal tandis que Gluck le faisait pénétrer dans une cuisine à la chaleur idyllique, également encombrée de boîtes, de sacs et de liasses de papiers.

— Bon Dieu, non, répondit Gluck. Enlevez vos vêtements mouillés. Je vais vous chercher une serviette. »

Cal ôta son veston ruisselant et sa chemise également trempée, et il était en train d'enlever ses souliers, qui dégorgeaient comme des éponges, lorsque Gluck revint, porteur non seulement d'une serviette mais aussi d'un sweater et d'une paire de pantalons en velours élimé.

« Essayez donc ça, dit-il en jetant les vêtements vers Cal. Je vais faire un peu de thé. Vous aimez le thé ? » Il n'attendit pas une réponse. « Je ne vis que de thé. Du thé doux et des cigares. »

Il remplit une bouilloire et alluma une cuisinière à gaz antique. Ceci fait, il ramassa une paire de chaussettes de marche qui séchaient sur un radiateur et les donna à Cal.

« Vous vous réchauffez ? demanda-t-il.

— Oui.

— Je vous offrirais bien quelque chose de plus fort », dit-il en sortant d'un tiroir une boîte à thé, du sucre et un bol fêlé. « Mais je ne touche jamais à l'alcool. C'est ça qui a tué mon père. » Il versa plusieurs cuillerées de thé bien tassé dans la bouilloire. « Je dois vous avouer une chose », dit-il, prisonnier d'un nuage de vapeur. « Je ne m'attendais pas à avoir de vos nouvelles. Du sucre ?

— S'il vous plaît.

— Prenez le lait, voulez-vous ? Nous allons dans mon bureau. »

Emportant la bouilloire, le sucre et le bol, il fit sortir Cal de la cuisine pour le conduire vers le premier étage. Celui-ci était dans le même état que le rez-de-chaussée : sa décoration était franchement négligée, ses ampoules étaient nues, et on trouvait partout les mêmes prodigieux empilements de paperasses, comme si un bureaucrate fou avait légué à Gluck l'œuvre de sa vie.

Il ouvrit une porte et Cal le suivit dans une grande pièce en désordre — encore plus de cartons, encore plus de papiers — qui était assez chaude pour qu'on puisse y faire pousser des orchidées et qui puait le tabac de cigare refroidi. Gluck posa le thé sur l'une des nombreuses tables qui se trouvaient là, récupérant son propre bol derrière un tas de notes, puis installa deux fauteuils devant le radiateur électrique.

« Asseyez-vous. Asseyez-vous », exhorta-t-il Cal, dont le regard avait été attiré par le contenu d'un des cartons.

Il était plein à ras bord de grenouilles séchées.

« Ah, dit Gluck. Vous vous demandez sans aucun doute...

— Oui, confessa Cal. En effet. Pourquoi des grenouilles ?

— Pourquoi en effet ? répondit Gluck. C'est l'une des innombrables questions auxquelles nous essayons de répondre. Il ne s'agit pas *seulement* de grenouilles, bien sûr. Nous avons aussi des chats ; des chiens ; beaucoup de poissons. Nous avons même eu des tortues. Eschyle a été tué par une tortue. C'est une des premières chutes à avoir été répertoriée.

— Des chutes ?

— Des objets qui tombent du ciel, dit Gluck. Combien de sucres ?

— Des grenouilles ? Tombées du ciel ?

— C'est très fréquent. *Combien de sucres ?*

— Deux. »

Cal jeta un nouveau regard dans le carton et en sortit trois grenouilles. Chacune d'elles portait une étiquette à la patte ; sur cette étiquette étaient inscrits la date et le lieu de sa chute. La première était tombée dans l'Utah, la deuxième à Dresde et la troisième dans le Comté de Cork.

« Est-ce qu'elles sont mortes à l'atterrissage ? demanda-t-il.

— Pas toujours, dit Gluck en tendant son bol à Cal. Parfois, elles arrivent indemnes. Parfois, en plusieurs morceaux. Il n'y a pas de règle bien établie. Ou plutôt, il y en a *une*, mais il nous reste encore à la découvrir. » Il sirota son thé à grand bruit. « Bien..., dit-il, vous n'êtes pas venu ici pour me parler de grenouilles.

— Non.

— De *quoi* êtes-vous venu me parler ?

— Je ne sais pas par où commencer.

— Les histoires comme ça sont toujours les meilleures », déclara Gluck, le visage radieux. « Commencez par le plus invraisemblable. »

Cal sourit ; cet homme était prêt à entendre un conte.

« Bien... », dit-il en inspirant profondément. Et il commença.

Il avait eu l'intention de ne faire qu'un bref récit, mais après une dizaine de minutes, Gluck se mit à l'interrompre pour lui poser des questions qui n'étaient en fait que des digressions. Il lui fallut par conséquent plusieurs heures pour raconter toute l'histoire, durant lesquelles Gluck fit un sort à un cigare aux proportions héroïques. Son récit s'acheva par son arrivée sur le seuil de Gluck et devint un souvenir partagé. Gluck resta muet pendant deux ou trois minutes, ne regardant même pas Cal mais étudiant les débris de tabac et d'allumettes dans son cendrier. Ce fut Cal qui rompit le silence.

« Est-ce que vous me croyez ? » dit-il.

Gluck cligna des yeux et fronça les sourcils, comme si on venait de l'arracher à des pensées d'une tout autre nature.

« Est-ce que je vous prépare un peu plus de thé ? » dit-il.

Il fit mine de se lever, mais Cal l'agrippa par le bras.

« *Est-ce que vous me croyez ?* demanda-t-il.

— Bien sûr, dit Gluck avec des traces de tristesse dans la voix. Je pense que j'y suis bien obligé. Vous êtes sain d'esprit. Vous êtes cohérent. Vous êtes foutrement précis. Oui, je vous crois. Mais il faut que vous compreniez, Cal, qu'en vous croyant, je porte un coup mortel à un grand nombre de mes illusions les plus chères. Vous avez devant vous un homme qui porte le deuil de ses théories. » Il se leva. « Enfin... » Il prit la bouilloire, puis la reposa sur la table. « Venez dans la pièce à côté », dit-il.

Il n'y avait pas de rideaux dans la pièce voisine. A travers la fenêtre, Cal vit que la tempête de neige avait pris les proportions d'un véritable blizzard pendant qu'il avait raconté son histoire. Le jardin situé derrière la maison, et les autres maisons au-delà, étaient devenus un néant immaculé.

Mais Gluck ne l'avait pas amené ici pour lui montrer le panorama ; c'étaient vers les murs qu'il dirigeait l'attention de Cal. Chaque centimètre carré disponible était couvert de cartes, dont la plupart semblaient dater des origines du monde. Elles étaient souillées par une couche de fumée de cigare, gribouillées par une douzaine de stylos et truffées d'innombrables épingles de couleur, dont chacune indiquait sans aucun doute un lieu où on avait observé quelque phénomène aberrant. Et sur les bordures de ces cartes, une étourdissante profusion de photographies montrant ces phénomènes : instantanés grenus, agrandissements, bandes d'images séquentielles extraites de films d'amateurs. Nombreuses étaient les images qui lui restaient incompréhensibles, et nombreuses celles qui lui paraissaient de toute évidence truquées. Mais pour chaque photo brouillée ou contrefaite, il s'en trouvait deux qui étaient authentiquement surprenantes, comme celle de cette femme mal fagotée debout dans son jardin, au milieu de ce qui ressemblait à une pêche miraculeuse montée tout droit des profondeurs océanes ; ou celle de ce policier montant la garde devant une maison de trois étages qui était tombée face contre terre sans qu'aucune de ses briques ait quitté sa place; ou celle de ce capot de voiture qui portait l'empreinte en creux de deux visages humains côte à côte. Certaines de ces images étaient comiques dans leur bizarrerie machinale, d'autres avaient une froide authenticité — les témoins parfois bouleversés, dissimulant parfois leurs visages — qui était tout sauf amusante. Mais toutes, qu'elles soient grotesques ou alarmantes, supportaient la même thèse: le monde était bien plus étrange que ne le supposait la majorité de l'Humanité.

« Ceci n'est que la partie émergée de l'iceberg..., dit Gluck. J'ai des milliers d'autres photographies. Des dizaines de milliers de témoignages. »

Certaines des images, remarqua Cal, étaient reliées par des fils de couleurs diverses aux épingles plantées dans les cartes.

« Vous pensez qu'il y a une signification sous-jacente? dit Cal.

— Je le crois. Mais à présent que j'ai écouté ce que vous aviez à me dire, je commence à penser que je ne l'ai pas recherchée au bon endroit. Certaines des preuves en ma possession, voyez-vous, corroborent votre récit. Durant les trois dernières semaines — pendant que vous essayiez de me contacter —, Max et moi étions en Écosse, où nous avons examiné un site que nous venions de découvrir dans les Highlands. Nous y avons trouvé quelques échantillons fort étranges. Je croyais qu'il s'agissait d'un terrain d'atterrissage pour nos visiteurs. Je pense à présent que je me trompais. C'était probablement la vallée où la Trame a été défaite.

— Qu'avez-vous trouvé?

— Les débris habituels. Des pièces de monnaie, des vêtements, des effets personnels de toute sorte. Nous les avons emballés et les avons ramenés ici afin de les examiner à loisir. Nous aurions pu en faire des confirmations de nos théories favorites, vous savez... mais maintenant, je pense qu'ils sont en ruine.

— J'aimerais bien voir ces trucs, dit Cal.

— Je vais les déballer », dit Gluck.

Depuis que Cal avait achevé son récit, son expression avait été celle d'un homme plongé dans une profonde perplexité. Même à présent, il examinait la salle des cartes avec quelque chose qui ressemblait à du désespoir. Durant les dernières heures, il avait vu sa conception du monde basculer de façon irréversible.

« Je suis navré, dit Cal.

— Pourquoi donc? répondit Gluck. Parce que vous m'avez raconté des miracles? N'ayez pas de regrets. Je serai aussi heureux de croire à votre mystère que je l'ai été de croire au mien. Il me faudra seulement un peu de temps pour m'adapter. Tout ce que je demande, c'est que le mystère soit là.

— Oh, il est là, dit Cal. Croyez-moi, il est là. Mais je ne sais pas *où*. »

Il quitta le visage de Gluck du regard pour se tourner vers la fenêtre et vers le paysage blanc derrière elle. Il craignait de plus en plus pour ses exilés bien-aimés. La nuit, le Fléau et la neige semblaient tous conspirer pour les exterminer.

Il alla jusqu'à la fenêtre ; la température baissa lorsqu'il s'approcha de la vitre gelée.

« Il faut que je les trouve, dit-il. Il faut que je les rejoigne. »

Il avait jusqu'à présent réussi à refouler son sentiment de désolation ; mais il fut soudain secoué de sanglots. Il entendit Gluck venir à ses côtés, mais il n'avait plus assez de maîtrise sur lui-même pour contrôler ses larmes : elles coulaient toujours. Gluck posa une main consolatrice sur son épaule.

« Ça fait du bien de voir quelqu'un qui a tant besoin de miracles, dit-il. Nous retrouverons votre Devinité, Mooney. Faites-moi confiance. S'il existe un indice susceptible de nous dire où ils se trouvent, il est ici.

— Nous devons faire vite, dit doucement Cal.

— Je sais. Mais nous les retrouverons. Pas seulement pour vous, mais pour moi. Je veux rencontrer votre peuple perdu.

— Ce n'est pas mon peuple.

— D'une certaine façon, si. Et vous leur appartenez. Je l'ai vu sur votre visage. C'est pour ça que je vous crois. »

2

« Par où commençons-nous ? » fut la question de Cal.

La maison était bourrée de rapports, de la cave au grenier. Peut-être, comme l'avait dit Gluck, se trouvait-il parmi eux un indice — une ligne dans une déclaration, une photographie — susceptible de leur apprendre où se trouvait la Devinité. Mais où ? Combien de témoignages leur faudrait-il exhumer avant de trouver une trace de leur cachette ? En supposant, bien sûr, que les Devins se soient rassemblés à l'approche du danger. Sinon — s'ils s'étaient dispersés dans les Îles Britanniques — leur cause était désespérée et non plus seulement presque perdue.

Cal se morigéna de penser de la sorte. Il ne servait à rien de se montrer défaitiste. Il devait croire en la possibilité d'une découverte ; devait croire que la tâche qui les attendait n'était pas simplement un moyen de tuer le temps en attendant le cataclysme. Il prendrait Gluck pour modèle. Gluck, qui avait passé toute sa vie en quête de quelque chose qu'il n'avait jamais vraiment vu, sans douter un seul instant de la validité de sa quête ; Gluck, qui en ce moment même préparait du thé et sortait ses dossiers, agissant comme s'il croyait que la solution de leur problème était à portée de main.

Ils avaient transformé le bureau en quartier général. Gluck avait débarrassé une table et étalé sur elle une carte de la Grande-Bretagne, si vaste qu'elle débordait comme une nappe.

« L'Île des Spectres*, dit-il à Cal. Étudiez-la quelque temps. Voyez si les sites sur lesquels nous avons enquêté au fil des ans vous rappellent quelque chose.

— D'accord.

— Je vais fouiller dans les rapports; et déballer les cartons que nous avons ramenés d'Écosse. »

Il joignit le geste à la parole, laissant Cal examiner la carte, qui était encore plus annotée que celle dans la pièce voisine, couverte de symboles, de lignes entrecroisées et de nuages de points, accompagnés de sigles énigmatiques. Il n'avait pas besoin qu'on lui explique ce que signifiaient les lettres *OVNI*, mais qu'était donc un *TMD suspecté*? ou un *Cirrus VS*? Il décida d'ignorer ces annotations, qui ne faisaient que le distraire, et se contenta d'examiner systématiquement la carte, centimètre carré par centimètre carré, commençant par la pointe des Cornouailles et remontant vers le reste de l'île. Il était soulagé de n'avoir que les surfaces terrestres à parcourir, car les mers qui entouraient la Grande-Bretagne — ces régions dont les noms l'enchantaient toujours lorsqu'il écoutait la météo marine : Fastnet, Viking, Forties, Tiree — avaient elles aussi leur part de miracles. Il était raisonnable de le supposer. Si des pieuvres tombaient sur la banlieue, peut-être y avait-il des averses de pneus et de cheminées sur la Mer du Nord. Il avait parcouru le pays une demi-douzaine de fois lorsque Gluck revint.

« Trouvé quelque chose ? voulut-il savoir.

— Pas encore », dit Cal.

Gluck posa une pile de rapports haute de trente centimètres sur une chaise.

« Peut-être trouverons-nous quelque chose là-dedans, dit-il. J'ai commencé par les événements survenus dans les environs de la Cité des Spectres, ensuite on rayonnera à partir de là.

— Ça me semble logique.

— Allez-y. Mettez de côté tout ce qui vous paraît familier. Tant que vous continuerez de lire, je continuerai de fournir. »

Gluck punaisa la carte sur le mur à côté de la table et laissa Cal attaquer la première collection de rapports.

Cette tâche nécessita une certaine concentration que Cal trouva difficile à maintenir. Il était dix heures et demie et il avait déjà sommeil. Mais lorsqu'il se mit à feuilleter ce catalogue de merveilles négligées, ses yeux épuisés et son cerveau qui l'était encore plus oublièrent leur fatigue, revigorés par les étonnants récits qu'ils découvraient.

---

* Jeu de mots sur « *This sceptered isle* » (*Richard II*, Acte II, Scène 1). (N.d.T.)

La plupart de ces incidents étaient des variations sur des thèmes à présent familiers : des événements qui défiaient les lois de la géographie, du temps ou de la météorologie. Des ménageries déplacées ; des excursionnistes en provenance d'étoiles lointaines ; des maisons plus vastes à l'intérieur qu'à l'extérieur ; des radios qui captaient les voix des morts ; de la glace dans les arbres en plein été ; et des ruches qui bourdonnaient le Notre Père. Toutes ces choses avaient eu lieu non pas dans des pays lointains, mais à Preston et à Healey Bridge, à Scunthorpe et à Windermere ; dans des endroits solides et stoïques, habités par des gens pragmatiques qui n'étaient pas portés sur l'hystérie. Cette contrée, que Gluck avait appelée l'Île des Spectres, était peuplée d'un bout à l'autre par des visions délirantes. Elle aussi était un Pays des Merveilles.

Gluck allait et venait, lui portant à intervalles réguliers de nouveaux dossiers et du thé chaud, mais faisant tout son possible pour ne pas distraire la concentration de Cal. Il était difficile, découvrit celui-ci, de ne pas s'attarder sur la plupart des rapports les plus bizarres, mais en s'imposant une stricte discipline, il réussit à isoler ceux qui contenaient un détail susceptible de rattacher les événements décrits à la Fugue ou à ses habitants. Il connaissait déjà certains d'entre eux : la destruction de la maison de Shearman, par exemple. Mais il y en avait d'autres — des mots apparaissant dans les airs, un homme dont le singe familier citait les Psaumes — qui étaient survenus dans des endroits dont il n'avait jamais entendu parler. Peut-être que la Devinité s'y trouvait à présent.

Ce fut seulement lorsqu'il eut décidé de faire une pause dans son travail que Gluck lui apprit qu'il avait déballé les cartons ramenés d'Écosse et lui demanda s'il voulait en examiner le contenu. Cal suivit Gluck dans la salle des cartes, et là — chaque article étiqueté avec précision — se trouvaient les traces laissées par les événements de la vallée. Il n'y avait pas grand-chose ; ou bien les survivants avaient détruit la majorité de leurs biens, ou alors la nature s'en était chargée. Mais il subsistait quelques témoignages pitoyables du désastre — des objets personnels sans intérêt particulier ainsi que quelques armes. L'objet qui donna la chair de poule à Cal dès qu'il l'aperçut faisait partie de ces deux catégories. Là, posée sur l'un des cartons, se trouvait la veste de Shadwell. Il la regarda avec nervosité.

« Vous avez reconnu quelque chose ? » dit Gluck.

Cal lui dit quoi, et d'où ça venait.

« Mon Dieu, dit Gluck. C'est la veste ? »

Son incrédulité était bien compréhensible ; à la lumière d'une ampoule nue, ce vêtement n'avait rien de remarquable. Mais il fallut une bonne minute à Cal pour qu'il trouve le courage de le ramasser. La doublure, qui avait probablement séduit des centaines de personnes en son temps, semblait tout à fait ordinaire.

Peut-être y avait-il dans son tissu une lueur qui n'était pas tout à fait explicable, mais on n'y discernait aucun autre signe de ses pouvoirs. Peut-être ceux-ci avaient-ils déserté la veste à présent que son possesseur s'en était défait, mais Cal n'était pas prêt à courir ce risque. Il la rejeta, cachant sa doublure.

« Nous devrions l'emmener, dit Gluck. Quand nous partirons.

— Où ça ?

— À la rencontre de la Devinité.

— Non. Je ne pense pas.

— Elle leur appartient sûrement, dit Gluck.

— Peut-être, répondit Cal sans conviction. Mais il nous faut d'abord les trouver.

— Au travail, donc. »

Il retourna à ses rapports. Il avait eu tort de faire une pause ; il lui fut difficile de retrouver son rythme. Mais il insista, utilisant comme aiguillon les tristes objets de la pièce voisine et la pensée qu'ils pourraient bientôt représenter ses derniers souvenirs de la Devinité.

À quatre heures moins le quart du matin, il eut fini de parcourir les dossiers. Gluck avait profité de sa concentration pour s'endormir dans un fauteuil. Cal le réveilla et lui présenta les neuf rapports qu'il avait sélectionnés.

« C'est tout ? dit Gluck.

— Il y en avait d'autres dont je n'étais pas très sûr. Je les ai mis de côté, mais j'ai pensé qu'il s'agissait de phénomènes destinés à brouiller les pistes.

— D'accord », dit Gluck.

Il alla jusqu'à la carte et piqua neuf épingles pour désigner les lieux découverts par Cal. Puis il se recula pour examiner l'ensemble. Il n'y avait aucun ordre discernable dans la disposition des sites ; ceux-ci étaient dispersés un peu partout dans l'île. Aucun n'était à moins d'une soixantaine de kilomètres de son voisin le plus proche.

« Rien, dit Cal.

— N'allez pas trop vite, lui dit Gluck. Il faut parfois un certain temps pour percevoir les connexions.

— Nous n'avons pas un certain temps », lui rappela Cal d'une voix exténuée.

Ses longues heures de veille commençaient à l'affecter ; son épaule lui faisait mal là où l'avait frappé la balle de Shadwell ; en fait, son corps tout entier lui faisait mal.

« Ça ne sert à rien, dit-il.

— Laissez-moi étudier ça, dit Gluck. Je vais voir si je ne trouve pas un sens caché. »

Cal leva les bras au ciel, exaspéré.

« Il n'y a *pas* de sens caché, dit-il. Tout ce qui me reste à faire, c'est de visiter ces endroits un par un... (*Avec un temps pareil?* s'entendit-il penser. *Tu auras de la chance si tu peux sortir d'ici demain matin.*)

— Pourquoi n'allez-vous pas vous reposer quelques heures. Je vous ai préparé un lit dans la chambre d'amis. C'est à l'étage au-dessus, deuxième porte à gauche.

— Je me sens si inutile.

— Vous serez encore plus inutile si vous ne dormez pas. Allez-y.

— Je crois que c'est ce que je vais faire. Je partirai dès demain... »

Il monta l'escalier. L'étage supérieur était glacé; son souffle le précédait. Il ne se déshabilla pas, mais jeta les couvertures sur son corps et demeura ainsi.

Il n'y avait pas de rideaux à la fenêtre couverte de givre, et la neige qui tombait au-dehors projetait dans la chambre une luminescence bleue, assez brillante pour qu'il ait pu lire à sa lueur. Mais cela ne l'empêcha pas de dormir plus de trente secondes.

CHAPITRE 4

Au-delà de l'espoir

1

Ils vinrent à son appel, tous ; ils venaient tantôt seuls ou en couples, tantôt par familles ou par groupes d'amis ; ils venaient avec peu de bagages (que possédaient-ils dans le Royaume qui ait valu la peine de s'en encombrer ?), ne portant sur leurs personnes que leurs seuls objets de valeur, ceux qui provenaient de la Fugue. Des souvenirs de leur monde perdu : des pierres, des graines, les clés de leurs maisons.

Et bien sûr, ils amenèrent leurs extases, les rares qui leur restaient. Les amenèrent à l'endroit dont Nemrod avait parlé à Suzanna sans pouvoir lui donner son nom. Apolline s'en était cependant souvenue. C'était un endroit que le Fléau n'avait jamais pu trouver avant l'ère de la Trame.

Il s'appelait la Colline de Rayment.

Suzanna craignait que les Coucous n'aient fait subir de profonds changements à cette région ; qu'ils l'aient éventrée ou rasée. Mais non. La Colline était intacte, et le bosquet qui se trouvait à son pied, là où les Familles avaient vécu durant ce lointain été, avait prospéré pour devenir une forêt.

Elle s'était aussi interrogée sur le choix d'un refuge en plein air par un temps si rude — les spécialistes météo déclaraient déjà que ce mois de décembre serait le plus froid de mémoire d'homme —, mais on lui avait assuré qu'en dépit de leur situation dramatique, les Devins connaissaient la solution de ce problème tout simple.

Ils avaient jadis été en sécurité sous la Colline de Rayment ; peut-être le seraient-ils de nouveau aujourd'hui.

L'impression de soulagement qui imprégnait leurs retrouvailles était palpable. Bien que la plupart d'entre eux aient survécu au sein du Royaume, les circonstances avaient de toute évidence exigé d'eux qu'ils dissimulent leur peine. A présent, de retour parmi les leurs, ils pouvaient échanger leurs souvenirs et parler de leur patrie, et le réconfort qu'ils en retiraient n'était pas négligeable. Et ils n'étaient pas entièrement sans défense en ce lieu. Bien que leurs pouvoirs aient été fortement réduits sans la Fugue pour les alimenter, ils avaient encore une ou deux extases à leur disposition. Ils ne pourraient sans doute pas se protéger très longtemps du pouvoir qui avait détruit Chariot Street, mais les mendiants n'ont pas le luxe de se montrer difficiles.

Et lorsqu'ils furent finalement rassemblés dans les clairières — leur présence collective causant de subtiles transformations dans les branches et dans les buissons —, elle perçut l'indiscutable sagesse de leur décision. Si le Fléau finissait par les retrouver, au moins seraient-ils tous ensemble à la fin.

Il n'y avait que deux absents de marque. Le premier était Cal, bien sûr. Le second était le livre qu'elle lui avait confié ; un livre dont les pages vivantes avaient contenu des échos de cette forêt hivernale. Elle pria pour qu'ils soient en sécurité tous les deux — le livre et son gardien. Pour qu'ils soient en sécurité ; et pour qu'ils fassent de beaux rêves.

2

Peut-être fut-ce la pensée qu'il avait été sur le point de formuler au moment de s'endormir (que la lueur de la neige avait été assez brillante pour lui permettre de lire) qui fut à l'origine de son rêve.

Il imagina qu'il se réveillait et qu'il plongeait la main dans la poche de son blouson — laquelle était inexplicablement profonde — pour en sortir le livre qu'il avait sauvé de la destruction dans Chariot Street. Il essaya de l'ouvrir, mais ses doigts étaient engourdis et ses gestes hésitants comme ceux d'un imbécile. Lorsqu'il finit par réussir, il ressentit un choc soudain, car les pages étaient vierges, jusqu'à la dernière, blanches comme le monde derrière la fenêtre. Les histoires et les illustrations avaient disparu.

Et la neige continuait de tomber sur les mers, sur Viking et sur Dogger Bank, et sur la terre aussi. Elle tombait sur Healey Bridge et sur Blackpool, sur Bath et sur Devizes, enfouissant les maisons et les rues, les usines et les cathédrales, emplissant les vallées jusqu'à ce qu'on ne puisse plus les distinguer des collines, aveuglant les rivières, étouffant les arbres, jusqu'à ce que l'Île des Spectres soit aussi vierge que les pages du livre de Suzanna.

Et ceci semblait parfaitement sensé à son moi onirique : car ne faisaient-ils pas partie de la même histoire, le livre et le monde extérieur ? La trame et le tissu. *Un seul monde, indivisible.*

Ces scènes lui faisaient peur. Le vide était dedans et dehors ; et il n'avait aucun remède à apporter.

« *Suzanna...* », murmura-t-il dans son sommeil, brûlant du désir de la prendre dans ses bras, de la serrer fort contre lui.

Mais elle n'était pas près de lui. Même dans ses rêves, il ne pouvait pas prétendre le contraire, ne pouvait pas la faire venir à ses côtés. Il ne pouvait qu'espérer qu'elle était en sécurité ; espérer qu'elle en savait plus que lui sur la façon de se garder du néant.

« *Je ne me rappelle pas avoir été heureuse* », murmura à son oreille une voix surgie du passé.

Il ne pouvait lui associer aucun nom, mais il savait que sa propriétaire avait disparu depuis longtemps. Il remonta le fil de son rêve en quête de son identité. Les mots se firent de nouveau entendre, avec plus de force cette fois.

« *Je ne me rappelle pas avoir été heureuse.* »

Son souvenir lui donna un nom cette fois-ci, ainsi qu'un visage. C'était Lilia Pellicia ; et elle se tenait debout au pied du lit, mais ce n'était pas le lit dans lequel il s'était endormi. Ce n'était même pas la pièce où il se trouvait.

Il regarda autour de lui. Il y avait d'autres personnes ici, arrachées au passé. Freddy Cammell examinait son reflet ; Apolline était assise à califourchon sur une chaise, une bouteille aux lèvres. À ses côtés se tenait Jerichau, portant dans ses bras un enfant aux yeux d'or. Il savait à présent où il se trouvait, et quand. C'était sa chambre de Chariot Street, la nuit où le morceau de tapis s'était défait.

Sans qu'on eût besoin de lui souffler, Lilia reprit la parole ; la même phrase qui l'avait conduit ici.

« *Je ne me rappelle pas avoir été heureuse.* »

Pourquoi, entre toutes les scènes et les conversations extraordinaires qu'il avait vues et entendues depuis cette nuit-là, sa mémoire avait-elle choisi d'évoquer ce moment ?

Lilia le regarda. Sa détresse n'était que trop évidente ; on aurait dit que son don de double vue avait prédit la nuit enneigée dans laquelle il rêvait ; avait su, même à ce moment-là, que tout était perdu. Il voulait la réconforter, voulait lui dire que le bonheur était encore possible, mais il n'avait ni la conviction ni la volonté nécessaires pour déformer la vérité.

C'était Apolline qui parlait à présent.

« *Et cette colline ?* » dit-elle.

« *Quelle* colline ? » pensa-t-il. S'il avait jamais su de quoi elle parlait, il l'avait oublié depuis.

« *Comment s'appelait-elle ?* demanda-t-elle. *...où nous sommes restés...* »

Ses mots se mirent à s'estomper.

Continuez, lui ordonna-t-il mentalement. Mais le souvenir de la chaleur de cette chambre s'enfuyait déjà. Un frisson venu du présent s'était insinué en lui, faisant reculer cette chaude nuit d'août. Il restait encore à l'écoute, sentant son cœur battre dans sa tête. Son esprit n'avait pas choisi de lui repasser cette conversation sans motif: il y avait là une certaine méthode. Un secret allait lui être divulgué, s'il parvenait seulement à s'accrocher assez longtemps.

« *Comment s'appelait-elle ?* répéta la voix étouffée d'Apolline. ... *où nous sommes restés, le dernier été ? Je m'en souviens comme si c'était hier...* »

Elle regarda Lilia en quête d'une réponse. Cal la regarda lui aussi.

Répondez-lui, pensa-t-il.

Mais le frisson était de plus en plus glacé, l'arrachant au passé pour le ramener au sinistre présent. Il voulait désespérément emporter avec lui l'indice qui flottait sur les lèvres de Lilia.

« *Je m'en souviens...*, répéta Apolline, d'une voix stridente qui s'affaiblissait à chaque syllabe, ... *comme si c'était hier.* »

Il regarda Lilia en lui ordonnant de parler. Elle était déjà aussi transparente que la fumée d'une cigarette.

« *Je vous en prie, répondez-lui* », dit-il.

Alors que son image se mettait à trembler avant de disparaître, elle ouvrit la bouche pour parler. L'espace d'un instant, il sembla à Cal qu'il l'avait perdue, mais sa réponse se fit entendre, si faible qu'il lui fut douloureux de la percevoir.

« *La Colline de Rayment...* », dit-elle.

Puis elle disparut.

« La Colline de Rayment! »

Il se réveilla avec ces mots sur les lèvres. Les couvertures avaient glissé loin de lui durant son sommeil et il avait si froid que ses doigts étaient gourds. Mais il avait arraché ce lieu au passé. C'était tout ce qu'il lui fallait.

Il s'assit. La lueur du jour perçait à la fenêtre. La neige tombait toujours.

« Gluck! appela-t-il. Où êtes-vous ? »

Renversant dans sa hâte un carton plein de papiers, il se précipita au rez-de-chaussée en quête de son hôte et le trouva effondré dans le fauteuil où il s'était assis pour écouter le récit de Cal.

Il secoua le bras de Gluck, lui ordonnant de se réveiller, mais l'autre était profondément endormi et ne refit pas surface jusqu'à ce que Cal dise:

« *Virgil.* »

A ce mot, ses yeux s'ouvrirent comme si on l'avait giflé.

« Quoi ? » dit-il. Il tourna vers Cal ses yeux bouffis de sommeil. « Oh, c'est vous. J'ai cru entendre... mon père... »

Il fit courir sa main sur ses traits pâles.

« Quelle heure est-il ?

— Je ne sais pas. Dans la matinée.

— Vous voulez un peu de thé ?

— Gluck, je crois que je sais où ils sont. »

Ces mots achevèrent de le réveiller. Il se redressa.

« Mooney ! Vous êtes sérieux ? Où ça ?

— Que savez-vous sur un endroit appelé la Colline de Rayment ?

— Je n'en ai jamais entendu parler.

— Alors, c'est là qu'ils sont. »

TREIZIÈME PARTIE

Nuit magique

« Ces bois sont si beaux, si sombres et si profonds.
Mais j'ai des promesses à tenir,
Et un long chemin à faire avant de m'endormir. »

Robert Frost
En m'arrêtant devant les bois par un soir de neige

CHAPITRE 1

Blizzard

1

Le gel avait arrêté les pendules de l'Angleterre.

Bien que les météorologistes aient prévu des conditions sibériennes depuis plus d'une semaine, la soudaine baisse de température prit comme d'habitude le pays par surprise. Les trains avaient cessé de rouler; les avions étaient cloués au sol. Dans le Yorkshire et dans le Lincolnshire, certains endroits étaient privés d'électricité et de téléphone; dans les Comtés du sud, des villages et même certaines petites villes se retrouvaient isolés par la neige. Les médias imploraient les gens de rester chez eux; un conseil qui fut en grande partie suivi, entraînant un ralentissement important, et même — dans certaines régions — un arrêt total des activités commerciales et industrielles. Personne ne bougeait, et avec raison. D'importantes sections des autoroutes étaient fermées, bloquées par la neige ou par les véhicules immobilisés; les grandes nationales étaient un vrai cauchemar, les petites routes étaient impraticables. L'Île des Spectres s'était virtuellement figée.

2

Il avait fallu un certain temps à Cal pour localiser la Colline de Rayment parmi l'abondante collection de cartes de Gluck, mais il avait fini par y parvenir: elle se trouvait dans le Somerset, au sud de Glastonbury. Dans des conditions climatiques ordinaires, elle n'était qu'à une heure de route de là, en prenant l'autoroute M5.

Aujourd'hui, cependant, Dieu seul savait combien de temps il lui faudrait pour y arriver.

Gluck voulait venir avec lui, bien sûr, mais Cal se doutait que, si les Devins se cachaient effectivement près de la colline, ils n'apprécieraient guère de le voir amener un inconnu parmi eux. Il expliqua ceci à Gluck le plus gentiment possible. En dépit de ses efforts, Gluck ne put dissimuler sa déception, mais il affirma avoir conscience de la délicatesse de telles rencontres; il s'était préparé durant toute sa vie à un tel événement; il n'insisterait pas davantage. Et oui, bien sûr, Cal pourrait prendre une de ses voitures, bien qu'aucune d'entre elles ne fût exactement en bon état de marche.

Alors que Cal se préparait à partir, engoncé dans des vêtements de fortune destinés à le protéger du froid, Gluck lui présenta un paquet grossièrement ficelé.

« Qu'est-ce que c'est? demanda-t-il.

— La veste, répondit Gluck. Et quelques-unes des preuves que j'ai ramassées.

— Je ne veux pas les emmener là-bas. Surtout la veste.

— C'est l'œuvre de leur magie, n'est-ce pas? dit Gluck. Prenez-les, bon sang. Ne me faites pas passer pour un voleur.

— D'accord, si vous insistez.

— J'y ai aussi glissé quelques cigares. Un petit cadeau en signe de paix, de la part d'un ami. » Il eut un large sourire. « Je vous envie, Cal; j'envie toutes les routes verglacées que vous allez parcourir. »

Il eut tout le temps de douter en roulant; tout le temps de se traiter d'imbécile pour *espérer* encore, pour oser croire qu'un souvenir remonté à la surface de son esprit allait le conduire aux exilés. Mais son rêve reçut une confirmation, au moins partielle, à mesure qu'il roulait. L'Angleterre *était* une page blanche; le blizzard avait tout effacé. Quelque part sous son linceul, les gens continuaient sans doute à vivre leurs vies, mais il n'y avait que peu de signes de leur présence. Les portes étaient fermées et les rideaux tirés pour tenir à l'écart une journée qui s'était transformée en nuit vers midi. Les rares esprits hardis qui étaient sortis dans la tempête marchaient sur les trottoirs aussi vite que le verglas le leur permettait, impatients de regagner le coin de leur feu, là où la télévision leur promettait un Noël fait de sentiments et de neige plastiques.

Il n'y avait pratiquement aucune circulation sur les routes, ce qui permit à Cal de prendre certaines libertés avec le Code de la Route: traverser les croisements quand le feu était rouge et ignorer les sens interdits pour s'échapper de la ville. Gluck l'avait aidé à planifier son trajet avant de partir et la radio l'informait régulièrement des fermetures de routes, aussi réussit-il tout d'abord à maintenir une bonne moyenne, rattrapant la M5 au sud de Birmingham et roulant à soixante kilomètres à l'heure environ, jusqu'au moment où — au nord de la sortie de Worcester — la radio lui apprit que l'autoroute était fermée entre les sorties 8 et 9 en raison d'un accident mortel. Un juron aux lèvres, il fut contraint de quitter l'autoroute et de prendre la nationale A38 pour traverser Great Malvern, Tewkesbury et Gloucester. On roulait bien moins vite sur cette route. Personne n'avait tenté de dégager ou de saler la chaussée et plusieurs véhicules avaient tout simplement été abandonnés par leurs conducteurs, lesquels avaient décidé qu'insister davantage ne ferait que les conduire au suicide.

Le temps empira encore lorsqu'il arriva près de Bristol, l'obligeant à adopter une vitesse d'escargot. Aveuglé par la neige, il manqua la bifurcation vers la A37 et dut rebrousser chemin, sous un ciel presque noir bien qu'on ne fût qu'au milieu de l'après-midi. Un kilomètre environ avant Shepton Mallet, il s'arrêta pour prendre de l'essence et acheter du chocolat, et le pompiste lui apprit que la plupart des routes étaient bloquées au sud de la ville. Il commença à croire à une conspiration dirigée contre lui. On aurait dit que le mauvais temps faisait partie du plan du Fléau ; que celui-ci savait que Cal était tout près du but et qu'il jetait des obstacles sur sa route à seule fin de voir jusqu'à quel point il lutterait pour atteindre le lieu de son exécution.

Mais en ce cas, cela signifiait qu'il était sur la bonne route ; que quelque part dans cette désolation, ceux qu'il aimait l'attendaient.

3

L'avertissement qu'on lui avait donné à la station-service ne se révéla que trop fondé lorsqu'il quitta la A37 à Lydford-on-Fosse pour prendre une route secondaire qui devait l'amener, en théorie, à l'ouest de la Colline de Rayment. Il avait su avant de se mettre en route que cette partie du voyage serait la plus problématique, mais il n'avait pas le choix. Aucune nationale ne desservait cette zone ; on n'y trouvait que des petites routes et des chemins de campagne, dont la plupart, il le savait, devaient être ensevelis sous la neige.

Il parcourut peut-être trois kilomètres dans un paysage blanc sur blanc jusqu'à ce que ses pneus finissent par perdre toute adhérence, et la voiture s'immobilisa finalement, sur des roues tournoyantes qui ne faisaient rien d'autre que d'envoyer de la neige de tous côtés. Il emballa le moteur, l'injuriant et le cajolant tour à tour, mais le véhicule n'allait pas bouger sans qu'il lui vienne en aide. Il descendit à contrecœur et s'enfonça immédiatement dans la neige jusqu'à mi-mollet. Gluck lui avait prêté une paire de bottes et des chaussettes de laine, qui lui protégeaient les pieds, mais le froid traversa son pantalon en un instant. Il mit la cagoule de son anorak — un autre cadeau de Gluck — et se dirigea péniblement vers le coffre de la voiture. En l'absence de pelle, il dut évacuer les paquets de neige à la main. Ses efforts furent infructueux. Après vingt minutes de travail, il n'avait toujours pas réussi à faire avancer la voiture d'un centimètre.

Il décida de renoncer à cette tâche avant de se geler les doigts. Se réfugiant dans la voiture, dont le moteur tournait au ralenti pour maintenir la chaleur, il s'assit et examina les choix qui se présentaient à lui. Il avait aperçu le dernier signe d'habitation humaine en quittant la nationale, trois kilomètres derrière lui ; trois kilomètres à piétiner dans la neige — qui tombait toujours — dans une obscurité presque totale. En supposant qu'après cette marche forcée il puisse trouver quelqu'un d'assez stupide ou d'assez charitable pour lui venir en aide, il aurait perdu plusieurs heures.

Restaient deux autres possibilités. La première : qu'il reste là où il était en attendant le lever du jour. Il rejeta tout de suite cette éventualité. La seconde : qu'il finisse à pied le voyage jusqu'à la Colline de Rayment. A en juger par sa carte, qui n'était guère détaillée, la route se divisait en fourche un peu plus loin. S'il prenait la branche de gauche, celle-ci le conduirait en principe à proximité de la colline. Il devrait cependant se laisser guider par son instinct, car tous les points remarquables du paysage — les fossés, les haies, la route elle-même — avaient disparu. Mais que pouvait-il faire d'autre ? Mieux valait avancer à l'aveuglette que ne pas avancer du tout.

Une fois cette décision prise, son moral remonta et il consacra son énergie et son astuce à se protéger le mieux possible des éléments. A l'arrière de la voiture, coincé entre les sièges et sans doute oublié là, il trouva un carton empli des précieux rapports de Gluck. Espérant que cette offense lui serait pardonnée, il enjamba son siège pour se retrouver à l'arrière et entreprit de glisser plusieurs couches de papiers et de photos entre sa peau et ses vêtements, s'isolant avec des récits de grenouilles tombant du ciel et d'abeilles douées de parole. Une fois le stock épuisé, il déchira la boîte elle-même et doubla son pantalon — qui serait le plus exposé au froid — d'une couche de carton. Finalement, il déchira deux peaux de chamois qu'il trouva sur la lunette arrière et s'en enveloppa le visage, soulevant la cagoule de son anorak et l'arrimant solidement avec sa cordelette pour s'isoler complètement. Une fois qu'il eut doublé ses gants de papier, il était aussi prêt qu'il le serait jamais à affronter la tourmente. Ramassant le colis que lui avait donné Gluck, il arrêta le moteur et sortit à la rencontre de la neige.

« Ceci est un acte de folie, pensa-t-il en claquant la portière et en s'éloignant à grand-peine de la voiture. Je serai Mooney le Dingue jusqu'à la fin. »

Dehors, il ne faisait pas aussi noir qu'il l'avait prévu. Durant le temps qu'il lui avait fallu pour se préparer, la colère du blizzard s'était quelque peu apaisée et le paysage était baigné d'une lueur laiteuse, qui rendait la couverture de neige plus lumineuse que le ciel de plomb au-dessus d'elle. Il y avait même des fissures dans les nuages ; des étoiles clignotaient entre eux. Il commença à croire qu'il avait peut-être une chance.

Les cinq cents premiers mètres qu'il parcourut ne firent rien pour dissiper son optimisme, mais durant les cinq cents suivants, son isolation thermique se mit à le trahir. L'humidité commença à s'insinuer sous son pantalon, lui engourdissant les jambes. Elle rampait aussi à travers ses gants en dépit de leur doublure renforcée, imprégnant ses doigts d'une sourde douleur. Pire encore, il ne parvenait à trouver aucun signe de la fourche indiquée sur la carte et il devint un peu plus sûr à chaque pas d'avoir manqué l'embranchement, d'avoir suivi une route qui l'éloignait de la colline plutôt que de l'en rapprocher.

Il décida de courir le risque de s'engager à travers champs. Sur sa gauche, le terrain s'élevait sensiblement. Peut-être se ferait-il une meilleure idée de la topographie du paysage une fois parvenu au sommet de cette éminence. Il regarda derrière lui en direction de la voiture, mais il ne pouvait plus la voir à présent. Aucune importance ; il ne pouvait plus reculer désormais. Il se dirigea vers le flanc blanchi de la colline et se mit à grimper.

La fissure entre les nuages s'était élargie et il y avait à présent au-dessus de lui une étendue de ciel clignotante et parsemée d'étoiles. Il avait appris les noms des constellations les plus importantes quand il avait acheté son télescope et il lui était facile de les identifier ; lui, Monsieur Mémoire. Ils ne signifiaient rien, bien sûr, ces noms, sinon d'un point de vue humain ; ce n'étaient que des étiquettes collées par un observateur amoureux des étoiles qui avait cru voir des dessins dans la foule de points lumineux au-dessus de sa tête : un arc et une flèche, une ourse, un chariot. Ils ne signifiaient rien dans un contexte cosmique. Mais c'était un réconfort nécessaire que de voir les étoiles et de les appeler par leurs noms, comme si on les connaissait comme des amis. Sans cette courtoisie, ce spectacle aurait pu briser le cœur d'un homme.

La douleur dans ses jambes et dans ses mains était contagieuse ; son torse et ses bras l'avaient attrapée eux aussi, ainsi que sa verge et ses testicules, ses oreilles et ses sinus. En fait, il lui semblait que toutes les parties de son corps irradiaient la douleur. Mais il n'était pas question de revenir en arrière. Trente mètres supplémentaires l'amèneraient au sommet de la colline, estima-t-il, et il se mit à les compter. Au dix-huitième, il dut s'arrêter et reprendre son souffle pour les douze restants. Lutter contre la neige et contre la pente lui demandait plus d'énergie qu'il n'en avait à donner. Immobile, hoquetant comme un asthmatique, il regarda les traces qu'il avait laissées dans la neige. Il avait cru avancer en ligne droite, mais le chemin qu'il avait suivi zigzaguait dans tous les sens.

Ne voulant pas réfléchir à ce que cela signifiait, il reprit son ascension. Chaque nouveau pas était à présent un défi. Il était obligé de lever les genoux jusqu'à l'aine pour soulever ses pieds au-dessus de la neige, plutôt que d'essayer de s'enfoncer dedans afin d'avancer. Ses muscles frigorifiés protestaient à chaque foulée, mais il finit par atteindre son but, découvrant au sommet de l'éminence un panorama d'un blanc immaculé. On aurait dit que la maison Angleterre avait été désertée et qu'on avait posé des draps sur ses meubles en attendant le retour de ses propriétaires. Si jamais ils revenaient. Debout sur l'éminence, les yeux posés sur la blancheur, dans un silence total, il était possible de penser qu'ils ne reviendraient jamais dans cet endroit désolé et qu'il resterait éternellement seul.

Mais il y avait une colline, et ça ne pouvait être que celle qu'il cherchait, car il n'en voyait aucune autre. Entre elle et l'endroit où il se trouvait s'étendaient cependant des champs couverts de neige. Lorsqu'il se rendit compte de la distance qui lui restait à parcourir, ses entrailles semblèrent se liquéfier, mais il savait que rester immobile ne ferait que donner des crampes à ses muscles et il commença à dévaler la pente, contrôlant à peine son corps.

En bas, la neige se fit de plus en plus profonde, si bien qu'il se retrouva bientôt enfoui jusqu'à la taille, et il avait l'impression de nager plutôt que de marcher. Mais lorsqu'il se mit à traverser les champs en direction de la colline, la douleur paralysante causée par le froid commença à s'estomper, pour être remplacée par un engourdissement qui était le bienvenu. Lorsqu'il arriva à mi-chemin de son but, ses doigts laissèrent choir le colis que lui avait donné Gluck, un acte que sa conscience de plus en plus détachée enregistra à peine. Ses pensées de plus en plus confinées s'étaient tournées vers la neige à travers laquelle il avançait et qui lui paraissait de plus en plus confortable. Peut-être devrait-il interrompre quelque temps son périple et s'étendre sur cet édredon immaculé. Sa tête était un peu plus lourde à chaque instant et comme la neige serait confortable. Quel mal y avait-il à s'étendre jusqu'à ce qu'il ait repris des forces ? Mais malgré ses pensées de plus en plus paresseuses, il n'était pas inconscient au point de ne pas savoir que le sommeil le tuerait. S'il s'arrêtait à présent, il s'arrêterait pour toujours.

Il atteignit le bas de la Colline de Rayment au bord de l'épuisement, puis se força à en gravir la pente, pas à pas. Elle était plus haute que la première, mais bien moins accentuée. Il était encore assez conscient pour se demander ce qu'il trouverait de l'autre côté ; il lui fallut utiliser toutes ses ressources mentales pour ordonner à ses jambes de bouger. Mais lorsqu'il arriva à quelques mètres du sommet, il leva la tête dans le vague espoir d'entrevoir les étoiles. Les nuages les avaient cependant dissimulées à ses yeux ; un nouvel assaut se préparait dans le ciel.

Encore deux pas, et il atteignit le sommet, tournant ses yeux vers le paysage qui se trouvait derrière la colline. Il n'y avait rien à voir. Aucun signe de quoi que ce soit qui ressemblât à une cachette, même vestigielle, aussi loin que son regard pouvait se poser. Rien que des champs couverts de neige, et encore d'autres champs, se déroulant jusqu'au lointain, déserts et silencieux. Il était seul.

Il aurait pleuré s'il en avait eu la force. Au lieu de cela, il laissa l'épuisement triompher de lui et il tomba dans la neige. Il lui aurait été impossible de retourner jusqu'à la voiture, même s'il en avait retrouvé le chemin. Ce sommeil fatal qu'il s'était refusé allait finalement le conquérir.

Mais alors que ses paupières se fermaient, il aperçut un mouvement dans l'étendue désolée en bas de la colline — quelque chose courait dans la neige. Il essaya de se concentrer ; y échoua ; pressa ses doigts contre son visage pour se réveiller ; leva la tête et essaya encore. Ses yeux ne l'avaient pas trompé. Il y *avait* quelque chose qui bougeait sur la page blanche devant lui ; une sorte d'animal.

Se pouvait-il que ce soit... un *singe* ?

Il plongea les bras dans la neige pour se redresser, mais en faisant ce mouvement, il perdit l'équilibre et tomba en avant. Durant plusieurs secondes, la terre et le ciel se mêlèrent tandis qu'il dévalait la pente en roulé-boulé, s'arrêtant finalement enchâssé dans la glace. Il lui fallut quelques instants pour s'orienter, mais lorsqu'il y parvint, il vit l'animal — et, oui, *c'était* un singe — qui fuyait loin de lui.

Il se leva, fait de neige plus que de chair, et trébucha à sa poursuite. Au nom de Dieu, où courait-il ? Il n'y avait que des champs vides devant lui.

Soudain, l'animal s'évanouit. A un instant donné, il était devant lui et Cal le rattrapait. L'instant d'après, il avait disparu du champ, comme s'il s'était enfui par une porte ouverte en la refermant derrière lui. Il s'arrêta brutalement, ne croyant pas le témoignage de ses yeux. Cet animal était-il une sorte de mirage ? Ou bien le froid lui avait-il tout simplement fait perdre la raison ?

Il examina la neige. Il y aperçut distinctement des traces — des traces de pattes, là où le singe avait joué. Il les suivit, et le témoignage de ses yeux reçut sa confirmation. Les traces cessaient net à quelques pas de lui. Derrière, il n'y avait que de la neige fraîche et immaculée ; des hectares de neige.

« D'accord, dit-il au champ désert. Où êtes-vous ? »

Tout en parlant, il fit un nouveau pas vers l'endroit où le singe avait accompli son tour d'escamotage et reposa sa question.

« Je vous en prie..., dit-il d'une voix éraillée, où êtes-vous ? »

Il n'y eut pas de réponse, bien sûr. Les mirages étaient muets.

Il regarda les traces et sentit les derniers vestiges de son espoir s'envoler.

Puis une voix dit :

« Ne restez pas dans le froid. »

Il leva la tête. Il n'y avait personne de visible, ni à sa droite ni à sa gauche. Mais les instructions se firent de nouveau entendre.

« Deux pas en avant. Et dépêchez-vous. »

Il fit un pas hésitant. Alors qu'il allait faire le second, un bras apparut dans l'air droit devant lui, et — saisissant son anorak — l'arracha à la neige.

CHAPITRE 2

À l'abri de la tempête

1

Il y avait une forêt de l'autre côté du rideau que Cal venait de traverser, peuplée d'arbres aux frondaisons si denses que seule une infime couche de neige était tombée sur le sol, lequel était couvert de mousse et de feuilles mortes sous ses pieds. L'endroit était fort sombre, mais il vit un feu qui brûlait loin devant lui, le saluant de sa lumière et de la promesse de sa chaleur. De l'homme qui l'avait arraché à la neige, il n'y avait aucun signe ; du moins ne vit-il personne jusqu'à ce qu'une voix dise :

« C'est un temps pourri que nous avons là. »

Et il se tourna pour découvrir le singe Novello et son compagnon humain, debout à moins de deux mètres de lui, camouflés par leur immobilité absolue.

« C'est Smith qui a fait ça, dit le singe en se penchant vers Cal. C'est lui qui vous a tiré ici. Ne les laissez-pas dire que c'est de ma faute. »

L'homme lança un regard noir à l'animal.

« Il ne me parle plus, annonça Novello, tout ça parce que je suis allé faire un tour dehors. Eh bien, ce qui est fait est fait, n'est-ce pas ? Pourquoi ne venez-vous pas près du feu ? Vous feriez mieux de vous étendre avant de vous effondrer.

— Oui, dit Cal, ... s'il vous plaît. »

Smith ouvrit la marche. Cal le suivit, son cerveau stupéfait toujours en train d'essayer d'appréhender ce qui venait de lui arriver. La Devinité était peut-être aux abois, mais elle avait encore un tour ou deux dans son sac ; l'illusion qui maintenait cette forêt invisible avait résisté à un examen minutieux. Et une fois de l'autre côté, une nouvelle surprise attendait le visiteur: la saison. Bien que les branches des arbres fussent dénudées au-dessus de sa tête et que la mousse qu'il foulait du pied fût celle de l'été précédent, il y avait une odeur de printemps dans l'air, comme si la glace qui avait envahi l'Ile des Spectres n'avait aucune emprise sur ce lieu. La sève montait; les bourgeons gonflaient; de tous côtés, les choses consacraient leurs cellules au doux processus de la croissance. Cette clémence soudaine fit naître en lui une légère euphorie, mais ses membres gelés n'avaient pas encore reçu le message. Lorsqu'il ne fut plus qu'à quelques mètres du feu, il sentit son corps perdre tout pouvoir de locomotion. Il tendit la main vers un arbre pour s'appuyer contre lui, mais le tronc s'écarta — du moins le lui sembla-t-il — et il tomba en avant.

Il ne toucha pas le sol. Il y avait des bras pour l'attraper, et il s'abandonna à eux. Ils l'emportèrent tout près du feu et on l'étendit gentiment sur le sol. Une main toucha sa joue et il quitta les flammes des yeux pour découvrir Suzanna agenouillée à ses côtés, la lueur du feu sur son visage.

Il prononça son nom — ou du moins espéra l'avoir prononcé. Puis il s'évanouit.

2

Il lui était déjà arrivé de fermer les yeux en la voyant, pour se réveiller et la découvrir partie. Mais pas cette fois-ci. Cette fois-ci, elle l'attendait de l'autre côté du sommeil. Et elle ne faisait pas que l'attendre, elle le serrait contre elle et elle le berçait. Les couches de vêtements, de papier et de photos qu'il avait portées lui avaient été ôtées durant son sommeil, et une couverture enveloppait sa nudité.

« J'ai trouvé le chemin de la maison, lui dit-il lorsqu'il eut réussi à faire fonctionner sa langue.

— Je suis allée te chercher à Chariot Street, dit-elle, mais la maison avait disparu.

— Je sais...

— Et celle de Rue Street aussi. »

Il hocha la tête.

« De Bono est venu me voir... »

Il s'interrompit, réduit au silence par ce souvenir. Même le feu et les bras de Suzanna passés autour de lui ne purent l'empêcher de frissonner lorsqu'il se retrouva en pensée dans le brouillard et aperçut ce qu'il dissimulait à moitié.

« ... le Fléau nous a attaqués, dit-il.

— Et Shadwell, ajouta-t-elle.

— Oui. Comment le savais-tu ? »

Elle lui raconta ce qui s'était passé à l'Autel.

« Que va-t-il arriver à présent ? demanda-t-il.

— Nous attendons. Nous maintenons l'extase et nous attendons. Nous sommes tous ici à présent. Tu étais le seul manquant.

— On m'a retrouvé à présent », dit-il doucement.

Elle le serra un peu plus fort.

« Et nous ne serons plus jamais séparés, dit-elle. Il nous faudra prier pour qu'ils passent sans nous voir.

— Pas de prière, *s'il vous plaît,* fit une voix derrière Suzanna. Nous ne voudrions pas que les Anges nous entendent. »

Cal se tordit le cou pour apercevoir le nouveau venu. Les rides qui ornaient le visage devant lui étaient un peu plus profondes, sa barbe un peu plus grisonnante : mais c'était toujours le visage de Lem, le sourire de Lem.

« Poète, dit Lo en se penchant vers Cal pour lui passer une main dans les cheveux. Nous avons failli te perdre.

— Pas question, dit Cal en souriant. Vous avez toujours vos fruits ? »

Lo tapota la poche de poitrine de son costume, dont la modernité lui seyait.

« Ici même, dit-il. A propos : cet homme a-t-il faim ?

— Je peux toujours manger, dit Cal.

— Il y a de la nourriture pour toi, si tu en veux.

— Merci. »

Lem fit mine de s'en aller, puis se retourna et demanda avec solennité :

« M'aideras-tu à replanter, Calhoun ? Lorsque l'heure sera venue ?

— Vous savez bien que oui. »

Lem acquiesça.

« Je te reverrai bientôt », dit-il, et il se retira du cercle de lumière projeté par le feu.

« Est-ce que mes vêtements sont secs ? demanda Cal. Je ne peux pas me balader comme ça.

— Je vais voir si je ne peux pas te trouver quelque chose », répondit Suzanna.

Il s'assit pour permettre à la jeune femme de se lever, mais avant de s'en aller, elle l'embrassa sur les lèvres. Ce n'était pas un baiser machinal ; il fit plus pour le réchauffer que ne l'auraient fait une douzaine de feux. Lorsqu'elle le quitta, il dut enrouler la couverture autour de lui pour dissimuler le fait qu'il n'y avait pas que la sève pour monter cette nuit.

Une fois seul, il eut le temps de réfléchir. Bien qu'il n'ait été qu'à un jet de salive de la mort, il lui était déjà difficile de se rappeler la douleur qu'il avait éprouvée à peine quelques minutes plus tôt ; il lui était même possible de croire qu'il n'y avait pas de monde au-delà de cette forêt enchantée et qu'ils pourraient rester éternellement en son sein et faire leur œuvre de magie. Mais pour séduisante que fût cette idée, il savait qu'il aurait été dangereux de l'entretenir, ne fût-ce qu'un instant. Si la vie devait continuer pour les Devins après cette nuit — si par miracle Uriel et son gardien *passaient* sans les voir —, alors cette vie devrait être vécue au sein du Pays des Merveilles qu'il avait découvert dans le bureau des miracles de Gluck. Un seul monde, indivisible.

Après quelques instants d'assoupissement, Suzanna revint avec une collection de vêtements et les posa près de lui.

« Je vais faire une ronde et voir les sentinelles, dit-elle. A tout à l'heure. »

Il la remercia pour les vêtements et commença à s'habiller. C'était son second costume d'emprunt en vingt-quatre heures, et celui-ci — comme c'était prévisible, vu son origine — était bien plus bizarre que celui fourni par Gluck. Il retira un certain plaisir de son style disparate : un gilet des plus formalistes et un blouson de cuir élimé ; des chaussettes dépareillées et des souliers en peau de porc.

« Voilà comment un poète devrait se vêtir, déclara Lemuel lorsqu'il revint près de Cal. Comme un voleur aveugle.

— On m'a déjà traité de noms pires que celui-ci, répondit Cal. Est-ce qu'on n'avait pas parlé de manger ?

— En effet », dit Lem, et il le conduisit loin du feu.

Une fois que ses yeux éblouis par les flammes se furent accoutumés à la pénombre, il s'aperçut qu'il y avait des Devins partout ; perchés sur les branches ou assis sur le sol entre les arbres, entourés par leurs biens personnels. En dépit des merveilles qu'avait connues ce peuple, il ressemblait cette nuit à n'importe quel groupe de réfugiés, les yeux sombres et pleins de prudence, la bouche pincée dans un pli amer. Certains, à vrai dire, avaient décidé de profiter au maximum de ce qui serait peut-être leur dernière nuit. Des amants étaient enlacés sur le sol, échangeant murmures et baisers ; un chanteur emplissait l'air de sa mélodie, au rythme de laquelle dansaient trois femmes, et le calme entre leurs pas était si profond qu'ils se perdaient parmi les arbres. Mais la plupart des fugitifs étaient inertes, gardant leur esprit verrouillé à double tour de peur de montrer leur angoisse.

L'odeur du café accueillit Cal lorsque Lem l'amena dans une clairière où brûlait un feu plus petit que celui auprès duquel il avait dormi. Une demi-douzaine de Devins se restauraient près de lui. Il n'en connaissait aucun.

« Voici Calhoun Mooney, annonça Lem. Un poète. »

Un des Devins, qui était assis dans un fauteuil tandis qu'une femme lui rasait méticuleusement le crâne, dit :

« Je vous reconnais, vous étiez dans le Verger. Vous êtes le Coucou.

— Oui.

— Etes-vous venu mourir avec nous ? » dit une jeune fille accroupie près du feu en se servant du café.

Cette remarque, qui aurait pu être jugée déplacée par d'autres êtres que ceux-ci, fut saluée par des éclats de rire.

« S'il le faut, oui, dit Cal.

— Eh bien, que ce ne soit pas l'estomac vide », dit l'homme que l'on rasait.

Lorsque son barbier ôta les dernières mèches de son crâne, Cal vit qu'il avait laissé pousser ses cheveux pour dissimuler aux yeux du Royaume un cuir chevelu décoré par des pigmentations changeantes. A présent, il pouvait de nouveau les exhiber.

« Nous n'avons que du pain et du café, dit Lem.

— Ça me convient parfaitement, lui dit Cal.

— Vous avez vu le Fléau ? dit un autre membre du groupe.

— Oui, répondit Cal.

— Devons-nous vraiment parler de ça, Hamel ? » dit la jeune fille près du feu.

L'autre l'ignora.

« A quoi ressemblait-il ? » demanda-t-il.

Cal haussa les épaules.

« Il était immense », dit-il, espérant que ce sujet serait abandonné.

Mais ce n'était pas seulement Hamel qui voulait savoir ; tous — même la fille qui avait protesté — attendaient d'autres détails.

« Il avait des centaines d'yeux..., dit-il. C'est tout ce que j'ai vu, en fait.

— Peut-être pourrions-nous l'aveugler, dit Hamel en tirant sur sa cigarette.

— Comment ? dit Lem.

— La Vieille Science.

— Nous n'avons même pas assez de pouvoir pour maintenir l'écran plus longtemps, dit la femme qui avait fait office de barbier. Où trouverons-nous la force d'affronter le Fléau ?

— Je ne comprends rien à ces histoires de Vieille Science, dit Cal en sirotant le café que Lem venait de lui donner.

— Elle a disparu, de toutes façons, dit l'homme rasé.

— Nos ennemis l'avaient préservée, lui rappela Hamel. Cette salope d'Immacolata et son gigolo — ils l'utilisaient.

— Ainsi que ceux qui ont conçu le Métier, dit la fille.

— Ils sont morts et enterrés, dit Lem.

— Enfin, dit Cal, vous ne pourriez pas aveugler le Fléau ?

— Pourquoi donc ? dit Hamel.

— Beaucoup trop d'yeux. »

Hamel alla jusqu'au feu et jeta son mégot dans les braises.

« C'est pour mieux nous voir, mon enfant », dit-il.

La flamme qu'émit le mégot en se consumant était d'un bleu éclatant, ce qui poussa Cal à se demander ce que cet homme avait fumé. Tournant le dos aux flammes, Hamel disparut entre les arbres, laissant le silence s'installer dans son sillage.

« Veux-tu m'excuser, poète ? dit Lem. Il faut que je retrouve mes filles.

— Bien sûr. »

Cal s'assit pour finir son repas, s'adossant contre un arbre pour observer les allées et venues. Son bref sommeil n'avait été que partiellement réparateur ; le repas qu'il avala lui fit à nouveau sentir sa fatigue. Il aurait pu s'endormir là où il se trouvait si le café noir qu'il avait bu n'était pas descendu directement dans sa vessie, lui donnant une forte envie de pisser. Il se leva et partit à la recherche d'un buisson retiré pour se soulager, se perdant rapidement parmi les arbres.

Dans un bosquet, il tomba sur un couple en train de danser sur la musique émise par un petit transistor — pareils à des amants restés sur une piste de danse après la fermeture, trop absorbés l'un par l'autre pour être séparés. Ailleurs, un enfant suivait une leçon de calcul, à l'aide d'un boulier formé de lumières flottantes que sa mère avait fait apparaître dans l'air. Il trouva un endroit désert pour s'y soulager, et il reboutonnait maladroitement la braguette de son pantalon d'emprunt lorsque quelqu'un le saisit par le bras. Il se retourna pour découvrir Apolline Dubois près de lui. Elle était vêtue de noir, comme toujours, mais elle portait un rouge à lèvres et un mascara qui ne la flattaient guère. S'il n'avait pas aperçu la bouteille de vodka presque vide dans sa main, son souffle lui aurait appris qu'elle avait passé la nuit à boire comme un trou.

« Je vous en offrirais bien un peu, dit-elle, mais c'est tout ce qui me reste.

— Ne vous inquiétez pas, lui dit-il.

— Moi ? dit-elle. Je ne m'inquiète jamais. Tout finira mal, que je m'inquiète ou non. »

S'approchant un peu plus près de lui, elle examina son visage.

« Vous avez l'air malade, annonça-t-elle. Quand vous êtes-vous rasé pour la dernière fois ? »

Alors qu'il ouvrait la bouche pour lui répondre, quelque chose se passa dans l'air autour d'eux. Un tremblement parcourut l'atmosphère, la ténèbre sur ses talons. Elle le lâcha instantanément, laissant tomber sa bouteille dans le même mouvement. Celle-ci atterrit sur le pied de Cal, mais il réussit à ravaler le juron qui était sur ses lèvres, ce dont il remercia le Ciel. Tous les bruits qui avaient peuplé la forêt, nés de la musique ou des mathématiques, avaient complètement cessé. Ainsi que les bruits qui s'étaient fait entendre dans les fourrés et sur les branches. Le bois était plongé dans un silence de mort, et les ombres s'épaississaient entre les arbres. Il tendit un bras pour agripper un tronc d'arbre, redoutant de perdre tout sens de la géographie des lieux. Lorsqu'il regarda autour de lui, Apolline s'éloignait de lui, et seul son visage fardé était visible. Puis elle se détourna de lui, et son visage disparut également.

Il n'était pas entièrement seul. Sur sa droite, il vit quelqu'un quitter l'abri des arbres et recouvrir de terre le feu à la lueur duquel l'enfant avait été absorbé par la leçon de sa mère. Ils étaient toujours là, la main de la femme plaquée contre la bouche de son rejeton, les yeux de l'enfant tournés vers elle, écarquillés de peur. Lorsque la dernière trace de lumière disparut, Cal vit la bouche de la femme poser une question à l'homme, lequel tendit un pouce par-dessus son épaule en guise de réponse. Puis la scène fut plongée dans l'obscurité.

Cal resta immobile durant quelques instants, vaguement conscient que des gens couraient tout autour de lui — comme animés par un but précis, pareils à des soldats regagnant leurs postes. Plutôt que de rester là où il était, accroché à son arbre comme un homme au cœur du déluge, il décida d'aller dans la direction désignée par l'homme qui avait étouffé le feu afin de voir ce qui se passait. Il tendit les mains devant lui pour mieux négocier sa course à travers les arbres. Le moindre de ses mouvements produisait un son malvenu : ses souliers en peau de porc grinçaient ; ses mains, en touchant un tronc, firent tomber une bruyante averse d'écorce. Mais sa destination était en vue. Les arbres se faisaient plus rares, et il distinguait entre eux l'éclat de la neige. Sa lueur facilita la progression de Cal et grâce à elle, il parvint à moins de dix mètres de la lisière de la forêt. Il savait à présent où il était. Devant lui se trouvait le champ dans lequel il avait vu Novello en train de jouer ; et, le dominant de sa masse, le flanc immaculé de la Colline de Rayment.

Lorsqu'il voulut s'approcher davantage, quelqu'un lui posa une main sur la poitrine, le forçant à faire halte, et un visage têtu lui ordonna d'un hochement de tête de rebrousser chemin. Mais une autre sentinelle accroupie près d'un buisson à l'orée du bois se tourna pour le regarder et, d'un signe de la main, ordonna qu'on le laisse passer. Ce fut seulement lorsqu'il arriva à moins d'un mètre de sa cachette qu'il reconnut Suzanna. Bien qu'ils fussent très près de la lisière et que la lueur de la neige fût presque aveuglante, elle était difficile à distinguer. Une extase était enveloppée autour d'elle comme un voile, se raffermissant à chacun de ses souffles pour s'affaiblir lorsqu'elle inspirait. Son attention était de nouveau dirigée vers le champ, et vers la colline derrière lui. La neige tombait toujours sans discontinuer ; elle semblait avoir effacé ses traces, peut-être pas sans aide.

« Il est ici », murmura-t-elle sans le regarder.

Il étudia la scène devant lui. Il n'y avait rien de visible, excepté la colline et la neige.

« Je ne vois... », commença-t-il.

Elle lui intima d'un geste l'ordre de faire silence et désigna d'un hochement de tête les arbustes situés sur la lisière.

« Elle le voit », dit son murmure.

Il étudia les arbustes et se rendit compte que l'un d'eux était fait de chair et de sang. Une jeune fille se tenait à l'extrême limite de la forêt, les bras tendus, les mains accrochées aux branches des arbustes à sa droite et à sa gauche.

Quelqu'un s'avança dans la pénombre pour se placer à côté de Suzanna.

« Il est encore loin ? » dit-il.

Cal reconnut cette voix, bien que son propriétaire ait beaucoup changé.

« Nemrod ? »

Les yeux dorés se posèrent brièvement sur Cal sans réagir, puis se détournèrent de lui avant de revenir vers le jeune homme avec une lueur de reconnaissance. Apolline avait raison, pensa Cal ; il devait avoir l'air mal en point. Nemrod tendit un bras devant Suzanna et étreignit la main de Cal. Lorsqu'il la relâcha, la jeune fille sur la lisière poussa la plus ténue des exclamations, et la question de Nemrod — « *Il est encore loin ?* » — obtint une réponse.

Shadwell et Hobart venaient d'apparaître au sommet de la colline. Bien que le ciel fût sombre derrière eux, ils étaient plus sombres encore, et leurs silhouettes grossières étaient parfaitement reconnaissables.

« Ils nous ont retrouvés, souffla Nemrod.

— Pas encore », dit Suzanna.

Elle se redressa avec une extrême lenteur et, comme à ce signal, un tremblement — identique à la rumeur qui avait plongé la forêt dans le silence — parcourut les arbres. L'air sembla s'assombrir encore davantage.

« Ils renforcent l'écran », murmura Nemrod.

Cal regretta de ne pas avoir un rôle utile à jouer dans cette entreprise, mais tout ce qu'il pouvait faire, c'était regarder la colline et espérer que l'ennemi ferait demi-tour pour aller fouiller un autre endroit. Il connaissait cependant Shadwell depuis trop longtemps pour croire cette hypothèse fondée, et il ne fut pas surpris lorsque le Vendeur se mit à descendre la pente pour se diriger vers le champ. L'ennemi était obstiné. Il était venu faire le don de Mort dont il avait parlé dans Chariot Street et il ne serait pas satisfait tant qu'il ne l'aurait pas dispensé.

Hobart, ou le pouvoir qui résidait en lui, s'attardait sur la crête de la colline, d'où il pouvait mieux voir le terrain. Même à cette distance, la chair de son visage brûlait et s'assombrissait comme une braise dans la bise.

Cal regarda derrière lui. Les Devins étaient à peine visibles, debout à intervalles réguliers entre les arbres, leur concentration tout entière dirigée sur l'extase qui les protégeait du massacre. Son effet redoublé était assez fort pour envahir ses yeux, bien qu'il se soit trouvé à l'intérieur de la muraille d'illusion. L'espace d'un instant, l'obscurité de la forêt devint plus ténue et il lui sembla qu'il pouvait voir à travers elle, qu'il distinguait la neige de l'autre côté.

Il regarda de nouveau en direction de Shadwell, qui avait atteint le bas de la colline et qui scrutait le paysage devant lui. Ce fut seulement à ce moment-là, lorsqu'il distingua clairement le Vendeur, que les pensées de Cal revinrent à la veste que Shadwell avait perdue ou jetée, et qu'il avait lui aussi abandonnée au cours de son périple. Elle était là-bas, quelque part dans le champ derrière la Colline de Rayment, là où ses doigts gelés l'avaient laissée choir. Lorsque Shadwell commença à se diriger vers la forêt, il se leva et murmura :

« ... la veste... »

Suzanna était tout près de lui, sa réponse fut à peine audible.

« Quoi donc ? »

Shadwell avait à nouveau fait halte et examinait la neige devant lui. Même à cette distance, il était évident que l'expression de son visage trahissait l'étonnement, voire le soupçon. L'illusion tenait apparemment bon ; mais pour combien de temps ? Sur la colline au-dessus de lui, Uriel parla, et ses mots coururent sur le vent chargé de neige.

« *Je les sens* », dit-il.

Shadwell acquiesça et sortit un paquet de cigarettes de sa poche, en allumant une à l'abri de son manteau. Puis il retourna son attention vers la scène en face de lui. Etait-ce le froid qui lui faisait cligner les yeux, ou bien voyait-il un fantôme ou autre chose dans la lueur réverbérée par la neige ?

« Nous allons nous affaiblir, dit Suzanna. A moins que nous n'obtenions de l'aide.

— La veste ? dit Cal.

— Elle a été puissante, répondit-elle. Peut-être l'est-elle encore. Peux-tu la retrouver ?

— Je ne sais pas.

— Ce n'est pas la réponse qu'il nous faut.

— Oui. Je peux la retrouver. »

Elle regarda en direction de la colline. Shadwell avait décidé de rejoindre Uriel et grimpait à nouveau la pente. L'Ange avait fait asseoir le corps de Hobart dans la neige et contemplait les nuages.

« Je viens avec toi, dit Nemrod.

— Ils vont nous apercevoir depuis là-haut.

— Nous allons faire un détour. Passer par derrière. » Il regarda Suzanna. « D'accord ? dit-il.

— D'accord, répondit-elle. Allez-y, pendant qu'il est encore temps. »

Il s'enfuit à vive allure, Cal sur ses talons, traçant une route à travers les arbres et les Devins qui se tenaient entre eux. L'effort nécessité par la maintenance de l'écran qui les dissimulait aux yeux de l'homme et à ceux de l'Ange commençait à faire ressentir ses effets ; de nombreux faiseurs d'extases s'étaient effondrés ; d'autres étaient de toute évidence au bord de l'épuisement.

Le sens de l'orientation de Nemrod était sans faille ; ils sortirent de l'autre côté du bois et plongèrent aussitôt dans la neige. L'épaisseur de la couche était en leur faveur ; ils pouvaient pratiquement avancer dans la neige en creusant une tranchée, tout en s'efforçant de garder le plus souvent possible les congères entre eux et la colline. Mais la neige ne pourrait pas les protéger tout le long de la route ; il leur faudrait traverser quelques étendues de terrain nu s'ils ne voulaient pas suivre un chemin trop tortueux qui ne les conduirait pas au but avant l'aube. Le vent soulevait des paquets de neige sur son passage, mais ils apercevaient quand même la colline de temps en temps, et ceux qui se trouvaient sur son sommet — si jamais ils regardaient dans leur direction — les apercevraient également. Ils avaient cependant saisi le rythme du vent, se plaquant au sol lorsqu'il se calmait et se mettant à courir lorsqu'une bourrasque leur offrait sa protection. Ils parvinrent ainsi à moins de trente mètres de la colline sans être vus, et il leur semblait que le plus dur était fait lorsque le vent tomba brusquement, et Cal entendit la voix triomphante de Shadwell résonner dans le calme soudain.

« *Vous!* dit-il en les désignant du doigt. *Je vous ai vus!* »

Il descendit de quelques mètres sur le flanc de la colline, puis rebroussa chemin pour alerter Uriel, qui contemplait toujours les cieux.

« Fonce ! » cria Cal en direction de Nemrod, et renonçant à se cacher plus longtemps, ils avancèrent en labourant la neige, Cal ouvrant la marche tout en cherchant des yeux ce qu'il avait perdu.

Un regard lancé vers le sommet lui apprit que Shadwell avait réussi à faire réagir Hobart, qui venait de se relever. L'homme était complètement nu — indifférent au blizzard — et son corps était noirci par le feu et par la fumée. A n'importe quel moment, Cal le savait, ce même feu les trouverait, Nemrod et lui.

Il se remit à courir, s'attendant à tout instant à une éruption de flammes. Trois pas malaisés, et elle ne vint pas. Quatre à présent, puis cinq ; six, sept. Et toujours pas de flamme vengeresse.

L'étonnement lui fit de nouveau lever les yeux vers la colline. Shadwell se trouvait toujours à son sommet, implorant l'Ange de déchaîner ses feux. Mais durant une éclaircie entre deux rafales de neige, Cal vit qu'Uriel avait mieux à faire, que quelque chose était venu le distraire de son rôle de bourreau.

Il se remit à courir, sachant qu'une nouvelle chance de rester en vie venait de leur être accordée, mais incapable de s'empêcher de pleurer après avoir vu Suzanna monter le flanc de la colline à la rencontre du regard de l'Ange.

CHAPITRE 3

Sur la colline

1

Elle n'avait aucun plan en tête. Mais en observant Nemrod et Cal ramper en direction de la colline, il lui avait paru évident qu'à moins d'une diversion, ils allaient être aperçus et tués. Elle n'allait pas demander des volontaires. S'il fallait que quelqu'un attire le feu de l'Ange, c'était sûrement elle; après tout, Hobart et elle avaient déjà joué à ce jeu du Dragon; ou à une de ses variantes.

Plutôt que d'émerger franchement de l'écran, indiquant ainsi sa cible à Shadwell, elle se glissa à travers les arbres et sortit par le flanc, allant de congère en congère jusqu'à ce qu'elle se trouve à une certaine distance de la forêt. Ce fut seulement à ce moment-là qu'elle s'avança, devenant visible aux yeux du Dragon.

Si elle avait été plus rapide, elle aurait pu empêcher Shadwell d'apercevoir Cal et Nemrod; malheureusement, elle entendit son cri accusateur quelques instants avant d'émerger de sa cachette. Vingt secondes plus tard, Shadwell aurait réussi à éveiller Hobart et la mort qui sommeillait en lui. Mais lorsque le Vendeur eut gravi le flanc de la colline, les yeux de Hobart étaient déjà posés sur Suzanna et refusaient de la quitter.

Avant de faire son apparition, elle avait observé attentivement les deux silhouettes au sommet de l'éminence, afin de tenter d'appréhender les relations qui les régissaient. Mais leur comportement — ou plus particulièrement celui d'Uriel — la déconcertait. Le Fléau avait sûrement autant d'appétit pour cette chasse que Shadwell; mais il semblait totalement indifférent à ce qui se passait autour de lui, plongé dans la contemplation du ciel et comme hypnotisé par lui. Il ne fut tenté de montrer son feu qu'une seule fois, lorsque — sans mobile apparent — le corps de l'homme qu'il occupait s'embrasa spontanément, s'enveloppant dans un cocon de flammes jusqu'à ce que ses vêtements soient consumés et sa chair calcinée. Il n'avait pas bougé d'un pouce tandis que le feu était à l'œuvre, mais était demeuré immobile tel un martyr sur son bûcher, contemplant le paysage vide jusqu'à ce que — de nouveau sans raison apparente — le feu s'éteigne.

A présent, alors qu'elle montait à sa rencontre, elle vit à quel point le corps de Hobart était traumatisé. Les flammes qui venaient de l'envelopper n'étaient que le plus récent des assauts qui lui avaient été infligés. Il avait été blessé plusieurs fois, et la plupart de ses plaies étaient mal fermées ; ses mains étaient horriblement mutilées ; son visage — cheveux et sourcils cramés — était à peine reconnaissable. Mais lorsqu'on apercevait ses yeux fixes au milieu de ses traits ravagés par les cloques, une impression se voyait confirmée : cet homme, et peut-être même la force qui résidait en lui, était hypnotisé. Il ne paraissait souffrir d'aucune douleur due à ses blessures, ni ressentir aucune honte de sa nudité en apparaissant ainsi devant elle, non pas en glorieuse victime de ses rêves mais en pilier de misère absolue, puant la mort et la viande grillée.

Lorsqu'elle croisa son regard vide, la peur qu'elle avait tenue à l'écart par nécessité monta de nouveau en elle. Etait-il possible qu'elle réussisse à plonger dans cette transe, qu'elle parvienne jusqu'au Hobart avec lequel elle avait partagé l'histoire de la Damoiselle, du Chevalier et du Dragon ? Si elle y réussissait, peut-être survivrait-elle à cette confrontation ; ou du moins pourrait-elle occuper l'ennemi assez longtemps pour que la Devinité élabore de nouvelles défenses.

Shadwell l'avait vue à présent. A côté de Hobart, l'autre paraissait positivement sémillant, mais son visage racontait une autre histoire. Ses traits, si trompeurs et si séduisants en leur temps, étaient à présent ceux d'un dément, et la feinte courtoisie avec laquelle il l'accueillit était plus pitoyable qu'ironique.

« Eh bien, eh bien, dit-il. Et d'où sortez-vous donc ? »

Ses mains étaient enfoncées dans ses poches pour y rester au chaud, et elles ne les quittèrent pas. Il ne fit aucune tentative pour la saisir, ni même pour s'approcher d'elle. Il savait sans aucun doute qu'elle ne quitterait pas le sommet vivante.

« Je suis venue voir Hobart, lui dit-elle.

— Il n'est pas là, j'en ai peur, répondit Shadwell.

— Menteur », dit-elle.

Les yeux de Hobart étaient toujours posés sur elle. Y avait-il une lueur d'intelligence en eux ?

« Je vous dis la vérité, protesta Shadwell. Hobart est parti. Cette *chose...* n'est qu'une coquille. Vous savez très bien ce qu'il y a dedans. Et ce n'est pas Hobart.

— C'est dommage», dit-elle, entrant dans son jeu de civilité sournoise, désireuse de gagner du temps afin de réfléchir.

«Ce n'est pas une grande perte, dit Shadwell.

— Mais nous avions une affaire à régler.

— Vous et Hobart?

— Oh oui.» Tout en parlant, elle regardait l'homme calciné droit dans les yeux. «J'espérais qu'il se souviendrait de moi.»

A ces mots, la tête de Hobart s'affaissa légèrement, puis se redressa: un hochement de tête primitif.

«Vous vous souvenez, en effet», dit-elle.

Les yeux ne la quittèrent pas un seul instant.

«Êtes-vous le Dragon?..., lui demanda-t-elle.

— Taisez-vous, dit Shadwell.

— Ou le Chevalier?

— Je vous ai dit de vous taire!»

Shadwell se dirigea vers elle, mais avant qu'il n'ait pu arriver assez près pour la frapper, Hobart leva un bras et posa le moignon noirci de sa main sur la poitrine du Vendeur. Celui-ci s'éloigna de lui à reculons.

Il est terrifié, pensa Suzanna. L'auréole de peur qu'elle voyait autour de sa tête ne faisait que confirmer ce que son visage avouait déjà. Il avait devant lui plus de puissance qu'il ne pouvait en maîtriser, et il avait peur. Mais il n'était pas assez intimidé pour garder le silence.

«Brûlez-la, dit-il à Hobart. Forcez-la à nous dire où ils se cachent.»

Les tripes de Suzanna se nouèrent. Elle n'avait pas envisagé cette possibilité: qu'ils puissent la torturer pour la faire parler. Mais il était trop tard pour s'enfuir. De plus, Hobart ne semblait pas vouloir obéir aux instructions de Shadwell. Il se contentait de la regarder, comme l'avait regardée le Chevalier dans le livre: une créature meurtrie à la fin de son histoire. Et elle ressentit à son tour ce qu'elle avait ressenti alors: à la fois sa terreur et sa force. Le corps qui se trouvait devant elle était le réceptacle d'un pouvoir dévastateur, mais si elle parvenait à entrer en lui — oh! si gentiment — et à parler à ce Hobart dont elle connaissait le cœur secret, peut-être, *peut-être* le persuaderait-elle de se ranger à ses côtés contre le Fléau. Les Dragons avaient leurs faiblesses; peut-être les Anges avaient-ils aussi les leurs. Pouvait-elle le convaincre de lui présenter sa gorge?

«Je... me souviens de toi», dit-il.

Cette voix était affaiblie et douloureuse, mais c'était de toute évidence celle de Hobart, pas celle de son occupant. Elle jeta un regard en direction de Shadwell, qui observait cette rencontre avec étonnement, puis se tourna à nouveau vers Hobart, apercevant ce faisant quelque chose qui clignotait dans les plaies béantes de son corps. Son instinct lui commanda de s'éloigner, mais il l'arrêta.

« Non, dit-il. Ne me... quitte pas. Il ne te fera pas mal.

— Vous voulez dire le Dragon ?

— Oui, dit-il. La neige l'a engourdi. Il se croit au milieu du sable. Tout seul. »

Le manque d'activité du Fléau semblait à présent s'expliquer. Perché en haut de la colline, contemplant la désolation neigeuse, il avait perdu son emprise sur le présent. Il se retrouvait au cœur du vide qu'il avait occupé durant un millénaire, dans l'attente de nouvelles instructions de son Créateur. Shadwell n'était pas ce Créateur. Il n'était que poussière ; poussière humaine. Le Fléau ne l'entendait plus.

Mais il reconnaissait l'odeur de la Devinité ; il avait hurlé en la sentant depuis le sommet. Et lorsque les extases cesseraient d'agir — comme elles le feraient bientôt —, la désolation ne pourrait plus lui faire oublier son devoir. En voyant les Devins, il ferait ce qu'il était venu faire, pas au nom de Shadwell mais en son nom propre. Elle devait faire vite.

« Vous souvenez-vous du livre ? » dit-elle à Hobart.

Il lui fallut quelques instants pour répondre. Durant ce silence, la fournaise qui animait son corps se fit plus éclatante. Elle se mit à redouter que les paroles de réconfort de l'Inspecteur n'aient été déplacées ; que ces deux Serviteurs de la Loi ne fassent trop partie l'un de l'autre pour que la fin de la première transe n'ait pas entraîné celle de la seconde.

« Dites-moi..., dit-elle. Le livre...

— Oh oui », lui dit-il, et avec cette prise de conscience, la lumière s'intensifia encore. « Nous étions là-bas..., dit-il, ... dans les arbres. Toi, moi, et... »

Il cessa de parler et son visage, qui avait été flasque, se tordit soudain. La panique se lisait en lui et les flammes montèrent jusqu'aux lèvres de ses plaies. Du coin de l'œil, elle vit Shadwell reculer lentement, comme pour s'éloigner d'une bombe à retardement. Elle fouilla son esprit à la recherche d'une tactique qui lui aurait permis de gagner du temps, mais n'en trouva aucune.

Hobart levait ses mains meurtries vers son visage, et elle comprit à ce geste comment elles avaient été détruites. Il avait tenté d'étouffer le feu du Fléau et sa chair avait été calcinée.

« Brûlez-la », entendit-elle Shadwell murmurer.

Puis le feu commença à jaillir. Il n'apparut pas de façon soudaine, comme elle s'y était attendue, mais suinta des blessures qui avaient été infligées à Hobart, et de ses narines, et de sa bouche, et de sa verge, et de ses pores, coulant en ruisseaux farouches à travers lesquels couraient les flèches lancées par l'Ange, toujours lentes mais de plus en plus fortes. Elle avait perdu la course.

Hobart n'était cependant pas tout à fait battu; il faisait un ultime et vaillant effort pour s'exprimer. Le murmure cessa lorsqu'il réussit à ouvrir la bouche. Mais avant qu'il ait pu prononcer un seul mot, Uriel embrasa sa salive. Le feu coula le long de son visage, et les géométries qui s'agitaient sous sa peau se firent plus aiguës. A travers le rideau de flammes, Suzanna vit les yeux de Hobart posés sur elle, et lorsque leurs regards se croisèrent, il rejeta sa tête en arrière.

Elle connaissait déjà ce geste. Il lui offrait sa gorge.

« *Tue-moi et finissons-en* », avait dit le Dragon.

Hobart lui demandait à présent de faire preuve de la même tendresse, de la seule façon qui lui était possible.

« *Tue-moi et finissons-en.* »

Dans le livre, elle avait hésité et laissé passer sa chance d'abattre son ennemi. Cette fois-ci, elle ne flancherait pas.

Elle avait le menstruum pour seule arme, et comme toujours, il perçut ses intentions mieux qu'elle n'aurait su le faire. Alors même que ses pensées se tournaient vers le meurtre, il jaillissait d'elle, franchissant en un instant argenté l'espace qui la séparait de Hobart et s'emparant de ce dernier.

Sa gorge était offerte, mais ce ne fut pas sa gorge qu'il frappa, ce fut son cœur. Elle sentit la chaleur du corps de l'homme remonter le courant jusqu'à sa tête, et avec elle le rythme de sa vie. Le cœur de Hobart battait dans sa main; elle le serra fort, sans remords et sans honte. Il voulait la mort et elle devait la lui donner: c'était un échange équitable.

Il frissonna. Mais son cœur, en dépit de tous ses péchés, était brave et continuait de battre.

Le feu surgissait partout autour de lui. Il le pleurait, le déféquait, le suait. Elle sentit ses cheveux se mettre à cramer; de la vapeur s'éleva entre eux lorsque la neige bouillit avant de disparaître. Les géométries prenaient le contrôle du feu à présent; le façonnaient, le dirigeaient. D'un instant à l'autre, il serait sur elle.

Elle serra encore un peu plus fort le cœur dans sa main, le sentant se gonfler dans son étreinte. Battant toujours, battant toujours.

Alors même qu'elle pensait qu'elle allait échouer, le muscle cessa ses efforts et s'arrêta de battre.

Des profondeurs de Hobart s'éleva un bruit que ses poumons n'auraient pu créer ni sa bouche émettre. Mais elle l'entendit distinctement, ainsi que Shadwell: mi-sanglot, mi-soupir. Ce fut sa dernière parole. Le corps dans lequel ses doigts subtils étaient encore enfoncés était mort avant que le bruit ne se soit estompé.

Elle rappela le menstruum à elle, mais le Fléau l'attrapa par la queue et un écho de vide vint à sa rencontre le long du courant. Elle goûta la démence et la douleur du Fléau avant d'avoir ramené à elle sa redoutable puissance.

Il y eut un instant de néant, durant lequel la vapeur s'éleva et la neige tomba. Puis Hobart, jadis Chevalier et jadis Dragon, tomba mort à ses pieds.

« Qu'avez-vous fait ? » dit Shadwell.

Elle n'en était pas sûre. Elle avait certainement tué Hobart. Mais à part ça ? Le cadavre qui gisait face contre terre devant elle ne montrait aucun signe d'occupation ; le feu qui avait jailli de lui était soudain éteint. La mort de Hobart avait-elle chassé Uriel hors de l'homme, ou bien attendait-il simplement son heure ?

« Vous l'avez tué, dit Shadwell.

— Oui.

— Comment ? Seigneur... comment ? »

Elle se prépara à lui résister en cas d'attaque, mais ce n'était pas le meurtre qui se lisait dans ses yeux, c'était le dégoût.

« Vous êtes une magicienne, n'est-ce pas ? dit-il. Vous êtes ici avec eux.

— Je l'étais, lui dit-elle. Mais ils sont partis, Shadwell. Vous avez manqué votre chance.

— Vous pouvez peut-être me tromper avec vos tours, dit-il d'une voix pleine d'innocence feinte. Je ne suis qu'un Humain. Mais vous ne pouvez pas échapper à l'Ange.

— Vous avez raison, dit-elle J'ai peur. Comme vous.

— Peur ?

— Il ne peut plus se cacher nulle part, lui rappela-t-elle en jetant un regard sur le cadavre de Hobart. Ne va-t-il pas avoir besoin de quelqu'un ? C'est vous ou moi, et je suis pourrie par la magie. Vous, vous êtes propre. »

L'espace d'une fraction de seconde, la façade de Shadwell s'effondra, et les paroles de Suzanna furent confirmées : amplifiées même. Il n'avait pas simplement peur ; il était terrifié.

« Il ne me touchera pas », protesta-t-il, la gorge serrée. « C'est moi qui l'ai réveillé. Il me doit la vie.

— Croyez-vous qu'il s'en soucie ? dit-elle. Ne sommes-nous pas tous de la chair à canon pour une chose pareille ? »

A cette question, toute son indifférence feinte le déserta ; il se mit à se passer la langue sur les lèvres, en haut puis en bas, sans cesse.

« Vous ne voulez pas mourir, n'est-ce pas ? dit-elle. Du moins, pas comme *ça*. »

Cette fois-ci, ce fut lui qui posa les yeux sur le cadavre gisant sur le sol.

« Il n'oserait *pas* », dit-il.

Mais il baissa la voix en prononçant ces mots, comme redoutant d'être entendu par le Fléau.

« Aidez-moi, lui dit-elle. Ensemble, nous pourrons peut-être le contrôler.

— Ce n'est pas possible », répondit-il.

A ce moment-là, le corps qui gisait entre eux dans la boue tiède s'embrasa dans une bouffée d'incandescence. Cette fois-ci, le feu d'Uriel n'avait plus rien à dévorer, excepté des muscles et des os; Hobart avait été aussi nu qu'un homme pouvait l'être. Sa peau se craquela, son sang bouillit en une centaine d'endroits. Suzanna se recula pour éviter d'être atteinte par l'averse de chaleur, et se mit ainsi à portée de main de Shadwell. Celui-ci la saisit, faisant de son corps un rempart pour s'abriter du feu.

Mais le Fléau avait déjà abandonné Hobart pour s'enfouir dans la colline. Le sol se mit à trembler et un vacarme de rocs brisés et de terre broyée s'éleva au-dessous d'eux.

Quelle que fût la raison pour laquelle Uriel s'était enfoncé sous le sol, Suzanna voulait s'enfuir tant qu'il en était encore temps, mais Shadwell la maintenait toujours fermement, et malgré le désir qu'elle avait de déchaîner le menstruum contre lui, il était le seul allié qui lui restait. C'était lui qui avait réveillé la bête et qui lui avait servi de compagnon. Si quelqu'un connaissait ses faiblesses, c'était sûrement cet homme.

Le rugissement dans le sol atteignit un crescendo, et avec lui toute la colline *bascula*. Elle entendit Shadwell pousser un cri, puis il tomba, emportant Suzanna avec lui. Son acharnement à la tenir lui sauva probablement la vie, car lorsqu'ils commencèrent à débouler le long de la pente, le sommet de la Colline de Rayment entra en éruption.

Des morceaux de roc et de terre gelée jaillirent vers le ciel, puis retombèrent en grêle sur leurs têtes. Elle n'eut pas le temps de se protéger de cette averse. Elle recrachait encore de la neige lorsque quelque chose la frappa à la nuque. Elle s'efforça de ne pas laisser échapper sa conscience, mais celle-ci s'enfuyait déjà et elle plongea dans la nuit qui régnait derrière ses yeux.

2

Shadwell était toujours à ses côtés lorsqu'elle revint à elle, la tenant dans une étreinte si farouche que son bras s'était engourdi du coude aux phalanges. Elle crut tout d'abord que le coup qu'elle avait reçu avait affecté sa vision, mais c'était la brume qui les avait isolés du monde extérieur; une brume froide et poisseuse qui semblait avoir envahi toute la colline. Shadwell l'observait à travers son voile, ses yeux étaient deux fentes luisantes dans son visage souillé.

« Vous êtes vivante..., dit-il.

— Depuis combien de temps sommes-nous là ?

— Une minute ou deux.

— Où est le Fléau ? » lui demanda-t-elle.

Il secoua la tête.

« Il est pris de folie, dit-il. Hobart avait raison. Il ne sait plus où il est. Il faut que vous m'aidiez...

— C'est pour ça que vous êtes resté.

— ... ou sinon, aucun de nous deux ne s'en sortira vivant.

— Comment, alors ? » dit-elle.

Il lui adressa un petit sourire nerveux.

« Donnez-lui satisfaction, dit-il.

— Je répète : *comment ?*

— Donnez-lui ce qu'il veut. Donnez-lui les magiciens. »

Elle lui éclata de rire au visage.

« Essayez autre chose, dit-elle.

— C'est la seule solution. Une fois qu'il les aura, il sera satisfait. Il nous laissera tranquilles.

— Je ne vais rien lui donner du tout. »

Son étreinte se raffermit. Il rampa à travers la boue pour s'approcher d'elle.

« De toute façon, il les retrouvera, tôt ou tard », dit-il. Il était sur le point de pleurer comme un bébé. « Il n'ont aucune chance de survivre. Mais *nous*, si. Si nous forçons ces salauds à se montrer. Il ne voudra plus de nous une fois qu'il les aura. Il sera satisfait. »

Son visage n'était qu'à quelques centimètres d'elle ; chacun de ses tics et chacune de ses larmes étaient offerts à son examen.

« Je sais que vous me détestez, dit-il. Je le mérite. Alors, ne faites pas ça pour moi, faites-le pour vous. Je vous récompenserai. »

Elle le regarda avec quelque chose qui ressemblait à de l'émerveillement : même en cet instant, il était encore capable de marchander.

« J'ai mis quelques trucs de côté, dit-il. Une fortune. Donnez-moi votre prix. Tout est à vous. Tout ce que vous voulez. Libre, gratuit et... »

Il s'interrompit.

« Ô doux Jésus », dit-il.

Quelque part dans le brouillard, quelque chose s'était mis à hurler : un cri suraigu qu'il reconnaissait et qu'il redoutait. Il sembla décider qu'il n'avait aucun espoir d'acheter l'aide de Suzanna, car il la lâcha pour se relever. La brume était uniformément dense de toutes parts ; il lui fallut plusieurs secondes pour choisir dans quelle direction s'enfuir. Mais une fois qu'il eut fait son choix, il se mit à courir, trébuchant lorsque le hurlement — qui ne pouvait provenir que d'Uriel — secoua la colline.

Suzanna se releva, dans un univers qui tournoyait sous les effets conjugués du brouillard et de la douleur dans sa tête. Le sol était si chaotique qu'il lui était impossible de dire où se trouvait la colline, aussi ne pouvait-elle s'orienter pour retrouver la forêt. Elle ne pouvait que se mettre à courir, aussi vite que possible, loin du hurlement, le sang battant à sa nuque. Par deux fois, elle tomba; par deux fois, son corps entra en contact avec une terre qui semblait prête à s'ouvrir sous elle.

Elle était au bord de l'épuisement lorsqu'une silhouette se dressa dans le brouillard devant elle, criant son nom. C'était Hamel.

« Je suis là... », cria-t-elle dans sa direction, couvrant le vacarme produit par le Fléau.

Il fut près d'elle en quelques secondes, la guidant sur le terrain périlleux en direction du bois.

3

La chance était du côté de Shadwell. Une fois qu'il se fut éloigné de la colline, le brouillard s'estompa et il se rendit compte que, soit par instinct soit par accident, il avait choisi la meilleure direction pour s'enfuir. La route n'était pas loin d'ici; il l'aurait rejointe avant que l'Ange en ait fini avec la colline; il serait en sécurité, de l'autre côté du globe, dans un lieu sûr où il pourrait soigner ses blessures et chasser ces horreurs de sa tête.

Il courut le risque de regarder par-dessus son épaule. Sa course bénie des dieux l'avait déjà amené à une certaine distance de la scène du désastre. Le seul signe visible de l'Ange était le brouillard; et celui-ci s'accrochait toujours à la colline. Il était en sécurité.

Il ralentit l'allure en arrivant en vue de la haie qui bordait la route; il ne lui restait qu'à la suivre jusqu'à ce qu'il parvienne à un portail. La neige tombait toujours, mais la pointe de vitesse qu'il venait d'effectuer avait suffi à le réchauffer; la sueur coulait le long de son dos et de sa poitrine. Mais alors même qu'il déboutonnait son manteau, il se rendit compte que cette sueur n'était pas engendrée par son corps. La neige se transformait en boue sous ses pieds, la chaleur s'élevait du sol, et avec elle, une source soudaine, des jets jaillissant de la terre et montant vers son visage comme des serpents. Lorsqu'ils s'épanouirent, il comprit l'énormité de son erreur. Elles avaient du feu en guise de sève, ces fleurs, et au cœur de leurs pétales se trouvaient les yeux d'Uriel, les innombrables yeux d'Uriel.

Il ne pouvait plus ni avancer ni reculer; ils étaient tout autour de lui. A sa grande horreur, il entendit la voix de l'Ange dans sa tête, tout comme il l'avait entendue pour la première fois dans le *Rub'Al-Khali.*

Oserai-je ? dit-il, tournant ses vantardises en dérision.

OSERAI-JE ?

Puis il fut sur lui.

A un instant donné, il n'était que lui-même. Un homme ; une histoire.

L'instant d'après, il était pressé contre les parois de son crâne craquelant alors que l'Ange de l'Eden le revendiquait pour sien.

Son dernier acte d'homme en possession de son corps fut de pousser un hurlement.

4

« Shadwell, dit-elle.

— Pas le temps de s'en réjouir, remarqua Hamel avec amertume. Il faut retourner là-bas avant qu'ils ne décident de partir.

— De partir ? dit-elle. Non, il ne faut pas. Le Fléau est toujours ici. Il est dans la colline.

— On n'a pas le choix, répondit Hamel. Les extases sont presque épuisées. Tu vois ? »

Ils n'étaient plus à présent qu'à quelques mètres des arbres et il y avait en effet dans l'air une présence évanescente ; un indice de ce qui était dissimulé derrière l'écran.

« Plus assez de forces, dit Hamel.

— Est-ce que quelqu'un a vu Cal ? demanda-t-elle. Ou Nemrod ? »

Il secoua sechement la tête. Ils étaient partis, disait son regard, et ça ne valait pas la peine qu'on s'y attarde.

Elle regarda en direction de la colline, dans l'espoir d'apercevoir quelque chose pour le contredire, mais il n'y avait aucun mouvement. Le brouillard tenait toujours sa cour au sommet ; autour de lui, la terre chaotique était immobile.

« Tu viens ? » voulut-il savoir.

Elle le suivit, la tête bourdonnante, faisant un premier pas dans la neige, un second dans un fourré. Il y avait un enfant qui pleurait dans les profondeurs du refuge, à gros sanglots inconsolables.

« Vois si tu ne peux pas le calmer, Hamel, dit-elle. Mais *gentiment.*

— Est-ce qu'on s'en va, oui ou non ? dit-il.

— Oui, concéda-t-elle. Il le faut. Mais je veux attendre que Cal soit revenu.

— Nous n'avons pas le *temps,* insista-t-il.

— D'accord, dit-elle. Entendu. Nous partons. »

Il grogna et s'écarta d'elle.

« Hamel ? l'appela-t-elle.

— Quoi ?

— Merci d'être venu à ma recherche.

— Je veux partir d'ici », dit-il avec franchise, et il s'éloigna à la recherche de l'enfant en pleurs, la laissant retourner au poste de guet d'où l'on voyait le mieux la colline.

Il y avait plusieurs Devins qui montaient la garde à cet endroit.

« Vous avez vu quelque chose ? » demanda-t-elle à l'un d'eux.

Il n'eut pas besoin de lui répondre. Un murmure parcourut les sentinelles et attira l'attention de Suzanna vers la colline.

Le nuage de brume s'étirait. On aurait dit que quelque chose venait d'inspirer profondément en son sein, car le nuage se replia sur lui-même, se faisant de plus en plus petit jusqu'à ce que la force qui le hantait devienne visible.

Uriel avait retrouvé le Vendeur. Bien que ce fût le corps de Shadwell qui se dressât dans la boue de la Colline de Rayment, ses yeux brûlaient d'une lueur séraphique. À en juger par la détermination avec laquelle il examinait le champ, on ne pouvait plus douter du départ de la distraction qui l'avait adouci. L'Ange n'était plus perdu dans un souvenir de vide. Il savait où il se trouvait, et pourquoi.

« Il faut partir ! dit-elle. Les enfants d'abord. »

Cet ordre ne fut pas donné un instant trop tôt, car alors même que le message courait dans les arbres et que les fugitifs se préparaient à s'enfuir, Uriel tourna ses yeux meurtriers vers le champ que dominait la Colline de Rayment, et la neige se mit à brûler.

CHAPITRE 4

Symétrie

1

Il ne subsistait plus aucune trace visible du chemin que Cal avait suivi dans le champ situé derrière la colline lorsque Nemrod et lui y parvinrent; le blizzard l'avait effacé. Il ne leur restait qu'à deviner la route que le jeune homme avait prise et qu'à creuser autour dans l'espoir de tomber sur le colis perdu. Mais c'était une entreprise quasi désespérée. Le chemin qu'il avait suivi pour parvenir à la colline était tout sauf direct — l'épuisement l'avait fait trébucher et errer comme un ivrogne; et comme depuis lors le vent avait créé de nouvelles congères et en avait déplacé d'autres, il y avait certains endroits où la neige était assez profonde pour qu'on s'y enfonce jusqu'au cou.

Les rafales de neige occultaient la plupart du temps le sommet de la colline, aussi Cal ne pouvait-il que deviner ce qui se passait là-haut. Quelle chance de survie avait quiconque face à Shadwell et au Fléau? Aucune, probablement. Mais Suzanna l'avait fait sortir indemne du Gyrus, n'est-ce pas? Contre toute attente. La savoir seule au sommet de la colline, en train de distraire le regard fatal d'Uriel, lui fit consacrer toute son énergie à sa tâche, sans qu'il ait vraiment cru qu'ils eussent un espoir de retrouver la veste.

Leurs recherches les éloignèrent de plus en plus l'un de l'autre, si bien que le rideau de neige finit par dissimuler Nemrod aux yeux de Cal. Mais à un moment donné, il entendit le Devin pousser un cri d'alarme et en se retournant, il aperçut un éclat de lumière dans la désolation derrière lui. Quelque chose brûlait sur la colline. Il fit mine de se diriger vers elle, mais le bon sens l'emporta sur l'héroïsme. Si Suzanna était en vie, elle était en vie. Si elle était morte, il ôtait toute valeur à son sacrifice en abandonnant ses recherches.

Lorsqu'il reprit celles-ci, renonçant à toute approche systématique de son travail, un rugissement monta de la colline, culminant dans le vacarme de l'éruption. Cette fois-ci, il ne regarda pas, ne tenta pas de percer le voile en quête de nouvelles de son amour ; il se contenta de creuser, et de creuser encore, transformant sa peine en aiguillon pour se remettre à la tâche.

Dans sa hâte, il faillit perdre le trésor au moment même où il le trouvait, recouvrant déjà de ses mains le bout de papier qui dépassait de la neige avant que son esprit distrait n'ait enregistré sa présence. Lorsqu'il comprit ce que c'était, il se mit à creuser comme un terrier, projetant des paquets de neige derrière lui, n'osant pas tout à fait croire qu'il avait retrouvé le colis. Alors qu'il s'affairait, le vent apporta une voix jusqu'à lui, puis la chassa au loin, un appel à l'aide quelque part dans la désolation. Ce n'était pas Nemrod, aussi continua-t-il de creuser. La voix revint. Il leva la tête, plissant les yeux pour les abriter de la tempête. Y avait-il quelqu'un qui avançait dans la neige non loin de lui ? Tout comme la voix, cet aperçu fugitif disparut.

Le colis était tout aussi élusif. Mais alors même qu'il pensait s'être trompé, qu'il pensait qu'il n'y avait rien à trouver, ses doigts gelés se refermèrent sur lui. Lorsqu'il l'arracha à la congère, le papier, qui était presque liquéfié, se déchira et le contenu du colis se répandit dans la neige. Une boîte de cigares ; quelques babioles ; et la veste. Il la ramassa. Si elle ne lui avait guère semblé remarquable chez Gluck, elle lui parut encore plus banale à présent. Il espérait qu'un des réfugiés de la forêt savait comment déchaîner ses pouvoirs, car il n'en avait aucune idée.

Il regarda autour de lui, cherchant Nemrod du regard pour lui annoncer la bonne nouvelle, et vit deux silhouettes qui s'approchaient de lui, l'une soutenant l'autre. La première était celle de Nemrod ; l'homme qu'il aidait à marcher — celui-là même, sans aucun doute, que Cal avait entendu et aperçu — était si engoncé dans ses vêtements protecteurs qu'il était méconnaissable. Nemrod avait cependant vu le trésor que Cal soulevait dans l'air pour le lui montrer, et il exhortait l'homme à se presser, criant quelque chose en s'approchant de Cal. Le vent emporta ses paroles, mais il les répéta lorsqu'il se fut rapproché.

« C'est un de tes amis ? »

L'homme qu'il soutenait leva son visage couvert de neige et tenta maladroitement d'ôter l'écharpe enroulée autour de son visage. Mais avant qu'il ait pu l'enlever, Cal dit :

« Virgil ? »

L'écharpe tomba, et Gluck le regarda avec sur le visage un mélange de honte et de triomphe en égales mesures.

« Pardonnez-moi, dit-il. Il fallait que je vienne. Il fallait que je voie.

— S'il *reste* quelque chose à voir », cria Nemrod pour couvrir le vacarme du vent.

Cal regarda en direction de la Colline de Rayment. Entre deux rafales, il devint évident à ses yeux que le sommet de l'éminence avait explosé. Un nuage de fumée s'élevait au-dessus de lui, et son ventre était éclairé par les flammes.

« La forêt... », dit-il.

Oubliant Nemrod et Gluck, il se mit à labourer la neige, se dirigeant vers la colline et vers ce qu'il y avait au-delà.

2

Il n'y avait rien d'arbitraire dans l'attaque menée par le Fléau. Il détruisait systématiquement le champ et ce qui l'entourait, sachant que tôt ou tard ses yeux trouveraient les créatures dont il reniflait la présence. Sous les arbres se déroulait une retraite organisée ; les enfants, accompagnés par leurs parents ou par leurs gardiens, se dirigeaient vers l'autre bout de la forêt pour regagner l'air libre. Peu d'autres Devins bougeaient, préférant dans leur majorité rester à leur poste pour préserver l'intégrité de leur cachette. Suzanna n'était pas sûre de savoir s'il s'agissait là de défiance ou de fatalisme ; peut-être un peu des deux. Mais en dépit de tous leurs efforts, leurs réserves d'extases étaient presque épuisées. Ce n'était plus qu'une question de secondes, même plus de minutes, avant que le regard d'Uriel-en-Shadwell n'atteigne les arbres. A ce moment-là, le bois brûlerait, invisible ou pas.

Hamel revint près de Suzanna alors qu'elle observait l'approche de l'Ange.

« Est-ce que vous venez ? dit-il.

— Dans quelques instants.

— C'est maintenant ou jamais. »

Peut-être serait-ce jamais, alors. Elle était clouée sur place par le formidable pouvoir qui se déchaînait devant elle et ne pouvait en détacher ses yeux stupéfaits. Elle était fascinée de voir qu'une force d'une telle magnitude pouvait se consacrer à infliger de sordides atrocités ; il y avait quelque chose de corrompu dans une réalité qui rendait de tels actes possibles sans leur offrir de remède, ni d'espoir de remède.

« Nous devons partir, dit Hamel.

— Alors, partez », lui dit-elle.

Les larmes lui montaient aux yeux. Elle leur en voulait de s'interposer entre elle et ce qu'elle voyait. Mais elle sentit le menstruum monter avec elles — pas pour la protéger, mais pour être avec elle à la fin ; pour lui offrir une parcelle de joie.

L'Ange leva les yeux. Elle entendit Hamel crier. Puis les arbres qui se trouvaient à sa droite s'embrasèrent.

Il y eut des cris dans les profondeurs de la forêt lorsque l'écran fut percé à jour.

« *Dispersez-vous !* » cria quelqu'un.

En entendant sa proie, le Fléau fit sourire le visage de Shadwell : un sourire de fin du monde. Puis la lumière s'intensifia dans le corps boursouflé alors qu'Uriel se préparait à lancer un dernier feu, un feu destiné à éliminer pour toujours les extases.

Un battement de cœur avant son éruption, une voix dit :

« *Shadwell ?* »

C'était le nom du Vendeur qui avait été prononcé, mais ce fut Uriel qui tourna la tête, son regard calamiteux provisoirement enrayé.

Les yeux de Suzanna quittèrent le Fléau pour se poser sur celui qui avait parlé.

C'était Cal. Il avançait sur le terrain fumant qui avait naguère été un champ couvert de neige au pied de la colline ; il se dirigeait droit sur l'ennemi.

En le voyant, elle n'hésita pas à quitter sa cachette. Elle s'éloigna de la lisière de la forêt pour pénétrer à l'air libre. Et elle ne fut pas seule. Bien qu'elle n'ait pas quitté Cal des yeux un seul instant, elle entendit des murmures et des bruits de pas à ses côtés alors que la Devinité sortait de son refuge ; un geste de solidarité à deux doigts de l'extinction qui l'émut profondément. « En fin de compte, semblait dire leur apparition, nous sommes ensemble, Coucous et Devins, nous faisons partie de la même histoire. »

Ce qui n'empêcha pas une voix stupéfaite, une voix qu'elle reconnut comme celle d'Apolline, de dire :

« Est-ce qu'il a perdu l'esprit ? »

Et Cal continuait de s'avancer sur la terre qu'Uriel avait dévastée.

Derrière elle, le crépitement des flammes monta dans l'air tandis que le feu, attisé par le vent, se répandait à travers la forêt. Sa lueur inondait le sol, projetant les ombres des Devins vers les deux silhouettes immobiles au milieu du champ. Shadwell, ses vêtements de bonne coupe à présent déchirés et calcinés, son visage plus pâle que celui d'un mort. Cal, dans ses souliers en peau de porc, la lueur des flammes se reflétant dans les fils de sa veste.

Non ; pas sa veste : celle de Shadwell. La veste aux illusions.

Comment avait-elle pu ne pas s'en rendre compte auparavant ? Etait-ce parce qu'elle lui allait si bien, en dépit du fait qu'elle avait été taillée pour un homme une fois et demie plus large que lui ? Ou bien était-ce simplement parce que seul son visage lui avait attiré l'attention, ce visage qui était à présent empreint de cette résolution qu'elle en était venue à tant aimer.

Il se trouvait à moins de dix mètres du Fléau et était à présent immobile.

Uriel-en-Shadwell ne dit rien, mais il y avait dans le corps du Vendeur une agitation qui menaçait à tout moment d'entrer en éruption.

Cal essaya avec maladresse de déboutonner la veste, fronçant les sourcils devant l'engourdissement de ses doigts. Mais il parvint à ses fins après sa quatrième tentative, et la veste s'ouvrit.

Ceci fait, il parla. Sa voix était faible, mais elle ne tremblait pas.

« J'ai quelque chose à vous montrer », dit-il.

Tout d'abord, Uriel-en-Shadwell ne répondit rien. Lorsqu'il parla, ce ne fut pas le possesseur qui s'exprima, mais le possédé.

« Il n'y a rien que je désire là-dedans, dit le Vendeur.

— Ce n'est pas pour *vous*, répondit Cal d'une voix qui devenait plus forte. C'est pour l'Ange de l'Eden. Pour Uriel. »

Cette fois-ci, ni le Fléau ni le Vendeur ne répondirent. Cal saisit un des pans de la veste et l'ouvrit, exposant sa doublure.

« Ne voulez-vous pas regarder ? » s'enquit-il.

Seul le silence lui répondit.

« Quoi que vous voyiez, continua-t-il, c'est à vous. »

A côté de Suzanna, quelqu'un murmura :

« Mais qu'est-ce qu'il pense faire ? »

Elle le savait ; mais elle ne fit pas l'effort de répondre. Cal avait besoin de toute la puissance qu'elle pouvait lui transmettre : de tout son espoir, de tout son amour.

A nouveau, il s'adressa au Fléau.

« Que voyez-vous ? » dit-il.

Cette fois-ci, il obtint une réponse.

« Rien. »

C'était Shadwell qui avait parlé.

« Je. Ne. Vois. Rien. »

« Oh, Cal », pensa Suzanna, apercevant l'éclair de désespoir qui traversa son visage. Elle savait exactement ce qu'il pensait et partageait son doute. Les extases que recelait la veste étaient-elles mortes ? S'étaient-elles étiolées sans victimes pour les alimenter, le laissant désarmé pour affronter Uriel ?

Un long moment s'écoula. Puis, des profondeurs du ventre de l'Ange monta un sourd gémissement. A son approche, la bouche de Shadwell s'ouvrit et il reprit la parole. Mais ce fut tout doucement cette fois-ci, comme s'il s'était adressé à lui-même ; ou à la chose qui se trouvait en lui.

« *Ne regardez pas* », dit-il.

Suzanna retint son souffle, n'osant pas croire que ses paroles étaient un avertissement. Mais comment aurait-on pu les interpréter autrement?

« Vous *voyez* quelque chose, dit Cal.

— Non, répondit Shadwell.

— Regardez, dit Cal en ouvrant la veste aussi largement qu'il le put. Regardez et voyez. »

Soudain, Shadwell se mit à hurler.

« Ce sont des *mensonges*! cria-t-il tandis que son corps se mettait à frissonner. C'est un objet de corruption! »

Mais le gémissement qui montait toujours de la créature en lui étouffa ses avertissements. Ce n'était pas le hurlement que Suzanna avait entendu dans les rocs de la Colline de Rayment: ce n'était pas un cri de rage démente. Ce bruit-ci était triste, infiniment triste, et comme pour répondre au son par la lumière, la veste, dont elle avait craint que les fils ne soient épuisés, se mit à luire.

Immédiatement, Shadwell reprit ses cris d'alarme, empreints à présent d'une hystérie nouvelle.

« *Non!* hurla-t-il. *Non, damnation!* »

Le Fléau resta cependant sourd aux suppliques de son hôte. Il avait posé ses yeux innombrables sur la doublure de la veste, suscitant de ses plis une vision que lui seul pouvait voir.

Pour Cal, ce moment était lourd de terreur et de joie, mêlées de façon si confuse qu'il ne pouvait pas distinguer l'une de l'autre. Cela n'avait d'ailleurs guère d'importance: les événements le dépassaient. Il ne pouvait que tenir bon tandis que la veste accomplissait l'œuvre de duplicité qu'elle avait à accomplir.

Il n'avait pas eu l'intention de l'endosser; cela ne faisait pas partie de son plan. En fait, il n'avait *aucun* plan; il avait simplement couru à travers la neige, espérant ne pas arriver trop tard pour intervenir. Mais les événements s'étaient déjà précipités. Le regard d'Uriel avait trouvé le refuge de la Devinité et était en train de le détruire. La veste qu'il avait retrouvée était inutile; les Devins étaient aux abois. Mais lorsqu'il avait vu le Vendeur, une autre pensée lui était venue à l'esprit: les extases de la veste avaient marché quand Shadwell l'avait *portée*, et il n'avait pas d'autre choix à présent sinon faire de même.

Il n'avait pas plus tôt passé un bras dans sa manche que le vêtement l'avait enveloppé, aussi confortable qu'un gant de chirurgien. Il avait compris qu'en l'enfilant, il avait passé un marché avec elle. Désormais, elle faisait partie de lui et il faisait partie d'elle

Même à présent, debout devant Uriel, il la sentait puiser en lui, utiliser son humanité pour en saupoudrer de ses épices l'illusion qu'elle était en train de créer. Le regard de l'Ange était rivé à sa doublure, fasciné, et le visage qu'il portait se déformait un peu plus à chaque souffle que Shadwell gaspillait en prières et en prédictions.

« Elle va vous tromper ! rugissait-il. C'est de la magie ! Vous m'entendez ? »

Si l'Ange avait conscience de sa panique, il ne la comprenait pas. Ou s'il la comprenait, il ne s'en souciait pas. Le génie séducteur de la veste atteignait le sommet de son art. Tous les êtres qu'elle avait pris dans ses rets jusque-là avaient été des Coucous, dont les cœurs étaient malléables et sentimentaux, et dont les désirs ne s'élevaient que rarement au-dessus du banal. Mais la vie onirique de l'entité qui la contemplait à présent était d'un tout autre ordre. Uriel n'avait aucun bonheur enfantin à regretter, aucun amour à chérir. Ses pouvoirs mentaux, bien qu'ils aient été longtemps dévolus à la stérilité, étaient immenses, et les extases de la veste accomplissaient des efforts démesurés pour produire une image de ce qu'il désirait le plus.

La veste s'était mise à ondoyer et à frémir sur le dos de Cal, et ses coutures craquaient de toutes parts comme si elle pouvait à peine supporter de faire ce qu'on demandait d'elle et était prête à voler en éclats. Cal sentit qu'il allait lui arriver la même chose si tout ceci ne prenait pas bientôt fin. Les efforts que la veste exigeait de lui devenaient intolérables, et elle s'enfonçait de plus en plus profondément dans son âme, la fouillant en quête d'une inspiration qui lui aurait permis d'être à la hauteur des besoins de l'Ange. Son torse et ses bras s'étaient engourdis ; ses mains n'avaient désormais plus la force de tenir la veste ouverte. Ce furent les forces qui habitaient la doublure qui durent écarter les pans tandis que Cal restait immobile dans le flux d'énergie, l'esprit assailli par les fragments du désir encore indéterminé d'Uriel. Il ne pouvait les interpréter que de façon partielle.

Il vit une planète de lumière pure, tournant et tournant sans cesse devant lui, frôlant ses lèvres de son immensité. Un océan de flammes, qui venait caresser une plage de pierres et de nuages. Des formes que son esprit ne pouvait supporter de regarder et qui émettaient des énigmes à chaque souffle.

Mais ce ne furent que des visions fugitives, et lorsqu'elles eurent disparu, il était debout sur la même terre morte, le corps consumé par la faim d'Uriel. La veste avait atteint les limites de ses possibilités. Elle avait commencé à se désintégrer, et des fils étaient arrachés à sa trame et brûlaient devant lui.

Mais Uriel refusait d'être frustré ; ses yeux tiraillèrent le tissu, exigeant qu'il tienne la promesse que Cal avait formulée. Sous cet assaut, la veste capitula finalement, mais l'exigence d'Uriel fut satisfaite par sa destruction. La doublure explosa, et de ses débris s'éleva l'image façonnée par l'appétit d'Uriel, aveuglant Cal de son éclat.

Il entendit Shadwell hurler, puis ses propres cris s'élevèrent au-dessus du vacarme, suppliant l'Ange de prendre son rêve par-devers lui.

Uriel n'hésita pas. Il voulait cette vision autant que Cal voulait en être débarrassé. A travers un voile d'angoisse, Cal vit le corps de Shadwell commencer à enfler tandis que l'Ange qui était en lui se préparait à se montrer. Le Vendeur ne put que pousser un hurlement en se sentant prêt à exploser, tandis que les géométries d'Uriel le soulevaient dans l'air. Sa peau était aussi tendue qu'un tambour, étirée jusqu'aux limites de sa résistance; sa bouche devint un O cerné de dents lorsque ses cartilages se déchirèrent et que ses muscles se brisèrent. Puis il éclata, son corps explosant pour libérer son captif, et ses fragments furent réduits en cendres aussitôt qu'ils s'envolèrent, anéantis par la gloire qu'avait déchaînée sa destruction.

Devant lui, Cal vit clairement l'incarnation qu'il n'avait fait qu'apercevoir dans la brume de Chariot Street: les yeux d'Uriel, la géométrie d'Uriel, la faim d'Uriel.

Puis son magnétisme attira vers lui l'illusion que sa volonté avait conçue dans les ruines de la veste.

Cette vision fut révélée aux yeux de tous: aussi brillante qu'Uriel, et aussi vaste, et ce pour une bonne raison, car l'image façonnée par les extases était *un autre* Uriel, l'égal du Séraphin en toutes choses. Lorsqu'elle s'éleva, les derniers vestiges de la veste tombèrent des épaules de Cal, mais cette dégénérescence ne compromit pas l'existence de la créature qu'elle avait engendrée. Le reflet d'Uriel se dressa, impavide, devant la puissance qui l'avait appelé à la vie.

Cal, dépourvu à la fois de sa force et des images qu'il avait aperçues, goûta une terrible banalité. Il ne lui restait plus aucune énergie pour lever les yeux et contempler la majesté au-dessus de lui. Ses yeux étaient tournés vers l'intérieur et il n'y vit que du vide. Un désert, dans lequel sa poussière volait avec la poussière de toutes les choses qu'il avait aimées et perdues; volerait jusqu'à la fin des temps sans jamais connaître ni sens ni repos.

Son corps rendit les armes et il s'effondra comme si on lui avait tiré dessus, tandis que la poussière dans sa tête l'emportait au loin, dans le vide. Il ne vit rien de ce qui suivit. Suzanna le vit s'effondrer. Ignorant les titans qui se dressaient au-dessus de la forêt en flammes, elle se rua à son aide. Au-dessus d'eux, les Anges flottaient comme des soleils jumeaux, leurs énergies emplissant l'air de traits invisibles. Sans se soucier de leurs dards, elle entreprit de traîner Cal loin de ce rendez-vous entre esprit et esprit. Elle était au-delà de la peur à présent, au-delà de l'espoir. Sa première et sa seule nécessité était de tenir Cal sain et sauf dans ses bras. Ce qui devait suivre suivrait. Cela la dépassait.

D'autres lui étaient venus en aide: Apolline, Hamel, et, depuis l'autre bout du champ, Nemrod. Ensemble, ils soulevèrent Cal et le conduisirent vers un lit d'aiguilles de pin, l'allongeant gentiment là où le sol était le plus moelleux.

Au-dessus d'eux, la confrontation atteignit un nouveau sommet. La forme d'Uriel était devenue impossiblement complexe, et son anatomie se transformait à la vitesse de la pensée; mi-machine, mi-citadelle; tout en feu méticuleux. Et son compagnon conjuré l'imitait à chacune de ses métamorphoses, tandis qu'entre eux fusaient des dards pareils à des aiguilles au sillage de feu, qui les rapprochaient de plus en plus, jusqu'à ce qu'ils s'étreignent comme deux amants.

S'il y avait jamais eu une différence entre l'Uriel réel et l'Uriel imaginé, elle ne s'appliquait dorénavant plus. De telles distinctions étaient bonnes pour les Coucous, qui croyaient vivre à la fois en dedans et en dehors de leurs têtes; pour lesquels la pensée n'était que l'ombre de la vie et non son moi véritable.

Uriel était plus avisé. Il avait fallu que la Vieille Science intervienne pour lui faire confesser son désir le plus profond: tout simplement, voir son vrai visage, et en le voyant, savoir ce qu'il avait été avant que la solitude ne l'ait corrompu.

A présent, il étreignait ce moi souvenu, et il apprit aussitôt la leçon qu'il lui donnait. Le gouffre de sa folie avait été aussi profond que les étoiles d'où il avait chu étaient hautes. Oubliant sa nature, il s'était noyé dans son obsession pour se consacrer à un devoir mort. Mais en se regardant lui-même — en voyant la gloire de sa condition —, il renonça à cette démence, et en y renonçant, regarda vers les étoiles.

Il y avait des cieux où il avait à faire, où l'ère qu'il avait gaspillée ici n'était qu'une journée, et où sa peine, où toute peine était inconnue.

A cette pensée, il s'éleva, lui et lui-même ne formant plus qu'une seule et triomphante splendeur.

Il y avait des nuages dans le ciel. Il franchit cet obstacle en quelques instants, ne laissant qu'une averse de lumières mourantes sur les visages de ceux qui le regardaient s'éloigner.

« Parti », dit Lo, lorsque même la lumière eut péri et lorsqu'il n'y eut plus qu'une soupe de neige pour tomber du ciel.

« C'est fini, alors ? voulut savoir Apolline.

— Je le crois », dit Hamel. Il y avait des larmes qui coulaient sur ses joues.

Une bourrasque de vent avait donné une ferveur nouvelle aux flammes qui dévoraient la forêt. Cela n'avait plus d'importance. Ils n'avaient désormais plus besoin de se réfugier en ce lieu. Peut-être cette nuit-là signalerait-elle la fin des refuges.

Suzanna baissa les yeux vers Cal, qu'elle berçait comme elle avait naguère bercé Jerichau. Mais Jerichau était mort dans ses bras : Cal ne mourrait pas ; elle en fit le serment. Il n'était pas sorti indemne de la fournaise déclenchée par la destruction de la veste : la peau de son visage et de sa poitrine était brûlée, ou peut-être tachée. Mais c'était là sa seule blessure.

« Comment va-t-il ? » demanda une voix qui lui était inconnue.

Elle leva les yeux pour découvrir le regard épuisé d'un Coucou comme elle, enveloppé dans plusieurs couches de vêtements.

« Suzanna ? fit-il. Mon nom est Gluck. Je suis un ami de Calhoun.

— Vous êtes le bienvenu », dit quelqu'un.

Gluck rayonna.

« Il ne va pas mourir, dit Suzanna en caressant le visage de Cal. Il va juste dormir quelque temps.

— Il a eu une nuit éprouvante », ajouta Nemrod, et il y avait aussi des larmes qui coulaient lentement sur son visage stoïque.

CHAPITRE 5

Le somnambule

1

Il y avait une immense désolation, et Cal était de la poussière dans cette désolation, et ses espoirs et ses rêves étaient de la poussière dans cette désolation, tous chassés par le même vent impitoyable.

Il avait goûté à la condition d'Uriel avant la guérison de celui-ci. Il avait partagé la solitude et le désespoir de l'esprit, et son esprit fragile avait été aspiré par le vide, y avait été abandonné pour y mourir. Il ne connaissait aucune issue. En fin de compte, sa vie n'était qu'un désert : de feu, de neige, de sable. Tout ne faisait qu'un seul désert et il errerait sur son étendue jusqu'à ce qu'il ne puisse plus avancer.

2

Aux yeux de ceux qui le soignaient, il paraissait simplement se reposer ; du moins au début. Ils le laissèrent dormir, croyant qu'il se réveillerait guéri. Son pouls était régulier, ses os étaient intacts. Tout ce dont il avait besoin, c'était d'un peu de temps pour recouvrer ses forces.

Mais lorsqu'il se réveilla le lendemain après-midi, dans la maison de Gluck, il devint aussitôt évident que quelque chose de grave se passait. Ses yeux s'ouvrirent, mais Cal n'était pas en eux. Son regard était vide de toute intelligence, vide de toute réaction. Tout comme lui-même, son regard était aussi vide qu'une page vierge.

Suzanna ne pouvait pas savoir — aucun d'eux ne le pouvait — ce qu'il avait partagé avec Uriel durant leur confrontation, mais elle pouvait le deviner. Si l'expérience qu'elle avait eue du menstruum lui avait appris une chose, c'était qu'aucun échange n'était à sens unique. Cal avait conspiré avec la veste d'Immacolata pour offrir sa vision à Uriel, mais que lui avait donné en retour l'esprit lunatique ?

Lorsque, au bout de deux jours, son état ne présenta aucun signe d'amélioration, ils appelèrent les experts à l'aide, mais bien que les médecins aient épuisé sur lui leurs batteries de tests, il ne purent trouver aucune déficience physiologique. Il ne s'agissait pas tant d'un coma, s'aventurèrent-ils à dire, que d'une sorte de transe ; et ils ne connaissaient aucun précédent à ce cas, excepté peut-être le somnambulisme. L'un d'eux alla même jusqu'à suggérer que cette affliction trouvait son origine dans l'esprit du malade, une possibilité que Suzanna n'écartait pas totalement.

Ils ne pouvaient trouver aucune raison, annoncèrent-ils finalement, pour laquelle le patient ne fût pas debout en train de mener une vie saine. Il y avait beaucoup de raisons, pensa Suzanna, mais aucune qu'elle aurait pu commencer à leur expliquer. Peut-être en avait-il trop vu, tout simplement ; et peut-être cela l'avait-il rendu indifférent à l'existence.

3

Et la poussière volait.

Parfois, il croyait entendre des voix dans le vent ; des voix très lointaines. Mais elles disparaissaient aussi vite qu'elles étaient apparues et le laissaient de nouveau seul. Cela valait mieux, il le savait, car s'il existait un endroit au-delà de ce désert, un endroit vers lequel les voix cherchaient à l'attirer, cet endroit ne lui apporterait que de la souffrance, et il se portait très bien sans elle. De plus, les habitants de cet ailleurs viendraient tôt ou tard à lui. Ils se flétriraient, mourraient et rejoindraient la poussière dans le désert. C'était ainsi que les choses se passaient ; cela avait toujours été ainsi et cela serait toujours ainsi.

Tout retournait à la poussière.

4

Chaque jour, Suzanna passait plusieurs heures à lui parler, à lui raconter ce qui était arrivé durant la journée, à lui dire qui elle avait rencontré, mentionnant les noms des gens qu'il connaissait et ceux des endroits qu'il avait visités, dans l'espoir de l'arracher à son inertie. Mais il n'y avait aucune réaction ; même pas l'esquisse d'une.

Parfois, elle entrait dans une rage froide devant l'apparente indifférence de Cal à son égard, et elle disait à son visage vide à quel point il était égoïste. Elle l'aimait, ne le savait-il pas ? Elle l'aimait et elle voulait qu'il la reconnaisse, qu'il soit de nouveau à ses côtés. Il lui arrivait d'être tout près du désespoir et, en dépit de tous ses efforts, elle ne parvenait pas à empêcher des larmes de misère et de frustration de monter à ses yeux. Elle quittait alors son chevet jusqu'à ce qu'elle se soit ressaisie, car elle redoutait que, quelque part dans sa tête scellée, il n'ait perçu sa peine et ne se soit enfoncé un peu plus en lui-même.

Elle essaya même de l'atteindre à l'aide du menstruum, mais c'était une forteresse que son corps subtil ne pouvait que contempler, sans jamais réussir à y pénétrer. Ce que vit le menstruum ne donna aucune raison d'être optimiste à Suzanna. On aurait dit que le jeune homme n'était pas habité.

5

Derrière la fenêtre de la maison de Gluck, c'était toujours la même histoire : il n'y avait que peu de signes de vie. Cet hiver était le plus rude depuis le début du siècle. La neige tombait sur la neige ; la glace recouvrait la glace.

Lorsque le mois de janvier tira à sa fin lugubre, les gens rendirent moins souvent visite à Cal. Ils avaient leurs propres problèmes à résoudre dans cette saison sinistre, et il leur était relativement facile de cesser de penser à lui, car il ne souffrait pas ; ou du moins sa souffrance n'était-elle pas exprimée. Même Gluck lui suggéra avec tact qu'elle consacrait trop de temps à s'occuper de lui. Elle avait ses propres blessures à guérir ; un semblant d'ordre à remettre dans sa propre vie ; des plans à faire pour l'avenir. Elle avait accompli tout ce qu'on pouvait exiger d'une amie dévouée, et bien plus encore, affirma-t-il, et elle devrait songer à partager son fardeau avec d'autres.

« Je ne peux pas, lui dit-elle.

— Pourquoi ? demanda-t-il.

— Je l'aime, dit-elle, et je veux rester auprès de lui. »

Ce n'était que la moitié de la réponse, bien sûr. L'autre moitié était le livre.

Il se trouvait dans la chambre de Cal, là où elle l'avait posé le jour où ils étaient revenus de la Colline de Rayment. Bien qu'il ait été offert à Suzanna par Mimi, la nature de la magie qu'il contenait à présent voulait qu'elle ne puisse plus l'ouvrir toute seule. Tout comme elle avait eu besoin de Cal près du Temple, afin de se servir du pouvoir du Métier et de charger le livre avec leurs souvenirs, elle avait à nouveau besoin de lui pour renverser le processus. La magie était suspendue dans l'espace qui se trouvait entre eux. Elle ne pouvait à elle seule revendiquer ce qu'ils avaient imaginé ensemble.

Jusqu'à son réveil, les *Histoires des Lieux Secrets* ne seraient pas racontées. Et s'il ne se réveillait pas, elles ne le seraient jamais.

6

Vers la mi-février, alors qu'un faux espoir de dégel planait dans l'air, Gluck se rendit à Liverpool et, après avoir posé quelques questions discrètes dans Chariot Street, retrouva Geraldine Kellaway. Elle revint avec lui à Harborne pour rendre visite à Cal. L'état dans lequel elle le découvrit lui causa un choc, évidemment, mais elle était de ce type de femme pragmatique que l'on retrouverait en train de faire chauffer du thé après l'Apocalypse, et en moins d'une heure, elle avait surmonté sa peine.

Elle retourna à Liverpool deux jours plus tard, vers la vie qu'elle s'était faite en l'absence de Cal, promettant de revenir le voir bientôt.

Si Gluck avait espéré que son apparition aurait eu pour effet de faire sortir Cal de sa stupeur, il fut fort déçu. Le somnambule continua de mener son existence végétative, durant tout le mois de février et le début du mois de mars, tandis qu'au dehors, la promesse de dégel n'en finissait pas de se prolonger.

Durant la journée, ils lui faisaient quitter le lit pour l'installer près de la fenêtre et il restait assis là, contemplant l'étendue de sol gelé derrière la maison de Gluck. Bien qu'il fût convenablement nourri, mâchant et avalant avec l'efficacité mécanique d'un animal ; bien qu'il fût rasé et baigné chaque jour ; bien qu'on fît faire de l'exercice à ses jambes pour éviter que ses muscles ne s'atrophient, il était évident aux yeux de ses rares visiteurs, et plus particulièrement à ceux de Suzanna et de Gluck, qu'il se préparait à mourir.

7

Et la poussière volait.

CHAPITRE 6

Extase

1

Si Finnegan n'avait pas appelé, elle ne serait jamais descendue sur Londres. Mais c'est ce qu'elle fit, plus parce que Gluck insista que par enthousiasme.

Cependant, dès qu'elle fut sortie de la maison et se fut mise en route, elle sentit le poids des semaines récentes commencer à la quitter. N'avait-elle pas dit naguère à Apolline qu'il était déjà réconfortant de se savoir en vie ? C'était vrai. Il fallait s'efforcer d'en retirer le maximum et ne pas pousser des soupirs de regret en pensant à ce dont les circonstances vous avaient frustré.

Elle trouva Finnegan bien moins en forme que d'habitude. Sa carrière bancaire avait connu des revers récents et il avait besoin d'une épaule sur laquelle se lamenter et jurer. Elle la lui offrit avec joie, plus que contente d'avoir à écouter son catalogue de misères et espérant qu'elles la distrairaient des siennes. Lorsqu'il eut fini de se plaindre et de grincer des dents, il lui rappela qu'elle avait affirmé naguère ne jamais vouloir épouser un banquier. Comme il semblait bien qu'il se retrouverait bientôt au chômage, voulait-elle réfléchir de nouveau à sa proposition ? lui demanda-t-il. Il était évident au ton de sa voix qu'il ne s'attendait pas à une réponse positive, et il n'en obtint pas, mais elle lui dit qu'elle espérait qu'ils resteraient bons amis.

« Tu es une femme étrange », lui dit-il au moment de leur séparation, à propos de rien en particulier.

Elle considéra cette remarque comme une flatterie.

2

Il était tard dans l'après-midi lorsqu'elle revint à Harborne. Une autre nuit de gel s'annonçait, semant des perles sur les trottoirs et sur les toits.

Lorsqu'elle monta à l'étage, elle vit que le somnambule n'avait pas été installé sur son siège mais qu'il reposait sur le lit, adossé contre une pile d'oreillers, les yeux plus vitreux que jamais. Il avait l'air malade; la marque laissée sur son visage par la révélation d'Uriel était livide sur sa peau blême. Elle était partie trop tôt pour le raser ce matin, et elle fut plongée dans la détresse en découvrant à quel point une négligence si mineure le faisait paraître si près de la déchéance totale. Tout en lui racontant à voix basse ce qu'elle avait fait durant la journée, elle le fit sortir du lit pour le conduire jusqu'au fauteuil placé près de la fenêtre, où il faisait un peu plus clair. Puis elle alla chercher le rasoir électrique dans la salle de bains et le débarrassa de sa barbe.

Tout d'abord, cela lui avait semblé étrange de s'occuper ainsi de lui, et cela l'avait troublée. Mais le temps l'avait endurcie et elle en était venue à considérer ses diverses corvées d'entretien comme un moyen d'exprimer son affection pour lui.

A présent, cependant, alors que le crépuscule dévorait la lumière au-dehors, elle sentit son anxiété initiale monter de nouveau en elle. Peut-être était-ce la journée qu'elle avait passée hors de la maison, hors de la présence de Cal, qui la poussait de nouveau à s'occuper de lui avec tendresse. Peut-être était-ce aussi l'impression qu'elle avait d'une conclusion imminente; de sentir qu'il ne s'écoulerait plus guère de jours durant lesquels elle aurait à le raser et à le baigner. La fin était proche.

La nuit tomba si vite sur la maison qu'il fit bientôt trop sombre pour qu'elle puisse travailler. Elle alla jusqu'à la porte et alluma la lumière.

Le reflet de Cal apparut sur la fenêtre, flottant dans le verre sur un fond de ténèbres. Elle le laissa en train de le contempler tandis qu'elle allait chercher un peigne.

Il y avait quelque chose dans le vide devant lui, bien qu'il ne puisse pas voir quoi. Le vent était trop fort et lui, comme d'habitude, n'était que poussière dans son souffle.

Mais l'ombre, ou quoi que ce fût, perdurait, et parfois — lorsque le vent tombait un peu —, il lui semblait qu'il pouvait presque la voir en train de l'étudier. Il regarda dans sa direction et le regard de l'ombre retint le sien, si bien qu'au lieu d'être emportée au loin, la poussière dont il était fait resta momentanément immobile.

Lorsqu'il lui retourna son examen, le visage qui se trouvait devant lui devint plus clair. Il le reconnaissait vaguement, pour l'avoir aperçu dans un endroit qu'il avait aimé et perdu. Ses yeux, et la tache qui courait de la racine de ses cheveux à sa joue, appartenaient à quelqu'un qu'il avait jadis connu. Il fut irrité de ne pas pouvoir se rappeler où il avait déjà vu cet homme.

Ce ne fut pas le visage lui-même qui fit remonter le souvenir à la surface, mais les ténèbres sur lesquelles il se découpait.

La dernière fois qu'il avait vu cet inconnu, peut-être la seule fois, l'homme s'était tenu debout devant d'autres ténèbres. Un nuage, peut-être, traversé par des éclairs. Il avait un nom, ce nuage, mais il ne pouvait pas se le rappeler. Cet endroit avait un nom, lui aussi, mais celui-ci était encore plus hors de sa portée. Il se rappela cependant l'instant de leur rencontre; ainsi que quelques fragments du voyage qui l'avait mené jusqu'à l'autre. Il était monté dans un pousse-pousse, et avait traversé une région où le temps était en quelque sorte désordonné. Où le jour d'aujourd'hui respirait l'air d'hier, et aussi celui de demain.

Par pure curiosité, il voulut connaître le nom de l'inconnu, avant que le vent ne l'ait ressaisi pour l'emporter au loin. Mais il n'était que poussière, aussi ne pouvait-il rien demander. Au lieu de cela, il tendit les grains qui le composaient vers les ténèbres dans lesquelles flottait le mystérieux visage, s'apprêtant à toucher sa peau.

Ce ne fut pas une chose vivante avec laquelle il entra en contact, mais une surface de verre froid. Ses doigts retombèrent loin de la vitre, laissant sur sa surface des anneaux de chaleur qui allaient en se rétrécissant.

Si c'était du verre devant lui, pensa-t-il vaguement, alors il devait sûrement se regarder lui-même. L'homme qu'il avait rencontré, debout devant ce nuage sans nom: c'était *lui*.

Une énigme attendait Suzanna lorsqu'elle revint dans la chambre. Elle était presque sûre d'avoir laissé Cal les mains posées sur son giron, mais son bras droit pendait à présent à ses côtés. Avait-il essayé de bouger? En ce cas, c'était le premier mouvement qu'il avait effectué de façon indépendante depuis que la transe s'était emparée de lui.

Elle commença à lui parler, tout doucement, lui demandant s'il l'entendait, s'il la voyait, ou s'il connaissait son nom. Mais comme toujours, ce fut une conversation à sens unique. Ou bien sa main avait tout simplement glissé, ou alors elle s'était trompée et son bras ne s'était jamais trouvé là où elle l'avait cru.

Poussant un soupir, elle se mit à le peigner.

Il était toujours de la poussière dans le désert, mais il était à présent de la poussière douée de mémoire.

C'était assez pour lui donner du poids. Le vent le poussait, tentant de lui imposer sa volonté, mais cette fois-ci, il refusa de bouger. Le vent déchaîna sa rage contre lui. Il l'ignora, tenant bon au milieu de nulle part tandis qu'il essayait de rassembler les fragments épars de sa pensée.

Il s'était naguère rencontré lui-même, dans une maison près d'un nuage; on l'avait conduit là dans un pousse-pousse tandis qu'un monde se repliait sur lui-même autour de lui.

Qu'est-ce que cela signifiait, qu'il se soit retrouvé face à face avec lui-même en vieil homme? Quel était le sens de cette rencontre?

Il n'était guère difficile de répondre à cette question, même pour de la poussière. Cela signifiait que, dans un avenir indéterminé, il pénétrerait dans ce monde pour y vivre.

Et à partir de ça, que s'ensuivait-il? *Que s'ensuivait-il?*

Que cet endroit n'était pas perdu.

Oh oui! Ô Dieu du Ciel, *oui*! C'était ça. Il serait là-bas. Pas demain, peut-être, ni après-demain; mais un jour, bientôt: il *serait là-bas.*

Elle n'était pas perdue. La Fugue n'était pas perdue.

Il lui suffit de cette connaissance, de cette certitude, *et il se réveilla.*

«Suzanna», dit-il.

3

«Où est-elle? fut la seule question qu'il posa lorsqu'ils eurent fini leurs retrouvailles. Où est-elle cachée?»

Elle alla jusqu'à la table et posa le livre de Mimi dans ses mains.

«Ici», dit-elle.

Il fit courir ses doigts sur la couverture mais refusa de l'ouvrir.

«Comment avons-nous fait?» dit-il.

Il posa cette question avec une telle gravité; comme un enfant.

«Dans le Gyrus, dit-elle. Toi et moi. Et le Métier.

— Tout? dit-il. Tout est là-dedans?

— Je ne sais pas, lui dit-elle avec honnêteté. Nous verrons.

— Maintenant.

— Non, Cal. Tu es encore très faible.

— Je serai fort..., dit-il tout simplement, ...une fois que nous aurons ouvert le livre.»

Elle ne pouvait rien opposer à une telle affirmation; au lieu de cela, elle tendit les mains pour les poser sur le cadeau de Mimi. Lorsque ses doigts se joignirent à ceux de Cal, la lumière au-dessus de leurs têtes s'éteignit. Plongés dans les ténèbres, ils tinrent le livre entre eux, tout comme Hobart et elle l'avaient jadis tenu. A cette occasion, c'était la haine qui avait nourri les forces dans ses pages ; cette fois-ci, ce fut la joie.

Ils sentirent le livre se mettre à frémir dans leurs mains, à se réchauffer. Puis il s'envola pour se diriger vers la fenêtre. Le verre givré se fracassa et le livre disparut, plongeant dans les ténèbres.

Cal se leva et se dirigea avec maladresse vers la fenêtre ; mais avant qu'il ne l'ait atteinte, les pages s'élevèrent dans les airs de leur propre volonté, comme des oiseaux s'envolant dans la nuit, comme des pigeons, et les pensées que le Métier avait inscrites entre leurs lignes jaillirent en éclats de lumière et de vie. Puis elles retombèrent, hors de vue.

Cal s'écarta de la fenêtre.

« Le jardin », dit-il.

Ses jambes lui paraissaient faites de coton ; il eut besoin de l'aide de Suzanna pour arriver jusqu'à la porte. Ensemble, ils descendirent l'escalier.

Gluck avait entendu le bruit de verre brisé et était arrivé à mi-hauteur de l'escalier pour en déterminer l'origine, un bol de thé à la main. Il avait vu des merveilles en son temps, mais le spectacle de Cal, qui lui disait d'aller dehors, *dehors,* le laissa bouche bée. Lorsqu'il réussit finalement à formuler une question, Cal et Suzanna étaient déjà arrivés à mi-chemin de l'escalier qui conduisait au rez-de-chaussée. Il les suivit ; dans le couloir, puis à travers la cuisine jusqu'à la porte de derrière. Suzanna la déverrouillait déjà, en haut et en bas.

Bien qu'on ait vu l'hiver depuis la fenêtre, c'était le printemps qui les attendait sur le seuil.

Et dans le jardin lui-même, se répandant sous leurs yeux, la source de cette saison : la patrie de leur joie éternelle ; l'endroit qu'ils avaient lutté et presque péri pour sauver :

La Fugue.

Elle émergeait des pages éparses du livre dans toute sa singulière majesté, défiant la glace et les ténèbres comme elle avait défié tant d'autres adversaires. Les mois qu'elle avait passés parmi les contes du livre n'avaient pas été gâchés. Elle venait à eux riche de nouveaux mystères et de nouveaux enchantements.

Ici, un jour, Suzanna redécouvrirait la Vieille Science, et grâce à elle guérirait d'anciennes fractures. Ici également, dans un avenir impossible à imaginer, Cal irait vivre dans une maison à la lisière du Gyrus, dans lequel un beau jour viendrait un jeune homme dont il connaîtrait l'histoire. Tout était devant eux, tout ce qu'ils avaient rêvé ensemble, tout attendait de naître.

En ce moment même, dans les cités endormies de l'Ile, les réfugiés se réveillaient et se redressaient sur leurs oreillers, et ouvraient toutes grandes portes et fenêtres, en dépit du froid, pour aller à la rencontre de la nouvelle que leur apportait la nuit : ce qui avait été imaginé n'était jamais nécessairement perdu. Même ici, au sein du Royaume, l'extase pourrait trouver un foyer.

Après cette nuit, il n'y aurait plus qu'un seul monde, dans lequel on pourrait vivre et rêver ; et le Pays des Merveilles ne serait plus qu'à un pas de distance, à une pensée de distance.

Ensemble, Cal, Suzanna et Gluck quittèrent la maison et s'avancèrent dans cette nuit magique.

Devant eux se déployaient de tels spectacles : des amis et des lieux qu'ils avaient crus à jamais disparus venaient à leur rencontre, impatients de partager leur extase.

Le temps était désormais venu pour tous ces miracles. Pour les fantômes et pour les métamorphoses ; pour la passion et pour l'ambiguïté ; pour les visions de midi et pour la gloire de minuit. Le temps en abondance.

Car rien ne commence jamais.

Et cette histoire, n'ayant pas de commencement, n'aura pas de fin.

Clive Barker, né en 1952 à Liverpool a écrit neuf pièces de théâtre et de nombreux contes fantastiques réunis sous le titre *Livre de sang* (dont Albin Michel a publié deux volumes), un roman (*Le Jeu de la damnation* paru également chez Albin Michel). *Le Royaume des devins* est son second roman traduit en français.

Cet ouvrage composé
par Comp'Infor à Saint-Quentin
a été imprimé et broché
sur presse CAMERON
dans les ateliers de la S.E.P.C.
à Saint-Amand-Montrond (Cher)
en mars 1989
pour les Éditions Albin Michel

N° d'édition : 10607. N° d'impression : 615
Dépôt légal, avril 1989

Imprimé en France